초사고론

此書的飜譯出版獲得2012年中華學術外譯項目立項(12WZW002),
受到中華社會科學基金資助。

본서는 2012년 중국 정부의 중화학술번역사업에 선정(12WZW002)
되어 중화사회과학기금(Chinese Fund for the Humanities and Social
Sciences)의 지원을 받아 번역 출판된 것이다.

초사고론

周建忠 著
千金梅·金星花·李紅梅 譯
琴知雅 監修

學古房

일러두기

1. 본서의 저본은 周建忠의 『楚辭考論』(商務印書館, 2003년 제1판, 2007년 제2차 인쇄)이다. 원서는 저자의 논문 16편을 모아 주제별로 엮은 것이다. 본서는 중화사회과학기금의 지원으로 이루어졌기에 심사진의 번역 분량 조절 요청에 따라 저자와의 상의를 거쳐 원서의 논문 10편을 선별하여 번역하고 목차의 배열순서도 새롭게 정하였다.

2. 본서에 인용된 楚辭 원문은 宋·洪興祖의 『楚辭補注』(中華書局, 1983)와 대조하여 오류가 확실한 경우 원문을 바로 잡아 번역하였다. 기존 번역이 있는 경우에는 그 장점을 취하되 역자 나름대로 번역하였다. 또한 독자의 이해를 돕기 위하여 원문과 역문을 함께 실었다.

3. 현대 중국어로 된 인용문과 외국 저서의 중국어 번역문으로 된 인용문 등은 원문을 표기하지 않고 역문만 실었다.

4. 인명의 생몰년은 원서에 없으나, 독자의 이해를 돕기 위하여 본서에 추가하였다.

5. 본서의 주석은 원서에 실린 그대로 수록하되, 간행물의 권호 표기만 한국식으로 번역하였다. 주석에 저자, 출판사, 연도 등이 빠진 경우는 모두 보충해 넣었다.

6. 역자주를 충실하게 달아서, 독자들이 본서의 내용을 심도 있게 이해하도록 하였다.

7. 서명은 『』, 작품·논문은 「」, 한글 표기와 한자 표기를 병행하되 음이 다른 경우는 〔 〕로 표기하였다.

한국어 번역출판 서문

    이 책은 내가 일정 시기 동안 진행한 초사 연구의 성과를 모아놓은 논문집이다. 가장 이른 시기는 1994년 12월 19일이고 가장 늦은 시기는 2002년 4월 27일이다. 나는 오랫동안 초사와 초사학의 연구에 종사해왔는데, 이 책은 나의 초사 연구저서 10종 중의 하나이다.

    한편의 수준 있는 논문을 완성하는 것은 매우 어려운 일이다. 자기만의 견해가 있어야 하고, 사상이 있어야 하고, 판단을 내려야 하며, 재치도 있어야 한다. 그리고 새로운 관점을 제기하든가, 한 가지 문제를 해결하든가, 어떤 결함을 보충하든가, 또는 일종의 잘못된 인식을 바로잡든가 하여야 한다.

    대학 2학년 때에 이백의 명편 「몽유천모음유별夢遊天姥吟留別」을 해독하기 위하여 굴원에게까지 거슬러 올라간 적이 있었다. 1976년에 쓴 그 글은 내가 처음으로 굴원에 대하여 언급한 것인데, 후에 그 글을 수정하여 「흥이 한창일 때 내 시가 오악을 흔드네―〈몽유천모음유별〉의 적극적 낭만주의에 대한 초보적 논의興酣落筆搖五岳―淺談〈夢遊天姥吟留別〉的積極浪漫主義」라는 제목으로 발표하였다(『교여학敎與學』 1981년 제4호). 나는 사범대 중문과를 나왔기에 고등학교 국어교과서에 실린 고전명편의 독해를 기본적으로 잘 익혀두어야 하는 상황이었다.

    40년 동안의 기나긴 탐구를 거쳐 초사 연구에서 일부 성과를 거두기도 하였지만 달고 쓴 체험이 많다. 초사 연구에 대한 몇 가지 개인적인 견해를 제시해보고자 한다.

    첫째, 초사 연구는 질적 수준에 대한 요구만 있을 뿐 장르의 귀천貴賤에 대한 차별은 없다. 교과서나 문학사, 일반 독서물, 주석본 또는 번역본을 막론하고, 또한 저작이나 논문, 산문 등을 막론하고 반드시 모두 심혈을 기울여 꼼꼼하게 다루어야 한다. 여기에는 어떠한 핑계도 있어서는 안 된다. 정신적 산물은 반드시 최고의 품질을 추구하여야 한다. 특히 보급본이라 해서 여기저기서 베껴다가 어설프게 짜깁기해서는 안 된다. 보급본 일수록 더욱더 최저기준을 지키고 정도를 지켜야 한다.

둘째, 초사 연구는 질적 수준에 대한 요구만 있을 뿐 방법론의 고하高下에 대한 차별은 없다. 고증이나 고석, 고술을 막론하고, 또한 추상적 의리분석을 하거나, 종합 분류를 하거나, 공통점과 차이점을 비교하거나, 원천을 따지거나, 후대의 영향을 분석하거나를 막론하고, 또한 전체 문장을 해설하거나 한 글자의 뜻을 해석하거나 문장을 감상하고 평론하거나를 막론하고 모두 연구에 속하며 고하를 따질 것이 아니라 오직 품질만을 추구하여야 한다. 여러 가지 방법을 시도해볼 수도 있고 한 가지 방법만 고집할 수도 있다. 혹자는 이중논거법에서 오중논거법으로 발전시켜 눈을 어지럽게 하였는데 탐구해볼 수는 있지만 이것이 유일한 방법일 수는 없다. 아무래도 전통적인 연구방법이 가장 기본적인 통로이고 가장 믿을만한 방법이다.

셋째, 초사 연구는 질적 수준에 대한 요구만 있을 뿐 자료의 다소多少에 대한 차별은 없다. 임경林庚 선생은 이렇게 말한 적이 있다. "초사를 연구함에 있어 자료는 선진先秦 시기의 것을 기본으로 하고 한대漢代의 것을 참조하되, 한대 이후의 것은 다만 참고만 할 뿐이다." 이 논술은 평범하지만 또한 기본원칙이다. 동서 고금의 자료를 성벽만큼 쌓아놓았다고 해서 대작이 되는 것은 아니다. 오히려 잡탕이 되어서 볼 만한 것이 못된다.

넷째, 초사 연구는 질적 수준에 대한 요구만 있을 뿐 관점의 신구新舊에 대한 차별은 없다. 이천 여 년 동안의 연구사를 계승하여 수용하고 정리하여 이어받는 것은 정력과 시간이 소요되는 과정이다. 이미 정평이 나있거나 학계에서 기본적으로 찬성하는 관점에 대해서 섣불리 부정하거나 새로운 학설을 내놓기에 급급해서는 안 된다. 예를 들면 굴원은 전국시대 중후기에 생활하였고, 초나라 왕과 동성이며 정치적 이상을 가진 시인이고, 굴원은 초사의 창시자이고 대표자이며, 굴원은 강남에 유배되었고 최후에는 비분하여 강물에 뛰어들어 자살하였다 등은 모두 근거 있는 사실로서 함부로 뒤집을 수 없는 것이다. 굴원의 생존시대, 가문, 출생, 정치 생애, 근심, 유배, 침강沈江 등은 대체로 분명하므로 새로운 학설을 내놓음으로써 역사를 무시해서는 안 된다.

2008년 단오절에 「십론단오절十論端午節」이란 글을 써서 지인들에게 보낸 적이 있다.

1. 단오절은 오랜 역사를 가진 민족 명절로서, 굴원이 태어나기 이전부터 이미 존재하였다.

2. 음력 오월오일은 춘하계절의 과도기로서 혹열酷熱, 장려瘴癘, 독기毒氣, 온역瘟疫 등이 동시다발적으로 퍼지기 십상이다. 이 날에는 금기가 많은 데 불을 피워 밥을 지어서는 안 되며 이 날에 태어난 아기는 죽은 영혼이 몸에 붙어 부활할 수 있기에 키워서는 안 된다고 여겼다.

3. 단오절에 종자粽子를 먹고 쑥을 베어 걸어놓고 웅황주雄黃酒를 마시고 용선 경기를 하며 종규鐘馗 화상을 걸어놓는 등의 풍속과 활동은 모두 액을 쫓고 재앙을 없애며 온역을 피하고 귀신을 물리치기 위한 것이다. 、

4. 굴원은 단오절의 의미를 깊이 알고 이 날을 택하여 강물에 투신자살함으로써 초나라 사람들에게 경종을 울렸다.

5. 굴원의 독립불천獨立不遷, 충군애국忠君愛國, 상하구색上下求索, 호수위상好修爲常의 정신은 중화민족의 정신적 모범이 되었다.

6. 굴원의 이야기는 점차 단오절의 주제와 겹치면서 마침내 단오절의 주인 공으로 변하였는데 이것은 중화민족의 역사적 선택이다.

7. 중국의 단오절은 한대부터 일본, 한국, 베트남 등의 주변 국가로 전파되었으며 이들 나라의 단오절 풍속이 형성되었다. 한국의 단오절은 강릉 지방의 문화와 결합하여 점차 대형 문화 활동인 '강릉단오제'로 발전하였으며 유네스코 무형문화유산으로 선정되었다.

8. 현재 중국의 단오절도 유네스코 무형문화유산으로 선정되었으며 중국의 법정 공휴일로 지정되었다.

9. 오늘날 단오절에 종자를 먹고 쑥을 걸어놓고 용선 경기를 하며 향주머니를 선물하는 등의 풍속은 우리들로 하여금 전통으로 회귀할 수 있게 해준다는 점에서 매우 중요한 의미를 갖는다.

10. 단오절에는 중화문명이 체현되어 있고, 오늘날까지도 그 정신은 중화

민족의 가슴 속에 깊이 남아 있다.

비록 시대가 계속 발전하고 중국의 단오절이 이미 유네스코 무형문화유산으로 선정되었지만 한국의 강릉단오제와의 관계를 분명하게 밝혀볼 필요가 있다. 그 전파와 발전 과정을 다음 네 단계로 나누어 볼 수 있다.

제1단계 : 중국의 단오절
제2단계 : 한국의 단오절
제3단계 : 한국의 단오제
제4단계 : 강릉단오제

이상의 네 단계는 서로 연관되면서도 독립적인 개념이다. 한국에서 신청한 유네스코 무형문화유산은 '강릉단오제'이다. '강릉단오제'와 '중국의 단오절'을 같은 개념으로 혼동하는 것은 잘못된 것이다. 그러나 둘 사이에 전혀 관계가 없다고 하는 것도 역사적 발전에 어긋나는 것이다.

요컨대 학술 연구는 끝이 없다. 이러한 가장 기본적인 문제들을 해결하는 연구에 나는 반평생의 정력을 쏟아 부었다. 그러나 인생의 가치는 영원히 과정 속에 있다. 긴 세월과 우여곡절을 거쳤기에 가장 일반적이고 상식적인 결론에 대해서도 소중하게 여기고 대대로 전승, 발전시켜 나갈 수 있는 것이다.

이 책은 중화학술번역사업에 선정되어 중화사회과학기금의 지원을 받아 한국어로 번역, 출판하게 되었다. 이를 계기로 한국 학자들과 교류하게 된 것을 기쁘게 생각하고 초사의 한국 전파와 영향에 대한 연구에도 도움이 되기를 기대한다. 이 사업의 연구책임자이며 이 책의 번역을 위해 수고해주신 천금매千金梅 교수와 기타 번역과 출판에 도움을 주신 여러분께 깊은 감사를 드린다.

乙未(2015) 여름 如皐 桃園鄕居에서
周建忠

목차

제1부 초사 연구

제1장 『초사』의 형성과 저자 및 특징 ································· 15

　　1. 『초사』의 형성과 특징 ································· 15

　　2. 굴원의 생애와 사상 ································· 23

　　3. 굴원의 작품과 예술적 특징 ································· 32

　　4. 굴원의 문학사적 지위와 영향 ································· 55

　　5. 송옥 및 기타 초사 저자 ································· 57

제2장 『초사』의 황혼 이미지와 그 영향 ································· 61

　　1. 『초사』의 황혼 이미지의 다원적 의미 ································· 62

　　2. 『초사』의 황혼 이미지의 원형 ································· 78

　　3. 『초사』의 황혼 이미지의 영향과 발전 ································· 91

제3장 난초 이미지의 원형 탐구
　　—『초사』속의 난초 이미지도 함께 논함 ································· 95

　　1. 난초를 바쳐 자식을 얻다致蘭得子 ································· 95

　　2. 난초를 손에 잡아 액을 없애다秉蘭祓邪 ································· 101

　　3. 난초를 허리에 띠고 장식으로 삼다紉蘭爲飾 ································· 106

　　4. 난초에 비유하여 덕을 밝히다喩蘭明德 ································· 109

10

제4장 난화의 재배 역사 고찰 ·· 117
　　　―『초사』속의 '난도 함께 논함

　　1. 선사설先史說 ··· 118
　　2. 춘추설春秋說 ·· 121
　　3. 전국설戰國說 ·· 126
　　4. 한대설漢代說 ·· 130
　　5. 진대설晉代說 ·· 132
　　6. 당대설唐代說 ·· 134
　　7. 제설에 대한 논평 ·· 136

제5장 중국 근현대 초사학사楚辭學史 고찰 ····························· 147
　　1. 연구대상 ·· 147
　　2. 고대 초사학사 회고 ·· 154
　　3. 근현내 초사학사의 통시적 고찰(상) ······················ 166
　　4. 근현대 초사학사의 통시적 고찰(하) ······················ 181

제2부 굴원 연구

제1장 형문荊門 곽점郭店 1호 초묘 묘주 연구 ························ 223
　　　―굴원 생애 연구의 난제도 함께 논함

　　1. 묘주의 신분 ··· 223
　　2. 묘주의 신분은 '하대부' ····································· 226
　　3. 이배의 명문은 '동궁지배' ·································· 231
　　4. '구장'은 '지팡이'가 아니다 ································ 241
　　5. 굴원 생애 기록의 결여와 연구의 방법론적 난제 ········· 253

제2장 굴원 '방축放逐' 문제에 대한 변증 ·············· 265
  1. 굴원 '방축' 문제의 연구사 회고 ·············· 265
  2. 굴원 '방축' 문제의 연구에 대한 사색 ·············· 281

제3장 굴원 '자침自沈'의 신빙성과 그 의미 ·············· 287
  1. 굴원 '자침'에 대한 역사 기록의 신빙성 ·············· 287
  2. 굴원 '자침'의 동기와 의미 ·············· 291

제4장 굴원의 '애국주의' 연구사 고찰 ·············· 307
  1. '애국주의' 의미의 확정 ·············· 307
  2. 굴원의 '애국정신'에 대한 역대 학자들의 발굴 ·············· 308
  3. 굴원의 '애국주의'를 강조하게 된 유래 ·············· 314
  4. 굴원의 '애국주의'에 대한 논쟁 ·············· 319
  5. 굴원의 '애국주의' 논쟁에 대한 반성과 심화 ·············· 329
  6. 굴원의 '애국주의'에 대한 연구의 성과와 난제 ·············· 336

제5장 굴원과 도연명의 진실된 모습을 찾아서 ·············· 339
  1. 처세는 다르지만 흉금은 같다 ·············· 339
  2. 모순과 적막, 생사기로에서의 선택 ·············· 346
  3. 잠재적 영향과 정신적 인도 ·············· 364

참고문헌 ·············· 367
찾아보기 ·············· 377

제 **1** 부

초사 연구

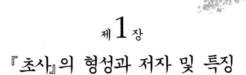

제 1 장

『초사』의 형성과 저자 및 특징

① 『초사』의 형성과 특징

'초사楚辭'라는 단어는 사마천司馬遷, B.C.145~B.C.90의 『사기史記·혹리 열전酷吏列傳』에 처음 보이는데 이를 통하여 서한西漢 초에 이 명칭이 이 미 형성되었음을 알 수 있다. 장구한 세월에 걸친 전파 과정에서 '초사'는 세 가지 의미를 가지게 되었다.

첫째, 시체이다. 전국시대戰國時代 초楚나라 지역에 나타난 일종의 새 로운 시체詩體를 가리킨다.

둘째, 작품이다. 전국시대 일부 초나라 사람과 그 후의 일부 한대漢代 사람들이 상술한 시체를 사용하여 창작한 작품을 가리킨다.

셋째, 서명이다. 한대 사람들이 초나라 사람과 한대 사람들의 시를 골 라서 편집한 한 권의 책을 가리킨다.

『초사』라는 책은 어느 한 사람의 손에서 나온 것도 아니고, 어느 한 시대에 만들어진 것도 아니다. 이것은 여러 시대에 걸쳐 여러 사람들에 의해 한 편씩 증보되고 편집되어 이루어진 것이다. 이 책은 전국시대부 터 동한東漢시대까지 약 삼사백 년 동안 다섯 단계를 거쳐 완성되었다.

첫 번째 단계: 선진先秦 시기

작품명	편차	저자
이소離騷	제1	굴원屈原, B.C.340~B.C.278
구변九辯	제2	송옥宋玉, B.C.298~B.C.222

편집자는 송옥일 것이다. 이는 『초사』의 초기 형태이다.

두 번째 단계: 서한 무제武帝 시기B.C.140년 전후, 7편 증보됨.

작품명	편차	저자
구가九歌	제3	굴원
천문天問	제4	굴원
구장九章	제5	굴원
원유遠遊	제6	굴원
복거卜居	제7	굴원
어부漁父	제8	굴원
초은사招隱士	제9	회남소산淮南小山

증보자는 회남왕淮南王의 빈객賓客 회남소산이거나 회남왕 유안劉安, B.C.179~B.C.122 본인일 것이다. 이상 9편 작품의 합집은 회남왕 유안 이후부터 유향劉向, B.C.77~B.C.6 이전까지의 시기에 통행하던 판본이다.

세 번째 단계: 서한 원제元帝와 성제成帝 시기B.C.48~B.C.8, 4편 증보됨.

작품명	편차	저자
초혼招魂	제10	송옥
구회九懷	제11	왕포王褒, B.C.90~B.C.51
칠간七諫	제12	동방삭東方朔
구탄九歎	제13	유향

증보자는 유향이다.

네 번째 단계: 반고班固, 32~92 이후부터 왕일王逸 이전까지의 시기기원 100년 전후, 3편 증보됨.

작품명	편차	저자
애시명哀時命	제14	엄기嚴忌, B.C.188~B.C.105
석서惜誓	제15	가의賈誼, B.C.200~B.C.168
대초大招	제16	굴원 혹은 경차景差, B.C.290~B.C.223

증보자는 고증할 길이 없다. 한 사람의 손에서 나온 것이 아니고 한 시기에 나온 것도 아니며 비교적 긴 시간동안 여러 사람들이 한 편씩 보충하고 편집해서 이루어진 것이다. 이상 16편의 작품을 모아 만든 판본이 바로 왕일이 『초사장구楚辭章句』를 편찬할 때 저본으로 삼은 16권본 『초사』이다.

다섯 번째 단계: 동한 후기기원 100~150년 전후, 1편 증보됨.

작품명	편차	저자
구사九思	제17	왕일

증보자는 왕일이다. 왕일은 『초사장구』를 편집할 때 자신의 작품「구사」를 덧붙여서 17권으로 만들었는데 이것이 바로 후세에 전해진 17권본 『초사』이다.1)

송대宋代에 이르러 기존의 『초사』 편차가 혼란스럽다는 이유로 저자의 생몰년을 고증하여 그 순서대로 다음과 같이 목차를 다시 편성하였다.

1) 湯炳正,「楚辭編纂者及其成書年代的探索」,『江漢學報』1963년 제10호.

작품명	편차	저자
이소	제1	굴원
구가	제2	굴원
천문	제3	굴원
구장	제4	굴원
원유	제5	굴원
복거	제6	굴원
어부	제7	굴원
구변	제8	송옥
초혼	제9	송옥
대초	제10	굴원 혹은 경차
석서	제11	가의
초은사	제12	회남소산
칠간	제13	동빙삭
애시명	제14	엄기
구회	제15	왕포
구탄	제16	유향
구사	제17	왕일

이것이 바로 송대 이후에 통행된 『초사』 판본이다. 『초사』의 편찬과
정과 편차를 통하여 '초사' 두 글자의 의미는 굴원의 사부辭賦와 송옥 이
후의 한대 사람들이 굴원을 애도하거나 그러한 사건을 제목으로 지은
의소사부擬騷辭賦 혹은 소체부騷體賦임을 알 수 있다.

풍風·소騷를 병칭하는 것은 유래가 깊으며 모두 시가 창작의 모범이라
고 할 수 있다. 송대의 주희朱熹, 1130~1200는 "삼백 편은 성정의 근본이
다. 「이소」는 사부의 으뜸이다. 시를 배움에 있어서 이를 기초로 하지
않으면 역시 얕게 된다.三百篇, 性情之本. 離騷, 詞賦之宗. 學詩不本於此, 是亦淺
矣."[2]고 하였다. 그러므로 일반적으로 『초사』의 특징을 말할 때에 『시경
詩經』을 함께 들어 양자의 시대, 지역, 문화전통, 성격, 체제, 구조, 기교,

풍격 등 여러 방면의 차이를 탐구하였다. 그러나 무엇보다 중요한 것은 지역적인 요소이다. 이에 대하여 구경손丘瓊蓀, 1896~1965은 다음과 같이 말하였다.

> 북방 사람들은 성격이 강하고 남방 사람들은 성격이 부드럽다. 북방 사람들의 견해는 현실에 치우쳐 있고 남방 사람들의 사상은 낭만에 근접하여 있다. 북방의 산천은 웅장하고 힘차지만 남방의 산수는 맑고 그윽하다. 북방 사람들의 생활은 비교적 어렵고 소박하지만 남방 사람들의 생활은 비교적 쉽고 사치스럽다.[3]

유사배劉師培, 1884~1919는 더욱 구체적으로 분석하였다.

> 대체로 북방은 토지가 두껍고 물이 깊어 거기 사람들은 현실적인 것을 좋아한다. 남방은 물세가 넓고 거대하여 이곳에 사는 사람들은 대부분 허무를 좋아한다. 백성들이 현실적인 것을 좋아하므로 지은 글이 사실을 기술하거나 이치를 분석하는 두 가지를 벗어나지 않는다. 백성들이 허무를 좋아하므로 지은 글이 뜻을 말하거나 감정을 서술하는 문장이 많다.
>
> 大抵北方之地, 土厚水深, 其間多尚實際. 南方之地, 水勢浩洋, 民生其地, 多尚虛無. 民崇實際, 故所作之文, 不外記事析理二端. 民尚虛無, 故所作之文, 多爲言志抒情之作.[4]

이를 통하여 지역적인 요소는 우선 생활, 기질, 성격 등에 영향을 주고 그다음 철학적인 면에 영향을 준다는 점을 알 수 있다. 북방 철학은 이성적이고 치밀함을 보여준다. 예를 들면 『맹자孟子』는 현실에 직면하여 차근차근 잘 깨우치고 도리로써 반박하고 의론이 왕성하다. 『순자荀

---

2) 宋·魏慶之, 『詩人玉屑』卷13, 上海古籍出版社, 1978, 267쪽.

3) 丘瓊蓀, 『詩賦詞曲槪論』, 中華書局, 1934(中國書店, 1985년 影印本), 29~30쪽.

4) 劉師培, 「南北文學不同論」, 『劉申叔遺書』 第15冊, 甯武南氏校印本, 1934.

子』는 주도면밀하게 계획하고 추리가 치밀하고 내용이 깊고 박식하며 냉정하게 의론한다. 『한비자韓非子』는 미세한 변화를 관찰하고 조목조목 상세하게 분석하고 기세가 왕성하며 강력하다. 그러나 남방의 철학은 성대하고 아득하다. 예를 들면 『노자老子』, 『장자莊子』는 취지가 멀고 뜻이 은밀하며 허에 실을 기탁하고 황당무계한 말을 늘어놓아 아득하여 추측할 수가 없다. 그들은 흔히 사물에 대한 이성적 분석이나 개별 사물에 대한 구별을 하지 않고 애써 시각, 청각, 미각, 후각, 촉각 등의 여러 측면에서 객관사물에 대한 전체적이고 완전한 체험과 깨달음을 얻으려고 노력한다.

　지리적 조건에 의하여 형성된 서로 완전히 다른 두 가지 특징이 점차 서로 다른 두 가지 풍격, 두 가지 표현방식 및 서로 다른 심미적 특징으로 발전하였다. 양계초梁啓超, 1873~1929는 "『시경』은 중원의 유음遺音으로서 대체로 온유돈후하고 매우 표준적인 현실문학에 속한다. 그러나 『초사』는 남방 신흥민족이 창작한 새로운 시의 장르로서 주로 감정을 마음껏 쏟아내고 상상력이 풍부한 순수문학에 속한다."[5]고 요약하였다. 유협劉勰, 465~520도 『문심조룡文心雕龍·물색物色』에서 "굴원이 『풍』·『소』의 감정을 통찰할 수 있었던 데는 또한 강산의 도움이 컸다.然屈平所以能洞鑒風騷之情者, 抑亦江山之助乎."고 하였다.

　그러나 주목할 점은 『초사』의 원천은 복잡하고 다원적이라는 것이다. 신화와 전설, 『시경』 중의 '진풍陳風'과 '이남二南' 및 초나라 민요, 『노자』 등이 포함되어야 하고 또한 중원의 역사 산문과 철학 산문 등이 포함되어야 한다. 『시경』과 『초사』의 예술적 형식의 차이는 표면적인 '사언四言'과 '소체騷體'에만 있는 것이 아니라 예술적 경지, 분위기, 서정적 기교, 비흥比興과 상징 등의 여러 면에서 두루 나타난다. 『초사』의

　5) 陳引馳 編校, 『梁啓超國學講錄二種』, 中國社會科學出版社, 1997, 80쪽.

특징을 논할 때 사람들은 흔히 송대 황백사黃伯思, 1079~1118의 다음 글을 인용한다.

> 굴원과 송옥이 지은 여러 소체 작품은 모두 초나라 언어를 쓰고 초나라 소리로 적고 초나라 지명을 기록하고 초나라 사물을 말하였으므로 가히 『초사』라고 부를 만하다. 약사, 지, 강, 수, 건, 분, 차제 등은 모두 초나라 언어이다. 음률의 멈추고 바뀜이 비장하고, 혹은 운을 달았거나 혹은 달지 않았는데 이는 초나라 소리이다. 상, 원, 강, 풍, 수문, 하수 등은 초나라 지명이다. 난, 채, 전, 약, 혜, 약, 빈, 형 등은 초나라 사물이다. 다른 것도 모두 이와 같으므로 '초'로 이름 지었다.
>
> 蓋屈宋諸騷, 皆書楚語, 作楚聲, 紀楚地, 名楚物, 故可謂之楚辭. 若些, 只, 羌, 誶, 蹇, 紛, 侘傺者, 楚語也. 頓挫悲壯, 或韻或否者, 楚聲也. 湘, 沅, 江, 澧, 修門, 夏首者, 楚地也. 蘭, 茝, 荃, 藥, 蕙, 若, 蘋, 蘅者, 楚物也. 他皆率若此, 故以楚名之.[6]

이 관점은 일정한 대표성을 띠고 있지만 전면적이지는 않다. '초나라 언어楚語', '초나라 소리楚聲', '초나라 지명楚地', '초나라 사물楚物'이 『초사』에서 차지하는 비중은 비교적 작다. 이 중에 '초나라 언어'의 경우 왕일의 『초사장구』에서는 21개의 어휘를 열거하였다. 근현대의 학자 이교李翹, 1896~1970의 『굴송방언고屈宋方言考』에서는 68개의 어휘를 열거하였고, 곽말약郭沫若, 1892~1978의 『굴원연구屈原硏究』에서는 24개의 어휘를 열거하였으며,[7] 유국은游國恩, 1899~1978은 곽말약의 기초 위에 7개의 어휘를 더 보충하여 31개의 어휘를 열거하였다. 양백화楊白樺, 1920~1968는 『초사선석楚辭選析』에서 『방언方言』, 『설문說文』, 『초사장구』 중에 초나라 방언으로 된 어휘가 30개 정도 있다고 하였고,[8] 강서각姜書閣, 1907~2000은

6) 姜亮夫, 『楚辭書目五種』, 上海古籍出版社, 1993, 37쪽.
7) 郭沫若, 『郭沫若全集·歷史編』 제4권 『歷史人物』, 人民文學出版社, 1982, 48~51쪽.
8) 楊白樺, 『楚辭選析』, 江蘇古籍出版社, 1987, 8쪽.

『굴부초어의소屈賦楚語義疏』에서 초나라 방언으로 된 어휘를 64개 열거하였으며,[9] 왕연해王延海, 1939~ 는 『초사석론楚辭釋論』에서 66개의 어휘를 열거하였다.[10] 이를 통하여 『초사』는 당시에 유행하던 '표준말'로 창작한 것임을 알 수 있다. 또 어떤 사람들은 '혜兮' 자를 초사의 특수 용법으로 여겼다. 그러나 공광삼孔廣森, 1751~1786의 『시성류詩聲類』의 통계에 의하면 『시경』에서 '혜' 자를 285회 사용하였는데 그 중 「국풍國風」에서 258회, 「소아小雅」에서 27회를 사용하였다. 『초사』는 이런 기초 위에서 발전하였으며 굴원과 송옥의 작품에서 사용한 횟수가 좀 많을 뿐이다. 예를 들면 「이소」에서 186회, 「구장」에서 338회, 「구가」에서 262회, 「구변」에서 143회를 사용하였다. 굴원의 작품에 언급된 역사 인물이 81명인데 이 중에 초나라에 속하는 인물은 오직 접여接興, 도오堵敖, 자문子文 등 세 사람뿐이다. 굴원의 작품에 언급된 천지신명은 24명인데 초나라의 신명은 오직 상군湘君과 상부인湘夫人 두 사람 뿐이다.[11]

초나라는 800여년의 역사가 있고 선후로 70여개 나라를 멸망시킨 대국이었다. 그 영토는 주周 왕조의 전체 국토의 2분의 1을 차지하며 호북, 호남, 안휘, 강서, 강소, 절강 등 6개 성의 전 지역 및 섬서, 하남, 산동, 광동, 광서, 귀주 등 성의 일부 지역을 포함하여 총면적은 약 100만 평방킬로미터에 달한다. 역사가 유구하고 지역이 광활하여 초나라 자체가 바로 남북문화가 융합하고 소통하는 국가이다. '초사'의 원천이 되는 작품에도 창작과 전파과정에서의 융합적인 특징이 담겨있다. 게나가 굴원은 전국시대 중후기 '대융합'의 시대 조류 속에서 살았고 견문이 넓고 기억력이 좋았으며 나라를 다스리는 도리에 밝고 외교사령에 능숙하여 필연적으로 더욱 높은 차원의 남북 문화의 융합을 이루어낼 수 있었다.

---

9) 姜書閣, 『屈賦楚語義疏』, 齊魯書社, 1983, 59~108쪽.
10) 王延海, 『楚辭釋論』, 大連出版社, 1997, 9~12쪽.
11) 蔡守湘·朱炳祥, 「論〈楚辭〉産生的文化背景」, 『江漢論壇』 1992년 제6호.

그는 '집대성'의 기초 위에서 스스로 위대한 언어를 창조하였는데,『문심
조룡文心雕龍 · 변소辨騷』에서는 그의 예술 경지를 "기운이 고대를 억누르
고 문사는 현재에 절실하니 경이롭고 아름다워 이와 병행되기 어렵구나.
氣往轢古, 辭來切今, 驚采絶豔, 難與並能."라고 높이 찬양하였다.

이상의 내용을 종합하여 볼 때 굴원의 작품을 위주로 하는 『초사』는
남북 문화가 상호 융합되고 이전 시대의 풍부한 문헌과 찬란한 종교문화
가 합쳐서 형성된 결정체임을 알 수 있다.[12] 그리고 『초사』의 주요 연원
은 중원문화이며 그 밖의 원천은 주변의 양월揚越, 초만楚蠻, 파인巴人 문
화이다. 그 근원은 초나라 민족의 시조인 축융祝融 시대의 불을 숭상하고
태양을 경배하고 붉은 것을 숭상하고 봉황을 존숭하는 원시 무속문화로
거슬러 올라갈 수 있다.[13]

② 굴원의 생애와 사상

초사의 창시자이자 대표 저자인 굴원은 초회왕楚懷王, B.C.354~B.C.296
과 초경양왕楚頃襄王, B.C.329~B.C.263 시대에 살았다. 후세 사람들은 「이
소」의 "마침 인년의 인월, 즉 정월달 인일에 나는 태어났네.攝提貞于孟陬
兮, 惟庚寅吾以降."라는 시구에 근거하여 그의 출생 날짜를 추측하였는데
여러 가지 주장이 있다. 추한훈鄒漢勳, 1805~1854은 초선왕楚宣王 27년
B.C.343 무인戊寅 정월 21일이라고 하였고, 곽말약은 초선왕 30년B.C.340
정월 초 이렛날이라고 하였고, 포강청浦江清, 1904~1957은 초위왕楚威王
원년B.C.339 정월 14일이라고 하였으며, 탕병정湯炳正, 1910~1998은 초선

---

12) 李誠, 『楚辭文心管窺』, 臺北:文津出版社, 1995, 553쪽.
13) 張正明, 「楚藝術探源」, 『藝術與時代』 1990년 제3호.

왕 28년B.C.342 정월 26일이라고 하였다. 또한 「애영哀郢」, 「회사懷沙」
및 『사기史記·초세가楚世家』에 근거하여 굴원의 사망 시기를 추측하였는
데 모두 확실한 근거가 없다. 황문환黃文煥, 1598~1667은 경양왕頃襄王 10
년B.C.289이라고 하였고, 임운명林雲銘, 1628~1697은 경양왕 11년B.C.288이
라고 하였고, 장기蔣驥는 경양왕 13~14년 혹은 15~16년B.C.286~283이
라고 하였으며, 유몽붕劉夢鵬은 경양왕 21년B.C.278이라고 하였다.

굴원의 생애에 관해서는 『사기史記·굴원가생열전屈原賈生列傳』, 『사기·
초세가』, 유향의 『신서新序·절사節士』에 관련 기록이 있다. 굴원은 초나
라 왕실과 동성同姓인 미芈 성을 가졌다. 초무왕楚武王, ?~B.C.690의 아들
하瑕가 굴屈을 채읍으로 하였기에 굴을 씨氏로 삼았다. 역사 기록에 의하
면 굴원은 젊었을 때 회왕의 신임을 얻어 좌도左徒에 임명되었고 견문이
넓고 기억력이 좋았으며 나라를 다스리는 도리에 밝고 외교사령에 능숙
하였다. 조정에 들어가서는 임금과 국사를 논의하고 명령을 내렸으며,
물러나서는 빈객을 맞이하고 제후를 응대하였다. 상관대부上官大夫는 그
와 동등한 지위에 있었지만 마음속으로 굴원의 재능을 시기하였다. 회왕
이 굴원에게 조정을 개혁하는 법령을 제정하라고 하였는데 초안을 작성
하는 과정에 상관대부가 보수파 세력들을 대표하여 그중의 일부 조항을
고치려고 하였으나 굴원이 동의하지 않았다. 상관대부는 매우 화가 났으
며 회왕에게 가서 "임금님께서 굴원에게 법령을 만들라고 한 것을 모르
는 자가 없습니다. 그런데 법령 한 조목을 만들 때마다 굴원은 그 공적을
자랑하면서 자신이 아니면 아무도 만들 수 없다고 여깁니다.王使屈平爲令,
衆莫不知, 每一令出, 平伐其功, 以爲非我莫能爲也."라고 참소하였다. 회왕은 고
집스럽고 남의 의견을 잘 듣지 않으며 감정적으로 일을 처리하는 성격인
데, 이 말을 듣자 "노하여 굴원을 멀리하였다.怒而疏屈原."고 한다. 왕일의
『초사장구』에는 굴원이 후에 삼려대부三閭大夫에 임명되었으며 왕족의
세 성씨인 소昭·굴屈·경景씨를 관리하였고 "왕족의 족보를 정리하고 현

량한 사람들의 표준을 명확하게 하였으며 걸출한 인물들을 격려하였다. 序其譜屬, 率其賢良, 以厲國士."고 하였다. 굴원은 임금이 간언을 잘 듣지 않고, 참소하고 아첨하는 무리들이 임금의 총명을 가로막으며, 마음이 바르지 못한 무리들이 공명정대한 사람을 해치고, 언행이 바른 사람이 받아들여지지 않는 현실에 괴로워하였으며 깊이 근심하고 사색하여 「이소」를 지었다.

초회왕 16년B.C.313에 진秦나라 혜문왕惠文王, B.C.356~B.C.311이 제齊나라를 토벌하기 위해 장의張儀를 초나라에 파견하였다. 그리고 많은 예물을 바치며 초나라를 섬기고 상商과 어於 지역의 600리 땅을 줄 것을 약속하면서 초나라가 제나라와의 연맹을 끊도록 유혹하였다. 회왕은 욕심이 많아 장의를 믿고 마침내 제나라와 절교하였으나 결국 그들의 속임수에 넘어가 약속한 땅을 얻지 못하였다. 회왕은 노하여 진나라를 공격하였고 진나라와 초나라는 전쟁을 하게 되었다. 회왕 17년B.C.312에 진나라는 단丹과 석淅 지역에서 초나라를 대파하고 초나라 군사 8만 명의 목을 베고 초나라 장군 굴개屈勻를 포로로 잡았으며 초나라의 한중漢中 지역 600리 땅을 빼앗았다. 회왕 18년B.C.311 진나라는 당분간 초나라를 멸망시킬 수도 없고 초나라가 제나라와의 외교관계도 회복하였기 때문에 빼앗은 한중 땅의 절반을 돌려주겠다는 조건을 내세워 초나라에 화해를 요청하였다. 그러자 회왕은 "장의만 보내라. 땅은 원하지 않는다."고 하였다. 그리하여 진나라는 회왕의 요구대로 장의를 초나라에 보냈다. 다시 초나라에 온 장의는 권신 근상斳尙과 회왕의 총첩 정수鄭袖를 매수하여 회왕이 자신을 풀어주도록 하였다. 그때 굴원은 제나라에 사신으로 갔다가 막 돌아왔는데 회왕에게 가서 "어찌하여 장의를 죽이지 않으셨습니까?"라고 간언하였다. 이에 회왕이 후회하며 장의를 추적하게 하였으나 잡지 못하였다. 그 후 회왕 24년B.C.305 초나라는 제나라를 배반하고 진나라와 화해하여 진나라의 여인을 후궁으로 맞이하였다. 줄곧 제나라와 연합하여 진나라에 대항할 것을 주장하던 굴원은 회왕에게 진나라와의 화해를 반대하는 간언을 올리다가 그만 한북漢北의 땅으로 유배를 가게 되었다. 「추사抽思」에 "새가 남쪽에서 날아와 한수 북쪽에 모이는구나.有鳥自南兮, 來集漢北."라는 구절이 있는데 바로 그 일을 읊은 것이다. 회왕 28년 B.C.301 진나라가 제후들과 연합하여 초나라를 공격하여 초나라 장군 당매唐昧를 죽이고 중구重丘의 땅을 빼앗았다. 회왕 29년B.C.300년 진나라는 다시 초나라를 공격하여 초나라 군대를 대파하고 2만 명을 죽였고 초나라 장군 경결景缺도 살해하였다. 회왕 30년B.C.299 진나라가 다시 초나라를 공격하여 여덟 개의 성을 빼앗았다. 그리고 진소왕秦昭王, B.C.325~ B.C.251은 회왕을 속여 무관武關에서 만나 화해하자고 요청하였다. 회왕은 믿고 가려 하였는데 굴원이 "진나라는 호랑이나 이리 같은 나라이니 믿지 마십시오. 가지 않는 것이 좋습니다."하며 말렸다. 그러나 회왕의 아들 자란子蘭은 "어찌 진나라의 호의를 거절하십니까?"라고 하면서 임금에게 갈 것을 권유하였다. 끝내 회왕은 무관으로 갔으며 결국 진나라에 억류되었다. 초나라는 회왕의 아들 횡橫을 왕으로 세웠는데 그가 바로 경양왕이다. 그의 동생 자란은 영윤令尹이 되었다. 경양왕 3년B.C.296 회왕은 끝내 진나라에서 객사하였고 시신을 초나라로 싣고 와서 장례를 지냈다. 초나라 백성들은 회왕을 불쌍히 여겨 친척이 죽은 것처럼 슬퍼하였고 회왕을 진나라에 가게 한 자란을 책망하였다. 이는 객관적으로 굴원의 정확한 판단을 긍정한 것이다. 그러자 자란은 상관대부를 부추겨 경양왕한테 가서 굴원을 비방하게 하였다. 경양왕은 몹시 화가 나서 굴원을 유배지 한북에서 다시 강남 지역으로 유배를 보냈다.[14] 그리하여 굴원은 "동정호에 올랐다가 장강으로 내려갔고上洞庭而下江", 원수沅水와 상수湘水

---

14) 周建忠, 「荊門郭店一號楚墓墓主考論─兼論屈原生平研究的困惑」, 『歷史研究』 2000년 제5호; 周建忠, 「屈原放逐問題證辯」, 『南都學壇』 2002년 제4호.

일대를 전전하였는데 예전에 살던 도성은 점점 멀어지고 오래도록 돌아
가지 못하였다. 그리하여 "머리를 풀어헤치고 못가를 거닐며 시를 읊었
는데 안색이 초췌하고 형상이 볏짚같이 말랐으며被髮行吟澤畔, 顏色憔悴,
形容枯槁" 마침내 스스로 멱라강에 뛰어들어 자살하였다. 소식蘇軾, 1037~
1101은 「굴원묘부屈原廟賦」에서 굴원의 죽음에 대한 느낌과 이해를 읊었
는데 "살아서는 힘써 쟁취하고 강렬하게 간언할 수 없었지만, 죽어서라도
임금의 마음을 감동시켜 행동이 바뀌기를 기대하였네. 만일 조국이 뒤집
어진다면, 나 어찌 홀로 오래 살기를 좋아하겠는가?生旣不能力爭而强諫, 死
猶能冀其感發而改行. 苟宗國之顚覆兮, 吾亦獨何愛於久生."라고 하였다.15)

　곽말약은 『굴원연구』에서 "그가 생활한 시대는 확실히 뭇별이 하늘을
장식하던 시대였고 그는 그 시대에서 색다른 광채를 발하던 일등별이었
다."고 평가하였다.16) 굴원은 중국 문학사에서 최초의 대시인으로서 시
공간을 뛰어넘는 높고 큰 비석이며 풍부하고 복잡한 '모델'이다. 그는
실패한 정치가였지만 또한 성공한 정치 시인이기도 하였다. 그의 사상은
유儒, 법法, 도道 등 제가의 영향을 받았지만 또한 스스로 일가를 이루었
다. 그가 추구한 '훌륭한 정치'의 내용은 임금과 신하가 서로 의기투합하
고 현자를 천거하고 능력 있는 자에게 관직을 주며 내부적으로는 개혁을
실시하고 외부적으로는 제나라와 연합하여 진나라에 대항하는 것이다.
굴원은 작품에서 선진시기의 철학자와 사상가 즉 공자孔子, 노자老子, 묵
자墨子, 맹자孟子, 오기吳起, 상앙商鞅 등의 제자백가들을 한 번도 직접적
으로 언급한 적이 없다. 오히려 지칩(이윤伊尹), 구요咎繇(고도皋陶), 부설
傳說, 여망呂望, 영척寧戚, 백리해百里奚 등의 선현先賢들을 언급하였다. 선
현들이 태어난 좋은 때를 노래하고 명군을 만난 것을 부러워하였으며

15)　周建忠, 「屈原'自沈'的可靠性及其意義」, 『雲夢學刊』 2002년 제4호.
16)　郭沫若, 『屈原硏究』, 重慶群益出版社, 1943.

그들처럼 성취가 있기를 갈망하였다. 또 백이伯夷, 비간比干, 매백梅伯, 기자箕子, 팽함彭咸, 신도申徒, 오자서伍子胥, 개자추介子推 등을 언급하였으며 그들의 불행한 운명을 동정하고 그들의 순절을 경탄하였다.[17] 이러한 내용을 통하여 굴원이 임금과 신하의 의기투합과 충신이라는 입장에서 출발하여 시야를 초나라에만 국한하지 않고 다른 나라에 가서 출사하거나 타국에서 뜻을 이루는 것에 대해서도 별로 반대하지 않았음을 알 수 있다. 「이소」에서는 영분靈氛의 입을 빌려 다음과 같이 말하였다.

> 구주의 넓고 큰 것을 생각하면 　　　　　　　　思九州之博大兮
> 어찌 여기만 미인이 있으랴? 　　　　　　　　　豈唯是其有女
> ……
> 어디엔들 향기로운 풀이 없으련만 　　　　　　何所獨無芳草兮
> 그대는 어찌하여 고국만 생각히는가? 　　　　爾何懷乎故宇

또 무함巫咸의 입을 빌려 출사의 기준을 제시하였다.

> 힘써 하늘과 땅으로 오르고 내리면서 　　　　勉升降以上下兮
> 법도를 함께 할 임금을 찾아야 하리니. 　　　求矩矱之所同

굴원은 바로 영분과 무함의 입을 빌려 당시의 "선비에게는 변하지 않는 임금이 없고, 나라에는 정해진 신하가 없고, 선비를 얻은 자는 부강해지고, 선비를 잃은 자는 빈곤해진다.土無常君, 國無定臣, 得士者富, 失士者貧."(양웅揚雄 『해조解嘲』)는 사회 풍조를 반영하였다. 당시에는 대국 관념이 강하였으며 어떤 사람들은 '왕천하王天下', '정어일定於一'의 사상을 제기하였으며 소국 관념은 비교적 빈약하였다. 포부가 있는 지식인들이

---

17) 周建忠,「屈原思想: 有儒有法, 然非儒非法」,『楚辭論稿』, 中州古籍出版社, 1994, 47~50쪽.

본국에서 벼슬하거나 타국에서 벼슬하거나 모두 애국과는 무관한 일이
었다. 그러나 초나라에 대한 굴원의 집착과 사랑은 그의 충군사상과 연
관이 있다. 굴원은 초나라 왕실과 동성이다. 그는 임금의 인척이면서 신
하로서 "임금이 큰 잘못이 있으면 간언하고君有大過則諫", "반복하여도 듣
지 않는反復之不聽" 상황에 처하여도 "군주를 바꿔 모실易位" 생각을 하지
않았다.(『맹자孟子·만장하萬章下』) 굴원은 신하로서 초회왕에 대하여 분
명하고도 고통스러운 인식이 있다. 「이소」에 "여러 번 흐느껴 울어도
내 마음 답답하고, 내가 때를 잘못 만남을 슬퍼하노라.曾歔欷余鬱邑兮, 哀朕
時之不當."라고 하였다. 즉 때를 잘못 타고 태어나서 성군의 시기를 만나
지 못하였고 현자를 천거하고 능력 있는 자에게 관직을 주는 우禹, 탕湯,
문무文武 왕의 시대를 만나지 못하였다는 뜻이다. 초회왕은 나라의 임금
으로서 내정의 부패와 암흑, 외교의 복잡함과 치열함, 상대의 강력함과
간교함 등에 직면하여 전혀 '성군'의 소질을 구비하지 못하였다. 그는
비록 폭군은 아니었고 걸桀이나 주紂와 같은 무도한 임금이 아니었지만
어렵고 힘든 책임을 지려고 하지 않았고 책임질 능력도 없었기에 그러한
천지개벽의 난세에서 필연적으로 도태되고 말았다. 굴원이 자신의 이상
을 이런 사람의 몸에 기탁한데 대하여 이지李贄, 1527~1602는 일찍이 "비
록 충성을 다하였으나 어리석었다.雖忠亦癡."고 조롱하였다.(『분서焚書』
권5) 그러나 굴원의 충군에는 국가의 운명에 대한 관심도 내포되어 있
다. "임금님 수레가 뒤집힐까 두렵다.恐皇輿之敗績"고 읊은 시구에는 단순
히 임금이 바른길을 가지 않아 넘어질까 염려한 것뿐만 아니라 나라가
나날이 쇠약해져서 멸망의 위험이 있지 않을까를 걱정한 것이다. 초회왕
에 대한 그의 원망은 훌륭한 왕이 되지 못함을 안타까워하는 특정 심리
가 내포되어 있고 매우 강렬한 애국 감정이 내포되어 있다. 그러므로
사마천은 "임금을 보존하고 나라를 부흥시켰다.存君興國."고 하였고 주희
는 "임금에게 충성하고 나라를 사랑하였다.忠君愛國."고 칭송하였다.

이외에 전국시대는 사회가 격렬하게 변동하는 시기이며 복잡한 사회
의식이 나타나는 시기이다. 사람들의 가치관과 시비판단은 흔히 여러
가지 원인을 갖고 있지만 이러한 현상이 굴원의 애국사상을 발견하고
인정하는 일에 방해가 되지는 않는다. 굴원은 종족관념이 강한 조정의
귀족도 아니고 초나라만 사랑해서 '천하'는 안중에도 없는 마음이 옹색한
사람도 아니며 초나라를 떠나 다른 곳에서 벼슬할 생각이 전혀 없는 것
도 아니었다. 그러나 결국 굴원은 죽을 때까지 초나라를 떠나지 않았고
조국을 깊이 사랑하였다. 이는 일종의 아름다운 지조와 감정에서 비롯된
것이다. 비록 오늘날의 배타적이고 반드시 지켜야 하는 '애국주의'로 승
화하기에는 아직 부족하지만 그의 실천은 중화민족의 '애국주의' 관념의
형성에 커다란 이론적 의의와 실천적 가치를 제공하여 주었다. 즉 굴원
은 '중화혼'이 되었고 역대 '애국지사들의 본보기'가 되었다. 이런 시각에
서 볼 때 굴원을 '애국자', '애국시인'이라고 부르고 '애국정신'과 '애국사
상'을 가지고 있다고 해도 합당할 것이다.18)

엄밀하게 말하자면 굴원의 위대한 점은 결코 그가 죽어도 초나라를
떠나지 않은 행위에 있는 것이 아니라 사람들에게 진취적인 인생의 패턴
을 제공하였다는 점에 있다. 그 내용은 다음과 같은 몇 가지를 포함한다.

① 충군애국忠君愛國(임금에게 충성하고 나라를 사랑하다)
   굴원은 초나라에 '깊고 견고하여 옮기기 어려운' 특별한 사랑을 품
   고 있었으며 일종의 깊고 간절한 그리움의 감정을 가지고 있었다.
   자기 나라가 희망이 없고 자신이 화를 당하여 몸이 손상되어도
   변함없이 임금을 보존하고 나라를 진흥시키려고 하였다. 임금이
   그를 멀리하고 유배를 보냈어도 임금을 원망하면서도 더욱 충성하

---

18) 周建忠, 「屈原'愛國主義'研究的歷史審視」, 『中國文學硏究』 2002년 제4호.

였다. '옛 습관을 고치는 것'을 임금의 한 번의 깨달음에 기탁하였
기에 조국을 사랑하고 임금을 사모하며 자신의 마음을 드러내는
하소연을 하였고, 소인배들을 규탄하고 자신의 충성을 나타내는
대비적인 서술을 하였다.

② 독립불천獨立不遷(홀로 서서 변하지 않다)
굴원은 두뇌가 냉철하고, 세상에 홀로 서서, 세속의 흐름을 따르지
않았다. 그는 정직하고 떳떳한 것을 추구하였고 아첨하고 간사한
무리를 경멸하였다. 설령 온갖 박해를 받고 홀로 곤궁하고 외롭고
남들이 헐뜯고 공격해도, 그리고 도와주는 사람이 아무도 없어도
생각을 바꾸지 않았다. 그는 아름다운 인격과 정조를 지키기 위하
여 즐거움과 승진을 마다하고 심지어 자신의 소중한 생명까지 희
생하였으며, 생명보다 더 소중히 여기는 '훌륭한 명성'까지도 희생
하였다.

③ 상하구색上下求索(오르락내리락하며 찾아다니다)
이상에 대하여, 진리에 대하여, 훌륭한 정치에 대하여 끝까지 게을
리 하지 않고 추구하였으며 불요불굴의 의지를 가졌다.

④ 호수위상好修爲常(수양하는 것을 일상으로 삼다)
굴원은 "사람들은 제각기 즐기는 것이 있지만, 나는 홀로 수양하는
것을 일상으로 삼게 되었네.民生各有所樂兮, 余獨好修以爲常."라고 하
였다. 「이소」에서 '수修'를 언급한 것이 11회인데 굴원은 뜻과 행
동이 고결하여 끊임없이 수양하고 노력하였다.

특이한 점은 굴원이 절박하게 추구한 것은 이상 네 가지의 '만능'을

한 몸에 지니는 것이었다. 깊고 절절한 그리움, 불요불굴의 투쟁의지, 강인한 탐색정신, 수양을 좋아하는 숭고한 품성을 완벽하게 융합하여 한 몸에 지니려고 노력하였다. 현실을 초월한 이런 이상적 인물패턴은 굴원의 위대하고 독특한 점이기도 하지만 그의 고통과 비극의 근원이기도 하였다. 당시의 환경과 조건, 분위기를 통하여 볼 때 굴원은 결코 '만능'을 이룰 수 없는 상황이었다. 반드시 어느 한 가지를 포기하여야 한다. 만약 그중 일부를 포기하지 않는다면 실현하기는커녕 시도조차 해 볼 수 없고, 또 자신의 한 몸도 지키기 어렵게 될 것이다. 그렇기 때문에 굴원은 곤경에 빠져 헤어 나오기 어렵게 되었고, 이런 어려움 속에서 그가 직면한 문제는 '나아감과 물러남', '출사와 은퇴', '성공과 실패'의 선택이 아니라 '부서진 옥과 온전한 기와'의 선택이었다. 굴원은 일시적인 사상의 동요를 극복하고 끝까지 '만능'을 견지하였으며 그중 어느 하나도 결코 포기하지 않았다. 그래서 결국 생명과 '훌륭한 명성'을 대가로 하여 스스로 하나의 완벽한 인격 모델을 만들어냈다. 굴원의 비극은 바로 자기 자신도 해결할 수 없는 갈등에서 비롯되었다. 그러나 그 갈등은 바로 그의 인격과 '미'의 구현이라고 할 수 있다. 결국 그는 민족정신의 완벽한 상징이 되었다.[19)

③ 굴원의 작품과 예술적 특징

굴원의 작품에 관하여 『사기·굴원가생열전』에서는 「이소」, 「천문」, 「초혼」, 「애영」, 「회사」를 언급하였다. 반고의 『한서漢書·예문지藝文志』에서는 굴원의 작품이 25편이라고 하였으나 구체적인 편목을 열거하지는

---

19) 周建忠, 「屈原: 民族精神的完美象徵」, 『社會科學報』 1990년 8월 23일자 제2면.

않았다. 왕일은『초사장구』에서 굴원의 그 25편은 「이소」, 「천문」, 「구가」 11편, 「구장」 9편, 「원유」, 「복거」, 「어부」라고 밝혔다. 그리고 「대초」 의 저자가 굴원인지 경차인지에 대해서는 "의문이며 분명하게 밝힐 수 없다.疑不能明."고 하였고 「초혼」의 저자는 송옥이라고 하였다.

이상의 작품의 진위에 대한 감별은 줄곧 초사 연구의 주관심사이며 난제였다. 고금의 학자들의 의심을 받은 작품으로는 「초혼」, 「원유」 「복거」, 「어부」, 「대초」 등이 있다. 학술계에서 기본적으로 굴원의 작품으로 확정한 것은 「이소」, 「천문」, 「구장」, 「구가」이다. 강량부姜亮夫, 1902~1995는 굴원의 작품을 세 가지 유형으로 분석하였다. 「이소」, 「구장」 등을 한 유형으로 분류하였는데 이 작품들은 대부분 근거가 될 만한 역사적 사건이 있고 굴원 창작의 중심으로서 자서전적 성격을 갖고 있으며 서술과 서정이 섞여있다고 하였다. 또 「천문」을 한 유형으로 분류하고 이것은 굴원의 사상과 예술적 조예, 비판정신의 표현이라고 하였다. 마지막으로 「구가」를 한 유형으로 분류하고 민간에서 신에게 제사를 지낼 때 사용하던 악곡을 정리하고 가공하여 창작한 것이며 사람 또는 신을 대신하여 서술한 것으로서 남초南楚 문학전통의 흔적을 많이 보여주었다고 하였다. 이중에서 「이소」, 「구가」 두 유형은 굴원 작품의 기본 풍격을 형성하였다고 하였다.[20]

소식은 "내가 문장에 있어서 평생 사모하면서도 만분의 하나도 미치지 못하는 자는 오직 굴원 한 사람 뿐이다.吾文終其身企慕而不能及萬一者, 惟屈子一人耳."라고 하였다.(장지교蔣之翹『칠십이가평초사七十二家評楚辭』) 굴원 작품의 예술 특징은 주로 농후한 낭만주의 색채를 띠고 있다는 점이다. 대담한 과장과 기이한 상상, 신화전설과 현실생활을 하나로 융합하였으며 가장 두드러진 특징은 '향초와 미인의 비유'이다. 왕일은『초사장구

---

20) 姜亮夫·姜昆武,『屈原與楚辭』, 安徽敎育出版社, 1991, 24쪽.

· 이소서 離騷序 』에서 다음과 같이 말하였다.

> 「이소」라는 문장은 『시경』에서 흥을 얻어 비슷한 종류를 끌어다가 비
> 유하였다. 그래서 좋은 새와 향기로운 풀로 충심과 정조에 비유하고, 흉
> 악한 짐승과 나쁜 냄새 나는 풀로 모함하고 아첨하는 자에 비유하였다.
> 신령과 미인으로 임금에 비유하고 복비[21]와 일녀[22]로 어진 신하에 비유
> 하였다. 규룡과 난새 봉황을 군자에 비유하고 회오리바람과 구름과 무지
> 개로 소인을 비유하였다.
>
> 離騷之文, 依詩取興, 引類譬喩, 故善鳥香草, 以配忠貞, 惡禽臭物, 以比讒佞. 靈修
> 美人, 以媲於君, 宓妃佚女, 以譬賢臣. 虯龍鸞鳳, 以托君子, 飄風雲霓, 以爲小人.[23]

　사실 굴원은 이미 『시경』의 비흥 수법을 상징체계로 승화하였다. 그
중에는 동물, 식물, 사물, 인물이 포함되어 있다. 예를 들면 「이소」에서
언급한 식물은 24종이 있는데 그것으로 자신의 고결한 품성을 표현하고
초나라의 암흑한 정치를 표현하고 자신이 양성한 인재의 변질을 표현하
고 아름다운 이상에 대한 추구를 표현하였다.[24] 굴원은 향초로 옷과 장
신구를 만드는 것을 좋아하였고 향초로 음식과 예물을 삼는 것을 좋아하
였다. 또 향초를 손에 들고 감상하기를 좋아하였고 향초가 많이 자란
환경 속에서 한가롭게 거닐기를 좋아하였으며 때로는 향초로 자칭하기
도 하고 자신이 제일 존경하고 모범으로 삼는 사람을 지칭하기도 하였
다. 총체적으로 그는 모든 사물 특히 긍정적인 사물을 향초와 연관시켰

---

21)　역자주- 복비宓妃: 낙수洛水의 여신이다. 그녀는 원래 복희伏犧의 딸이었는데 낙수에
　　빠져 익사하여 신이 되었다. 황하의 신 하백의 아내였는데 후에 후예后羿의 아내가
　　되었다.

22)　역자주- 일녀佚女: 드물게 아름다운 여자. 「이소」에 "望瑤台之偃蹇兮, 見有娀之佚
　　女."라는 구절이 있는데 왕일은 "佚, 美也."라고 해석하였다.

23)　宋·洪興祖, 『楚辭補注』, 白化文 外 點校, 中華書局, 1983, 2〜3쪽.

24)　周建忠, 「〈離騷〉香草論」, 『楚辭論稿』, 中州古籍出版社, 1994, 116〜139쪽.

다. 굴원의 초기 작품 「귤송橘頌」은 귤나무의 일련의 아름다운 본질에
느끼는 바가 있어 창작한 것인데 왕부지王夫之, 1619~1692가 말한 것처럼
"사물로 뜻을 비유하여 송을 지어 스스로 드러낸比物類志爲之頌, 以自旌焉"
것이다. 굴원이 사물을 노래한 것은 바로 사물에 의탁하여 감정을 나타
내고, 사물을 빌려 뜻을 드러내기 위한 것이다. 귤나무를 읊을 때에는
귤나무를 인격화하여 칭송함으로써 자기 자신을 비유하였고, 뜻을 읊을
때에는 귤나무를 의인화하여 칭송함으로써 자기 자신을 찬양하였다. 표
층과 심층, 비유 대상과 비유 의미가 혼연일체가 되었다. 임운명은 『초
사등楚辭燈』에서 "두 단락을 보면 구절마다 귤을 찬양한 것 같지만 구절
마다 귤을 찬양한 것이 아니다. 굴원과 귤이 하나인지 둘인지 구분할
수가 없이 서로 호응하여 거울속의 꽃과 물속의 달처럼 묘하다.看來兩段
中, 句句是頌橘, 句句不是頌橘 ; 但見原與橘分不得是一是二, 彼此互映, 有鏡花水月之
妙."고 평가하였다. 「귤송」에서 표현한 것은 일종의 성격, 순결한 갈망,
분명한 이념, 인생의 선언이다. 그러나 사람을 가장 감동시킨 점은 고향
과 나라에 대한 굴원의 깊고 견고한 감정, 힘써 수양을 쌓고 스스로 격려
하는 아름다운 본질, 독립적이며 변하지 않는 인격이다. 이런 아름다운
본질은 굴원의 만년까지 '고정 불변의 격식'이 되었으며 그의 길고도 험
한 인생 탐색의 과정에 그대로 드러나 있다.[25]

　굴원 작품 속의 '향초와 미인의 비유'는 또한 남녀관계로 군신관계를
상징하는 수법도 포함하는데 즉 '남녀군신의 비유'이다. 예를 들면 「이소」
에서 자신이 수양하는 것을 좋아한다는 점을 자기가 미인으로 단장하고
향초로 장식하고 향초를 음식으로 삼는다는 것으로 표현하였다. 그는
임금을 역시 미인으로 비유하였기에 "미인이 늙어버릴까 두렵도다.恐美
人之遲暮"라고 감탄하였다. 그는 두 미인이 서로 마음이 맞고 임금과 신하

25) 周建忠, 「少年立志: 〈橘頌〉」, 『楚辭與楚辭學』, 吉林人民出版社, 2000, 23~27쪽.

가 서로 의기투합하기를 기대하였다. 자신을 여성에 비유하고 소인배들이 현자를 질투하는 것을 뭇 여성이 미인을 시기하는 데에 비유하였다. 남녀 혼약의 변화로 군신관계의 변화를 비유하고, 미인이 버림받은 것으로 자신이 유배당한 것을 표현하였으며, 버림받은 여인의 원망과 고백으로 자신의 울분과 희망을 표현하였다. 그리고 권면하는 사람도 역시 여수女嬃와 같은 여성으로 설정하였다. 그러나 시인은 뜻을 이루지 못하고 실의에 빠진 것을 달갑게 받아들이지 않았다. 그리하여 주인공을 다시 남성으로 설정하여 여성을 추구한다는 방식으로 자신의 이상에 대한 끊임없는 추구와 강렬한 의지를 표현하였다. 임금의 신임을 얻기 위하여 그는 끊임없이 추구하며 자신의 절박한 심정과 충성을 표현하였다. 중매인에게 말을 전하는 것으로 임금에게 나아갈 수 있도록 도와줄 사람을 구하는 것을 비유하였으며 끝내 합당한 자를 찾지 못한 것으로 자신의 곤궁한 처지와 고뇌를 표현하였다. 여인의 규방이 멀고 구하기 어려운 것으로 초회왕이 고집스럽고 깨닫지 못하는 것을 비유하였다. 밖으로 가서 여자를 구하는 것으로 다른 나라에 가서 출사하는 것을 비유하였다. 그가 동경하는 것은 중매인 없이 임금과 신하가 서로 의기투합하는 것이다. 이렇게 남녀관계로 군신관계를 상징하는 것은 옛날의 남존여비의 관념에 부합할 뿐만 아니라 강렬하고 분방하며 격동된 감정을 표현하기에 유리하고, 그가 희망하는 군신이 서로 의기투합하는 표준, 즉 서로 뜻이 같고 생각이 일치하면서도 또한 각각 제한이 있는 것에 도달하기에 유리하다. 물론 굴원의 작품 속에서 '여자를 추구한다'는 것은 정치 이상, 도덕 이상, 미학 이상에 대한 추구를 말한다.

굴원의 작품은 또한 "분함을 드러내어 속마음을 펼쳐 보이는發憤抒情" 문학적 특징을 여실히 보여준다. 「석송惜誦」에서 "지난일을 애도하며 근심을 일으키고 분함을 드러내어 속마음을 펼쳐 보이네.惜誦以致湣兮, 發憤以抒情."라고 하였다. 이는 시가를 빌려 분노를 표출하는 창작의식을 표현하였으며 굴원 작품의 서정성과 개성 및 정치적 실의 이후의 거대한 고민도 보여주었다. 굴원은 민감하고 우울하고 초조하고 감정이 풍부한 동시에 기복이 많은 특징을 갖고 있다. 그러므로 그의 문장에서 고독감과 억압 및 이로부터 야기된 어두운 현실 분위기를 느낄 수 있다. "뭇사람이 다 취하였는데 나만 홀로 깨어 있으니衆人皆醉吾獨醒"라고 한 것처럼 굴원의 고독은 자신을 이해해주는 사람이 없다는 데서 비롯된 것이다. 그는 「석송」에서 이렇게 읊었다.

마음이 우울하여 표현하기 어려운데	情沈抑而不達兮
게다가 가리어져서 고백할 길이 없구나.	又蔽而莫之白也
마음이 울적하고 불안한데	心郁邑余侘傺兮
게다가 내 마음을 살펴주는 이도 없도다.	又莫察余之中情
할 말 많아서 매듭지어 전하지 못하고	固煩言不可結而詒兮
내 뜻 알리려고 해도 진술할 길 없도다.	原陳志而無路
조용히 물러나 있어도 날 알아주지 않고	退靜默而莫余知兮
나아가 큰소리로 외쳐도 내 말을 듣지 않도다.	進號呼又莫吾聞
거듭 괴롭고 곤혹스러우니	申侘傺之煩惑兮
마음이 혼란스럽고 슬프도다.	中悶瞀之忳忳

그런데 그의 대립자는 많고 강대하였다. '당인黨人', '뭇 여인', '세상 풍속', '온 세상', '뭇 사람', '뭇 비방자' 등은 모두 그의 대립면에 있다. 그러므로 「이소」에서는 먼저 "세상 사람이 서로 천거하여 붕당을 이루기를 좋아하는구나.世並擧而好朋兮"라고 하였고, 다음으로 "세상은 혼탁하여 분별할 줄 모르고, 미덕을 가리고 시샘만 좋아하는구나.世溷濁而不分兮, 好蔽美而嫉妒."라고 하였고, 그 다음으로 "세상은 혼탁하여 어진 사람 시샘하며, 미덕을 가리고 악을 칭찬하길 좋아하는구나.世溷濁而嫉賢兮, 好蔽美而稱惡."라고 하였으며, 마지막으로 "세상은 어두컴컴하고 혼란하도다.世幽昧以眩曜兮"고 하였다.

엥겔스Friedrich Engels, 1820~1895는 『반두림론反杜林論』에서 로마 시인
유베날리스Juvenalis, 60~127의 시에 언급된 "분노가 시인을 만들어 낸다."
는 명제에 대하여 "'분노가 시인을 만들어 낸다.'는 분노가 이런 폐단을
묘사하거나 혹은 그런 통치계급을 대신하여 이런 폐단을 부인하거나 미
화하는 조화파를 공격할 때에 아주 적당하다."고 설명하였다.

한대의 초사 저자 엄기는 「애시명」에서 "마음에 원한이 차서 통쾌하
지 못하니, 내 마음 토로하여 시를 쓰도다.志憾恨而不逞兮, 抒中情而屬詩."라
고 하였는데 바로 굴원의 뜻을 잘 받든 작품이다. 즉 마음속의 원한이
늘 나를 흡족지 못하게 하니 오직 시로써 슬픈 내 마음을 토로할 수밖에
없다는 것이다. 이른바 "준마는 억눌려 죽고 곧은 선비는 정직하여 빈곤
하고 현자는 조정에서 배척당하고 미녀는 궁궐에서 배척당한다.駿馬抑以
死, 直士以正窮, 賢者擯于朝, 美女擯于宮."(『회남자淮南子 · 설림훈說林訓』)고 말
한 것처럼 이러한 현실적 고민과 억압은 흔히 "통곡 소리가 입을 통하여
나오고 눈물이 눈을 통하여 나온다.哭之聲發於口, 涕之出於目."와 "모두 마음
속에 분노하여 밖으로 나타난다.皆憤於中而形於外."(『회남자 · 제속훈齊俗訓』)
와 같은 상황을 만들어냈다. 사마천도 역시 이러한 맥락에서 「이소」의
창작동기에 대하여 다음과 같이 분석하였다.

> 하늘은 사람의 시작이고 부모는 사람의 근본이다. 사람은 궁핍하면 근
> 본으로 돌아간다. 그러므로 극히 힘들고 고통스러우면 하늘을 부르고 질
> 병에 아프고 괴로우면 부모를 부른다. 굴평은 바른 길을 곧게 가고 충성
> 을 다하고 지혜를 다하여 그 임금을 섬기는데 간사한 자들이 이간질시키
> 니 궁핍하다고 할 수 있다. 신임 받다가 의심을 당하고 충성하였지만 비
> 방을 당하니 어찌 원망이 없겠는가? 굴평이 「이소」를 지은 것은 원망에서
> 생겨난 것이다.
> 夫天者, 人之始也, 父母者, 人之本也. 人窮則反本, 故勞苦倦極, 未嘗不呼天也,
> 疾痛慘怛, 未嘗不呼父母也. 屈平正道直行, 竭忠盡智, 以事其君, 讒人間之, 可謂窮

矣. 信而見疑, 忠而被謗, 能無怨乎. 屈平之作離騷, 蓋自怨生也.

『사기·굴원가생열전』

이에 대하여 양신楊愼, 1488~1559은 "태사공이 쓴 「굴원전」은 그 문장
이 곧 「이소」와 비슷하다. 「이소」의 창작을 논한 부분은 맑고 아름다우
며 슬프고 애달프니 진정 「이소」의 취지를 얻었다.太史公作屈原傳, 其文便
似離騷. 其論作騷一節, 婉雅悽愴, 眞得騷之旨趣也."고 평가하였다.

1) 「이소」

「이소」는 굴원의 대표작이며 장편의 자서전적인 정치 서정시에 속한
다. 이 시는 모두 373구, 2490자로 구성되어 있는 중국 고대문학에서
가장 긴 정치 서정시이다. 이 시는 굴원이 초회왕 시기에 비방을 당하고
유배된 후에 지은 것이다. 굴원의 전반생의 인생에 대한 회고와 총결이
며 이후의 인생에 대한 사고와 선언을 담고 있다. 「이소」에서 우리는
시인의 고동치는 맥박과 마음의 상처 및 인생의 궤적을 느낄 수 있다.
'이소'의 뜻에 대하여 회남왕 유안은 "이소는 헤어짐을 근심하다와 같다.
離騷, 猶離憂也."고 하였다. 반고는 「이소찬서離騷贊序」에서 "이는 만나다와
같다. 소는 근심하는 것이다. 자신이 근심을 만나 시를 창작하였음을 밝
힌 것이다.離, 猶遭也. 騷, 憂也. 明己遭憂作辭也."26)라고 하였다.

「이소」의 창작목적에 대하여 한대 사람들은 비교적 명확한 분석을 하
였다. 사마천은 『사기·굴원가생열전』에서 "비록 유배되었지만 초나라
를 돌아보고 회왕을 걱정하며 돌아갈 것을 잊지 않고 임금이 한번 뉘우
치기를 기대하고 풍속이 변화되기를 희망하였다. 임금을 보존하고 나라

---

26) 周建忠, 「楚辭硏究熱點透視」, 『雲夢學刊』 2000년 제3호. 이 논문의 제4장에 '〈離
騷〉題義'에 대한 여러 학자들의 30가지 주장을 수록하였으니 참고하기 바란다.

를 부흥시켜 형세를 전환시키고자 하는 뜻을 이 한 편에서 세 번이나 表現하였다. 雖放流, 睠顧楚國, 繫心懷王, 不忘欲返, 冀幸君之一悟, 俗之一改也. 其存君興國, 而欲反覆之, 一篇之中, 三致志焉."고 하였다. 반고는 「이소찬서」에서 "굴원은 임금이 명석하지 못하여 소인배 무리를 믿고 임용하여 나라가 멸망의 위기에 처하게 된 것을 슬퍼하고 충성심을 멈출 수가 없어서 「이소」를 창작하였다. 위로는 요, 순, 우, 탕, 문왕의 법을 서술하고 아래로는 예, 요, 걸, 주의 과오를 말하여 풍간하였다. 屈原痛君不明, 信用群小, 國將危亡, 忠誠之情, 懷不能已, 故作離騷. 上陳堯舜禹湯文王之法, 下言羿澆桀紂之失, 以風(諷)."고 하였다. 왕일은 『초사장구·이소경서』에서 "굴원이 충성과 절개를 지키려고 하나 간사한 자들에게 참소를 당하여 근심하는 마음이 심란하여 하소연할 곳이 없었다. 그래서 「이소경」을 지었다. … 그러므로 위로 당, 우 삼왕의 제도를 서술하고 아래로는 걸, 주, 예, 요의 실패를 자례로 서술하여 임금이 뉘우치고 깨달아서 바른 길로 들어서고 자신을 돌아가게 할 것을 희망하였다. 屈原執履忠貞, 而被讒邪, 憂心煩亂, 不知所愬, 乃作離騷經.……故上述唐虞三后之制, 下序桀紂羿澆之敗, 冀君覺悟, 反于正道而還己也."고 하였다. 이를 통하여 「이소」는 회왕이 굴원을 멀리하자 굴원이 한동안 반성하고 고통스러워하며 지은 것임을 알 수 있다.

「이소」의 전체 내용은 세 부분으로 나누어 볼 수 있다. 첫째 부분은 "황제인 고양씨의 후예로帝高陽之苗裔兮"부터 "어찌 내 마음에 두려움이 있으랴?豈余心之可懲"까지인데 근심을 토로하고 의지를 서술하였으며 임금을 권고하였지만 임금은 살펴보지 않았다는 내용이다. 둘째 부분은 "내 누님 여수는 걱정되어女嬃之嬋媛兮"부터 "내 어찌 차마 이와 같이 생애를 마칠꼬?余焉能忍而與此終古"까지인데 오르락내리락 찾아다니며 임금을 깨닫게 하려고 노력하였지만 임금은 끝내 깨닫지 않았다는 내용이다. 셋째 부분은 "경모초와 대나무 가지 구해다가索藑茅以筵篿兮"부터 "머뭇머뭇 뒤돌아보며 나아가지 못한다.蜷局顧而不行"까지이며, 차마 다른 선택을 하지 못하고 임금을 감동시키려고 하였지만 임금은 깨닫지 못하였다는 내용이다. 그러므로 '결말' 부분에서 이후로는 옛날 현인의 발자취를 쫓아가며 힘써 간언하기를 그치지 않겠다고 표현하였는데, 그 표현 속에는 어쩔 수 없는 무력함 중에 장엄하고도 숭고한 비극적 의식이 드러나 있다.

기세가 웅장한 「이소」는 우선 자신의 일생을 서술하였는데 내면의 아름다움을 열거하고 맑은 뜻을 수양하는 의지를 보여주었다. 그는 많은 '내적 아름다움'을 갖고 있다. 출신을 보면 초나라 왕실과 같은 성씨이고 출생은 다행히 대길한 날을 만났고 아름다운 이름과 훌륭한 자를 얻었다. "또 뛰어난 재능도 있어又重之以脩能"라고 읊은 것처럼 강리江離, 벽지辟芷, 추란秋蘭, 목란木蘭, 숙망宿莽 등의 향초를 채집하여 몸에 지니고 다녔는데 이를 통하여 선을 널리 배우고 스스로 단속하며 끊임없이 수양하고 완벽해지려고 노력하고 있음을 표현하였다. 열심히 자기 수양을 하는 동시에 세월이 나를 기다려주지 않는다는 긴박감도 갖고 있었다. 계절이 바뀌고 해와 달이 뜨고 지니 시인의 민감한 감정을 불러일으켜 일초일목一草一木의 미세한 변화에도 시간에 대한 근심을 야기시켰다. 그리하여 「이소」에서 "늙음이 한발한발 다가오는데老冉冉其將至兮"라고 하였으며 "이 꽃이 시들어 떨어지기 전에及榮華之未落兮"라고 하였다. 또 "두견새 먼저 울어댈까 두려워恐鵜鴃之先鳴兮"라고 하였고 "내 장식 한창 향기로운 때에及余飾之方壯兮"라고 하였으며 "세월이 더 늦기 전에及年歲之未晏兮"라고 하였다. 이처럼 비흥과 직접 서술을 번갈아 사용한 표현은 인생에 있어 시간을 귀중하게 여기는 시인의 의식이 응집되어 있다.

다음으로 시인은 힘써 소인배들의 추태를 폭로하였다. 그 목적은 자신의 절개를 표명하고 자기 의지를 보여주고 임금이 정확히 분별하기를 희망한 것이다. 그러므로 초회왕에 대한 충성 고백은 소인배들에 대한 공격을 통하여 표현하였다. 굴원은 신임을 얻었다가 소원함을 당하였고

충성하였지만 비방을 당하였기에 자연히 참언을 듣고 옳고 그름을 분별
하지 못하며 어리석고 변화무상한 임금을 원망할 수밖에 없었다. 소인배
들을 비판할 때에 그들의 잘못을 하나하나 열거하였는데 즉 그들이 앞
다투어 임금에게 아첨하고 탐욕스럽고, 기회를 틈타 사리사욕을 취하고
법도를 위반하며, 정직을 위배하고 부당한 것을 추구하고, 비위를 맞추
어 아부하고, 현량한 사람을 질투하고 헛소문을 내어 중상 모략한다는
점들을 지적하였다. 이것이 바로 굴원이 처한 혼탁한 환경이었다. 그는
소인배들을 손가락질하고 임금을 바라보며 자신의 충성심을 표명하여
임금의 현명한 판단을 기대하였다. 그러나 그의 미덕과 선행이 오히려
누가 되었고, 선을 배우는 것이 오히려 죄가 되었다. 그는 스스로 슬퍼하
고 한탄한 나머지 철학적 시야를 협소한 공간인 초나라의 궁궐투쟁으로
부터 유구한 역사적 시간으로 옮겼다. 가는 길이 다른 사람들이 어찌
서로 의논하지 않는 것에 그칠 뿐이겠는가? 그야말로 물과 불이 서로
용납할 수 없는 것과 같다. 정직한 자와 사악한 자가 어떻게 평화롭게
함께 지낼 수 있겠는가? 소인이 뜻을 이루고 현인이 천대를 받는 일이
예로부터 적지 않았으니 어찌 이해하지 못하겠는가? 이렇게 생각한 굴원
은 이상과 인격을 위하여 타격을 받고 심각한 대가를 치르더라도 중도에
포기하지 않겠다고 결심하였다. 그리하여 마음에 추구하는 이상을 위해
아홉 번 죽더라도 후회하지 않으며, 치욕을 참고, 문득 죽어 넋이 사라지
고 마음이 우울하고 곤궁해져도 결코 아까워하지 않으리라고 결심을 표
명하였다. 왜냐하면 청백과 정의를 위하여 죽는 것은 옛 성인들이 찬양
하는 것이기 때문이다. 굴원의 이러한 감동스런 서정적 표현은 바로 자
신의 생명, 심지어 자신의 모든 것을 다 바쳐서 외친 "차라리 옥이 부서
질지언정 기와를 온전케 하지 않겠다."는 선언에 해당한다.

　다음으로 「이소」는 '신하'의 입장에서 '임금'의 입장으로 전환하여 평
민과는 극히 드물게 연관되는 '군왕의 세계'를 독자들에게 보여주었다.

굴원은 회왕을 깨닫게 하기 위하여 자주 고대 성현들의 유훈을 들었고
망국의 임금을 징계로 삼아 이끌었다. 그리하여 고대 통치자들의 정반
대립되는 인물 형상을 구성하였다. 긍정적 인물은 탕, 우, 주문왕, 주무
왕이 있다. 삼대의 개국 군왕들이 정치가 흥성하고 명성이 높아 천고의
공경 대상이 된 이유는 그들이 모두 덕으로 정치를 하고 지혜롭고 현명
하였기 때문이다. 구체적 표현으로는 신중하고 경외하며 마음을 다하여
나라를 다스리고 법도를 따르고 조금도 편파적이지 않고 어진 자를 천거
하고 능력 있는 자에게 관직을 주며 악한 무리를 파면하였다. 부정적
인물은 계啓, 예羿, 요澆, 걸桀, 주紂 등이 있다. 이 다섯 사람이 나라를
멸망시키고 생명이 위태롭게 되어 천하의 웃음거리가 된 이유는 주로
정치를 함에 있어 덕을 잃었기 때문이다. 구체적 표현으로는 술에 취하
고 가무와 여색에 깊이 빠지고 방종하여 쾌락에 빠지고 방탕하여 사냥에
빠지고 포악하고 항상 도리에 어긋났으며 어질고 재능이 있는 자를 소금
에 절이고 참소와 아첨하는 자의 말을 믿었다. 이 두 가지 인물 계열의
묘사에서 굴원은 긍정적 인물은 간략하고 추상적으로 쓰고 부정적 인물
은 상세하고 구체적으로 썼다. 이는 회왕을 권면하고 징계하는 데에 유
리하였기 때문이다. 즉 흥성과 쇠퇴는 인간의 하는 일에 달렸는데 이런
인간의 일은 또한 최고 통치자의 몸에 집중되어 있으며 임금의 덕은 자
아단속과 자아절제, 엄격한 자기요구에 집중되어 있다는 점을 일깨워주
려고 하였다. 「이소」는 반복적으로 요, 순은 강직하고 하夏, 상商, 주周
삼대 임금은 어진 자를 등용하였고 탕, 우, 무정武丁, 주문왕, 제환공은
유달리 어진 자와 능력 있는 자를 임용하였으며 군신이 서로 맞아서 공
훈과 업적을 세웠음을 서술하고 거듭 칭송하였다. 이를 통하여 굴원의
고충과 갈망이 어떠하였는지를 알 수 있다.

그 다음으로 「이소」는 오르락내리락하며 찾아다니는 것을 통하여 자
신의 '나아감'과 '물러남'의 갈등과 투쟁을 서술하였다. 시인은 '지기知己'

— 여수女嬃를 가상으로 만들어내어 자신에게 세상에 순종하여 일부 양보를 하도록 권유하게 하였다. 그러나 시인은 권고를 받아들일 수가 없어서 고대 성인 순임금에게 가서 하소연하고자 하였다. 그리하여 원기 왕성하고 기개가 늠름하여 용과 봉황이 끄는 수레에 올라타고 바람에 의지하여 높이 날아 이상을 찾아다녔다. 이번 여정은 기세가 성대하고 추종자가 매우 많았다. 백룡, 봉황, 태양 수레를 끄는 희화羲和, 달의 수레를 끄는 망서望舒, 바람신 비렴飛廉, 뇌신雷神과 우사雨師 등이 모두 협조하여 호호탕탕하고 정정당당한 대오를 이루었을 뿐만 아니라 밤낮으로 쉬지 않고 달렸다. "구름이 자욱이 몰려 흩어졌다가 합치고, 영롱한 색채 오르락내리락하네.紛總總其離合兮, 斑陸離其上下."라고 하였듯이 천신 궁궐의 구름과 노을의 아름다운 경치는 사람으로 하여금 동경하고 감탄케 하였다. 그러나 시인을 기다리고 있는 것은 전혀 예상치 못하였던 냉랭한 대우였다. 천신의 궁궐 문지기가 시인을 부시하여 전제와 만날 수도 없고 소통할 수도 없었다. 시인은 마음속의 분개를 더 이상 억제할 수 없었다. 왜 천상이나 인간세상이나 모두 이렇게 혼탁하고 어진 자를 억압하고 능력 있는 자를 질투하며 누가 어질고 어리석은지를 분별하지 않고 시비를 전도하는가? 시인은 분개하였지만 절대 쉽게 포기하지 않았다. 그는 "길은 아득히 멀고도 멀지만 나는 오르락내리락하며 찾아다녔네.路曼曼其脩遠兮, 吾將上下而求索."라고 하였다. 뒷부분에 "세 번 여자를 구하는" 내용이 나오는데 "규중은 이미 깊고도 멀고 명철한 임금은 또 깨닫지 못하네.閨中既以邃遠兮, 哲王又不寤."라는 시구의 비유 의미를 종합하여 볼 때 여기서 여자를 구한다는 것은 곧 임금을 구하는 것이며 이상의 실현을 추구하는 것이다. 더 심층적으로 분석한다면 굴원이 추구한 것은 바로 그의 인생 선택과 가치 취향 즉 깊고 견고하여 옮기기 어려운 국가관념, 임금과 신하가 서로 의기투합하는 훌륭한 정치의 표준, 독립하여 변하지 않는 인격의 준칙, 항상 수양을 쌓기 좋아하는 도덕규범이었다.[27)]

마지막으로 「이소」는 '떠나감'과 '머무름'의 갈등과 투쟁을 서술하였다. 시인은 여자를 구하려다가 실패하고 더 이상 출로가 없자 영분靈氛에게 찾아가 점을 쳤는데 초나라를 떠나면 맞는 자가 있고 초나라에 머물러 있으면 희망이 없다는 결과가 나왔다. 시인은 의심하여 또 무함巫咸을 청하여 천신을 모셔와 점을 쳤는데 역시 멀리 가서 다른 임금을 선택하고 신속하게 떠나면 성공한다는 결과가 나왔다. 시인은 초나라를 사랑하는 감정 때문에 망설였지만 생각해보니 초나라에 계속 미련을 두면 화를 입게 되고 나라 안에는 자신을 알아주는 지기도 없었다. 이 세 가지 측면의 서술은 반복적으로 하나의 결론 즉 "반드시 떠나야 한다."는 이념을 강조하였다. 이러한 결론은 또한 피할 수 없는 추세였다. 그리하여 시인은 "길일을 택하여 내 장차 떠나고자 하니歷吉日乎吾將行"라고 하였다. 그리고 이번 출행의 준비, 원인, 노선, 지점들을 자세하게 묘사하였다. 특히 행색을 강조하여 묘사하였는데 수레가 성대하고 따르는 자도 많으며 산천이 넓고 기분이 유쾌하다고 하였다. 그런데 마지막 네 구절에서 마치 불운한 사람이 좋은 꿈을 꾸다가 갑자기 놀라서 깨어난 듯이 이번 여행의 결과를 "몸종도 슬퍼하고 내 말도 그리움에, 머뭇머뭇 뒤돌아보며 나아가지 못하네.僕夫悲余馬懷兮, 蜷局顧而不行."라고 하였다. 초나라에 너무 많은 미련을 갖고 있어 차마 떠나지 못하고 가다가 다시 멈추었다. 이로부터 우리는 굴원이 그의 아름다운 본질을 지키고 훌륭한 정치를 하기 위하여 초나라를 떠나기로 결정하였지만, 고향과 나라에 대한 강렬한 사랑이 그로 하여금 시종 의심하고 망설이게 하였으며 차마 초나라를 떠나지 못하게 하였음을 알 수 있다. '피할 수 없는 추세'임에도 불구하고 '가다가 다시 멈춘' 굴원의 위대한 행위는 자신의 속마음을 밝혀 임금을 깨우치려고 하였던 시인의 심각하고도 독특한 방식이며 '초나라를 사랑

27) 周建忠, 「〈離騷〉'求女'研究平議」, 『東南文化』 2001년 제11호.

하는 감정'의 필연적 결과였다.

2) 「구장」

「구장」에는 총 9편의 시 「석송惜誦」, 「섭강涉江」, 「애영哀郢」, 「추사抽思」, 「회사懷沙」, 「사미인思美人」, 「석왕일惜往日」, 「귤송橘頌」, 「비회풍悲回風」 등이 있다.

「구장」의 편집에 관하여 주희는 『초사집주楚辭集注·구장서九章序』에서 "굴원은 유배된 후에도 임금을 그리워하고 나라를 걱정하여 일에 따라 느끼는 바가 있으면 바로 시로 지었는데 후세 사람들이 그것들을 편집하여 아홉 장을 얻어 한 권으로 모았으니 반드시 한 때에 나온 말은 아니다. 屈原旣放, 思君念國, 隨事感觸, 輒形於聲. 後人輯之, 得其九章, 合爲一卷, 非必出於一時之言也."라고 하였다. 일반적으로 「구장」의 아홉 편은 결코 동일한 시기에 동일한 곳에서 지은 것이 아니라 모두 "일에 따라 느끼는 바가 있어" 속마음을 솔직하게 드러내서 창작한 것이라고 본다. 사마천은 일찍이 「애영」, 「회사」 두 편을 언급한 적이 있고, 서한 말기 유향이 『초사』를 편찬할 때에 아홉 편의 시를 한 조로 편집하여 「구장」이라고 제목을 지었다. 유향은 「구탄九歎·우고憂苦」에서 "이소로 뜻을 읊음에 감탄하노니 구장에도 그 뜻을 다 쓰지 못하였네.歎離騷以揚意兮, 猶未殫于九章."라고 하였다. 청대淸代의 대명세戴名世, 1653~1713도 「독양웅전讀揚雄傳」에서 "「이소」와 「구장」에는 모두 충신이 임금을 사랑하는 간절한 마음이 담겨있다.離騷九章, 皆忠臣愛君拳拳之意."고 하였다. 이는 「이소」와 「구장」이 동일한 성격의 작품이라는 사실을 말해주는데, 후세 사람들은 「구장」을 '소이소小離騷'라고도 불렀다.

「구장」 각 편의 창작 시기는 일반적으로 굴원 생애의 사실적인 반영이라고 볼 수 있다. 진본례陳本禮, 1739~1818는 『굴사정의屈辭精義』에서

"「구장」은 사실을 그대로 읊었으며 처량한 음절은 천지와 귀신도 감동시킬 정도이니 어찌 일반 문장으로 헤아릴 수 있겠는가?九章則直賦其事, 而凄音苦節, 動天地而泣鬼神, 豈尋常筆墨能測."라고 하였다. 「굴송」은 굴원이 젊은 시절에 품었던 포부를 보여준 작품이다. 「석송」, 「추사」, 「사미인」 세 편은 「이소」와 같은 시기에 쓴 작품이다. 나머지 다섯 편은 강남에 유배된 후에 쓴 것으로 경양왕 시기의 작품이다. 내용으로 볼 때 「구장」의 매 한편의 시는 모두 굴원의 한두 차례의 경력과 연관되어 있으며 그 감정의 기본 정신과 맥락은 「이소」와 서로 호응한다. 주희가 말한 것처럼 "부라는 형식을 사용하고 다른 기탁이 없는用賦體, 無它寄託" 창작 방식을 취하였기 때문에 「구장」은 변화무쌍한 초나라 조정의 정치 풍운을 사실대로 묘사하였으며 번성하였던 초나라가 쇠퇴하여 멸망해가는 과정을 묘사하여 초나라 조정의 소인배들이 임금의 총명을 가리고 국사를 그르치는 죄악을 폭로하고 그들이 서로 속이고 공로를 질투하며 재능 있는 자를 배척하는 여러 가지 추행을 폭로하였다. 동시에 위대한 이상을 지닌 시인이 때를 잘못 타고 태어나 배척과 타격을 당하고 이로 인하여 느낀 고통과 불평을 강렬하게 표현하였다. 동시에 시인의 조국에 대한 사랑과 초왕에 대한 충성을 서술하고 이상을 견지하고 청렴 정직을 유지하려는 아름다운 품성 및 남들이 하는 대로 따라하지 않고 도덕을 지키고 사심이 없는 고상한 지조를 표현하였다. 이외에 「구장」은 초나라의 자연 풍물을 많이 묘사하였는데 「섭강」, 「석왕일」, 「비회풍」 등은 뛰어난 경물 묘사로 초나라의 아름다운 산천을 표현하였다. 이는 자연을 사랑하는 굴원의 심미취향도 보여준다. 아래에 각 편을 간단히 소개하기로 한다.

(1) 「석송」

이 시는 초회왕이 처음으로 굴원을 멀리하고 굴원이 아직 조정을 떠나

기 전에 지은 것이다. 명대明代 왕원汪瑗, ?~1564은『초사집해楚辭集解』에
서 "대체로 이간질하는 사람들이 서로 결탁하고 초나라 왕이 분노하고
있을 즈음에 지은 것이다.大抵此作於讒人交搆, 楚王造怒之際."라고 하였다. 청
대의 장기는『산대각주초사山帶閣注楚辭』에서 "회왕에게 소원함을 당한
후에 기회를 타서 다시 직접 간언을 올렸으나 더욱 참소를 당하여 곤궁
해졌으므로 스스로 깊이 애통해하며 분함을 드러내어 이 시를 지어서
자신의 감정을 표현하였다.蓋原于懷王見疏之後, 復乘間自陳, 而益被讒致困, 故深
自痛惜, 而發憤爲此篇, 以白其情也."고 하였다. 이 시는「이소」의 전반부와 중
복되는 묘사가 있다. 이를 통하여「이소」는「석송」의 기초 위에서 발전
되고 성숙된 것임을 알 수 있다. 이 시는 첫 부분에서 "지난 일을 애도하
며 근심을 일으키고 분함을 드러내어 속마음을 펼쳐 보이네.惜誦以致湣兮,
發憤以抒情."라고 창작동기를 밝혔다. 이는 문학 창작이 자각적 의식을 갖
고 있다는 점을 보여준다. 이 시에는 "여러 번 팔 부러지니 훌륭한 의사
되었네.九折臂而成醫" 등의 명구가 빛을 발하고 있다.

(2)「섭강」

이 시는 경양왕 시기 굴원이 강남에 추방되었을 때에 지은 것인데
시인이 강남으로 가는 과정에 장강과 상강湘江을 건너고 악저鄂渚에 오
르고 원강沅江을 거슬러 오르고 왕저枉陼에서 출발하여 진양辰陽에 묵고
마지막으로 서포溆浦로 들어가는 노정을 서술하였다. 처음 두 구 "나는
어려서부터 이런 독특한 옷을 좋아하였으니, 비록 연로하더라도 여전
하도다.余幼好此奇服兮, 年旣老而不衰."는 시인의 분노와 고민, 냉정과 집착
을 내포하고 있으며 그의 전반생의 총결이자 강남 유배에 대한 반응이
다. 때문에 '섭강'의 '섭涉'자는 단순히 유배를 당한 노정과 지점에 대한
여행 기록이 아니라 시인이 평생 겪은 인생의 궤도와 희망의 발자취이
다. 그러므로 이 시는 한 편의 노선이 선명한 수륙 병행의 여행기이자

또한 시인의 비분한 정서가 처량한 경물에 투영된 고난의 여정기이며 시인이 평생 오르락내리락하며 찾아다니고 죽어도 굴복하지 않은 인생의 여정기이다.

(3)「애영」

이 시는 굴원이 장기간 유배지에 머물면서 영도郢都로 돌아갈 희망이 없자 지은 것이다. 동방삭의「칠간」에 "나 굴원은 도성에서 태어났으나 시골 들판에서 자랐네.平生于國兮, 長於原野."라고 한 것에 근거하면 굴원은 도성인 영도(지금의 호북성 강릉)에서 태어났음을 알 수 있다. 그러므로 「애영」에서 "고향을 떠나다去故鄕", "마을을 떠나다去閭", "선조의 땅을 떠나다去終古之所居"라고 하였으며 "성문을 나서다出國門", "영도에서 출발하다發郢都"라고 하였다. 시인이 그리워하는 대상도 역시 두 조로 나뉘는데 하나는 '고도故都', '영로郢路'이고 하나는 '고향故鄕', '수구首丘'이다. 시 중의 '용문龍門', '하지위구夏之爲丘', '양동문兩東門' 등은 모두 영도의 성문과 궁전을 가리킨다. 이를 통하여「애영」은 고향을 그리워하고 조정을 잊지 못하며 임금을 원망하면서도 나라를 걱정하는 작품임을 알 수 있다. 고향, 나라, 임금은 수도 '영'으로 하여금 시인의 초점이 되게 하였다. 이 시에서 부정부사 '불不'이 10회나 나타났는데, 이는 굴원이 스스로 어찌 할 수 없음을 알면서도 그 마음을 그만둘 수 없는 복잡한 감정을 반영하였다. 그러나 오래 누적된 분한 감정으로 인하여 이 시는 반문구 형식으로 전개되는데 전편이 물음에서 시작하여 물음으로 끝났다. 그러나 물음 속에 답이 있고 물음 속에 견고한 의지가 담겨 있다. 이 시에는 고향을 그리워하는 표현의 명구가 있는데, "넋은 항상 돌아가고 싶으니 어찌 한순간인들 잊을 수 있으리.羌靈魂之欲歸兮, 何須臾而忘反.", "새는 날아서 고향으로 돌아가고 여우는 죽을 때 살던 언덕으로 머리를 돌리노라.鳥飛反故鄕兮, 狐死必首丘." 등의 구절이 매우 감동적이다.

(4) 「추사」

이 시는 굴원이 한수의 북쪽으로 유배되었을 때 지은 것이다. 이 시에 "새가 남쪽에서 날아와 한수 북쪽에 모이는구나.有鳥自南兮, 來集漢北."라고 하였다. 추抽는 묘사하는 것이고 사思는 생각이라는 뜻이다. '추사'는 바로 마음 속 깊숙한 곳에 간직한 생각을 묘사한다는 뜻이다. 이 시에는 '소가少歌', '창倡', '난사亂辭' 등 악장가사의 구성 형식이 보이는데, '소가'를 경계로 그 전반부는 옛날을 회억하고 그 후반부는 한수의 북쪽에 머물고 있는 고독한 심경을 서술하였다.

(5) 「회사」

이 시는 굴원이 스스로 멱라강에 몸을 던지기 전에 지은 마지막 작품이다. 후세 사람들은 '질명시'라고 부른다. 호념이胡念貽, 1924~1982의 해석에 따르면 '회懷'는 돌아가다, 의지하다는 뜻이고 '사沙'는 물속이라는 뜻이다. 청대의 임운명은 『초사등』에서 "이것은 영균(굴원의 자)의 생전 마지막 글로서 가장 우울하고 또한 가장 슬프다.此靈均絶筆之文, 最爲鬱勃, 亦最哀慘."고 하였다. 이 시에서 "결심을 굳히고 마음을 넓게 먹었으니 내 두려울 게 무엇이랴.定心廣志, 余何所畏懼兮.", "죽음을 피할 수 없는 줄 알고 있으니, 결코 목숨을 아까워하지 않으리.知死不可讓, 願勿愛也." 등의 시구가 특히 감동적이다.

(6) 「사미인」

이 시는 초회왕 말기에 지은 것이다. 장기는 『산대각주초사』에서 "이 시의 주요 내용은 「추사」의 뜻을 계승하였다. 「추사」는 처음에 '님에게 하소연'하려고 시작하였지만 마지막에는 '이 말을 누구에게 말하리.'로 끝났다. 그러나 이 시는 처음에 '내 감정 임금에게 전달되지 못한다.'로 시작하였지만 마지막에는 죽음으로써 임금에게 간언하고자 하였다. 갑

자기 좌절을 당하는 자는 기운이 웅장하다가 점점 의기소침해지고 오래
막힌 자는 마음이 우울할수록 더욱 격동되는데 이는 당연한 추세이다.
이 두 시는 모두 회왕의 시기에 지은 것으로서 「이소」와 마찬가지로 모
두 팽함으로 자처하였다.此篇大旨承抽思立說, 然抽思始欲'陳詞美人', 終曰'斯言誰
告'. 此篇始言'舒情莫達', 終欲以死諫君. 夫乍困者氣雄而漸沮, 久淹者心鬱而逾激, 勢固
然也. 兩篇皆作於懷王時, 與騷經皆以彭咸自命."라고 하였다.

(7) 「석왕일」

이 시도 역시 굴원의 말년 작품이다. 전징지錢澄之, 1612~1693는 『굴고屈
詁』에서 "「석왕일」은 지난날 임금이 신임하여 법령을 만들게 하였던 때를
회고한 것이다. 회왕이 처음에는 '법령의 의심스러운 부분들을 고쳐 밝히
라'고 하였다가 마지막에는 '법도를 어기고 제 마음대로 하였다'고 비난하
였다. 굴원의 평생 학술은 여기에 있다. 초나라가 굴원을 끝까지 등용하
였더라면 나라가 반드시 크게 다스려졌을 텐데 상관대부의 참소에 의하
여 중도에 그만두었으니 안타깝다. 굴원이 안타까워한 것은 자신이
등용되지 못한 것을 아쉬워한 것이 아니라 자신의 공이 이루어지지 못한
것을 안타까워한 것이다.惜往日者, 思往日王之見任而使造爲憲令也. 始曰'明法度之
嫌疑', 終曰'背法度而心治', 原一生學術在此矣. 楚能卒用之, 必且大治. 而爲上官所讒, 中
廢其事, 爲可惜也. 原之可惜, 非惜己身不見用, 惜己功之不成也."라고 하였다.

(8) 「귤송」

이 시는 굴원이 젊은 시절에 사물을 노래하여 자신의 포부를 표현하려
고 지은 것이다.

(9) 「비회풍」

왕부지는 『초사통석楚辭通釋』에서 "이 시는 첫 구절을 따서 제목으로

한 것인데 대체로 굴원이 스스로 강에 빠질 때 지은 영별의 시이다.此章
亦以篇首名篇, 蓋屈原自沈時永訣之辭也."라고 하였다. 이 시는「회사」,「석왕
일」과 같은 시기에 지은 것이다.

학술계에서는「구장」중의「석송」,「석왕일」,「사미인」,「비회풍」은
굴원의 작품이 아니라고 의심하는 사람도 있다.

3)「구가」

「구가」는 서정연작시인데 모두 11편이다. 즉「동황태일東皇太一」,「운
중군雲中君」,「상군湘君」,「상부인湘夫人」,「대사명大司命」,「소사명少司命」,
「동군東君」,「하백河伯」,「산귀山鬼」,「국상國殤」,「예혼禮魂」이다. 왕부
지는『초사통석』에서「예혼」은 "앞의 열 가지 제사에 사용되는乃前十祀之
所用", "신을 보내는 곡送神之曲"에 속한다고 하였다.

「구가」라는 명칭의 근원은 아주 오래되었는데「이소」,「천문」,『산해
경山海經』,『좌전左傳』에서 언급한 바와 같이 원래 하왕조의 궁정 음악이
다. 하왕조가 멸망한 후에「구가」는 무속이 흥행하던 초나라 사람들에
의하여 보존되고 첨삭되어 초나라 제사 노래가 되었으며 하왕조 음악
중의 '동황태일'과 '하백' 두 신을 보존하고 초나라 땅의 '상군', '상부인',
'국상' 등 세 신을 더 추가하였다. 굴원은 초나라 제사 노래에 근거하여
우아하고 아름다운 서정연작시로 가공하여 지었다.

굴원의「구가」는 앞의 열 편은 각각 하나의 신에게 제사를 지내는
내용인데 그 신들을 세 가지 유형으로 나눌 수 있다. 첫째 유형은 천신이
다. 즉 동황태일(하늘의 존귀한 신), 운중군(구름신), 대사명(사람의 수
명을 주관하는 신), 소사명(자식을 주관하는 신), 동군(태양신)이다. 둘
째 유형은 지신이다. 즉 상군과 상부인(상수의 부부신), 하백(강신), 산
귀(산신)이다. 셋째 유형은 인귀人鬼이다. 즉 국상(국사를 위하여 죽은

자)이다. 문일다聞一多, 1899~1946는 「구가」 중에 여덟 편은 애절하고도 화려한 연가이며 독백 혹은 대화의 방식으로 이별과 만남의 정서를 서술하였다고 하였다.[28] 현존하는 「구가」를 보면 '상군'과 '상부인'만이 부부신인 것이 분명하고 기타 여섯 편은 남녀의 사랑을 서술하였지만 부부신이 아니다. 「구가」에서 제사를 올린 열 명의 신은 고고학 발굴에서 이미 발견된 것도 있다. 예를 들면 1965년 강릉江陵 망산望山 1호 초나라 무덤에서 출토된 죽간의 기록에 의하면 무덤 주인이 제사 지낼 때 사용하였던 물건 중에 "대수大水, 구토句土(후토后土), 사명司命 등 산천의 신이 있었다."[29]고 한다. 1977년 강릉 천성관天星觀 1호 초나라 무덤에서 출토된 죽간에는 무덤의 주인이 제사를 지내던 귀신으로는 '사명司命', '사화司禍', '지우地宇', '운군雲君', '대수大水', '동성부인東城夫人' 등이 있다고 기록되어 있다.[30] 이러한 발견은 「구가」의 신격을 인정하고 연구하는 데에 유리한 근거를 제공해준다.[31]

4) 「천문」

「천문」은 굴원이 지은 장편 서정 철리시哲理詩인데 전체 시는 374구, 1553자이다. 무술의 강신과정에 줄곧 물음을 제기하는 형식을 취하여 170여 개의 의문을 제기하였는데 소위 "옛날 태초부터 만물의 사소한 끝머리에 이르기까지 의심하고 거리낌 없이 말하니 옛 사람들이 감히 하지 못한 말이었다.懷疑自邃古之初, 直至百物之瑣末, 放言無憚, 爲前人所不敢

---

28) 聞一多,「什麽是九歌」,『聞一多全集』제5권, 湖北人民出版社, 1993, 346쪽.
29) 中山大學中文系古文字硏究室楚簡整理小組,「戰國楚竹簡槪述」,『中山大學學報』1978년 제4호.
30) 湖北荊州博物館,「江陵天星觀一號楚墓」,『考古學報』1982년 제1호.
31) 周建忠,「〈九歌〉硏究十大熱點鳥瞰」, 中國人民大學『中國古代近代文學硏究』1993년 제4호.

言."(노신魯迅『마라시역설摩羅詩力說』) '천문' 두 글자는 "하늘에게 묻는다"는 뜻이다. 물론 '하늘'의 의미는 우주를 가리킬 뿐만 아니라 "일체 사람보다 멀고 사람보다 높고 사람보다 오래된 일"을 포함하고 있다.(강량부『굴원부교주屈原賦校注』) 그러므로 「천문」의 주요 내용은 다음 세 가지를 포함한다. 첫째, 우주 천체. 둘째, 신화전설. 셋째, 역사의 흥망. 곽말약은『굴원연구』에서 이 시를 중국문학사상 "전무후무한 제일의 기이한 문장"이고 "그런 의심하는 정신과 문학의 수법은 그야말로 전무후무한 것이다."라고 높이 평가하였다.

5) 굴원의 기타 작품

학술계에서는 굴원의 기타 작품 「초혼」, 「원유」, 「복거」, 「이부」, 「대초」 등을 줄곧 굴원의 창작이 아니라고 의심하는 자가 있었는데 이것은 정상적인 학술 논쟁이라고 본다. 그러나 20세기 20~30년대에 어떤 사람은 굴원을 전설적箭垛式 인물이라고 하며 초사는 한대에 지은 것이고 「이소」는 한대의 회남왕 유안이 창작한 것이라고 주장하였다. 이것이 바로 '굴원부정론屈原否定論'이다. 이러한 관점은 50년대의 중국과 70~80년대의 일본에서 재차 제기되었다.[32] 그러나 고고학 발굴 문헌이 이 미스터리 사안을 해결해주었다. 1983년 고고학 종사자가 부양阜陽에서 발굴한 한대 죽간에서 굴원 부賦 작품의 잔편을 발견하였다. 하나는 「이소」의 잔구인데 겨우 네 글자가 남아있고 다른 하나는 「섭강」의 잔구인데 다섯 글자가 남아 있었다.[33] 무덤의 주인은 서한의 개국공신인 하후영夏侯嬰, ?~B.C.172의 아들 여음후汝陰侯 하후조夏侯竈, ?~B.C.165였다. 하

32) 黃中模,『現代楚辭批評史』, 湖北教育出版社, 1990; 黃中模編,『中日學者屈原問題論爭集』, 山東敎育出版社, 1990.

33) 文物局古文獻硏究室·安徽省阜陽地區博物館阜陽漢簡整理組,「阜陽漢簡簡介」,『文物』1983년 제2호.

후조는 한문제 15년B.C.165에 죽었는데 유안이 조정에 들어가 벼슬한 때 B.C.139보다 무려 26년이나 이른 시기이다. 그리하여 유안이 「이소」를 지었다는 황당한 주장은 부정되었다.

④ 굴원의 문학사적 지위와 영향

굴원이 후세에 미친 영향은 주로 두 가지 방면이 있는데 하나는 정치 사상이고 하나는 문학창작이다. 곽말약은 그의 저술 『굴원연구』에서 "초나라에서 태어난 굴원과 굴원에 의하여 지어진 『초사』는 무형 중에 정신적으로 중국을 통일하고 있다."라고 하였다. 굴원의 정신은 중화민족의 우수한 전통의 중요한 부분이다. 충군애국, 독립불천, 상하구색, 호수위상한 굴원의 인격에 대하여 유안은 "가히 일월과 빛을 다툴 만하다.可與日月爭光."고 평가하였다. 후세 사람들에게 준 영향은 주로 그의 애국 행위와 품행과 지조이다. 기나긴 중국 고대사회에서 매번 백성들이 강폭에 반항하고 정의를 보호할 때에, 외민족의 침입과 국가의 재난이 눈앞에 닥쳤을 때에, 타격을 당하고 역경에 처하였을 때에 굴원 정신이 재현되었다. 굴원의 정신은 역대 사람들의 추구와 투쟁의 동력이 되고 원천이 되었다.

굴원의 작품이 문학 창작에 미친 영향은 동한 왕일의 『초사장구·서』의 언급이 가장 대표적이다.

굴원의 사는 진실로 풍부하고 아득하다. 그가 죽은 이후로 저명한 유학자와 박식하고 통달한 선비들이 사부를 지어서 그의 의용을 모방하고 그의 모범을 본받으며 그의 요체를 취하고 그의 아름다운 수식을 훔치지 않은 자가 없었다. 이른바 형식과 내용이 모두 완벽하고 뛰어나서 백년 뒤

라도 짝할 만 한 자가 없으며 아름다운 명성은 끝없이 드리우고 영원히
소멸되지 않을 것이다.

屈原之辭, 誠博遠矣. 自終沒以來, 名儒博達之士, 著造詞賦, 莫不擬則其儀表, 祖
式其模範, 取其要妙, 竊其華藻, 所謂金相玉質, 百世無匹, 名垂罔極, 永不刊滅者矣.

문학 창작에 있어서의 굴원의 영향과 지위는 주로 다음과 같은 방면에
서 표현된다. ① 개성적 문학을 창작하였다. ② 애국주의 문학의 형성과
발전을 촉진하였다. ③ 새로운 시체를 창설하였다. ④ 중국 낭만주의
시가의 우수한 전통의 기초를 마련하였다. ⑤ "분함을 드리내어 속마음
을 떨쳐 보이는發憤以抒情" 비극적 이론을 제기하였다. ⑥ 중국 산수문학
발전의 기초를 형성하였다.

『초사』와 굴원은 외국에도 큰 영향을 미쳤다. 기원 730년에 『초사』가
일본에 전해졌으며 일본 사람의 기원은 초나라 사람일 가능성이 크다.
일본 사학계의 한 학자는 "초나라는 일본 사람의 고향이다."라는 관점을
주장하였다. 1972년 일본 수상 다나카 가쿠에이田中角榮, 1918~1993가 중
국을 방문하였을 때에 모택동毛澤東, 1893~1976 주석이 증정한 선물이 바
로 주희의 『초사집주』였다. 서양에서 출판된 「이소」의 번역본으로는
1852년 피츠만Fiszman의 독일어 번역본, 1870년 성·데니스St.Danes 후작
의 프랑스어 번역본, 1879년 벅Buck의 영어 번역본, 1900년 데 상띠스
F.De Sanctis의 이탈리아어 번역본이 있다. 1953년에 굴원은 세계문화명
인으로 추천되었다. 1959년에는 영국 학자 데이빗 하키스David Hawkes,
1923~2009가 『초사』의 완역본을 출판하였다. 『초사』는 점점 해외 한학
계의 관심을 받고 있으며 중외문화교류와 연구의 초점으로 부각되고
있다.

⑤ 송옥 및 기타 초사 저자

『사기·굴원가생열전』에 의하면 "굴원이 이미 죽은 후에 초나라에 송옥, 당륵, 경차 등의 무리들이 모두 사를 좋아하고 부를 잘 지어 이름이 났다. 모두 굴원의 침착한 사령을 본받았으나 끝내는 직간하지 못하였다. 屈原旣死之後, 楚有宋玉, 唐勒, 景差之徒者, 皆好辭而以賦見稱. 然皆祖屈原之從容辭令, 終莫敢直諫."고 하였다. 이들 가운데서 가장 중요한 초사 저자는 송옥이다.

송옥의 생애에 대한 역사적 기록은 모두 극히 간략하였다. 주로 『사기·굴원가생열전』, 『한서·예문지·시부략詩賦略』, 『한서·지리지地理志』에 보이며 한영韓嬰의 『한시외전韓詩外傳』권7, 유향의 『신서·잡사제일雜事第一』, 『신서·잡사제오雜事第五』, 왕일의 『초사장구』에도 기록이 있다. 그러나 송옥에 대한 연구자들의 주장은 서로 다르다. 육간여陸侃如, 1903~1978는 『송옥평전宋玉評傳』에서 송옥이 태어난 해와 굴원이 죽은 해가 근접하여 있으며, 송옥은 초나라 위왕, 회왕, 경양왕 등 세 임금과 군신관계가 없으며, 송옥과 굴원은 사생관계가 없고, 송옥이 작은 관직을 한 적이 있는데 순경荀卿, B.C.313~B.C.238이 초나라에서 벼슬한 것과 비슷하며, 얼마 지나지 않아 송옥은 관직을 잃었는데 그때 「구변」을 지었으며, 송옥이 「초혼」을 지은 시기는 초나라가 수도를 수춘壽春으로 옮긴 이후이며, 송옥은 아주 가난하였고 그가 죽은 해와 초나라가 멸망한 시기가 비슷하다는 등등의 주장을 하였다.[34]

송옥의 작품은 『한서·예문지』의 기록에 의하면 총 16편이 있다. 현재 송옥의 작품으로 전해지는 것은 다음과 같다. 왕일의 『초사장구』에는 「구변」과 「초혼」이 수록되어 있고, 『문선文選』에는 「구변」, 「초혼」, 「풍

---

34) 陸侃如, 「宋玉評傳」, 『努力周報』 문예란 『讀書雜誌』 1923년 제17호.

부風賦」, 「고당부高唐賦」, 「신녀부神女賦」, 「등도자호색부登徒子好色賦」,
「대초왕문對楚王問」 등 7편이 수록되어 있다. 『고문원古文苑』에는 「적부笛
賦」, 「대언부大言賦」, 「소언부小言賦」, 「풍부」, 「조부釣賦」, 「무부舞賦」 등
6편이 수록 되어 있다. 남송南宋 진인자陳仁子, 1269~?의 『문선보유文選補遺』
에는 「미영부微詠賦」가 더 수록되어 있다. 명대 사람이 편집한 『송옥집宋
玉集』에는 「고당대高唐對」, 「영중대郢中對」가 더 수록되어 있다.35) 그러나
믿을 만한 것은 오직 「구변」한 편뿐이다. 이후 1972년 산동山東 임기臨沂
은작산銀雀山의 한대 무덤에서 「어부御賦」의 잔편이 발견되었고, 1978년
호북 수현隨縣의 증후을묘曾侯乙墓에서 칠공 적피리가 발굴됨에 따라 학술
계에서는 점차 송옥의 작품에는 「구변」, 「풍부」, 「고당부」, 「신녀부」,
「등도자호색부」, 「대초왕문」, 「대언부」, 「소언부」, 「조부」, 「풍부」, 「적
부」 및 「어부」 잔편이 포함된다고 인정하였다.

「구변」은 장편 서정시인데 모두 250구이다. 노신은 『한문학사강요漢
文學史綱要』에서 "「구변」은 원래 옛 사인데 송옥이 이름을 지어서 새로운
체제를 만들었다. 비록 상상이 난무하지만 「이소」만 못하다. 그러나 처
량하고 원망스런 감정은 진실로 유일무이하다. 九辯本古辭, 玉取其名, 創爲新
制, 雖馳神逞想, 不如離騷, 而淒怨之情, 實爲獨絶."고 평가하였다. 시는 옛 음악
의 제목을 빌려 비추悲秋, 감우感遇, 사군思君 등의 세 가지 감정을 표현하
였다. 시 중에 그의 생애, 연령, 사직, 은거 등에 관한 내용은 대체로
송옥의 생애 연구의 공백을 보충할 수 있으나 너무 사실석으로 고증할
필요 없이 그의 생애의 대체적 사적으로 간주하면 된다. 그의 비추 주제
와 경물에 의탁하여 서정을 토로하는 문학 수법 및 「고당부」, 「신녀부」,
「등도자호색부」 등의 시에서 여성의 표정, 자태와 용모를 자세하게 늘어
놓은 묘사법은 후대 문학사에 비교적 큰 영향을 주었다. 유협은 『문심조

---

35) 吳廣平 編注, 『宋玉集』, 岳麓書社, 2001, 5~6쪽.

룡·전부詮賦』에서 송옥의 작품을 "시와 구별되는 시작이며 부로 명명되는 최초이다. 別詩之原始, 命賦之厥初."라고 하였다. 이는 '초사楚辭'에서 '한부漢賦'로의 이행을 완성한 것이라고 볼 수 있다.

후세 사람들은 흔히 '굴원과 송옥屈宋'을 병칭한다. 예를 들면 유협은 『문심조룡·변소辨騷』에서 "「구회」이후로는 황급히 발자취를 뒤따라갔으나 굴원과 송옥의 빠른 자취를 따라가지 못하였다. 自九懷以下, 遽躡其迹, 屈宋逸步, 莫之能追."고 하였다. 「시서時序」에서 "굴평은 태양과 달처럼 빛났고 송옥은 바람과 구름처럼 다채로왔다. 屈平聯藻于日月, 宋玉交彩于風雲."고 하였다. 「재략才略」에서 "제자는 도술을 바탕으로 삼았고 굴원과 송옥은 초사로 빛을 발하였다. 諸子以道術取資, 屈宋以楚辭發采."고 하였다. 이백李白, 701~762은 「하일제종제등여주용흥각서夏日諸從弟登汝州龍興閣序」에서 "굴원과 송옥이 죽었으니 말을 나눌 자 없도다. 屈宋長逝, 無堪與言."라고 하였다. 두보杜甫, 712~770는 「희위육절구戲爲六絶句」에서 "굴원과 송옥을 몰래 부여잡고 나란히 달려야 하나니 제와 양과 함께 뒤 먼지가 될까 두렵도다. 竊攀屈宋宜方駕, 恐與齊梁作後塵."라고 하였다. 탕장평湯漳平, 1946~은 역대로 '굴원과 송옥'을 병칭한 것은 굴원과 송옥이 각각 '사辭'와 '부賦' 두 가지 문체의 대표적 저자이기 때문이라고 하였다. '초사'는 굴원이 창작하였고 그의 작품은 또한 『초사』의 최고 모범작이다. 송옥은 사를 좋아하였지만 부로서 이름이 났다. 「구변」은 '사'지만 그의 주요한 문학 성과를 대표할 수 없으며 오직 그의 손을 거쳐 성숙해진 '부' 11편이야말로 그로 하여금 부체賦體 문학의 시조가 되게 하였다고 하였다.36)

송옥과 같은 시기의 초사 저자로는 또 당륵唐勒, B.C.290~B.C.223이 있다. 반고는 『한서·예문지』에서 "당륵의 부는 4편이며 초나라 사람이다. 唐勒賦四篇, 楚人."라고 하였는데 그의 작품은 모두 후세에 전해지지 않았

---

36) 湯漳平, 「楚賦與道家文化」, 『文學評論』 1993년 제4호.

다. 1972년 4월, 산동 임기 은작산의 서한 초기 고분에서 '당륵송옥논어
부唐勒宋玉論馭賦(송옥 부의 잔편으로 의심됨)'의 잔편이 출토되었는데[37]
죽간이 총 26매이며 232자가 보존되어 있다. 『회남자·남명훈覽冥訓』과
대조해보면 이 부는 수레 모는 기술을 이야기한 내용임을 알 수 있다.
요종이饒宗頤, 1917~ , 담가건譚家健, 1936~ , 조규부趙逵夫, 1942~ 등의 학
자들은 잔편의 저자가 '당륵'이라고 주장하고 이학근李學勤, 1933~ , 주벽
연朱碧蓮, 1932~2013, 탕장평 등의 학자들은 잔편의 저자가 송옥이라고 주
장하였다.[38]

이외에도 송옥, 당륵과 같은 시기의 초사 저자인 경차가 있다. 『사기
·굴원가생열전』에 관련 기록이 있는데 『한서·예문지』에는 기록이 없
다. 현존 작품도 역시 논란이 일고 있다. 왕일은 『초사장구·대초서大招
序』에서 "「대초」는 굴원이 쓴 작품이다. 혹자는 경차가 지었다고 하는데
의문이며 분명하게 밝힐 수 없다.大招者, 屈原之所作也, 或曰景差, 疑不能明也."
고 하였다. 두 가지 설이 병존하지만 왕일의 구체적인 해석을 보면 여전
히 '굴원의 창작'설을 위주로 하고 있다.

1996년 5월 15일

---

37) 銀雀山漢墓竹簡整理小組 編, 『銀雀山漢墓竹簡』 第1冊, 文物出版社, 1985.
38) 李學勤, 「〈唐勒〉, 〈小言賦〉和〈易傳〉」, 『齊魯學刊』 1990년 제4호; 朱碧蓮, 『楚辭論
    稿』, 上海三聯書店, 1993, 223쪽; 湯漳平, 「楚賦與道家文化」, 『文學評論』 1993년
    제4호.

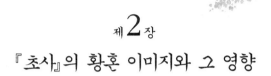

제2장
『초사』의 황혼 이미지와 그 영향

닭이 닭장에서 살고   雞棲於塒
해가 지니   日之夕矣
양과 소가 내려오는구나.   羊牛下來
　　　　—『시경·왕풍王風·군자우역君子于役』

해가 지려고 하나 쓸쓸하여 돌아갈 것을 잊고   日將暮兮悵忘歸
강물의 끝에 이르러서야 부질없는 내 그리움 깨달았네.   惟極浦兮寤懷
　　　　　　　—『초사·구가·하백』

달이 버드나무 끝에 걸릴 때   月到柳梢頭
황혼 후에 만나기로 약속하였지.   人約黃昏後
　　　　　— 구양수歐陽修 「생사자生査子」

  얼마나 아름다운 황혼 이미지인가! 사람들로 하여금 도취되고 배회하게 하는구나!
  얼마나 아득한 일련의 작품들인가! 사람들의 영감을 자극하고 공감을 자아내는구나!
  누구나 아는 바와 같이, 중국문학에 나타난 방대하면서도 집중된 황혼 이미지는 이미 문학을 감상하고 연구하는 데에 있어 **빼놓을 수 없는** 문제가 되었으며 재미있는 화제가 되었다. 이러한 문제는 비교적 뜨거운 화제이며 논쟁적인 과제이다.

① 『시경』에는 이미 사물 묘사와 감정 토로가 잘 융합된 묘사가 있다. 그런데 왜 이처럼 빈약하고 자질구레하며 우연하게 보이는가?

② 『초사』는 왜 이처럼 성대하고 다양한 황혼 이미지를 담고 있는가?

③ 『초사』, 조식曹植, 192~232, 완적阮籍, 210~263, 도연명陶淵明, 365~427, 사령운謝靈運, 385~433, 사조謝朓, 464~499 등은 모두 '황혼 이미지'의 다양한 의미를 보여주었다. 그러나 일본 학자 요시카와 코오지로吉川幸次郎, 1904~1980는 『새로운 석양』에서 오히려 "석양의 아름다움과 애수를 칭송한 것은 8세기 중국 시의 황금시대인 당대唐代 이래의 일이며, 그 이전의 시에도 구름과 달을 노래한 것은 모두 있으나 석양을 노래한 것은 매우 보기 드물다."고 하였다.[1]

본고에서는 『초사』의 황혼 이미지를 '표본'으로 삼아 분석하여 이상의 여러 가지 의문점을 탐구해보고자 한다.

1 『초사』의 황혼 이미지의 다원적 의미

1) 환경: 사회와 자연의 결합

황혼은 하나의 시간 개념이고 낮과 밤의 과도이며 암흑의 서막이고 긴긴 밤의 시작점이다. 계선림季羨林, 1911~2009은 「황혼」에서 "황혼은 신비로운 것이며 사람들이 하루를 더 살아 나갈 수 있기만 하면 이 하루의 마지막에 하나의 황혼이 주어지게 된다."고 말하였다.

---

1) [日]興膳宏, 「謝朓詩的抒情」, 『東方學』 第39輯, 1970.

'황혼'이라는 이 특정한 시간 개념이 상응한 공간과 조합할 때 모종의 특정한 환경이 형성된다. 『초사』에서 이 환경은 자연적인 것이고 때로는 사회적인 것이기도 하다. 그러나 대부분의 환경은 자연적인 것과 사회적인 것이 결합되어 있다. 「이소」에서는 "아침에 창오에서 출발하여 저녁에 나는 현포에 도달하고, 잠시 이 신이 사는 궁문에 머물려 하나 해가 홀연히 지려고 하네.朝發軔於蒼梧兮, 夕余至乎縣圃, 欲少留此靈瑣兮, 日忽忽其將暮."라고 읊고 또 "때는 어둑어둑 해가 지려고 하는데 난초를 엮고 우두커니 서있도다.時曖曖其將罷兮, 結幽蘭而延佇."라고 읊었다. 「원유遠遊」에서는 "때는 어두컴컴하여 빛이 없으니 현무를 불러서 동반케 하리라.時曖曖其矔莽兮, 召玄武而奔屬."라고 읊었다. 여기에는 비록 상상과 과장의 성분이 많이 들어 있기는 하지만 황혼 이미지의 출현은 주로 '기록성'적인 것에 속한다. 이는 시간의 긴박함을 나타냄으로써 밤낮으로 쉬지 않고 계속 오르락내리락하며 찾아다니는 과정과 분주한 마음을 표현하였는데 이는 객관적이고 자연적이며 서사적인 것에 속한다. 그러나 주목할 점은 『초사』에서 '시時'의 출현은 구체적 시간을 나타낼 뿐만 아니라 전반적인 시대를 의미하기도 한다는 사실이다.

여러 번 흐느껴 울어도 내 마음 답답하고
내가 때를 잘못 만남을 슬퍼하노라.

曾歔欷余鬱邑兮
哀朕時之不當
―「이소」

시속이 어지럽게 변하여가니
어찌 오래도록 머물 수 있겠는가?

時繽紛其變易兮
又何可以淹
―「이소」

음양이 뒤바뀌니
때가 적절하지 않구나.

陰陽易位
時不當兮
―「섭강」

여기서 '시'는 "때를 잘못 타고 태어나다.生不逢時."의 '때'이다. 「사미인」에서는 더욱 직접적으로 "애석하게도 선현과 같은 때에 태어나지 않았으니 나는 누구와 함께 뭇 꽃들을 감상하겠는가?惜吾不及古人兮, 吾誰與玩此芳草."라고 하였다. "애석하게도 선현과 같은 때에 태어나지 않았다."는 것은 현실 환경임을 알 수 있다. 그러므로 '시'의 의미는 '세상'의 의미와도 같다.

세상은 혼탁하여 분별할 줄 모르고　　世溷濁而不分兮
미덕을 가리고 시샘만 좋아하는구나.　　好蔽美而嫉妬
　　　　　　　　　　　　　　　　　　　　—「이소」

세상사람 서로 천거하여 붕당을 이루기 좋아한다.　　世並擧而好朋兮
　　　　　　　　　　　　　　　　　　　　—「이소」

세상은 혼탁하여 어진 사람 시샘하며　　世溷濁而嫉賢兮
미덕을 가리고 악만 칭찬하길 좋아하는구나.　　好蔽美而稱惡
　　　　　　　　　　　　　　　　　　　　—「이소」

세상은 어두컴컴하고 혼란하도다.　　世幽昧以眩曜兮
　　　　　　　　　　　　　　　　　　　　—「이소」

세상은 혼탁하여 나를 알아주는 자 없고　　世溷濁莫吾知
인심은 헤아리기 어렵구나.　　人心不可謂
　　　　　　　　　　　　　　　　　　　　—「회사」

굴원은 극단적인 고독에 처하여 있으며 환경이 매우 험악하고 음침하여 비록 대낮이지만 어둡고 아득하게 느꼈다. 그러므로 여기서 황혼 이미지는 주관적이고 사회적이며 서정적인 것에 속한다. 굴원은 이런 사회 환경을 반복적으로 슬프게 읊었다. 「섭강」에서는 유배지의 자연에 대하여 다음과 같이 묘사하였다.

깊숙한 숲은 그윽하고 어두컴컴하니　　　　　　深林杳以冥冥兮
원숭이가 머무는 곳이 분명하구나.　　　　　　　　援狖之所居
높은 산은 험준하여 태양을 가리고　　　　　　　山峻高以蔽日兮
산 아래는 음산하며 비가 많이 오는구나.　　　　下幽晦以多雨
싸라기눈이 끝도 없이 흩날리고　　　　　　　　霰雪紛其無垠兮
먹장구름이 짙게 드리워 지붕에 닿는구나.　　　雲霏霏而承宇
한평생 즐거움이 없으니 슬프고　　　　　　　　哀吾生之無樂兮
외로움과 고독감으로 홀로 산 속에서 사네.　　　幽獨處乎山中

이는 산귀의 생태 환경에 대하여 묘사한 「산귀」의 구절과 조금도 차이가 없다.

하늘이 흐리니 대낮이 어두컴컴하며　　　　　　杳冥冥兮羌晝晦
동풍이 불어대니 빗방울이 신령스럽네.　　　　　東風飄兮神靈雨

굴원은 자기의 생존환경을 소개할 때 자주 "외로움과 고독감으로 홀로 산 속에서 사네.幽獨處乎山中."라고 강조하였다. 즉 "어두움에 처하다."는 어두운 사회에 처한 것을 말한다. 그러므로 「추사」에서는 "길은 멀고 집은 후미진 곳이라, 중매해줄 자도 없도다.路遠處幽, 又無行媒兮."라고 하였고 「회사」에서는 "검은 무늬가 어두운 곳에 있으니, 눈먼 자가 보이지 않는다고 하는구나.玄文處幽兮, 矇瞍謂之不章."라고 하였다. 그리고 「사미인」의 묘사는 더욱 명확하다.

어두움에 처할 운명이라 그만두고자 하나　　　命則處幽吾將罷兮
해가 저물기 전에 더 할 수 있기를 바라네.　　　願及白日之未暮也

'어둡다'와 '저녁'의 대응되는 묘사는 바로 자연 이미지와 사회 이미지의 암시와 결합이다. 또한 '서술 차원'의 '표면 의미'와 '숨은 차원'의 '본래 의미'의 융합이다. 이를 통하여 『초사』의 황혼 이미지는 시각적으로 보이는 물체와 정경을 생동하고 섬세하게 묘사한 것에 그친 것이 아니라 일종의 은유의 매개물임을 알 수 있다. 그것은 과거와 현재에 대한 느낌과 지각과 경험이 마음속에서 되살아난 것이며 하나의 심상心象이다.

2) 심리: 해질녘과 기대의 모순

낭만주의 시인 굴원의 정신세계는 매우 풍부하고 민감하고 고독하고 수심이 많으며 병도 있는 듯하다. 예를 들면「석송」에서 "가슴과 등이 찢어지는 것 같이 아프고, 마음이 울적하여 항상 고통스럽구나.背膺牌以交痛兮, 心鬱結而紆軫."라고 읊었는데, 곽말약은 이에 대하여 "아마도 신경통이 아니면 흉막염일 것이다."라 하고, 또 "굴원이 심계항진心悸亢進의 징후가 있다."고 하였다.[2] 그러니 당연히 기나긴 밤에 잠을 못 이루었을 것이다.

슬프고 처량하여 눈물콧물이 뒤섞어 흐르고 　　涕泣交而淒淒兮
수심에 잠겨 잠 못 이룬 채 새벽이 이르렀네. 　　思不眠以至曙
기나긴 밤을 견디어 내었지만 　　終長夜之曼曼兮
가슴에 꽉 찬 슬픔은 떨쳐내기 어렵네. 　　掩此哀而不去
　　　　　　　　　　　　　　　　　　　　　　　　　　—「비회풍」

수심이 엉키어 풀어지지 않고 　　思蹇産之不釋兮
또 가을밤을 만나니 길디길구나. 　　曼遭夜之方長
　　　　　　　　　　　　　　　　　　　　　　　　　　—「추사」

---

　2)　郭沫若, 『郭沫若全集·歷史編』제4권, 『歷史人物·屈原研究』, 人民文學出版社, 1982.

이러한 상황은 마음이 혼란하고 어찌할 바를 모르는 굴원으로 하여금 더욱더 '황혼' 시간에 대하여 사색하고 슬퍼하며 동적인 측면에서 '황혼' 이미지를 다루도록 하였다. 따라서 집합형 황혼 이미지를 형성하였다.

바로 하루의 해질녘과 인생의 해질녘의 결합이다. 작가 사빙영謝冰瑩, 1906~2000은 「황혼」에서 "제일 괴로운 것은 황혼이며 제일 시적인 정취가 있는 것도 황혼이다."라고 하였다. 이 '괴로운 것' 과 '시적인 정취'는 주로 '황혼'의 짧음과 과도성에서 체현된다. 이는 아름다운 순간이며 숭고하고 비장한 희망을 불러일으키고 마지막 기회의 실현을 갈망하도록 할 뿐만 아니라 또한 밝음에서 어두움으로 전환하는 징조이다. 황혼에 직면하여 시인들은 인생의 만년과 감탄을 떠올리게 된다. 다음의 예문을 통하여 굴원의 '황혼에 대한 기대'를 엿볼 수 있다.

> 때는 어둑어둑 해가 지려고 하는데   時曖曖其將罷兮
> 난초를 엮고 우두커니 서있도다.   結幽蘭而延佇
>   —「이소」

그는 심지어 '주관능동'적으로 '황혼' 무렵을 연장하여 '기회'가 조금 더 있기를 바랐다. 그리하여 해가 서쪽으로 지는 것을 보고 그는 신령을 동원하여 "나는 희화에게 속력을 늦추게 하고, 엄자산을 바라보며 가까이 가지 못하게 하였네.吾令羲和弭節兮, 望崦嵫而勿迫."라고 하였다. 더 나아가 손수 "약목 가지를 꺾어서 해를 가리고, 잠깐 한가로이 거닐겠노라.折若木以拂日兮, 聊逍遙以相羊."라고 하였다. 왜 이처럼 강렬한 긴박감을 보여주고 있는가? 그것은 자신의 "늙음이 한발 한발 다가오는데老冉冉其將至兮" 또, "미인이 늙어버릴까 두렵기恐美人之遲暮" 때문이다. 그러므로 거듭 자신을 일깨우고 있다.

세월이 더 늦기 전에	及年歲之未晏兮
때가 또한 다 가기 전에	時亦猶其未央
	—「이소」

꽃이 시들어 떨어지기 전에	及榮華之未落兮
이 꽃을 줄 하계의 미녀 찾으리.	相下女之可詒
	—「이소」

이를 통하여 자연의 '황혼'이 굴원으로 하여금 인생의 '황혼'에 대하여 미련을 갖고 소중하게 여기게 하였음을 알 수 있다. 그리하여 더욱 긴박하게 인재가 되고자 하는 갈망을 느끼게 하였다. 「이소」에는 '급及'으로 시작하는 문장이 비교적 많으며, 또 '공恐'으로 시작하는 문장도 많다. 또 "아침에 ……, 저녁에……(朝……, 夕……)" 식의 문장구조가 유달리 많다. 아침과 저녁은 상대적인 것이며 이는 그의 절박한 추구와 시간을 다투는 행동을 표현하여 주고 있다. 이러한 용법은 송옥의 「구변」에서 매우 훌륭하게 사용되었다.

해는 서쪽으로 떨어 지려고하고	白日晼晚其將入兮
밝은 달은 허약해져서 빛을 잃었네.	明月銷鑠而減毀
세월은 무심하게 흘러 한해가 다가고	歲忽忽而遒盡兮
늙음이 점차 이르니 마음은 더욱 느슨해지네.	老冉冉而愈弛

여기에서 황혼은 하루의 끝과 일 년의 끝, 인생의 끝을 융합하여 쓸쓸하고 안타까운 경지를 형성하였다. 이는 「이소」에서 더욱 선명하게 드러나고 있다.

아침엔 산언덕의 목란 꺾고	朝搴阰之木蘭兮
저녁엔 모래톱의 숙망 풀을 캐노라.	夕攬洲之宿莽

일월은 빠르게 흘러 머물지 않고	日月忽其不淹兮
봄과 가을은 순서대로 바뀌어	春與秋其代序
초목이 시들어 떨어짐을 생각하니	惟草木之零落兮
미인이 늙어버릴까 두렵도다.	恐美人之遲暮

'저녁'으로부터 '초목이 시들어가는 것', '미인의 만년'을 서술하고 이 세 가지를 결합하면서 봄과 가을의 순환, 해와 달의 멈추지 않음, 세월이 빨리 감, 기회를 놓쳐서는 안 됨 등을 강조하였다. 송옥의 「구변」에도 이와 유사한 묘사가 있다.

가을서리가 모든 풀에 내리니	白露既下百草兮
오동나무와 가래나무 잎이 떨어지는구나.	奄離披此梧楸
밝은 대낮이 지나가고	去白日之昭昭兮
긴긴 밤이 또 다가오네.	襲長夜之悠悠
아름다운 세월은 이미 지나가고	離芳藹之方壯兮
늙고 곤궁해지니 홀로 슬퍼하노라.	余萎約而悲愁

황혼, 늦가을, 만년이 일체가 되어 기나긴 밤의 분위기 속에서 '황혼' 이미지의 슬픈 정서를 강하게 표현하였다.

이상의 분석을 통하여 『초사』의 '황혼' 이미지는 갈망 의식, 시간을 아끼는 관념이 포함되어 있으며 이상을 실현할 수 없는 모순 심리와 초조한 심정이 포함되어 있음을 알 수 있다.

3) 민속: 종교와 문학의 진화

혼인의 형태로부터 볼 때 '혼시婚時'와 '황혼'은 밀접한 관계가 있다. 『역경易經·귀매歸妹』에 "말을 타고 서성이며, 눈물이 물결같이 흐르니 강도가 아니라 혼인하러 왔다네.乘馬班如, 泣血漣如, 匪寇婚媾"라고 하였다.

혼인할 여자를 강탈하는 것은 분명히 밤에 진행할 수밖에 없다. 이런
결혼 현상은 후세에 '혼시'의 결정에 영향을 주었다. 『설문』에 "혼인은
예이다. 저녁에 여자를 얻어 장가드는데, 여자는 음이기 때문이다. 그러
므로 혼이라고 한다.婚, 禮, 娶婦以昏時, 婦人陰也, 故曰婚."고 하였다. 『백호통
의白虎通義·가취편嫁娶篇』에서는 "혼인이라는 것은 무슨 뜻인가? 저녁에
혼례를 진행하므로 혼이라고 한다.婚姻者, 何謂也. 昏時行禮, 故謂之婚也."고
하였다. 『시경·정풍鄭風·예豐』의 정현鄭玄, 127~200의 주석에서는 "혼인
은 시집가고 장가드는 예이다.婚姻之道, 謂嫁娶之禮."라고 하였다. 공영달孔
穎達, 574~648은 "남자가 저녁 무렵에 여자를 맞이하고, 여자는 남자 때문
에 온다. ……남녀의 몸을 논하여 시집가고 장가든다고 하고 하나로 합
칠 때를 혼인이라고 한다.男以昏時迎女, 女因男而來. ……論其男女之身謂之嫁娶,
指其好合之際, 謂之婚姻."고 해석하였다. 『설문』에 "혼은 날이 어두운 것이
다.昏, 日冥也."라고 하였다. 청대 단옥재段玉裁, 1735~1815의 주석에 "명은
고요한 것이다. 고요한 것은 심원함이다. 『정목록』에서는 선비가 장가
를 드는 예는 저녁을 기한으로 하였기에 이렇게 불렀다. 반드시 저녁에
하는 것은 양이 가고 음이 오기 때문이다. 해가 삼상에 있을 때를 혼이라
한다.冥者, 窈也. 窈者深遠也. 鄭目錄云, 士娶妻之禮, 以昏爲期, 因以名焉. 必以昏者,
陽往而陰來, 日入三商爲昏."고 하였다. 이를 통하여 혼례식은 늘 해질 무렵에
거행하였음을 알 수 있다.

　'혼인'의 '혼婚'자와 '황혼'의 '혼昏'자의 특별한 연관 때문에 초기 문학
『시경』 중의 '황혼 이미지'는 우선 사실적인 묘사였다. 예를 들면 「당풍
唐風·주무綢繆」와 같다.

　　나뭇단을 묶고 나니　　　　　　　　　　　　綢繆束薪
　　삼성이 하늘에 떴네.　　　　　　　　　　　三星在天
　　오늘 저녁은 어떤 저녁이기에　　　　　　　今夕何夕

이리 좋은 님을 만났을까?   見此良人

『설문』에서 "석은 해가 진 저녁이다. 달의 모양에 근거하여 만들었으며 달이 절반 보이는 모양과 같다.夕, 莫(暮)也, 從月半見."고 하였다. 청대 단옥재의 주석에는 "막은 해가 진 것이다. 해가 지고 달이 떠오른 때이다. 그러므로 이 글자는 달의 모양에서 근거하였고 달이 절반 보이는 모양과 같다. 모두 회의와 상형 글자이다.莫者, 日且冥也. 日且冥而月生矣, 故字從月半見, 皆會意象形也."라고 하였다. 왕질王質, 1135~1189은 『시총문詩總聞』에서 "삼성은 심성이다. 술시와 해시 사이에 있다.三星, 心星也, 當是戌亥間."고 하였다. 주대周代의 하루를 기록하는 시간에 근거하면 '술해戌亥'는 바로 '황혼'과 '한밤중' 사이이다. 시에서 '삼성', '석'자를 쓸 때에는 모두 혼인하는 시기를 말한다. 진자전陳子展, 1898~1990은 『시경직해詩經直解』에서 이 시를 "후세 결혼식 날에 신혼부부를 놀려 주는 노래의 시조이다."라고 하였고 "신혼부부를 놀려주고 질투하고 부러워하는 가사이다."라고 하였다.

이에 따라 『시경』의 황혼 이미지는 결혼식의 배경에 의하여 대부분이 서로 그리워하거나 이별을 원망하는 모티프로 변화되어 나타난다. 예를 들면 「소남召南·초충草蟲」과 같다.

풀벌레 울어대고   喓喓草蟲
메뚜기도 뛰어대는데   趯趯阜螽
님을 뵙지 못하여   未見君子
근심이 가득하네   憂心忡忡

풀벌레가 울고, 메뚜기가 뛰어대는 것은 비흥이기도 하고 시간을 암시하기도 한다. 「용풍鄘風·체동蝃蝀」에서도 볼 수 있다.

무지개 동녘에 섰어도	蝃蝀在東
누가 감히 손가락질 못하네.	莫之敢指
여자 한번 시집가면	女子有行
부모형제와 멀리 떨어진다네.	遠父母兄弟

'체동'은 무지개이다. 채색 무지개가 동쪽에 있으면 해는 서쪽에 있으므로 이는 저녁에 떠오른 무지개이다. 「진풍陳風·동문지양東門之楊」에서는 더욱 분명하게 표현하였다. "저녁에 만나자고 약속하였는데, 새벽별만 반짝이네.昏以爲期, 明星煌煌."라고 하였고 또 "저녁에 만나자고 약속하였는데, 새벽별만 반짝거리네.昏以爲期, 明星晢晢."라고 하였다. 정말 황혼후에 사람을 만나기로 약속하였는데 날이 밝을 때까지 기다린 셈이다. 또「정풍鄭風·풍우風雨」에서는 "비바람 소리 쓸쓸하고, 닭 울음소리 들려오네.風雨凄凄, 雞鳴喈喈."라고 하였고 또 "비바람에 밤 같아도 닭 울음소리 그치지 않네.風雨如晦, 雞鳴不已."라고 하였다. 쌀쌀한 바람과 차가운 비, 흐린 날씨에 찬바람 쓸쓸하고, 닭 울음소리가 끊이지 않으니, 근심 걱정에 창자가 끊어질 듯하다.

그러나 그리움과 이별의 원망에 관한 모티프가 감동적인 점은 단순히 '약속'을 어긴 고민과 만남의 기쁨에 있는 것이 아니라 이별 후의 그리움에 있다. 「왕풍王風·군자우역君子于役」에서는 황혼 이미지와 가족을 그리워하는 마음을 교묘하게 하나로 융합하여 아주 감동적이다.

『초사』의 황혼 이미지는 그리움과 이별을 원망하는 모티프를 표현함으로써『시경』의 기본유형인 "황혼 후에 사람을 만나기로 약속하다."를 재현하였다. 구조상 다른 점은『시경』에는 시름도 있고 즐거움도 있지만『초사』는 모두 '약속을 어긴' 고통을 표현하였다. 상수湘水의 부부신 一 상군과 상부인은 원래 "저녁에 가인과 만나기로 기약與佳期兮夕張"하였는데 즉 동정호 북쪽 섬에서 황혼 무렵에 만나기로 약속하였다. 상군은 "아침에 강가에서 내 말을 달리고, 저녁엔 강을 건너 서쪽 강가에 이르렀다.朝馳余馬兮江皐, 夕濟兮西澨." 그러나 약속한 사람은 보이지 않고 추풍만 불어대고 나뭇잎이 우수수 떨어지며, 동정호 파도가 울렁이며 물결이 잔잔하게 흐르고 있어서 눈이 빠지게 기다리며 안달이 났다. 그런데 상부인은 이미 "용주를 타고 강을 따라 북상하고, 에돌아서 동정호를 가로질렀고駕飛龍兮北征, 遭吾道兮洞庭" 또 "아침에 강가에서 달리고, 저녁엔 북쪽 섬에서 유숙하였다.朝騁騖兮江皐, 夕弭節兮北渚." 그러나 "간절히 바라는 님은 오지 않고, 팬파이프를 부노니 누굴 그리워하나?望夫君兮未來, 吹參差兮誰思"가 되었다. 결국 그들은 만나지 못하고 서로 기다리고 원망하고 탄식하며 괴로워하였다.

「산귀」의 이야기는 더욱 감동적이다. 그녀는 "깊숙한 대나무 숲에 살고處幽篁", "길이 험난하기路險難" 때문에 "늦게 오게獨後來" 되었다. 어쩌면 그가 사랑하는 '공자公子'는 아예 오지 않았을 수도 있다. 그러나 정이 깊고 사랑에 집착하는 산귀는 "우뚝 솟은 산 위에 올라서니, 구름이 뭉게뭉게 발아래 떠있구나.表獨立兮山之上, 雲容容兮而在下."와 같이 높은 산꼭대기에 올라서서 오랫동안 간절히 기다렸다. 저녁 무렵부터 캄캄한 밤중까지 기다렸으나 '공자'는 여전히 오지 않았다. 게다가 우뢰가 우르릉거리고 비가 푸실푸실 내리며 원숭이가 슬피 울고 낙엽이 우수수 떨어지고 있다. 산귀는 '원망'에서 '의심'으로 변하게 되고 마침내 "공자가 그리워 공연히 시름에 젖는구나.思公子兮徒離憂"라는 사실을 깨달았다. 결국 혼자 짝사랑하고 혼자 고민거리를 만든 것뿐임을 알게 된 것이다.

때로는 만남의 즐거움도 있었다. 그러나 "가장 슬픈 것은 생이별이다.悲莫悲兮生別離"라고 한 것처럼 이별의 고통이 전체 비극적 줄거리 속에 관통되어 있다. 「소사명」에서는 "대청 안에 미인이 가득한테, 문득 유독 나와 눈이 마주치네.滿堂兮美人, 忽獨與余兮目成."라고 한 것처럼 순간의 도취로 인하여 행복감에 젖어 있는 모습을 보여주고 있다. 그러나 "종적이 묘연하여 갑자기 왔다가 홀연히 가네.倏而來兮忽而逝"와 같이 오래가지 못

하고 금방 사라져 버린다. 밤에 도성의 교외에 묵으니, "바람 맞으며 애절
하게 노래하니 생각이 어렴풋할臨風怳兮浩歌" 뿐이었다. 「하백」에서는 "당
신과 함께 구강을 유람하는與女遊兮九河" 환상이 있었지만 "해가 지려고
하나 쓸쓸하여 돌아갈 것을 잊고, 강물의 끝에 이르러서야 부질없는 내
그리움 깨달았네.日將暮兮悵忘歸, 惟極浦兮寤懷." 가 되었고, 하백과 잠깐의 만남
이 있었지만, 끝내는 남쪽 물가에서 애틋하게 이별하지 않을 수 없었다.
  『시경』과 비교해볼 때 『초사』의 황혼 이미지는 서로 사모하거나 이별
을 원망하는 모티프가 더욱 충분하고 애절하고 감동적으로 표현되었다.
그러나 이러한 감정체험과 예술적 성취는 결코 이 모티프의 독특한 점이
아니다. 이 모티프의 초월과 비약은 그것의 표면적 의미에 있는 것이
아니라 숨은 의미 즉 상징의미에 있다. 즉 남녀사이의 사랑과 혼인의
체험으로 인생 추구와 군신 관계에 대한 감탄을 표현하였다는 점이다. 「구
가」에서는 인생 추구가 끝내 실현될 희망이 없는 침통한 슬픔을 표현하
였다. 그리고 굴원의 장편 자서전적 정치 서사시 「이소」에서도 남녀가
서로 그리워하고 서로 사랑하는 모티프를 시인이 오르락내리락하며 찾
아다니고 왕이 깨닫지 못하는 정치적 실의의 슬픔으로 승화하였다. 남녀
가 서로 사모하는 모티프는 다만 하나의 원형, 하나의 배경, 하나의 상징
에 불과하다. "저녁에 나는 현포에 도달하였네.夕余至乎縣圃"는 역시 "저
녁에 만나기로 약속하였네.昏以爲期"의 정치적 '약속'이다. 그 때는 이미
"해가 홀연히 지려고 하는日忽忽其將暮" 시기여서 그는 서둘러 만나보려고
하나 궁문 문지기는 "궁문에 기대어 나를 바라보기倚閶闔而望予"만 하니,
남녀가 서로 만날 수가 없었다. 그러나 시인은 포기할 수 없어서 여전히
'짝사랑식'으로 기대하고 있다.

때는 어둑어둑 해가 지려고 하는데　　　　　　　時曖曖其將罷兮
난초를 엮고 우두커니 서있도다.　　　　　　　　結幽蘭而延佇

　　시간은 흘러가고 어둠의 장막이 내리는데 시인은 손에 사랑의 신물인 '난초'를 쥐고 '희망'과 '실망'의 시달림 속에서 배회하며 '가망 없는' 기다림을 계속하고 있다. 약속이 이루지지 못한 이유는 「구장」의 여러 편에서 잘 표현하였다.

예전에 나와 언약하시기를　　　　　　昔君與我成言兮
황혼을 기약으로 혼인하자고 말씀하셨는데　　曰黃昏以爲期
중도에 마음을 바꿔 배신하고　　　　　　羌中道而回畔兮
오히려 다른 사람과 집적거리네.　　　　　反旣有此他志
　　　　　　　　　　　　　　　　　─「추사」

파총산 서쪽 기슭을 가리키며　　　　　指嶓塚之西隈兮
황혼에 거기서 만나기로 약속하였네.　　　與纁黃以爲期
　　　　　　　　　　　　　　　　　─「사미인」

　　대진戴震, 1724～1777은 『굴원부주屈原賦注』에서 「추사」의 위 인용문을 해석함에 있어 "이는 여자의 시집가는 것으로 비유하였으니 약속이 있고 혼기가 있는데 중도에 버림받은 것은 어찌 죄가 있기 때문이겠는가?此以女子之嫁者爲比, 有成言, 有昏期, 至中路而見棄, 豈其有罪也."라고 하였다. 이를 통하여 해가 서쪽 기슭으로 지고, 저녁 무렵에 만나기로 약속한 것은 모두 혼인의 원시 황혼 이미지의 외적 형태일 뿐임을 알 수 있다. 마음이 바뀌고 중도에 되돌아가는 것은 바로 『시경·위풍衛風·맹氓』에서 읊은 것처럼 "여자는 한결같은데 남자가 행실을 둘로 하네.女也不爽, 士貳其行"와 같은 고백과 원망이다. 이는 바로 굴원이 처음에는 신임을 얻었다가 나중에 의심을 받고 비방을 당하여 유배되고 반복적으로 자신의 의지를 표명하지만 끝내 희망이 없는 정치 생활의 예술적 반영이다.

4) 철학적 사고: 근본으로의 회귀와 근심의 추상적 이미지

황혼은 특정한 시간 이미지로서 짧을 뿐만 아니라 또한 아름다워서 사람으로 하여금 슬퍼하면서도 계속 회상하게 한다. 철학자 혹은 철학적 사고를 하는 시인의 눈에는 석양, 황혼, 해질 무렵은 영원할 뿐만 아니라 또한 움직이고 변화하며, 생과 사를 연결한 것이었다. 해가 서쪽으로 가라앉는 것과 뭇별이 솟아오르는 것은 거의 동일한 시간에 발생한다. 광명과 암흑의 대립, 동방과 서방의 대립은 생명과 죽음의 대립을 만들어낸다. 해가 떨어질 때마다 철학자 또는 시인은 마음의 자제, 떨림과 감동을 느끼고 태양이 사라지는 것으로부터 자기 생명의 짧음을 생각하고 이로부터 황혼 이미지의 생명 모티프를 구상하게 된다. 독일의 시인 괴테1749~1832는 해가 지는 것을 보고 황혼 이미지의 생명의식을 다음과 같이 서술하였다.

> 75세에 이르러 사람은 간혹 죽음을 생각하지 않을 수 없다. 그러나 나는 이에 대하여 태연자약하다. 나는 인류의 정신은 길이 빛난다고 굳게 믿기 때문이다. 그는 해와 같이 육안으로 보면 진 것 같지만, 사실 그는 영원히 지지 않으며 영원히 밝게 비추고 있다.3)

『초사』에서 황혼 이미지의 생명의식은 괴테가 서술한 느낌과 같은 점이 있다. 그러나 또한 복합적인 이미지를 나타내고 있다. 우선, 해질 무렵과 늙어 쇠약해지는 것이 하나로 겹쳤다. 시각적 의미와 추상적 의미는 늘 하나로 융합된다. 이 점은 왕일의 주석에서 이미 지적하였다. 왕일은 「이소」 중의 "해가 홀연히 지려고 하네.日忽忽其將暮"라는 구절을 주석할 때에 "해가 또 지고, 날이 곧 어두워지려고 하니 연세가 다하여 이미

---

3) [德]愛克曼 輯錄, 朱光潛 譯, 『歌德談話錄』, 人民文學出版社, 1978, 42~43쪽.

늘어 쇠약해진 것을 말한다. 日又忽去, 時將欲暮, 年歲且盡, 言已衰老也."고 하였다. 또 「천문」의 "해질 무렵 우뢰가 울고 번개가 치네.薄暮雷電"를 주석할 때에 "날이 저물어가려 하고, 때는 하늘에서 큰 비가 내리고 우뢰가 울고 번개가 치니, 그리움이 다시 이르렀다. 日暮欲去, 時天大雨雷電, 思念復至."고 하였다. 홍흥조洪興祖, 1090~1155는 이에 더 보충하여 "박모는 해가 지고자 하는 것이며 늙었다는 것을 비유한다.薄暮, 日欲晚, 喩年將老也."고 하였다. 송옥의 「구변」에서는 "해는 서쪽으로 떨어지려고 하고白日晼晚其將入兮"와 "늙음이 점차 이르니 마음은 더욱 느슨해지네.老冉冉而愈弛"를 대조하여 썼는데 이것이 가장 확실한 예문이다.

다음, 해질 무렵과 시간을 아끼는 것이 하나로 겹쳤다. 이는 「이소」에서 특히 두드러지게 표현되고 있다. 굴원은 시간이 빨리 지나가는 것을 느끼고 다음과 같이 읊었다.

일월은 빠르게 흘러 머물지 않고　　　日月忽其不淹兮
봄과 가을은 순서대로 바뀌어　　　　春與秋其代序
　　　……
세월은 급히 흘러 쫓아도 미치지 못할 듯하니　汨余若將不及兮
세월이 나를 기다려주지 않을까 두렵도다.　恐年歲之不吾與
　　　……
늙음이 한발 한발 다가오는데　　　老冉冉其將至兮
훌륭한 명성 세우지 못할까 두렵도다.　恐修名之不立

시간은 빨리 흘러가는데 업적은 이루지 못하여 마음이 몹시 초조하고 슬프다. 그리하여 시인은 '밤낮을 이어' 서두르는 끈기와 황혼 무렵의 석양을 만류하려는 표현을 통하여 끊임없이 노력하고 있음을 보여주고 있다.

나는 희화에게 속력을 늦추게 하고　　　吾令羲和弭節兮
엄자산을 바라보며 가까이 가지 못하게 하였네.　望崦嵫而勿迫

......

약목 가지를 꺾어서 해를 가리고 　　　　　　折若木以拂日兮

잠깐 한가로이 거닐겠노라. 　　　　　　　聊逍遙以相羊

명령도 있고 힘써 실천하는 것도 있으니 생명에 대한 적극적인 투쟁과 지배의식을 잘 표현하였다. 그러나 개인의 힘은 보잘 것 없어 해가 서산에 지는 것을 막을 수 없고 가지 말라고 만류할 방법도 없다. 그 때문에 「이소」에서는 더욱더 강렬한 고독의식이 가득 차게 되었다.

마음이 우울하여 나는 안절부절못하니 　　　　　忳鬱邑余侘傺兮

나 홀로 이 시대에 곤궁하구나. 　　　　　　　吾獨窮困乎此時也

사실상 이런 '우주고독감'이 주는 외롭고 쓸쓸한 마음은 또한 황혼 이미지와 합치된다. 그리고 이로부터 사망의식이 파생되었다. 예를 들면 "팽함이 남긴 법칙을 따르련다.願依彭咸之遺則", "아홉 번 죽더라도 오히려 후회하지 않네.雖九死其猶未悔", "차라리 문득 죽어 넋이 사라질지언정寧溘死以流亡兮", "청백을 좇아 바르게 살다 죽는 것이伏淸白以死直兮", "비록 사지가 찢겨도 나는 오히려 변치 않으리.雖體解吾猶未變兮" 등의 시구는 「이소」의 제일 화려한 비극 모티프가 되었다.

② 『초사』의 황혼 이미지의 원형

일반적으로 연구자들은 고전문학 속의 '황혼 이미지'를 논할 때에 항상 상고 시대의 "해가 나오면 일하고, 해가 떨어지면 휴식한다.日出而作, 日入而息."는 농업경제 제약 하에 형성된 생활방식과 습관으로 거슬러 올라간다. 전설에 의하면 요임금 시대의 「격양가擊壤歌」에 당시 사람들의 생활

양상이 기록되어 있다고 하는데 도연명의 「귀전원거歸田園居」에서 읊은 "새벽에 일어나 잡초 뽑고, 달빛 아래 호미 메고 돌아오네.晨興理荒穢, 帶月荷鋤歸."와 같은 한가로운 생활 모습을 담고 있다. 그러므로 학자들은 이 시는 본래 "도가道家에서 당시의 사회를 공격하기 위해 상고의 생활을 추측하여 지은 것이며 이상적인 국가에 대한 상상을 담은 것이다."라고 의심하고 요순 시대의 작품이 아니라고 여겼다. 그러나 시에서 묘사한 정경은 "상나라와 주나라 교체 시기의 모습과 가깝다."[4]고 여겼다. 김경방金景芳, 1902~2001, 방박龐樸, 1928~2015 등의 연구에 의하면, 요임금 이전의 사람들이 사용한 역법은 화력火曆이다. 즉 황혼 무렵에 하늘에 있는 대화大火(심수心宿 세 별)의 위치를 관찰하여 달을 정하고 농사 생산의 순서를 정하였다고 한다.[5] 그러므로 농업 문명사회에서의 생산과 생활은 늘 황혼 무렵의 관찰과 판단의 제약을 받았다. "불로 시기를 정하는火紀時焉" 시대에 황혼이라는 이 특정한 시간은 사람들이 가장 관심 갖는 시각이었다. 이는 신비감과 몽롱감이 있을 뿐만 아니라 또한 공리성과 명시성도 있다. 그러므로 화력은 후대 황혼 이미지의 다차원적 의미의 원천이라고 할 수 있다.

물론 상, 주 시대의 "해가 나오면 일하고, 해가 떨어지면 휴식한다."는 생활방식은 석양夕陽, 낙일落日, 박모薄暮, 황혼黃昏으로 하여금 광명과 암흑의 교차점, 노동과 휴식의 과도기로 인식되게 하였다. 『시경』 중의 사실성이 강한 황혼 이미지는 분명히 이러한 생활방식에서 직접 연원하였다. 예를 들면 「빈풍豳風·칠월七月」에서 "봄날의 긴긴 하루 쑥잎도 많이 따네.春日遲遲, 采蘩祁祁."라고 하였다. 황혼 이미지는 일종의 동경과 갈망이 되었으며 길고 힘든 낮의 노동에서 벗어나는 상징이 되었다. 예를

4) 朱自淸, 『古詩歌箋釋三種』, 上海古籍出版社, 1981, 6쪽.
5) 呂紹綱, 『周易闡微』, 吉林大學出版社, 1990, 115~119쪽.

들면 「패풍邶風·식미式微」에서는 "쇠약하고 쇠약하였거늘 어찌 돌아가지 않으시나?式微式微, 胡不歸."라고 하였다. 황혼 이미지는 백성들이 울분을 터뜨리고 근심을 토로하는 중요한 시간적 참조가 되었다. "해가 떨어지면 휴식한다."는 표준으로 놓고 보면 쇠약하고 쇠약하였으면 마땅히 돌아가야 하고 일찍 돌아가야 하는데 지금은 해가 떨어졌는데도 아직도 일하고 있어 백성들의 원망을 자아냈다.

그럼에도 불구하고 『시경』 중의 많은 황혼 이미지는 "저녁 시간에 아내를 얻는娶婦以昏時" 예법 규정과 민속습관에서 직접 근원하였다. "해가 나오면 일하고, 해가 떨어지면 휴식한다."는 생활방식은 주로 사람들의 생활 배경일 뿐 문학 창작의 소재가 아니다. 때문에 이러한 농경생활은 『시경』의 황혼 이미지의 주제와 내용을 해석하기에 부족한데 하물며 『초사』는 더 말할 필요가 있겠는가?『초사』에서의 이러한 생활방식은 일종의 유형화된 현실 배경에 불과하다. 그러나 귀족 정치 서정시인 굴원의 작품 속의 대량의 황혼 이미지는 귀족생활과 자기 체험에 의하여 결정된 것이다. 귀족 시인과 노동하는 백성의 생활방식의 가장 큰 차이점은 '해가 떨어져도 휴식하지 않는' 것과 '해가 떨어지면 휴식한다'는 점이다. '해가 떨어져도 휴식하지 않는' 것을 특징으로 하는 귀족생활은 굴원의 창작에 뚜렷한 영향을 주었다. 그 중에서 「초혼」의 기록이 가장 믿을 만하다.

난초향 촛불 환하게 밝히니	蘭膏明燭
아름다운 여인들 늘어섰네.	華容備些
......	
마음껏 마시고 실컷 즐기며	娛酒不廢
거기에 빠져 밤낮으로 멈추지 않네.	沈日夜些
난초향 촛불 환하게 밝히니	蘭膏明燭
화려한 등잔이 서로 비추네.	華鐙錯些

이러한 낮과 밤을 구별하지 않고, 밤낮으로 계속 이어지는 향락은 바로 초나라 궁궐의 '밤생활'의 진실한 묘사이다. 그러나 주목할 점은 이런 '사실의 기록성'적인 묘사가 『초사』에서는 극히 적게 나타난다는 것이다. 반대로 귀족의 또 다른 야간 활동이 굴원의 문학창작에 상당히 집중적으로 반영되었다. 그것은 바로 밤 제사이다. 이대명李大明은 「구가」가 바로 옛 초나라의 밤 제사의 음악과 노래라고 강력하게 논증하였다.[6] 『예기禮記·제의祭義』에 "교외의 제사는 크게 하늘에 보답하여 주로 해를 제사하고 달을 배향하였다. 하후씨는 어두운 때에 제사하였다.郊之祭, 大報天而主日, 配以月, 夏后氏祭其暗."고 하였다. 이에 대하여 정현의 주석에서는 "암은 날이 저문 때이다.暗, 昏時也."라고 하였다. 또 "하후씨는 날이 저문 때에 대사를 치렀다.夏后氏大事以昏."라고 해석하였다. 초나라의 제사는 하나라의 밤 제사 지내던 옛 제도를 답습하였다. 이후 한무제가 태일太一에게 제사를 지낼 때 역시 이 제도를 답습하였다. 『사기·봉선서封禪書』의 기록에 보면 "해가 저문 때에 밤 제사를 지내고 날이 밝으면 끝났다.以昏時夜祠, 到明而終."고 하였다. 물론 굴원을 무당이고 무관이라고는 할 수 없지만, 굴원이 살던 시대에는 음사淫祀를 중시하고 무당의 음악과 무당의 춤을 좋아하였다. 이런 사실은 이미 고고학 연구 성과로 증명되었다. 「이소」도 역시 밤 제사의 정보를 전달하고 있다.

> 무함이 저녁에 하늘에서 내려오면　　　　　　巫咸將夕降兮
> 산초와 정미를 품고 가서 점쳐 달라 하리라.　　懷椒糈而要之
> 온갖 신령들이 하늘을 가리고 모두 내려오니　百神翳其備降兮
> 구의산 신령들이 아울러 맞이하여　　　　　　九疑繽其並迎
> 하늘은 번쩍번쩍 신령한 빛을 내고　　　　　　皇剡剡其揚靈兮
> 내게 길한 까닭 알려주네.　　　　　　　　　　告余以吉故

---

6) 李大明, 「九歌夜祭考」, 『文史』 第三十輯, 中華書局, 1988.

「이소」전체를 볼 때 '무함강신巫咸降神'은 굴원이 만들어 낸 이야기로서 그의 '떠나감과 머무름'에 대한 선택을 표현한 것이다. 그러나 이런 예술적 형식과 수단은 당시 밤 제사 풍속의 존재와 유행을 보여주고 있다. 「초혼」에는 초혼하는 시간을 분명하게 말하지는 않았지만, 각 소수민족의 초혼 풍속을 고찰하여 보면 동족侗族, 귀주貴州의 수족水族과 묘족苗族, 이족彛族은 모두 밤에 초혼하는 풍속이 있다. 그리고 검동남黔東南의 묘족은 초혼할 때에 오리로 하여금 길을 안내하고 영혼을 싣고 가게한다. 이것은 오리가 밤에 눈이 밝아 야행하기 쉬운 것과 관련된다. 이를 통하여 밤에 초혼하는 풍속이 있음을 알 수 있다. 이런 밤 제사는 늘 저녁에 시작해서 한밤중까지 진행하거나 혹은 닭이 울 때까지, 혹은 날이 밝을 때까지 진행한다. 시간의 '길이'는 조금씩 다르나 '시작점'은 기본적으로 일치한다. 혹자는 '밤에 초혼하는' 심리에 대하여 분석한 적이 있는데 "혼령은 음에 속하므로 늘 컴컴한 밤에 떠돌아다닌다. 그래서 영혼을 부르는 것도 반드시 야간에 하여야 한다."[7]고 하였다. 굴원은 젊은 시절에 "조정에 들어가서는 임금과 국사를 의논하고 명령을 내렸으며, 나와서는 빈객을 맞이하고 제후를 응대하는入則與王圖議國事, 以出號令, 出則接遇賓客, 應對諸侯" 궁궐생활을 하였고, 만년에는 "귀신을 믿고 제사를 좋아하며 밤에는 반드시 연주하고 춤을 추며 여러 신들을 즐겁게 하는信鬼而好祀, 於夜必作樂鼓舞以樂諸神"[8]것을 자주 보는 유배생활을 하였기에 궁궐에서부터 민간에 이르기까지 존재하는 밤 제사의 풍속이 설령 강렬한 인상을 남기지 못하였다하더라도 그의 창작 속에 선명한 시대 풍속의 흔적을 남겨놓았다.

그러나 이것은 단지 상상이고 추론일 뿐이다. 굴원은 특수한 인물로서

---

7) 張紫晨, 『中國巫術』, 三聯書店上海分店, 1990, 123~128쪽.

8) 王逸, 『楚辭章句·九歌序』. 본고는 『太平禦覽』 권572의 내용을 인용하여 바로잡은 李大明의 앞의 논문을 참고하였다.

민감하고 우울하고 초조하고 환상적이며 그의 풍부한 감정은 기복이 크
고 그의 창작은 당시의 현실생활과 동떨어져 있었다. '자서전'적 성격이
강한 「이소」와 「구장」에도 초나라, 또는 자신의 중대한 사건에 대해서
는 한 건도 언급하지 않았으며 제사예법과 풍속습관에 대해서도 언급이
없다. 우리가 느낄 수 있는 것은 오직 그의 고독과 억압 및 과장된 현실
의 암흑한 분위기뿐이다. 이는 프랑스 비평가 이폴리트 텐느Hippolyte
Taine, 1828~1893가 다음과 같이 서술한 바와 똑같다.

> 슬픔은 시대의 특징인 만큼 그가 사물 속에서 본 것은 당연히 슬픔이
> 다. 그럴 뿐만 아니라 예술가는 원래 과장적인 본능과 과도한 환상이 있
> 기에 그는 또 특징을 확대하고 극단으로 밀고 나간다. 특징이 예술가의
> 마음에 새겨지고 예술가는 그 특징을 작품에 새긴다. 그리하여 그가 보고
> 묘사한 사물은 늘 당시의 다른 사람들이 보고 묘사한 것보다 더욱 어두운
> 색채를 띤다.[9]

이는 어쩌면 굴원이 주야를 분간하지 않고 온 사회를 '어둡다', '어두워
서 알 수가 없다', '혼탁하다'고 한 원인일지도 모른다. 근심 많고 우울한
시인이 「원유」에서 "긴긴 밤 뒤척이며 잠 못 이루고 새벽까지 고독하게앉
아 있었네.夜耿耿而不寐兮, 魂營營而至曙."라고 한 것처럼 기나긴 밤에 잠 못
이루는 시인, 병이 많고 신경질적이고 약간의 광태를 띤 시인은 당연히
"해가 떨어지면 휴식" 하지는 않았을 것이고, 스스로 냉정하고 침착하게
관아와 궁궐에 나아가 민간의 야간활동을 기록하지는 않았을 것이다.
낮과 밤의 교차점인 황혼 무렵에 시인의 감정 변화는 특히 강렬하고 풍부
해 보인다. 여러 가지 타격과 실패, 좌절과 불행은 이 시간에 집중적으로
떠올라 시인으로 하여금 더욱 슬프게 한다. 굴원이 황혼 무렵에 본 것은

9) [法]丹納 著, 傅雷 譯, 『藝術哲學』, 安徽文藝出版社, 1991, 81쪽.

자신의 고통과 생명의 발버둥, 이상의 파멸, 가망 없는 기대 등이다.

때는 어둑어둑 해가 지려고 하는데　　　　　　　時曖曖其將罷兮
난초를 엮고 우두커니 서있도다.　　　　　　　　結幽蘭而延佇
　　　　　　　　　　　　　　　　　　　　　　　　　　　 —「이소」

　　이러한 정치적 '사랑'을 추구하는 고통은 바로 엥겔스가 말한 '고통 중
에서 제일 고상한 고통'이다.10) 그러므로 『초사』의 황혼 이미지는 대부
분 주관적이고 개별적인 감정의 귀속과 촉발에서 생긴 것임을 알 수 있
다. "황혼이 올까 걱정하였는데 어느덧 또 황혼이 되니 태연하려고 해도
어찌 슬프지 않을 수 있겠는가?怕黃昏忽地又黃昏, 不銷魂怎地不銷魂."(「십이
월과요민가 · 별정十二月過堯民歌 · 別情」), "오동잎에 가는 비마저 떨어지는
데 황혼이 되어 한 방울 한 방울 뚝뚝 떨어지니 어찌 수심 한 글자로
해결 할 수 있겠는가?梧桐更兼細雨, 到黃昏, 點點滴滴, 這次第怎一個愁字了得？"
(「성성만聲聲慢」)라고 읊은 왕실보王實甫, 1260~1336와 이청조李淸照, 1084
~1155의 시구는 바로 「이소」의 황혼 이미지에 대한 가장 좋은 해석이라
고 할 수 있다.
　　자세히 보면 굴원의 모든 작품은 당시의 사회와 가정생활에서 완전
히 벗어나 있다. 그는 국가의 대사나 제후들의 겸병, 외교투쟁, 총애를
받기 위한 동료들의 다툼 등은 하나도 서술하지 않았고 자기의 가족이
나 일상생활미지도 전혀 서술하지 않았다. 그의 작품 속에서는 그 당시
의 역사 사건이나 인물을 하나도 찾아볼 수 없고 심지어 그에게 아내와
자녀가 있었는지조차도 미스터리이다.(우리는 다만 굴원의 작품 속에
표현된 풍부하고 심각하며 섬세한 감정 묘사를 통하여 그가 사랑과 혼
인의 경험이 있었을 것으로 추측할 뿐이다.) 그러므로 그의 풍부하고

10)　[德]恩格斯, 「漫游倫巴第」, 『馬克思恩格斯全集』 제41권, 人民出版社, 1982, 188쪽.

복잡한 감정생활의 매개체는 아득히 먼 역사와 전설, 심지어 심오하고 해석하기 어려운 신화이다. 이런 전설과 신화는 모두 사건, 인물, 과정, 인명, 지명 등을 상세하게 기술하였고 모두 역사 문헌학, 신화 문헌학, 고고학적인 근거가 있는 것들이다. 이리하여 우리는 『초사』의 황혼 이미지의 사유의 원형을 고찰할 수 있는 가능성이 생겼다.

초나라 민족이 태양을 숭배하고 붉은 것을 숭상하고 동쪽을 숭상한다는 풍속에 관한 연구가 상당히 많다. 혹자는 태양숭배, 혹자는 태양의 후예, 혹자는 태양의 가족이라고 한다. 필자는 『초사』가 초 민족의 태양신화의 원형 체계를 계승하고 발전하고 재현하였다고 생각한다. 굴원의 「천문」에 보면 태양신화에 대한 일련의 질문이 제기되어 있다.

① 해와 달이 어떻게 하늘에 걸려있는가?	日月安屬
뭇별을 누가 와서 배열하였는가?	列星安陳
탕곡에서 나와서	出自湯谷
몽사로 가는가?	次於蒙汜
여명부터 밤에 이르기까지	自明及晦
그 여정이 몇 리나 되는가?	所行幾里
② 무엇을 닫으면 바로 날이 어두워지는가?	何闔而晦
무엇을 열면 바로 날이 밝아지는가?	何開而明
동쪽 별이 밝기 전에	角宿未旦
태양은 어느 곳에 숨어있는가?	曜靈安藏

『산해경·해외동경海外東經』에 의하면 "아래에 탕곡이 있고 탕곡 위에 부상이 있는데 열 개의 해가 목욕하는 곳이다.下有湯谷, 湯谷上有扶桑, 十日所浴."라고 하였다. 『상서尚書』, 『설문』, 『이아爾雅』에 근거하면 탕곡을 또 양곡暘谷이라고 하며, 몽사蒙汜를 또 태몽太蒙이라고도 한다. 『회남자·천문훈天文訓』에는 더욱 상세한 기록이 있다.

해가 양곡에서 나오고 함지에서 목욕하고 부상에 걸려 있으면 신명이라고 한다. 부상에 올라가서 곧 달리려고 하면 굴명이라고 한다. …… 우연에 다다르면 황혼이라고 한다. 몽곡에 가라앉으면 정혼이라고 한다. 해가 우연의 못에 들어가서 몽곡의 물가에서 새벽을 밝힌다.

日出於暘谷, 浴于咸池, 拂於扶桑, 是謂晨明. 登於扶桑, 爰將始行, 是謂朏明. ……薄于虞淵, 是謂黃昏, 淪于蒙谷, 是謂定昏. 日入于虞淵之汜, 曙于蒙谷之浦.

이를 통하여 태양신화의 전체적인 구조를 정리해볼 수 있다. 우선, 기원 5세기의 그리스 시인 논노스Nonnus de Panopolis가 "서쪽으로 가라앉는 것은 영원히 동일한 태양이다."라고 하였다. 즉 동방에서 떠오른 태양과 서쪽으로 떨어진 태양은 영원히 '동일하다는' 것이다. 다음, 문일다가 옛날 사람들은 구주 밖에는 바다로 에워싸여 있으며 태양의 출입처는 마땅히 물속에 있다고 생각하였다고 하였다.[11] 독일의 인류학사 립스Lance J.Rips도 역시 "태양이 배를 타고 하늘의 해양에서 여행하는 것은 지구상의 많은 민족이 잘 아는 사실이다. 그러나 하늘과 땅이 마치 지평선에 붙어있는 것 같으므로 사람들은 매일 양자가 서쪽에서 한 번씩 갈라졌다가 합쳐지고 황혼 때에는 태양이 반드시 양자 사이의 작은 틈새로 통과한다고 믿었다."고 하였다.[12] 이 통로가 곧 '몽곡蒙谷'이다. "우연의 못에 들어가서 몽곡의 물가에서 새벽을 밝힌다.入于虞淵之汜, 曙于蒙谷之浦."고 한 것처럼 태양은 서쪽으로 떨어진 후에 물속에서 운행한다. 그리고 태양은 매일 같은 노선으로 움직이며 순환한다. 낮에는 함지에서 목욕하고 부상에 걸려 있다가 희화가 모는 수레를 타고 동쪽에서 서쪽으로 달린다. 서쪽으로 행하여 엄자산을 경과하고 약목을 넘고 몽곡을 지나 우연의 못에 들어간다. 밤에는 캄캄한 물속에서 서쪽에서 동쪽으로 이동해간다. 동쪽으로 행하여 다시 몽곡의 물가에서 멈추고 탕곡에서 나온다. 이

---

11) 聞一多, 『天問疏證』, 三聯書店, 1980, 10쪽.
12) [德]利普斯, 『事物的起源』, 中譯本, 四川民族出版社, 1982, 357～358쪽.

런 완전한 신화체계가 문자에서도 충분히 반영된다. 해가 부상나무에
걸려있는 것을 '동東'이라 하고 해가 부상에서 떠오른 것을 '고杲'라 하고,
해가 약목에 걸려있는 것을 '모莫' 또는 '모暮'라 하며, 해가 약목으로 내려
가는 것을 '묘杳'라 한다. 잠시 '모莫'자에 관하여 설명해보기로 한다. 『설
문』에 "묘는 명이다.杳, 冥也.", "석은 막이다.夕, 莫也.", "만은 막이다.晚,
莫也.", "㬝은 해가 이미 어두운 것이고 해가 풀 속에 있는 모양을 본뜬
것이다.㬝, 日且冥也, 從日在茻中."라고 하였다. 그러나 『설문』의 '莫'에 대한
해석에는 오류가 있다. '茻'은 옛 '莽'자이며 풀숲이라는 뜻이다. '㬝'은
원래 '𦱶'(『갑골속존삼권甲骨續存三卷』1938) 또는 '𦱵'(『전후녕호신획갑골
집삼권戰後寧滬新獲甲骨集三卷』2·10), '𦱷'(『경도대학인문과학연구소장갑
골문자京都大學人文科學研究所藏甲骨文字』 2책 278A)로 썼으므로 응당 "해
가 ✻✻속에 있는 것을 본떴다.從日在✻✻中."고 보아야 한다. 후에 '✻'자를
간략하게 하여 '屮'으로 썼는데 신화체계에서 원래의 의미는 변하지 않았
다. 우리가 습관적으로 사용하는 '황혼' 개념은 이미 '광범화' 된 것이다.
그러나 갑골문자에서는 세 단계의 시간으로 나누어져 있다. 첫 번째 단
계는 해가 약목에 걸려있는 때이며 '모莫'(暮), '혼昏', '소채小采', '낙일落日'
이라고 하였다. 두 번째 단계는 달이 떠오르는 때이며 '석夕'(『설문』의
"달이 절반 보이는 것을 본떴다.從月半見."에 근거함)이라고 하였다. 세
번째 단계는 어두컴컴한 때이며 '야夜'라고 하였다. 그러나 문학작품의
'황혼 이미지'는 이 세 가지 단계의 의미를 모두 포함하여 흔히 '석양',
'황혼', '만晚', '박모薄暮', '낙일' 등으로 통칭하였다. 그러나 태양신화 체계
를 잘 알고 있는 굴원은 그의 창작에서 태양신화의 원시적 의미를 여실
하게 재현하였다. 「동군」에서 태양신에게 제사 지내는 묘사가 바로 태
양신화 체계에 대한 예술적 기록이다.

아침 해가 곧 동쪽에서 떠올라   暾將出兮東方

(탕곡에서 나와 함지에서 목욕하다.)
나의 난간 부상을 비추네.   照吾檻兮扶桑
(부상에 걸려 있으니 신명이다.)

......

높은 하늘로 올라가려니 길게 탄식이 나오고   長太息兮將上
(부상에 올라 달리려고 하다.)
마음이 주저되며 미련이 있어 발길이 떨어지지 않네.   心低徊兮顧懷
경쾌한 음악과 우아한 춤은 사람을 도취시키고   羌聲色兮娛人
(해가 부상에서 떠오르다.)
온 객석의 구경꾼은 즐거워 돌아가는 것을 잊었네.   觀者憺兮忘歸

......

말고삐를 단단히 당기고 고공에서 질주하니   撰余轡兮高馳翔
(동에서 서쪽으로 운행하다.)
이두컴컴한데 (해가 약목에 내려가다.)   杳冥冥
동쪽으로 가는 구나   以東行
(우연의 못에 들어가고 서에서 동으로 운행하다.)

「동군」은 앞의 23구를 통하여 태양이 낮에 동쪽에서 서쪽으로 움직이는 것을 묘사하고 제24구 한 구절만 태양이 밤에 서쪽에서 동쪽으로 이동하는 것을 묘사하였다. 낮을 상세하게 쓰고 밤을 간략하게 썼으며 떠오르는 것을 상세하게 쓰고 지는 것을 간략하게 썼다. 이로써 사람들이 숭배하고 갈망하는 태양이 동쪽에서 떠오르는 장면과 과정을 집중적으로 묘사하였다.

이에 기초하여 「이소」의 후반부는 오르락내리락하며 찾아다니는 노정을 서술하면서 태양신화를 배경으로 하였다. 우선, "먼 길 오르며 가서 여자를 구하는上徵求女" 노정을 3일로 나누어 썼다.

첫날은 "아침에 창오에서 출발하여朝發軔于蒼梧兮"부터 "나는 오르락내리락하며 찾아다녔네.吾將上下而求索"까지이다. 아침에 창오에서 출발하

는 것은 윗 구절 "원수 상수 건너 남으로 가서, 순임금께 나아가 말씀드
리리.濟沅湘以南征兮, 就重華13)而陳詞."와 서로 호응한다. 이 단락은 첫날을
묘사하였는데 해가 지는 것을 상세하게 쓰고 해가 뜨는 것을 간략하게
썼으며 아침을 간략하게 쓰고 밤을 상세하게 썼다. 여기서는 '황혼 이미
지'가 세 번 나타났다. 첫 번째는 "저녁에 나는 현포에 도달하였네. 夕余至
乎縣圃"인데 현포에 도착한 시간을 제시하였다. 두 번째는 "해가 홀연히
지려고 하네.日忽忽其將暮"인데 시인의 기분을 썼으며 기회를 얻기 힘들고
조금만 늦어도 사라져 버린다는 감회를 표현하였다. 세 번째는 "엄자산
을 바라보며 가까이 가지 못하게 하였네.望崦嵫而勿迫"인데 신령을 동원하
여 '해가 지는' 시간을 늦추려고 노력하는 모습을 썼으며 인간의 힘을
초월한 낭만적 환상을 통해 짧고 신속한 '황혼 이미지'에 대한 미련과
소중히 여기는 마음을 표현하였다.

　이튿날은 "내 말을 함지에서 물 먹이고飮余馬于咸池兮"부터 "미덕을 가
리고 시샘만 좋아하는구나.好蔽美而嫉妒"까지이다. 이 단락에서 서술한 여
정도 여전히 아침을 간략하게 쓰고 저녁을 상세하게 서술하였다. 함지에
서 말에게 물을 먹이고 부상에서 고삐를 잡아당겼다는 것은 아침임을 분
명하게 지적하였을 뿐만 아니라 또 『산해경』과 『회남자』 등에 기록한
태양신화와도 대응된다. 또한 저녁에 대한 묘사가 매우 감동적이다. 두
번의 묘사가 있는데 첫 번째는 "약목 가지를 꺾어서 해를 가리고折若木以
拂日兮"이다. 이는 "엄자산을 바라보며 가까이 가지 못하게 하였네."와
호응하며 기회에 대한 긴박감과 쟁취하려는 노력이 하루만 있는 것이
아니라 매일 같이 반복한다는 것을 표현하였다. 두 번째 묘사는 "때는
어둑어둑 해가 지려고 하는데時曖曖其將罷兮"이다. 이는 시인의 마지막 기

---

13) 역자주－중화重華: 순임금의 이름이다. 거듭 빛난다는 뜻인데 문덕文德이 있는 요임금
　　을 이어 거듭 광화光華를 낸다는 말로 순임금을 찬양한 말이다.

대와 실망을 표현하였다. 단 한 가닥의 희망이 있더라도 결코 포기하지 않고 계속 기다리고 끊임없이 추구하고 있음을 표현하였다.

셋째 날은 "아침에 나는 백수를 건너려朝吾將濟于白水兮"부터 "내 어찌 차마 이와 같이 생애를 마칠꼬?余焉能忍與此終古"까지이다. 이 단락에서는 오직 아침과 대낮을 쓰고 '황혼'에 대해서는 쓰지 않았는데 시인의 실망한 마음과 일치하다. 굴원은 "오르락내리락하며 찾아다니는" 노정을 서술할 때에 아침도 있고 저녁도 있는데 아침을 간략화하고 저녁을 상세하게 썼다. 그는 '황혼'을 통하여 자신의 갈망과 집착, 고동치는 마음과 실망의 고통, 희망이 없는 슬픔을 표현하였다. 이로부터 굴원이 귀족 문인으로서 갖고 있는 특수한 감성과 태양 신화가 결합하여 『초사』의 '황혼 이미지'의 다원적 의미와 미묘한 '풍경'을 구성하였음을 알 수 있다.

주목할 것은 「이소」의 마지막 단락에 고국을 떠나 두루 돌아다니는 여정을 묘사하였는데 역시 삼일이다. 첫날은 "아침에 은하수 나루터를 출발하여 저녁에 나는 서쪽 끝에 도달하였네.朝發軔于天津兮, 夕余至乎西極."이다. 여기서는 속도의 빠름을 표현하였는데 간략하게 썼다. 이튿날은 "봉황이 날개를 펼치니 구름 깃발에 닿고鳳皇翼其承旗兮"부터 "잠시 틈을 내어 즐겁게 놀아본다.聊假日以婾樂"까지이다. 여기서는 역시 빠른 속도로 달리는 여정을 썼는데 중점은 여정의 험난함과 시인의 큰 결심, 기쁜 마음을 표현하는 데에 있다. "봉황이 날개를 펼치니 구름 깃발과 닿고 하늘 높이 가지런하게 훨훨 날았다.鳳皇翼其承旗兮, 高翱翔之翼翼."는 「동군」에서 "말고삐를 단단히 당기고 고공에서 질주하니撰余轡兮高馳翔"와 같이 낮에 동쪽에서 서쪽으로 이동하는 노정을 표현하였다. "마음을 누르고 속력을 늦추려 하니抑志而弭節"는 "나는 희화에게 속력을 늦추게 하고吾令羲和弭節"와 같다. 앞에서는 태양의 수레에 대하여 말하였고 이 구절에서는 이미 수레에 올라탔으며 저녁이 되었음을 보여준다. 또한 「구가」를 연주하는 것은 바로 야간에 제사를 지내며 오락을 하는 일이다. 셋째

날은 "환히 빛나는 하늘에 올라가니陟升皇之赫戱兮"부터 "머뭇머뭇 뒤돌아 보며 나아가지 못하네.蜷局顧而不行"까지이다. 여기서는 "오르락내리락하며 찾아다녔다."는 단락과 마찬가지로 아침만을 서술하였는데 '해가 부상에서 떠오를' 때에 조국에 대한 그리움과 충성을 토로하였다. 이 단락에서는 이중 그리움 즉 태양과 조국에 대한 숭배와 사랑을 장엄하면서도 위대한 비극의 경지로 승화하였다.

이제 『초사』의 '황혼 이미지'의 '원형'을 명확하게 해석할 수 있다. 즉 "해가 나오면 일하고, 해가 떨어지면 휴식한다."는 농업문명의 특징은 굴원의 창작과는 크게 관련이 없는 '진실'한 배경일 뿐이다. "저녁에 장가를 든다."는 결혼 풍속은 다만 굴원이 서정을 토로하는 '외적' 형식이다. 궁궐과 관청의 풍부하고 다채로운 '밤 생활'과 대량의 야간 제사 활동이 바로 굴원의 정치생활의 직접적 배경이다. 귀족 시인 굴원의 그 민감하고 수심 많고 긴긴 밤에 잠 못 이루는 심리 특징은 바로 『초사』의 '황혼 이미지'에 많은 영감을 제공하여 주었다. 그리고 초 민족의 태양 숭배와 태양신화를 굳게 믿는 굴원의 신앙이 바로 『초사』 '황혼 이미지'의 진정한 '원형'이다.

3 『초사』의 황혼 이미지의 영향과 발전

이상의 고찰을 통하여 '황혼 이미지'는 서정시와 서정 시인의 '특허'이고 서정 작품의 중요한 요소이며 심미의식의 전통적 표현방식임을 알 수 있다.

전파학의 시각에서 볼 때 『초사』의 '황혼 이미지'의 다원적 의미는 이미 매우 전면적이고 완벽하여 후대 시인들에 의하여 계승하고 발전되었으나 외적 형식("저녁 무렵에 장가를 든다.")은 이미 사라지고 태양신화의 원형 배경도 아득하게 멀어졌으며 다만 일부 관습적인 단어('엄자', '희화', '부상', '함지' 등)에서 의미론적 흔적만 남겼다. 그러므로 『초사』의 '황혼 이미지'외에 의미를 더 넓히려고 시도한 그 어떤 '역사학적 묘사'도 모두 무기력한 것이다. 예를 들면 혹자는 건안시기建安時期의 황혼 묘사에 '새로운 변화'가 있다고 하였다. 즉 "첫째, 그리워하고 돌아가고 싶어 하는 해질 무렵의 수심과 슬퍼하고 근심하는 의식이 결합되었다. 둘째, 해질 무렵의 그리워하고 돌아가려는 생각과 공명을 이루지 못하고 회재불우한 인생의 실의가 결합되었다. 셋째, 해질 무렵의 이별의 수심이 만년에 아무 일도 이루지 못한 황혼의 슬픔과 융합되었다."고 하였다.14) 그러나 이 세 가지 소위 '새로운 변화'는 결코 새롭지 않다. 이 세가지 의미는 『초사』의 황혼 이미지에 이미 충분하고도 명백하게 표현되었다. 그러므로 『초사』의 황혼 이미지에 내포된 의미는 중국 고대시가에서 빈도 높게 나타나는 황혼 이미지를 개척하고 정형화하는 역할을 하였으며 후대에는 다만 재현하고 확장하였을 뿐 '새로운 변화'가 있을 수 없다.

한편, 중국 시가의 명제와 창작의 시각에서 볼 때 『초사』의 '황혼 이미지'의 표현 수법은 위진남북조魏晉南北朝 시대의 시인들에게 직접적인 영향을 주었다. 『초사』는 대량의 '황혼 이미지'를 표현하였으나 시 제목에 직접 사용한 것은 한 편도 없다. 조식, 도연명, 강엄江淹, 444~505의 시도 역시 '시구에는 있지만 시 제목에는 없는' 특징이 있다. 조금 예외인 것은 산수시인 사령운과 사조의 시인데 그들의 대부분 시도 역시 '시구에는 있지만 시 제목에는 없는' 황혼 이미지를 표현하였다. 그러나 일부 시 제목에 나타난 것이 있는데 사령운의 「만출서사당晚出西射堂」과 사조의 「동일만군사극冬日晚郡事隙」, 「낙일창망落日悵望」, 「만등삼산환망경읍晚登

---

14) 趙松元, 「中國古代詩歌中的黃昏意象」, 『求索』 1993년 제5호.

三山還望京邑」, 「낙일동하의조후落日同何儀曹煦」, 「시안서당낙일망향侍宴西堂落日望鄉」 등이 있다. 그러나 이런 시의 황혼 이미지는 다만 배경에 불과하고 아직 시의 핵심으로 부각되지는 않았다. 그러나 주목할 점은 사령운과 사조는 산수의 심미 차원에서 '황혼 이미지'에 대하여 색채, 형상, 움직임 등의 풍경묘사를 하였는데 이를 통하여 더욱 강렬한 개인 정감을 토로할 수 있었다. 따라서 그들의 창작은 일종의 과도기였다. 즉 황혼 이미지를 시가의 독립적 소재, 찬미의 중심, 심미 대상의 주체가 되게 하는 과도기였다고 할 수 있다.

그러므로 일본 학자 요시카와 코오지로吉川幸次郎와 선 히로시興膳宏, 1936~ 가 제기한 "당시唐詩가 '황혼 이미지'를 노래하는 신기원을 개척하였다. '황혼 이미지'가 단독으로 심미 대상의 주체로 작용하면서 대량의 '석양', '낙일', '박모', '만', '황혼' 등을 시 제목으로 사용한 시가가 창작되기 시작하였다."는 견해에 동의한다. 이에 대하여 요시카와 박사는 다음과 같이 해석하였다. 당대 사람들은 시에서 순간의 강렬한 느낌을 묘사하기를 좋아하였는데 이것은 육조 사람들이 시에서 지속적인 차분한 느낌을 묘사하기를 좋아한 것과는 다르다. 그러므로 '황혼 이미지'는 당시에서 '독립'적인 추세로 나아갔으며, '비장의 미'를 읊는 것을 특징으로 한다.15)

1994년 12월 19일

15) [日]吉川幸次郎 著, [日]高橋和巳 編, 蔡靖泉 譯, 『中國詩史』, 山西人民出版社, 1989, 294~295쪽.

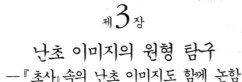

제3장
난초 이미지의 원형 탐구
—『초사』속의 난초 이미지도 함께 논함

난초는 일종의 유구한 역사와 풍부한 의미를 가진 문화이다. 난초는 일종의 전통문화이고 고전문화이며 귀족문화이다. 난초는 세계의 무수히 많은 기이한 화초 중에서 최초로 역사적 문헌에 기록된 화초이다. 난초는 그의 타고난 아름다운 자질과 기품으로 말미암아 최초로 고대 귀족생활의 각 영역에 침투되었으며 어떤 나라에서는 '국화國花'나 '황초皇草'로 받들어졌다. 중후하고 풍부하고 유구한 역사가 있는 난초문화는 중국의 자랑이고 중국의 긍지이다. 이제 오랜 역사를 거슬러 올라가 '난초문화'의 발전 궤적을 살펴보기로 한다.

1 난초를 바쳐 자식을 얻다致蘭得子

토템 문화는 원시시대에 발생한 일종의 매우 독특한 문화현상이다. 세계 대다수의 민족이 모두 토템 문화를 갖고 있다. '토템totem'이라는 단어는 원래 북미 인디안 알콘퀸Algonkian 부락 오지브와 방언이다.

미국 역사학파의 대표 인물인 A.골든와이저Goldenweiser, 1880~1940는 토템이란 원시인들이 모종의 동물이나 새, 또는 어떤 물건을 그들의 조상으로 여기거나, 자신들이 그들과 모종의 관련이 있다고 여기는 것이라고 하였다.[1] 일반적으로 학자들은 통상 말하는 토템이란 사람들이 모종의 동식물을 집단의 조상 또는 자신과 혈연관계가 있다고 믿는 것이며 나아가 개인의 수호신으로 여기는 것이라고 하였다. 토템의 의미는 세 단계의 변화를 거쳤다. 첫째, 토템은 혈연 친족이다. 둘째, 토템은 조상이다. 셋째, 토템은 수호신이다. 토템은 일곱 가지 유형 즉 씨족氏族토템, 포족胞族토템, 부족토템, 민족토템, 성별토템, 가족토템, 개인토템 등이 있다.

일반적으로 식물을 토템으로 하고 토템을 수호신으로 삼는 것은 후기 토템문화의 상징이며 산물이다. 사회가 발전됨에 따라 토템문화는 점차 사회문명에 의하여 대체되었다. 그러나 관념과 의식형태의 전통사상은 여전히 장기적으로 심지어 무의식적으로 사람들의 생활 속에 남아있다. 그러므로 그 '원형'과 근원 등의 본래 모습은 알 수 없고 이해하기 어렵게 되었다.

과거에 난초를 토템으로 여겼던 휘황찬란한 시기가 있었다. 춘추전국시대에 이르러 난초 토템은 아득하고 어렴풋하며 발굴하기 힘든 '원경遠景'이 되어 버렸다. 그러나 토템의 흔적에 대한 식별과 복원을 통하여 난초 토템 숭배의 일부 의미와 특징을 발견할 수 있다.

우선, 중국의 중원지역 정鄭나라에서 유행하였던 '난초 토템' 이야기를 보기로 한다. 『좌전·선공삼년宣公三年』에 정목공鄭穆公, B.C.648~B.C.606의 출생과 죽음이 모두 난초와 관련이 있다는 이야기가 기록되어 있는데 다음과 같다.

정문공鄭文公, ?~B.C.628에게 연길燕姞이라는 첩이 있었는데 어느날 연길은 꿈에서 한 천사가 그에게 난화 가지 하나를 건네주면서 "나는 백조

---

1) [美]A.戈登衛澤 著, 嚴三 譯, 「圖騰主義」, 『史地叢刊』 1933년 제1호.

伯儵인데 너의 조상이다. 이것을 너의 아들로 삼아라. 난화의 향기가 전국에서 제일 향기롭기 때문에 그것을 달고 다니면 다른 사람들이 난화를 사랑하는 것처럼 너를 사랑할 것이다."라고 하는 꿈을 꾸었다. 그 후 얼마 지나지 않아 정문공이 연길에게 난화 가지 하나를 건네주면서 잠자리 시중을 들라고 하였다. 이에 연길은 "첩은 신분이 비천한데, 운이 좋아 임신하게 되어도, 사람들이 믿어주지 않는다면, 난화를 증거로 삼겠으니 허락하여 주시오."라고 말하였다. 문공은 좋다고 하였다. 그 후 연길은 과연 목공을 낳았는데 이름을 난蘭이라고 지었다.

이는 정목공의 출생과 이름이 난초와 관계가 있음을 말하고 있다. 『좌전』에서는 또 정목공의 왕위 계승에 대하여 다음과 같이 소개하였다.

정문공은 첩 연길에게서 정란鄭蘭을 낳았을 뿐만 아니라 또 아내 여럿을 얻어 아들 다섯을 낳았다. 그러나 정문공은 포악무도하여 계책을 꾸미면서 자기 아들 몇 명을 독살하려고 하였다. 그리하여 정란은 진晉나라로 도망쳤다. 얼마 후 정란은 진문공晉文公, B.C.697~B.C.628을 따라 정나라를 토벌하러 왔다. 그러자 정나라가 위급하게 되었다. 이때 정나라의 대신 석계石癸가 "제가 듣기로는 희姬와 길姞 두 성씨가 배필이 되면 그들의 자손은 꼭 번성한다고 합니다. 길姞은 바로 길인吉人이라는 뜻이며 후직后稷의 정부인입니다. 지금의 공자 난은 길씨姞氏의 외조카입니다. 이는 혹시 하늘이 그를 크게 되게 하고 군주가 되게 하려는 뜻일지도 모릅니다. 그의 후대는 반드시 번성할 것입니다. 우선 그를 군주로 받아들인다면 오랫동안 그의 위신을 유지할 수 있을 것입니다."라고 하였다. 그리하여 석계와 정나라 대부 공장서孔將鉏, 후선다侯宣多 등이 그를 맞아들여 정나라 종묘에서 그를 태자로 세우기로 맹세하였다. 그리고 진나라와 화친하니 그제야 진나라 병사가 물러갔다. 정문공 45년B.C.627에 문공이 죽자 공자 난이 군주의 자리를 이어받았는데 그가 곧 정목공이고 당시 나이 22살이었다. 이로 인하여 "연길이 난초 꿈을 꾸었다.燕姞夢蘭"의 상서로운 징조가 검증되었다.

정목공의 죽음도 난초와 관계가 있는 것으로 기록되어 있다. 정목공 22년B.C.605 겨울에 목공이 병이 들었는데 "난초가 죽으면 나도 죽을 것이다. 나는 그것에 의지하여 출생하였다."고 말하였다. 과연 난초를 자르니 목공이 죽었다. 이에 '예란이졸刈蘭而卒'의 고사가 생겼다.

이상의 이야기에서 난을 징표로 삼은 '징란徵蘭'의 의미에 대해 두예杜預, 222~285의 『춘추좌전집해春秋左傳集解』에서는 "믿어주지 않을까 두려워서 하사받은 난초로 임신한 달수를 삼았다.懼將不見信, 故欲計所賜蘭, 爲懷子月數."고 주석하였다. '예란이졸'에 대해 옛 사람들도 의혹을 품고 해석하기 어려워하였다. 혹자는 난초의 열매가 무르익어 자르니 목공이 죽었다 하고, 혹자는 목공이 자기의 생사를 시험해보기 위하여 난초를 자르니 죽었다 하고, 혹자는 어떤 사람이 난초를 잘못 자르니 목공이 죽었다고 해석하였다. 이 세 가지 해석은 모두 가능성이 있지만 이해하기 어려운 점도 있다. 사실 '예란이졸'의 뜻을 너무 사실적으로 해석할 필요는 없다. 이것은 "난초 꿈을 꾸었더니" 아들을 낳았다는 이야기와 마찬가지로 난초 토템 문화의 자연적인 표현이라고 보면 된다. 토템문화가 아니고서는 이야기에서의 난초의 신비성과 특수성을 도저히 이해할 수 없다.

난초는 정목공의 개인토템으로서 바로 소설 『홍루몽紅樓夢』에서 가보옥賈寶玉의 통령보옥通靈寶玉과 같다. 『홍루몽』에서 여러 번 통령보옥을 잃어버리면 가보옥이 발병하고 멍청해지고 바보 같은 언행을 하고, 통령보옥을 찾으면 다시 정상으로 회복하며 신체가 건강하고 정신이 또렷하고 정서가 안정된다는 묘사가 있다. 이런 특수한 생명기능은 바로 토템숭배에서의 수호신 의식의 반영이다. 그리고 이것은 일종의 '개인토템'이다.

이른바 개인토템Individual totem은 개인이 받드는 토템을 말하는데 이는 후기 토템문화의 산물이다. 개인이 떠받드는 토템에는 세 가지 특징이 있다. 첫째, 사람이 곧 토템이고 토템이 곧 사람이며 개인의 모든 것은 모두 토템과 밀접한 관계가 있다. 예를 들면 오스트레일리아 고이내庫爾奈 부락의 무당이 말하기를 그의 파탑노극巴塔盧克(그물모양의 도마뱀인데 그의 개인토템이다) 과 자신은 한사람과 같으며 자기 자신이 바로 파탑노극이라고 한다. 둘째, 토템은 사람과 함께 생존하고 함께 죽는다. 예를 들면 파푸아 뉴기니와 멜라네시아 섬 사람들은 개인토템을 '탑만뉴塔曼紐' 혹은 '아태阿泰'라고 부르는데 그들은 자신의 운명이 '탑만뉴' 혹은 '아태'와 긴밀히 연결되어 있다고 믿는다. 만약 개인토템이 동식물이라면 이런 동물 혹은 식물이 죽으면 이 사람도 죽는다고 믿는다. 셋째, 중국 고대의 개인토템은 흔히 자기의 이름이었다. 예를 들면 우禹는 동물을 개인토템으로 하였고 순舜은 식물을 개인토템으로 하였다.

이상의 특징으로 볼 때 난초는 바로 정목공의 개인토템이다. 그의 어머니가 난초 꿈을 꾸고 낳았으니 난초가 그의 아들이다. "이를 너의 아들로 삼아라."라고 하였으니 아들은 바로 난초이다. 그래서 이름을 '난'이라 지었다. 게다가 난초를 꿈꾸니 태어났고 난초를 자르니 죽었다.

난초(식물)를 개인의 수호신으로 삼는 개인토템은 정나라에만 있는 것이 아니라 다른 나라에도 있다. 예를 들면 초나라의 경우이다. 「소사명」에서는 바로 개인토템에 대한 직접적인 묘사가 있다. "대청에 미인이 가득 있는데, 문득 유독 나와 눈이 마주치네.滿堂兮美人, 忽獨與余兮目成."라고 한때가 바로 "가을 난초가 푸릇푸릇하고, 푸른 잎과 자줏빛 줄기가 무성한秋蘭兮靑靑, 綠葉兮紫莖" 때이다. 이것은 난초와 남녀가 서로 '눈이 맞아' 사랑하는 것과의 관계를 암시하였다. 더 자세히 고찰해보면 「소사명」의 첫 두 단락에서 '난초토템'의 흔적을 발견할 수 있다.(다음 도표 참고)

단락	제1절	제2절
난화무성	가을 난초와 미무풀이秋蘭兮蘪蕪 뜨락에 가득히 자랐네.羅生兮堂下 푸른 잎과 흰 가지 무성하고綠葉兮素枝 자욱한 향기가 나에게 풍겨오네. 芳菲兮襲予	가을 난초는 푸릇푸릇하고秋蘭兮青青 푸른 잎과 자줏빛 줄기가 무성하네.綠葉兮紫莖
토템의 미	사람은 저마다 좋은 자손이 있는 데夫人自有兮美子 당신께서는 어찌하여 근심 걱정을 하시는가?(아들을 낳음)蓀何以兮愁苦	대청에 미인이 가득 있는데滿堂兮美人 문득 유독 나와 눈이 마주치네. (서로 사랑함)忽獨與余兮目成

토템인 난초가 잎이 푸르고 흰 꽃을 피우고 뜨락에 무성하게 자라고 있으며 사방으로 향기를 풍기기 때문에 남녀가 '눈이 맞아' 마침내 '좋은 자식'이 있게 되었다. '좋은 자식'은 남다르고 뛰어난 좋은 자식이라는 뜻으로 이해할 수 있다. 예를 들면 정목공이 그의 다섯 동생들과 달리 정나라의 군주가 되었으니 당연히 '좋은 자식'이다. 그리하여 이후 부녀자들이 임신하여 아들을 낳으면 '난초토템' 숭배가 남긴 일련의 아름다운 칭호가 붙게 되었다. 예를 들면 몽란夢蘭, 징란徵蘭, 난조蘭兆, 길몽징란吉夢徵蘭 등이다. 『좌전』에서 "난초는 나라에서 으뜸가는 향이 있다.蘭有國香."라 하였고 「구가」에서는 "자욱한 향기가 나에게 풍겨오네.芳菲菲兮襲予"라고 하였으므로 '향기'는 후대에 가서 난초를 감상하는 중요한 요소가 되었다. 황정견黃庭堅, 1043~1105은 「서유방정書幽芳亭」에서 "선비의 재덕이 온 나라에서 출중하면 국사라고 하고 여색이 온 나라에서 출중하면 국색이라 하고 난초의 향이 온 나라에서 출중하면 국향이라고 한다.士之才德蓋一國, 則曰國士. 女之色蓋一國, 則曰國色. 蘭之香蓋一國, 則曰國香."고 하였다. 송대 왕십붕王十朋, 112~1171의 사詞 「점강순點絳唇 · 국향란國香蘭」

에서는 "향기로운 벗이 한들거리고 뿌리가 엉기어 깊은 산 밖으로 향하고 있구나. 국향이 바람에 불어오니 비로소 잡초 속에서 보이는구나.芳友依依, 結根遙向深林外. 國香風遞, 始見殊蕭艾."라고 하였다.

② 난초를 손에 잡아 액을 없애다秉蘭祓邪

'난초토템' 숭배의 의미에는 남녀의 사랑 및 자식을 낳을 수 있다는 상서로운 상징 외에 또 사악한 것을 털어낸다는 기능도 포함되어 있다. 그러나 '불길한 것을 제거하는' 기능은 또한 '자식을 낳는 상서로움'의 연장과 확장이라고 볼 수 있다. 때문에 대체로 남녀 관계, 또는 자식을 낳는 것과 관련되는 일에는 흔히 '난초'를 언급하게 된다. 예를 들면 『산해경·중산경中山經』에 다음과 같은 기록이 있다.

> 또 동남 120리를 동정산이라고 부르는데 그 위에는 황금이 많고 아래에는 은과 철이 많다. 나무는 풀명자나무, 배나무, 귤나무, 유자나무가 많으며 풀은 난초, 궁궁이의 싹, 작약, 궁궁이가 많다. 임금의 두 딸이 여기에 살고 있는데 항상 강의 깊은 곳에서 놀았다. 예수와 원강의 바람이 소수와 상수의 물과 만나는 곳은 구강의 중간이어서 그들이 출입할 때는 반드시 바람이 불고 폭우가 내렸다.
> 又東南一百二十里, 曰洞庭之山, 其上多黃金, 其下多銀鐵, 其木多柤梨橘櫾, 其草多葌, 蘪蕪, 芍藥, 芎藭, 帝之二女居之, 是常遊于江淵. 澧沅之風, 交瀟湘之淵, 是在九江之間, 出入必以飄風暴雨.

곽박郭璞, 276~324의 주석에 "임금의 두 딸이 강에 빠져서 신이 되었다.天帝之二女而處江爲神也."고 하였다. 청대 왕불汪紱, 1692~1759의 『산해경존山海經存』에는 "임금의 두 딸은 바로 요의 두 딸이고 순의 아내인 아황과 여영이다. 순이 남방을 순시하다가 창오에서 죽자 두 왕비가 달려가서 울다가 상강에 빠져 죽어서 상수의 신이 되었다고 전한다. 굴원의「구가」
에서 상군, 상부인이라고 부른 것이 바로 이들이다.帝之二女, 謂堯之二女,
以妻舜者, 娥皇女英也. 相傳謂舜南巡狩, 崩於蒼梧, 二妃奔赴哭之, 隕於湘江, 遂爲湘水
之神. 屈原九歌所稱湘君湘夫人是也."라고 하였다.

위 인용문에서 쓴 '간蕑'은 바로 '난蘭'이다. 난초를 순임금과 두 여자의
사랑과 혼인 비극의 배경으로 설정하였다. '난蘭'은 또 '간蕑'으로 쓰기도
한다. 예를 들면 『시경・정풍鄭風・진유溱洧』에서 다음과 같이 읊었다.

진수와 유수에	溱與洧
봄물이 출렁출렁	方渙渙兮
총각과 처녀가	士與女
난초를 들었구나.	方秉蕑兮

진溱, 유洧는 정나라의 두 강의 이름이다. "봄물이 출렁출렁"이란 구절
의 뜻에 대해『한시韓詩』에서는 "3월에 도화물이 내려갈 때를 말하는데
이때에 강물이 가장 넘친다.謂三月桃花水下之時, 至盛也."고 말하였다. 또 이
시의 전체 내용에 대해서는 다음과 같이 설명하였다.

　「진유」는 사람을 즐겁게 하는 시이다. 정나라의 풍속에 3월 3일 삼진
날 아침에 두 강가에서 초혼하며 상서롭지 못한 것을 제거하였다. 그러므
로 시인은 좋아하는 자와 함께 가서 구경하기를 원하였다.
　溱洧, 說(悅)人也. 鄭國之俗, 三月上巳之辰, 于兩水上, 招魂續魄, 拂除不祥, 故
詩人願與所說者俱往觀也.

이를 통해 '상사절上巳節' 활동 내용에 제사를 지내는 것도 있고 '상서롭
지 못한 것을 제거하는' 것도 있음을 알 수 있다. 당대 이선李善, 630~689의
『문선』주석에서는『한시』의 위 문장을 인용하여 "정나라의 풍속에 삼진
날에 진강과 유강에서 손에 난초를 잡고 초혼하며 상서롭지 못한 것을

제거하였다.鄭國之俗, 三月上巳于溱洧二水之上, 執蘭招魂, 祓除不祥也."고 하였다. 송본宋本『태평어람太平御覽』제30권에서는 한대 설한薛漢의『한시장구韓詩章句』중의 글을 인용하여 "병은 잡다라는 뜻이고, 간은 난초이다. 물이 가장 왕성하게 흐를 때에 많은 남녀가 난초를 손에 잡고 액을 제거하는 행사를 하였다. 정나라의 풍속에 삼짇날에 이 두 강에서 초혼하며 상서롭지 못한 것을 제거하였다.秉, 執也. 蕑, 蘭也. 當此盛流之時, 衆士與衆女方執蘭而拂除邪惡. 鄭國之俗, 三月上巳之日, 此兩水之上, 招魂續魄, 拂除不祥."고 하였다.

이를 통하여 난초를 손에 잡는 표면적인 목적은 액을 없애기 위한 것이지만 심층적인 목적은 자식을 낳고 자식을 구하는 것임을 알 수 있다. 이는 '난초토템' 문화의 본질적인 내용이다.『한서·외척전外戚傳』에 다음과 같은 기록이 있다.

무제가 즉위하고 몇 년이 지나도 아들이 없었다. 평양공주가 양가집의 아름다운 여인 십여 명을 골라서 집에 데려다가 준비해 놓았다. 후에 무제가 패수에서 목욕재계하고 제사를 드리고 나서 돌아가는 길에 평양공주에게 들렸다. 평양공주가 준비해두었던 미인들을 보여주었으나 무제는 좋아하지 않았다. 술을 마시고 나서 노래하는 여자가 들어왔는데 무제는 유독 자부2)를 좋아하였다.
　　武帝卽位, 數年無子. 平陽主求良家女十餘人, 飾置家. 帝祓霸上, 還過平陽主. 主見所侍(儲)美人, 帝不說(悅). 旣飮, 謳者進, 帝獨說(悅)子夫.

한무제는 자식을 늦게 낳았다. 위 인용문은 한무제가 자식을 얻기 위하여 패수灞水에서 목욕재계를 하며 자식 구하는 제사를 지냈다는 것을 말한다.

<hr/>

2) 역자주－자부子夫: 한무제의 두 번째 황후인 효무위왕후孝武衛皇后이다. 성이 위씨衛氏이고 자가 자부이며 시호가 사思이다. 원래 한무제의 누님인 평양공주 집의 노래하는 가희歌姬였는데 후에 한무제의 총애를 받고 황후가 되었다.

자식을 구하기 위하여 상사절의 제사에 목욕하는 내용도 있다. 목욕하면 자식을 얻을 수 있다고 하였다. 『사기·은본기殷本紀』의 기록에 의하면 상商의 시조 계契는 바로 그의 어머니가 물에서 목욕하고 임신한 것이다. 그 기록에 "은나라 시조 계의 어머니는 간적이라 하는데 유융씨의 딸이다. …… 세 사람이 물가에서 목욕을 하는데 제비가 알을 떨어뜨린 것을 보고 간적이 주어서 삼켰는데 임신해서 계를 낳았다.殷契, 母曰簡狄, 有娀氏之女 …… 三人行浴, 見玄鳥墮其卵, 簡狄取吞之, 因孕生契."고 하였다.

상사절에 상서롭지 못한 것을 제거하기 위하여 물가에서 목욕하는 것은 또한 '난초'와 관련이 있다. 원대元代 도종의陶宗儀, 1392~1412의 『원씨액정기元氏掖庭記』에 다음과 같은 내용이 있다.

> 매번 삼짇날에 여러 비빈들에게 내원인 영상정과 양벽지에서 목욕재계하게 하였다. …… 양벽지 옆에 못이 하나 있는데 향천담이라 한다. 이날이 되면 향기로운 물을 못에 가득 붓는다. 못에 또 따뜻한 옥으로 만든 사자, 흰수정으로 만든 사슴, 빨간 돌로 만든 말 등 물건을 놓았다. 비빈들이 목욕하면서 이것들을 타고 놀았다. 혹은 난초를 잡고 혹은 둥근 축을 쳐서 연주하였는데 이것을 물 위에서 상서로운 것을 맞이하는 음악이라고 한다.
>
> 每遇上巳日, 令諸嬪妃祓於內園迎祥亭, 漾碧池 …… 池之旁一潭, 曰香泉潭, 至此日, 則積香水以注於池. 池中又置溫玉狻猊, 白晶鹿, 紅石馬等物. 嬪妃浴澡之餘, 則騎以爲戲. 或執蘭蕙, 或擊球築, 謂之水上迎祥之樂.
>
> 『설부說郛』

목욕한 후에 난초를 손에 잡고 상서로운 것을 맞이한다는 말은 매우 정확하다. 또한 목욕 자체를 난초를 삶은 물에서 한다. 『대대례기大戴禮記·하소정夏小正』에 "5월에 난초를 모아 두는 것은 목욕하기 위해서이다.五月蓄蘭, 爲沐浴也."라고 하였다. 『설문』에 "축은 모으다는 뜻이다.蓄, 積也."라고 하였다. 난초를 모아 두는 것은 목욕할 때 사용하기 위한 것임을 보여준다. 『초사·구가·운중군』에 "난초 삶은 물에 몸을 씻고 향긋한 비누로 머리 감으니, 아름답게 빛나는 옷자락이 꽃과 같도다.浴蘭湯兮沐芳, 華采衣兮若英."라고 하였다. 송옥은 「신녀부神女賦」에서 역시 "난초 비누로 머리를 감으니 그 향기를 품고 있네.沐蘭澤, 含若芳."라고 하였다. 난탕蘭湯은 난초를 삶은 물을 말한다. 『주례周禮·춘관春官·여무女巫』에 "여자 무당이 세시 제사를 드릴 때에 상서롭지 못한 것을 없애기 위해 몸에 약초를 바르고 목욕한다.女巫掌歲時祓除釁浴."고 하였다. 정현의 주석에 "세시에 상서롭지 못한 것을 제거하는 것은 지금의 삼짇날에 물가에 가는 것과 같은 유형이다. 흔욕은 향이 나는 약초로 목욕하는 것을 말한다.歲時祓除, 如今三月上巳如水之類. 釁浴, 謂以香薰草藥沐浴."고 하였다. 『본초경本草經』에도 난초는 "독벌레의 독을 없애고 상서롭지 못한 것을 피하기 때문에 가지런히 손에 들고 큰 신을 섬겼다.殺蠱毒, 辟不祥, 故挈齊以事大神也."고 하였다.

이상의 분석을 통해 난초가 고대 사람들의 개인토템(개인수호신)으로 된 것은 역시 난초 자체의 약용 가치와 관련됨을 알 수 있다. "독벌레의 독을 없애고 상서롭지 못한 것을 피하는" 것과 관련된다. 또한 난초토템이 성행하던 시기는 "불효에는 세 가지가 있는데 그 중에서 후손이 없는 것이 제일 큰 불효이다.不孝有三, 無後爲大."는 관념이 성행하던 남성 중심의 사유제 사회였기 때문에 제일 사악하고 상서롭지 못한 것은 자식이 없는 것이다. '난초토템' 숭배는 능히 자식을 낳게 할 수 있고 자식을 얻게 할 수 있기 때문에 자연적으로 자식이 없는 상서롭지 못한 것도 없앨 수 있다. 그리하여 '난초토템' 문화는 상사절의 행사에서 중요한 역할을 하였다.

난초를 손에 잡아서 액을 없애고 秉蘭拂惡		(무자無子)
난초를 선물하여 사랑을 전하고 贈蘭傳情		(구애求愛)
난초로 목욕하여 제사를 지내고 沐蘭致祭		(구자求子)
난초를 잡고 상서로운 것을 맞이한다. 執蘭迎祥		(득자得子)

바로 이러한 난초토템문화가 있기 때문에 남자의 사랑과 혼인을 노래한 제가祭歌인 「예혼」에서 "제사 예식이 끝난 후에 일제히 북을 치니 향초를 서로 전하면서 번갈아 춤을 추네.成禮兮會鼓, 傳芭兮代舞."라고 하였다. 여기에서 '파芭'는 '파葩'이다. 즉 그 다음 구절에 나오는 '춘란春蘭'과 '추국秋菊'이다. 예혼은 곧 귀신에게 제사를 드리고 신에게 제사를 올리는 것이다. 난초가 신비성과 상징성을 띤 토템의 의미를 갖고 있기 때문에 「구가」의 마지막에 '난초'로 귀신에게 제사를 드리고 초혼을 하며 춘란과 추국의 영원한 향기와 영원히 끊이지 않을 제사를 통하여 자식이 없는 불길함을 없애고 자식을 얻는 상서로움과 즐거움을 맞이한다고 하였다.

③ 난초를 허리에 띠고 장식으로 삼다紉蘭爲飾

'난초토템' 문화가 갖는 자식 없는 불길함을 없애주고 자식을 얻고 영혼을 보호해준다는 상징의미의 영향으로 인해 난초 문화는 점차적으로 귀족생활의 각 분야에 침투되고 확산되었다. 가장 대표적인 것이 바로 난초를 허리에 띠고 다니며 장식으로 삼은 점이다.

난초를 허리에 띠고 다니면 액을 없애고 자식을 낳고 혼을 보호할 수 있다고 하여 난초의 종교 및 토템 기능이 점차 심미와 교화 기능으로 변화하였다. 『예기』에는 조정의 경축 행사에서 "제후가 향초를 손에 잡고 대부들이 난초를 손에 잡았다.諸侯執薰, 大夫執蘭."는 기록이 있다. 훈薰은 굽고 그을린 난초를 말하는데 잎의 향이 더욱 진하였다. 제후는 제후국의 군주를 말한다. 이는 '난초'가 이미 귀족 상류 사회의 사람들이 반드시 달고 다니는 장식품이 되었음을 설명해 준다. 『풍속통의風俗通義』에서는 한대의 상서尚書가 주청을 올릴 때 "향을 품고 손에 난초를 쥐었다.

懷香握蘭."고 하였는데 바로 이런 예속의 연장임을 알 수 있다. 「이소」에
도 여러 번 난초를 장식으로 달고 다녔다고 언급하였다.

강리와 벽지를 몸에 두르고　　　　　　　扈江離與辟芷兮

가을 난초를 꼬아 허리에 띠기도 하였네.　　紉秋蘭以爲佩

때는 어둑어둑 해가 지려고 하는데　　　　時曖曖其將罷兮

난초를 엮고 우두커니 서있도다.　　　　　結幽蘭而延佇

집집마다 쑥을 허리에 가득 두르고　　　　戶服艾以盈要兮

난초는 장식으로 몸에 달 수 없다고 말하네.　謂幽蘭其不可佩

'난초'는 아름다운 장식이고 액을 물리치기도 하는 장식이기에 사랑의
징표로도 삼을 수 있었다. "난초를 엮고 우두커니 서있도다."는 난초를
엮으면서 님이 나타나기를 기다렸고 선물하려고 하였다는 뜻이다. 『예
기·내칙內則』에도 난초가 사랑의 선물 역할을 한다는 증거 기록이 있다.
"며느리가 혹시 난초를 선물로 받으면 그것을 시부모님께 바쳐야 한다.
婦人或賜之茝蘭, 則受而獻諸姑舅."고 하였다. 이를 통하여 당시에 난초를 선
물하는 풍습이 유행하였음을 알 수 있다. 여자가 혼인한 후에도 누군가
난초를 선물하며 사랑을 고백하였다. 이에 대해 『예기』에는 예방 조치
와 방법도 제시하였다. 『예기』에는 또 '패세지란佩帨芷蘭'이라고 하였고
「이소」에도 '혜양蕙纕'이라는 말이 있는데 이것은 그 당시에 지란芷蘭을
수건으로 하고 혜란蕙蘭을 향주머니로 삼는 것이 아주 보편적인 현상이
었음을 말해준다.

제사를 지낼 때에는 또 '난초를 깔개로 까는' 풍속이 있었다. 「동황태
일」에 "혜초로 요리 만들고 난초로 깔았으며 계화 술과 산초 술을 차려
놓았도다.蕙肴蒸兮蘭藉, 奠桂酒兮椒漿."라고 하였다. 초나라에서 제사를 지

낼 때에 먼저 혜초로 희생물의 몸통을 굽고 난초를 밑에 깔고 그 위에 제사 음식을 올렸다는 것을 말해준다. 『설문·초부艸部』에 "자는 제사 지낼 때 밑에 까는 깔개이다.藉, 祭藉."라고 하였다. 난초를 밑에 깔았다는 것은 하늘신 태일에게 바치는 음식을 향기가 나는 난초 위에 올려놓았다는 것을 말한다. 하지만 이 풍속은 초나라에서만 유행하였으며 주 왕실에서 제사를 지낼 때는 띠풀과 맑은 대숙 등의 물건을 깔았다. 예를 들면 『주례·지관地官·향사鄉師』에 "큰 제사일 때는 소를 희생으로 바치고 띠풀을 깔았다.大祭祀, 羞牛牲, 共茅蒩."고 하였다. 정현의 주석에 "조는 바로 깔개로 삼는다는 뜻이다.蒩卽爲藉."라고 해석하였다.

또한 난초로 기름을 만들어 태워서 향기를 내는 풍속도 있었다. 「초혼」에 다음과 같은 구절이 있다.

> 난초향 촛불 환하게 밝히니　　　　　　蘭膏明燭
> 아름다운 여인들 늘어섰네.　　　　　　華容齊些
> ……
> 난초향 촛불 환하게 밝히니　　　　　　蘭膏明燭
> 화려한 등잔이 서로 비추네.　　　　　　華鐙錯些

왕일의 주석에 "난초 기름은 난초와 배를 섞어서 제련해낸 기름이다.蘭膏, 以蘭梨煉膏也."라고 하였다. 청대 왕부지는 "난초 기름은 난초를 제련해서 만든 기름인데 향기를 내기 위하여 촛불에 부었다. 옛날에는 거승·만청·백유가 없어서 모두 양과 소, 돼지의 기름을 부어 태웠는데 비린내가 났다. 난초의 향기가 나쁜 냄새를 없애주었기에 난초로 기름을 제련하였다.蘭膏, 以蘭草煉膏, 使香而灌燭也. 古無巨勝, 蔓菁, 柏油, 皆灌羊牛豕之膏於稿然之, 膏氣腥臊, 蘭草之香去臟, 故以煉膏."고 하였다. 청대 장기는 "난초 기름은 난초를 제련해서 만든 기름인데 부어서 촛불을 만들면 촛불에서 향기가 나왔다.蘭膏, 以蘭煉膏而漑爲燭, 則香從燭發也.”고 하였다.

난초 패물, 난초 수건, 난초 깔개나 난초 기름은 모두 '난초 토템' 문화의 본질적인 의미 및 원형과 밀접하게 연관되어 있다.

 ## 4 난초에 비유하여 덕을 밝히다喩蘭明德

이제 '난초 토템' 문화의 도덕적 교화기능을 소개해보기로 한다.

청대 단옥재는 『설문해자주說文解字注』에서 『역경易經·계사繫辭』의 내용을 인용하여 "두 사람이 마음을 같이 하는 말은 그 향기가 난초와 같다.同心之言, 其臭如蘭.”고 하였다. 취臭는 냄새이다. 이 말은 난초의 맑고 강렬한 향기로 사람들이 한 마음으로 단결하는 응집력에 비유하였다.

『문자文子』에 "난초와 지초는 그것을 몸에 장식하는 사람이 없다고 해서 향기를 뿜지 않는 게 아니고 군자가 도를 행하는 것은 알아주는 이가 없다고 해서 그만 둘 수는 없는 것이다.蘭芷不爲莫服而不芳, 君子行道, 不爲莫知而止.”라고 하였다. 그 뜻은 『공자가어孔子家語·재액在厄』에서 말한 "난초는 심산에서 자라는데 보는 사람이 없다고 해서 향기가 나지 않는 것이 아니다.芝蘭生於深林, 不以無人不芳.”라는 말과 같다. 난초 향기의 객관적 존재로 사람의 품성과 수양이 외부 환경에 의하여 흔들리지 않고 남들이 뭐라고 하든지 자기 할 일을 계속 하며 도도하고 소박한 미덕이 있어야 함을 비유하였다. 송대 유극장劉克莊, 1187~1269은 「난蘭」이란 시에서 바로 이런 미덕을 노래하였다.

> 깊은 숲에서 말없이 그윽한 정절을 품고   深林不語抱幽貞
> 미풍에 의지하여 향기를 멀리 전하는구나.   賴有微風遞遠馨
> 이끼 낀 섬돌 옆에 피어난들 무슨 방해되리오   開處何妨依蘚砌

꺾어 오니 금화병을 좋아하지 않네.　　　　折來未肯戀金瓶
고고함은 가히 시권과 함께 있을 만하고　　孤高可挹供詩卷
소박함은 침실 병풍에 옮겨놓을 만하구나.　素淡堪移入臥屛
집안에 훌륭한 자제가 없다고 비웃지 마라　莫笑門無佳子弟
물기 머금은 몇 가닥이 마당에 비치네.　　　數枝濯濯映階庭

　　강희康熙황제1654~1722의 시 "인끈으로 매달지 않아도 패물이 될 만하
고, 구경하는 사람 없어도 저절로 향기롭도다.不因紉取堪爲佩, 縱使無人亦自
芳."와 주덕朱德, 1886~1976의 시 "설령 감상하는 사람들 없어도, 의연히
자기 자리에서 향기를 품고 있도다.縱使無人見欣賞, 依然得地自含芳." 등은
모두 유극장 시의 전고를 사용하여 그와 동일한 의미를 읊고 있다.
　　또 『공자가어·육본六本』에 의하면 공자는 일찍이 "착한 사람과 사귀
면 마치 난초가 있는 방에 들어간 것과 같아서 오래되어 향기를 더 이상
맡을 수 없으면 곧 자신이 향기처럼 변하게 되었다.與善人交, 如入芝蘭之室,
久而不聞其香, 則與之俱化."고 말하였다.　가조장賈祖璋, 1901~1988은 '지芝'는
'지芷'와 같고 '지란芝蘭'은 곧 향기로운 난초라고 하였다.3) 공자의 이 말
은 난초의 향기로 미덕과 선행이 사람들에게 미친 영향과 교화 및 동화
작용을 비유하였다.　제백석齊白石, 1864~1957은 「난」이라는 시에서 바로
이와 같은 뜻을 읊었다.

어느 봄날 골짜기 입구에 비가 줄기차게 내리는데　一春谷口雨如麻
물에 씻기고 바람에 불어 잎이 쓰러졌도다.　　　水洗風吹葉倒斜
실내로 옮겨 놓고 모름지기 오래 앉아 있으니　　移入室中須坐久
저절로 향기를 맡았는데 뭇 꽃을 능가하는구나.　自聞香氣勝群花

----

3) 賈祖璋, 『花與文學』, 上海古籍出版社, 2001, 34쪽.

　난초로 뜻을 비유하고 감정을 기탁한 것 중에서 가장 전형적인 것이 공자의 이야기이다. 송대 곽무천郭茂倩, 1041~1099은 『악부시집樂府詩集』 권58 「금곡가사琴曲歌辭·의란조猗蘭操」에서 한대 채옹蔡邕, 133~192의 『금조琴操』의 내용을 인용하여 다음과 같이 기록하였다.

　　「의란조」는 공자가 창작한 것이다. 공자가 여러 제후들을 찾아갔지만 제후들은 모두 그를 제대로 등용하지 못하였다. 위나라에서 노나라로 돌아가는 길에 그윽한 골짜기를 지나가다가 난초가 홀로 무성하게 자라나 있는 것을 보았다. 이에 탄식하며 "난초는 마땅히 왕에게 향기를 제공하여야 하는데 지금 홀로 무성하게 자라서 다른 풀들과 섞여 있으니 마치 현자가 시기를 잘못 만나서 소인들과 함께 있는 것과 같구나."라고 말하면서 수레를 세우고 거문고를 끌어다가 탔다고 한다. 좋은 시기를 만지 못한 자신을 슬퍼하며 골짜기에 피어난 난초에 비유한 것이다.
　　猗蘭操者, 孔子所作也. 孔子歷聘諸侯, 諸侯莫能任. 自衛返魯, 過隱谷之中, 見薌(香)蘭獨茂. 喟然嘆曰: "夫蘭當爲王者香, 今乃獨茂, 與衆草爲伍, 譬猶賢者不逢時, 與鄙夫爲倫也." 乃止車援琴鼓之云云, 自傷不逢時, 托辭於薌蘭.

　『금조』는 한대 채옹이 저술한 책이다. 혹자는 진晉나라 공연孔衍, 268~320이 저술하였다고 보기도 한다. 내용은 주로 각종 거문고 곡조의 작가와 유래를 서술한 것이다. 『악부시집』에 수록되어 있을 뿐만 아니라 『예문유취藝文類聚』, 『태평어람』, 『고금악록古今樂錄』 등의 문헌에도 모두 수록되어 있다. 각 문헌에 기록된 주요 내용은 모두 같지만 서술이 상세하거나 간략한 것의 차이가 있다.
　공자는 십 여 년을 두루 돌아다녔지만 시종 임용되지 못하고 위나라에서 노나라로 돌아가던 길에 난초가 홀로 무성하게 자라서 다른 풀들과 함께 있는 것을 보고서 감개무량하였다. 난초를 어진 신하에 비유하였는데 사실상 자기 자신에 비유한 것이다. 자기가 여러 나라를 돌아다녔지만 때를 잘못 타고 태어나서 중용 받지 못하였는데 마치 홀로 무성하게 자라난 난초가 기타 많은 풀들과 무리를 이루고 있는 것처럼 자신 역시 부득불 소인들과 함께 있어야 함을 비유하였다. 공자의 이러한 감탄 중에 후대에 가장 큰 영향을 준 것은 "난초는 마땅히 왕에게 향기를 제공하여야 한다.蘭當爲王者香"는 말이다. 거의 모든 난초와 관련되는 문장이나 작품에서 모두 이 구절을 언급하였다. 이 구절의 본래 의미는 "난초는 응당 왕에게 향기를 제공하여야 한다."는 뜻이다. 즉 난초는 국왕이 감상하는 고급 화초라는 것이다. 이는 또한 어진 자가 신하가 되고 재상이 되어 국왕을 도와준다는 시각에서 비유한 것이다. 그러나 후세의 난초 관련 저술에서는 "난초는 으뜸가는 향기가 있다.蘭有王者香"로 변화되었으며 공자가 난초를 "으뜸가는 향기王者之香"라고 칭하였다고 하였다. 이로써 난초의 '국향國香' 특징을 강조하였다. 이런 관점은 후대에 직접적인 영향을 미쳤다. 현대 화가 반천수潘大壽, 1897~1971는 「제란석도題蘭石圖」라는 시에서 다음과 같이 읊었다.

> 한가한 것이 마치 탁문군의 봄날 귀밑머리 같고 閑似文君春鬢影
> 맑은 것이 마치 얼음과 눈의 용모와 같은 여신이구나. 淸如冰雪藐姑仙
> 풍격으로 보면 마땅히 으뜸으로 추천해야 하거늘 應從風格推王者
> 어찌 오직 은은한 향기만 전할 수 있겠는가? 豈僅幽香足以傳

현대 화가 오불지吳弗之는 「제거폭묵란題巨幅墨蘭」이라는 시에서 다음과 같이 읊었다.

> 모란을 꽃의 왕이라 하여 鼠姑稱花王
> 사람들은 그 모양을 사랑한다. 人多愛其色
> 난초도 으뜸가는 향기라 하거늘 蘭亦王者香
> 모양으로 즐겁게 하지 않는다. 不以色相悅
> 빈 골짜기의 풀과 짝하여 空谷草爲儔

미인들이 꺾기를 기다리지 않는다.	豈求美人折
목동이 묶어 메고 돌아가서	牧童束擔歸
소와 양에게 건네주어 먹인다.	付與牛羊吃
운수가 좋아 게으른 사람 만나면	幸遇彼倦人
꽂거나 달아서 장식으로 삼는다.	挿佩當首飾
꽃과 자신을 가엽게 여기며	憐花且自憐
누가 환영받는 손님이 될지 생각하네.	誰爲靑眼客4)

반천수와 오불지 두 사람은 모두 난초를 '으뜸가는 향기'라고 하였으며 공자의 '꽃을 가엽게 여기며 자신을 가엽게 여긴 것'과 '빈 골짜기의 풀과 짝한' 고사를 사용하였다.

주목할 점은 공자가 「의란조」를 창작하였다는 것은 단지 이야기일 뿐 아무런 역사적 근거가 없다는 것이다. 이 이야기는 『논어』에 기록이 없다. 비교적 신빙성이 있는 문헌인 『맹자』, 『순자』, 『공양전公羊傳』, 『곡량전穀梁傳』, 『예기』, 『대대례기』 등에도 모두 기록되어 있지 않다. 이런 문헌에는 『논어』에 기록이 없지만 상당히 신빙성 있는 공자의 언행들이 많이 기록되어 있다. '호기심 많은' 사마천도 『사기·공자세가孔子世家』에서 공자의 일생과 행실을 상세하게 서술하였지만 난초와 '동병상련'한 그 사건은 조금도 언급하지 않았다. 이것은 그 시기에는 아직 이 이야기가 형성되거나 유행하지 않았다는 점을 말해준다. 유명한 공자 연구 전문가의 저술, 예를 들면 김경방의 『공자신전孔子新傳』, 고전성高專誠, 1963~ 의 『공자孔子·공자제자孔子弟子』, 종조붕鍾肇鵬, 1925~2014의 『공자계년孔子繫年』 등에도 모두 이 이야기를 언급하지 않았다. 그들은 이것을

---

4) 역자주- 청안객靑眼客: 완적阮籍의 청안靑眼, 백안白眼의 고사에서 유래하였다. 청안은 푸른 눈, 즉 친근한 사람을 대할 때의 좋은 눈을 뜻한다. 완적阮籍이 자기와 가까운 사람은 청안으로 맞이하고, 거만한 사람을 보면 백안(눈의 흰자위만 보이게 하는 것)으로 맞이하였다고 한다.

신빙성이 없는 자료로 간주한 것이다. 그러나 문학예술 작품에서는 여전히 공자가 「의란조」를 창작하였다고 믿는다. 원대의 황잠黃潛은 「제조공화란죽題趙公畫蘭竹」이라는 시에서 "아름다운 난초는 은자의 지조이고 푸른 대나무는 군자의 미덕이라네.猗蘭幽人操, 綠竹君子德."라고 읊었다. 명대 정민정程敏政, 1446~1499은 「제연성공화란題衍聖公畫蘭」이라는 시에서 "국향이 채색 붓을 든 화가에 기대랴? 천년이 지나도 의란곡은 끝나지 않았네.國香那藉彩毫工, 千載猗蘭曲未終."라고 하였는데 이는 공자 후손의 예술작품에 대한 긍정과 찬양이며 공자가 「의란조」를 만들었다는 것을 기초로 가학의 연원이 천년이 지나도록 끊이지 않는다는 것을 말하였다.

이상으로 네 가지 측면에서 귀족생활의 각 영역에 침투된 난초문화를 소개하고 난초의 토템기능, 종교기능, 심미기능, 도덕교화기능 등의 특징을 분석하였다. 전파학적 측면에서 보면 '난초토템' 문화는 가장 원시적이고 오래된 것으로 영향력이 매우 강하며 그 원형이나 원경이 가장 은밀하고 심원하다. 바로 캐나다의 학자 N.노드롭 프라이Northrop Frye, 1912~1991가 "완전히 전통화된 예술은 응당 이러한 종류의 예술이다. 그중의 원형 즉 교제 가능한 단위는 이미 비법으로 전해진 일련의 부호가 된 것이다. 이러한 원형 연구를 통하여 몇 세기 동안 비법으로 전해진 숭배 전통에 의하여 조심스럽게 보존되어 온 이해할 수 없는 비밀을 제시할 수 있다."5)고 말한 것과 같다. 그러므로 난초토템 문화는 후대의 생활 속에 선명하거나 또는 은밀한 형태로 계속 표현되었다. 예를 들면 난초토템의 '보호', '징조' 등의 의미는 후대의 생활 속에서 거듭 반영되었다. 한대의 악부시 「공작동남비孔雀東南飛」의 원래 제목은 「고시위초중경처작古詩爲焦仲卿妻作」이다. 여주인공의 이름이 난지인데

5) [加]N.弗萊 著, 葉舒憲 譯, 「作爲原型的象征」, 葉舒憲 選編, 『神話—原型批評』, 陝西師范大學出版社, 1987, 155~156쪽, 165쪽.

이는 고대 개인토템 흔적의 표현 특징이라고 할 수 있다. '난지蘭芝'는 즉 '지란芝蘭', '지란芷蘭'인데, 이는 바로 향란香蘭이고 난화蘭花이다. '난화'의 토템 의식이 이 시에서 선명히 나타난다. 예를 들면 여주인공 유란지劉蘭芝가 강에 투신하여 자결하기 전에 그녀의 남편 초중경焦仲卿이 어머니를 보고 "오늘은 바람이 불고 추운데, 차가운 바람이 나무를 부러뜨리고, 된서리가 마당의 난초 위에 맺히네요.今日大風寒, 寒風摧樹木, 嚴霜結庭蘭."라고 하였다. 된서리가 뒤덮이고 마당의 난초를 시들리게 한다는 뜻은 바로 여주인공의 생명의 비극이 곧 발생한다는 것을 상징한다. 바로 정목공이 "난초가 죽으면 나도 아마 죽겠지."라고 말한 예언과 같다. 이는 난초토템 문화의 심층적이고 잠재적인 영향이다. 『진서晉書·문원전文苑傳』에는 나함羅含, 292~372의 감동적인 이야기가 기록되어 있다. 나함은 평생 청렴결백하고 높은 지위에 올랐지만 정직하고 욕심이 없이 담백한 마음을 유지하였다. 그래서 아주 기이한 좋은 징조가 나타났다. "벼슬에서 물러나고 집에 돌아오니 마당에 갑자기 난초와 국화가 무성하게 자라났다. 사람들은 그의 덕행에 감동받아서 그런 것이라고 여겼다.致仕還家, 階庭忽蘭菊叢生, 人以爲德行之感焉." 사람은 비록 늙어서 퇴직하였지만 난초는 오히려 생기발랄하게 자라서 꽃향기가 멀리까지 퍼지니 주인공이 장수하고 생명력이 강하다는 것을 암시한다. 이는 후에 증명되었는데 과연 나함은 77세까지 살다가 세상을 떠났다. 이와 같은 '난초토템'의 어렴풋한 '원형' 이야기는 점차 종교기능에서 도덕기능으로 변화하였으며 난초가 활짝 피어나고 무성하게 자라나는 것을 사람의 도덕과 수명에 연결시켜 마음을 교화하고 정신을 다스리는 역할을 하도록 하였다.

이는 '난초토템'이 이미 일종의 문화전통이 되었음을 말해준다. 미국 학자 E.쉴즈Edward Shills의 말을 빌리자면 다음과 같다.

전통은 바로 오랫동안 전승을 통하여 장기적으로 존재하거나 또는 반복적으로 다시 나타나는 물건이다. 그것은 사람들이 구두와 문자로 전승하는 신앙이 포함되어 있고 세속적인 신앙과 종교적인 신앙이 포함되어 있고 사람들이 추리 방법과 조리 정연한 이론으로 통제한 지식을 통하여 취득한 신앙이 포함되어 있고 사람들이 생각을 하지 않고 수용한 신앙이 포함되어 있다. 그것은 사람들이 신의 지시라고 믿는 신앙과 이런 신앙에 대한 해석이 포함되어 있다. 그것은 경험을 통하여 형성된 신앙과 논리적 연역법에 의하여 형성된 신앙이 포함되어 있다.[6)]

'난초토템' 문화에 대한 발굴과 탐구도 이와 같은 관점에서 바라볼 수 있다.

1997년 10월 21일

---

6) [美]E. 希爾斯 著, 傳鏗 · 呂樂 譯, 『論傳統』, 上海人民出版社, 1991.

제 **4** 장

난화의 재배 역사 고찰
—『초사』속의 '난'도 함께 논함

    중국은 난화蘭花가 자라는 지역이 넓으며 난화가 만발하는 해양이라고 할 수 있다. 중국은 또한 난화를 재배한 역사가 길고 난화가 아름다움을 다투는 동산이기도 하다. 중국 난화의 재배 역사에 대해서 여러 난화 학자들이 각각 소개를 하고 있지만 서로 견해가 다르다. 일반적으로 학자들은 "확실한 문자 기록에 의하면 중국이 난혜蘭蕙를 재배하기 시작한 시기는 당대 말기까지 거슬러 올라갈 수 있다."고 보고 있다. 그러나 선진시기 초나라에서 난을 재배한 사실도 인정하고 있다. 학자들은 선진시기에 심은 난은 국화과에 속하는 '난초蘭草'이지 후세의 난초과에 속하는 식물인 '난화蘭花'가 아니라고 여겼다. 그리고 한위진漢魏晉시대에 재배한 난은 야생 난화를 옮겨와서 인공적으로 재배한 것이고 화원에서 재배하는 것을 주된 방식으로 하였고 당대에 이르러서야 비로소 화분에다 난화를 키우기 시작하였다고 여겼다.

    그렇다면 다음과 같은 문제에 부딪히게 된다. 첫째, 고대의 난과 현대의 난은 구별이 있는가? 둘째, '화원 재배'와 '화분 재배'를 난의 재배사에서 어떻게 인식하고 이해하여야 하는가? 셋째, '난화의 재배역사의 기록'과 '난화에 대한 문자 기록의 역사'는 어떤 차이와 연관이 있는가? 위의 세 가지 문제를 둘러싸고 중점적으로 난화의 '재배 역사'에 대하여 소개하고 논평하고자 하며 '난화에 대한 기록'도 겸하여 서술하고자 한다.

① 선사설先史說

하모도河姆渡 유적지는 항주만杭州灣 남쪽의 영소평원寧紹平原에 위치하여 있으며 여요현余姚縣 하모도촌河姆渡村의 동북쪽에 있다. 유적의 면적은 약 4만 평방미터이고 1973년 6월에 번수참면翻水站面을 지을 때에 발견되었다. 하모도 문화는 양자강 유역의 원시문화에 속하며 지금으로부터 5천년에서 7천년 이전으로 거슬러 올라갈 수 있고 최소 2천 년간 지속되었으며 '10대 고고학 기적'의 하나로 불리고 있다. 하모도 유적에서 목재건축물과 목재우물이 발견되있을 뿐만 아니라 돌, 뼈, 나무, 도기 등의 여러 가지 재료로 만든 생산도구와 생활도구, 장식품들이 발견되었다. 기물의 장식에는 사실적인 그림과 무늬와 도안이 있었다. 무늬는 매우 다양하다. 새, 물고기, 도마뱀, 곡식, 종자, 꽃, 나뭇잎, 볏모 등이 있다. 식물무늬가 동물무늬보다 훨씬 더 많다. 이는 그 당시 농업 경제가 주도적 지위에 있음을 반영하고 있다.

하모도 유적박물관에는 7천 년 전의 제4문화층에 속하는 유물인 분재 도안이 그려진 도기 잔여조각 두 점이 진열되어 있다. 그중 한 점은 도안이 잘 보존되어 있는데 다섯 잎 모양의 식물이다. 네모형 화분에 '만년청萬年靑' 모양의 식물이 음각되어 있는데 얼핏 보기에는 다섯 잎인데 자세히 관찰하면 사실 두 그루의 세 잎 모양의 식물이 그려져 있다. 총 여섯 잎이 있는데 그 중 두 잎의 상반부가 겹쳐져 있기에 다섯 잎으로 보인다. 도안은 아주 균형이 있고 조화로우며 생기가 있어 보인다. 다른 한 점은 세 잎 모양의 식물이 그려져 있다. 여러 겹의 원형 무늬가 새겨진 네모 화분에 '만년청' 모양의 식물 한 그루가 그려져 있는데 세 잎이고 도안이 밝고 생기가 넘치며 매우 약동적이다.

노수량魯水良 등의 지적에 의하면 세 잎 식물의 엽맥, 잎의 수량과 하모도의 생태환경을 종합적으로 볼 때 이 식물은 만년청이 아니라 약란箬蘭 즉 새우난초라고 하였다. 이유는 다음과 같다. 첫째, 잎의 개수이다. 만년청과 약란은 모두 상록성 다년초에 속한다. 잎이 타원형이거나 피침형披針形이며 길이가 15~40cm, 폭이 3~8cm이다. 잎의 가장자리가 파형波形이고 기부基部는 자루모양을 이룬다. 하지만 다른 점도 있다. 만년청은 한 포기에 보통 4~10개의 잎이 자라지만, 약란은 3개의 잎만 자란다. 둘째, 엽맥이다. 만년청은 주맥이 아래로 오목하게 들어가서 선명하고 기타 측맥은 숨어 있어 겉으로 잘 드러나지 않는다. 하지만 약란은 주맥 및 측맥이 모두 선명하게 드러나는데 도기 조각에 그려진 엽맥과 똑같다. 셋째, 하모도 유적의 생태환경이다. 유적지는 현재의 절강성 동쪽의 사명산四明山 북쪽 기슭에 있다. 이곳은 삼면이 산에 둘러싸여 있고 연이어진 산등성이들이 기복을 이루고 있어 예로부터 72봉으로 불린다. 협곡과 완만한 비탈들이 즐비하게 늘어서 있고 기후가 온화하고 습하며 초목들이 무성하고 토양은 대부분 삼림부식토로서 난화의 성장환경에 매우 적합하다. 춘란이나 혜란, 그리고 약란을 이 산의 도처에서 볼 수 있다. 약란은 흔히 온 산등성이에서 드넓게 자라고 있으며 심지어 약란의 이름으로 명명한 약령箬嶺이라는 봉우리도 있다. 봄철이 되면 약란꽃이 활짝 피어나는데, 꽃대 하나에 여러개의 꽃송이가 달리고 작고 귀엽다. 이것은 우리의 선조들이 농사를 짓고 사냥하는 여가에 난화를 감상하고 나아가 난화를 화분에 재배할 수 있도록 편리한 조건을 제공해주었다. 이상의 몇 가지 사실을 근거로 노수량 등은 "우리 중국 사람들이 언제부터 난화를 재배하였고 난화 분재의 발원지는 어디인가?"하는 문제의 답을 찾았다고 하였다. 그들은 우리의 선조인 하모도 사람들이 7천년 전부터 이미 난화를 재배하기 시작하였고 중국의 난화 분재의 발원지

는 바로 중화민족의 눈부신 문명 발원지인 절강성 여조현 하모도라고
결론을 내렸다.[1]

『중국화경中國花經』에 의하면 새우난초Calanthe discolor는 중국 장강 유
역 및 남부 지역의 각 성에서 자란다고 한다. 다년생 초본식물이고 잎은
뿌리에서 2～3개 나오고 달걀을 거꾸로 세운 모양의 긴 타원형이고 끝
이 좁고 주름이 있다. 꽃대는 잎 사이로부터 곧게 자라고 꽃대 위에 총상
화서로 6～12개의 자줏빛 꽃이 느슨하게 달리며 초여름에 피어난다. 이
와 같은 속의 식물은 100여 종이 있는데, 중국에만 40여 종이 있다. 절강
성에 분포된 것은 꽃잎이 뒤로 젖혀진 새우난초인데, 연한 보라색의 꽃
이 피며 꽃받침과 꽃잎이 뒤로 젖혀 있다.[2]

노사총盧思聰의 『중국란과 양란中國蘭與洋蘭』에 의하면 새우난초는 중
국의 광동廣東, 광서廣西, 사천四川, 귀주貴州, 강소江蘇, 안휘安徽 등의 지
역에서 자란다고 한다. 일본과 한국에도 분포되어 있다. 잎은 뿌리 줄기
에서 2～3매 자라나고 길이가 15～25cm, 폭이 4～6cm이다. 꽃대는 매
년 새로 자란 어린 잎 속에서 곧게 뻗어 나오고 길이가 30～50cm이고
10여 개 꽃이 달리며 직경이 3.5cm이고 꽃받침과 꽃잎은 자주빛 남색이
며 입술꽃잎은 크고 흰색과 장미색 등이 있다. 꽃 피는 시기는 5월이
다.[3]

위의 자료로부터 볼 때 하모도 도기에 새겨진 식물은 새우난초와 두
가지 공통점만 있는데 하나는 잎이 뿌리 근처에서 나오는 것이고 다른
하나는 2～3매의 잎이 있다는 것을 알 수 있다. 잎의 모양과 수량에 의
해서만 판단하는 것은 근거가 충분하지 않다. 그리고 도기에 새겨진 식
물이 과연 분재인지도 그 근거가 불충분하다. 또한 사회발전의 순서로

---

1) 兪宗英·魯水良, 「盆栽養蘭起源於河姆渡的考證」, 『中國蘭花信息』 1993년 제38호.
2) 陳俊愉·程緖珂, 『中國花經』, 上海文化出版社, 1990.
3) 盧思聰, 『中國蘭與洋蘭』, 金盾出版社, 1994.

본다면 신석기시대에 이미 난화를 감상하고 즐기고 재배하였다면 왜 문자기록이 있은 이후인 선진시기에는 오히려 기록 자료가 없으며 큰 발전이 없었는가? 비록 일부 특징이 들어맞기는 하지만 역사 발전의 시각에서 고찰하여 보면 '선사'설은 그 연원에 대한 증거가 부족하다. 현재 절강성 여요시의 산간지역 곳곳에 새우난초가 자라고 있지만 이런 현상이 7천 년 전까지 거슬러 올라갈 수 있을지는 근거 있는 문헌적 자료의 뒷받침이 부족하다.

그러므로 '선사'설은 증거가 부족하다고 본다. 불충분한 증거와 부분적인 대조는 근본적인 문제를 해결할 수 없다. 뿐만 아니라 증명하지 못한 부분도 많기 때문에 이 주장은 성립될 수 없다.

2 춘추설春秋說

'춘추'설은 주로 『월절서越絶書』에 있는 "구천이 저산에 난을 심었다.勾踐種蘭渚山"는 기록에 근거한 것이다. 『월절서』는 중국 최초의 지방지地方誌이다. 『월절서』는 동한시기의 회계會稽 사람 원강袁康과 오평吳平이 지은 것이다. 원래 책은 25권인데 현재 15권이 보존되어 있다. 그런데 현재 전하는 모든 판본에는 "구천이 저산에 난을 심었다"는 기록이 전혀 없다. 홍환춘洪煥春, 1920~1989의 『절강지방지고록浙江地方誌考錄』에 의하면 『월절서』는 "남송 때 소흥의 민간에 허 씨 간본이 있었고 가정 5년(1212년)에는 진정경陳正卿간본이 있었다."고 하는데 이미 실전한 지 오래되었다.

그러나 송대의 장호張濩가 남송의 이종理宗 보경원년寶慶元年, 1225년에 편찬한 『속회계지續會稽志』 권4에는 다음과 같은 기록이 있다.

난은 『월절서』에 기록하기를 "구천이 저산에 난을 심었다."고 하였다. 구경에 이르기를 "난저산은 구천이 난을 심은 곳이며 난저정에서 왕희지 와 사안 등 여러 사람이 모임을 가졌다."고 하였다.

蘭, 『越絶書』曰: 勾踐種蘭渚山. 舊經曰: 蘭渚山, 勾踐種蘭之地, 王·謝諸人修禊 蘭渚亭.[4]

또한 명대 만력萬曆 11년(1583년)에 소흥지부紹興知府 소량간蕭良幹이 주관하여 편찬하고 만력 14년에 장원변張元忭, 1538~1588과 손광孫鑛, 1543 ~1613이 공동으로 수정하고 만력 15년(1587년)에 간행한 『소흥부지紹興 府志』에도 다음과 같은 기록이 있다.

난저산에 풀이 있는데 잎이 길고 흰 꽃이 피며 나라에 으뜸가는 향기가 있으니 그 이름이 난이다. 구천이 심은 것이다. 난저의 물이 흘러나오고 난정이 있는데 산음에 있는 한대의 옛 현의 정자이다. 왕희지가 이곳에서 난정서를 지었다.

蘭渚山, 有草焉, 長葉白花, 花有國馨, 其名曰蘭. 勾踐所樹. 蘭渚之水出焉(通曲), 蘭亭, 山陰漢舊縣亭, 王羲之曲水序於此.

기원전 492년에 월왕 구천이 오나라에 패하여 처자와 노복들을 데리 고 오나라에 인질로 잡혀가서 온갖 치욕을 당하고 3년 만에 다시 월나라 로 돌아갔다. 그는 강성해지려고 분발하고 원수를 갚고 치욕을 씻으려고 노력하였는데 마침내 '와신상담'과 '복수설치'라는 천고의 미담을 남겼다. 1931년에 윤유련尹幼蓮이 저술한 『소흥지지술략紹興地志述略』에 의하

4) 역자주-동진 목제穆帝 영화永和 9년(353년) 3월 3일에 회계會稽 산음山陰(지금의 절강 성 소흥紹興)의 난정에서 왕희지王羲之와 사안謝安, 손작孫綽 등 당시의 명사 41명이 모여 수계修禊를 하고 유상곡수流觴曲水의 유흥을 즐기며 시를 지었는데 그 시집의 서문을 왕희지가 썼다. 옛날에는 「임하서臨河序」라고 하였으나 지금은 「난정서」라고 하며 또 「계서禊序」라고도 한다. 「난정서」의 첫 구절에 "永和九年, 歲在癸丑, 暮春之 初, 會于會稽山陰之蘭亭, 修禊事也."라고 썼다.

면 소흥은 월나라의 옛 도성으로서 지금도 곳곳에 구천에 관한 이야기
와 유적이 전한다고 하였다. 예를 들면 다음과 같은 몇 가지가 있다.

① 갈산은 성의 동쪽 10리 되는 곳에 있다. 구천이 여기에서 칡을 심고
월나라 여자들로 하여금 천을 짜게 해서 오왕에게 바쳤다.葛山, 在城東
十里, 勾踐種葛於此, 使越女治以爲布, 獻吳王.
② 견산은 성의 남쪽 30리에 있는데 구천이 개를 키워서 남산의 흰 사슴
을 사냥해다가 오왕에게 바쳤다.犬山, 在城南三十里, 勾踐畜犬, 獵南山白
鹿, 致以獻吳.
③ 미녀궁은 성의 동쪽 5리에 있는데 구천이 미녀 서시와 정단을 훈련시키
던 궁전이다.美女宮, 在城東五里, 勾踐敎美女西施鄭旦之宮臺也.
④ 난저산은 성의 남쪽 27리에 있는데 구천이 여기에 난을 심었다.蘭渚
山, 在城南二十七里, 勾踐樹蘭於此.

이러한 내용을 통하여 구천이 월나라로 돌아간 후에 내적으로는 부국
강민책을 진행하면서 오왕에게는 신하노릇하며 해마다 공물을 바쳐 오
왕의 환심을 사서 경계심을 마비시켰음을 알 수 있다. 월나라의 지명과
유적으로부터 보면 구천이 난을 심은 것도 칡을 심고 개를 키우고 미녀
들을 훈련시킨 것과 마찬가지로 오왕에게 공물을 바쳐서 오왕으로 하여
금 향락에 빠지도록 하기 위해서였다.

산음(소흥)에서 난이 자란다는 사실은 고전시가에도 기록이 있다. 예
를 들면 당대의 이교李嶠, 644~713는 「난蘭」이라는 시에서 다음과 같이
읊었다.

빈 방으로 너를 거듭 찾아가니　　　　　虛室重招親
말 없어도 뜻이 맞아 쇠도 자르리.　　　　忘言契斷金
그 꽃은 한대 사람의 술잔에도 떴고　　　英浮漢家酒
백설곡과 짝하여 초왕의 거문고로도 연주되었지.5)　雪儷楚王琴

넓은 전각에서 맑은 향내 풍기기도 하고   廣殿輕香發
높은 누대에서 아득히 읊조려지기도 하였다네.   高臺遠吹吟
하분에서도 응당 꽃을 피우리니   河汾應擢秀
누가 기꺼이 산음까지 찾아가리오.   誰肯訪山陰

명대의 유명한 문인 서위徐渭, 1521~1593는「난곡가蘭谷歌」라는 시에서
다음과 같이 읊었다.

구천이 난을 심을 때는 반드시 땅을 골랐으니   勾踐種蘭必擇地
지금의 난저가 바로 그 곳이다.   只今蘭渚乃其處
천년전에는 영화 년간의 일이 있으니   千年卻有永和事
왕희지의 서문이 그때의 수계를 전하고 있네.   右軍墨藻流修禊

이 시에서 '구천이 난을 심다'와 '난정에서의 수계'가 모두 한 곳에서
진행된 것이라고 하였으며 난문화가 천년의 역사가 있다고 보았다. 서위
의「제묵란題墨蘭」이라는 시에서도 다음과 같이 읊었다.

난정에는 옛날에 월왕이 난을 심었었고   蘭亭舊種越王蘭
푸른 물결 꽃 향기는 천하에 전하였네.   碧浪紅香天下傳
요즘에는 들의 향기가 꽃다발이 되어   近日野香成秉束
한 바구니에 오푼의 값어치도 안되네.   一籃不值五文錢

이 시는 춘추시대와 진대晉代, 명대의 난에 관한 고사를 서로 연결시켰
는데 '월왕의 난'이 발원지이다.
역사적으로 보면 월왕 구천이 난을 심은 시기는 춘추 말기에 해당한

---

5) 역자주 ─ 초나라의 고상한 가곡으로 '양춘백설陽春白雪'이 유명하고, 사혜련謝惠連의「설
부雪賦」에 "楚謠以幽蘭儷曲"이라 하였다.

다. 진심계陳心啓, 1967~ 선생의 고증에 의하면 난초과 식물에 대한 중국
최초의 기록은 기원전 10~6세기에 완성된『시경』이라고 하였다.「진
풍陳風·방유작소防有鵲巢」에 "뜰에는 벽돌길 깔렸고, 언덕에는 향기로운
난초 풀 있네. 누가 내 연인 꼬여내어, 내 마음을 아프게 하는가?中唐有甓,
邛有旨鷊, 誰侜予美, 心焉惕惕."라는 구절이 있는데 여기서 나오는 '역鷊'은 서
한시기의『모시毛詩』와 서진西晉 육기陸機, 261~303의『모시초목조수충
어소毛詩草木鳥獸蟲魚疏』에 의하면 바로 난초과 식물인 수초綬草라고 하였
다. 육기의 주석에 "역은 오색의 꽃이 인끈 무늬를 하고 있기에 수초라고
한다.鷊, 五色作綬文, 故曰綬草."고 하였다. 이는 수초의 꽃송이들이 꽃대에
나선형으로 총총히 달려있는 특징과 부합된다.『시경』의 이 기록은 아
마도 세계에서 난초과 식물에 대한 가장 이른 기록이 아닌가 싶다. 유럽
에서는 기원전 4~3세기에 이르러서야 비로소 Orchis(난)이라는 단어를
사용하기 시작하였다. 동한시기의『신농본초경神農本草經』에는 이미 난
초과 식물인 석곡石斛, 적전赤箭(천마天麻)과 백급白芨 등이 수록되어 있다.
　이상 관점에 근거하여 보면 "구천이 난을 심다."라는 이야기의 진실성
에 영향을 준다.『시경』의「정풍·진유」에 '간蕳'이라는 글자가 나오는데
고금의 주석가들은 이것을 모두 '난蘭'이라고 지적하였다. 또한 정목공이
난에 의하여 태어나고, 난을 자르자 죽었다는 이야기는 구천이 난을 심
은 일보다 백여 년이나 더 앞서 있다. 게다가 난을 손에 잡아 액을 없앤
다는 '병란불사秉蘭祓邪', 난을 들고 초혼한다는 '집란초혼執蘭招魂', 난을
장식하고 조정에 나간다는 '식란상조飾蘭上朝', 난을 밑에 깔고 제사를 지
낸다는 '자란제사藉蘭祭祀', 난을 태워 향을 낸다는 '연란일향燃蘭溢香', 난
에 비유하여 덕을 밝힌다는 '유란명덕喩蘭明德' 등은 모두 귀족생활의 일
부가 되었다. 이렇게 많은 난을 자연에서 채집하는 것만으로는 해결할
수 없었을 것이므로 "구천이 난을 심다."라는 이야기는 존재의 가능성이
있다.

　　그러므로 이제 토론의 주제는 춘추시대부터 난을 재배하기 시작하였
느냐 하는 문제에서 춘추시대의 '난'이 후대 난초과의 난화인가 아니면
국화과의 난초인가 하는 문제로 전환되었다. 이 문제는 뒤에서 다시 논
의하기로 한다.

❸ 전국설戰國說

　　굴원의 작품에서는 '난蘭'과 '혜蕙'가 대량으로 나타난다. 가장 유명한
것이 「이소」중의 다음 한 단락이다.

내가 구원의 난초를 기르고	余既滋蘭之九畹兮
또 백무에 혜초도 심었네.	又樹蕙之百畝
유이와 게차도 밭 두둑에 심고	畦留夷與揭車兮
두형과 방지도 섞어 심었네.6)	雜杜衡與芳芷

　　원畹은 고대 농지 면적 단위이다. 왕일은 "12무가 1원에 해당한다."고
하였고 반고는 "1원畹은 30무이다."라고 하였다. 그렇다면 '구원九畹'은
적어도 백무는 넘는다. 어떤 학자들은 "옛날부터 지금까지 논밭에 백무
이상씩이나 난화를 심는 일이 어디 있는가?"라는 의문을 제기하였다. 여
기서 다음 세 가지 문제를 해명할 필요가 있다. 첫째, 산동 임기 은작산
에서 발굴된 한대 묘지에서 출토된 『손자병법孫子兵法』의 잔권殘卷에 보
면 반무가 1원에 해당한다. 둘째, 굴원은 여기에서 사실적으로 쓴 것이
아니라 낭만적인 과장의 수법을 사용하여 자신이 제자들을 많이 양성하
였음을 비유한 것이다. 따라서 '구원', '백무'는 매우 많음을 비유하였을

---

6) 역자주 – 여기서 蘭, 蕙, 留夷, 揭車, 杜衡, 芳芷 등은 모두 향초의 이름이다.

뿐 실제 상황으로 이해해서는 안 된다. 셋째, 비록 숫자의 과장은 있지만 실제로 난초와 혜초를 심은 객관적 사실은 부정할 수 없다. 난초와 혜초를 심은 생활 바탕이 없었다면 '구원'과 '백무'라는 과장법도 있을 리 없다. 이런 의미에서 본다면 초나라 사람들이 습관적으로 "12무가 1원에 해당한다."고 여긴 것은 사리에 맞으며 이해가 가는 묘사이다.

이 외에도 굴원의 작품 중에 난을 심은 이야기가 언급된 시는 다음과 같다.

① 문 앞에는 난초들을 무성하게 심고
　아름다운 나무들도 즐비하게 심었네.
蘭薄戶樹
瓊木籬些
—「초혼」

② 햇빛 아래 산들바람에 혜초들이 흔들리고
　떨기떨기의 난초에서 향기가 풍기네.
光風轉蕙
泛崇蘭些
—「초혼」

③ 가을 난초와 미무(일종의 향초)가
　뜨락에 가득히 자랐네.
　푸른 잎과 새하얀 꽃송이의
　향기가 자욱히 나를 덮쳐오네.
秋蘭兮糜蕪
羅生兮堂下
綠葉兮素華
芳菲菲兮襲予
—「소사명」

④ 가을 난초 푸릇푸릇하고
　푸른 잎과 자줏빛 줄기 무성하네.
　대청에 미인이 가득한데
　문득 유독 나와 눈빛이 마주치네.
秋蘭兮青青
綠葉兮紫莖
滿堂兮美人
忽獨與余兮目成
—「소사명」

이런 기록들은 모두 난화를 재배하였다는 귀중한 역사 자료이다. 주목할 점은 『초사』에는 야생 난화에 대한 묘사도 많다는 것이다.

① 강변에는 난초가 무성하게 자라
　　길을 모두 덮어버렸네.

皐蘭被徑兮
斯路漸
―「초혼」

② 원수에는 백지가 자라고 예하에는 난초가 자랐으나
　　당신을 그리워하는 마음을 감히 말할 수 없네.

沅有芷兮醴有蘭
思公子兮未敢言
―「상부인」

③ 내가 강리와 지초를 어깨에 걸치고
　　가을 난초를 엮어서 몸에 차고 다녔도다.

扈江離與辟芷兮
紉秋蘭以爲佩
―「이소」

④ 그러므로 씀바귀와 냉이는 같은 밭에 심지 않고
　　난초와 백지는 외진 곳에서 홀로 향기 풍기네.

故荼薺不同畝兮
蘭芷幽而獨芳
―「비회풍」

이를 통하여 전국시대에 초나라에서 사용한 난(난을 밑에 깔고 제사지
내고, 난을 엮어 인끈으로 삼고, 난탕에 목욕하고, 난을 정제하여 기름을
만드는 등)은 야생에서 채집한 것도 있고, 인공으로 재배한 것도 있음을
알 수 있다. 이 시기는 야생채집과 인공재배 두 가지가 병행하던 시기라
고 볼 수 있다. 『수경水經』에도 "난초는 잎이 푸르고 줄기가 보라색이다.
택란은 박하처럼 은은한 향기가 나고 형주·호남·영남 지방의 사람들이
많이 심는다.蘭草綠葉紫莖, 澤蘭如薄荷, 微香, 荊·湘·嶺南人家多種之."고 기록되
어 있다. 이에 근거해서 보면 『초사』에서 언급한 '난'은 국화과의 난초
(혜란초蕙蘭草도 포함)이지 난초과의 난화가 아니다.

양척청楊滌淸은 이에 대하여 다른 의견을 제기하였다. 그는 『초사』의
'난'과 '혜'는 이미 오늘날의 난초과의 난초속 식물에 속하며 당시에는
아직 분류가 세밀하지 못하여 춘란春蘭, 혜란蕙蘭, 건란建蘭, 한란寒蘭 등
의 종류에 두루 속한다고 하였다. 그 이유는 다음과 같다. 첫째, 『초사』

에 나오는 '난'과 '혜'의 형태에 대한 묘사를 보면, 「구가」에 "연잎으로 만든 옷에 혜초로 엮은 허리띠荷衣兮蕙帶"라는 구절이 있고, 「이소」에 "난초와 지초가 향기 없어지고, 전초와 혜초도 띠풀로 변하였네.蘭芷變而不芳兮, 荃蕙化而爲茅", "균계를 들어 혜초와 엮고矯菌桂以紉蕙兮" 등의 구절이 있는데 이는 모두 '혜'가 일종의 띠 모양(또는 선 모양)의 식물이라는 것을 설명하여 준다. 둘째, 『초사』에서 '난'과 '혜'의 생장 환경을 보면, 「이소」에 "난초를 엮고 우두커니 서있도다.結幽蘭而延佇", "내 말을 몰아 난초 언덕에서 달리고步余馬于蘭皋兮" 등의 구절이 있는데 '고皋'는 물가의 높은 곳을 가리키며, '유幽'는 산과 들을 가리킨다. 이는 '난'과 '혜'가 그늘진 곳을 좋아하되 습기가 있는 곳을 싫어하며, 어두운 곳을 좋아하되 궁벽한 곳을 싫어하는 생장 환경과 부합된다. 현재 호남湖南, 호북湖北, 강서江西 등의 지역, 장강 연안, 파양호鄱陽湖와 동정호洞庭湖의 물가에 해발 10 미터 이상의 산언덕에는 여전히 춘란春蘭과 하혜夏蕙가 무성하게 자라고 있다. 셋째, 『초사』에서 '난'과 '혜'의 사용용도에 대한 묘사를 보면, 향이 나는 장식품으로 사용하고, 목욕할 때의 향료로도 사용하고, 더 중요한 것은 향료를 만들어 촛불에 함께 녹여 사용하였는데 「초혼」에 "난초향 촛불 환하게 밝히니蘭膏明燭"라는 구절이다. '난고蘭膏'에 대하여 고금의 난화계 학자들은 모두 공통된 관점을 가지고 있다. 즉 이것은 혜란蕙蘭의 잎 기부基部에서 분비되어 나오는 투명한 화밀花蜜이라고 여긴다. 이것은 국화과의 영릉향零陵香이나 꿀풀과의 곽향藿香 등의 식물에서는 절대로 찾아볼 수 없는 것이다. 넷째, 『초사』에서 '난'과 '혜'의 종류에 대한 묘사를 보면, 「구가」에 "춘란과 가을 국화春蘭兮秋菊"라고 하고 또 동시에 "추란이 무성하고秋蘭兮靑靑"라고 읊기도 하였다. 동일한 종류의 난을 춘란과 추란으로 나눌 수 있는 것은 영릉향이나 곽향 종류의 '난초'로 해석할 수 없다.[7]

비록 난화계에서 『초사』에 나오는 '난'이 국화과 난초인지 난초과 난화인지에 대한 논쟁이 있지만 굴원의 '자란구원滋蘭九畹'은 후세의 문학에 매우 큰 영향을 미쳤다. 작가, 시인, 화가들이 늘 이것으로 굴원을 기념하며 제화시를 지었다. 예를 들면 명대 육심陸深, 1477~1544의 「제마린화란題馬麟畫蘭」에서 "추풍이 부는 구원은 무성하니 그림속에서 한두 가지 보는구나.秋風九畹正離離, 畫裏相看一兩枝."라고 하였고, 왕세정王世貞, 1526~1590의 「위사도사제란권爲謝道士題蘭卷」에서 "무성한 구원에 그윽한 향기 풍겨오니 누가 경서를 내려놓고 손수 심었는가.離離九畹暗香來, 誰罷玄經手自栽."라고 하였으며, 추근秋瑾, 1875~1907의 「조굴원吊屈原」에서 "슬프도다 구원의 난이여, 여러 풀들과 무리지어 있네. 바람결에 스스로 향기롭고 아름답지만, 악취나는 풀들에게 질투를 당하네. 탄식하노라 굴원이, 어찌 노나라에 태어나지 않았을까?傷哉九畹蘭, 下與群草伍, 臨風自芳媚, 又被薰蕕妒, 太息屈子原, 胡不生於魯."라고 하였다. 또 곽말약의 「역사극 굴원이 세 번째로 일본에서 공연되다史劇屈原第三次在日本演出」에서는 "구원에 심은 난이 잡초가 되어버리고, 우뚝 솟은 굴나무 보고 호방한 노래 불렀도다. 번쩍이는 긴 검은 하늘에 닿아, 우주를 갈라 은하를 창조하네.滋蘭九畹成蕭艾, 橘樹亭亭發浩歌, 長劍陸離天可依, 劈開玉宇創銀河."라고 하였다.

4 한대설漢代說

한대의 난초 재배 상황에 대해서는 이미 '난초'냐 '난화'냐 하는 논쟁은 거의 없었다. 『회남자』에 "남자가 난화를 심었는데 아름다우나 향기가 안 나네.男子種蘭, 美而不芳."라는 기록이 있는데 당시에 "난화를 심었다."는 사실이 있음을 명백하게 제시하였다. 이는 장형張衡, 78~139의 「원편怨篇」

---

7) 楊滌淸, 「〈楚辭〉蘭蕙考」, 『蘭』 1994년 제2호.

이라는 시에서 더욱 분명히 드러난다.

추란이 무성하니	猗猗秋蘭
높은 언덕에 자랐네.	植彼中阿
향기로운 냄새가 그윽하고	有馥其芳
꽃이 노르스름하네.	有黃其葩
깊숙한 산에 자랐으나	雖曰幽深
아름다움이 여전하네.	厥美彌嘉
그대 멀리 있으니	之子云遠
내 슬픔 어떠한가?	我勞如何

"향기로운 냄새가 그윽하고, 꽃이 노르스름하네."라는 시구는 건란建蘭, C. ensifolium의 "꽃피는 시기가 7, 8월이고, 꽃자루와 꽃잎이 대부분 노르스름하다." 또는 "꽃이 5∼9(18)송이 되고, 색상이 누르스름한 담녹색이며 향기가 있고 꽃피는 시기가 7∼10월이다."라는 특징과 일치한다. 그리고 건란은 '추란秋蘭'이라고도 불린다.

조식의 「낙신부洛神賦」에서도 난화에 대한 종적을 찾아볼 수 있다. 조식은 미인의 자태에 대한 묘사에서 "그녀의 눈에는 빛이 흐르고, 얼굴은 윤택하고 광채가 나네. 말을 하기도 전에 입에는 유란의 향기가 난다네. 자태는 얼마나 아름다운지, 나는 밥 먹는 것조차 잊었네.轉眄流精, 光潤玉顏. 含辭未吐, 氣若幽蘭. 華容婀娜, 令我忘餐."라고 하였고 또 "유란의 향기를 은은하게 풍기며, 산기슭에서 유유히 거닐고 있네.微幽蘭之芳藹兮, 步踟躕於山隅."라고 하였다. 그 외에도 다른 시에서는 "추란이 긴 언덕을 덮었네. 秋蘭被長坡"라고 하였는데, 여기서 읊은 '유란幽蘭'이나 '추란秋蘭'은 절대 '난초'가 아니라 색과 향을 모두 중시하는 '난화'를 가리킨다.

동한시기 역염酈炎, 150∼177의 「난시蘭詩」에 이르기를 "영지는 모래섬에 자라니, 물결에 따라 흔들리네. 추란은 늦게 꽃 피니, 된서리에 줄기

가 시들어졌네. 아쉽도다 향기로운 두 향초, 태산에 심지 않음을.靈芝生河
洲, 動搖因洪波. 秋蘭榮何晚, 嚴霜悴其柯. 哀哉二芳草, 不植太山阿."이라고 읊었다.
유향의 『설원說苑』에서도 "열 걸음 안에 꼭 향긋한 난화가 있으리라.十步
之內必有芳蘭."라고 하였다.

　이상을 통하여 한대의 난화는 두 가지 생장방식이 있음을 알 수 있다.
하나는 '유란'과 같은 야생이고 다른 하나는 인공재배인데 그 형식은 여전
히 "구천이 저산에 난을 심다."의 성격에 가까운 산과 들에서의 재배이다.

5　진대설晉代說

　진대에 이르러 난화 재배의 기록은 더욱 구체적이고 분명하다. 예를
들면 부현傅玄, 217~278의 「영추란咏秋蘭」이라는 시가 있다.

추란이 맑은 못가를 덮으니	秋蘭蔭玉池
못의 물이 깨끗하고 향기롭네.	池水淸其芳
한 쌍의 물고기 펄쩍 뛰어오르고	雙魚自踴躍
두 마리 새 때때로 날아오르네.	兩鳥時飛翔

　"추란이 맑은 못가를 덮으니"라는 구절은 궁궐의 화원에서 난화를 재
배하는 상황을 반영한 것이라 할 수 있다. 이런 방식은 후대에도 계속
지속되었다. 예를 들면 양梁나라 소연蕭衍, 464~549은 「자란시맹紫蘭始萌」
이라는 시에서 "난화를 옥대 아래에 심으니, 날씨가 따뜻해지자 싹이 트
네. 향기가 시기마다 풍겨나니, 은근히 마디가 자라남을 맞이하네.種蘭玉
臺下, 氣暖蘭始萌, 芬芳與時發, 婉轉迎節生."라고 하였다.

　진대의 난화 재배는 여전히 산과 들에서 재배하는 형식이 있다. 예를
들면 혜강嵇康, 224~263은 「주회시酒會詩」 제6수에서 다음과 같이 읊었다.

무성한 난초	猗猗蘭藹
저 들판에 심었네.	植彼中原
푸른 잎 무성하니	綠葉幽茂
예쁜 꽃술 짙고 많네.	麗蕊濃繁
짙은 향기가	馥馥惠芳
바람 따라 퍼지네.	順風而宣
후궁 궁전까지 몰아가고	將御椒房
황궁에까지 향기 토하였지.	吐薰龍軒
가을 풀을 쳐다보고	瞻被秋草
시들어버림을 한탄하네.	悵矣惟騫

"저 들판에 심었네."라는 구절은 난화를 산과 들에 재배하고 있음을 말해준다. "푸른 잎" 두 구는 난화의 색깔을 묘사하고 "짙은 향기" 두 구는 향기를 묘사하고, "몰아가고" 두 구는 작용을 묘사하였다. 마지막 두 구는 '가을 풀'에 대한 동정과 감개무량한 심정을 나타내었다. 장화張華, 232~300의 시에도 "난화와 혜초가 맑은 시냇물을 푸르게 하고, 무성하여 푸른 모래섬을 가리네.蘭蕙綠淸渠, 繁華蔭綠渚."라는 구절이 있는데 '맑은 시냇물'과 '푸른 모래섬' 등의 시어를 볼 때 역시 산과 들에서 재배하는 유형임을 알 수 있다.

궁궐에서의 재배와 산과 들에서의 재배 외에도 정원 재배의 경우가 있다. 예를 들면 도연명은 연작시 「음주飮酒」 제17수에서 다음과 같이 읊었다.

유란이 마당에서 자라나	幽蘭生前庭
향기 품고 맑은 바람 기다리네.	含薰待淸風
청풍이 경쾌하게 불어오니	淸風脫然至
오래동안 쑥밭을 떠나네.	久別蕭艾中

도연명의 「의고擬古」 제1수에도 "창문 밑의 무성한 난화, 집 앞의 빽빽한 버들.榮榮窓下蘭, 密密堂前柳."이라는 구절이 있는데 난화의 재배 장소가 집 앞과 창문 아래임을 알 수 있다.

6 **당대설**唐代說

이상의 서술을 통하여 난화의 재배 역사는 매우 오래되었음을 알 수 있는데 당대에 이르러 번성기에 도달하였다. 재배 장소를 볼 때 기존의 산과 들에서의 재배, 궁궐 재배, 정원 재배의 형식으로 부터 점차 전문적으로 난화를 재배하는 고정된 장소인 '난장蘭場' 또는 '난원蘭園'이 생겨났다. 예를 들면 당태종唐太宗 이세민李世民, 598~649의 시 「방란芳蘭」에서 다음과 같이 읊었다.

자원에 봄볕이 들어 꽃이 피니	春暉開紫苑
화사한 풍경이 난장을 아름답게 하네.	淑景媚蘭場
정원에 비쳐 옅은 색이 나고	映庭含淺色
이슬에 반사된 빛이 반짝이네.	凝露泫浮光
햇빛에 들쭉날쭉한 그림자 아름답고	日麗參差影
바람에 짙은 향기 솔솔 불어오네.	風傳輕重香
모름지기 군자가 꺾어서	會須君子折
장식하면 향기를 풍기겠네.	佩裹作芬芳

여기에서 '자원紫苑', '난장蘭場'은 왕실에서 전문적으로 난화를 재배하던 장소이다. 이외에도 이백의 「고풍古風」 제38수에도 "외로운 난이 그윽한 정원에서 자라네.孤蘭生幽園"라고 읊은 시구가 있는데 여기서 '원園'은 바로 농원 재배를 말한다.

물론 당대에는 '난장'과 '난원' 같은 전문적인 농원 재배 이외에도 기타 난화 재배 형식이 여전히 존재하였다. 예를 들면 산과 들에서의 재배이다. 최도崔塗의 시 「종란種蘭」에서 "난화를 깊은 산골짜기 속에 심으니, 사방 멀리에서 향기를 맡을 수 있네.種蘭幽谷底, 四遠聞馨香."라고 읊었고, "지혜로운 물이 그 뿌리를 적시고, 어진 호미가 그 향기를 지키네.智水潤其根, 仁鋤護其芳."라고 읊었다. 또한 진자앙陳子昻, 661~702의 「감우感遇」 제2수에서도 "난화와 두약이 봄과 여름에 자라니, 어찌나 울창하고 무성한지. 텅 빈 숲속에서 홀로 있으며, 붉은 꽃이 자줏빛 줄기를 덮었네.蘭若生春夏, 芊蔚何青青, 幽獨空林色, 朱蕤冒紫莖."라고 읊었다.

재배 방식에 있어서 당대에 이르러 매우 큰 변화가 발생하였는데 바로 농원재배에서 화분 재배로 발전하였다는 점이다. 당대의 유명한 시인 왕유王維, 701~761는 이미 화분 재배에 대한 연구가 있었는데 "난화를 노란 사기그릇에 심고 예쁜 돌을 눌러놓고 기르면 해가 지날수록 점점 더 무성해진다.貯蘭用黃瓷斗, 養以綺石, 累年彌盛."고 하였다. 곽탁郭橐은 『종수서種樹書』에서 "난화와 혜초를 심을 때 습한 것을 피하고 물을 뿌리는 것을 제일 꺼린다.種蘭蕙畏濕, 最忌灑水."고 하였다. 『청이록清異錄』에서는 또 "남당 보대 2년에 임금이 음향정에 행차하여 새로 심은 난화를 감상하였는데 정원 관리를 책임지는 관원을 불러 호계의 좋은 흙을 취하여 형열후를 가꾸는 도구로 삼도록 명령하였다.南唐保大二年, 國主幸飲香亭, 賞新蘭, 詔苑令取滬溪美土爲馨列侯擁培之具."고 하였다. 여기서 "호계의 좋은 흙을 취하여"라는 기록은 난화를 가꾸는데 있어 토양의 선택 문제를 반영하였다. 이백의 시에서도 역시 화분에 난화와 혜초를 심어 가꾸는 상황을 언급하였다. 예를 들면 "그윽한 난화의 향기가 바람 따라 멀리 가고, 혜초의 뿌리가 향내 풍기네.幽蘭香風遠, 蕙草流芳根."라고 하였다. 당대 말기의 양기楊夔는 난화의 재배에 관한 전문적인 문장 「식란설植蘭說」을 지었는데 그 글에서 "혹은 난화와 전초를 심으니, 비루하고 빨리 무성하게 자라지 않았다. 그래서 원예사에게 배워서 더러운 물을 길어서 주었더니 난화가 깨끗해지고 전초는 청결하여 여러 풀들과 달랐다. 싹이 갑자기 시들면 뿌리도 바로 썩는다.或種蘭莖, 鄙不遍茂, 乃法圃師, 汲穢以漑, 而蘭淨莖潔, 非類乎衆莽. 苗旣驟悴, 根亦旋腐."고 하였다. 이를 통하여 화분에 난화를 재배하는 방법에 대한 경험도 있고 과학적인 근거도 있음을 알 수 있다.

 제설에 대한 논평

이상에서 '난화의 역사' 또는 '난화 재배의 역사'에 대한 각종 관점을 소개히였는데 이에 대하여 논병해보기로 한다.

1) 개념문제

우리가 연구하는 것은 '난화를 재배한 역사'이지, '난화를 기록한 역사'가 아니다. 예로부터 난화의 재배에는 여러 가지 형식이 있었다. 재배 장소에는 산과 들, 정원, 궁정, 난장 등의 여러 장소가 있었고 또 재배 방식에는 정원 재배와 화분 재배 등의 두 종류가 있었다. '난화 재배의 역사'가 너무 복잡하고 개념 확정이 어렵기 때문에 우선 다음과 같이 정리해본다.

재배 장소로 분류해본다면, 산과 들의 재배는 춘추시대부터 시작하였고 정원 재배는 전국시대부터 시작하였고 궁정 재배는 진대부터 시작하였고 난장 재배는 당대부터 시작하였다. 재배 방식을 분류해본다면, 당대 이전까지는 정원 재배이고 당대 이후부터는 화분 재배이다.

이상으로 어느 시대에 어떤 재배 형식이 존재하였는가를 정리해보았

다. 물론 그 시대에 한 가지 재배 형식만 있은 것이 아니라 다른 재배
형식도 동시에 존재하고 있었다. 가령 오늘날에도 정원 재배와 화분 재
배를 병행하고 있고, 또 채집, 순화馴化, 재배, 교배를 병행하고 있고, 산
과 들에서 재배하는 것과 난장 재배, 정원 재배 등의 방식도 동시에 존재
하고 있다.

2) 분류문제

　여기서 반드시 해결해야 하는 한가지 문제가 있는데, 즉 춘추전국시대
에 재배한 '난'은 국화과 식물의 '난초'인가 아니면 난초과 식물의 '난화'
인가 하는 문제이다. 만약 국화과 식물의 '난초'라고 한다면 난화 재배의
역사를 다시 써야 할 것이다. 이 문제에 대하여 지금까지 세 가지 주장이
있다.
　첫째는 '난화'설이다.
　청대 주극유朱克柔의 『제일향필기第一香筆記』에 다음과 같은 기록이
있다.

　　『초사』에 난과 혜에 대한 묘사가 많다. 여러 주석가들은 모두 향초라
　고 여기고 지금의 난과 혜가 아니라고 하였다. 그러나 난을 구원에 심고
　혜를 백무에 심으니, 퍼지는 난향과 흔들리는 혜, 혜를 찌고 난을 깔고,
　혜초를 겹겹이 펴 놓는다 등의 서술에서 난을 언급할 때면 반드시 혜를
　병렬하였는데 내가 보기에는 오늘날의 난화와 혜초가 틀림없다. 그렇지
　않으면 향초가 그리 많은데 비슷한 종류의 다른 풀의 이름을 써도 될 텐
　데, 유독 이것을 좋아하는 것은 시인이 그 꽃의 아름다움과 향기를 자랑
　하고 그것의 그윽함과 지조를 사랑하여 저도 모르게 반복적으로 언급하고
　기타 향초들은 어쩌다 한번 언급할 뿐이니 은둔이니 충신이니 하는 설은
　근거로 삼아 정평으로 여길 수 없다.

> 楚辭言蘭蕙者不一, 諸釋家俱爲香草, 而非今所尙之蘭蕙, 竊謂如蘭畹蕙畝, 氾蘭
> 轉蕙, 蕙蒸蘭藉, 以及蕙華曾敷曾重也, 言蘭必及蕙, 連類並擧, 則爲今之蘭蕙無疑,
> 不然香草甚多, 類及者, 何不別易他名, 而猶眷眷於此, 惟騷人攕秀揚芳, 愛其幽貞,
> 不禁言之反復, 其他蒙茸芳草, 不過偶一及之, 若遁齋蠹臣諸說, 未可據爲定評矣.

현대의 저명한 식물학자 양척청 선생도 그의 논문 「초사난혜고楚辭蘭蕙考」에서 난화설을 주장하였다.

둘째는 '난초'설이다.

송대 황정견의 「서유방정」에는 난화의 모양에 대한 정의가 기록되어 있다.

> 난화는 군자와 비슷하고 혜초는 사대부와 비슷하다. 대개 산에는 혜초 열 그루에 난화 한 그루 있다. 「이소」에 "구원의 난을 심고 또 백무의 혜를 심었다."고 하였는데 초나라 사람들이 혜초를 천하게 여기고 난화를 귀하게 여겼음을 알 수 있다. 난과 혜는 무리지어 나며 모래에 심으면 무성하게 자라고 차 끓인 물을 부어 키우면 향기가 나는 점이 동일하다. 한 줄기에 한 송이 꽃이 피고 향기가 짙은 것은 난화이고, 한 줄기에 5~7송이 꽃이 피고 향기가 옅은 것은 혜초이다. 내가 보안사 승려의 방에서 살고 있을 적에 동서로 창문 열고 서쪽에는 혜초를 심고 동쪽에는 난화를 심었는데 구경 온 사람들이 매번 그 원인을 물어보기에 이 글을 짓는다.
> 蘭似君子, 蕙似大夫, 大槪山林十蕙而一蘭也, 離騷曰, 旣滋蘭之九畹, 又樹蕙之百
> 畝. 則知楚人賤蕙而貴蘭矣. 蘭蕙叢生, 蒔以砂石則茂, 沃以湯茗則芳, 是所同也, 至
> 其一幹一花而香有餘者蘭也, 一幹五七花而香不足者蕙也. 余居保安僧舍, 開牖於東
> 西, 西養蕙而東養蘭, 觀者必問其故, 故著其說.

흥미로운 것은 황정견이 당시 화분 재배의 '난'과 '혜'의 차이를 분석하면서 「이소」에 나온 '난혜蘭蕙'는 당시 화분 재배의 '난혜'와 같다고 여겼다. 그런데 그가 서술한 "한 줄기에 한 송이 꽃이 피는 것"과 "한 줄기에 5~7송이 꽃이 피는 것"의 묘사는 오히려 「이소」의 '난혜'가 '난화'가 아

님을 증명하는 증거가 되었다. 주희는 『초사집주·초사변증楚辭辯證』에
서 다음과 같이 말하였다.

> 난과 혜는 사물의 이름이다. 『초사보주』에서 『신농본초경』의 내용을
> 인용하여 자세하게 설명하였다. 또 유차장의 말을 인용하여 "이제 원강과
> 예수에서 자라고, 꽃이 봄에는 노랗고, 가을에는 보라색인데 봄에는 가을
> 보다 향기롭지 못하다."고 하였다. 또 황로직(황정견)의 말을 인용하여
> "한 줄기에 한 송이 꽃이 피고 향기가 짙으면 난화이고, 한 줄기에 여러
> 송이 꽃이 달리고 향기가 옅으면 혜초이다."라고 하였다. 하지만 또 서술
> 이 서로 달라서 의심하고 시비를 정하지 못하였다.
>
> 지금 『본초』에서 말한 난이 어떤 모양인지 잘 알지 못하지만 역시 택
> 란과 비슷하다고 하였다. 지금은 어디서나 볼 수 있으니 비슷한 종류로
> 미루어 추측할 수 있다. 혜는 자연히 영릉향이니 알아보기 어렵지 않다.
> 이것은 사람들이 많이 심고 황정견이 말한 것처럼 잎이 띠와 같고 꽃이
> 두 종류가 있는 것과는 다르다. 유차장의 말은 또한 분명하지 않으니 무
> 엇을 가리키는지 알 수 없다. 대개 옛날의 향초는 잎과 꽃이 모두 향기롭
> 고, 건조하거나 습해도 변하지 않아 베어서 차고 다닐 수 있었다. 지금의
> 난과 혜는 꽃은 향기롭지만 잎은 기질이 약하고 쉽게 시들어, 베어서 차
> 고 다닐 수 없다. 그러므로 옛날 사람들이 말하던 것이 아님이 분명한데
> 언제부터 잘못 알고 있는지 모르겠다.
>
> 蘭蕙, 名物, 補注所引本草, 言之甚詳, 已得之矣. 復引劉次莊云, 今沅、澧所生,
> 花在春則黃, 在秋則紫, 而春黃不若秋紫之芬馥. 又引黃魯直云, 一幹一花而香有餘
> 者, 蘭, 一幹數花而香不足者, 蕙. 而又疑其不同, 而不能決其是非也.
>
> 今按本草所言之蘭, 雖未之識, 然亦云似澤蘭, 則今處處有之, 可推其類以得之矣.
> 蕙則自爲零陵香, 而尤不難識. 其與人家所種, 葉類茅而花有兩種如黃說者, 皆不相
> 似, 劉說則又詞不分明. 未知其所指者果何物也. 大抵古之所謂香草, 必其花葉皆香,
> 而燥濕不變, 故可刈而爲佩. 若今之所謂蘭蕙, 則其花雖香, 而葉乃無氣, 其香雖美,
> 而質弱易萎, 皆非可刈而佩者也. 其非古人所指甚明, 但不知自何時而誤耳.

주희는 '옛날의 향초'와 '지금의 난과 혜'를 비교하였는데 『초사』의 '난'
은 '난초'이지 '난화'가 아니라는 결론을 내렸다. 이 주장은 고대에 상당

히 큰 영향력을 미쳤으며 이 설에 동의하는 사람들은 '난과 혜'가 춘추전
국시대에는 '난초'와 영릉향을 가리킨다고 여겼다. 나아가 '난초'를 두 종
류로 나누었다. 명대 이시진李時珍, 1518~1593의『본초강목本草綱目』에는
다음과 같이 기록되어 있다.

> 난초와 택란은 한 류의 두 종이다. 모두 물가의 습한 곳에서 자란다.
> 2월에 숙근하고 싹이 트고 총생하며 화경은 보라색이고 줄기는 흰 색이며
> 붉은 마디에 푸른 잎이 자란다. 잎은 대칭으로 나고 변두리에 톱니가 있
> 다. 그러나 줄기가 둥글고 마디가 길며 잎이 매끄럽고 갈라진 것은 난초
> 이고, 줄기가 약간 각이 나고 마디가 짧고 잎에 솜털이 있는 것은 택란이
> 다. 여릴 때는 따서 달고 다닐 수 있다. 8, 9월 후에는 점점 늙어가고 높
> 이가 3~4척 된다. 꽃은 이삭처럼 피고 계소화와 비슷하다. 붉은 흰색이
> 며 안에 작은 씨가 있다. 뇌효의『포자론』에서 말한 '대택란'은 바로 난초
> 이고, '소택란'은 바로 택란이다.『예기』의 "난지를 수건으로 두르다.",『초
> 사』의 "추란을 허리에 띠고 장식으로 삼다.",『서경잡기』의 "한대에 연못
> 있는 화원에 난을 심어 강신하게 하고 가루를 내어 옷속이나 책속에 넣어
> 벌레 먹지 못하게 한다."는 기록은 모두 이 두 가지 난을 말한다. 지금
> 오나라 사람들이 심고 '향초'라고 부르며 여름에 베어서 술과 기름을 뿌려
> 서 둘둘 말아서 다발을 만들고, 장식품으로 달기도 하였다.
>
> 蘭草·澤蘭, 一類二種也. 俱生水旁下濕處. 二月宿根, 生苗成叢, 紫莖素枝, 赤節
> 綠葉, 葉對節生, 有細齒. 但以莖圓節長, 而葉光有歧者, 爲蘭草. 莖微方, 節短而葉
> 有毛者, 爲澤蘭. 嫩時並可挼而佩之, 八九月後漸老, 高者三四尺. 開花成穗, 如雞蘇
> 花, 紅白色, 中有細子. 雷斆炮炙論所謂大澤蘭, 卽蘭草也, 小澤蘭, 卽澤蘭也. 禮記
> 佩帨蘭芷, 楚辭紉秋蘭爲佩, 西京雜記載漢時池苑種蘭以降神, 或雜粉藏衣, 書中辟蠹
> 者, 皆此二蘭也. 今吳人蒔之, 呼爲香草, 夏月刈取, 以酒油灑制, 纏作把子, 貨爲頭
> 澤佩帶.

이에 근거하여 옛날 사람들은 춘추전국시대의 '난과 혜'는 지금의 난
초과 식물의 '난화'가 아니고 국화과 식물의 '난초'라고 여겼다. 그리고
고대의 '난'을 세 가지로 종류 즉 난초, 택란, 혜초로 나누었다. '난초'는

약칭하여 '난'으로 불렀고 다른 말로 '간蕑', '도량향都梁香'이라 하였다. '택란'은 다른 말로 '수향水香', '호란虎蘭', '용조龍棗'라고 하였고, '혜' 즉 '혜초'는 다른 말로 '훈초薰草', '영릉향零陵香'이라고 하였다. 『안휘지安徽志』의 기록에 의하면 "난초는 육기의 주석에 의하면 간이고, 안사고는 택난이라 하였다. 당대 이전까지는 다른 설이 없었는데 송대부터 잎이 맥문동과 같은 난초를 난이라고 하였으며 이로부터 시비가 일기 시작하였다.按蘭草陸疏以爲卽蕑, 顔師古以爲卽澤蘭, 唐以前並無異說, 自宋人以葉似麥門冬之蘭爲蘭, 而訟端起."고 하였다. 여기서 말한 '육소陸疏'는 육기의 『모시초목조수충어소』를 말한다. 육기는 『시경·정풍·진유』의 "난초를 들었구나.方秉蘭兮"라는 구절을 해석함에 있어 "'간蕑'은 즉 난이며 향초이다. 『춘추전』의 '난을 자르니 목공이 죽었다.', 『초사』의 '추란을 띠다', 공자의 '난초는 마땅히 왕에게 제공하여야 한다.' 등의 구절에서의 난은 모두 이것이다. 그 줄기와 잎이 약초 택란과 비슷하지만 넓고 마디가 길며, 마디 중간이 붉은 색이고 높이가 4~5척이다. 한대에 여러 연못 정원과 허창궁에 모두 심었다.蕑卽蘭, 香草也. 春秋傳曰刈蘭而卒, 楚辭曰紉秋蘭, 子曰蘭當爲王者, 皆是也, 其莖葉似藥草澤蘭, 但廣而長節, 節中赤, 高四五尺. 漢諸池苑及許昌宮中皆種之."고 하였다.

이 주장은 현대의 수많은 난초 전문가들에게 채용되었다. 예를 들면 오응상吳應祥, 1915~2005[8]과 진심계[9] 등의 학자들이 있다. 일부 과학보급형 작가들도 이 설을 따랐는데 가조장[10] 등이 있다.

셋째는 '난초'와 '난화' 병행설이다.

이 관점을 주장하는 사람들은 춘추전국시대의 '난'은 '유란幽蘭'만이 오늘날의 '난화'이고 기타는 모두 국화과의 '난초'라고 여겼다. 송대의 나원

8) 吳應祥, 『蘭花』, 中國林業出版社, 1980.
9) 陳心啓, 「中國蘭史考辨—春秋至宋朝」, 『武漢植物學硏究』 1988년 제1호.
10) 賈祖璋, 「蘭和蘭花」, 『知識就是力量』 1982년 제7호.

羅願, 1136~1184은 그의 저술 『이아익爾雅翼』권2에서 『시경』의 '간蘭'과 「이소」의 '난'과 '혜'는 모두 난초과 식물에 속하는 '난'과 '혜'가 아니라고 하였다. 그는 또 다음과 같이 말하였다.

> 나는 강남에서 태어나 어렸을 때부터 난과 혜를 보고 자라 매우 익숙하다. 난의 잎은 사초와 비슷하고 초봄에 싹이 트고 길이가 대여섯 촌이고 끝에 꽃이 하나 피고 냄새가 매우 향기롭다. 대체로 깊숙한 산속에서 자라며 미풍이 불면 그 향기가 부드러우면서도 멀리 간다. 그러므로 "지란은 깊은 산속에서 자라고 사람이 없어도 여전히 향기롭다."고 한다. …… 그래서 유란이라고 하며 혜와 아주 비슷하다. 한 줄기에 한 송이 꽃이 있으며 향기가 짙은 것이 난이고, 한 줄기에 대여섯 송이 꽃이 있으며 향기가 옅은 것이 혜이다. 오늘날 촌사람들은 난을 유란이라고 한다.
>
> 予生江南, 自幼所見蘭蕙甚熟. 蘭之葉如莎, 首春則苗其芽, 長五六寸, 其杪作一花, 花甚芳香. 大抵生深林之中, 微風過之, 其香藹然而達於外, 故曰: 芝蘭生於深林, 不以無人而不芳. ……故稱幽蘭, 與蕙甚相類. 其一幹一華而香有餘者蘭, 一幹五六華而香不足者蕙. 今野人謂蘭爲幽蘭.

호덕중胡德中과 대항戴抗은 나원이 말한 '유란'은 조식의 「낙신부」에서 말한 '유란'과 완전히 일치하는데, 이것은 우연한 일치가 아니라고 하였다. 즉 '유란'이라는 개념이 오래전부터 민간에서 전해지고 있었으며 그것은 바로 난초과의 난화라고 하였다.[11]

명대 왕상진王象晉, 1561~1653은 『군방보群芳譜』에서 "혜는 일명 훈초라고도 하고 일명 황령향이라고도 하는데 지금의 영릉향이다. 난초는 바로 택란이다. 지금의 난화라는 것은 옛날의 유란이다. 시인들은 대부분 난과 혜를 읊지만 사실 그것들의 실제에 대해서는 잘 모른다.蕙, 一名薰草, 一名黃零香, 卽今零陵香也. 蘭草卽澤蘭. 今所爲乃蘭花, 古之幽蘭也. 題詠家多用蘭蕙而迷其實."고 하였다. 왕상진은 난과 혜는 유란과 다르며 오직 '유란'만이

---

11) 胡德中·戴抗, 『東方蘭花』, 四川科技出版社, 1992.

'난화'라고 여겼다. 역대의 시인들이 '난화'를 노래할 때 늘 '난'과 '혜'를 썼지만 왕상진은 시인들이 "그 실제를 잘 모른다."고 생각하였다. 명대 방이지方以智, 1611~1671도 『통아通雅』 권41에서 "'유란'이라고 하는 것은 모두 황산곡의 난화이고, '난채'라고 하는 난은 지금의 성두향이다.凡稱幽蘭, 卽黃山谷之所名蘭花也. 凡稱蘭蒕之蘭, 卽今省頭香."라고 하였다.

현대의 저명한 초사학 대가인 강량부도 이 관점에 동의하고 있다. 그의 거작 『초사통고楚辭通故』에 "『초사』의 '난'을 고증하여 대체로 여덟 가지 뜻을 얻어내었다. 하나는 난초와 난화를 가리킨다."고 하였고, 또 "난화를 가리키는 가장 확실한 예문은 「상부인」에 나오는 '원강에는 채가 있고 예수에는 난이 있네.沅有蒕兮醴有蘭'라는 구절이다."라고 하였다. 그리고 '유란' 조목 아래에 다음과 같이 논증하였다.

> 오늘날 말하는 유란은 마땅히 육조시대의 송나라 사람에서부터 명대의 이시진까지 여러 사람들이 정의를 내린 난화이고 택란과 난혜 등의 난초와는 다르다. 굴원의 글에서도 알 수 있다. "유란을 장식으로 몸에 달 수 없다고 말하네.謂幽蘭其不可佩"라는 구절이 있는데 유란은 본래 향기 나는 화훼라는 말해준다. 또 "유란을 엮고 우두커니 서 있도다.結幽蘭而延佇"라는 구절이 있는데 난화를 엮고 있다는 것이다. 난화는 줄기 끝에 달려 있어서 엮을 수가 없다. 오직 유란만이 향기가 있고 줄기가 아름다우며 잎이 길어서 엮을 수가 있다. 난혜, 난지, 초란은 모두 달고 다녔다라고 하였는데 이것은 가루를 주머니(오늘의 향주머니)에 넣어 달고 다녔음을 말한다. 그러나 유독 유란은 직접 꽃과 잎을 엮어서 차고 다닐 수 있었는데 특별히 그 향기를 취하려고 주머니에 넣지 않았다.

강량부는 또 황정견의 「서유방정」에 나오는 '난'에 대한 묘사, 즉 "난은 깊은 산속에서 자라지만 사람이 없어도 향기를 내뿜는다. ……난은 향기가 있고 아름답지만 평소에는 쑥과 다름없다. 선선한 바람이 지나가면 향기가 부드러워 방에도 거실에도 그 향기가 멈추지 않네. 이것이

바로 때를 기다려 재능을 발산하는 것이다.蘭生深山叢薄之中, 不爲無人而不
芳. …… 蘭雖含香體潔, 平居與蕭艾不殊. 淸風過之, 其香藹然, 在室滿室, 在堂滿堂, 所謂
含章以時發者也."를 간접적인 증거로 제시하였다. 강량부는 '난화와 난초
병행설'은 "우리들로 하여금 시인이 사물을 비유하는 방법을 알 수 있게
하였다."고 여겼다.[12]

   현대 학자 장숭침張崇琛, 1943~ 은 더 나아가 굴원이 읊은 '유란'을 『중
국고등식물도감中國高等植物圖鑒』과 대조해보면 건란Cymbidium ensifoliun
(L.) SW, 춘란Cymbidium goeringii(Rchb.f.)Rcnb.f. 등에 속한다고 하였다.[13]

3) 문제 평술

   이상의 세 가지 주장을 비교하여 보면, '난화'설은 난초와 혜초의 존재
를 부정한 것이고 '난초'설은 난화의 산생 시기를 뒤로 미룬 것이다. 두
가지 설은 모두 너무 단일적이어서 복잡다양한 자연세계를 해석하고 이
해하기에는 충분하지 못하다. 따라서 '난초'와 '난화' 병행설이 받아들일
만하다. 그 이유는 다음과 같다.

   첫째, 생물계의 다양한 객관적 현상에 부합한다. 난초, 택란과 혜초가
성행하던 시기에도 유란이 있었으며 시인들이 이미 유란의 남다른 특징
을 인식하였다. 난화가 천태만상으로 아름다움을 경쟁하는 시기에도 난
초와 택란, 혜초도 존재하고 있었다. 예를 들면 『상용중초약도보常用中草
藥圖譜』에는 '난초' 즉 '패란佩蘭'이라고 소개되어 있고, '택란'에 대한 소개
도 있다.

---

12) 姜亮夫, 『楚辭通故』 第三輯, 齊魯書社, 1985.
13) 張崇琛, 『楚辭文化探微』, 新華出版社, 1993.

패란은 다른 이름으로 패란엽佩蘭葉, 성두초省頭草, 계골향鷄骨香, 수향水香이라고도 한다. 국화과 난초인 향등골나물Eupatorium fortunei Turcz이다. 식물특징 : ① 다년생초본이고 줄기 높이가 2~3척이다. ② 잎은 마주나고 줄기 밑 부분의 잎은 자주 시들고, 중간 부분의 잎은 짧은 자루가 있으며 잎이 세 개로 갈라져 있다. 모양은 타원형이고 가장자리에 톱니가 있으며 바깥 면은 푸른색이고 뒷면은 연두색이다. 줄기 윗부분의 잎은 좀 작고 갈라지지 않는다. 잎을 비벼서 부수면 향기가 난다. ③ 꽃은 두상화서頭狀花序이며 우산모양으로 모여있고 모두 관상管狀이며 옅은 보라색이다. 생장환경 : 강변 또는 야외의 습한 곳에서 자란다. 임상응용臨床應用 : 맛은 맵고, 성질은 평하며, 습기를 없애고 식욕을 돋운다.

택란은 다른 이름으로 쉽싸리地瓜兒苗, 지통자地筒子, 은조채銀條菜라고 한다. 택란은 꿀풀과 식물인 쉽싸리Iycopus Lucidus Turcz를 말린 것이다. 식물특징 : ① 다년생초본이고 높이가 1~3척이다. 줄기는 곧으며 네모기둥 모양이고 속이 비어 있다. 표면은 녹색, 자홍색 또는 자주빛이며 일반적으로 가지가 갈라지지 않는다. ② 잎은 마주나고 피침형이며 가장자리에 톱니가 있다. ③ 꽃은 작고 흰 색이며 두 잎 사이에 밀집되어 있으며 둥근 우산모양으로 집결되어 있다. 소견과 도란형小堅果倒卵形이고 납작하고 두꺼운 변두리가 있다. ④ 땅속의 뿌리는 횡으로 뻗어 자라고 흰색이며 조금 토실토실하다. 생장환경 : 산과 들의 습지와 강가에서 자라며 재배하는 것도 있다. 전국의 대부분 지역에서 모두 생산한다. 임상응용 : 맛은 쓰고 성질은 따뜻하다. 혈액 순환을 촉진하고 어혈을 없애며 월경을 순조롭게 하고 소변이 잘 나오게 한다.[14]

『상용중초약도보』에 있는 '패란'과 '택란'의 채색그림을 대조해보면 위에서 설명하였던 '난초'와 '택란'의 특징과 완전히 일치한다. 그리고 중국과학원 식물연구소에서 편찬한 『중국고등식물도감』은 그 분류가 더욱 상세하고 세밀하다. 예를 들면 고대의 '난초'를 다음과 같이 분류하였다.[15]

14) 中國醫學科學院藥物硏究所革命委員會, 『常用中草藥圖譜』, 人民衛生出版社, 1970.
15) 中國科學院植物硏究所編, 『中國高等植物圖鑑』, 科學出版社, 1980.

패란 佩蘭, Eupatorium fortunei Turcz
백고정 白鼓釘, Eupatorium lindleyanum Dc
화택란 華澤蘭, Eupatorium Chinense L.
택란 澤蘭, Eupatorium Japonicum Thunb

그리고 고대의 '택란'을 다음과 같이 분류하였다.

쉽싸리 地瓜兒苗, Tycopus lucidus Turcz
변종경모쉽싸리 變種硬毛地瓜兒苗

둘째, 난화가 점차적으로 사람들에게 인식되고 수용되는 역사 과정에 부합한다. 『초사』의 '유란'은 중국 난화의 첫 '등장'이라고 할 수 있다. 유란의 남다름을 묘사하였으며 사람들에게 중시 받지 못함도 말하였다. 『금조』의 작가는 가장 빨라도 한대 사람인데, 공자가 말한 "난은 마땅히 왕에게 향기를 제공하여야 한다. 蘭當爲王者香."에서의 '난'은 깊숙한 산골짜기에 숨어 있었기에 응당 '유란'일 것이다. 그렇다면 오늘날 우리가 '난화'를 '으뜸가는 향기王者香'이라고 부르는 것은 충분한 이유가 있는 것이다. "난은 마땅히 왕에게 향기를 제공하여야 한다."는 말에서 당시에 유란(즉 난화)이 사람들에게 소외되었음을 알 수 있고, 공자가 눈앞의 정경을 보고 동병상련을 느끼고 자신의 불우함을 생각하며 슬퍼하였던 마음도 음미해 볼 수 있다.

이로부터 공자가 탄식하고, 굴원이 달고 다니고, 조식이 읊었던 난은 모두 '유란'이며 현대적 의미에서의 난초과 식물인 '난화'라는 것을 알 수 있다.

1997년 11월 25일

제 5 장
중국 근현대 초사학사楚辭學史 고찰

1 연구대상

초사의 출현은 중국 문화사에서의 특이한 현상이다. 초사는 주로 굴원 및 그의 작품이 위주로 되어 있기 때문에 초사를 연구하려면 우선 굴원을 연구하여야 한다. 곽말약은 굴원에 대하여 "그가 생활한 시대는 확실히 뭇별이 하늘을 장식하던 시대이고 그는 그 시대에서 색다른 광채를 발하던 일등별이었다."라고 말하였다.(『굴원연구』) 굴원은 전국시대에 초나라에서 탄생한 '일등별'로서 신속하게 떠올랐다가 곧 떨어졌는데 마치 밝은 혜성이 하늘을 스쳐지나가듯이 잠깐 빛났다가 재빨리 사라지는 것과 같았다. 그러나 비록 넓은 하늘에서 점점 희미해져갔지만 영원히 지워지지 않는 흔적을 남기고 갔다. 그는 오도가도 종적이 없어서 그의 유구하고 혁혁한 가문의 배경을 찾을 수도 없고 자손이 대대로 번성해나가는 후대의 실마리도 찾을 수 없다. 가문의 정화는 마치 대대로 축적된 에너지처럼 쌓였다가 그의 짧은 일생에서 '일차성적으로 방출'된 듯하다. 그리하여 더욱더 위인의 신비로운 이미지를 띠게 되었다.

더욱 유감스러운 것은 굴원은 매우 독특한 개성을 갖고 있는데 민감하고 감성적이며 광풍같이 폭발하였다가 번개같이 서정을 토로하는 변덕스러운 기질을 갖고 있으며 게다가 약간의 광태와 취의, 약간의 미련과 오활 등은 그로 하여금 동시대 사람들과 먼 거리감이 생기게 하였다. 굴원 자신도 "온 세상이 다 혼탁하지만 나 홀로 맑고 뭇 사람이 모두 취하여 있는데 나 혼자 깨어 있다."고 하였다. 그러나 동시대 다른 사람들도 그를 거들떠보지도 않아서 그의 실제 역사적 가치와는 매우 상반되는 아주 조금의 관심만을 보였다. 심지어 당시의 역사, 문화 저술에서는 그에 대한 기록이 한마디도 없다. 이는 그의 불행이기도 하고 행운이기도 하다. 어떤 사람은 이것을 '위인의 우주적 고독감'이라고 표현하기도 하였다.

그러나 사람들은 전국시대의 역사 서적이나 선진시기의 문헌에 굴원의 기록이 전혀 없다는 사실을 감정적으로나 이성적으로나 모두 받아들이기 힘들었다. 그리하여 융통성있게 처리하기도 하였다. 예를 들면 『사기 · 염파인상여열전廉頗藺相如列傳』 중에 있는 '완벽귀조完璧歸趙', '민지지회澠池之會' 두 이야기도 선진시기 문헌에서 찾아볼 수도 없고 줄거리가 기괴하여 의심하는 사람들도 있지만 그것을 사실로 인정하는 데에는 별로 영향을 주지 않은 것처럼 굴원도 마찬가지였다. 조규부는 『전국책戰國策』에서 두 가지 사료를 발굴하여 굴원과 연관시켰다. 즉 『제책삼齊策三』에 나오는 맹상군으로 하여금 초나라의 상아침상 선물을 거절하도록 계책을 꾸민 사람과 『초책일楚策一』의 "장의상진위소저장張儀相秦謂昭雎章"[1]에서 제 · 초 동맹을 회복하기 위하여 제나라에 사신으로 가기를 요구한 사람이 모두 굴원이라고 하였다.[2] 물론 이런 발굴은 학계의 검증이 필요하다.

---

1) 역자주 - 『戰國策 · 楚策一』 「張儀相秦」의 원문 첫구에 "張儀相秦, 謂昭雎曰, 楚無鄢郢, 漢中, 有所更得乎?"라고 하였는데 이 편은 바로 첫 구 "張儀相秦, 謂昭雎"를 뽑아서 제목으로 정한 것이다. 『논어』에서 그 장의 첫 단어를 뽑아 한 장의 제목으로 정한 것과 같은 원리이다.
2) 趙逵夫, 『屈原與他的時代』, 人民文學出版社, 1996.

굴원의 생애에 대한 자료로서 가장 이르고 권위 있는 기록은 바로 사마천의 『사기』이다. 사마천은 「굴원가생열전」을 지어 굴원을 소개하였으며 굴원의 「어부」와 「회사」 두 편의 작품도 수록하였다. 그러나 유감스러운 것은 "의논이 너무 많고 사실이 적으며"(양계초) "전편은 모호한 필치를 많이 사용하고 억누르기 힘든 울분의 기세로 회재불우한 감정을 썼으며"[3] 서정과 의논이 서사보다 많다. 이 외에도 「태사공자서太史公自序」, 「보임소경서報任少卿書」에서 모두 굴원을 언급하였지만, 전기傳記의 서술 내용과 일치하지 않는 부분이 있다. 그러므로 굴원의 생몰년, 유배 횟수, 시기와 장소, 작품의 수량 및 창작 연도 등에 대하여 모두 명확한 기록이나 설명이 없다.

『사기』 외에 굴원연구에 관한 자료는 아래와 같은 몇 가지가 더 있다.

① 왕일의 『초사장구』

왕일은 이 책의 주석부분에서 굴원의 생애에 대하여 언급하였는데 삼려대부의 벼슬, 「천문」의 창작 동기, 「구가」의 창작 등을 서술하였다.

② 유향의 『신서·절사』

이 글에서 굴원이 "초나라를 위하여 사신이 되어 동쪽으로 제나라에 가서 강한 동맹을 맺었다.爲楚東使于齊, 以結強黨."고 하였으며 굴원이 초경양왕 때에 유배된 원인은 "회왕의 아들 경양왕도 여러 신하들이 회왕에게 아첨하여 잘못되게 한 줄을 알면서도 그들의 죄를 묻지 않고 오히려 신하들의 참소를 듣고 굴원을 다시 유배보냈다.懷王子頃襄王亦知群臣諂誤懷王, 不察其罪, 反聽群讒之口, 複放屈原."고 하였다. 또 경양왕 시대의 정치를 "어리석은 왕이 풍속을 어지럽

3) 李景星, 『四史評議』, 濟南精藝公司, 1932.

히고 더럽고 욕되게 하여 옳은 것을 그르다 하고 맑은 것을 혼탁한 것으로 여겼다.暗王亂俗, 汶汶嘿嘿, 以是爲非, 以淸爲濁."고 하였다.

③ 민간전설

굴원이 5월 5일에 죽었다고 한다든가 용주경기의 유래, 단오절의 의미 등이 있는데 당대 심아지沈亞之, 781~832의 『굴원외전屈原外傳』 에 비교적 전면적으로 기록되어 있다. 이런 자료들은 모두 한위漢 魏 시대 이후에 나타났다.

④ 굴원 작품 속에서 발굴

주로 자서전 성격이 있는 「이소」, 「구장」이다. 예를 들면 「구장」 의 첫 편 「석송」에 "군주를 생각하는 것이 나보다 더 충성스러운 자 없으니, 홀연 내 몸의 빈천함도 잊었도다.思君其莫我忠兮, 忽忘身之 賤貧."라는 구절이 있는데 이로부터 그의 몰락한 귀족 신분을 알 수 있다. 「비회풍」에는 "나 같은 외로운 자가 눈물을 훔치고, 쫓겨 난 나그네 다시 돌아오지 못하네.孤子吟而抆淚兮, 放子逐而不還."라는 구절이 있는데 장천추蔣天樞, 1903~1988는 고대에 국가를 위하여 죽 은 자의 자식을 고자孤子라고 하며 굴원의 부친이 나라를 위하여 전사하였다고 추정하였다.4) 또 굴원이 유배지에서 대체 뭘 하였 을까? 「복거」에 "차라리 뽑기를 호미질 할지언정寧誅鋤草茅"이라는 구절이 있는데 비록 선택성 어구이기는 하지만 일부 정보를 보여 준다.

⑤ 한대 사람의 초사 작품

한대 사람의 초사 작품은 의소擬騷 작품이지만, 이따금 굴원의 입 장에서 말하였다. 예를 들면 「칠간」, 「구회」, 「구탄」, 「구사」 등 이 그러하였다. 동방삭의 「칠간·초방初放」에서는 "나 굴원은 도성

4) 蔣天樞, 『楚辭論文集』, 陝西人民出版社, 1982, 47쪽.

에서 태어났으나 시골 들판에서 자랐네.平生于國兮, 長於原野."라고
하였다. 『여씨춘추呂氏春秋·명리明理』의 고유高誘의 주석에 "국은
도성이다.國, 都也."라고 해석하였다. 이로부터 굴원은 초나라의 도
성 영도에서 태어나 자귀秭歸 일대의 '들판'에서 자랐음을 알 수 있
다. 이 견해는 "자귀에서 태어났다."는 전설(원산송袁山松, ?~401의
「의도산천기宜都山川記」)을 바로잡아줄 수 있다.

굴원의 생애에 대한 자료의 결여와 엇갈림은 후세의 연구에 많은 어
려움을 주었다. 어떤 사람들은 전설을 역사로 믿어 "굴원은 자귀에서
태어났다", "오월 오일에 죽었다"고 하였고, 어떤 사람들은 굴원의 작
품 속에서 생애 사적을 지나치게 발굴해내기도 하였는데 장천추, 담개
보譚介甫, 1887~1974, 장중일張中一, 1939~ 등이 그러하였다. 또한 굴원의
존재 자체를 의심하는 사람도 있는데 요평廖平, 1852~1932, 호적胡適,
1891~1962, 주동윤朱東潤, 1896~1988 등이 그러하였다. 주동윤은 순열荀
悅, 148~209의 『한기漢紀』를 인용하여 『초사』의 저자를 유안이라고 하
여[5] 20세기 50년대 초의 논쟁을 일으키기도 하였다. 곽말약은 전문적
으로 두 편의 글을 써서 이런 주장을 반박하였다.[6] 그리하여 굴원의
생애부터 작품, 거시적인 것에서부터 미시적인 것에 이르기까지 곳곳
마다 논쟁이 발생하였으며 초보자들은 왕왕 각종 관점들을 비교 선택
하고 중복 서술하는 등의 양상이 형성되었다. 예를 들면 굴원의 생몰
년에 대하여 양계초는 "우리가 제일 미안한 것은 굴원의 생졸년과 나
이를 모르는 것이다."(「굴원연구屈原研究」)라고 하였다. 그러나 사람들
은 이를 달갑게 여기지 않고 각자의 연구를 통하여 자기 의견을 발표

---

5) 朱東潤, 『與青年朋友談治學』, 中華書局, 1983, 13쪽.
6) 黃中模, 『現代楚辭批評史』, 湖北教育出版社, 1990, 268~287쪽.

하였다. 임경林庚, 1910~2006은 굴원이 41세까지 살았다고 하였고, 장천추는 굴원이 78세까지 살았다고 하였다. 두 사람의 의견은 37년이나 되는 엄청난 차이가 난다. 그러다보니 '굴원연표屈原年表'나 '굴원연보屈原年譜'를 연구하였던 사람들은 결국 빈틈이 생기고 실컷 고생만 하고 좋은 소리도 못 듣는 처지가 되고 말았다.

이상의 원인으로 인하여 굴원의 생애와 그의 작품을 주체로 하는 초사는 비록 사람들의 한없는 동경을 받고 있지만 또한 풀기 어려운 수수께끼들을 많이 남겨놓았다.

① 선진시기의 역사서적에는 왜 굴원이라는 사람을 기록하지 않았을까?

② 초사는 어떻게 진국시대부터 한대까지 전해졌을까?

③ 굴원의 작품 속에는 가족 상황에 대한 언급이 전혀 없다. 그런데 어떻게 애정과 혼인에 대한 심각한 이해가 담겨져 있을까? 양계초는 "이상한 것은 굴원의 가족 상황이 어떠한지에 대해서는 본전本傳과 그의 작품에서 그림자조차 찾을 수 없다."고 말하였다.[7]

④ 굴원의 작품은 종래로 당시의 국가 대사를 직접 언급하지 않았으며 시야를 아득히 먼 신화나 전설에 두었다.

⑤ 「천문」에 염제炎帝, 황제黃帝, 전욱顓頊, 복희伏羲에 관해서는 묻지 않았으며, 굴원은 작품에서 종래로 공자, 노자, 묵자 등 선진시기의 제자백가를 언급하지 않았다.

⑥ 굴원 작품의 예술수준은 기이한 봉우리가 우뚝 솟은 듯 높고, 그 혜택이 백대에 미쳤으나 그 원류와 발전의 실마리는 찾아보기 매우 어렵다.

---

7) 梁啓超, 「屈原研究」, 1922년 11월 3일 연설. 『晨報副刊』 1922년 11월 19일~23일.

⑦ 초사와 초문화, 중원문화의 관계를 어떻게 종횡 교차하여 서술할 수 있을까?

⑧ 굴원의 작품과 묘족苗族 문화, 고대 나례儺禮, 민간문학의 관계를 어떻게 보아야 하는가?

⑨ 굴원 작품 속의 서정적 주인공인 '나'와 굴원 본인의 관계를 어떻게 보아야 하는가?

⑩ 초사 속에서 굴원의 생애를 발굴하거나 빗대는 특수한 현상을 어떻게 보아야 하는가?

확실히 굴원의 세계에 들어가려면 여전히 많은 연구를 진행하여야 한다. 굴원, 굴평, 좌도, 삼려대부로부터 정칙正則, 영균靈均, 미인으로; 상루湘累[8], 초광楚狂, 광인狂人, 독성객獨醒客으로부터 조국과 백성을 사랑하는 전형적인 모범자로; 시인, 시조詩祖, 동방의 시혼詩魂으로부터 정치가, 사상가, 철학가, 문학가, 세계문화명인으로 명명한 서로 다른 시대의 다양한 연구는 모두 서로 다른 의미와 외연을 보여주고 있다.

굴원이란 인물은 몽롱하고 복잡하면서 안개 속의 산봉우리처럼 매혹적이어서 사람들로 하여금 동경하고 외면 할 수 없게 한다. 중국 문학에 미친 굴원의 영향은 너무나도 크다. 조식曹植, 도연명陶淵明, 이백李白, 두보杜甫, 이하李賀, 이상은李商隱, 유우석劉禹錫, 유종원柳宗元, 소식蘇軾, 육유陸遊, 신기질辛棄疾, 조설근曹雪芹, 노신魯迅, 심종문沈從文 등 역대의 유명한 문인들을 본다면 모두 '굴원패턴'의 잠재적 영향에서 벗어날 수 없다. 그리하여 임경은 "당대 시인은 모두 초사를 읽었다."[9]고 하였고, 강량부는 중국 문학 전체가 모두 '초楚'화 되었다고 하였으며[10] 육간여는

---

8) 顔師古, 『漢書注』에 李奇의 말을 인용하여 "諸不以罪死曰累······屈原赴湘死, 故曰湘累也."라고 하였는데 이에 굴원을 湘累라고 부르기도 하였다.

9) 林庚, 『詩人屈原及其作品硏究』, 上海古籍出版社, 1981.

굴원의 작품은 종교적 마력이 있어 신성불가침한 저작이라고 하였다.11)
곽말약은 초나라에서 탄생한 굴원, 굴원으로부터 산생된『초사』는 무형
중에 정신적인 면에서 전 중국을 통일하고 있다고 하였다.12)

　역사는 무정하지만 공평하기도 하다. 생존 당시에 이해와 중시를 받지
못하였던 역사 인물이 그의 특수한 운명과 결말로 인하여 단독으로 하나
의 명절인 단오절을 향유하게 되고 그의 개성적인 창작은 단독으로 하나
의 학문 즉 초사학楚辭學 또는 굴원학屈原學을 이루게 하였다. 이것이 바
로 굴원, 굴원 패턴, 굴원 현상이 갖고 있는 영원한 매력이다.

② 고대 초사학사 회고

　근현대 백년간의 초사 연구사를 통찰해보려면 우선 이 학문의 역사부
터 살펴보아야 한다. 1978년에 홍콩 학자 요종이가 '초사학' 설립을 제의
하였고13) 1986년에는 대륙 학자 설위정薛威霆, 왕계심王季深이 '굴원학'
설립을 제안하였다.14) 사실 이 학문의 역사는 응당 서한 초까지 거슬러
올라가야 한다. '초사학'은 독립된 학문으로서 다음과 같은 몇 가지 내용
을 포함하여야 한다. 첫째,『초사』작가의 생애와 사상 연구 둘째,『초
사』작품의 해석과 연구 셋째, 소체騷體 문학의 발전 상황 연구 넷째,
『초사』연구사의 연구이다. 그러나 고대의 연구는 기본적으로 앞의 두
가지 내용 즉 초사의 작가와 작품의 연구에만 국한되어 왔다.

---

10)　姜亮夫,『楚辭今繹講錄』, 北京出版社, 1981.
11)　陸侃如,「宋玉評傳」,『努力周報』副刊『讀書雜誌』, 1923년 제17호.
12)　郭沫若,『屈原研究』, 重慶群益出版社, 1943.
13)　饒宗頤,『澄心論萃』, 上海文藝出版社, 1996.
14)　薛威霆·王季深,「關於開展屈原學研究的芻議」,『文匯報』1986년 9월 16일.

고대 초사의 연구는 한대 초기의 가의와 유안으로부터 시작하였고 사마천이 기초를 닦아놓았다. 가의의 생존 연대는 굴원과 불과 '백여 년'의 차이 밖에 나지 않는다. 그는 벼슬길이 순조롭지 못하여 장사왕태부長沙王太傅로 좌천되어 가면서 "상수를 건너면서 부를 지어 굴원을 조문하였다.及渡湘水, 爲賦以吊屈原." 즉「조굴원부吊屈原賦」를 지어서 굴원의 불행을 슬퍼하였지만 사실은 자신의 불우한 신세를 한탄한 것이다. 가의의「조굴원부」는 의소체擬騷體 시풍을 창설하였으며 한대 학자와 시인들이 굴원에 대하여 경탄하면서도 제대로 이해하지 못하는 평론 경향이 형성되게끔 한 시초이며 어느 정도 시대적 차이에서 오는 동경과 거리감을 보여주는 작품이기도 하다. 가의가 굴원을 추모한 사실은 또한 후세에 '굴원부정론'을 반박하는 하나의 유력한 증거가 되었다.

반고의『한서·회남왕전淮南王傳』과「이소서離騷序」에 의하면 회남왕 유안은 한무제의 명에 따라『이소전離騷傳』을 편찬하였다고 한다.『이소전』은 초사학사楚辭學史에서 최초의 초사 주석본이다. 내용은 총체평론과 문자훈석 두 부분으로 구성되어 있는데, 대부분이 유실되고 지금은 겨우 51자만 남아 있다. 반고의「이소서」에 그 내용이 기록되어 있다.15)

「국풍」은 색을 좋아하나 음탕하지 않고「소아」는 원망하고 비방하였으나 어지럽지 않은데「이소」로 말한다면 이 둘을 겸하였다. 혼탁하고 더러운 가운데에서 매미가 허물을 벗고 먼지 밖의 공중을 날아다니듯이 진흙에서 나왔지만 더러워지지 않고 깨끗하다. 이러한 뜻을 미루어 보면 일월과 빛을 다투어도 될 것이다.

國風好色而不淫, 小雅怨誹而不亂, 若離騷者, 可謂兼之. 蟬蛻濁穢之中, 浮游塵埃之外, 皎然泥而不滓. 推此志, 雖與日月爭光可也.

15) 여기서는 戴志鈞의 주장을 따르기로 한다. 戴志鈞,『論騷三集』, 黑龍江敎育出版社, 1991, 211~217쪽.

유안이 우리에게 남겨준 문자는 비록 많지 않지만 전반 봉건사회에서
굴원을 평론하는 기조를 형성하였다. 즉 굴원의 인격과 정신에 대한 숭
배와 동경이다.

사마천의 『사기·굴원가생열전』은 굴원과 가의를 합하여 전기를 써
서 회재불우의 슬픔을 서술하였다. 그러나 "어찌 홀로 굴원과 가의 두
사람을 합전하였겠는가? 굴원, 가의, 사마천 세 사람의 합전으로 보아
도 될 것이다.豈獨屈賈二人合傳, 直作屈賈司馬三人合傳讀可也."라는 견해도 있
다.16) 탕병정 선생의 고증에 의하면 유안의 『이소전』은 후세 사람에
의하여 사마천의 『굴원열전』에 삽입되었기에 『굴원열전』이 전후 모
순되고 읽기 어려운 상태가 되었다고 하였다.17) 또한 순열의 『한기』
와 고유의 『회남자·서』에 모두 유안이 「이소부離騷賦」를 지었다는 기
록이 있어 후세에 일부 사람들은 유안이 「이소」를 지은 줄로 여겼으며
'굴원부정론'의 증거로 삼기도 하였다. 다행히도 부양阜陽에서 발굴된
한대 죽간에 「이소」와 「섭강」의 일부 구절이 남아있고 무덤의 주인이
여음후 하후조임이 밝혀져서 유안이 「이소」를 창작하였을 가능성을
부정하였다.18)

역사의 발전은 불가사의하다. 기나긴 초사학사는 바로 가의, 유안, 사
마천 세 사람의 뒤엉킴 속에서 형성되고 기초가 마련되었다. 그 후의
고대 초사학사는 장구훈석章句訓釋을 특징으로 하는 한당漢唐 시대, 의리
탐구를 특징으로 하는 송원宋元 시대, 제각각 새로운 학설을 내놓는 것을
특징으로 하는 명청明淸 시대 등 세 단계로 나누어 볼 수 있다.

---

16) 李景星, 『四史評議』, 濟南精藝公司, 1932.
17) 湯炳正, 『屈賦新探』, 齊魯書社, 1984.
18) 湯炳正, 『屈賦新探』, 齊魯書社, 1984, 426~427쪽.
    역자주-유안의 생몰년은 B.C.179~B.C.122이다. 하후조는 B.C.165에 죽었는데 이
    때 유안이 겨우 14살이고 유안이 조정에 들어가 벼슬한 때인 B.C.139보다 무려 26년
    이나 이른 시기이다. 그러므로 유안이 「이소」를 창작하였을 가능성을 부정하였다.

첫 번째 시기는 한대를 위주로 하며 대표작으로는 왕일의 『초사장구』
가 있다. 왕일의 주석은 대부분 근거가 있었다. 혹은 경서에 있는 옛
훈고에 근거하고 혹은 초나라 방언에 근거하였으며 "글자의 형태에 따라
음을 얻고, 음에 따라 뜻을 얻는因形以得其音, 因音以得其義"데에 유의하여
(단옥재『광아소증廣雅疏證·서序』) 정확한 해석이 많았다. 현대의 주석
은 왕일의 것을 자주 참고하였다. 왕일의 주석은 정해진 범례가 있다.
즉 "본문의 글자가 주석 중에 반드시 나타난다.正文之字, 於注文中必出現
之."[19)는 것이다. 이것으로 굴원 부賦의 용운用韻 체례를 대조하여 본
다면 금본今本 초사 또는 이문異文을 교감할 수 있다.

두 번째 시기는 송대를 위주로 하며 대표작으로는 홍흥조의 『초사보
주楚辭補注』와 주희의 『초사집주』가 있다. 홍흥조는 원문을 교정하고 이
문을 기록하였으며 시구의 뜻을 보충 해석하고 의리를 천명하였다. 예를
들면 굴원에 대하여 "동성은 떠나갈 수 있는 의리가 없고 죽을 수 있을
뿐이다.同姓無可去之義, 有死而已.", "살아서는 힘써 쟁취하거나 강력하게 간
언하지 못하였지만 죽어서라도 여전히 임금이 감동받아 잘못된 행실을
고치기를 바랐다.生不得力爭而强諫, 死猶冀其感發而改行.", "죽는 것이 어려운
것이 아니라 죽음에 처하는 태도가 어렵다. 굴원은 비록 죽었으나 죽지
않은 것과 같다.非死爲難, 處死爲難. 屈原雖死, 猶不死也.", "「이소」 25편은 세
상을 근심하는 말이 많다.離騷二十五篇, 多憂世之語." 등으로 평가하였다. 「회
사」를 해석함에 있어서는 "죽음을 피할 수 없는 줄 알기 때문에 목숨을
버리고 의를 취하는 것이다. 죽는 것보다 더 싫어하는 것이 있는데 어찌
칠척의 몸을 아끼겠는가? 知死之不可讓, 則舍生而取義可也. 所惡有甚于死者, 豈
復愛七尺之軀哉."라고 하였다. 이러한 주장은 모두 후세에 충군애국, 우국
우민으로 '확대' 되었다. 또한 후세 사람들이 굴원의 생명의식, 생사관,

---

19) 何劍熏, 『楚辭新詁』, 巴蜀書社, 1994.

사망의식에 대한 탐구를 시작하게 하는 선도적인 역할을 하였다. 유명한
미학가 이택후李澤厚, 1930~ 는 죽음이 굴원 작품과 사상을 구성하는 제
일 '놀랍고 아름다운' 최대의 주제라고 하였다. 그는 굴원의 예술을 매우
높은 경지로 승화시킨 것은 바로 죽음 즉 자살의 인간성 주제이며 굴원
의 선택은 절대로 일시적인 충동이나 맹목적인 미신이 아니라 자아의식
의 충분한 표출이며 일종의 이성적인 감정 선택이라고 하였다.[20]

　　주희의 『초사집주』는 후세 사람들에 의하여 '이정표'적인 저작으로 여
겨졌으며 "옛 주석의 폐단을 버리고 굴원의 숨은 뜻을 천추에 밝혔다.祛前
注之蔽陋, 而明屈子微意於千載之下."(진진손陳振孫 『직재서록해제直齋書錄解題』)고
평가 받았다. 주희는 다음과 같이 말하였다.

　　　굴원의 사람됨은 그 뜻과 행실이 비록 중용에 지나쳐 법이 될 수 없으
　　나 모두 임금에게 충성하고 나라를 사랑하는 정성에서 나왔다. 굴원이 지
　　은 책은 그 말한 내용이 비록 질탕하고 괴이하고 신비하며 원망하고 격발
　　함에 흘러 가르침이 될 수 없으나 모두 애틋하고 슬퍼서 스스로 그만둘
　　수 없는 지극한 뜻에서 나왔다.
　　　原之爲人, 其志行雖或過於中庸而不可以爲法, 然皆出於忠君愛國之誠心. 原之爲
　　書, 其辭旨雖或流於跌宕怪神, 怨懟激發而不可以爲訓, 然皆生於繾綣惻怛, 不能自已
　　之至意.

　　주희는 굴원에 대해 비평하면서 오히려 굴원의 충군애국, 견권측달繾
綣惻怛의 개성과 사상을 발굴하여 냈는데 정곡을 찔렀다고 할 수 있다.
주희는 역사상 최초로 온전히 문학적 시각에서 초사를 연구하고 해석한
사람이다. 예를 들면 그는 「이소」의 상정上征 단락[21]을 해석할 때 "망서,

---

20)　李澤厚, 「古典文學箚記一則」, 『文學評論』 1986년 제4호.
21)　역자주－이 단락은 문맥상 「이소」의 "駟玉虯以乘鷖兮, 溘埃風余上征"부터 "飄風屯
　　其相離兮, 帥雲霓而來御"까지의 내용을 말한다.

비렴, 난봉, 뇌사, 표풍, 운예 등의 신령들이 옹호하고 봉사하고 있음을
말하였으니 이로써 위장대가 지극히 위엄 있고 성대함을 표현하였을 뿐
이며 처음에는 선악의 구분이 없었다. 옛 주석은 왜곡되게 해석하여 달
은 청백의 신하, 바람은 호령의 장사, 난봉은 지혜로운 선비라고 하고
유독 뇌사만 백리의 사람들을 놀라게 한다는 이유로 제후라고 하였는데
모두 도리가 없는 해석이다.望舒, 飛廉, 鸞鳳, 雷師, 飄風, 雲霓, 但言神靈爲之擁護
服役, 以見其仗衛威儀之盛耳, 初無善惡之分也. 舊注曲爲之說, 以月爲淸白之臣, 風爲號
令之象, 鸞鳳爲明智之士, 而雷師獨以震驚百里之故爲諸侯, 皆無義理."(『초사집주·
변증상辯證上』)라고 하였다.

　주희는 또한 작품의 전반적인 내용을 통하여 의미를 파악하고 예술수
법을 탐구하였다. 예를 들면 "「이소」는 영수와 미인으로 임금을 비유하
였는데 이는 남녀의 말에 의탁하여 임금에게 뜻을 전달한 것이지 직접
그대로 가리켜 말한 것이 아니다.離騷以靈修, 美人目君, 蓋托爲男女之辭而寓意
於君, 非以是直指而名之也."라고 해석하였다. 이는 주희가 이미 「이소」의
"남녀로 군신을 비유男女君臣之喩"하는 의미 구조와 상징체계를 발견하였
음을 설명하여 준다. 이러므로 『초사집주』는 초사학사에서 이전 것을
계승하고 후대에 영향을 주는 위대한 저작이 되었고, 후세의 초사 연구
'필독서'가 되었다. 이 책은 송대에 네 차례 간행되었고 원대에 4회, 명대
에 10회, 청대에 4회, 일본에서 1회, 조선왕조에서 4회 복각하였다.[22]
현대에도 여러 간행본들이 나왔는데 상해고적출판사上海古籍出版社(1979),
강소광릉고적각인사江蘇廣陵古籍刻印社本(1990), 중국인사출판사中國人事出
版社(1996), 상해고적출판사와 안휘교육출판사의 합간본(2001) 등의 간
행본이 유행하고 있다. 1972년 중일 양국이 외교관계를 회복하면서 모
택동이 일본 수상 다나카가쿠에이에게 준 선물이 바로 주희의 『초사집

22) 饒宗頤, 『澄心論萃』, 上海文藝出版社, 1996. 15쪽.

주』였는데 이로 인하여 일본에서 한차례 고차원, 고수준의 전문 연구토론회가 열려 일본에서도 큰 관심을 얻게 되었다.[23]

고대 초사학사의 세 번째 시기는 명청시대이다. 이 시기에는 장구의 훈고를 하거나 의미를 해석하거나 억측을 내놓거나 서로 다른 의견을 제기하는 그야말로 '백화만발'하고 좋은 것과 나쁜 것이 뒤섞인 혼잡한 양상이 나타났다. 이 시기의 대표적 저술로는 왕원의『초사집해』, 왕부지의『초사통석』, 장기의『산대각주초사』, 대진의『굴원부주』가 있다.

왕원의『초사집해』는『사고전서총목제요四庫全書總目提要』의 엄격한 비판을 받았다. 이 책에 대해 "억측으로 새로운 설을 내놓기에 힘쓰고 제가들의 견해를 배척하였다.以臆測之見, 務爲新說, 以排詆諸家.", "의심하지 말아야 할 것을 의심하고, 믿지 말아야 할 것을 믿었다.疑所不當疑, 信所不當信."고 비평하여 청대 건륭황제 이후부터 별로 중시를 받지 못하였다. 근대에 이르러 유국은, 김개성金開誠, 1932~2008, 최부장崔富章, 1941~ 등 학자들의 연구에 의하여 그 지위가 회복되었다. 예를 들면「이소」에 나오는 '삼후三后'에 대한 왕원의 주석은 왕부지, 대진, 마기창馬其昶, 1855~1930, 유영제劉永濟, 1887~1966, 강량부 등에 의하여 계승되었다.[24] 또「애영」의 창작배경에 대한 발굴도 왕부지, 곽말약 등에 의하여 계승되었다.「구가」의 마지막 편「예혼」은 앞 10편의 난사亂辭라는 것도 왕부지 및 후세 학자들에게 채용되었다.[25] 또「구가」의 사상에 대하여 "「구가」의 가사를 무의미한 것으로 여겨서는 안 되지만 또한 뜻이 있는 것으로 여겨서도 안 된다."고 해석하였는데 이러한 이해는 상당히 합리적이다. 그러므로 웅량지熊良智, 1953~ 는 이에 관한 주제 논문을 시리즈로 발표하였고, 북경고적출판사北京古籍出版社에서는 1994년에『초사집해』동홍리

---

23) [日]淺野通有 等,「關於〈楚辭〉的座談會」, [日]『國學院雜誌』1974년 75권 1월호.
24) 崔富章,「明汪瑗〈楚辭集解〉書錄解題」,『屈原研究論集』, 長江文藝出版社, 1984.
25) 金開誠·葛兆光,「汪瑗和他的〈楚辭集解〉」,『文史』第十九輯, 中華書局, 1983.

董洪利, 1948~ 교점본을 출판하였다.

왕부지의 『초사통석』은 상황이 다르다. 그는 자신과 굴원은 "살고 있던 시대와 지역은 서로 다르지만 외로운 마음은 서로 같다.時地相疑, 孤心尙相仿佛."고 하였다. 그는 굴원 작품을 주석하면서 자신의 민족 감정을 기탁하였다. 예를 들면 그는 "굴원이 상수에 몸을 던져 죽은 것은 비록 경양왕의 시대, 유배된 이후이지만 그 기미를 알고 스스로 살펴본 것은 회왕 때이다. 일찍이 뜻을 세웠고 숨겨왔음을 이를 통해 알 수 있다. 군자는 진퇴와 생사를 시기에 따라 결정하는데 만일 자결하려고 하였다면 하루아침에 결정하는 것이 아니다. 오직 죽기로 각오하였기에 고집대로 할 수 있었으며 두려워함이 없었다.原之沈湘, 雖在頃襄之世, 遷竄之後, 而知幾自審, 當懷王之時, 矢志已夙密, 於此見之. 君子之進退生死, 因時以決, 若其要終自靖, 則非一朝一夕之樹立, 唯極於死以爲志, 故可任性孤行, 無所疑懼也."고 할 정도로 사상성이 강하였다. 중국의 문화대혁명 기간에 유일하게 출판된 옛 문인의 초사 연구 저서가 바로 이 책이다.26)

초사학사 세 번째 시기의 학술성과를 대표하고 이정표적 의의가 있는 저술로는 장기의 『산대각주초사』이다. 그 이유는 다음과 같은 세 가지가 있다. 첫째, 장기는 자서自序에서 자기는 "오직 이소에 대하여 연구가 깊다.獨於離騷, 功力頗深."고 하였으며 또 "내 궁핍하고 근심 많은 몸으로 이소에 몰두함이 당연하지 않은가?以余窮愁之身, 而沈沒於騷, 豈不然乎."라고 하였다. 그는 초사의 지리와 굴원이 유배당한 행적을 고증하여 다섯 폭의 지도를 그려내었다. 즉 초사지리총도楚辭地理總圖, 추사사미인노도抽思思美人路圖, 애영노도哀郢路圖, 섭강노도涉江路圖, 어부회사노도漁父懷沙路圖이다. 둘째, 굴원 작품의 창작 시기와 지점에 대한 고찰도 설득력이 있다. 예를 들면 「구장」의 창작 시기와 지점을 일반적으로 강남 또는 원수

---

26) 王夫之, 『楚辭通釋』, 上海人民出版社, 1975. 간체자본, 6만부 인쇄.

沅水와 상수湘水 일대로 여기고 있는데 장기의 고증에 의하면 「구장」은
회왕과 경양왕 재위 기간에 창작되었고 그 중 「석송」, 「추사」, 「사미인」
은 모두 회왕 때에 창작되었으며 「이소」 창작과 같은 시기의 작품이고
「섭강」, 「애영」 이하 여섯 장은 경양왕 때에 강남에서 창작되었다고 하
였다. 장기의 이 논점은 후세 사람들이 「이소」의 창작 시기를 판단하는
데에 충분한 근거를 제공하여 주었다. 현대 학자 첨안태詹安泰, 김개성金
開誠, 마무원馬茂元, 호념이胡念貽, 포강청浦江淸, 녹흠립逯欽立, 손작운孫作
雲, 대지균戴志鈞 등은 직접 장기의 이 논점을 채용하여 확대 보충하였으
며 혹자는 연구방법이 다르나 결론은 장기의 논점과 동일하거나 비슷하
였다.27) 셋째, 작품의 편과 장의 구조에 대한 분석, 내재적 의미에 대한
분석도 역시 투철하고 정곡을 찔러 사람들의 칭찬을 받았다. 예를 들면
장기는 「이소」를 "호수好修를 강령으로 하고 팽함을 귀결로 하였다.以好
修爲綱領, 以彭咸爲結穴."고 말하였는데 현대 학자 모경毛慶이 이 설을 수용
하고 발전시켜 팽함을 「이소」 상징체계의 중심이라고 하였다.28) 장기는
또 "규중은 이미 깊고도 멀고 명철한 임금은 또 깨닫지 못하네.閨中旣以邃
遠兮, 哲王又不寤."라는 두 구절의 구조적 역할에 대하여 상구는 "反顧遊
目" 이하 부분29)을 정리하고 하구는 "怨靈脩之浩蕩" 이전 부분30)을 총
결하였다고 분석하고, "한번 굽어보고 한번 우러러보는 필법을 사용하여
천지를 돌리는 힘이 있으니 눈 밝은 이가 아니면 천리를 거쳐 온 용을
어찌 살필 수 있겠는가"라고 해석하였다.31) 또한 「이소」에서 굴원이 두

---

27) 周建忠, 『當代楚辭硏究論綱』, 湖北人民敎育出版社, 1992, 286쪽, 405쪽.
28) 毛慶, 『屈騷藝術新硏』, 湖北人民出版社, 1990.
29) 역자주-"反顧遊目" 이하 부분은 「이소」의 "忽反顧以游目兮, 將往觀乎四荒." 이하를
말한다.
30) 역자주-"怨靈脩之浩蕩" 이전 부분은 「이소」의 "怨靈脩之浩蕩兮, 終不察夫民心."
이전을 말한다.
31) 역자주-蔣驥, 『山帶閣注楚辭』, "閨中邃遠句, 收反顧游目以下半篇, 哲王又不悟,

번 천상을 노닐 때 행동과 심리에 미묘하고 섬세한 차이가 있음을 발굴해낸 점은 정말 대단한 통찰력으로서 감탄을 자아내게 한다.

이상으로 고대의 초사 연구에 대한 대체적인 '순례'를 통하여 초사 연구가 이미 하나의 독립된 학문이 되었음을 인정하지 않을 수 없다. 그 원인은 주로 아래와 같은 네 가지가 있다.

첫째, 두 가지 문학 역량의 충돌. 굴원의 서정 패턴 자체의 전승 매력과 사마천, 조식, 이백, 두보, 신기질, 조설근 등의 굴원 부 전통에 대한 자각적인 재현 및 적극적인 확장 사이의 충돌이다. 후세 사람들은 그들에게서 수많은 혜택과 영향을 받았다.

둘째, 두 가지 학술 유형의 교차. 역대의 문인들은 초사를 주석하는 동시에 초사를 모방하는 '의소擬騷' 작품을 창작하였다. 초사는 연구 대상일 뿐만 아니라 연구 성과를 재현하는 매개체이기도 하였다. '의소'의 경지에 이른 자는 필연 굴원의 정신과 풍격을 파악하였을 것이다.

셋째, 두 가지 민속 의미의 침투. 단오절과 용주경기는 원래 악마를 쫓아내고 재해를 피하기 위한 풍속이었는데 굴원을 기념하는 민속과 겹치면서 굴원 기념의 의미가 시대와 지역을 초월하는 광범성 및 장기성을 갖게 되었다.

넷째, 두 가지 재현 방식의 선양. 굴원의 생애, 사적, 초사 작품을 소재로 한 희극, 음악, 회화 작품의 대량 출현은 단계적으로 초사 자체에 대한 파악과 연구를 자극하고 강화하였다.

물론 이상 네 가지 방면의 전승은 굴원의 성격과 봉건 제도의 특징에 의하여 형성된 것이다. 굴원은 존군흥국, 독립불천, 상하구색, 호수위상을 모두 겸비함으로써 고대 중국 문인들의 인격적 전형 및 민족정신의

迴顧怨靈脩之浩蕩以前半篇, 用筆一俯一仰, 眞有旋乾轉坤之力, 然非明眼人, 孰能察千里來龍哉."

상징이 되었다. 또한 폐쇄적인 봉건사회는 문인들에게 굴원과 비슷한 생활환경과 운명, 가치 취향, 추구 방식을 제공하였다. 그러므로 그들은 쉽게 굴원의 행위 및 사상과 일치될 수 있었고 때문에 굴원의 적극적인 패턴과 소극적인 패턴을 모두 채용할 수 있었다.

기나긴 고대의 초사학사는 근현대 초사 연구의 '백년의 회고'를 위하여 아주 좋은 기초를 제공해주었다. 역사는 발전하는 동시에 되풀이된다. 이천 년의 역사는 우리에게 많은 계시를 주고 있다.

첫째, 연구차원과 연구방법이 부단히 제고되고 발전하였다. 왕일의 명물 훈고로부터 주희의 의리 해석과 장기의 예술분석에 이르기까지 문화 연구와 약간의 차이는 있지만 시종 '문화연구'의 요소가 관통되어 있다. 때문에 청대 말기부터 문화의 연구를 중시해온 것도 당연한 발전 추세이다.

둘째, 많은 연구자들의 독득한 견해가 차츰 후대의 학자들에게 수용되어 반박할 수 없는 이론이 되었다. 예를 들면 유안의 인격 숭배, 사마천의 불평지기, 왕일의 방언 해석, 주희의 남녀군신의 비유, 장기의 시기와 지역에 대한 고찰은 모두 최근 백여 년간 연구의 중점 화제가 되었다.

셋째, 연구자들은 대대로 그 이전 학자들의 학설을 반박하거나 수정하거나 보충하여 왔다. 동시에 그들은 후대 혹은 동시대 사람들의 반박과 수정과 보충을 받았다. 그리하여 끊임없이 심도 있는 연구가 추진되고 '진실에 가까운 굴원'을 찾아가고 있다. 후세 연구자들은 이전 학자들의 학설을 반박하고 수정 보완하는 동시에 연구방법 면에서 또한 전인의 발자취를 따라갔다. 예를 들면 굴원 연구와 굴원 계승을 동시에 진행하는 것이다. 이런 현상은 한대 유향의 「구탄九歎」, 왕일의 「구사九思」에서 시작하여 청대 왕부지의 「구소九昭」에 이르기까지, 근현대 문일다의 『〈구가〉 고가무극현해九歌古歌舞劇懸解』, 이대명의 『구가가무극신편九歌歌舞劇

新編』, 곽말약의 『굴원屈原』(희극), 호홍연胡鴻延의 『굴원시전屈原詩傳』
(대형신화전기가사시大型神話傳奇史詩), 진서량陳書良의『굴원과 선원屈原與嬋
媛』(영화극본)에 이르기까지 지속되었으며 초사 학자들의 창작열정은
바야흐로 식을 줄을 몰랐다.

넷째, 일종의 학파와 연구방법의 출현은 당시의 문화와 학술사조의
영향과 갈라놓을 수가 없다. 시대의 제약을 벗어나려는 노력은 오히려
그 시대사조의 반영이기도 하다. 한대의 경학經學, 송대의 이학理學, 청
대 건가乾嘉(건륭황제와 가경황제) 연간의 학술, 만청晚淸 시기 새로운
변화를 요구하던 사상, 항일전쟁 시기 애국주의의 호소, 건국 초기 '민
중성'의 선전 등은 모두 간접 혹은 직접적으로 초사 연구에 영향을 주
었다.

다섯째, 근대 초사 연구에 나타난 많은 난제들은 고대의 연구사에서
원인과 답안을 찾을 수 있다. 예를 들면 근대 초사 연구 학자들이 각각
자신의 주장을 세우고 증거를 내놓았지만 그 증거들을 모아놓으면 또
서로 모순된다. 비록 발표된 논문이 많지만 보편적으로 인정받은 결론은
매우 적다. 사람마다 자신이 굴원과 그의 작품에 대하여 제일 잘 알고
있다고 생각하며 타인의 연구성과를 배척하거나 조롱하지만 동시대의
사람이나 후대 사람들은 그의 '독특한 견해'를 받아들이지 않았다. ㅡ 이
러한 현상은 바로 청대에 각자 억측을 내놓고 사람마다 다른 견해를 발
표하던 현상의 연속이고 그 연원은 의리 탐구에 집중하던 송대의 연구
방법론으로까지 거슬러 올라갈 수 있다. 의리 탐구는 비록 장구 훈석의
차원보다 높다고 할 수 있지만 여전히 평면적이고 제한적이고 단일하여
근본적으로 『초사』의 복잡하고 풍부하고 다원적인 내용을 해석할 수
없다.

이상 내용에 근거하여 볼 때 근현대 초사 연구에 대한 고찰은 이천
여년의 초사학사를 논리적 기점과 역사적 참고로 삼아야 할 것이다.

3 근현대 초사학사의 통시적 고찰(상)

20세기의 초사 연구사를 고찰해볼 때 맥락이 분명한 네 단계를 보아
낼 수 있다. 첫 번째 단계는 20세기 초에서 20년대 말기까지인데 호
적, 육간여, 양계초 등이 학술 토론을 시작한 것을 표징으로 한다. 두
번째 단계는 항일전쟁시기인데 단오절을 시인절詩人節로 확정하고 곽말
약이 창작한 희극 『굴원』이 중경에서 공연된 것을 표징으로 한다. 세
번째 단계는 1950년부터 1965년까지인데 굴원이 세계문화명인으로 선
정된 것을 표징으로 한다. 네 번째 단계는 1966년부터 20세기말까지
인데 '중국굴원학회'의 설립과 연속 6년간 정기연회를 조직한 것을 표
징으로 한다.

이제 시간적 순시에 따라 동시석인 고찰을 해보도록 한다. 전통적인
견해에 의하면 근대는 1840년의 아편전쟁으로부터 시작하고 현대는
1919년의 5.4운동으로부터 시작한다. 학술연구의 발전은 자연적으로 정
치사변과 사회정치구조 변화의 영향을 받기 마련이지만 또한 각 학문의
내적 발전의 실마리도 갖고 있다. 만일 학술 성과 자체의 가치에 대한
인정, 학술 독립의 자각적인 요구의 형성, 연구방법론 면에서 세계적인
새로운 관점 흡수 등의 여러 요소로부터 볼 때 20세기의 학술연구 특히
초사 연구는 청대 건가시기의 여러 학자들로부터 탈태되어 나왔고 청말
민국초기부터 시작하였다고 볼 수 있다. 이를 기점으로 20년대에 흥성하
여 20세기의 연구기초를 닦았으며 항일전쟁시기에 번성하여 학술유파와
학술논쟁의 전통을 형성하였다.

20세기의 초사 연구는 우선 '세기를 뛰어넘는' 학자로부터 시작한다.
예를 들면 요평은 1852년생, 양계초는 1873년생, 왕국유王國維는 1877년
생, 노신은 1881년생, 유사배는 1884년생, 사무량謝無量은 1884년생, 유
영제는 1887년생, 호소석胡小石은 1888년생, 호적은 1891년생, 곽말약은

1892년생, 몽문통蒙文通은 1894년생, 소설림蘇雪林은 1897년생, 문일다는 1899년생, 유국은은 1899년생, 위중번衛仲璠은 1899년생이다. 그 외 소수 사람이 20세기 초에 출생하였다. 예를 들면 강량부는 1902년생이고 육간여는 1903년생이다. 세기를 뛰어넘어 태어나고 활동한 이들 학자들은 다음과 같은 공통된 특징을 갖고 있다.

첫째, 대부분이 어릴 적부터 가학을 이어받아서 역사가 유구한 가학 연원이 있다.

둘째, 뚜렷한 사승관계가 있다. 예를 들면 요평은 왕개운王闓運, 1833~1916에게서 배웠고 그의 제자로는 사무량과 몽문통이 있다. 그런데 그들의 학술관점과 풍격은 매우 다르다. 사승 관계가 때로는 복잡한 경우도 있는데, 예를 들면 강량부는 왕국유1877~1927에게서 배우기도 하였고 장태염章太炎, 1869~1936에게서 배우기도 하였다. 몽문통은 요평의 학생일 뿐만 아니라 유사배의 학생이기도 하다. 위중번은 장자개張子開, 1863~1938의 학생이기도 하고 장자개의 막역지교인 마기창의 저작『굴부미屈賦微』의 영향을 받기도 하였다.

셋째, 전통 학문에 정통할 뿐만 아니라 서양에 유학하거나 서학을 배운 경력도 있다. 예를 들면 양계초, 노신, 곽말약은 일본에 다녀온 적이 있고 호적, 문일다는 미국에 다녀온 적이 있으며 육간여, 강량부, 소설림은 프랑스에 다녀온 적이 있고 호적과 육간여는 선후로 서양박사 학위를 받기도 하였다. 그러므로 그들의 사상과 시야, 기백, 개성 등은 일반사람과 달랐다.

넷째, 그들 중 일부 사람들은 정치에 매우 큰 관심을 보였으며 한때 정치에 참여하기도 하였다. 예를 들면 왕국유, 양계초, 유사배, 노신, 문일다, 곽말약 등이다. 풍부한 인생경력은 학문을 깊이 하는데 도움을 줬고 학술연구와 문화적 책임감을 하나로 융합하게 하였다.

다섯째, 학문과 수양이 높은 학자이면서 시인이기도 하였다. 예를 들면 왕국유, 노신, 문일다, 곽말약, 호적, 소설림 등이다.

20세기의 초사 연구는 바로 민족문화전통을 고집하면서도 서양학문을 광범하게 받아들이는 시대적 분위기 속에서 시작하였다. 유사배는 구학을 계승하여 『초사고이楚辭考異』라는 책을 저술하였고32), 동시에 「논문잡기論文雜記」를 써서 20세기 초의 『국수학보國粹學報』에 게재하였다. 그는 "굴원과 송옥의 초사는 근심이 깊고 생각이 멀어 위로는 풍아의 유풍을 계승하였고 아래로는 사장의 체를 열어놓았으니 역시 중국의 문장의 시조이다.屈, 宋楚詞, 憂深思遠, 上承風雅之遺, 下啓詞章之體, 亦中國文章之祖也."라고 하였다. 그는 또 초사는 '뜻을 말하는言志' 시가의 특징과 '일을 기록하는記事' 역사서의 특징을 모두 갖고 있다고 하였다. 예를 들면 「이소」와 「구장」은 "소리가 슬픈 마음을 표현音涉哀思"하니 비흥比興을 하는 시가의 유풍이고, 「구가」와 「초혼」은 "사물을 가리켜 형상을 상징指物類象"하니 역사 기록의 유풍을 갖고 있으며 "초사 한 편이 두 가지 문체를 포함하고 있다.楚詞一編, 隱含二體."고 하였다.33) 이런 주장은 이미 초사 연구의 이성적 시각과 문학 체득의 방법을 제시하여 주었다.

1906년에 왕국유가 쓴 「굴원 문학의 정신屈子文學之精神」이라는 문장은 초사 연구의 신세기 풍격이 형성된 상징이다. 그때 왕국유는 한창 칸트, 쇼펜하우어, 니체 등 서방 철학의 영향을 받고 있었기에 자연적으로 근대철학의 사상으로 굴원을 인식하고 연구하였다. 그는 굴원은 남북문화를 융합하고 북방문화를 위주로 하는 시인이며 "남방 사람으로서 북방 문학을 배운 자"라고 하였다. 또 "여수의 꾸짖음34), 무함의 점괘35),

---

32) 이 책은 許維遹의 『楚辭考異補』, 姜亮夫의 『屈原賦校注』, 金開誠의 『屈原集校注』에 지대한 영향을 미쳤다.
33) 舒蕪 校點, 『論文雜記』, 人民文學出版社, 1959, 110~111쪽.
34) 역자주－여수는 「이소」에서 굴원의 누이 신분으로 나오는 인물로서 굴원이 세상과 어울리지 않는다고 꾸짖고 있다.
35) 역자주－무함은 「이소」에서 신으로 나오는 인물로서 굴원이 그에게 가서 점을 쳤는데

어부의 노래는 모두 남방 학자의 사상을 대표하지만 모두 굴원을 동요시키지는 못하였다."고 하였다. 또 굴원의 시가는 '북방인의 감정'과 '남방인의 상상'을 모두 갖추었기 때문에 '대시가大詩歌'라고 하였다.36) 이외에 왕국유의『송원희곡고宋元戲曲考』에서 처음으로『초사·구가』는 '후세 희극의 맹아'라는 설을 제기하였는데 이후 문일다, 황사길, 이대명 등의 학자들에게 채용되었다. 왕국유는 굴원의 죽음 방식을 모방하여 스스로 곤명호昆明湖37)에 몸을 던져 자살하였는데 이 또한 굴원 인격의 영향을 받았기 때문이라고 한다.

물론 20세기 초에도 초사 연구에서 불협화음이 있었다. 바로 인생 굴곡이 많은 요평의 주장이다. 그는 1906년에『초사신해楚辭新解』를 저술하여 "「어부」,「복거」두 편만이 굴원의 자체 창작"이고 기타는 "굴원이 전한 것"이라고 하며 "『초사』는 공자의 천학天學이고『시경』의 전기傳記로서 도가道家와 다른 일파이다."라고 주장하였다. 1918년에는『오변기五變記』를 저술하여『초사』는 "뜻이 중복되기 때문에 한 사람의 저술이 아니라 70명의 박사가 진시황을 위하여 창작한 선진인시仙眞人詩이다.『시경』풍아의 은미한 말을 사용하는 방식을 채용하여 당시 임금의 명령에 대응한 것이다."라고 하였다. 또 "태사공본의「어부」,「회사」두 편은 사실「굴원열전」이며 이로 인하여 후세 사람들이『초사』를 굴원의 작품으로 돌리는 것은 잘못된 것이다."라고 하였다. 1921년에 간행한『초사강의楚辭講義』에서는 더욱더 왜곡하여 "「진본기秦本紀」진시황 36년에 박사들로 하여금「선진인시」를 짓게 하였는데 이것이 바로『초사』이다"라고 하였다. 또한『초사』에서 "제일 이해할 수 없는 것이 바로

초나라를 떠나면 앞날이 창창해질 것이라는 점괘를 보여주었다.
36) 王國維,「屈子文學之精神」, 郭紹虞 編,『中國歷代文論選』, 上海古籍出版社, 1980.
37) 역자주－곤명호昆明湖는 북경의 이화원頤和園 내에 있는 호수이다. 1927년 6월 2일에 왕국유는 이곳에서 투신자살하였다.

뜻이 중복되는 것이다"라고 하면서 전면적으로 굴원과 굴원의 저작권을 부정하여[38] 20세기에 최초로 '굴원부정론'을 제기하였다.

솔직히 말하자면 학술상의 기담괴론은 흔히 정치적으로 불안정하고 사상에 대한 관리가 엄격하지 않거나 학술적 분위기가 자유로운 시기에 나타난다. 예를 들면 20년대, 50년대, 90년대가 바로 그렇다. 정치적 통제가 엄격하고 문화에 대한 억압이 심한 시기에는 항상 '저속한 사회학'의 실용적 개념이 나타난다. 예를 들면 굴원을 혁명가, 인민시인, 법가시인이라고 규정짓는 것이다. 학문 연구의 번영단계에는 아래와 같은 몇 가지 현상이 나타난다.

첫째, 상대적으로 발전한 토대와 과도기가 있다.
둘째, 참여율이 높고 연구성과의 발표가 상대적으로 집중되어 있다.
셋째, 서로 다른 유형의 학자들이 서로 다른 시각에서 연구한다.
넷째, 연구방법이 서로 다르고 얻어낸 결론은 서로 상반되기도 한다.
다섯째, 논쟁이 치열하고 서로 양보하지 않는다.
여섯째, 본 영역의 연구자가 아닌 사람도 가끔 남다른 '고견'을 발표하기를 좋아한다.

이상의 조건에 비추어 볼 때 20세기 초의 초사 연구는 유사배와 왕국유 및 요평의 인도하에 초사 학자가 아닌 호적의 참견으로 인하여 첫 번째 고조를 유발하였다.

1921년 6월에 호적은 한 독서회의 초청을 받고 강연을 하였는데 평소 전통 문학 관념에 도전하기를 좋아하던 그는 초사에 대한 왕일과 오신五臣의 주석[39]에 불만을 표시하며 자신의 의견을 발표하였다. 후에 이 발

---

38) 黃中模, 『現代楚辭批評史』, 湖北教育出版社, 1990.
39) 역자주 ─ 홍흥조의 『초사보주』는 왕일의 『초사장구』의 주석을 먼저 적고 그 아래에 '보補'라고 하여 자신의 주석을 적은 것이다. 그런데 '보' 위에 가끔 '오신운五臣云'이라고

표문을 정리하여 한편의 독서기를 완성하였는데 이 글에서 그는 "『사기』
는 본래부터 믿을만하지 못한데 「굴원열전」은 더욱 믿을 수가 없다.",
"굴원은 일종의 복합물이고 전설적箭垛式 인물이다. 그는 황제黃帝, 주공
周公과 동일한 부류이며 희랍의 호메로스와 동류이다."라고 하였다. 호적
이 "왕일부터 홍흥조"에 이르기까지 초사의 주석에 존재하는 진부함과
견강부회, 설교적인 부분에 대한 불만과 부정은 정확하였지만 "구부러진
것을 바로 잡으려다가 정도를 지나치는" 착오를 범하였다. 그의 본의는
왕일, 오신, 홍흥조의 견강부회한 주석을 부정하려는 것이었지만 오히려
주석의 '본체'인 작품까지 부정하여 버렸다. 본의는 근본적인 문제를 해
결하고 새로운 학설을 강화하려는 것이었지만 오히려 '더욱 황당한 것'으
로 '황당'한 것을 비판하는 식이 되어 버렸다. 이밖에 소설에 대한 연구와
고증을 특기로 하는 호적이 초사 연구에 참여한 것은 강 건너 불 보듯
구경하는 일이었고 한때의 흥에 불과하였다. 호적의 일생에서 그 후로
다시는 초사를 언급하지도 않았다. 그런데 뜻밖에도 20세기에 누차 비판
의 표적 혹은 '반면 교재'로 지적되어 장기간 학술계의 비판을 받았다.
이런 경우는 현대에도 있다. 예를 들면 작가 서지徐遲, 1914~1996는 「구
가」가 '고대사회 각 계급의 화랑'이라 하였고 근대문학 연구자 주대가朱
大可, 1957~ 는 "굴원은 치정에 얽혀 살해당하였다"고 하였다. 그들은 이
렇게 한마디 내던지고는 초사학계의 질풍노도 같은 반박과 규탄에도 아
랑곳하지 않고 자취를 감춰버렸다. 아마 많은 사람들이 벌떼같이 몰려들
어 토론하는 현상을 보고 속으로 무척 기뻐하고 자아도취 하였을지도
모른다.

하여 오신의 주석을 적기도 하였다. 『문선』은 두 가지 주석본 즉 이선李善의 주석본과
오신五臣의 주석본이 있다. 오신의 주석본은 당대 개원開元 연간에 나온 여연제呂延濟,
유량劉良, 장선張銑, 여향呂向, 이주한李周翰 등의 합주본이다. 여기서 말하는 오신의
주는 바로 『문선』의 오신 주석을 말한다.

다시 호적의 강연으로 돌아가 보기로 하자. 호적은 자신의 강연을 통하여 "일체의 미신적 전설을 타파하고 새로운 『초사』 해석을 창조"할 것을 희망하였다. 그리하여 "나라 안의 『초사』 연구자들이 나의 의견을 공평한 마음으로 살펴봐 줄 것을 바란다."고 하였다. 그러나 연구방법을 부정하던 데로부터 연구 대상까지 부정해버리는 극단적인 방법은 그로 하여금 즉시 '나라 안의 『초사』 연구자'들의 비판과 규탄의 대상이 되게 하였다. 호적은 1922년 8월 28일에 「초사를 읽고讀楚辭」라는 이 독서기를 작성하여 『노력주보努力周報』의 문예란 『독서잡지讀書雜誌』의 1922년 제1호에 실었다. 그리고 이 잡지를 초사 연구자인 육간여에게 한부 보내어 '비평'을 청하였다. 육씨는 10월 14일에 「〈초사를 읽고〉를 읽고」[40]를 발표하여 호적이 역대 주석가의 황당함을 논한 것에 대해서는 다른 의견이 없지만 굴원 및 그의 작품에 대한 부정은 동의할 수 없다고 하였다. 그리고 다음 세 가지를 강조하였다. 첫째, 「천문」, 「복거」, 「어부」는 굴원의 작품이다. 둘째, 『사기·굴원열전』은 믿을만하다. 전설 속의 굴원은 전국시대에 태어났다. 셋째, 굴원의 전설은 부인할 수 없다. 또한 그는 "호적선생은 내가 제일 존경하는 분이다. 그분을 존경하기 때문에 함부로 그의 의견에 부회할 수 없다."고 하였다. 그들의 토론은 사뭇 차분하게 진행되었고, 감정적이지 않았다. 호적은 더 이상 의견을 발표하지 않았지만 기타 학자들의 비판을 초래하였다. 예를 들면 조취인曹聚仁, 1900~1972은 「〈초사를 읽고〉에 대한 검토」를 발표하였다.[41]

당시 19세의 육간여가 31세의 호적을 비판할 때에 시종 존경의 태도를 취하였다. 그러나 '지천명'에 가까운 양계초가 정치생애의 굴곡과 세상물정을 겪은 후에 얻은 인식에 근거하여 굴원을 느끼고 발표한 식견은

---

40) 陸侃如, 「讀〈讀楚辭〉」, 『努力周報』 副刊 『讀書雜誌』 1922년 제4호.
41) 曹聚仁, 「對於〈讀楚辭〉 的商榷」, 『覺悟』 1922년 9월 29일에 게재.

당시 학자들의 논쟁 차원을 훨씬 뛰어넘었다. 그는 1922년 11월 3일에 「굴원연구」를 작성하여[42] 문학적 측면에서 작품에 담겨진 깊은 의미와 굴원 사상을 연구하였다. 그는 굴원이 민족이 융합하고 철학이 발흥하며 문화가 왕성하게 발전하는 시대에 태어났다고 하였다. 「이소」는 "자서전과 같은 것"이며 "모든 작품의 축소판"이라고 하였고 「구장」은 "저자 사상의 표현이며 「이소」의 확대본"이라고 하였다. 그는 또 「원유」는 "굴원의 우주관과 인생관의 전면적인 표현"이고 굴원은 "두 가지 모순적인 요소를 갖고 있는데 하나는 아주 드높은 이상이고 다른 하나는 매우 열렬한 감정이다."라고 하였으며, 초나라를 떠나고 현실을 떠나는 것은 "굴원의 마음속에서 늘 서로 싸우는 내용"이고 굴원의 작품은 "규모가 크고 기세가 웅장하며 필법이 다층적이고 굳센데 이는 모두 그의 위대한 기백을 표현한 것이다. 중복된 구절이 많은 것은 바로 마음속의 슬픔과 고민을 떨쳐버리지 못하고 나라에 대한 애정이 깊었기 때문이다."라는 견해들을 내놓았다. 이런 논술은 사람들에게 참신한 느낌을 주었고 독특한 견해와 깊은 사상에 감탄을 금치 못하였다.

요평의 제자 사무량은 양계초와 달리 자신의 학술 견해를 발표하면서 요평과 호적의 굴원부정론에 대하여 비판을 가하였다.[43] 그는 『초사』는 남방문학의 대표이고 『시경』과는 여러 면에서 다른 점이 있다."고 하였다. 또 굴원은 "창조적이고 자신감과 결단력을 지니고 있고, 애국정신을 문학적으로 표현하여 국민의 머릿속에 심어 주었다."고 보았다. 사무량의 『초사신론楚辭新論』이라는 책은 총 6장으로 구성되어 있는데 제2장 「굴원 역사에 대한 연구」에서 먼저 요평을 비판하고 다음에 호적을 비판하였는데 목적은 역사상 굴원이라는 인물이 실제로 존재하였음을 논증

---

42) 梁啓超, 「屈原硏究」, 『學燈』 1922년 11월에 게재; 『晨報副刊』 1922년 11월 19일~23일에 연재.
43) 謝無量, 『楚辭新論』, 商務印書館, 1923.

하고 『사기·굴원열전』의 진실성을 증명하기 위해서였다.

그러나 비록 양계초의 정면 논술과 육간여, 조취인, 사무량 등의 반박이 있었지만 요평과 호적의 영향은 여전히 존재하였다. 학술연구는 늘 토론과 논쟁이 존재하고 서로 영향주고 서로 비판하면서 서로 학습하기도 하였다. 예를 들면 육간여는 「〈초사를 읽고〉를 읽고」를 발표하고 난 후에 1923년 4월 8일에 장편 학술논저 「굴원평전屈原評傳」[44]을 발표하였고 「굴원연표屈原年表」, 「굴부교감기屈賦校勘記」, 「굴부고음록屈賦古音錄」을 부록하였다. 그는 이 글의 창작 목적은 "굴원이라는 사람은 과연 존재하였는가? 존재하였다면 어느 시기의 사람인가?"를 밝히기 위해서였다고 설명하였다. 이는 분명 호적의 발표에 대응하기 위한 것이다. 이 저술에서 그는 호적의 '『사기·굴원열전』 위작설'을 하나하나 반박하였으며 "굴원이라는 사람은 존재하였고 전국시대의 사람이다."라고 명확하게 지적하였다. 그러나 구체적으로 작품의 작가를 논술할 때에는 또한 호적의 일부 견해를 수용하기도 하였다. 예를 들면 「구가」는 굴원의 작품이 아니라는 호적의 견해에 동의하였다. 또 「구가」는 "가장 오래된 작품"이라고 한 호적의 견해에 대하여 육간여는 "절대적인 사실이다."라고 평가하였다. 주목할 점은 호적과 육간여가 학계에서 서로 다른 의견을 발표할 때에 두 사람의 교분이 꽤 깊었다는 사실이다. 그리하여 '글로 성토'하다가 직접 만나서 굴원과 초사에 대한 견해를 교환하기까지 하였다. 육간여는 「굴원평전」에서 호적이 「구가」는 굴원의 작품이 아니라고 한 두 가지 이유를 서술하였다. 즉 "후에 우리의 담화에서 그는 두 가지 중요한 이유를 제시하였다."고 하면서 그 내용을 밝혔다.

첫째, 만약 「구가」도 굴원의 작품이라면 『초사』의 연원을 찾을 수 없고 문학사는 신이기神異記가 되버리고 만다.

---

44) 陸侃如, 「屈原評傳」, 『陸侃如古典文學論文集』(上), 上海古籍出版社, 1987.

둘째, 「구가」는 분명히 「이소」 등 작품의 전 단계이다. 우리는 이런 진화를 굴원 한 사람에게 귀속시킬 것이 아니라 『초사』 자체에 귀속시키는 것이 더 마땅하다.

이에 대하여 육간여는 "이는 모두 문학사의 시각으로 「구가」의 시대를 판단한 것으로서 내가 보기에는 매우 좋은 것이다."라고 평가하였다. 그는 「원유」도 굴원의 작품이 아니라는 호적의 주장을 따랐고, 호적이 '상세한 설명'을 하지 않았기에 스스로 그 이유를 다음과 같이 덧붙였다.

첫째, 이 작품에 나오는 인명은 모두 굴원 시대에는 없었다.

둘째, 이 작품에서 표현한 사상은 다른 작품과 일치하지 않는다.

셋째, 이 작품에는 사마상여의 「대인부大人賦」를 표절한 곳이 있다.

세 번째 이유는 요평이 이미 지적한 바 있다. 「천문」에 대해서 육간여는 조금 망설였다. 호적은 "「천문」은 문맥이 통하지 않고 견해가 저열하며 문학적 가치가 전혀 없다."고 말하였다. 육간여는 「천문」에는 "두 가지 결점이 있다."고 하였으며 하나는 "문장의 뜻이 어렵고 애매하고" 다른 하나는 "문맥이 혼란스럽다."고 하면서 "정말로 문학적 가치가 없고 정말 시라고 할 수도 없다."[45]고 하였다. 그러나 문장의 끝에 가서 그는 "문맥이 통하는가 여부는 우리가 지금 판단할 수 없고 다만 이해하기 어렵다고 봐야 된다. 이런 어려움은 우리의 학식이 협애하기 때문이다.", "따라서 호적 선생의 의심은 성립될 수 없다."고 하였다. 그는 호적의 논거를 받아들였지만 호적의 결론은 부정하였다.

육간여는 「굴원평전」을 쓸 때 양계초의 1922년 11월에 발표한 「굴원연구」를 진지하게 읽고 일부 인용하기도 하였지만 그 태도와 평가 면에서는 호적을 대한 것보다 훨씬 못하였다. 육씨는 호적에 대하여 주로

---

45) 67년이 지난 후에도 여전히 이 주장을 수용하는 사람이 있다. 李鳳儀, 「天問不是文學作品」, 『呼蘭師專學報』 1990년 제3호.

반박하였지만 찬성한 부분도 있다. 예를 들면 역사적으로 굴원이라는 인물이 있었는가, 「굴원열전」은 믿을만한가에 대해서는 호적의 견해를 반박하였지만, 「구가」의 작가와 성격에 대해서는 동의하였고 「원유」의 작가 문제에 대해서는 보충설명을 하였으며 「천문」의 문학성 문제는 수용하였다. 그러나 명망이 높은 양계초에 대해서는 긍정과 찬성은 하나도 없고 오히려 두 가지 문제를 들어 반박만 가하였다. 하나는 「천문」은 굴원의 유배 이전에 창작하였다는 양계초의 관점에 대하여 "견강부회하여 변론할 것조차 없다."고 반박하고, 다른 하나는 「초혼」의 작가가 굴원이라는 양계초의 관점은 취할 바가 아니라고 하였다. 양계초는 "「초혼」의 이상과 문체는 송옥의 기타 작품과 다른 점이 매우 많아 응당 태사공의 설에 따라 굴원에게 돌려주어야 한다."고 하였다. 이에 대하여 육간여는 "이 이유는 너무 공허하다. 송옥의 문체와 이상은 무엇인가? 굴원의 문체와 이상은 또 어떠한 것인가? 「초혼」의 문체와 이상은 또한 어떤 것인가?"라고 질문하였다. 그리고 양계초의 이유는 "사람을 설득시킬 수 없고" "이상과 문체를 갖고 고증의 근거로 삼는 것은 아주 위험하다."고 반박하였다. 육씨의 반박은 기세등등한 면이 있긴 하지만 오히려 양계초의 주장을 매우 중요시하여 이만 자나 되는 그의 「굴원평전」에서 회피할 수 없는 중요한 학술 관점으로 간주하였음을 보여준다.

　호적과 육간여가 1922년에 「〈초사〉를 읽고」에 관한 논쟁을 하고 있을 때에 또 다른 저명한 초사 전문가가 세인의 주목을 끌었다. 이 사람이 바로 유국은이다. 유국은은 육간여보다 4살 위이다. 초기에는 『중국사부사中國辭賦史』를 연구하였고 『초사』에 대한 연구가 깊다. 1922년 육간여가 「〈초사를 읽고〉를 읽고」를 발표하자 유국은은 그 문장을 읽고 주동적으로 육간여를 방문하였다. 서로 면식이 없던 그들은 이후부터 "자주 왕래하였으며 서로의 장점으로 자신의 단점을 보완하고 서로 배우는 즐거움을 나누었다." 4년 후 유국은이 『중국사부사』에서 '초사' 부분을 독립하여 내어 『초사개론楚辭槪論』를 만들고 육간여에게 서문을 요청하였다. 육간여는 『초사개론』을 "역사적인 방법과 고증의 정신을 갖추었다.", "『초사』 이래 전례 없는 저작이다."라고 칭송하였다.[46]

그러나 요평의 영향력은 여전히 존재하였다. 예를 들면 호광위胡光煒, 1888~1962는 1926년에 「〈원유〉 소증」[47]을 발표해서 "요평이 「원유」편은 사마상여의 「대인부」와 대동소이하다고 지적한 적이 있다. 지금 자세히 비교하여 보니 이 편은 십중오육은 「이소」의 문구를 짜깁기한 것이고 나머지는 「구가」, 「천문」, 「구장」, 「대인부」, 「칠간」, 「애시명」, 『산해경』, 『노자』, 『장자』, 『회남자』의 저서에서 인용하였다. 또한 뜻이 황당하고 괴이하며 신선과 많이 관련되어 있다. 의심컨대 위작이고 한무제 때에 만들어진 것으로 보인다."고 하였다.

1930년에 육간여는 또 「굴원과 송옥」[48]을 발표하였으며 『초사』 연구 참고서목을 열거하였다. 그중 명확하게 제시한 것으로 다음 네 가지가 있다.

『초사강의楚辭講義』	요평
「초사를 읽고讀楚辭」	호적
「굴원연구屈原硏究」	양계초
「원유소증遠遊疏證」	호광위

그런데 유국은의 『초사개론』을 참고목록에 넣지 않았다. 육간여는 이 책의 끝에 "『초사』에 관한 단순 상식만을 알고 싶어 하는 독자들에게는

46) 游國恩, 『楚辭槪論』, 北新書局, 1926.
47) 胡光煒, 「〈遠遊〉疏證」, 『金陵光』 1926년 제15권 제1호.
48) 陸侃如, 「屈原與宋玉」, 『百科小叢書』, 商務印書館, 1935; 『陸侃如古典文學論文集』 (上), 上海古籍出版社, 1987.

이미 그 요구를 만족시켰을 것으로 생각한다. 만약 더 나아가 전문적인 연구를 하고자 하는 사람은 참고서목에 따라 연구하길 바란다."고 하였다. 이를 통하여 육간여는 요평, 호적, 양계초, 호광위 이 네 사람의 견해를 매우 중시하였음을 알 수 있다.

이와 동시에 노신도 이 학술 논쟁에 대하여 자신의 태도를 표명하였다. 1926년에 노신은 하문대학廈門大學에서 '중국문학사' 과목을 강의하면서 교재로 『한문학사강요漢文學史綱要』를 편찬하였다. 그 중 제4편이 「굴원과 송옥」이다. 그 글에서 굴원 및 굴원의 작품, 사마천의 「굴원열전」에 대하여 정면으로 긍정하고 문장의 마지막에 열거한 '참고서목'에서 아래와 같은 그 시대의 두 저작을 열거하였다.

『초사신론楚辭新論』   사무량
『초사개론楚辭概論』   유국은

이상의 서술을 종합해보면 '굴원이라는 사람의 존재 여부와 「굴원열전」의 진실성 여부'를 둘러싸고 20세기 초 특히 20세기 20년대에 공동으로 참여하는 하나의 '학자군'이 형성되었으며 이로써 굴원 및 굴원의 작품에 대한 연구를 추진하였고 근현대 초사학사의 토대를 닦아놓았다. 이 '학자군'에는 유사배, 왕국유, 요평, 호적, 육간여, 조취인, 사무량, 양계초, 호광위, 노신 등이 포함되어 있다. 그야말로 "한때 얼마나 많은 호걸들이 있었던가!"와 같은 성황을 이루었고 그들의 공동 참여는 방법론적인 측면에서 우리에게 많은 계시를 주었다.

첫째, 전통에 발을 붙이고 세계를 향하였다. 예를 들면 왕국유는 서양 철학을 이용하였고 노신은 일본의 학자 스즈키 토라오鈴木虎雄, 1878~1963의 『지나문학의 연구支那文學之研究』 권1의 「소부의 생성騷賦之生成」, 고지마兒島獻吉郎의 『중국문학사강中國文學史綱』을 인용하였다.

둘째, 학술 논쟁을 할 때에 서로 반박하고 서로 융합하는 좋은 현상이 나타났다. 예를 들면 육간여가 열거한 '참고서목'에 요평, 호적, 호광위의 작품이 있었고 노신이 열거한 '참고서목'에 유국은의 『초사개론』과 호적의 『중국철학사』 상권이 있었다.

셋째, 자유로운 학술 논쟁과 심도 있는 학술 토론이 진행되었고 서로의 우정과 교유에 영향주지 않았다. 1922년에 호적은 31세이며 북경대학의 교수로 있었고 육간여는 19살로 북경대학 1학년 학생이었다. 육간여는 감히 공개적으로 호적을 반박하였고 다른 관점을 내놓았지만 그들의 교분은 여전하였고 육간여는 호적을 "내가 제일 존경하는 사람"이라고 하였다. 1923년에 양계초는 50세이며 청화대학淸華大學 국학연구원의 지도교수이고 네 명의 국학대가 중의 한사람으로서 명망이 높았다. 그런데 당시 20세이던 육간여는 역시 그의 「굴원평전」에서 양계초의 「굴원연구」를 반박하였고 심지어 일부 관점에 대해서는 완전히 부정하였다. 1926년에 유국은은 27세이며 북경대학을 졸업하고 강서성의 한 중학교에서 교편을 잡았다. 육간여는 23세이고 북경대학을 졸업하고 양계초가 주관하는 국학연구원에 초빙되었다. 서로 완전히 다른 형편이었지만 유국은이 육간여에게 서문을 요청하는 일에는 전혀 저애가 되지 않았으며 육간여는 유국은의 첫 번째 저서 『초사개론』을 "역사적 방법과 고증의 정신을 갖추었다.", "『초사』이래 전례 없는 저작이다."라고 높이 평가하였다. 그들의 초사에 대한 연구와 토론, 논쟁은 나이와 신분, 직위, 권위를 초월하여 평등하고 자유롭게 전개되었으며 연구도 심도 있게 진행되었다.

넷째, 방법론의 토론에 집중하였다. 왕국유는 『고사신증古史新證』에서 유명한 '이중증거법二重證據法'을 제기하였는데 즉 '종이에 적힌 자료'와 '지하에 묻힌 새 자료'로 서로 검증하여야 한다는 것이다. 진인각陳寅恪, 1890~1969은 왕국유의 학문 연구 태도를 다음과 같은 몇 가지로 총결하였다. 첫째는 지하의 실물을 가져다 종이에 적힌 이문을 해석하고 검증하였고, 둘째는 다른 민족의 고서를 가져다 중국의 고서를 보완하였고, 셋째는 외래의 관념을 가져다 고유의 자료와 서로 참고하여 증명하였다.(「왕정안선생유서서王靜安先生遺書序」[49]) 육간여가 말한 '역사적 방법'과 '고증의 정신'도 역시 이 '이중증거법'에 대한 간명한 서술이다. 만약 청대 말기와 민국 초기의 4대 발견인 갑골문甲骨文, 돈황유서敦煌遺書, 한진목간漢晉木簡, 내각대고內閣大庫 문서가 없었다면, '야외고고학'의 실적이 없었다면 방법론의 돌파가 있을 수 없었을 것이다.

이외에 20세기 20년대의 학술 번영은 당시의 교육 개혁과도 연관이 있다. 1905년에 과거시험이 폐지되었고 1911년에 북경대학과 청화학당이 설립되었으며 1925년에 청화대학에 국학연구원이 설립되었고 1928년에는 중앙연구원이 설립되어 학술연구와 석학양성의 기초를 마련해 놓았다. 그리하여 당시의 학술 연구를 추진하였을 뿐만 아니라 30~40년대의 우수한 인재들을 수없이 배출해내었다. 예를 들면 문일다, 강량부, 포강청, 손작운, 이가언李嘉言, 1911~1967 등은 모두 청화대학 출신이다.

20년대의 초사 연구의 첫 번째 고조가 지난 후에 두 번째 고조는 항일전쟁 시기에 나타났다. 이 두 고조 사이에 중요한 인물이 과도적 역할을 하였는데 그가 바로 문일다이다. 1929년 문일다는 무한대학武漢大學 문과대의 학장으로 있었고 유국은은 강서중학교에서 무한대학의 강사로 초빙 받고 와서 '초사 연구'라는 과목을 강의하고 있었는데 그가 문일다에게 초사 연구도 진행할 것을 건의하였다. 문일다는 1933년에 가서야 비로소 '초사 연구' 과목을 강의하였고 1934년부터 연구성과를 발표하기 시작하였다. 유훤劉煊은 "항일전쟁시기에 초사 연구에서 탁월한 성과를

---

49) 역자주-이 책은 『해녕왕정안선생유서海寧王靜安先生遺書』로서 중국 근대의 저명한 학자인 왕국유의 저서들을 모아 편찬한 것이다. 왕국유는 해녕 사람이며 자가 정안이다. 이 책은 총 104권이며 1940년 상무인서관商務印書館에서 석인본으로 출판하였다.

거둔 학자들이 많은데 문일다 외에 곽말약의 영향이 가장 컸다."고 하였다.[50] 사실 곽말약은 1934년부터 굴원 연구를 시작하였고 1935년부터 논문을 발표하였다. 문일다와 곽말약은 유국은, 육간여, 양계초, 사무량, 호적, 요평, 호광위 등의 인물과 동시대 사람으로서 소위 '세기를 뛰어넘는' 자들이다. 그렇지만 문일다와 곽말약은 20세기 20년대의 초사 연구 논쟁에는 참여하지 않았으며 유영제나 몽문통의 경우처럼 독립적인 연구[51]조차도 하지 않았다. 문일다는 34세, 곽말약은 42세에 이르러서야 약속이나 한 듯이 일제히 '초사 연구' 분야에 뛰어 들었으며 신속히 20세기 초사 연구의 두 번째 고조의 영수 인물로 활약하였다. 이런 특수한 현상도 우리가 참고하여 볼 만한 가치가 있다.

4 근현대 초사학사의 통시적 고찰(하)

1) 20세기 30대부터 40년대, 특히 항일전쟁 시기는 초사 연구의 또 하나의 고조기였다. 학자들이 각 대학에서 '초사' 혹은 '초사 연구'라는 과목을 개설한 현상만 보더라도 전례 없는 성황을 이루었다.

① 유국은
- 1928년 9월 무한대학에서 '초사 연구' 개설
- 1931년 9월 청도대학青島大學에서 '초사 연구' 개설
- 1936년 화중대학華中大學(1938년에 운남 대리雲南大理로 옮김)에서 '초사 연구' 개설

---

50) 劉煊, 『聞一多評傳』, 北京大學出版社, 1984.
51) 蒙文通, 『天問本事』, 成都大學講義, 1928. 이 책의 서문은 『史學雜誌』 1930년의 제1권 제4호에 게재되었다.

② 문일다

- 1932년 9월 청화대학에서 '선진한위육조시先秦漢魏六朝詩'를 강의 하였는데 내용은 『시경』 및 초사 중의 「구가」였다.
- 1933년 청화대학에서 '초사 연구' 개설
- 1938년 서남연합대학西南聯合大學(곤명昆明)에서 '초사' 강의
- 1939년 서남연합대학(곤명)에서 '이소' 강의

③ 임경

- 1937년 하문대학(복건 장정福建長汀)에서 '초사' 강의

일본의 침략으로 인하여 많은 대학들이 내륙으로 옮겼지만 여전히 '초 사' 과목을 개설하였다.

④ 유영제 : 무한대학(사천 낙산四川樂山)
⑤ 강량부 : 동북대학(섬서 서안陝西西安)
⑥ 장천추 : 동북대학(섬서 서안)

또한 직접 내륙의 대학에 가서 '초사' 과목을 개설한 학자도 있다.

⑦ 탕병정 : 귀주대학貴州大學, 귀양사범학원貴陽師範學院(귀양貴陽)
⑧ 강량부 : 운남대학, 서남연합대학 사범학원(곤명)

민족과 국가가 생사존망의 위기에 봉착하였던 그때 당시 학자들은 '초 사'를 강의할 때에 유난히 굴원의 인격과 애국 감정을 강조하였으며 학 생들에게 깊은 인상을 남겨 주었다. 예를 들면 유영제는 굴부屈賦를 강의 할 때 늘 강의 원고를 떠나 굴원 인격의 위대함과 숭고함을 칭송하고

굴원의 "아홉 번 죽어도 후회하지 않고雖九死而猶未悔" 나라를 위하여 생명을 바친 고결한 지조를 칭송하였다.[52]

초사의 교학과 연구를 정치투쟁과 결합시킨 것은 항일전쟁 시기 초사연구의 중요한 특징이다. 이 시기에 곽말약은 "내가 바로 굴원이다."라고 말한 적이 있다. 그는 사극『굴원』(일본어판, 암파문고岩波文庫)의 「작가의 말」에서 "나 개인의 현실 생활의 경력에 의하면 나는 굴원의 유배생활의 쓰라림과 조국을 열애하는 심정을 직접 경험하였다."고 하였다. 무한대학이 사천 낙산으로 옮겨간 후 유영제는 국민당에 가입하라는 요구를 한사코 거절하였고 낙산 경비 사령관의 결혼식에도 참가하지 않았는데, 이것도 역시 '굴원 정신'의 계승과 발양이라 할 수 있다. 바로 이런 특수한 시대적 특징으로 인하여 많은 학자들이 초사 연구 전문가로 전환되었다. 탕병정은 장태염의 수제자이며 원래 문자, 성운, 훈고학을 전문적으로 연구하였고 관련 논문도 발표하였으며『언어의 기원語言之起源』이라는 저서도 출판하였다. 그러나 "항일전쟁이 일어나자 도처를 유랑하면서 민족의 생사존망의 고통을 맛보게 되었고 점차 굴원의 사상 감정과 공명을 갖게 되었다. 귀양의 대학에서는『초사』로 학생들을 가르친 적이 있다. 이때부터 시작한 굴부屈賦 연구는 지금까지 계속되었다."고 하였다.[53] 후에 연구 저서『굴부신탐屈賦新探』,『초사유고楚辭類稿』를 출판하였고 중국굴원학회의 회장으로 추천되었다. 또 하검훈何劍熏, 1911~1988은 항일 전쟁 시기에 자그마한 지방 현의 중학교에서 「이소」를 가르치면서 「초사속증楚辭俗證」, 「초사교주楚辭校注」, 「왕일초사장구교보王逸楚辭章句校補」 등의 성과를 내 놓았으며 이를 기초로 하여 이후에 저서『초사습심楚辭拾瀋』,『초사신고楚辭新詁』를 출판하였다. 1935년에 위유

---

52) 金紹先, 「九死未悔愛國心 — 記先師劉永濟」, 『文史雜誌』 1991년 제6호.
53) 湯炳正, 『湯炳正小傳』, 1990, 필자 소장 원고본.

장웨이위장衛瑜章, 1899~1990은 저서 『이소집석離騷集釋』을 완성하였는데[54] 「자서自序」에서 이 책을 쓴 목적을 다음과 같이 밝혔다.

> 굴원은 비록 벼슬길이 막힘을 당하고 갖가지 근심을 겪었으며 어두운 곳으로 가라앉아 수레를 돌려 곤륜산으로 갈 것을 생각하고 흐르는 강물 속으로 뛰어들지언정 끝내 임금과 나라를 모른 체하고 멀리 떠나갈 수 없었으니 짙은 충성과 애정은 백세를 지나도 가려지지 않는다. 오늘날 천하는 환란이 많다. 관동을 바라보니 영원히 다른 나라에게 침륜되었다. 저 천하의 중망을 책임진 자들은 나라를 버리는 것이 마치 물건 버리듯 하고 기꺼이 원수에게 아첨하며 부끄러운 줄 모르고 있으니 어찌 끝내 고향을 굽어보는 때가 없는가? 후세의 군자들은 그 책을 읽고 그 마음을 체득하여라. 세상 교화에 크게 관계되기 때문이다.
>
> 夫屈子雖權否塞, 曆百憂, 一往沈冥, 以思夫遭 道昆侖, 容與流沙, 而卒不忍恝置君國以遠遁, 纚然忠愛, 是足曆百世而不斁. 今天下益多故矣. 盱衡關東, 永淪異域. 彼雅負天下望者, 乃去宗國其如遺, 甘心媚仇恬不恥, 曷爲其終無臨睨舊鄕時乎. 後之君子, 擷其書, 得其用心, 蓋關係於世敎匪細.

이를 통하여 이런 일련의 학자들은 초사 연구라는 특수한 방식으로 애국항일전쟁에 참여하고 이민족을 반대하고 인격을 보존하였음을 알 수 있다. 예를 들면 문일다는 학생들로부터 "얼굴부터 영혼의 깊은 곳까지 틀림없는 굴원이다."라고 평가받았다. 그는 굴원에 관하여 강연하기를 제일 즐겼다. 그는 늘 "이천 년이래 중국 사람들이 왜 그토록 굴원을 숭배하였는지 나는 이제야 그 이유를 알 것 같다. 그것은 바로 굴원은 인민의 시인이고 인민을 위하여 시를 창작하였으며 혼란한 정권에 반항하고 백성에게 충성하기 위하여 죽었기 때문이다."라고 말하였다.[55] 1945년 문일다는 곤화昆華 중학교에서 연설할 때에 「이소」의 성공은

---

54) 衛瑜章, 『離騷集釋』, 商務印書館, 1936.
55) 王一, 「哭聞一多」, 『新華日報』 1946년 7월 25일.

작품의 예술적 성취에 있을 뿐만 아니라 정치성에도 있다. 아니, 정치적 성공이 심지어 예술적 성공을 초월하였다고 볼 수 있다."고 하였으며 "만약 굴원의 「이소」가 그 당시 폭풍우 앞에서 질식하여 숨 쉬기조차 가빠 죽기만을 기다리는 초나라 백성들의 반항 정서를 불러일으켰다면 굴원의 죽음은 그러한 반항 정서를 폭발의 변두리까지 끌어올렸다."고 하였고, 또 "역사는 폭풍우의 시대가 필연코 오게 되어있음을 결정하였고 굴원은 이러한 시대의 '촉매' 작용을 일으켰다."고 하였다. 이러한 논술은 모두 당시 시국과 민심의 향배에 완전히 부합되는 것이었다.

물론 '항일전쟁' 시기 초사 연구의 번영은 그 내적 원인도 있다. 그것은 바로 굴원의 불후의 시편과 스스로 형상화한 인격이 영원한 감화력을 가졌기 때문이다. 굴원은 충군애국, 독립불천, 상하구색, 호수위상의 인격적 경지를 추구하였다. 굴원의 위대함과 비극의 근원은 바로 고향과 고국에 대하여 지나친 미련을 갖고 인격미에 대하여 너무 소중하게 생각한 데에 있다. 굴원은 죽어서도 초나라를 떠나지 않았고 이상을 위하여 목숨을 바쳤다. 그는 평생의 끊임없는 추구로 자신을 위하여 하나의 기념비를 세웠고 민족전통과 논리의식에 거대한 영향을 미쳤다. 굴원은 자신의 운명을 조국의 운명과 연결시켰는데 이는 애국주의 윤리 관념의 형성에 지대한 실천적 의의와 이론적 가치를 갖고 있다. 중국의 기나긴 고대사회를 돌이켜 본다면 백성들이 포악한 세력에 반항하고 정의를 지킬 때, 외족의 침략과 국가의 위기에 처하였을 때에 굴원의 애국정신과 인격 지조가 충분하게 발휘되는 현상을 볼 수 있다. 남송南宋, 원말元末, 명말明末, 청말淸末, 항일전쟁 등 여러 시기에 나타났는데 그중에서 가장 광범위하고 투철하게 나타난 때가 바로 항일전쟁 시기이다.

2) 항일전쟁시기 초사 연구의 번영은 우선 지역의 광활함에서 표현된다. 무한, 상해 등이 차례로 함락됨에 따라 드넓은 중국은 여러 구역으로

나뉘어졌지만 매 구역마다 초사 연구에서 많은 성과를 거두었다. 당시 중국은 다섯 개 구역으로 나눌 수 있었다.

① '국민당 통치구역'. 중경을 중심으로 한다. 곽말약이 대표적 인물이며 주요 성과는 아래와 같다.

- 「굴원시대屈原時代」, 1936년 2월
- 「굴원에 관해關於屈原」, 1940년 5월 30일
- 「혁명시인굴원革命詩人屈原」, 1940년 6월 7일
- 「포검蒲劍·용선龍船·리치鯉幟」, 1941년 5월 27일
- 「굴원고屈原考」, 1941년 12월 5~6일
- 「굴원의 예술과 사상屈原的藝術與思想」, 1941년 12월 21일
- 「굴원사상屈原思想」, 1942년 2월 20일
- 「굴원과 리아왕屈原與釐雅王」, 1942년 3월 18일
- 『포검집蒲劍集』, 중경문학서점重慶文學書店 1942년 4월판
- 『굴원연구屈原硏究』, 중경군익출판사重慶群益出版社 1943년 7월판

② '대후방 기지'[56]. 곤명을 중심으로 하고 계림, 곤명, 성도 등의 지역을 포함한다.

당시에 초사학 연구의 대가 세 명이 곤명과 운남에 있었다. 즉 서남연합대학의 문일다, 화중대학의 유국은, 운남대학의 강량부이다. 이외에도 무한대학(사천 낙산)의 유영제와 소설림, 동북대학(사천 삼대四川三台)의 육간여와 요설은姚雪垠, 1910~1999이 있었다. 그리고 진사령陳思苓(성도), 탕병정(귀양), 유개양劉開揚(내강內江) 등도 있었다. 서남연대 문일다의

주위에는 '초사학자군'이 있었다. 이들은 문일다의 제자 정임천鄭臨川, 1916~2003, 손작운孫作雲, 1912~1978, 문일다의 동료 포강청, 이가언 등이다. 1946년 7월 15일 문일다가 국민당 특무에게 암살당한 후에 그의 뒤를 이어 청화대학에서 '초사' 과목을 강의한 사람이 바로 포강청이다.[57] 포강청의 논문 「굴원의 생년월일 추정 문제」[58]는 줄곧 학계의 호평을 받아 여러 논문집에 실렸다.[59] 이가언은 「굴원」, 「구가의 근원과 편수九歌的來源及其篇數」 등의 논문을 발표하였으며 곽말약과 『초사』의 '난亂'에 대한 해석을 토론하기도 하였다.[60] 문일다의 제자 손작운의 첫 번째 논문 「구가 산귀고」[61]는 문일다의 직접적인 계시와 지도, 수정을 거쳐 발표된 것이다. 문일다는 유국은에게 보내는 편지에서 "「산귀」에 대하여 저는 요즘 새로운 해석이 있습니다. 대략적인 뜻은 이미 문하생 모군에게 알려주었고, 광범하게 증거를 수집하여 논문을 쓰라고 하였습니다."[62]라고 하였다. 그러므로 손작운은 논문 마지막의 '부가 설명'에서 "만약 이 문장에 장점이 있다면 그것은 모두 선생님께서 주신 덕분이다."라고 하였다. 문일다의 연구 성과는 이 시기에 더욱 뚜렷하게 나타났는데 다음과 같다.

- 1933년 '초사 연구' 과목을 개설하였는데 수강생이 손작운과 왕문완王文婉 두 명이었다.
- 1934년 「천문석천天問釋天」 발표.
- 1935년 「독소잡기讀騷雜記」, 「고당신녀전설의 분석高唐神女傳說之分析」

---

57) 浦江清, 『浦江清文史雜文集』, 清華大學出版社, 1993, 275쪽.
58) 浦江清, 「屈原生年月日的推算問題」, 『歷史研究』 1954년 제1호.
59) 『楚辭研究論文集』, 作家出版社, 1957 ; 『楚辭研究論文選』, 湖北人民出版社, 1985.
60) 李嘉言, 『李嘉言古典文學論文集』, 上海古籍出版社, 1987.
61) 孫作雲, 「九歌山鬼考」, 『清華學報』 1936년 제11권 제4호.
62) 聞一多, 『聞一多全集』, 제12권, 湖北人民出版社, 1993.

발표.

- 1936년 「이소해고離騷解詁」, 「돈황 고필사본敦煌舊抄 〈초사음楚辭音〉 잔권 발문殘卷跋」, 「초사각보楚辭斠補」 발표.
- 1937년 '초사' 과목 강의.
- 1938년 '초사' 강의. 한 학기에 「천문」 한 편만 강의하였다.
- 1939년 '이소' 강의.
- 1940년 「구가를 어떻게 읽을 것인가」 발표.
- 1941년 「구장해고九章解詁」를 저술(완성하지 못함); '초사' 강의; 학술강연회에서 「무엇이 〈구가〉인가」를 강연.
- 1942년 『초사교보楚辭校補』가 국민도서출판사에서 출판됨; 「신화와 시」 강의.
- 1943년 「단오의 역사교육」 발표.
- 1944년 「구가교석九歌校釋 ― 동황태일東皇太一」; 「구가교석九歌校釋」 (「동군東君」, 「운중군雲中君」, 「상군湘君」); 「굴원 문제屈原問題 ― 손차주선생에게 질의하다敬質孫次舟先生」 발표.
- 1945년 잡문 「진짜 굴원」, 「인민의 시인 ― 굴원」 발표, '시인절詩人節' 만찬회 강연.

문일다의 초사 연구 성과(탈고하지 못하거나 미발표된 것까지 포함)는 모두 이 시기에 이루어졌다고 할 수 있다.

③ '고도孤島' 상해

1938년 상해에서 『초사 연구』라는 책이 출판되었는데 '오월사지연구회吳越史地研究會'의 특별 총서의 하나로 나왔다. 이 책은 위취현衛聚賢의 「이소의 저자 ― 굴원과 유안離騷的作者—屈原與劉安」, 하천행何天行의 「초사신고楚詞新考」, 정적호丁迪豪의 「이소의 시대 및 기타離騷的時代及其他」

등 3편의 글로 구성되었다. 이 책의 앞머리 '선언'에서는 "본서의 결론은 이러하다. 「천문」의 창작시기가 가장 이르며 진한 시기의 작품이다. 「이소」는 회남왕 유안의 작품이고 「구가」는 한대 궁정의 악장이다."라고 하여 공개적으로 요평, 호적의 관점을 계승하고 발전시켜 「이소」를 유안의 작품이라고 주장하였다.[63] 이런 공개적인 '굴원부정론'은 60년 동안 학술계의 엄격한 비판을 받았다.

물론 '고도' 상해의 초사 연구가 하나도 취할 바가 없는 것은 아니다. 예를 들면 1943년 위취현이 『설문월간說文月刊』(오치휘吳稚暉 선생 80세 기념 특별호)를 편집하면서 무한대학(사천 낙산)의 소설림에게 원고를 요청하였다. 소설림은 「굴원 〈천문〉 속의 〈구약·창세기〉屈原〈天問〉裏的〈舊約·創世紀〉」를 써서 이 잡지의 1944년 제4호에 실었다. 소설림은 이후부터 흥취를 느껴 이어서 「〈천문〉 속의 후예사일 신화〈天問〉裏的後羿射日神話」, 「굴원 〈천문〉 속의 인도 제천교해 이야기屈原〈天問〉裏的印度諸天攪海故事」 등을 써서 『동방잡지東方雜誌』 제40권의 제8호와 제9호에 실었다. 소설림은 후에 저명한 초사학자로 성장하여 선후로 『구가 중의 사람과 신의 연애문제九歌中的人神戀愛問題』, 『굴원과 구가屈原與九歌』, 『천문정간天問正簡』, 『초소신고楚騷新詁』, 『굴부논총屈賦論叢』 등 다섯 종의 저서를 출판하였다. 비록 그의 학술 관점은 일반 사람들이 찬성하기 어렵지만 그의 일련의 성과의 촉발점은 위취현의 원고 요청이었다. 이 점에 대하여 소설림은 「나의 굴부 연구 경과」에서 명백히 밝혔다.[64]

④ '항도港島' 홍콩

요종이 선생은 건강 때문에 홍콩에 머물고 있으면서 1940년 1월에

63) 王錦厚, 『郭沫若學術論辯』, 成都出版社, 1990, 169~173쪽.
64) 蘇雪林, 「我硏究屈賦的經過」, 屈賦論叢, (臺)國立編譯館, 1980.

『초사지리고楚辭地理考』[65)]를 완성하였고, 전목錢穆, 1895~1990선생과 논변하였다. 이 책은 최초의 초사 지리 전문서이다.

⑤ '해방구'. 연안을 중심으로 한다.

중공중앙中共中央 기관지 『해방일보解放日報』가 1941년 6월 5일에 초삼肖三의 「굴원을 기념하여紀念屈原」라는 문장을 발표하였다. 1942년 6월 3일과 4일에는 곽말약의 「굴원사상」을 연재하였다. 곽말약의 이 글은 원래 1942년 3월 9일과 10일에 중경의 『신화일보新華日報』에 연재되었던 것이다. 문일다의 「굴원문제」는 1944년에 완성해서 가장 먼저 중경의 『중원中原』 잡지의 1945년 제2권 제2호에 실었다. 1946년 7월 20일에 연안의 『해방일보』가 문일다의 이 글을 전재하였으며 '평어'를 추가하였다. '평어'에서 "학술 가치가 매우 높은 이 문장에서 항일전쟁 이후 문일다 선생의 사상을 보아낼 수 있다. 민주와 자유를 동경하는 그의 정신은 특히 사람들을 경탄케 한다. 그의 이 거작을 읽으며 그의 최후를 생각하면 우리는 더욱 큰 비통과 분노를 느끼게 된다."고 하였다.

3) 항일전쟁 시기의 초사 연구의 번영은 또한 연구 유형의 다양성에서 표현된다.

첫째, 학술연구와 항일투쟁을 결합한 유형. 이 방면에서는 곽말약, 문일다가 대표적 인물이다. 곽말약은 "나는 괴테와 자신을 비교한 적이 없지만 굴원과 비교한 적은 있다."고 하였다.[66)] 그는 굴원 연구의 시대적 의의를 특별히 강조하였다.

---

65) 饒宗頤, 『楚辭地理考』, 上海商務印書館, 1946.
66) 郭沫若, 『創造十年』, 現代, 1932, 69쪽.

굴원 기념활동이 민간에서 그 본래의 의미를 차츰 잃어가고 있을 때에
중국은 다시금 이천여 년 전 초나라와 비슷한 처지에 놓이게 되었다. 밖
으로는 호랑이나 늑대 같은 진나라보다 더 난폭한 일본 침략자가 있고 안
으로는 상관대부나 영윤 자란 초회왕, 정수 등보다도 더욱 나쁜 매국노들
이 있다. 그리하여 굴원의 이미지는 더욱 거룩하여 보이게 되었다.[67]

그리하여 곽말약은 굴원 연구와 정치투쟁을 결합시켰다. 특히 1942년
에 창작한 연극 『굴원』은 산간 도시 중경을 떠들썩하게 하였는데 그야
말로 "수백만 사람들이 모두 거리로 몰려나와 골목이 텅 비고 향내 나는
풀과 악취 나는 풀을 구분할 줄 알게 되었다.萬人空巷識薰蕕." '굴원' 역을
맡은 배우는 다음과 같이 말하였다.

나는 『굴원』의 저자를 좋아한다. 나는 굴원을 더욱 좋아한다. 곽선생
님의 필치로 묘사된 굴원 시의 심오함과 호매로움이 가장 적절하다. 그의
붓끝에서 나는 시인의 애원과 침울함을 들을 수 있었고 시인의 외침과 분
노의 울부짖음을 들을 수 있었다. 고대의 '우레와 번개와 바람과 구름'이
그의 붓끝에서 끌려나왔고 20세기 40년대의 진위와 선악도 그의 붓끝에
서 남김없이 청산되었다. 이것은 연극도 아니고 유희도 아니다. 이것은
고대의 서사시이다. 이것은 오늘날의 전투의 깃발이다. 나는 굴원의 배역
을 맡기로 결심하였다.[68]

주은래周恩來, 1898~1976는 「뇌전송雷電頌」 중의 "불어라 바람이여! 울
부짖어라 우레여! 번쩍여라 번개여! 모든 암흑 속에서 잠든 것들을 회멸
하라, 회멸하라, 회멸하라!"라는 대사를 제일 좋아하였다. 주은래는 다음
과 같이 말하였다.

67) 郭沫若, 「屈原的幸與不幸」, 『中國詩壇』 1948년 6월 15일.
68) 金山, 「參加屈原演出有感」, 『新蜀報』 1942년 4월 3일.

굴원은 「뇌전송」 같은 시를 쓴 적이 없고 이런 시를 써낼 가능성도 없
다. 이는 곽말약이 자신의 가슴 속에 묻힌 국민당 반동통치에 대한 분노
와 국민당 통치구역 백성들의 장개석 반동통치에 대한 분노를 굴원의 입
을 빌려 말한 것이다.[69]

문일다도 굴원의 정신을 동력으로 삼고 망국의 아픔을 느끼고 이족의
침입에 반항하였고 투항을 질책하고 은사隱士들을 비판하였다. 그는 직
접 항일투쟁에 뛰어들어 국가와 민족을 구하고 자유와 민주를 쟁취하는
운동에 참가하였으며 자신의 생명까지 바쳤다.

그러나 곽말약과 문일다의 초사 연구는 신중하고 엄밀한 학술적 연
구를 기초로 하였다. 곽말약의 「굴원시대」, 「굴원고」, 「굴원의 예술과
사상」, 「굴원사상」 등 일련의 논문은 그의 풍부한 고대사 지식을 운용
하여 전국시대의 웅장한 역사 화권을 펼쳐보였고 굴원의 시인과 투사
를 겸비한 형상을 묘사하였다. 또한 굴원의 생애와 작품에 대하여 상
세하게 고증하고 굴원 사상의 근원과 예술적 특징을 천명하였다. 그는
최초로 유물론적 역사관으로 초사를 연구한 학자이다. 그의『굴원연구』,
『금석포검今昔蒲劍』, 『굴원부금역屈原賦今譯』은 모두 오늘날 초사를 연
구하는 학자들의 필독서가 되었다. 문일다의『초사교보楚辭校補』는 65
종의 판본을 인용하였는데 그 중 문자 교정을 함에 있어 28종의 판본
을 참고 인용하였으며 3종 판본에 대하여 비판과 교정을 가하였다. 그
야말로 "청대 실학대가들의 고증 방법을 계승하고 근대의 치밀한 과학
까지 더하였다."[70] 문일다는 1944년 5월 국민당 정부 교육부의 학술연
구 이등상을 수상하였다. 그의 「굴원문제」, 「민중의 시인 ― 굴원」, 「단
오고」, 「단오의 역사교육」은 모두 초사학사에서 중요한 저술이다. 문

69) 許滌新, 「疾風知勁草 ― 悼郭末若同志」,『悼念郭老』, 三聯書店, 1979.
70) 郭沫若, 「聞一多調學問的態度」,『大學』1947년 제6권 제3, 4 통합호.

일다는 초사를 연구함에 있어서 식견이 예리하고 사변이 치밀하며 낡은 것을 타파하고 새로운 것을 세우기를 잘하였다. 곽재이郭在貽는 문일다에 대하여 "수많은 중요한 발견은 실로 놀랄만한 기세를 지니고 있다."고 평가하였다.[71]

　요컨대 곽말약과 문일다의 초사 연구는 현실투쟁과 밀접히 연관되어 있다. 곽말약의 연극『굴원』중의 많은 대사는 그의 생각이라고 볼 수 있다.『굴원연구』의 '굴원'에 작가의 애국정신과 악한 세력과 투쟁하는 주관 감정을 융합시켰다. 문일다는 "굴원의 죽음은 그의 반항정신을 폭발의 변두리까지 끌어올렸다."고 하였는데 이것은 항일전쟁후기에 그의 절실한 느낌이었다. 그리하여 곽말약은 "문일다의 죽음도 중국 인민의 반항의 정서를 폭발의 변두리까지 끌어올렸다."고 하였다.[72] 바로 이 때문에 곽말약과 문일다의 연구는 굴원의 형상을 과대하여 정치투쟁의 수요에 적응시킨 흔적도 있다. 예를 들면 곽말약은 굴원이 "귀족의 신분으로 노예해방의 시대조류를 맞이하고 민중의 노래를 「청묘淸廟」와 「생민生民」[73]의 경지로 상승시켰다."고 하였고 또 "만약 굴원이 정말로 그런 정치를 실현한 사람이었다면 진나라와 초나라의 패권 다툼에서 과연 천하가 누구에게 귀속될지는 정말 모를 일이었다."고 하였다.[74] 문일다는 도연명, 이백, 두보를 비교대상으로 삼고 굴원을 "비록 백성들의 생활을 쓰지 않았고 백성들의 고통을 호소하지 않았지만 실질적으로는 한차례의 인민 혁명을 영도하였고 인민을 위하여 복수하였다. 굴원은 중국 역사상 유일하게 인민의 시인이 될 수 있는 충분한 조건을 갖춘 사람이다."

71)　郭在貽, 「近六十年來的楚辭研究」, 『古典文學論叢』 제3집, 陝西人民出版社, 1982.
72)　郭沫若, 「聞一多調學問的態度」, 『大學』 1947년 제6권 제3, 4 통합호.
73)　역자주-「청묘淸廟」는 『시경·주송周頌·청묘지십淸廟之什』의 한 편목으로서 문왕의 덕을 칭송한 것이고, 「생민生民」은 『시경·대아大雅·생민지십生民之什』의 한 편목으로서 주나라의 왕업이 선조인 후직后稷에 의하여 시작된 것을 읊은 것이다.
74)　郭沫若, 「屈原時代」, 上海 『文學』 월간지 1936년 제6권 제2호.

라고 하였다.[75] 그러나 곽말약과 문일다는 '정치사회학'적인 연구에만 국한된 것이 아니라 문헌학, 문예학적 연구도 진행하여 저명한 초사 전문가의 지위에 올랐다. 비록 시간이 흐르고 환경이 변하였지만 곽말약과 문일다는 여전히 현대 초사학사의 '대가'이며 항일전쟁시기 성과가 가장 많고 공헌이 가장 큰 두 '대가'이다.

둘째, '시대공명'형. 시국이 흔들리고 나라가 조각난 상황에서 많은 학자들이 굴원의 인격추구, 망국의 비통, 적극적 반항에 강렬한 공명을 느끼며 초사 연구를 시작하였다. 위중번, 탕병정, 하검훈 등이 대표적인 인물이다. 일부 학자들은 일찍이 초사 연구에서 성과를 거두었고 9.18사변 이후에는 굴원의 인격으로 자신과 학생을 고무하였으며 항일전쟁시기에는 교학에 몰두하면서 자신의 인격을 지키고 더 이상의 성과를 발표하지 않았다. 이 경우는 유국은과 유영제가 대표적 인물이다. 육간여, 유국은, 유영제는 20세기 20년대 초사 학계에서 가장 유명한 3대 학자로서 발표 성과가 가장 많았다. 그러나 30년대, 40년대에 와서 세 학자는 모두 '침묵'을 지켰는데 특히 유국은과 유영제가 가장 뚜렷하다. 유국은은 1937년에서 1946년까지 초사 연구 논문을 한편도 발표하지 않았다. 유영제는 1938년에서 1947년까지 초사 연구 논문을 한편도 발표하지 않았다.

이에 대하여 한번 분석하여 보기로 한다. 우선 유영제는 '9.18' 이후 무한대학에서 교편을 잡고 굴부를 계속 연구하면서 종종 성과를 발표하였고, 또 굴원의 인격으로 학생들을 격려하였다. 그 시기에 발표한 논문들을 보면 다음과 같다.

• 왕일 『초사장구』 해석王逸『楚辭章句』的解釋, 1932년

---

75) 聞一多, 「人民的詩人一屈原」, 『詩與散文』 詩人節 特刊, 1945년 6월.

- 왕일 『초사장구』 식오王逸『楚辭章句』識誤, 1932년
- 「천문」 통전天問通箋, 1933년
- 「구가」 통전九歌通箋, 1934년
- 전굴육론箋屈六論, 1935년
- 「구변」 통전九辯通箋, 1935년
- 「이소」 통전離騷通箋(표 부록), 1937년

1938년에 무한대학이 사천으로 옮겨간 후에 유영제는 교학과 자아 격려에만 집중하고 더 이상 논문을 발표하지 않았다. 그는 국민당에 가입하지 않고 낙산 경비사령의 혼례식에도 참가하지 않았다. 만약 곽말약과 문일다가 '전투형'이라면 유국은과 유영제는 '결신형潔身型'이다. 객관적인 상황으로 볼 때 당시에는 논문 발표가 어렵지 않았다. '국민당 통치구역', '대후방', '고도 상해' 등의 세 지역은 모두 논문을 발표하고 저서를 출판할 수 있었다. 예를 들면 유영제의 동료인 소설림은 '항일전쟁' 시기에 상해에서 「천문」에 관한 논문을 발표하였다. 그러므로 유영제가 초사 연구 논문을 더 이상 발표하지 않은 것은 주로 그의 주관적인 원인과 성격 때문이다.

유국은은 1928년에서 1930년 사이 무한대학에 취임하여 초사를 강의하였고 1931년부터 1935년에는 청도대학에 취임하여 초사를 강의하였다. 1936년에 화중대학(무한)에 취임하였는데 1938년에 화중대학이 계림으로 이주해갔고 곧이어 다시 운남 대리의 희주진喜洲鎭으로 옮겨갔다. 1942년 북경대학 중문과(곤명)에 취임하였고 청화대학 중문과(곤명)의 교수로 있던 문일다와 사이좋게 지냈다. 문일다와 유국은은 세 번이나 동료로 지냈다. 즉 1928년에서 1930년 무한대학, 1931년 9월부터 1932년 5월 청도대학, 1942년 서남연합대학에서 동료로 있었다. 1932년 3월에 유국은과 문일다는 청도에서 같은 아파트에 살면서 아침 저녁으로

만나 『초사』와 『시경』을 토론하였다. 1932년 5월에 문일다는 북방으로 갔다가 8월에 청화대학 중문과 교수로 임명받았는데 자신이 살았던 집을 유국은에게 맡겨서 관리하고 사용하도록 하였다. 1936년에 유국은이 화중대학으로 초빙 받아 갈 때에 문일다는 "가구와 자질구레한 물건들은 당신이 남겨서 사용해도 됩니다. 당신이 청도를 떠날 때에 팔 수 있으면 팔고 아니면 다른 친구들에게 주어도 좋습니다."라고 하였고, 또 "저는 『초사』와 끊을 수 없는 인연을 맺었으며 당신과도 끊을 수 없는 인연을 맺었습니다."라고 하였다.[76] 유국은은 북경대학에 취임한 후에 문일다의 집을 방문하여 포강청, 주자청朱自淸 등과 시를 담론하였고 중국문학회를 설립할 것을 계획하였다.[77] 1945년 3월에 「곤명문화계가 현재 위기국면을 구하기 위한 주장昆明文化界關於挽救當前危局的主張」이라는 글이 발표되었다. 이 글은 오함吳晗이 초안을 작성하고 문일다가 윤색하고 나융기羅隆基가 보충해서 완성하였으며 342명이 서명하였다. 그 중에는 초사 연구 학자 강량부, 유국은 등이 있었다.[78] 이를 통하여 유국은은 사실 당시의 정치투쟁에서 벗어나지 않았으며 친한 친구인 문일다의 곁에 늘 있었음을 알 수 있다. 그러나 그가 발표한 초사 연구 논문은 다음과 같은 시간적 공백기가 있다.

- 굴부고원屈賦考源, 1930년
- 굴부고원屈賦考源, 1931년
- 「이소」'후신저해' 해석離騷后辛菹醢解,[79] 1934년

76) 聞一多, 「致游國恩」, 1936년 3월 17일 편지
77) 聞黎明·侯菊坤, 『聞一多年譜長編』, 湖北人民出版社, 1994, 657쪽, 823쪽.
78) 앞의 책.
79) 역자주-『초사·이소』에 "后辛之菹醢兮, 殷宗用而不長"이라는 구절이 있다. 저해菹醢는 중국 고대의 혹형의 하나로 사람을 썰어 누룩과 소금에 절이는 형벌이다. 후신后辛은 은나라의 폭군 주왕紂王을 가리킨다. 후后는 임금이라는 뜻이고 신辛은 주왕의

- 「구가」의 산천신에 대하여 논함論九歌山川之神, 1936년
- 『초사』의 하나라 역법 사용설『楚辭』用夏正說, 1947년
- 『초사·구변』의 저자 문제『楚辭·九辯』作者問題, 1947년

이를 통하여 1937년에서 1946년 사이, 즉 항일전쟁 시기에 초사에 관한 논문이 하나도 발표되지 않았음을 볼 수 있다. 그렇다면 유국은은 일본의 침략에 반항하고 민족의 위기와 멸망에 대하여 비통과 원한의 감정이 없었는가? 1933년 7월에 쓴 『초사주소장편楚辭注疏長編·서序』에서 유국은은 굴원의 생애와 처지를 서술하였는데 당시 시국에 대한 탄식을 드러내었다.

오호라! 굴원은 세상에 둘도 없는 재주를 지니고 또한 초나라의 종친으로서 국가의 재난을 근심하여 바로 세우려고 하였으나 임금이 어리석고 사악한 무리들이 가로막아서 산천으로 쫓겨나서 9년 동안이나 돌아가지 못하였다. 이는 진실로 인정으로 차마 견딜 수 없는 일이다. 그러므로 그의 문장은 우울하고 수심이 가득 차 있으며 굴곡적이고 반복적이다. 또한 격동적이고 처량하며 원망하는 듯 하소연하는 듯하다. 이는 용납할 수 없는 정 때문에 나온 것이지 병도 없이 신음하는 자들과는 다르다.

嗟夫! 屈子以曠代軼才, 而又楚之懿親, 怵心國難, 思有以匡扶之, 乃以王之昏庸, 群邪壅蔽, 竄逐山澤, 九年不復, 此誠人情所不能忍, 故其文憂愁幽思, 曲折往復, 激楚蒼涼, 如怨如訴, 斯乃迫於情之弗容己, 與夫世之無病而呻者異也.

이어서 유국은은 초회왕과 초경양왕 시기에 "강한 도둑이 날뛰고 나라가 망할 날이 멀지 않은" 형세를 소개하고 굴원이 "옛 도읍이 점점 멀어짐을 슬퍼하고 패전의 소식이 가끔 들려옴을 통탄하니", "그의 말과 의지

이름이다. 「이소」의 이 두 구절은 "은나라 주왕이 충성스러운 신하들을 죽여서 젓을 담그니 은나라 왕실이 오래가지 못하였네."라는 뜻이다.

로 사람들의 마음을 일깨워서 고국을 수십 년 뒤에라도 회복할 수 있게 하였다."고 하였다. 마지막으로 굴원 작품의 현실적 의의를 다음과 같이 지적하였다.

> 지금 그의 문장을 보니 종묘와 나라에 대한 생각이 간절하였고 기개가 드높아 사람들의 마음속으로 깊이 파고들어 족히 유민과 지사들이 복수를 하고 수치를 씻어내려는 의기를 고무할 만하니 진실로 천지간에 없어서는 안 되는 문장이다.[80]
> 今觀其辭, 宗國之念至切, 發揚蹈厲, 深入人心, 足以鼓舞其遺民志士報仇雪恥之 義氣, 眞天地間不可少之文也.

이상에서 알 수 있는 바와 같이, 유국은과 유영제는 30년대와 40년대에 모두 굴원 연구를 통하여 스스로를 독려하였고 자기감정을 기탁하고 인격을 보존하였다. 그러나 항일전쟁시기에 한편의 논문도 발표하지 않은 것은 참으로 이해하기 힘든 일이다. 하지만 특수한 시대에는 특수한 현상이 있기 마련이다. 예를 들면 문일다는 8년 동안 수염을 자르지 않고 길렀는데 이것은 공개적으로 항일 의지를 표명한 것이다. 유국은과 유영제가 8년 동안 논문을 발표하지 않은 것은 그들만의 독특한 방식으로 뜻을 표명한 것이다. 1949년 이후 국가에서 교수의 등급을 평가할 때에 유영제를 2급으로 정하였지만 그는 이의를 제기하지 않았다. 오히려 유국은이 "만약 유영제가 2급 교수라면 누가 1급 교수가 될 자격이 있겠는가?"[81]라고 말하여 유영제를 1급으로 개정하였다. 유영제는 무한대학이 사천 낙산으로 옮겨간 후에 문과대학의 학장으로 있었고 후에는 대리 교장으로 있었다. 1949년 그는 무한대학을 대만으로 옮기자는 국민당 당국의 제안을 거절하였다. 그의 말과 행동에 대하여 유국은이 잘

---

80) 游國恩, 『離騷纂義』, 中華書局, 1980.
81) 金紹先, 「九死未悔愛國心 ― 記先師劉永濟先生」, 『文史雜誌』 1991년 제6호.

알고 있었을 뿐만 아니라 공론에도 부합되었다.

  셋째, '학술연구'형. 이런 유형의 학자는 '전투형'과 다를 뿐만 아니라 '결신형'(혹은 '공명형')과도 다르다. 그들이 초사 연구에 몰두한 것은 시대적 요소과 그리 밀접한 관계가 없다. 하지만 그들은 외로움을 이겨내고 권세에 굴하지 않았으며 국민당 당국에 유혹되거나 복종하지도 않았으며 나라가 어지러운 시기에 마음을 가라앉히고 학문에 몰두하여 성과를 이룩하였다. 예를 들면 문일다의 제자 손작운은 일련의 「구가」 관련 연구 성과를 내놓았는데 바로 항일전쟁 시기에 발표한 것들이다.

- 아오키 마시루青木正兒, 1887~1964의 「〈초사·구가〉의 무도곡 구조」를 번역함, 1936년
- 「구가」 산귀고九歌山鬼考, 1936년
- 「구가」 비민가설九歌非民歌說, 1937년
- 「구가」 사명신고九歌司命神考, 1937년 5월
- 「구가」 동군고九歌東君考, 1941년
- 「구가」 상신고 — 이녀 전설 분석九歌湘神考 — 二女傳說之分析, 1942년 9월~1943년 6월

  임경은 원래 신시新詩의 창작에 능하였다. 문일다는 그의 시집을 위하여 표지를 설계해준 적이 있었다. 당시 문일다는 청화대학 교수였고 임경은 청화대학 4학년 학생이었다. 1938년 임경은 하문대학에 가서 『초사』를 강의하면서 점차 논문을 발표하기 시작하였다.

- 『초사』의 단구로부터 「섭강」에 이르기까지從楚辭斷句說到涉江, 1943년
- 「상군」과 「상부인」湘君及湘夫人, 1943년
- "산에는 나무가 있고 나무에는 가지가 있는데 마음으론 그대를 좋아

하나 그대는 모르도다山有木兮木有枝, 心悅君兮君不知", 1945년

이 외에 동북대학(1936년 2월에 서안으로 옮겼고 1938년 3월에 사천 삼대로 옮겼다.)에서 교편을 잡았던 유명한 학자 육간여는 20세기 20년 대에 가장 활약이 컸던 세 명의 초사 전문가 중의 한 사람이다. 그는 항일전쟁시기에는 한동안 침묵을 지켰으며 다만 1937년에『초사보설楚辭補說』을 발표하였는데 이는 '문헌학'의 범주에 속한다. 이와 유사한 상황은 다음 학자들에게도 있었다.

- 전목
  『초사』 지명고楚辭地名考, 1934년
  『초사』 지명을 재론히여 빙군에게 답하다再論楚辭地名答方君, 1937년
- 호광위
  『초사』 곽박 주석 의미 고찰楚辭郭注義徵, 1941년
- 낙홍개駱鴻凱
  『초사』 의미 유형 고증楚辭義類疏證, 1936년
  『초사』 문구 집석楚辭文句集釋, 1937년

그리고 이장지李長之, 1910~1978의 굴원연구, 손장서孫常敍, 서중서徐中舒, 손해제孫楷第의 「구가」 고증도 역시 '전통 학술'의 범주에 속한다. 이러한 연구는 당시의 정치 투쟁과는 '원거리'에 있었다. 그러나 초사 연구 사적 측면에서 볼 때 그 당시 학술 발전에는 결코 적합하지 않은 내우외환의 시기, 전란이 지속되고 사회가 동요하는 시기에 이처럼 가치 있는 성과를 이루었다는 사실은 정말 경이로운 일이다. 그 중 전목의 초사지명 연구, 손작운의 「구가」 성격 연구, 호소석의 곽박주석 연구는 모두 현대 학자들에게 자주 인용되고 '경전'적인 성과로 인정받고 있다.

4) 항일전쟁 시기의 초사 연구의 번영은 또한 서로 다른 지역에서 진행된 서로 다른 유형의 학술논쟁에서도 표현된다.

(1) '시인절詩人節'의 제주祭主에 관하여

곽말약은 「포검蒲劍·용선龍船·리치鯉幟」라는 글에서 "항일전쟁이 시작된 이후 국가가 아주 위험한 지경에 이르렀다. 굴원의 일생과 작품은 사람들의 주의를 다시 불러 일으켰고 단오절의 의미도 다시 중요시되었다."고 말하였다.[82] 1941년 5월 30일 단양절端陽節에 곽말약, 노사老舍, 장운원臧雲遠, 고란高蘭 등이 발기하여 중화전국문예계항전협회中華全國文藝界抗戰協會 시가조詩歌組에서 굴원의 기념일인 음력 5월 5일을 시인절詩人節로 정하고 당일 저녁 중경에서 첫 번째 시인절 대회를 거행하였다. 대회에서 「시인절 선언」을 발표하였는데 "우리가 시인절을 정한 것은 굴원의 정신을 본받아 시가로 하여금 민족의 외침소리가 되게 하려는 것이고 2천년의 중국 시가 예술이 거둔 성과를 알기 위해서이다. …… 전 세계를 향하여 독립자유의 시가 예술의 기치를 높이 들고 침략을 저주하고 창조를 노래하며 진리를 찬양하기 위해서이다."라고 하였다.

1942년 1월 2일부터 11일에 곽말약이 창작한 역사극 『굴원』이 탈고되고 1월 24일부터 2월 7일에 국민당의 『중앙일보中央日報』에 연재되었다. 그리고 4월 3일에 중화극예사中華劇藝社가 국태國泰 대극장에서 공연하였다. 이 때에 장도번張道藩, 1897~1968은 「중국 시가에 대한 나의 의견」을 발표하여 '시인절을 다시 정할 것'을 제기하였다.[83] 그는 "굴원은 비록 대시인이지만 문일다 선생 등이 그를 총애 받는 신하라고 하고,

---

82) 郭沫若, 「蒲劍·龍船·鯉幟」, 『新華日報』 1941년 5월 30일.

83) 張道藩, 「我對於中國詩歌的意見」, 『文藝先鋒』 1942년 창간호.

다른 몇 명의 학자는 그의 존재마저 의심하였다. 오직 곽말약 혼자만이 굴원을 자신의 모델로 삼았다. 때문에 굴대부屈大夫는 전국의 고른 지지를 받지 못하였음이 명백하다. 또한 이 날은 굴원의 기일이기에 좀 기휘가 있다.”고 하였으며 또 “두보의 탄신일을 시가절詩歌節로 정할 것을 건의한다.”고 하였다. 국민당은『굴원』의 공연을 금지시켰고 수정 후 다시 공연하게 하였다. 그러나 굴원 정신의 특수한 의미는 그로 하여금 여전히 ‘시인절’의 제주祭主가 되게 하였다.

1944년 6월 25일은 제3회 시인절이었다. 성도의『신신신문新新新聞』은 당일 「시인절」이라는 문장을 발표하여 “오늘에 와서 3천년의 일이 다시 마음속에서 되살아난다. 가장 슬픈 것은 시인의 고향은 현재 말탄 오랑캐 병사가 요란하게 날뛰고 봉화가 하늘을 찌르고 있다는 것이다. 시인이 지하에서 아시면 아마 더욱 슬퍼할 것이다. 우리는 시인을 기념함에 있어 시국의 어려움을 심각하게 느끼고 항일전쟁에 노력하여 하늘에 계시는 시인의 영혼을 위로하여야 한다.”고 호소하였다. 성도 문예계의 항일전쟁협회는 홍원虹垣 별장에서 시인절 다과회를 개최하였는데 그 자리에서 추적범鄒狄帆이 강연을 하고 조괴趙槐가 역사극『굴원』중의 「뇌전송」 부분의 대사를 낭송하였다.

1945년 6월 14일이 ‘시인절’이었다. 이날 곤명의『시와 산문詩與散文』잡지는 ‘시인절 특집호’를 출판하였는데 문일다의 「인민의 시인 ― 굴원」이라는 문장을 실었다. 당일 밤 8시 경에 문예계 항일전쟁협회 곤명분회 등 16개 단체에서 운남대학의 지공당至公堂에서 연합으로 시인절 기념회를 진행하였다. 강량부, 문일다가 특별 주제강연을 하였다. 문일다는 “인민을 알아야 굴원을 알 수 있다. 왜냐하면 굴원은 인민의 시인이기 때문이다. 지금 우리는 알았다.”고 하였다.[84] 그날 밤 장광년張光年이 「이소」

---

84) 聞一多, 「詩人節晚會志」, 昆明『掃蕩報』1945년 6월 16일.

의 새로운 번역을 낭송하였고 하효달何孝達이 「굴원에게給屈原」를 낭송하
였다.[85]

　홍미로운 것은 1949년 이후 신 중국이 건립되고 나서 중국 대륙에서
는 더 이상 '시인절'을 정하지 않고 다만 굴원을 '인민의 시인', '민족의
시인'으로 기념하였다. 반대로 단오를 시인절로 정하는 것을 금지하였던
국민당은 대만으로 간 후에 공개적으로 단오절을 시인절이라고 승인하
고 자주 「시인절에 굴원을 추억하다詩人節懷屈原」와 같은 문장들을 발표
하였다.[86] 1953년 대륙에서 굴원을 '세계문화명인世界文化名人'이라고 기
념할 때에 대만은 침묵을 지켰다. 1956년에 대륙과 대만은 모두 굴원을
'애국시인'이라고 말하고 각자의 이해에 따라 학술 홍보를 진행하였다.
1957년 대만은 여전히 '시인절'의 민속활동을 진행하였다. 그 후에 단오
때마다 대륙은 「단양절에 굴원을 추억하다端陽節懷屈原」와 같은 문장을
발표하였고 대만은 단오절을 '시인절'이라고도 하고 '단양절'이라고도 하
였다. 예를 들면 당과唐菓의 「시인절에 굴원을 한담하다」[87], 신백辛白의
「단양절에 굴원을 추억하다」[88] 등의 글들이 신문에 게재되었다.

(2) 굴원의 신분에 관하여

　1944년 6월 25일 성도에서 개최된 '시인기념회'에서 화서대학華西大學
의 교수 손차주孫次舟가 "굴원은 문학의 농신弄臣이다."라는 주장을 제기
하였는데 곧이어 반박과 비판을 받았다. 예를 들면 유개양의 「굴원은
어떤 사람인가」[89]와 진사령의 「굴원」[90]은 직접 혹은 간접적으로 손씨

85) 聞黎明・侯菊坤, 『聞一多年譜長編』, 湖北人民出版社, 1994, 861쪽.
86) 동일한 제목의 문장이 『中央日報』 1952년 5월 28일과 『聯合報』 1952년 5월 28일에
　　동시에 실렸지만 저자는 동일인이 아니다.
87) 唐菓, 「詩人節閑話屈原」, 『臺灣新生報』 1978년 6월 10일.
88) 辛白, 「端陽節懷屈原」, 『自立晚報』 1965년 6월 5일.
89) 劉開揚, 「屈原是樣一個人」, 『華西日報』 1944년 8월 3일.

의 견해를 반박하였다. 그러자 손차주는 「굴원이 '문학농신'이라는 질의
ㅡ굴원 숭배자에게 답하다.屈原是"文學弄臣"的發疑—兼答屈原崇拜者.」라는
문장을 작성하여 1944년 9월 6일, 7일, 8일 삼일동안 『중앙일보』 문
예란에 연재하였다. 이 또한 재빨리 학술계의 반박을 불러왔다. 진사
령은 「굴원변증屈原辨正」을 써서 1944년 11월 14일, 15일, 17일에 『중앙
일보』에 연재하였다. 이렇게 각종 반박과 비판을 받은 손차주는 또 「굴
원 토론의 마지막 해명屈原討論的最後申辯」을 써서 1944년 11월 15일과
16일, 17일에 『중앙일보』에 삼일간 연재하였다. 이번 논쟁은 줄곧 성도
에서 진행되었다. 『중앙일보』는 성도에서 창립되었고 진사령도 성도사
범학교에서 교편을 잡았기 때문이다. 그러나 이번 논쟁은 학술계의 큰
관심을 받았다. 손차주는 「굴원 토론의 마지막 해명」의 부록에서 "문일
다 선생도 이와 비슷한 견해를 가졌으며 굴원을 매란방梅蘭芳에 비유하였
다.", "다행스럽게도 나의 견해가 고립된 것이 아니다. 문일다 선생의
대작이 완성되면 졸고를 훨씬 초월할 것이다."라고 하였다. 게다가 손차
주의 견해는 이장지의 긍정과 찬양을 받았다. 주자청도 손씨의 두 문장
을 읽고 "손선생을 동정하는 뜻"이 있었고 손씨의 두 문장을 문일다에게
보여주었다. 문일다는 손차주가 "남을 억지로 흙탕물 속으로 끌어들인
다."고 여기고 1944년 12월에 「굴원문제ㅡ손차주 선생에게 질의」라는
글을 써서 곽말약이 책임진 중경의 『중원中原』 잡지 제2권 2호(1945년
10월)에 발표하였다. 곽말약은 특별히 '교후기校後記'에서 문일다의 이 문
장을 긍정하였다. 이 문장은 1946년 7월 20일에 연안의 『해방일보』에도
전재되었다. 그리하여 이번 토론은 성도로부터 중경, 곤명, 연안으로 퍼
져 국민당 통치구역, '대후방', '해방구' 등 세 구역으로 모두 퍼졌다. 곽말
약도 1946년에 「굴원이 농신일 수 없다」[91], 「시인절로부터 굴원이 농신

90) 陳思芩, 「屈原」, 『中央日報』 1944년 8월 10일.

인가를 논하다」92)라는 두 문장을 발표하여 손씨의 견해를 전면적으로 반박하였다. 1947년『금석포검今昔蒲劍』이 출판될 때에 곽말약은「총서總序」에서 이 일에 대한 자신의 학술 관점을 표명하였다. 1948년에 쓴 「굴원의 다행과 불행屈原的幸與不幸」에서는 더욱 전면적이고 심각하게 이번 논쟁을 총결하고 '정치'와 '학술' 두 측면에서 분석하였다.

이제 이번 논쟁에 대해서 분석해보기로 한다. 손차주는 굴원을 '문학 농신'이라고 하면서 "굴원과 초회왕은 일반관계를 초월한 군신관계가 있다."고 하였다. 또 굴원을 "얼굴이 예쁘고 옷차림이 화려하며 요사스러운 여자의 자태로 총애를 받았다.", "연지와 분 냄새가 나는 미남자이다.", "계집 기질을 가진 문인이다."라고 평가하였다. 그 이유는 첫째,「굴원 열전」은 전설에 근거하여 작성된 것으로서 '역사적 내원'이 없다. 둘째, 굴원 시대의 문인은 사회적 지위가 없었다. 양한兩漢시대 문인도 아직 광대와 같은 취급을 받았다. 셋째, 송옥은 얼굴이 잘생기고 옷차림이 화려한 소신小臣으로서 굴원의 침착한 사령을 본받았다. 송옥으로부터 간접적으로 굴원의 신분을 증명할 수 있다. 넷째, 굴원 시대에 남성의 용모와 자태를 매우 중시하였는데 여성과 비슷한 것을 아름다움으로 여겼다.「이소」는 자주 미인으로 자신을 비유하였으며 꽃과 향초로 비유하였는데 이 시는 굴원이 다른 신하들과 총애를 다투다가 실패하고 자살할 때에 쓴 절명시이다. 이상에서 알 수 있는 바와 같이, 손차주는 부분으로 전체를 평가하고 뜬 구름 잡고 날조하는 착오를 범하였으며 그의 주장은 역사의 진실과 문학연구의 기본 원칙을 위반하여 초사 연구의 '황당한 논조'가운데 하나가 되었다. 그러나 그 후 학계에서는 가끔 그의 주장에 호응하는 연구자들이 나타났다. 예를 들면 장

91) 郭末若,「屈原不會是弄臣」, 重慶『詩歌』1946년 제3, 4 통합호.
92) 郭末若,「從詩人節說到屈原是否是弄臣」, 重慶『新華日報』1946년 6월 7일.

원훈張元勳, 1933~2013은 굴원을 호색하고 음란한 성변태이며 색으로 임금을 섬기고 아첨으로 총애를 얻은 신하라고 하였다.93) 조대중曹大中, 1935~ 은 굴원이 기개가 당당한 사내대장부지만 동시에 곳곳마다 여자의 기질을 풍기는 괴인이며 뚜렷한 여성벽女性癖과 연군戀君의 심리가 있다고 하였다.94) 항상 '황당한 논조'가 나오면 여러 사람들의 반박을 받기 마련이다. 공교롭게도 손차주의 이런 새로운 주장은 마침 정치가 안정하지 못한 때에 제기되어 "마치 정부 고관들과 호응하여 이 인민의식의 형상과 인민문예의 형상을 파괴하려 하는 듯"95)하여 더욱 심한 비판과 격렬한 반격을 받았다. 그러나 손차주는 사학자의 입장에서 새로운 주장을 발표하였고 정치와는 아무런 직접적인 관계가 없으며 다만 민중의 우상을 파괴하는 주장을 내세웠던 것이다. 그의 일부 관점은 주자청, 서중서, 진인각, 이장지 등 학자들의 동정과 긍정을 받았고 게다가 문일다도 "이와 비슷한 견해를 가졌다."고 하였기에 이는 반공전潘公展, 장도번 등 국민당 정부의 문예계 인사나 정객, 우익右翼 문인 호추원胡秋原 등의 언행과는 성격이 완전히 다른 것이며 다만 학술연구의 범주에 속하는 '황당한 논조'일 뿐이다. 객관적으로 국민당 반동파가 굴원을 말살하고 항일을 억제하는 정책에 약간 '호응'하는 역할이 있다고 해서 간단히 '반동문인'으로 취급하면 안 된다.

손차주가 억지로 끌어 들이고 이장지가 내막을 밝혀놓았기 때문에 문일다는 하는 수없이 이번 논쟁에 참여하게 되었다. 문일다는 「굴원 문제 — 손차주 선생에게 질의하다」라는 글을 써서 "손선생이 굴원을 농신이라고 한 것은 아주 정확하게 역사 사실을 지적하였지만 불행하게도 그는 이 사실이 역사 발전 과정에서 의미하는 내용에 대하여 충분하게 설명하

93) 張元勳, 『九歌十辨』, 中國廣播電視出版社, 1991.
94) 曹大中, 『屈原的思想與文學藝術』, 湖南出版社, 1991, 155쪽.
95) 郭沫若, 「從詩人節到屈原是否是弄臣」, 『新華日報』 1946년 6월 7일.

지 못하였다.", "농신인 굴원이 없었다면 문학가 굴원이 또 어찌 있으랴?", "굴원의 제일 돌출한 성품은 고상함과 격렬함이다.", "굴원은 원래 문학 농신 또는 문화의 노예였지만 후에 일어나서 '사람'이 되었고 문인이 되었으며 인류의 해방을 쟁취하기 위하여 …… 투쟁에 참여한 자이다.", "굴원은 '문화 노예' 중에서 탄생한 문학가와 정치가이다." 등의 주장을 발표하였다. 그리고 자신과 손차주의 견해의 차이를 "털끝만한 차이가 천리의 잘못을 낳으며", "어찌 하늘과 땅의 차이뿐이겠는가?"라고 특별히 강조하였다.[96] 그는 손차주의 '오해'를 비판하였을 뿐만 아니라 문예계 지인들의 '성급함'도 비판하였다.

문일다는 손차주의 논조에 동의를 하였지만 손씨의 결론에는 동의하지 않았다. 그러므로 그의 논술은 모순되고 견강부회한 면이 많다. 문일다는 귀족 출신인 굴원과 '문화노예'의 차이를 구분하지 못하였고 '문화노예'와 '문학농신'의 경계도 구별하지 못하였으며 '문학농신'의 개념으로 굴원의 전기 신분을 설명하고 인위적인 제도가 굴원과 회왕을 "그런 수치스러운 관계로 만들었다."고 하였는데 이는 손씨의 '농신' 신분의 해석을 인정한 듯하다. 결국 문일다의 '질의'는 이번 논쟁의 실질적 문제를 해결하지 못하였다. 그러나 그는 굴원의 가장 독특한 성품이 '고상함과 격렬함'임을 강조하였고 굴원이 "충성과 지혜를 다하여 임금을 섬기고", "자기 재능을 드러내고 원한에 차서 강물에 몸을 던져 죽은" 두 가지 정신이 있으며 "두 굴원이 존재"한다는 점을 밝혔는데 이는 굴원이 충군과 항쟁의 모순과 통일성이 있음을 지적하였다. 이런 인식은 매우 깊이 있고 지혜로운 것이다.

문일다의 논문 「굴원문제 — 손차주 선생에게 질의하다」는 곽말약이 주편하는 『중원』 잡지에 발표하였다. 그러나 곽말약의 견해는 문일다와

---

96) 聞一多, 「屈原問題 — 敬質孫次舟先生」, 『中原』 1945년 제2권 제2호.

달랐다. 곽말약은 문일다의 관점에 대하여 "굴원은 비록 농신이나 그런
신분으로 혁명한 것은 더욱 찬양할 만하다."고 하였다. 곽말약은 문일다
의 주장이 "손선생보다 한발 나아갔을 뿐이다."라고 여겼다. 그러므로
'교후기校後記'에서 이 문제가 매우 중요하다고 여기고 "문예사의 한 문제
를 제기하였을 뿐만 아니라 사회사의 문제와도 관계된다."고 하였다. 그
는 문일다의 문제제기는 긍정하였지만, 문일다가 문제 해결은 하지 못
하였음을 완곡하게 지적하였다. 사실상 문일다가 역사사회학의 방법으
로 복잡한 문학 문제를 해결하려고 한 것은 어떤 면에서는 서투르고 간
단하여 설득력이 없다. 오늘날 우리가 역사에 존재하였던 문화 논쟁을
평가할 때 '현인'을 위하여 기휘할 필요는 없다. 오히려 문일다의 문장에
있는 결점과 의문점을 제기함으로써 그의 사상의 발전궤적을 살펴볼 수
있다. 문일다는 이 문장을 쓴지 반년 후인 1945년 6월 '시인절'에 「민중
의 시인 ― 굴원」[97]이라는 문장을 써서 "굴원이 백성들의 사랑과 존경을
받는 대상이 된 가장 큰 원인은 그의 '의로운 행동' 때문이지 그의 문학
적 재능 때문이 아니다.", "굴원은 중국 역사상 유일하게 인민의 시인이
될 수 있는 충분한 조건을 갖춘 사람이다.", "굴원은 실질적으로 한차례
의 인민혁명을 영도하였다." 등의 주장을 제기하였다. 비록 이 문장은
과장된 면이 있고 뚜렷한 정치문화투쟁의 흔적이 있기는 하지만 굴원의
신분과 사상에 대한 인식의 승화를 엿볼 수 있다. 이 글에서는 비록 여
전히 굴원을 "궁정 농신인 비천한 광대"라고 하였지만 굴원의 죽음에 대
한 손차주의 견해는 반대하였다. 손차주는 굴원의 죽음은 "필부필부가
스스로 죽어서 시신이 계곡에 뒹구는 것"이라고 하였다. 그러나 문일다
는 "필부필부의 품행이 바로 인민혁명의 방식이 아닌가?"라고 하였고,
또 "굴원의 죽음은 반항 정서를 폭발의 변두리까지 끌어올렸다."고 하였

---

97) 聞一多, 「人民的詩人 ― 屈原」, 昆明 『詩與散文』, 詩人節 特刊, 1945년 6월.

다. 이런 논술은 문일다의 정치에 대한 민감성과 사상의 성숙함을 잘 보여주고 있다.

당시 문일다가 곤명에서 발표하고 손차주와 진시령 등이 성도에서 발표하며 학술논쟁을 벌이고 있을 때에 중경에 있는 재능이 넘치고 반응이 민첩한 곽말약은 이 논쟁에 참여하지 않았다. 2년 동안 진행된 이번 학술논쟁 과정에 곽말약은 의외로 시종 냉정과 침묵을 지키다가 세 번째 해인 1946년의 시인절이 다가올 무렵에 마침내 자신의 태도를 명확하게 표명하였다. 즉 "굴원은 농신일 수 없다."는 주장을 내세웠다.[98] 그는 굴원이 남색으로 임금을 모시는 남첩이라는 주장은 "비록 관점이 새롭지만 증거가 너무 부족하다."고 하였다. 동시에 문일다의 '농신이지만 혁명할 수 있다'는 주장도 반대하였다. 그는 "그것은 마치 위충현魏忠賢[99]인 동시에 좌광두左光斗[100]라는 뜻인데 사실상 이것은 불가능하다."고 하였다. 논쟁 네 번째 해인 1947년의 시인절 무렵에도 곽말약은 여전히 이 문제를 생각하고 있었다.

> 우리는 굴원을 위하여 신분을 쟁취할 필요가 없다. 만일 문일다가 말한 것처럼 굴원은 노예이면서 해방을 위하여 투쟁하였다면 이것은 더욱 보귀한 것이다. 그러나 우리가 원하는 것은 진실이다. 굴원이 농신 또는 노예 출신임을 증명하기에는 아쉽게도 여전히 증거가 불충분하다.[101]

---

98) 郭沫若,「屈原不會是弄臣」, 重慶『詩歌』月刊 1946년 제3, 4 통합호; 郭沫若,「從詩人節到屈原是否是弄臣」,『新華日報』1946년 6월 7일.

99) 역자주 – 위충현魏忠賢은 명대 말기의 환관宦官으로서 희종熹宗의 총애를 받고 비밀경찰 조직인 동창東廠의 수장이 되었고, 동림파東林派 관료들을 탄압하며 전권을 휘둘러 공포정치를 행함으로써 명의 멸망을 촉진시켰다. 사종思宗이 즉위하자 탄핵을 당해 봉양鳳陽으로 좌천되어 가는 도중에 체포소식을 듣고 부성阜城에서 목을 매 자살하였다.

100) 역자주 – 좌광두左光斗는 명대 말기 동림당東林黨의 주요 인물로서 내각대신을 지낸 적이 있다. 명대 조정을 구하기 위하여 많은 노력을 하였지만 환관 위충현과 대립하였기 때문에 모함을 받아 옥에 갇혔다가 살해당하였다. 시호는 충의忠毅이다.

곽말약은 냉정함과 학자의 기품 및 학술의 품격으로 이번 학술 논쟁을 위하여 원만한 결론을 지었다. 비록 이후에도 여전히 손차주와 문일다를 비판하고 반박하는 문장이 나왔지만[102] 학술 사상과 견해는 모두 곽말약을 초월하지 못하였다.

(3) 굴원의 역사적 존재 여부

'굴원부정론'의 대표작인『초사 연구』는 1938년에 '고도' 상해에서 출판되어 당시에 별로 영향을 일으키지 못하였다. 그러나 이 책의 저자인 하천행, 위취현, 정적호 등 세 학자의 주요 관점은 직접적으로 요평과 호적에게서 비롯된 것이다. 요평과 호적의 학술 관점이 당시의 학계에서 영향이 없었던 것은 아니다. 예를 들면 곽말약이 손차주를 비판할 때에 호적이 이전에 "굴원은 허구인물이다."라고 한 것처럼 아무런 정치적 의도는 없었을 것이라고 하였다. 이렇게 호적을 인용하는 자체는 호적의 학술관점에 대한 부정을 설명할 뿐만 아니라 곽말약의 아량과 침착함을 보여준다. 또 문일다는「요계평의 이소를 논함」[103]이라는 문장을 써서 "「이소」를 제일 기이하게 논한 사람은 요계평이다. 또한 제일 투철하게 논한 사람도 역시 그이다."라고 하였다. 그는 요계평이 "『내경內經』을 읽고 나서『초사』의 본의를 알았다."고 평가하였다. 그러나 문일다는 요계평이 굴원의 존재자체를 부정하는 것에는 동의하지 않았다. 이런 이야기가 하나 있다. 1942년에 대학교 3학년을 다니고 있던 학생 정임천은 문일다 선생이 학생들의 성적을 매길 때에 기담괴론을 듣기 좋아한다는 소문을 듣고 굴원의 존재를 부정하는 글을 써서 문일다의『초사』강의

101) 郭沫若,『今昔蒲劍·總序』, 上海海燕書店, 1947.
102) 劉開揚,「屈原論」, 成都『中央日報』1948년 6월 3일.
103) 聞一多,「廖季平論離騷」,『聞一多全集』제5권, 湖北人民出版社, 1993.
　　　역자주－요계평廖季平은 바로 요평廖平이다. 계평은 그의 자이다.

과목의 보고서로 제출하였다. 정임천은 자료를 모아 개요를 짜고 먼저 문일다에게 가서 보고하였는데 두 시간 넘게 연설하였다. 문일다는 그의 발표를 듣고 나서 "책은 많이 읽었으나 태도와 방법에는 문제가 존재하는군."이라고 평가하였다. 그러면서 정임천에게 "굴원이 존재하였다는 역사적 사실을 네가 부정할 수 있겠어? 생각해보게. 굴원의 시편이 우리에게 얼마나 숭고한 애국 문학의 전통을 수립해주었는가? 또 수천 년간 민족의 자부심과 헌신정신을 격려해주어 우리로 하여금 지금까지 조국의 대지에서 생활하며 자기 문화의 주인으로서 세계 문명고국의 기적을 이루게 하였네. 우리가 오늘 피를 흘리며 투쟁하는 것도 굴원 정신의 존재를 증명하는 살아있는 증거라네."라고 말하였다.104) 이 사생간의 대화는 문일다의 '굴원부정론'에 대한 반박이라고 볼 수 있다.

(4) 굴원의 생애와 작품

1942년 4월에 곽말약의 『포검집』이 중경문학서점에서 출판되었다. 육간여는 그 책을 읽고 나서 「서원독서기西園讀書記」를 발표하여 그 책의 굴원에 대한 논술을 비평하였다.105) 육간여는 그의 독서기를 곽말약에게 보내 의견을 요청하였다. 이에 곽말약은 「굴원·초혼·천문·구가」라는 문장을 발표하여 응답하였다.106) 이번 토론은 온전히 학술성 토론으로서 당시의 정치 상황이나 정치 투쟁과 아무런 연관이 없었다. 당시 육간여는 동북대학(1938년 3월에 사천 삼대로 옮김)에서 교편을 잡고 있었고, 곽말약은 군사위원회 정치부 문화공작위원회文化工作委員會의 주임으로 있었다. 육간여가 논문을 발표한 간행물 『문화선봉文化先鋒』의 창설자는 국민당 중앙선전부 부장이며 중앙문화운동위원회 주임인 장도번이다. 장

---

104) 鄭臨川, 『聞一多論古典文學·代序』, 重慶出版社, 1984.
105) 陸侃如, 「西園讀書記」, 『文化先鋒』 1942년 제1권 제9호.
106) 郭沫若, 「屈原·招魂·天問·九歌」, 重慶 『新華日報』 1942년 12월 5~6일.

도번이 이 잡지를 창간한 목적은 항일문화운동에 대처하기 위해서였다.[107] 그러나 육간여의 문장은 아무런 정치적 색채를 띠지 않았다. 육간여와 곽말약의 논쟁은 그 당시에 보기 드문 순수한 학술적 토론이다. 그들 의견의 분기는 굴원과 작품에 대한 고증과 이해가 다른 점에서 생긴 것이다. 곽말약의 『포검집』에서 굴원을 묘사한 문장은 아래와 같다.

- 「굴원에 관해關於屈原」
- 「혁명시인 굴원革命詩人屈原」
- 「포검·용선·리치蒲劍·龍船·鯉幟」
- 「굴원고屈原考」
- 「굴원의 예술과 사상屈原的藝術與思想」

그 중 「굴원고」와 「굴원의 예술과 사상」에는 굴원의 생애와 작품에 대한 고증이 언급되어 있는데 곽말약이 1941년 12월 21일 중화직업학교中華職業學校에서 강연하였던 원고이다. 육간여는 20년대부터 비교적 돋보이는 활약을 한 초사 연구 전문가이다. 그는 호적, 양계초와 전문적인 토론을 진행하였고 일련의 논문과 저작을 발표하고 출판하였다.

- 「〈초사를 읽고〉를 읽고讀〈讀楚辭〉」, 1922년
- 「굴원평전屈原評傳」, 1923년
- 「송옥평전宋玉評傳」, 1923년
- 『굴원과 송옥屈原與宋玉』, 1930년

곽말약과 육간여 두 사람의 공통점은 모두 요평, 호적의 '굴원부정론'

107) 戴知賢·李良志 主編, 『抗戰時期的文化敎育』, 北京出版社, 1995, 127쪽.

을 비판한 것이다. 차이점이라면 첫째, 굴원의 생년이다. 육간여는 기원전 343년이라고 하고 곽말약은 기원전 340년이라고 하였다. 둘째, 굴원의 사망년이다. 곽말약은 경양왕 21년이라고 하였고 육간여는 "의문으로 남겨두는 것이 타당할 듯하다."라고 하였다. 셋째, 「초혼」의 저자 문제이다. 곽말약은 굴원이라고 하였고 육간여는 송옥이라고 하였다. 넷째, 「천문」의 저자 문제이다. 곽말약은 굴원이라고 하였고 육간여는 "2000년 전에 민간에서 유행되던 가사 대본인 것 같다."고 하였다. 다섯째, 「구가」의 저자 문제이다. 곽말약은 굴원의 젊은 시절의 작품이라고 하였지만 육간여는 "이 11편은 한 시기 한 지역에서 한 사람에 의하여 창작된 작품이 아니다."라고 하였다. 여섯째, 「원유」의 저자 문제이다. 곽말약은 일찍이 굴원 사상이 최고로 발전한 작품이라고 하였다가 후에는 굴원의 작품이 아니라는 육간여의 관점에 동의하였으며, 나중에는 「대인부」의 초고라고 하였다.

이상에서 알 수 있는 바와 같이, 이번 토론은 각자의 체계를 갖춘 두 초사 전문가의 학술 관점의 자연적인 충돌이다. 이번 충돌에서 그들은 각자 자신의 관점을 거듭 강조하고 보완하였다.

(5) 굴원의 사상에 관하여

이 주제의 논쟁은 주로 곽말약과 후외려侯外廬, 1903~1987 사이에서 전개되었다. 1942년 이후 중소문화협회中蘇文化協會 연구위원회가 중경에서 활동을 전개하였는데 곽말약이 주임 위원을 맡았고 양한생陽翰笙과 갈일홍葛一虹이 부주임 위원을 맡았다. 중소문화협회는 간행물『중소문화中蘇文化』를 발행하였다. 1939년에 이 잡지의 간행이 남경에서 중경으로 옮겨진 후에 곽말약, 후외려, 갈일홍, 전백찬翦伯贊, 조정화曹靖華 등 5명의 상무 편집위원이 있었다. 중소문화협회와 간행물『중소문화』는 모두 주은래의 직접 영도 하에 있었다. 『중소문화』는 선후로 모택동의

논문, 애청艾靑과 전간田間의 시를 게재하였고 '고리키 기념' 특집호를 발간하였다.[108] 그러므로 곽말약과 후외려의 '굴원 사상'에 관한 논쟁은 항일문화운동 내부의 한차례 학술적 토론이었다. 논쟁의 과정은 대체로 다음과 같다.

① 곽말약은 1941년 12월 21일 중화직업학교에서 「굴원의 예술과 사상」이라는 제목으로 강연을 하였다.

② 후외려는 곽말약의 「굴원의 예술과 사상」을 읽은 후에 「굴원사상의 비밀」이라는 문장을 써서 1942년 2월 17일에 중경의 『신화일보』에 발표하였다.

③ 곽말약은 「굴원 사상의 비밀」을 읽고 「굴원사상」을 써서 1942년 3월 9일과 10일에 『신화일보』에 연재하였다.

④ 후외려는 「굴원사상」을 읽고 나서 「굴원 사상 연원의 선결 문제屈原思想淵源的先決問題」라는 글을 써서 1942년 4월 20일부터 22일까지 『신화일보』에 발표하고, 「굴원 사상 재논의 ─ 굴원을 가늠하는 척도申論屈原思想─衡量屈原的尺度」를 써서 1942년 4월 28일부터 5월 9일까지 4회로 나누어 『시사신보時事新報』에 발표하였다.

⑤ 동북대학(1938년 3월 사천 삼대로 옮김)에서 교편을 잡고 있던 요설은이 후외려의 위 두 문장을 읽은 후 「굴원의 문학유산」이라는 문장을 써서 1942년 11월에 간행된 중경의 『문예생활』 제3권 제4호에 발표하였다.

⑥ 『중소문화』 잡지 1942년 제11권 제1호, 2호 합간호에 곽말약의 「굴원의 예술과 사상」, 「굴원사상」, 후외려의 「굴원사상의 비밀」, 「굴원 사상의 선결 문제」, 「굴원 사상 논의 ─ 굴원을 가늠하는 척도」 등 5편의 문장을 동시에 실었다.

---

108) 黃中模 編著, 『郭沫若歷史劇〈屈原〉詩話』, 四川人民出版社, 1981, 133~134쪽.

⑦ 연안의 『해방일보』에서 1942년 6월 3일과 4일에 곽말약의 「굴원 사상」을 전재하여 이번 내부논쟁에 대한 공산당의 태도를 표명하 였다.

『중소문화』는 소련의 상황과 유명한 작가의 논술을 많이 소개하였 기 때문에 편집부에 있었던 후외려도 일정한 영향을 받았다. 후외려는 "굴원의 세계관과 진실을 추구하는 방법은 서로 모순된다. 본질적으로 는 반동의 초혼이다."라고 하였다. 이렇게 말하는 이유 혹은 근거가 바 로 레닌이 톨스토이에 대하여 "19세기에 전 세계에서 둘도 없는 문호 이다."라고 하면서 또 톨스토이의 '세계관'은 "반동적인 동방 신비주의" 라고 평가한 것이다. 그리하여 후외려는 굴원 사상의 비밀이 바로 굴 원의 "세계관과 방법론 사이의 모순"이라는 것을 발견하였다. 곽말약 은 후외려가 굴원 사상의 모순을 발견한 것은 "아주 정확하다."고 긍정 하였다. 그러나 "굴원의 세계관은 발전적이고 혁명적이지만 그의 방법 즉 시인의 구상과 단어 구사의 기술은 보수적인 경향을 피하지 못하였 다."고 하며 굴원의 모순은 "사상과 예술 표현의 모순"이라고 하였다. 그는 또 "합리적인 사상은 당연히 발전하게 되고 생활 습관은 그보다 뒤떨어지기 마련이다. 예술은 생활 습관의 반영 혹은 비판이다. 그러 므로 순수성에서 제한을 받게 된다."고 하였다. 총체적으로 볼 때, 곽 말약과 후외려 사이의 논쟁은 비교적 깊고 섬세한 학술연구에 속한다. 곽말약의 견해는 시대를 앞선 굴원이 무엇 때문에 오래되고 전통적인 시가형식(「구가」, 「천문」 등)을 사용했는가 하는 모순점을 해석할 수 있다. 요설은은 굴원의 모순은 사회적 모순의 반영이며 굴원의 "정치 적 모순과 실패는 오히려 그의 문학 창작의 중요 원천이 되었고 문학 적으로 불후의 성공을 이루게 하였다."고 하였다. 또한 굴원의 심적 모 순은 시가 형식이 복잡화된 주요 원인이라고 하였다. 이상에서 요설은의 시야가 더 넓고 변증적임을 알 수 있다.

5) 마지막으로 항일전쟁시기의 초사 연구의 번영은 연구방법론 면에서의 자각적 사고와 다양성으로 표현된다.

(1) 전통 문헌학 방법

유국은은 『초사주소장편·서』에서 "오늘날에 와서 『초사』를 연구함에 있어 주로 다섯 가지 내용이 있다. 첫째는 그 문자를 교감하는 것이다. 둘째는 그 체례를 밝히는 것이다. 셋째는 훈고하는 것이다. 넷째는 그 사실을 고증하는 것이다. 다섯째는 그 음을 정하는 것이다."라고 하였다. 그리고 다섯 가지 내용에 대한 요구를 하나씩 자세하게 설명하였다. 위중번은 『이소집식·예언』에서 『초사』 연구의 다섯 학파를 열거하였다. 즉 훈고파訓詁派, 의리파義理派, 고거파考據派, 음운파音韻派, 사장파詞章派이다. 그리고 "이 다섯 가지를 다 갖추지 못하면 『초사』를 통달할 수 없고 「이소」를 읽어낼 수 없다."고 하였다.

문일다는 『초사교보』의 서론에서 초사 연구의 세 가지 과제를 제기하였다. 첫째, 배경 설명. 작품보다 먼저 존재한 시대배경과 작가 개인의 사상은 시간이 오래 되고 사료가 부족하여 잘 파악하기 어렵기 때문이다. 둘째, 단어의 뜻을 주석하는 것. 작품에서 사용한 언어와 문자 특히 가차자假借字는 독자들로 하여금 헷갈리고 곤경에 빠지게 하기 때문이다. 셋째, 문자 교정. 작품 창작 이후에 형성된 전본傳本의 착오도 사람을 잘못 인도하는 경우가 많기 때문이다. 문일다는 '문자 교정'이 가장 기본적인 작업이라고 여겼는데 『초사교보』가 바로 이 방면의 연구성과이다.

(2) 비교문학적 방법

소설림은 굴부 연구는 "옛 종이더미만이 해결할 수 있는 것이 아니라 반드시 역외域外의 고대 종교 신화 및 그 문화요소를 수집한 후에야 가능하다."[109]고 하였고 또 "굴부에 역외 문화 요소가 가득하다는 점은 더 토론할 여지가 없는 사실이다. 그런 요소는 또한 선사시대 문화에서 왔다."[110]고 하였다. 비록 소설림의 주장은 학계의 비난을 받기는 하였지만 시야가 넓고 시각이 참신해서 실로 '초사 비교학'의 시초가 되었다.

(3) 문화인류학 방법

이 연구방법은 전통문헌과 지하문물의 기초 위에 문화인류학의 지식까지 운용하여 '정신문화'에 대한 고고학적 연구를 통하여 문학의 원형적 의미와 전하여 내려오는 비전秘傳 기호를 탐색하는 것이다. 예를 들어 문일다의 「구가」 연구가 바로 이런 시도를 하였다. 그는 '신화'적인 「구가」, '고전'적인 「구가」와 '초사'의 「구가」 등 삼자의 관계를 강조하면서 무술巫術, 무음巫音은 단지 「구가」의 종교적 배경으로서 『초사·구가』를 설명할 수 없다고 하였다. 40년대 초기 그는 전문적으로 『초사』와 원시 종교, 신선 사상과의 관계를 연구하였다.[111]

(4) 마르크스주의 유물론적 역사관

일부 진보적인 학자들은 마르크스나 레닌의 저작을 읽고 의식적으로 그들의 유물론 역사관을 배워서 중국 문학에 존재하는 의문점들을 해결하고자 하였다. 초사 연구에서는 문일다가 러시아의 사회주의 혁명가이

---

109) 蘇雪林, 「我硏究屈賦的經過」, 『屈賦論叢』, (臺)國立編譯館, 1980.
110) 蘇雪林, 「史前文化與屈賦」, 『屈賦論叢』, (臺)國立編譯館, 1980.
111) 鄭臨川, 「聞一多先生論〈楚辭〉」(上), 『社會科學輯刊』, 1981년 제1호.

자 문학가인 막심 고리키1868~1936의 '두 가지 측면에서 착안'하는 방법
을 사용하여 과거의 위대한 예술가를 추측한 것과[112] 후외려가 엥겔스
의 발자크에 대한 평가와 레닌의 톨스토이에 대한 평가 방법을 이용하여
굴원을 분석한 것은 모두 적극적이고 주동적인 시도였으며 약간의 간단
하고 딱딱한 시도이기도 하였다. 곽말약은 비교적 숙련된 유물론적 역사
관으로 굴원의 시대와 사상, 예술을 분석하여 당시의 사람들보다 뛰어난
견해를 도출하였다.

사실 20세기 30, 40년대 학자들의 방법론에 대한 탐색과 실험은 비록
다양하게 표현되었지만 시종 '전통'과 '서학'의 곤혹과 선택, 도전에 직면
하였다. 어떻게 전통을 견지하고 동시에 서학과 융통하는가는 그 세대
학자들이 노심초사하던 문제였다. 진인각은 "반드시 한편으로는 외래
학설을 받아들이는 동시에 한편으로는 민족의 본래 지위를 잊어서는 안
된다."고 하고 또 "서로 반대되는 것이 잘 어울려서 서로 보완하고 이루
어 주어야 한다."고 말하였다.[113] 그리하여 그들은 건가 연간 학자들의
고증학 기풍을 직접 계승하는 동시에 외국의 이론과 경험도 널리 수용
하여 실증의 방법을 중시하였다. 그러므로 비록 어렵고 혼란한 불가사
의의 시대와 환경 속에서도 시공간을 초월하는 학술적 공헌을 이룩하였
다. 특히 곽말약의 『굴원시대』, 『굴원연구』, 문일다의 『초사교보』, 유
국은의 『초사주소장편』은 모두 초사학사에서의 불후의 거작으로서 획
기적 의의를 갖고 있다.

그 후 역사적 원인으로 인하여 40년의 공백기를 두었다가 20세기 80
년대 말, 90년대 초에 와서야 학술계에서는 비로소 곽말약·문일다·유
국은 등의 학자들이 30~40년대에 느꼈던 난제와 선택, 도전을 이어 나

---

112) 聞一多, 「屈原問題—敬質孫次舟先生」, 『中原』 1945년 제2권 제2호.
113) 馮友蘭, 『中國哲學史』(下) 審査報告.

갈 수 있었다. 이들은 바로 구학과 서학을 자각적으로 결합한 학자들이
며 다원화 구조를 중요시하는 대학원생 그룹이었다.

학술사에서의 많은 현상들은 사람들로 하여금 깊이 음미하게 한다.

1997년 4월 8일

제2부

굴원 연구

제 1 장

형문荊門 곽점郭店 1호 초묘 묘주 연구
― 굴원 생애 연구의 난제도 함께 논함

① 묘주의 신분

20세기 30년대 초유왕楚幽王, B.C.268~B.C.228의 무덤이 도굴된 후로 초묘楚墓의 발견과 발굴은 학계의 큰 관심사가 되었다. 이미 발굴된 6,000여 개의 초묘에서 사람들을 흥분케 하는 소식이 자주 쏟아져 나왔는데 초나라의 역사와 문화의 참모습을 보여주었을 뿐만 아니라 건축, 조각, 회화, 음악, 무용, 복식, 문자 등 각 분야의 발전 수준도 보여주었다. 이를 통하여 초나라의 역사와 문화, 문학 분야의 일부 의문점들의 해답을 찾을 수 있었고 초나라의 문화사 내지 중국의 문화사를 다시 쓰게 되었다.

비록 형문荊門 곽점郭店의 초묘는 일곽일관一槨一棺의 작은 규모였으나 학계에 거대한 충격을 주었다. 이 무덤에서는 무려 804매의 죽간이 발견되었는데 정리를 거쳐 13,000여 자를 읽어낼 수 있었다.[1] 그 내용으로는 『노자老子』 갑, 을, 병 3조 및 『태일생수太一生水』가 있고, 또 유교 저술 『치의緇衣』, 『오행五行』, 『성지문지成之聞之』, 『존덕의尊德義』, 『성자명출

---

1) 湖北省荊門市博物館, 「荊門郭店一號楚墓」, 『文物』 1997년 제7호.

性自命出』,『육덕六德』,『노목공문자사魯穆公問子思』,『궁달이시窮達以時』
등이 있다. 그 외에『당우지도唐虞之道』,『충신지도忠信之道』,『어총語叢』
4조 등이 있다.2) 이러한 문헌의 발굴을 통하여 초기『노자』의 이론적
경향을 알게 되었고 공자로부터 맹자에 이르기까지의 유교의 발전사를
보다 풍부하게 하였으며 선진시기 고서의 교감, 비교, 해석에도 큰 도움
이 되었다. 이로부터 "베일에 가려져 있던 중화문명의 역사는 확실한 증
거들이 끊임없이 나타나면서 서서히 제 모습을 드러내기 시작하였다."3)

한편 출토된 죽간에 대한 연구가 심도 있게 진행되면서 학계에서는
곽점 초묘 묘주墓主의 신분, 나이, 직업, 정치적 지위 등의 문제에 대한
분석과 추측도 활발하게 진행되었다. 대체로 다음과 같은 세 가지 주장
이 있다.

첫째, 묘주는 '사士' 또는 '상사上士'이다.4)

둘째, 방박은 "매장 연대는 전국시대 중기인 약 기원전 300년 전후이
다. 묘주는 사士 계급의 귀족에 속하며 아마 순장품 이배耳杯(좌우에 손
잡이 달린 잔)의 명문銘文에 새긴 '동궁지사東宮之師' 즉 초나라 태자의
스승이었을 가능성이 높다."고 주장하였다.5) 이학근은 더 나아가 "부장
품에 두개의 구장鳩杖이 있는 걸로 보아 그는 연세가 많은 남성이다. 또
함께 출토된 칠기 이배의 명문에 '동궁지사'라고 씌어져 있는 걸로 보아
그는 초나라 태자의 스승이었다. 무덤의 연대를 참고하여 볼 때 이 태자
는 회왕의 태자 횡 즉 훗날의 경양왕이며 묘주는 경양왕이 즉위하기 전
에 이미 죽었다."고 주장하였다.6) 유종한劉宗漢, 1936~ 은 "곽점 1호 초묘

2) 荊門市博物館,『郭店楚墓竹簡』, 文物出版社, 1998.
3) 龐樸,「親手觸摸一下歷史」,『尋根』1999년 제1호.
4) 湖北省荊門市博物館,「荊門郭店一號楚墓」,『文物』1997년 제7호.
5) 龐樸,「古墓新知」,『中國哲學』第二十輯, 遼寧敎育出版社, 1999, 7쪽.
6) 李學勤,「先秦儒家著作的重大發現」,『中國哲學』第二十輯, 遼寧敎育出版社, 1999, 14쪽.

의 묘주는 두 가지 가능성밖에 없다. '동궁지사' 본인이거나 '동궁지사'의
아들이다. 여기서 말하는 '동궁지사'는 초나라 경양왕의 스승일 가능성이
크다."고 주장하였다.[7]

셋째, 강광휘姜廣輝, 1948~ 는 "곽점 1호 초묘의 묘주는 진량陳良일 가
능성이 매우 높다."고 주장하였다. 그는 "초회왕의 태자 횡, 즉 훗날의
경양왕은 기원전 328~299년 사이에 태자로 있었고 진량의 사망 시간은
기원전 325~320년 사이이므로 그는 태자 횡의 초기 스승이다."라고 하
였다.[8] 고정高正, 1954~ 은 "출토 문물과 역사 문헌들을 상호 고증해볼
때 여러 가지 증거들이 보여주는 바와 같이 굴원이 곽점 1호 초묘 묘주
의 기본 사항에 부합된다. 진량은 비록 초나라 사람이긴 하지만 귀족
출신이 아니기에 귀족 무덤에 묻힐 수 없다."고 주장하였다.[9]

이상의 견해를 통하여 곽점 1호 초묘 묘주의 신분과 직업 등의 문제에
대한 학계의 분석과 추측의 결과를 다음과 같이 정리해볼 수 있다.

① 사, 상사
② 동궁지사, 초나라 태자의 스승
③ 초나라 태자 횡의 스승
④ 초나라 태자 횡의 스승 ― '진량'일 수 있다.
⑤ 초나라 태자 횡의 스승 ― '굴원'이 틀림없다.

그러나 이상의 분석과 추측, 탐구 결과에 대한 전면적인 정리와 구체

7) 劉宗漢, 「〈郭店楚墓竹簡〉學術研討會述要」, 『中國哲學』 第二十輯, 遼寧敎育出版
社, 1999, 410~411쪽.
8) 姜廣輝, 「郭店一號墓墓主是誰」, 『中國哲學』 第二十輯, 遼寧敎育出版社, 1999, 397
~398쪽.
9) 高正, 「論屈原與郭店楚墓竹書的關係」, 『光明日報』 1999년 7월 2일 第7면.

적인 고증이 필요하고, 이를 통하여 곽점 1호 초묘 묘주의 본래 면모를 밝혀낼 필요성이 있다.

② 묘주의 신분은 '하대부'

발굴 보고서에서 묘주 신분을 상사上士로 추론하였는데 그 근거는 다음과 같은 몇 가지가 있다.

① 『예기·왕제王制』에 "서민은 …… 봉분을 만들지 않으며 묘역에 나무도 심지 않는다.庶人……不封不樹."고 하였으나 이 무덤은 봉토가 있고 묘도墓道도 있다.

② 『예기·단궁檀弓』의 정현의 주석에 "사는 덧널을 하지 않는다.士不重."고 하였으나 이 무덤은 관棺과 곽槨이 각각 하나씩 있다.

③ 『예기·곡례하曲禮下』에 이르기를 "전지와 봉록이 없는 자는 제기를 만들지 않는다.無田祿者不設祭器."고 하였으나 이 무덤의 부장품에는 동銅으로 된 예기禮器나 방동도예기仿銅陶禮器가 있다. 그러므로 묘주는 전지와 봉록이 있는 자 즉 '상사上士'라는 것이다.

곽덕유郭德維, 1937~는 전국시대의 초묘 자료에 근거하여 '하대부묘下大夫墓'와 '사묘士墓'의 규모와 부장품에 대하여 귀납을 하였다.[10] 곽덕유의 귀납 내용과 곽점 1호 초묘를 비교해보기로 한다.(표 1 참조)

---

10) 郭德維, 『楚系墓葬研究』, 湖北教育出版社, 1995, 74~75쪽.

표 1. 곽점 초묘와 하대부묘, 사묘의 비교

유형	하대부묘	사묘	곽점 초묘
봉토 묘도	일부는 봉토가 있다. 일반적으로 묘도가 하나 있다.	일반적으로 봉토가 없다. 일부는 묘도가 있다.	봉토와 묘도가 있다.
덧널	덧널의 길이는 약 4-6 미터, 3실에서 5실까지 있다.	덧널의 길이는 약 2.5-3.5미터, 1실 혹은 2실이 있다.	덧널의 길이는 3.3미터, 3실이 있다.
악기	일반적으로 고鼓, 금琴, 슬瑟이 있다.	소수의 무덤에 고鼓, 슬瑟이 있다.	금琴, 슬瑟이 있다.
예기	청동 예기와 방동도 예기의 혼합 사용	주로 방동 예기로서 극소수의 무덤에 동 예기가 있다.	동 예기 주전자, 쟁반, 이배, 도자기 예기 정(鼎).
거마기	일반적으로 거세車書, 마함馬銜, 마표馬鑣로 거마기를 상징한다.	일반적으로 거마기가 없다.	동 마함馬銜, 세할車轄, 절약節約, 골마표骨馬鑣, 목거산木車傘, 동 개궁모銅蓋弓帽 등 거마기가 있다.
죽간	일반적으로 죽간이 없고 개별적으로 견책遣策이 남아있다.	죽간이 없다.	죽간 804매가 있다.
칠목기 병기	칠목기, 병기는 기본적으로 모두 있으나 수량이 적다.	절반 이상의 무덤에서 병기와 칠목기가 출토되었다.	칠목기, 병기가 기본적으로 모두 있으며 수량도 적지 않다.

　이상 일곱 항목의 비교를 통하여 알 수 있는 바와 같이, 곽점 1호 초묘는 전반적으로 '하대부묘'와 유사하다. 그리고 '사묘'에 비하여 그 등급이나 지위가 좀 높다. 곽덕유는 또 전국시대 초묘 중의 상사묘上士墓에 대해서도 정리를 한 적이 있다. 그 내용을 보면 "보편적으로 묘도가 설치되어 있으며 일부는 봉토와 계단이 있다. 덧널의 길이는 3~3.5미터이고 너비는 1.5미터 이상이고 2~3실의 구조를 가지고 있으며 홑관 혹은 겹관이다. 방동 도예기는 정돈호鼎敦壺와 정보부鼎簠缶가 각각 두 세트씩

있으며 일부 청동 예기도 있다. 차굴대, 재갈, 목용木俑, 진묘수鎭墓獸, 호좌조가고虎座鳥架鼓, 슬瑟 등이 출토되었고, 절반 이상의 무덤에서 병기가 나왔는데 주로 당시의 다섯 가지 병기 즉 과戈, 모矛, 궁弓, 시矢, 극戟이 있다. 일부 무덤에서는 갑옷과 투구가 출토되었고 소수 무덤에는 죽간과 검도 나왔다."고 하였다.[11] 이런 자료에 근거하면 곽점 1호 초묘는 또한 '상사묘'의 특징에 부합되는 것 같다. 그러므로 반드시 곽점 1호 초묘와 이미 '하대부묘'로 확정된 개별 사례를 비교해 보아야 한다. 그래야 곽점 초묘 묘주의 신분을 확정할 수 있다.(표 2 참조)

곽점 1호 초묘와 망산望山M1, 망산望山M2, 상향우형산湘鄕牛形山M1, 상향우형산湘鄕牛形山M2, 등점藤店M1, 악성백자판鄂城百子畈M5, 유성교瀏城橋M1 등의 '하대부묘'들과의 비교를 통하여 곽점 1호 초묘 묘주의 신분은 '하대부下大夫'임을 알 수 있다. 그 이유는 다음과 같다.

표 2. 곽점 초묘와 '하대부묘'의 주요 부장품 비교표

명칭	청동예기	악기	거마기	도예기	칠목기	병기	옥기	비고
望山 M1	深腹鼎8. 小口鼎. 敦2. 缶2. 壺4. 鑐壺. 罍. 盤2. 匜2. 箕	瑟. 鼓.	轡5. 銜5. 傘	大鼎. 深腹鼎8. 小口鼎. 平沿鬲. 繩紋鬲. 小鬲6. 敦2. 簠2. 方座簠6. 蓋簠2. 豆2. 缶2. 壺4. 鑒2.	鎭墓獸. 豆. 耳杯. 俎. 案幾等. 竹簡	劍4. 戈6. 矛5. 鏃5	有	
望山 M2	鼎5. 敦4. 缶. 壺4. 尊. 燈2. 盤2. 匜2. 勺6	瑟. 鼓	傘. 轡8. 銜4	大鼎. 深腹鼎6. 小口鼎. 匜2. 敦2. 簠2. 缶2. 壺2. 鑒2. 鑐壺. 盤. 缽.	鎭墓獸2. 木俑16. 案5. 俎19. 竹簡	劍7	有	盜掘

11) 郭德維, 『楚系墓葬硏究』, 湖北敎育出版社, 1995, 107쪽.

牛形山 M1		鼓	模型車. 銜2	大鼎. 鼎10. 敦2. 壺4. 鈁2. 瓵2. 簠. 罐3.	漆器62. 木器99. 其中木俑19			盜掘
藤店 M1	鼎2. 豆2. 壺2. 盤. 匜	大鼓. 小鼓. 瑟	傘. 銜4. 畵4	大鼎. 小口鼎. 蓋鼎4. 蓋豆2. 豆9. 簠. 壺4. 罍. 罐2. 盤. 匜. 勺. 鐎壺.	豆2. 案. 耳杯7. 鎭墓獸. 竹簡			
鄂城 百子畈 M5	壺蓋	鼓		鼎6. 小口鼎. 簠2. 敦2. 罍2. 蓋豆3. 壺2. 罐2.			璧	
牛形山 M2			傘. 銜2		木俑4. 鎭墓獸 等	有		盜掘
瀏城 橋M1	鼎4.勺	瑟. 大鼓. 小鼓. 笙2	傘. 銜6. 畵4	大鬲2. 小鬲8. 大鼎. 圓底鼎. 小口鼎2. 敦2. 壺4. 簋6. 罐3. 鐎壺. 鑒2. 盤2. 豆2. 匜2. 勺.	幾2. 案. 俎7	劍4. 戈7.戟. 矛4. 鏃46		
郭店 M1	盤. 耳杯. 環2. 鏡	琴. 瑟	銜2. 畵2. 傘. 節約2. 馬鑣4. 蓋弓帽2 2.馬頭	鼎. 盂. 鬥.	木枕. 耳杯17. 幾. 盒. 木梳2. 木俑4. 劍. 竹簡804. 扇	弓.劍2. 鏃132. 箙. 盾. 戈2. 鈹. 鳩杖2. 甲片	帶鉤	盜掘

비고: 부장품 뒤의 숫자는 발굴된 개수이다.

① 곽점 1호 초묘의 주요 부장품의 유형과 품종은 이상의 여러 하대 부묘들과 비슷하거나 같다.

② 곽점 1호 초묘의 청동 예기는 망산M1, 망산M2, 등점M1보다 양이 적고 세트로 되어 있지 않다. 그러나 우형산 M1과 M2도 모두 공백 상태이다. 우형산이 도굴 당하였을 가능성도 있지만 도굴되지 않은 백자판M5에도 예기가 오로지 '항아리뚜껑[壺蓋]' 한 점밖에 없으며 그 양이나 종류도 곽점M1에 비하여 적다.

③ 곽점 1호 초묘의 도예기는 망산M1, 망산M2, 우형산M1, 등점M1, 백자반M5, 유성교M1에 비하여 적으며 세트로 되어있지 않다. 그러나 다음 세 가지 점을 고려하여야 한다. 첫째, 곽점 1호 초묘에는 귀족을 상징하는 예기인 '정鼎'이 있다. 둘째, 우형산M1의 도기는 공백 상태이다. 셋째, 역사 문물의 암거래 상황을 볼 때 도굴당한 문물은 일반적으로 청동, 도예기 등이다. 특히 귀족 신분을 상징하는 '정'이 많다.

④ 곽실이 세 개인 하대부묘는 기타 상징적인 특징들도 있다. 예를 들면 망산M1의 묘주 주검 옆에는 월왕 구천의 검이 있었고 죽간 '도사禱辭'에는 묘주가 생전에 "왕을 섬기었다.侍王"고 기록되어 있다. 또 망산M2의 외관에는 '좌왕구정佐王柩正'이라는 낙인이 있는데 왕실의 관목을 책임진 관리의 도장일 것이다. 곽점 1호 초묘에서는 칠기 이배가 17점 출토되었는데 그중 M1:B10의 밑부분에는 '동궁지배東宮之杯'라는 명문이 새겨져 있고 용수옥대고리와 대량의 죽간이 발견되었다. 이것은 결코 무시할 수 없는 중요한 증거이다.

⑤ 대다수의 초묘 전문가들이 주장하는 바와 같이, 일부 하대부묘의 하층과 상사묘의 상층 사이, 일부 하사묘의 하층과 서민묘의 상층 사이는 가끔 구별하기 힘든 경우가 있다. 곽덕유가 분류한 '하대부묘'와 '상사묘'의 기준도 그리 분명한 차이가 없다.

⑥ 『예기·왕제』에 이르기를 "대부가 그 맡은 직무를 하지 않고 평생 벼슬하지 않으면 사의 예로 장사지낸다.大夫廢其事, 終身不仕, 死以土 禮葬之."고 하였다. 즉 묘주가 생전에 대부였으나 '사'의 예로 매장 될 수 있다는 것이다. 예를 들면 우대산雨臺山M555의 묘주는 생전 에 몰락한 하대부에 속하였기에 '사'의 예로 매장되었다. 이를 근 거로 도굴당하지 않은 우대산M555의 부장품과 대조하여 볼 때 곽 점M1 묘주의 신분은 우대산M555의 묘주보다 높다.

이상의 이유를 근거로 하여 곽점 1호 초묘 묘주의 신분이 '하대부'임을 확정할 수 있다.

3 이배의 명문은 '동궁지배'

발굴 기록에 의하면 곽점 1호 초묘에서는 칠기 이배 17건이 출토되었 다. 그중 M1:B10은 보존상태가 완전하며 밑부분에 '동궁지배東宮之杯'라 는 명문이 새겨져 있다.[12]

그러나 이학근은 다음과 같이 주장하였다.

곽점 1호 초묘에서 출토된 칠기 이배에는 '동궁지사東宮之市(師)'라는 명 문이 새겨져 있다. 이로 미루어 볼 때 묘주는 초나라 태자의 스승이었을 것이다.[13]

12) 湖北省荊門市博物館, 「荊門郭店一號楚墓」, 『文物』 1997년 제7호.
13) 李學勤, 「荊門郭店楚簡中的〈子思子〉」, 『中國哲學』 第二十輯, 遼寧敎育出版社, 1999, 79쪽.

이학근은 또 직설적으로 "출토된 칠기 이배에는 '동궁지사'라는 명문
이 새겨져 있는데 이로보아 묘주는 초나라 태자의 스승임을 알 수 있다.
묘의 연대를 참고하여 볼 때 이 태자는 초회왕의 태자 횡 즉 훗날의 경양
왕이다."라고 주장하기도 하였다.[14]

요명춘廖名春, 1956~ 은 이학근의 결론을 전제로 다음과 같은 진일보한
연구를 시도하였다.

> 이학근 선생의 연구에 의하면 곽점 1호 묘의 묘주는 초회왕의 태자 횡
> 즉 훗날의 경양왕의 스승이다. 때문에 무덤 속에 파묻혀 있던 책은 태자
> 가 읽었던 교과서이다.[15]

이학근은 자신의 '동궁지사' 해석이 당시 발굴보고서의 내용과 다른
점을 해명하기 위하여 논문의 주석에 다음과 같은 설명을 덧붙였다.

> 사市(師)는 원래 배不(杯)로 해석을 하였는데 이 점에 대해 수정한다. 이
> 는 장수중張守中의 『포산초간문자편包山楚簡文字編』의 六·四, 十二·一,
> 문물출판사, 1996년을 참고로 한다.[16]

그렇다면, 우리는 장수중의 『포산초간문자편』을 찾아볼 필요가 있다.
'六·四' 장면을 찾아보니 '사市(師)'에 해당하는 문자는 다음과 같은 네
가지 형태가 있다.[17]

---

14) 李學勤, 「先秦儒家著作的重大發現」, 『中國哲學』第二十輯, 遼寧教育出版社, 1999,
    14쪽.
15) 廖名春, 「荊門郭店楚墓與先秦儒學」, 『中國哲學』第二十輯, 遼寧教育出版社, 1999,
    70쪽.
16) 李學勤, 「荊門郭店楚簡中的〈子思子〉」, 『中國哲學』第二十輯, 遼寧教育出版社, 1999,
    80쪽.
17) 역자주 - 장수중의 『포산초간문자편』은 필사본을 영인 출판한 것인데 고서처럼 사주

芾 巿 五二
芾 五五 二例
芾 五
芾 一五九[18]

'十二·一' 장을 찾아보니 '배不'에 해당하는 문자는 다음과 같은 세 가지 형태가 있다.

不 不 二〇 二十三例
不 二三九 三例
不 二二一 二例

이상의 문자 형태를 자세히 살펴보면 '巿'과 '不'이 비슷한 모양으로 쓰이나 주요한 차이점은 '不'은 삐침／과 파임＼이 서로 교차된 형태로

단변에 계선이 있고 10행이며 "第一"부터 "第十四"까지 총14권으로 구성되어 있으며 매권의 왼쪽 난외 상단에 "一·一, 一·二……" 식으로 차례대로 권수와 장수를 표기해놓았다. 제2권이 시작될 때에는 다시 "二·一"부터 차례대로 권수와 장수를 표기하였다. 그리고 매면의 하단에 책의 면수面數도 표기되어 있는데 한 장이 두 면에 해당하였다. 그러므로 '六·四'는 권수와 장수의 표기방법이고, 이 책에서 '사巿(師)'를 설명해놓은 부분은 '六·四'장에 있으며 영인본의 92면에 해당한다. 본서의 이러한 표기들은 모두 같은 의미이다.

18) 역자주－장수중의 『포산초간문자편』은 포산 초묘 죽간의 문자를 사전처럼 분류하여 편집한 것인데 범례에 의하면 죽간에 나오는 문자를 대체로 『설문해자說文解字』의 순서대로 차례를 정하고 난외 상단에 『설문해자』에 나오는 글자를 전서체로 쓰고, 행 안에는 우선 죽간의 문자를 쓰고 그 아래에 작은 글씨로 이 문자에 해당하는 글자를 해서체로 쓰고 그 다음에 이 문자가 처음 나타난 죽간의 번호를 쓰고 마지막으로 이 문자가 나타난 횟수를 적었다. 그러므로 "芾 巿 五二"는 포산 죽간에 芾로 쓴 문자는 巿자에 해당하고 제52번 죽간에 나타났고, "芾 五五 二例"는 芾로 쓴 문자는 제55번 죽간에 처음 나타났고 총 2회의 용례가 있다는 뜻이다. 본서의 이러한 표기들은 모두 같은 의미이다.

되어 있고, '市'는 삐침╱과 파임╲이 서로 교차하지 않고 양 쪽으로
갈라진 형태로 되어 있는 것이다. 이러한 표기 방법은 『곽점초묘죽간郭
店楚墓竹簡』에서도 보인다. 예를 들면 『노자老子』 갑조甲組의 '不'의 표기
형태는 다음과 같다.[19)]

秂 秂	제6간
秂 秂	제7간
秂	제8간
秂	제10간
秂 秂	제12간
秂	제15간
秂	제17간
秂	제20간

　이중에서 제7간簡의 첫 번째 문자모양은 '市'의 죽간 문자와 거의 비슷
하여 보이지만 역시 삐침╱과 파임╲이 서로 교차된 형태를 보이고 있
다. 이러한 차이점은 이미 발견된 초묘 죽간에서도 동일하게 나타나고
있다. 우선 '不'자의 형태를 보면 다음과 같다.

秂	包二·一五	秂	包二·一五五	秂	包二·一五六
秂	包二·一一三	秂	望一·九	秂	信一·〇八
秂	信一·〇一一	秂	信一·四二	秂	信一·〇一[20)]

19)　荊門市博物館, 『郭店楚墓竹簡』, 文物出版社, 1998, 3~4쪽.
20)　역자주－여기서 포이包二는 형문포산이호묘죽간荊門包山二號墓竹簡의 약칭이고, 망일望
　　一은 강릉망산일호묘죽간江陵望山一號墓竹簡의 약칭이고, 신일信一은 신양일호묘죽서간
　　信陽一號墓竹書簡의 약칭이다. 약칭 뒤의 숫자는 해당 묘지에서 출토된 죽간을 정리한

帛乙一一 · 一九   帛丙六 · 二21)

또 '市'의 문자 형태를 보면 다음과 같다.

包二 · 四五   包二 · 四六
曾一三七   曾一七七22)
帛丙二 · 二   帛丙六 · 二

신양 1호 초묘 죽간에는 '배杯'자의 표기 형태도 보인다.

信二 · ○二○   信二 · ○二○23)

주목할 점은 신양 1호 초묘 죽간 문자 중에 '不'자의 형태가 '市'자와 매우 비슷한 것이 하나 있다.

信一 · 六

일련번호이다. 예를 들면 즉 "包二 · 一五"는 라는 문자가 형문포산이호묘죽간의 제15번 죽간에 쓰여 있다는 뜻이다. 본서의 이러한 표기들은 모두 같은 의미이다.

21) 역자주─백을帛乙은 장사자탄고초백서을편長沙子彈庫楚帛書乙篇의 약칭이다. 백병帛丙은 장사자탄고초백서병편長沙子彈庫楚帛書丙篇의 약칭이다. 약칭 뒤의 숫자는 행자수行字數를 의미한다. 초백서楚帛書는 1942년 중국 장사의 자탄고 지역의 초묘에서 발굴된 글이 쓰여 있는 한 폭의 비단이다. 이 비단의 가운데에 각각 13행과 8행으로 된 글자 방향이 서로 반대로 되어 있는 두 단락의 글이 있고, 상하 좌우 사변에도 정연한 글들이 있는데 연구자들은 이런 구조에 근거하여 초백서를 갑, 을, 병 세편으로 나누어 연구하였다. 여기서 "帛乙一一 · 一九"는 라는 문자가 초백서 을편의 제11행 제19자에 쓰여 있다는 뜻이다. 본서의 이러한 표기들은 모두 같은 의미이다.

22) 역자주─증을曾乙은 증후을묘죽간曾侯乙墓竹簡의 약칭이고 뒤의 숫자는 출토된 죽간의 일련번호이다.

23) 역자주─신이信二는 신양일호묘견책간信陽一號墓遣策簡의 약칭이고 뒤의 숫자는 출토된 죽간의 일련번호이다.

이에 대해 상승조商承祚, 1902~1991는 다음과 같이 해석하였다. '不'자
는 진나라 이전의 금문에서는 매번 ✦로 썼는데 거후궤莒侯簋, 왕자오정王
子午鼎, 채후종蔡侯鍾, 중산왕조역도中山王兆域圖 등에 보인다. 아래쪽의 가
로 획은 일종의 문식이다. 훗날 문자 발전의 흐름에 따라 윗쪽의 작은
가로 획과 아래쪽의 끝 부분을 삭제하여 '조'로 써서 두 가지 문자로 되
었다. 이 죽간에서는 '不'자를 ✦로 썼다."[24] 상승조의 주장에 의하면 다
음과 같이 이해할 수 있다. 첫째, 초간 중의 '不'자는 응당 '✦'로 써야
한다. 둘째, 여기서 쓴 '✦'는 응당 '✦'로 해석해야 한다. 이 글자의 파임
은 원래 삐침과 교차되어 있어야 하는데 글자를 새길 때 제대로 새기지
못했기 때문에 생긴 문제로 봐야 한다.

이로써 곽점 1호 초묘에서 출토된 이배 명문에 대한 해석은 정확한
근거가 있게 되었다. 즉 금문, 포산 초간, 증후을묘曾侯乙墓 죽간, 망산
죽간, 신양 죽간, 곽점 죽간, 백서帛書 등을 통해 '不'의 표준 표기법은
'✦'이며 동시에 '✦'(信一·六)로 쓸 수도 있고 '✦'(칠기 이배 명문)로 쓸
수도 있음을 알 수 있다. 이 세 가지 문자 모양은 모두 '帀'의 표기법인
'✦'과 선명한 차이점을 가지고 있다. 때문에 발굴 보고서에서 '杯'로 풀이
한 것은 정확한 해석이다. 이학근 선생이 '師'로 해석한 것은 보편적인
초간楚簡 표기법을 위배한 해석으로서 교정해야 한다. 다시 분명하게 지
적할 점은 '不'과 '帀'의 문자 형태의 차이는 여러 초간 사전에도 아주
명확하게 나타나 있으므로 아무런 의문이나 이의가 없다. 이에 대해서는
곽약우郭若愚의 『전국초간문자편戰國楚簡文字編』,[25] 등임생滕壬生의 『초계
간백문자편楚系簡帛文字編』[26], 장수중의 『포산초간문자편』[27]을 참고하길

---

24) 商承祚, 『戰國楚竹簡彙編』, 齊魯書社, 1995, 143쪽, 159쪽.

25) 郭若愚, 『戰國楚簡文字編』, 上海書畫出版社, 1994.

26) 滕壬生, 『楚系簡帛文字編』, 湖北敎育出版社, 1995.

27) 張守中, 『包山楚簡文字編』, 文物出版社, 1996.

바란다.

이배의 명문을 '동궁지배'로 해석하는 데는 또한 초나라 문물의 뒷받침
이 있다. 예를 들면 망산 2호 초묘 외관에 '좌왕구정佐王柩正'이라는 네
글자의 낙인이 찍혀있는데 '구柩'는 '관棺'을 가리키는 말이므로 문자와
실물이 내재적인 연관성을 가지고 있음을 보여준다.

하지만 칠기 이배의 명문에만 근거하여 섣불리 묘주는 곧 태자의 스승
이라는 결론을 내려서는 안 된다. 현재 파악한 자료만으로는 묘주의 신
분을 확정짓기 어려운 상황이다. 다만 이 명문을 통하여 묘주는 태자와
일정한 관계가 있는 사람이며 이 잔은 태자가 증여한 물건일 수 있다는
추측을 할 수 있을 뿐이다.

문헌학적 측면에서 볼 때도 '동궁지사'를 '태자의 스승'이라 해석할 경
우 의문의 여지가 있다. 왜냐하면 초나라 역사상 태자의 스승은 '부傅'라
고 칭하였고 '사師'로 칭하지 않았다. 일반적으로 '태부太傅' 또는 '부'라
칭하였다.(표 3 참조)

표 3. 초왕과 태자의 스승에 대한 명칭 분류표

유형	초왕의 스승	태자의 스승	출처
1	태사太師(번숭潘崇)		『좌전左傳·문공원년文公元年』 『사기·초세가』
2	사師 (신공자申公子 의부儀父)		『국어國語·초어楚語』상
3	사師(오사伍奢)		『좌전·소공昭公 19년』
4		부傅(왕자섭王子燮)	『국어·초어』상
5		부傅(번숭潘崇) 태자태부太子太傅 (오사伍奢)	『사기·초세가』
6		부傅(신자愼子)	『전국책戰國策·초책이楚策二』 『사기·춘신군열전 春申君列傳』

이러한 호칭은 전국시대에 이르러 더욱 대표성을 띠는데 태자의 스승은 모두 '부'라 하였다. 『전국책·초책이』에 보면 "초양왕이 태자였을 때 제나라에 인질로 있었다. …… 태자가 말하기를 '신에게 스승이 있으니 찾아가 묻겠습니다.' 스승 신자가 이르기를 '제나라에 땅을 바치고 몸을 위하십시오.'라고 하였다.楚襄王爲太子之時, 質於齊. 太子曰, 臣有傅, 請追而問傅. 傅愼子曰, 獻之地, 所以爲身也."는 기록이 있다. 또 『사기·춘신군열전』에 보면 "진나라 왕이 이르기를 초나라 태자의 스승을 먼저 보내서 초나라 왕의 병세를 살피게 하고 그가 돌아온 뒤에 다시 생각하여 봅시다.秦王曰, 令楚太子之傅先往問楚王之疾, 返而後圖之."라는 기록이 있다. 그러나 곽점 초묘 묘주 및 굴원의 생존 시대가 모두 초양왕 시기이기에 『전국책』에서 신자愼子를 초양왕의 스승이라 한 것을 학계에서는 모두 인정하지 않았다. 또한 『사기정의史記正義』에 보면 "신자는 전국시대 처사였다.愼子, 戰國時處士."고 하였다. 묘문원繆文遠, 1930~2012은 "전국시대에 각 나라에서 태자를 인질로 보냈는데 태자의 스승이 함께 동행하였다는 말은 들어본 적이 없다."고 주장하였으며 「초양왕위태지시장楚襄王爲太子之時章」을 고증해서 "형세로 따져봐도 모두 불가능하므로 이 『전국책』은 역시 후세 사람이 가탁한 것이다."라고 하였다.[28]

고정은 「굴원과 곽점 초묘 죽간과의 관계를 논함」이라는 논문에서 세 번이나 굴원은 초회왕 시기 '좌도, 삼려대부, 태자의 스승의 직책에 있었다."고 강조하였지만[29] 문헌학적 근거가 없는 주장이다. 『사기·굴원가생열전』에서 굴원이 '좌도'의 직책을 맡았다는 기록이 있고, 「어부」에서는 굴원이 '삼려대부'의 직책에 있었다고 하였으나 굴원이 '태자의 스승'이었다는 기록은 그 어느 문헌에서도 찾아볼 수 없다. '삼려대부'의 직책

28) 繆文遠, 『戰國策新校注』, 巴蜀書社, 1987, 458~459쪽.
29) 高正, 「論屈原與郭店楚墓竹書的關係」, 『光明日報』 1999년 7월 2일 제7면.

에 대한 설명으로 왕일의 「이소경서離騷經序」가 대표적인데 "삼려대부는 왕족인 소, 굴, 경 세 성을 가진 종친을 관장하였다. 굴원은 왕족의 족보를 정리하고 현량한 사람들의 표준을 명확하게 하였으며 걸출한 인물들을 격려하였다.三閭之職, 掌王族三姓, 曰昭·屈·景. 屈原序其譜屬, 率其賢良, 以厲國土."고 하였다. 이를 통하여 삼려대부는 초왕의 동성 종친 자제들을 관리하였으나 웅씨熊氏인 태자는 그 범위에 속하지 않았음을 알 수 있다. 일부 학자들은 삼려대부란 공족대부公族大夫로서 "공경公卿과 경대부卿大夫의 자제들을 관리하는 벼슬"이며 "주로 교육을 담당하였다."고 하였는데[30] 이는 역시 삼려대부의 교육 대상이 태자가 아님을 보여준다.

고정 선생이 굴원을 '태자의 스승'이라고 주장하는 유일한 근거는 바로 「굴송」에 나오는 "나이는 비록 어리지만 사장으로 삼을 만하네.年歲雖少, 可師長兮."라는 구절이다. 그는 "맏이를 '장長'이라 한다. 태자 횡은 초회왕의 장자이고 굴원은 태자의 스승이기에 '사장師長'이라 하였다. 즉 임금의 장자인 태자의 스승을 맡았다는 말이다."라고 하였다.[31] 이 구절의 해석에서 핵심은 '사장師長'에 대한 해석이다. 고정 선생은 이것을 '장자의 스승'이라 해석하였는데 이는 잘못된 해석이다. '장', '장자', '태자'를 동일시해서도 안 되며 특히 '장'을 '장자'로 해석하는 것은 억지스러운 면이 있다. 일단 고대 초사 학자들의 해석을 보기로 한다.

정말로 스승 삼을 만하여 장로로써 섬긴다. 　　　　誠可師用長老而事之
　　　　　　　　　　　　　　　　　　　　　　　　　왕일 『초사장구』

다른 사람의 모범이 될 만함을 말한다. 　　　　　　言可爲人師表
　　　　　　　　　　　　　　　　　　　　　　　　홍흥조 『초사보주』

---

30) 趙逵夫, 『屈原與他的時代』, 人民文學出版社, 1996, 15~16쪽.
31) 高正, 「論屈原與郭店楚墓竹書的關係」, 『光明日報』 1999년 7월 2일 제7면.

나이는 비록 어리지만은 역시 귤나무를 말한 것이다. 이 구절은 그 뜻
을 마음으로 이해하여야 한다. 귤나무는 비록 나이가 자신보다 어리지만
그 도덕과 뜻과 행동은 자신의 스승이 될 만함을 말한다. …… 이상 두
장은 처음에는 친구로 삼았다가 이어서 스승으로 삼고 더 나아가 본보기
로 삼으니, 말하는 순서이다. 또한 칭송하는 마음은 갈수록 더욱 높아지
고 본받는 마음은 오래 될수록 더욱더 크게 되고 있음을 볼 수 있다.

> 年歲雖少, 亦言橘也. 此等句須以意會, 言橘之年歲雖小於己, 而其道德志行則可
> 以爲己之師長也. ……此上二章, 初而友之, 旣而師之, 旣而置以爲像, 固言之序也. 然
> 頌之之意, 愈推而愈尊, 法之之心, 愈久而愈隆, 亦可見矣.

왕원『초사집해』

오래된 나무는 수백년 된 것도 있는데 귤나무는 고목이 아니므로 어리
다고 하였다. 그러나 단단하고 향기롭고 과실이 있는 점은 교목의 모범이
될 만하다. 이는 비록 자신이 고인에 비하여 백대 이후에 태어났지만 고인
을 우러러 배우고 후세 사람들에게 본보기를 보일 수 있음을 비유하였다.

> 木之壽者, 或數百年, 橘非古木, 故曰年少. 而堅芳有實, 可爲喬木之師. 喩己雖生
> 乎百世之下, 然可仰質古人, 風示來者.

왕부지『초사통석』

위의 "숙리" 두 구절을 이어서 칭송하는 것이며 그것이 이와 같은 덕이
있으므로 비록 나이는 어리지만 본받을 만하니 반드시 상수리나무처럼 둘
레가 굵고 참죽나무처럼 오래되지 않아도 된다는 뜻이다.

> 承上淑離二句而頌之, 言其有如是之德, 則年雖少而可以取法, 不必若櫟之百圍,
> 椿之千歲也.

호문영胡文英『굴소지장屈騷指掌』

이상의 해석에 근거하여 현대의 학자들은 '가사장可師長'을 '스승으로
삼을 만 하다', '본받을 만 하다', '스승으로 섬길 수 있다', '스승으로 섬길
수도 있고 연장자로 섬길 수도 있다' 등으로 해석하고 있다. 즉 스승과
연장자의 예로 존경할 만 하다는 뜻이다. 그러므로 왕연해는『초사석론』
에서 다음과 같이 해석하였다.

사師는 교사를 말하고 장長은 연장자를 말한다. 여기서 말하는 '사장'은 모두 동사로서 교사가 될 만하고 연장자가 될 만 하다는 뜻이다.

그러므로 굴원을 '태자의 스승'이라 하는 견해는 아무런 역사적, 문헌적 근거도 없고 굴원의 작품 속에서도 찾아 볼 수 없는 주장이다. 선입견과 가설, 추측에 의한 관점은 설득력이 없다.

이상의 연구를 종합하여 볼 때 다음과 같은 결론을 얻어낼 수 있다. 첫째, 이배 명문은 '동궁지배'라고 보아야 한다. 둘째, 초나라 태자의 스승은 '부' 혹은 '태부'라고 칭하였다. 셋째, 굴원은 태자의 스승이었던 적이 없다. 넷째, 곽점 1호 초묘 묘주는 굴원도 아니고 태자의 스승도 아니며 경양왕의 스승도 아니다. 다섯째, 이배 명문인 '동궁지배'의 글씨가 규범적이지 않은 것은 사용과 유전 과정에 생긴 글자라고 볼 수 있다.

4 '구장'은 '지팡이'가 아니다

현재 학계에서는 곽점 1호 초묘 묘주를 '연세가 많은 자'로 추측하고 있는데 근거로는 이 무덤에서 출토된 두 개의 모양이 같은 구장鳩杖이다. 이 구장은 자루 부분이 훼손되고 손잡이와 물미[鐏]만 남아 있다. 손잡이 부분은 비둘기가 엎드려 있는 모양인데 눈이 동그랗고 부리는 갈고리처럼 굽었으며 목을 뒤로 돌려 부리로 등을 쪼는 모습을 하고 있다. 몸체는 금색과 은색 깃털이 엇갈려 새겨져 있고 권운문卷雲紋으로 장식되어 있다. 발굴 보고서의 '중점소개' 부분에서는 이 구장의 용도에 대하여 설명하지 않았지만 「형문 곽점 M1 출토기물 등록표」에는 이 구장을 병기류에 분류하여 넣었다. 즉 구장을 '병장兵杖'으로 여기고 있다.[32]

그러나 놀라운 것은 일부 학자들이 구장을 묘주 연령을 상징하는 주요

근거로 여기고 있다는 점이다. 이학근은 "부장품 중에는 두 개의 구장이
있는데 이를 통하여 묘주는 연세가 많은 남자임을 알 수 있다."고 하였
다.[33] 유종한은 "1호 초묘의 묘주는 구장을 부장품으로 갖고 있는데 이
를 근거로 하여 볼 때 그의 연령은 70세 이상이라고 보아도 문제가 없을
듯하다."고 하였다.[34] 강광휘도 "부장품 중에는 구장이 있는데 고대 예
의에 의하면 70세가 되면 옥장을 주고 80, 90세가 되면 구장을 하사한다
고 하는데 이에 근거하여 볼 때 묘주의 연세는 80세 이상이다."라고 하였
다.[35] 고정은 「굴원과 곽점 초묘 죽서의 관계를 논함」에서 '구장'을 굴원
이 향년 70세를 초과하였다는 근거로 삼았다. 그는 "무덤 속의 구장은
묘주가 세상을 떠날 때 70세 이상이었음을 알려주고 있다."고 하였다.
이어서 그는 굴원의 몰년을 기원전 281년으로 삼고 그의 생년을 기원전
352년으로 추측하였다. 그 이유는 "만약 기원전 340년에 태어났다면 그
는 59세까지 살았다. 그 당시의 습관에 의하면 이 나이를 늙었다고 할
수 없다. 굴원은 71년 3개월 7일을 살았다. 무덤 속에 구장이 부장품으
로 파묻히게 된 것은 그 당시의 예의에 부합되는 것이다."라고 설명하였
다. 만약 이와 같이 '구장'이 묘주, 그리고 굴원과 중요한 관계가 있다면
이에 대하여 다시 고찰해볼 필요가 있다.

우선 '고대 예의'라는 근거를 보기로 한다. 강광휘가 인용한 고대 예의는
『후한서後漢書·예의지禮儀志』에서 찾아볼 수 있다. 원문은 다음과 같다.

32) 湖北省荊門市博物館, 「荊門郭店一號楚墓」, 『文物』 1997년 제7호.
33) 李學勤, 「先秦儒家著作的重大發現」, 『中國哲學』 第二十輯, 遼寧敎育出版社, 1999,
14쪽.
34) 劉宗漢, 「有關荊門郭店一號楚墓的兩個問題」, 『中國哲學』 第二十輯, 遼寧敎育出
版社, 1999, 391쪽.
35) 姜廣輝, 「郭店一號墓墓主是誰」, 『中國哲學』 第二十輯, 遼寧敎育出版社, 1999,
396쪽.

나이 일흔이 되면 옥장을 하사하고 죽을 먹게 한다. 80·90세가 되면 예를 더하여 길이가 구척되는 옥장을 하사하고 꼭대기에 비둘기로 장식한 다. 비둘기는 목이 메지 않는 새이다. 노인이 음식을 먹을 때 목이 메지 않기를 기원하는 뜻이다.
年始七十者, 授之以玉杖, 餔之麋粥. 八十九十禮有加賜, 玉杖長[九]尺, 端以鳩鳥 爲飾. 鳩者, 不噎之鳥也. 欲老人不噎.

이상 내용을 근거로 한다고 해도 무덤 속에 구장이 있기에 묘주 연령 이 70세 이상 혹은 71세라고 하는 것은 모두 정확하지 않다. 정확하게 말하자면 응당 80~90세 사이 혹은 80세 이상이다. 그러므로 이 한 가지 만으로도 "곽점 1호 묘주는 굴원이다."라는 설을 반박할 수 있다. 왜냐하면 굴원의 몰년에 대하여 일반적으로 학자들은 55~63세 사이로 잡고 있으며 임경은 40세라 주장하고 장천추는 78세라고 주장하고 있다. 그러나 장천추의 주장은 학술계의 인정을 받지 못하고 있다. 여러 학자들의 주장 가운데에서 장천추가 제기한 78세가 가장 많은 나이인데 이것도 "80·90세가 되면 예를 더하여 길이가 구척되는 옥장을 하사하고 꼭대기에 비둘기로 장식한다."는 규정에 부합되지 않는다. 장천추의 결론을 근거로 다시 추론한다면 굴원의 묘에서는 '구장'이 아니라 '옥장'이 출토되었어야 할 것이다. 굴원의 현존 작품들을 살펴볼 때 '장杖'라는 글자는 사용한 적이 없고 '구鳩'는 한번 나타났으나 부정적인 이미지를 담고 있다. 즉 「이소」에서 "숫비둘기는 울며 날아가지만 나는 그 경박함이 싫도다. 雄鳩之鳴逝兮, 余猶惡其佻巧."라고 하였다. 왕일은 『초사장구』에서 "또 숫비둘기로 하여금 명령을 받들고 날아가게 하였는데 그 숫비둘기는 경박하고 이익에 능하며 말만 많을 뿐 실제는 없으므로 다시 믿고 임용해서는 안 됨을 말한다. 言又使雄鳩衛命而往, 其性輕佻巧利, 多語言而無要實, 復不可 信用也."고 해석하였다. 만약 굴원에게 구장이 있었다면 이처럼 비둘기를 싫어하지는 않았을 것이다.

다음으로 여기서 인용한 '고대 예의'란 『후한서』에 나오는 기록으로서 동한 시기의 예의이므로 전국시대의 초나라 무덤을 판단하기에는 시대적 차이가 있다는 점을 잊어서는 안 된다. "80·90세의 노인에게는 구장을 하사한다."는 예는 구체적으로 한대의 예의인지, 주나라의 예의인지, 아니면 초나라의 예의인지 분명하지 않다. 선진시기의 문헌을 찾아서 근거로 삼아야 비로소 신빙성을 가질 수 있다. 우연히도 '구장'을 근거로 묘주의 연령을 추론하던 학자들을 흥분케 하는 발견이 있었다. 바로 『주례』의 근거를 발견한 것이다. 즉 한대의 고유가 『여씨춘추』의 주석에서 『주례』를 인용하여 해석하기를 "대라씨는 구장을 바쳐 노인을 봉양하는 일을 맡았다.大羅氏掌獻鳩杖以養老.", "이기씨는 노인의 지팡이를 공급하는 일을 맡았다.伊耆氏掌共老人之杖."고 하였다. 정말로 『주례』에서 '구장'과 '양로'를 연결시켜 묘사하였고 전문 관원이 이를 관리하고 실시하였다면 다음과 같은 결론을 얻을 수 있다. 즉 『후한서』에서 말한 예의는 바로 주나라 때부터 전하여 내려온 것이므로 전국시대의 무덤 속의 '구장'에 대한 해석에 적용할 수 있다. 하지만 아쉬운 점은 이러한 주장은 결코 문헌학적 근거가 없다는 것이다.

『여씨춘추·중추기仲秋紀』에 이르기를 "이 달에 노인을 봉양하고 안석과 지팡이를 내려주고 죽과 음식을 하사한다.是月也, 養衰老, 授几杖, 行糜粥飮食."고 하였다. 『여람呂覽』[36]의 이 내용은 『예기·월령月令』에서 인용한 것인데 원문은 "중추의 달에 해가 각성의 위치에 있고 저녁에 견우성이 남쪽 하늘의 중앙에 있고 아침에는 자휴성이 남쪽 하늘의 중앙에 있다. …… 이 달에 노인을 봉양함에 안석과 지팡이를 내려주고 죽과 음식을 하사한다.仲秋之月, 日在角, 昏牽牛中, 旦觜觿中 …… 是月也, 養衰老, 授几杖, 行糜粥飮食."고 되어 있다. 두 자료를 비교하여 보면 전자가 말하는 '미糜'가

---

36) 역자주-『여람呂覽』은 『여씨춘추呂氏春秋』의 별칭이다.

바로 후자의 '미糜'와 같다는 것을 알 수 있다. 그러므로 주나라 때에 노인을 봉양하는 예의는 "안석과 지팡이를 내려준다."와 "죽과 음식을 하사한다."는 두 가지 내용이 포함되어 있음을 알 수 있다. 옛 사람들은 땅바닥에 자리를 깔고 앉았기에 늘 '안석'에 몸을 기대어 앉거나 '안석'에 몸을 지탱하여 일어났다. 그러므로 '지팡이 장杖'은 '안석 궤几'와 연관이 있기에 늘 '궤장几杖'이라 부르게 되었다. 예를 들면 『예기·곡례曲禮』에는 "대부는 일흔 살이 되면 관직에서 은퇴를 한다. 만약 사직하지 못하면 반드시 안석과 지팡이를 하사한다.大夫七十而致事, 若不得謝, 則必賜之几杖."고 하였고, 또 "어른에게 일을 의논할 때는 반드시 안석과 지팡이를 들고 따라가야 한다.謀於長者 必操几杖以從之."고 하였다.

지팡이를 하사받고 사용하는 자의 연령과 활동범위에 대해서도 명확한 규정이 있다. 『예기·왕제』에 이르기를 "50세가 되면 집에서 지팡이를 짚고, 60세가 되면 고을에서 지팡이를 짚고, 70세가 되면 도성 안에서 지팡이를 짚고, 80세가 되면 조정에서 지팡이를 짚고, 90세가 되면 천자가 문의하고 싶은 일이 있거든 그의 집으로 찾아가되 좋은 음식을 들고 가야 한다.五十杖於家, 六十杖於鄕, 七十杖於國. 八十杖於朝, 九十者天子欲有問焉, 則就其室, 以珍從."고 하였다. 『주례·추관秋官』에도 지팡이의 종류와 사용 대상에 대하여 "이기씨는 나라에 큰 제사가 있을 때에 늙은 신하들의 지팡이를 보관하는 상자를 제공한다. 군대가 출정할 때 작위가 있는 신하에게 작장爵杖을 하사한다. 또 왕이 노인에게 하사하는 지팡이도 만들어 제공한다.伊耆氏掌國之大祭祀共其杖咸, 軍旅, 授有爵位杖. 共王之齒杖."고 규정하였다. 이 기록을 보면 이기씨의 직책이 분명하게 규정되어 있다.

그러므로 『주례』와 『예기』의 기록에 근거하여 다음과 같은 결론을 얻어낼 수 있다. 첫째, 주나라는 확실히 노인에게 지팡이를 하사하여 공경을 표시하는 예가 있다. 둘째, 지팡이를 주는 시간은 8월이다. 셋째, '궤장'이 늘 함께 나타난다. 넷째, '궤장'의 재질(옥, 등나무, 나무, 철)과 형태(용머리, 비둘기)에 대한 규정은 없다.

고유의 『여람』 주석에서 『주례』의 "대라씨는 구장을 바쳐 노인을 봉양하는 일을 맡았다.大羅氏掌獻鳩杖以養老."는 구절을 인용한 부분은 완전히 '대라씨'의 직책에 대한 오해이다. 『주례·하관夏官』에 이르기를 "나씨는 그물로 새를 잡는 일을 책임진다. 추운 섣달에 그물을 만들고 봄이 되면 그물로 새를 잡으며 비둘기를 잡아 나라의 늙은 신하들을 봉양하고 군신들에게 새를 하사한다.羅氏掌羅烏鳥. 蠟, 則作羅襦. 中春, 羅春鳥, 獻鳩以養國老, 行羽物."고 하였다. 『예기·교특생郊特牲』에서도 "대라씨는 천자를 위하여 새와 짐승을 잡는 일을 맡은 관원이다. 제후들의 공물도 이 사람의 관장에 속한다.大羅氏, 天子之掌鳥獸者也, 諸侯貢屬焉."고 하였다. 이를 통하여 대라씨는 '새와 짐승을 잡는 일을 맡은' 관원으로서 주요 임무는 그물로 새를 잡는 일이다. 봄에 그물로 새를 잡는 목적은 늙은 신하들을 봉양하고 여러 관리들에게 나누어주기 위한 것이다.

위의 두 기록을 종합해보면 주나라 때에 노인을 봉양하는 예의에는 두 가지가 포함되어 있음을 알 수 있다. 즉 2월에는 비둘기를 잡아 드리고 8월에는 지팡이를 하사하는 것이다. 이것은 달과 계절에 따라 서로 다른 예의로 노인을 존경하는 뜻을 표현하는 내용이다. 그러므로 고유 주석의 착오에 대하여 일찍부터 지적해온 학자들이 있었다. 필원畢沅, 1730~1797은 『여씨춘추교정呂氏春秋校正』에서 다음과 같이 지적하였다.

> 『주례』에 이르기를 "나씨는 비둘기를 잡아 나라의 늙은 신하들을 봉양하는 일을 맡았다."고 하였고, 『예기·교특생』에도 대라씨에 대한 내용이 있는데 여기서는 그 글들을 인용하면서 '장杖'자를 추가하고 '국國'을 빼놓았다.
> 周禮羅氏掌獻鳩以養國老, 禮記郊特性有大羅氏, 此參用彼文, 衍杖字, 缺國字.

그러므로 "80·90세가 되면 구장을 하사한다."는 예의는 선진시기의

문헌 근거가 없으며 이를 이용하여 곽점 초묘 속의 '구장'을 해석하기에
는 무리가 있다.

이제 "80·90세가 되면 구장을 하사한다."는 예의는 한대부터 시작된
것으로 전국시대와는 무관하다는 것을 증명해보기로 한다. 이러한 주장
을 하는 이유는 선진시기에는 등장藤杖도 있고 동장銅杖도 있었으며 용수
龍首와 구수鳩首도 있었다. 그 중 '구장'은 『주례』에서 말한 노인을 공경
하는 두 가지 예의를 종합적으로 체현하였기에 쉽게 사람들에게 인정받
고 광범위하게 보급되어 규정이나 습관화 될 수 있다. 이렇게 추측하는
이유 다음 세 가지가 있다. 첫째, 『후한서·예의지』에 분명한 기록이 있
다. 둘째, 고유는 『여씨춘추·중추기』의 주석에서 "지금은 8월이 되면
집집마다 연세가 많은 자에게 구장과 음식을 하사한다.今之八月, 比戶賜高
年鳩杖粉粢是也."고 하였다. 고유가 말하는 '지금'은 그가 생활하고 있던 동
한 시기이기에 『후한서·예의지』의 기록과 같다. 당시에 확실히 이러한
예와 풍속이 유행하였음을 알 수 있다. 셋째, 출토 문물과 목간이 증거를
제공해준다. 한대의 무덤에서는 자주 구장이 발굴되었다. 예를 들면 마
취자磨嘴子 31호 무덤, 무위武威 한탄파旱灘坡의 동한시기 무덤이다. 1989
년 8월에 발굴된 한탄파 동한 무덤에는 구장과 목간이 동시에 출토되었
다.[37] 구장은 한 남자 관속의 윗부분에 놓여 있었고 형태는 부리를 벌리
고 엎드려 있는 비둘기 모양으로서 파손 없이 완전하게 남아있었다. 비
둘기 몸체는 우선 흰 가루로 색칠하고 그다음 먹물로 선을 그렸는데 출
토된 후에 칠이 벗겨졌다. 비둘기 복부에 자그마한 구멍이 있는데 지팡
이 자루를 끼워 넣기 위한 것이다. 지팡이 자루는 흙더미에 눌려 세 토막
으로 끊어졌는데 총 길이가 약 110cm이고 버드나무 재질로 만들었으며
표면이 매끄럽다. 묘주가 생전에 사용한 물건으로 보인다. 출토된 목간

37) 武威地區博物館, 「甘肅武威旱灘坡東漢墓」, 『文物』 1993년 제10호.

한 묶음은 총 17개 목간인데 그중 제1간과 제8간에 다음과 같은 기록이 있다.

制詔御史奏年七十以上比吏六百石出入官府不趨毋二尺告刻吏擅徵召
口W
不道在御史挈令第廿三

일본 학자 오바 오사므大庭脩, 1927~2002는 이 두 목간이 서로 연결되어 있으며 모두 지팡이를 하사하는 일을 서술하고 있고 한대의 목간『왕장 조서령王杖詔書令』의 제21간의 내용과 같다고 하였다.[38] 그 목간의 내용 은 다음과 같다.

制詔御史年七十以上杖王杖比六百石入官府不趨吏民有敢毆辱者逆不
道棄市令在蘭台第廿廿三

이는 나라에서 일흔 살 이상의 노인에게 손잡이에 비둘기 모양으로 장식된 나무 지팡이를 하사하는 규정을 정하였음을 설명해 준다. 지팡이 를 가진 자는 각종 특권을 향유할 수 있으며 이로써 노인을 공경하는 예를 체현하였다. 만약 지팡이를 가진 노인을 때리거나 모욕한다면 대역 무도한 죄로 여기고 사형에 처하였다. 이 법령은 「난대령蘭台令」 제43호 로 규정되었다. 또 『왕장십간王杖十簡』 중의 제 7, 8간에 다음과 같이 기록되어 있다.

制詔御史曰年七十受王杖比六百石入官廷不趨犯罪耐以上毋二尺告劾

----

38) [日]大庭脩, 「武威旱灘坡出土的王杖簡」, 『簡帛研究譯叢』 第一輯, 湖南出版社,
1996, 295~296쪽.

有敢徵召侵辱者比大逆不道建始二年九月甲辰下

이는 지팡이를 하사해서 노인에 대한 공경을 나타내는 예가 한성제漢成帝 건시建始 2년 9월 즉 기원전 31년 9월부터 시작되었음을 알려준다. 이로부터 지팡이 하사로 노인에 대한 공경을 표명하는 예의는 서한 시기로부터 시작되었으며 동한 시기에는 구장이란 실물과 법령 조문도 있었음을 분명하게 알 수 있다. 더욱 주목할 점은 한탄파 동한 묘의 출토 목간과 한대의 『왕장조서령』 목간에는 하나의 동일한 사례가 기록되어 있다는 것이다.

한탄파 한묘 목간 제11간 :
長安鄕嗇夫田順坐徵召 金裏老人榮長罵詈□○○○○○○W

『왕장조서령』 목간 제23～24간 :
長安東鄕嗇夫田安坐擊
鳩杖主男子金裏告之棄市

이상 두 곳의 한대 목간의 내용을 종합해보면 장안 동쪽에 사는 농부 전씨田氏가 금리金裏에 사는 구장을 하사받은 노인 영장榮長을 욕하고 때려서 기소되었으며 사형에 처해졌다는 사실을 알 수 있다.[39] 한대에 이 제도가 아주 엄격하게 집행되었음을 보여준다.

이상의 사례와 분석을 통하여 한대에 지팡이 하사로 노인에 대한 공경을 표시하는 예의에는 다음 몇 가지 의미가 포함되어 있음을 알 수 있다. 첫째, 일흔이 넘으면 나라에서 하사하는 구장을 받을 수 있다. 둘째, 구장의 주인은 많은 특권을 가지고 있으며 만약 이러한 노인을 욕하거나 때린

---

39) 〔日〕大庭脩, 「武威旱灘坡出土的王杖簡」, 『簡帛硏究譯叢』 第一輯, 湖南出版社, 1996, 297쪽.

다면 대역무도 죄로 사형을 선고받게 된다. 셋째, 이 제도는 서한 시기부터 시작되었다. 넷째, 동한 시기 무위 지역에 이 제도가 특히 성행하였다.

구장을 하사받는 예의는 한대부터 시작되었으므로『후한서·예의지』의 "80·90세가 되면 구장을 하사한다."는 이론으로 전국시대 초묘 묘주의 연령을 추론해서는 안 된다. 비록 현재 곽점 1호 초묘 묘주의 연령을 정확히 판단할 수는 없지만 무덤 속 구장의 특징, 의미에 대하여 구체적인 연구를 진행할 필요가 있다. 유일하게 참조할 수 있는 자료가 바로 기타 초나라 무덤에서 출토된 각종 '지팡이'이다.(표 4 참조) 강릉우대산江陵雨臺山 M163과 M277, 증후을묘, 포산 M2에서 출토된 각종 지팡이에 대한 비교를 통하여 곽점 1호 초묘에서 출토된 구장은 '지팡이'가 아님을 확인할 수 있다. 그 이유는 다음과 같다.

표 4. 초묘 출토 지팡이 비교표

묘호	개수	재료	장식	길이	용도	출처
강릉 두대산 M163	1	등나무	사두형 蛇頭形	100cm	지팡이	『江陵雨臺山楚墓』, 문물출판사, 1984.
강릉 우대산 M277	1	등나무	조두형 鳥頭形	94cm	지팡이	위와 같음
증후 을묘	1	옥수玉首, 나무	원간형옥수 圓杆形玉首 길이5cm	130cm	지팡이 가능성	『曾侯乙墓』상책, 383쪽, 문물출판사, 1989; 하책, 도판138, 4.
포산 초묘 M2	1	동수銅首, 적죽비積竹柲	용수형 龍首形	155.2cm	병기, 의례용	『包山楚墓』상책, 82쪽, 202~203쪽, 문물출판사, 1991; 하책, 도판62, 1.
곽점 초묘 M1	2	동수, 존목비 鐏木柲(殘)	구형 鳩形		병기	「荊門郭店一號楚墓」, 『문물』 1997년 제7호.

첫째, 수량으로부터 볼 때 전국시대나 한대의 부장품 중에 지팡이는 하나만 있었으며 묘주가 사용하던 물건으로서 표면이 비교적 매끄럽고 또 닳은 흔적이 있다. 그러나 곽점 1호 묘에서는 두 개가 출토되었기에 지팡이라고 보기에는 해석하기 어려운 점이 있다.

둘째, 재질로 볼 때 지팡이는 일반적으로 나무나 등나무로 만들어졌다. 만약 동으로 머리 부분을 만들거나 금속으로 밑바닥에 덧씌우면 무거워서 노인이 사용하기에 불편하다.

셋째, 길이로 볼 때 100cm 좌우의 길이는 지팡이로 사용하기에 비교적 합당하지만 150cm의 길이는 지팡이로 사용하기에 실용적이지 못하다. 비록 곽점 1호 초묘에서 출토된 구장의 길이는 자루 부분이 훼손되었기에 정확히 알 수는 없지만 동으로 된 끝머리, 금속 밑바닥, 자루 등 세 부분의 구조로 볼 때 '용머리 지팡이'를 참고로 할 수는 있으나 그 길이는 지팡이로 사용할 수 없는 길이이다. 『의례儀禮·상복喪服』에 이르기를 "지팡이의 높이는 복상하는 자의 가슴과 높이를 같게 한다.杖各齊其心."고 하였고, 이것을 주석하는 『소疏』에서 이르기를 "지팡이를 그 가슴과 높이를 같게 한다는 것은 지팡이는 병든 자가 짚는 것이고 병은 마음에서 생기므로 지팡이 높이를 가슴높이로 기준하였다는 뜻이다.云杖各齊其心者, 杖所以扶病, 病從心起, 故杖之高下以心爲斷."라고 하였다.

넷째, 「포산 M2 출토 문물 등기표」에는 '용수 지팡이'가 '병기'에 분류되어 있고 「형문 곽점 M1 출토 문물 등기표」에도 '비둘기 지팡이'를 '병기'류에 넣었다. 이는 고고학 발굴자들의 견해가 일치함을 설명하여 준다. 즉 이것을 '지팡이'로 보지 않았다는 것이다.

다섯째, '지팡이'와 함께 묻혀 있는 문물을 통하여 '지팡이'의 구체적인 용도를 추측해볼 수 있다. 예를 들면 증후을묘 속의 옥수지팡이는 동쪽 묘실 2층에 있었고 그 옆에는 화살촉 261점, 마함馬銜 5점, 마표馬鑣 10점, 마표형기馬鑣形器 8점, 마식馬飾 139점, 환형연석순식環形鉛錫盾飾 1점,

개궁형기蓋弓形器 1점, 뼈낫 1점, 목궁 2점이 있었다. 이로부터 볼 때 옥수지팡이는 병기 혹은 상징성 병기 또는 명류冥類 병기임에 틀림이 없다. 고고학 발굴자들도 그것의 용도에 대하여 이해하기 힘든 부분이 있다고 하였다. "손으로 짚는 지팡이일 수도 있고 혹은 기타 기물의 구성물일 수도 있다. 현재로서는 구체적인 용도가 무엇이었는지 명확히 알 수 없다."[40] 이러한 현상은 곽점 1호 초묘에서 더욱 선명하게 나타났다. 비둘기 지팡이와 함께 있는 물건으로 동과銅戈, 나무장식, 목검, 동침 등의 병기가 대부분이었다.

이상 다섯 측면의 논거를 통하여 형문 곽점 1호 초묘에서 출토된 구장은 지팡이가 아님을 명확히 할 수 있다. 그러므로 현재 학계에서 습관적으로 구장을 통하여 묘주는 "연세가 많다."고 추측하고 있는 설은 실제에 부합되지 않으며 믿을 수 없다.

그렇다면 이러한 '지팡이'의 구체적인 용도는 무엇일까? 필자는 풍소룡馮少龍, 1957~ 의 포산 M2 '용수 지팡이'에 대한 분석, 즉 '작장爵杖'으로서 '하사받은' 물건이며 묘주의 신분, 지위, 권세를 나타내는 척도이고 상징물이라는 해석[41]에 동의한다. 그러나 풍소룡의 주장과 조금 달리 필자는 형문 곽점 1호 초묘의 '구장'을 '병기'로 해석하고자 한다. 이 병기는 예의에 사용되었을 가능성이 있으며 묘주 생전의 지위와 신분, 직업을 나타내는 것이기는 하지만 반드시 권세와 작위의 상징은 아닐 수 있다. 또한 804매의 죽간이 지니고 있는 깊은 문화를 함께 고려해볼 때 '구장'을 병기, 예의성 병기로 해석하는 것이 더욱 합리적일 수도 있다. 즉 '구장'을 대표로 하는 많은 병기와 유가, 도가의 조기 학설을 위주로 하는 수많은 죽간을 함께 고려해본다면 이는 문과 무의 결합으로서 선명

---

40) 湖北省博物館, 『曾侯乙墓』 上冊, 文物出版社, 1989, 383쪽.
41) 馮少龍, 「包山二號楚墓龍首杖試析」, 『包山楚墓』 上冊, 文物出版社, 1991, 504~507쪽.

한 시대적, 지역적 특징을 반영하고 있으며 묘주의 남다른 직업, 신분, 개성을 나타내고 있는바 더욱 심도 있는 탐구와 연구가 필요하다.

⑤ 굴원 생애 기록의 결여와 연구의 방법론적 난제

지금까지 고찰하고 분석한 결론은 곽점 1호 초묘의 묘주는 결코 '동궁지사'가 아니고 굴원은 태자의 스승을 담임한 적이 없기에 곽점 1호 초묘의 묘주는 굴원과 아무런 관계가 없다는 것이다.

그러나 고정은 「굴원과 곽점 초묘 죽서의 관계」라는 글에서 "이미 충분한 증거들이 보여주고 있는 바와 같이, 굴원은 곽점 1호 초묘 묘주의 기본 사항에 부합된다."고 하였으며 이러한 주장은 과학적인 방법론을 통한 연구 결과라고 주장하였다. 즉 "필자는 왕국유가 말한 '이중증거법'이라는 과학적 고증법을 통하여 출토 문물과 역사적 문헌 기록으로 서로 검증하였다."고 하였다. 그렇다면 굴원의 생애 연구에 존재하는 모순에 대하여 더욱 깊이 있는 연구를 진행하지 않을 수 없다.

굴원의 생애에 대하여 비교적 상세하고 중요한 기록으로는 사마천의 『사기 · 굴원가생열전』과 유향의 『신서 · 절사』가 있다. 이 두 문헌에는 모두 굴원의 생애 마지막에 대하여 분명하게 기재되어 있다. 사마천은 "돌을 안고 스스로 멱라강에 뛰어들어 죽었다.於是懷石遂自投汨羅以死."고 하였고 유향은 "스스로 상수의 멱라강에 몸을 던져 죽었다.遂自投湘水汨羅之中而死."고 하였다. 가의의 「조굴원부」에서는 "들으니 굴원은 멱라에 스스로 몸을 던졌다네. 흐르는 상수에 부탁하여 삼가 선생께 조의를 표하노라.側聞屈原兮, 自沈汨羅. 造托湘流兮, 敬弔先生."라고 하였다. 스스로 강에 뛰어들어 자결하였다는 설은 학계에서 인정하는 사실이다. 굴원이 강에 뛰어든 후에 시체를 건져 올렸는지에 대해서는 한대에 명확한 기록이 없다.

그러나 민간전설이 보충 설명의 작용을 해주고 있다. 『속제해기續齊諧記』에서는 "굴원은 오월 오일 멱라강에 투신하여 죽었다. 초나라 사람들은 이를 애통하게 여겨 매년 이 날이 되면 참대 통에 쌀을 담아 강에 던지는 방식으로 그의 제사를 지냈다.屈原五月五日投汨羅而死, 楚人哀之, 每至此日, 竹筒貯米, 投水祭之."고 하였다. 『형초세시기荊楚歲時記』에서는 "오월 오일에 경도를 한다. 풍속에 이날은 굴원이 멱라강에 투신한 날이다. 사람들이 그의 죽음을 슬퍼하여 배를 저어 가서 시체를 건지려고 하였다. 五月五日競渡, 俗爲屈原投汨羅日, 傷其死所, 故並命舟楫以拯之."고 하였다. 『수서隋書·지리지地理志』에서는 "굴원은 오월 보름에 멱라강에 투신하여 죽었다. 현지 사람들이 동정호까지 쫓아갔으나 시체를 찾지 못하였다. 호수는 넓고 배는 작아서 더 이상 건널 수가 없어 '어떻게 하면 상수를 건널 수 있으려나?'하고 슬피 노래하였다. 이에 노를 저어 돌아와서 다투어 정자 앞에 모였다. 이러한 습관이 전해져서 경도하는 유희가 되었다.屈原以五月望日赴汨羅, 土人追至洞庭不見, 湖大船小, 莫得濟者, 乃歌曰, 何由得渡湘. 因而鼓棹爭歸, 競會亭上. 習以相傳, 爲競渡之戲."고 하였다. 당대 시인 유우석劉禹錫, 772~842은 「경도곡競渡曲」의 주석에서 "경도는 무릉에서 시작되었으며 지금은 노를 저으며 서로 노래하는데, 그 외치는 소리가 '하재(어디 있는가)'이다. 이는 굴원을 부르는 뜻으로서 「도경」에 그 일이 기록되어 있다.競渡始于武陵, 及今擧楫而相和之, 其音咸呼云何在, 斯招屈之義, 事見圖經."고 하였다.

옛말에 "예를 잃었으면 초야를 뒤져서 찾아내야 한다.禮失求諸野."는 말이 있다. 민요 수집은 정사의 부족함을 보충할 수 있으나 반드시 잘 감별하여야 한다. 예를 들면 굴원이 과연 음력 5월 5일에 죽었는가 하는 문제도 곰곰이 생각해볼 필요가 있다. 어쩌면 굴원이 5월 5일에 죽은 것이 아니라 후세 사람들이 전통적인 악일이라 여기는 5월 5일에 맞췄을 가능성도 있다. 이는 굴원 정신의 전파학적 의미와 가치를 나타내기 때문이다. 그러나 거시적인 측면에서 볼 때 믿을 만하기도 하다. 굴원이 멱라강에 뛰어들어 자살하고 그 시체가 물에 떠내려갔다는 이야기는 단오의 용주 경기와 굴원의 자살을 연결시키는 내재적인 요소이다. 고정은 굴원이 강물에 뛰어들어 자살한 후 "시체는 집 식구와 제자들에 의하여 건져 올려 그의 뜻대로 초나라 옛 수도인 영도의 교외에 있는 귀족 묘지에 매장되었다."고 주장하였다. 이는 전혀 역사 문헌학적 근거와 민간 전설의 증거가 없는 주장일 뿐만 아니라 고고학적 근거도 없는 억측에 불과하다. 고정이 내세운 유일한 근거는 "발굴 보고서에 의하면 묘주의 유골은 반듯하게 누웠고 사지는 꼿꼿하였으며 두 손은 서로 교차하여 복부에 놓여있었고 두 다리는 벌어져 있었다. 이는 묘주가 돌을 안고 강에 뛰어들어 자살하고 그 시체가 인양된 후 경직되어 원래 상태로 회복될 수 없었기 때문이다. 『사기·굴원가생열전』의 기록을 보면 굴원은 바로 돌을 안고 멱라강에 뛰어들어 자살하였다."고 하는 것이다. 그는 곽점 1호 초묘 묘주의 유골 자세를 보고 이를 근거로 굴원이 강물에 뛰어들어 자살한 후에 매장되었다고 주장하였는데 이것은 '억측'에 불과하다.

고고학 발굴의 통계에 의하면 초나라 사람들의 장례 방법은 거의 모든 시체가 얼굴을 위로 향하여 반듯이 눕고 사지가 꼿꼿하며 두 손을 교차하여 복부에 얹은 자도 있고 교차하지 않고 그냥 올려놓은 자도 있으며 어떤 시체는 두 손을 뒤로 엉덩이 밑에 교차한 상태로 있다. 예를 들면 양조가방陽趙家垉의 8개 초묘 중에 3개의 매장 방법을 볼 수 있는데 모두 "머리는 남쪽을 향하고 얼굴은 위로, 두 팔은 약간 굽혀서 두 손을 교차하여 복부에 얹었으며 다리는 꼿꼿이 편 상태였다."고 하였다.[42] 운현鄖縣에 있는 초나라 문화권에 속하는 전국시대 무덤 59개 중에 "매장 방법을 알 수 있는 것이 52개인데 모두 얼굴을 위로 향하여 눕고 사지는 꼿꼿

---

42) 商仲達,「湖北當陽趙家垉楚墓發掘簡報」,『江漢考古』 1982년 제1호.

한 상태였다. 그 중 두 손을 교차하여 복부에 얹은 자세가 43개이고 두 손을 교차하지 않고 그냥 복부에 얹은 자세가 4개이고 팔이 이미 부패되어 알아볼 수 없는 무덤이 5개이다."라고 하였다.43) 모평毛坪의 26개 초나라 무덤에도 "매장 방법은 거의 다 얼굴을 위로 향하여 눕고 사지는 꼿꼿한 단일 시체 무덤이었다. 그 중 손을 교차하여 가슴에 얹은 시체도 있었다."고 하였다.44) 그러므로 "얼굴을 위하여 향하여 반듯이 눕고 두 손은 교차하여 복부에 얹었다."는 시체 매장 방법 하나만으로 묘주는 돌을 안고 강에 뛰어들어 자살하였을 때의 자세라고 판단한다면 초나라 무덤 중 이렇게 죽은 자가 얼마나 많겠는가? 이를 통하여 고정의 소위 '이중증거법'은 역사적 문헌의 구체적인 기록도 없는 가설과 추론에 불과하다는 사실을 알 수 있다.

굴원 생애의 중요한 부분은 관직생활, 유배, 투신자살 등 세 단계로 나누어 볼 수 있다. 한대의 기록에는 이에 대하여 비교적 자세한 서술이 있는데 주로 『사기·굴원가생열전』, 『사기·초세가』, 유향의 『신서·절사』, 왕일의 『초사장구』 등의 문헌이 있다. 게다가 굴원 작품 자체의 내용도 함께 분석하면 그의 생애를 대략적으로 정리해낼 수 있다. 그러나 몇 가지 문제점이 있다. 첫째, 굴원은 작품에서 자신의 가정이나 가족, 동시대 초나라 정치 무대에서 활약하던 인물들, 그리고 당시 초나라, 진나라, 제나라의 정치, 군사, 외교 투쟁 등의 내용에 대해서 전혀 언급하지 않았다. 그의 작품은 오로지 서정을 위주로 한 작품이지 서사시나 역사 실록과 같은 작품 형식이 아니었다. 둘째, 일부 연구자들은 지나치게 견강부회하며 억지로 『굴원평전』이나 『굴원연표』의 내용을 충실하게 쓰기 위하여 애썼지만, 사실은 상세하고 구체적인 굴원 생애의 연구

43) 中國社會科學院考古硏究所長江工作隊, 「湖北鄖縣東周西漢墓」, 『考古學集刊』第六集, 中國社會科學出版社, 1989.
44) 黃運甫, 「略談淅川毛坪楚墓的分期及特徵」, 『中原文物』 1982년 제1호.

는 오히려 힘만 들고 인정도 받지 못하는 헛된 짓일 뿐이다. 굴원의 생애 연구에 있어서 정확성을 보장하기 위해서는 확실한 근거를 바탕으로 굵직한 선을 그려내어 생애의 기본 줄거리를 정리해내는 것이 진일보한 연구를 위하여 튼튼한 기초를 마련하는 좋은 방법이다. 이에 본고에서는 다음과 같이 굴원 생애를 정리해보고자 한다.

1) 굴원의 생활 연대

굴원은 초위왕, 초회왕, 경양왕의 시대에 생활하였으며 생몰년은 분명하지 않다. 후세 사람들은 「이소」에서 나오는 "마침 인년의 인월, 즉 정월달 인일에 나는 태어났네.攝提貞于孟陬兮, 惟庚寅吾以降."라는 시구에 근거하여 그의 생년월일을 추측하였지만 여러 가지 설이 존재하고 있다. 대체적으로는 기원전 343에서 기원전339년 사이로 추측할 수 있다. 또 「애영」, 「회사」, 『사기·초세가』 등의 작품을 통하여 그의 졸년을 추측하고 있지만 여전히 확실한 근거가 없으며 대체적으로 기원전 289~278년 사이로 추측하고 있다. 그러나 그가 생활한 대체적인 연대는 비교적 명확하다. 『사기·굴원가생열전』에 이르기를 "굴원이 죽은 후 …… 그후 초나라는 날이 갈수록 국세가 약화되어 몇 십년 후에 진나라에 의하여 멸망하고 말았다.屈原旣死之後 …… 其後楚日以削, 數十年竟爲秦所滅."고 하였다. 역사 기록을 보면 진나라가 초나라를 멸망시킨 시기는 기원전 223년이다. 『사기·굴원가생열전』에서는 또 "굴원이 멱라수에 몸을 던진 지 100여 년후에 한대의 가의란 사람이 장사왕의 태부가 되어 상수를 지나면서 제문을 지어 물속에 던져 굴원을 애도하였다.自屈原沈汨羅後百有餘年, 漢有賈生, 爲長沙王太傅, 過湘水, 投書以吊屈原."고 하였다. 여기서 말하는 가의란 인물의 생몰연대는 기원전 200년부터 기원전 168년까지이다.

2) 굴원의 가문

이 점에 대해서는 굴원이 의도적으로 회피하는 듯 하였지만 구체적인 작품의 묘사에서 또한 반복적으로 각종 메시지를 전달하였다. 먼저 한대 사람들의 기록을 보면 『사기 · 초세가』에서 "초나라는 삼황오제의 한 사람인 전욱 고양의 후손이 세운 나라이다.楚之先祖出自帝顓頊高陽."라고 하였고, 『사기 · 굴원가생열전』에서는 "굴원의 이름은 평이고 초나라 왕실과 같은 성이다.屈原者, 名平, 楚之同姓也."라고 하였다. 「이소」의 서두 부분에서는 가문의 연원을 서술하면서 "나는 고양 임금의 후손으로, 내 돌아가신 선친은 백용이라 하였네.帝高陽之苗裔兮, 朕皇考曰伯庸."라고 하였는데 이는 『사기』의 기록과 맞물린다. 또한 작품을 통하여 우리는 굴원의 조상들의 생활 양상과 굴원의 어릴 적의 생활에 대하여 다소 엿볼 수 있다. 예를 들면 「석송」에서 "내 몸의 빈천도 잊었도다.忽亡身之賤貧"라고 하였고, 「비회풍」에서 "나 같은 외로운 사내 눈물 훔치고.孤子吟而抆淚兮"라고 하였다. '빈천', '외로운 사내'라고 하는 것은 모두 느낀 바가 있어서 서술한 내용이다. 「초혼」에서는 "내 어려서 청렴결백하였음이여.朕幼淸以廉潔兮"라고 하였는데 이 또한 자신의 일생에 대하여 기쁨과 위안을 느끼고 있는 시구이다.

3) 굴원의 출생지

굴원의 고향에 관하여 『수경주水經注』 권34 「강수江水」에서는 원산송의 「의도산천기」를 두 번이나 인용하였다. 첫 번째는 "자귀는 초나라 왕자 웅역이 세운 나라이며 굴원의 고향이다. 굴원의 전지와 고택이 지금도 남아있다.秭歸, 蓋楚子熊繹之始國, 而屈原之鄕里也. 原田宅於今具存."이고, 두 번째는 "백성들의 전하는 말에 굴원이 유배되었다가 잠깐 고향에 돌아왔는데 고향사람들이 기뻐하여 고을이름을 귀향이라 지었다.父老傳言,

原既流放, 忽然暫歸, 鄉人喜悅, 因名曰歸鄕."이다. 역도원酈道元, ?~527은 자귀현秭歸縣이 굴원의 고향이라는 원산송의 주장에는 동의를 하였지만 '귀향현歸鄕縣'이라는 설에 대해서는 의문을 표시하였다. 그는 귀향현이란 이름은 굴원의 귀향과 별 관계가 없다고 보았다.

굴원의 작품 자체를 통하여 볼 때 '영도郢都'설이 더 적합한 것 같다. 「애영」에는 "고향을 떠나 멀리 가노라.去故鄕而就遠兮", "조상의 거처를 떠나서去終古之所居兮", "새는 날아 고향으로 돌아가고, 여우도 죽을 때는 살던 언덕으로 머리를 돌리는데鳥飛反故鄕兮, 狐死必首丘" 등의 구절들이 있다. 이는 고향에 대한 강렬한 서정적 표현이라고 볼 수 있다. 그 밖에 한대의 문헌에서도 단서를 찾을 수 있다. 동방삭의 「칠간」에 "나 굴원은 도성에서 태어났으나 시골 들판에서 자랐네.平生于國兮, 長於原野."라는 구절이 있는데, 여기서 '국國'이란 바로 초나라의 수도인 영도를 가리키는 말이다.

4) 굴원의 벼슬 길

『초사 · 어부』에 보면 굴원은 삼려대부의 벼슬까지 한 적이 있다. 굴원이 머리를 풀어헤치고 강가에서 거닐며 시를 읊조리고 있는데 안색이 초췌하고 몹시 수척해보였다. 어부가 그를 보고 묻기를 "그대는 삼려대부가 아니십니까? 이곳에 무슨 까닭으로 오셨습니까?"라고 하였다. 사마천의 『사기 · 굴원가생열전』에서도 굴원은 '초회왕의 좌도', '상관대부와 동등한 지위'에 있었다고 하며 「어부」 전체를 인용하였다. 비록 '좌도', '삼려대부' 두 벼슬자리의 선후 순서에 대해서는 얘기하지 않았지만 좌도의 직책은 "대내로는 회왕과 국사를 의논하여 명령을 내렸으며, 대외로는 빈객을 접대하고 제후들을 응대하였다.入則與王圖議國事, 以出號令, 出則接遇賓客, 應對諸侯."고 하였다. 사마천 이후의 학자들은 좌도라는 직책에

대해서 언급하지 않고 '초나라 왕실과 동성의 대부楚之同姓大夫' 혹은 '삼
려대부'라고만 하였다. 반고는 "굴원이 처음 초회왕을 섬기면서 벼슬할
때에 매우 신임을 얻자 동등한 지위에 있던 상관대부가 시기 질투하였
다.屈原初仕懷王, 甚見信任, 同列上官大夫妒害其寵."고 하였고, 유향은 『신서·
절사』에서 굴원을 '초나라 왕실과 동성의 대부'라 하였으며, 왕일은 『초
사장구·이소서』에서 "굴원은 초나라 왕실과 동성이고 초회왕을 섬기면
서 삼려대부의 벼슬을 하였다. 삼려대부는 왕족인 소·굴·경 세 성을
가진 종친을 관장하였다. 굴원은 왕족의 족보를 정리하고 현량한 사람들
의 표준을 명확하게 하였으며 걸출한 인물들을 격려하였다. 대내로는
임금과 국사를 의논하여 혐의를 결정하였고, 대외로는 신하들을 감찰하
고 제후들을 응대하였다. 왕은 그의 모략과 직책에 대하여 매우 신임하
였다.屈原與楚同姓, 仕于懷王, 爲三閭大夫. 三閭之職, 掌王族之姓, 曰昭屈景. 屈原序
其譜族, 率其賢良, 以厲國士. 入則與王圖議國事, 決定嫌疑, 出則監察群下, 應對諸侯. 謀
行職修, 王甚珍之."고 하였다. 이후의 학자들은 일반적으로 '좌도'와 '삼려대
부'라는 두 관직을 역임하였다는 관점을 받아들였다. 또한 '좌도'의 직책
에 대해서는 사마천과 왕일의 학설을 받아들였고, '삼려대부'의 직책에
대해서는 왕일의 학설을 받아들였다. 그러나 주목할 점은 왕일의 주장은
본래 '삼려대부'란 직책을 말한 것인데 후세 사람들이 인위적으로 두 가
지로 갈라놓았다는 것이다. 이것은 관본위 의식의 작용이며 굴원을 정치
가라는 높은 차원으로 끌어올리기 위한 것이다. 이렇게 하여 굴원의 추
방을 기준으로 하여 추방 전에는 '좌도'였고 추방된 후에 '삼려대부'였다
고 주장하였다.[45] 이런 주장은 표면적으로는 굴원 생애의 일부 모순점들
을 해결한 것처럼 보이지만 사실은 추측성이 너무 많고 한대 학자들의
기록과 거리가 너무 멀어 도리는 있는 것 같으나 근거가 없다.

---

45) 周建忠, 「屈原仕履考」, 미발표.

5) 굴원의 좌절과 추방

주로 '멀리하다[疏]'(혹은 '쫓겨나다[絀]'), '유배하다[放]'(혹은 '쫓겨나다[放流]'), '유배지를 옮기다[遷]'(혹은 '다시 유배되다[復放]') 등의 세 단계로 나누어 볼 수 있다.

첫째, 소疏. 『사기·굴원가생열전』에 보면 "임금이 대노하여 굴원을 멀리하였다.王怒而疏屈平.", "굴원이 쫓겨났다. 屈平既絀.", "굴평은 왕과 사이가 멀어졌다. 屈平既疏." 등의 기록이 있는데 이는 초회왕이 굴원을 '좌도' 혹은 '삼려대부'라는 벼슬을 파면시켰음을 가리킨다. 정확히 말하자면 '대부'의 벼슬에서 파면시켰다는 것이다.

둘째, 유流. 『사기·굴원가생열전』에 보면 "비록 유배되었지만 초나라를 그리워하고 회왕을 걱정하였다.雖放流, 睠顧楚國, 系心懷王."고 하였고, 『신서·절사』에서는 "마침내 밖으로 쫓겨났다.遂放於外."고 하였으며, 「추사」에서는 "새가 남쪽에서 날아와 한수 북쪽에 모이는구나. 有鳥自南兮, 來集漢北."라고 하였다.

셋째, 천遷. 『사기·굴원가생열전』에 보면 "경양왕이 노하여 그를 다른 유배지로 옮겼다.頃襄王怒而遷之."고 하였고, 『신서·절사』에서는 "회왕의 아들 경양왕은 군신이 회왕에게 아첨하여 잘못되게 하였음을 알고 있었지만 그 죄를 살피지 않고 도리어 군신의 참언을 듣고 굴원을 다시 유배보냈다. 懷王子頃襄王亦知群臣諂誤懷王, 不察其罪, 反聽群讒之口, 復放屈原."고 하였다. 유배 노선과 장소에 대하여 굴원의 작품 속에서 언급한 바가 있다. 예를 들면 「섭강」에 "남방의 오랑캐가 나를 알아주지 않는 것이 서러우니, 이른 아침에 나는 장강과 상수를 건너려 하노라.哀南夷之莫吾知兮, 旦余將濟乎江湘.", "아침에 왕저를 떠나서 저녁에 진양에 머물렀도다. 朝發枉陼兮, 夕宿辰陽.", "서포에 들어가 배회하다가, 아득하여 내가 갈 곳을 모르겠도다.入漵浦餘儃佪兮, 迷不知吾所如." 등의 구절이 있고, 「애영」에는

"배를 띄워 떠내려가서, 동정호로 올라갔다가 장강으로 내려가네.將運舟而下浮兮, 上洞庭而下江."라는 구절도 있다.

6) 굴원의 침강

굴원의 죽음에 대한 기록으로는 주로 다음의 세 가지가 있다.

첫째, 한대 사람들의 기록. 『사기·굴원가생열전』에서는 "돌을 안고 스스로 멱라강에 뛰어들어 죽었다.於是懷石, 遂自投汨羅以死."고 하였고, 『신서·절사』에서는 "마침내 스스로 상수 멱라강에 뛰어들어 죽었다.遂自投湘水汨羅之中而死."고 하였다. 또 가의 「조굴원부」에서는 "들으니 굴원은 멱라에 스스로 몸을 던졌다네.側聞屈原兮, 自沈汨羅."라고 하였다.

둘째, 굴원의 작품. 「회사」에 보면 "죽음을 피할 수 없는 줄 알고 있으니, 결코 목숨을 아까워하지 않으리.知死不可讓兮, 願勿愛兮."라 하고, 「석왕일」에 "할 말도 다 하지 못하고 물에 뛰어드니, 다만 어두운 임금 깨닫지 못할 것이 안타까워라.不畢辭而赴淵兮, 惜壅君之不識."라고 하였고, 「비회풍」에 "큰 파도 넘어 바람 따라 흘러가서, 팽함이 계신 곳에 이 한 몸 의탁하리라.凌大波而流風兮, 托彭咸之所居."라고 하였다.

셋째, 민간전설. 『예문유취』 권4에 『속제해기』를 인용하여 "굴원은 오월오일에 멱라수에 투신하였다.屈原五月五日投汨羅江."고 하였다.

이상으로 굴원 생애에 대한 대략적인 내용들을 열거하여 보았다. 비록 아직 보충할 점이 많지만 절대로 너무 구체적이고 상세하게 해서 완벽한 결과를 얻어내려고 해서는 안된다. 예를 들면 그의 생몰연대를 연월일까지 구체화하는 것은 추측을 넘어 근거 없는 상상과 억측이 될 수 있다. 고정 선생의 "굴원은 71세 3개월 7일을 살았다."는 주장은 보기에는 그럴듯하지만, 사실은 너무 경솔하고 거친 연구 태도로써 연구자로서 취할 바가 아니다.

　굴원 생애 연구의 일부 공백과 모순점들은 객관적으로 존재하는 사실로서 고고학 발굴을 통하여 새로운 돌파구가 있기를 기대한다. 그러나 책임성 없는 추측은 바람직하지 않다. 그렇지 않으면 현안의 해결에 추호의 도움도 줄 수 없을 뿐만 아니라 오히려 연구자들의 시야를 어지럽혀 새로운 의문점들을 유발할 수 있기 때문이다.

1999년 10월 10일

제2장
굴원 '방축放逐' 문제에 대한 변증

❶ 굴원 '방축' 문제의 연구사 회고

굴원의 방축放逐 문제에 대하여 사마천의 「보임소경서」에서는 "굴원이 방축되어 「이소」를 지었다.屈原放逐, 乃賦離騷."고 하였다. 사마천은 『사기·굴원가생열전』에서도 이와 관련된 사실을 여러 번 언급하였다. 즉 "왕은 분노하여 굴원을 멀리하였다. 굴원은 왕이 충언을 듣지 않아 시비를 가리지 못하고 참언과 아첨에 의하여 총명과 명석함이 가려지고 사악한 소인배가 공명정대한 사람을 해치고 정직하고 바른 군자가 조정에 용납되지 않는 것을 안타까워하고 근심하여 「이소」를 지었다.王怒而疏屈平, 屈平疾王聽之不聰也, 讒諂之蔽明也, 邪曲之害公也, 方正之不容也, 故憂愁幽思而作離騷.", "굴원이 쫓겨났다.屈原既紬.", "당시 굴원은 왕에게서 멀어져 관직에 있지 않았다.是時, 屈原既疏, 不復在位.", "굴원도 (자란을) 원망하였고 비록 유배되었지만屈原既嫉之, 雖放流", "회왕은 충신의 직분을 알지 못하였기에 안으로는 정수에게 현혹되고 밖으로는 장의에게 속아 넘어가서 굴원을 멀리하고 상관대부와 영윤 자란을 믿었다.懷王以不知忠臣之分, 故內惑于鄭袖, 外欺于張儀, 疏屈平而信上官大夫, 令尹子蘭.", "경양왕은 노하여 굴원의 유배지를 옮겼다.頃襄王怒而遷之.", "온 세상이 혼탁한데 나만 홀로 청백하고, 모든 사람이 취해있는데 나만 홀로 깨어있어 쫓겨났다.擧世混濁, 而我

獨淸, 衆人皆醉, 而我獨醒, 是以見放.", "어찌 자신이 내쫓기도록 하였는가?而自
令放爲." 등의 서술이 있다. 이상의 내용들을 보면 "멀리하다.[疏]", "쫓겨
나다.[紬]", "쫓겨나다.[放流]", "유배지를 옮기다.[遷]", "유배되다.[放]" 등의
단어를 사용하였는데 학계에서는 이에 대하여 여러 가지 학설이 제기되
고 있다.

1) 일차방축설—次放逐說

왕백전王白田, 1668~1741은 『백전초당존고白田草堂存稿』권3 「서초사후
書楚辭後」에서 다음과 같이 서술하였다. "「복거」에서는 추방당한 지 3년
이 되었다고 하였고, 「애영」에서는 9년이 다 되었어도 돌아가지 못하였
다고 하였다. 돌아갈 날이 기약이 없으니 처음에 귀양살이에서 풀려나
등용되었다가 다시 유배된 사실이 없다. 굴원이 16년(초회왕 16년을 가
리킨다)에 쫓겨났는데 9년이 지난 걸로 계산하면 그가 스스로 강에 투신
한 때는 24~25년 즈음이다.居言旣放三年, 哀郢言九年不復, 一返無時, 則初無召
用再放事. 原之被放在十六年(案: 指楚懷王十六年), 以九年計, 其自沈當在二十四五年
間." 이 서술을 볼 때 왕백전은 회왕 16년에 임금이 굴원을 멀리한 것을
유배 보낸 것으로 이해한 것이다.

2) 일소일방설—疏一放說

이 설은 『사기 · 굴원가생열전』에서 기원하였고 반고의 「이소찬서」에
서도 이 설에 따라 굴원이 회왕 시대에 시기를 받아 참소를 당하여 "왕이
노하여 굴원을 멀리하였다.王怒而疏屈原."고 하였고, 그 다음 경양왕 시대
에도 "다시 간신의 참언을 듣고 굴원을 들판으로 내쫓았다.復用讒言, 逐屈
原在野."고 하였다. 왕일의 『초사장구 · 이소서』에서도 처음에 회왕이 참

언을 믿고 "굴원을 멀리하였다.乃疏屈原."고 하였고 다음에 경양왕이 "다
시 참언을 듣고 굴원을 강남으로 유배지를 옮겼다.復用讒言, 遷屈原于江南."
고 하였으며 「구장서九章序」에서도 "굴원이 강남의 들판으로 유배되었
다.屈原放於江南之野."고 하였다. 동시에 왕일은 굴원의 모든 작품을 강남
으로 유배된 사실과 연관시켰다. 명대의 학자 황문환黃文煥은 『초사청직
楚辭聽直』에서 왕일의 '강남'설에 대하여 이의를 제기하였다. 그는 「구장
九章」 중에서 「사미인」과 「추사」는 굴원이 회왕 시기에 한북에서 창작
한 것이며 강남과 연관이 없다고 하였다. (필자의 말: 요종이의 『초사지
리고 · 서序』에 "예로부터 『초사』를 연구하는 사람들은 모두 굴원이 한북
으로 유배되었다고 오해하고 있는데, 이런 설은 왕선산王船山이 제기한
것이고 후세에 믿는 자가 많았다."고 하였다. 그러나 이 설은 황문환에게
로 거슬러 올라가야 한다.) 황문환은 회왕 때에 임금이 굴원을 멀리하여
다만 좌도左徒의 관직에서 파직되었을 뿐이고, 경양왕 시기에 비로소 유
배되었다고 여겼다.

임운명은 『초사등』에서 '소疏'와 '방放'을 구분하였고 '소'를 다음 세 가
지 차원으로 나누어 설명하였다. 첫째, 굴원은 회왕 시기에 간신의 참소
를 당하여 임금이 그를 멀리하였는데 사마천의 「굴원열전」에서 말한 소
위 "관직에 있지 않았다.不復在位."는 것이다. 이것은 다만 좌도의 관직에
있지 않았을 뿐 조정에서 쫓겨난 것은 아니다. 둘째, 후에 굴원이 또
임금에게 간언을 올리고 한북으로 쫓겨났는데 구금되지 않고 자유롭게
다닐 수 있었으며 상소를 올릴 수도 있었다. 그리고 몇 년 뒤에는 다시
조정으로 불러들여졌다. 셋째, 그 후 경양왕 때에 강남으로 유배되었는
데 다시는 소환되지 않았고 몸도 구금되어 자유롭게 다니지 못하였다.

청대의 학자 장기는 『산대각주초사』에서 임운명의 설을 찬성하였으
며 나아가 굴원이 회왕 시기에 한북으로 강직 당하였고 경양왕 시절에
이르러서야 강남으로 유배되었다고 하였다. 그리고 '유배'의 경로를 영도

郢都에서 능양陵陽, 능양에서 서포漵浦, 서포에서 멱라汨羅까지 세 단계로
나누었다. 진창陳瑒은 굴원이 제일 처음 지낸 관직이 삼려대부이고 회왕
6~16년에 좌도로 승직하였다가 장의가 초나라 임금을 속인 사건 이후
에 관직에서 쫓겨났으며 「이소」는 바로 쫓겨난 후에 창작한 것이라고
하였다. 그리고 굴원은 회왕 18년에 다시 등용되었고 회왕 30년에 진나
라에 가지 말라고 간언하였으나 왕이 듣지 않았으며, 경양왕 때에 상관
대부가 자란의 부추김을 받아 굴원을 참소하여 마침내 강남으로 유배되
었다고 하였다.[1)]

양계초, 전목, 곽말약, 강량부, 유영제, 섭석초聶石樵, 임경, 김개성 등
의 근대 학자들은 모두 '일소일방설'을 지지하였다. 곽말약은 『사기·굴
원열전』에서 말한 '방류放流'는 '방축放逐'이 아니라 '방랑放浪'이라고 해석
하였으며 굴원은 오직 한번 밖에 유배되지 않았다고 하였다. 굴원이 처
음에 '소疏'를 당한 것은 '유배'가 아니며 진정한 유배는 경양왕 시기라고
주장하였다.[2)] 강량부는 「『사기·굴원열전』 소증疏證」이라는 문장에서
더욱 자세하게 설명하였다. "왕이 노하여 굴원을 멀리하였다.王怒而疏屈
原."는 구절에 대하여 "여기서 '소疏'는 멀리 하였다는 뜻이지 유배를 보
냈다는 말이 아니다. 좌도의 주요 직무는 종족을 지키는 것으로 내관에
가깝기에 왕이 그를 멀리하고 관계가 먼 관직에 등용하였다. 즉 굴원은
좌도에서 물러나 가문에서 대대로 지켜온 삼려대부의 벼슬자리를 지냈
다. 여기서 '소'는 한가한 직위를 준다는 뜻이지 쫓아낸다는 뜻이 아니
다."라고 해석하였다. 그리고 "경양왕은 대노하여 굴원의 유배지를 옮겼
다.頃襄王怒而遷之."는 구절에 대해서 "회왕이 굴원을 멀리하였을 때에는
조정에서의 굴원의 지위를 빼앗았을 뿐이지 그의 가문이 대대로 지켜온

---

1) 陳瑒, 「屈子生卒年月考」, 이 문장은 청 광서光緒 2년(1876) 려양黎陽 단목채端木埰
   간행 수진본 『초사』의 부록에만 있다.
2) 郭沫若, 『屈原硏究』, 重慶群益出版社, 1943.

관직은 폐하지 않았기에 경양왕 시기에 굴원은 여전히 삼려대부로 있었다."고 하였고, "이번의 유배는 굴원이 처음으로 쫓겨난 것이고 그 후로 다시는 등용되지 않았기에 굴원의 유배는 오직 한번 뿐이다."라고 주장하였다.[3] 문회사文懷沙, 1910~ 는 처음에는 굴원의 '이차방축설'을 주장하다가[4] 나중에는 '일소일방설'을 따르게 되었다.[5]

3) 이차방축설二次放逐說

이 학설은 한대 유향의 『신서·절사』에서 처음 제기하였다. 유향은 "진나라는 제후들을 멸하고 천하를 통일하고자 하였다. 굴원은 초나라와 제나라가 강한 연맹을 맺게 하기 위하여 제나라에 사신으로 파견되어 갔다. 불안감을 느낀 진나라는 장의를 초나라에 파견하여 중요한 대신 상관대부와 근상 등의 무리들을 매수하고 영윤 자란, 사마자초, 회왕의 총첩인 정수에게 뇌물을 주어 모두 굴원을 비방하게 하였다. 결국 굴원은 조정 밖으로 쫓겨났으며 이에 「이소」를 창작하였다.秦欲吞滅諸侯, 幷兼天下, 屈原爲楚東使于齊, 以結强黨. 秦國患之, 使張儀之楚, 貨楚貴臣上官大夫勒上之屬, 上及令尹子蘭, 司馬子椒, 內賂夫人鄭袖, 共讒屈原. 屈原逐放于外, 乃作離騷."고 하였다. 또 회왕이 '진나라에서 객사'한 후에 "회왕의 아들 경양왕은 신하들이 회왕을 함정에 빠뜨렸음을 알면서도 그 죄를 살피지 아니하고 오히려 여러 사람들의 참언을 듣고 굴원을 다시 유배 보냈다.懷王子頃襄王亦知群臣陷誤懷王, 不察其罪, 反聽群讒之口, 復放屈原."고 하였다. 이러한 자료를 근거로 추한훈은 『유서遺書·굴자생졸연월고屈子生卒年月考』에서 "장의가 진나라를 떠나 초나라에 가서 재상을 하고 초나라를 꾀어서 제나라와 절교하게

---

3) 姜亮夫, 『屈原賦校注』, 人民文學出版社, 1957.
4) 文懷沙, 『屈原九章今繹』, 上海棠棣出版社, 1953.
5) 文懷沙, 『屈原離騷今繹』, 上海文藝聯合出版社, 1954.

한 시기는 모두 초회왕 16년이며 굴원이 유배당하고 「이소」를 지은 시기도 바로 이 해이다.考張儀去秦相楚, 詐楚絶齊, 皆在懷王十六年, 則原之見放作離騷, 必是年也."라고 추론하였다. 연구의 전제가 다르면 그 결론도 현저한 차이를 초래하기 마련이다. 홍흥조는 두 설을 합쳐서 굴원이 회왕 때에 "밖으로 쫓겨났고逐放於外", "쫓겨났다가 다시 등용되었다.被紐復用."고 하였으며 경양왕 때에 또다시 유배되었다고 하였다. 후세 사람들은 대부분 이 주장을 따랐다. 임운명은『초사등』에서 '지인논세知人論世[6]'의 문학비평 방법으로 「초회양이왕재위사적고楚懷襄二王在位事跡考」를 썼는데, 그는 이 글에서 굴원의 사적과 굴원의 부賦 작품을 당시의 역사적 배경 속에 놓고 함께 고찰하였으며 굴원의 생애 연표를 만들고 굴원이 회왕과 경양왕 두 임금의 재위기간에 두 차례 유배되었다고 주장하였다.

유국은游國恩은 굴원이 처음 유배된 시기는 초회왕 24년 혹은 25년 즉 기원전 305년 또는 304년 즈음이며 유배지는 한북 지역이라고 하였다. 이 주장은 장기의『산대각주초사』의 "한북은 지금의 운양이다.漢北, 今鄖襄之地."라는 말을 근거로 한 것이다. 그리고 굴원의 두 번째 유배는 경양왕 시기인데 구체적인 시간은 추정하기 어렵고 지역은 강남이라고 하였다.[7] 육간여는 굴원이 처음 유배된 시기는 초회왕 16년 즉 기원전 313년이고 지점은 한북이며 이듬해에 소환되어 제나라에 사신으로 갔으며 두 번째로 유배된 시기는 경양왕 3년(기원전 296년)이며 지점은 강남이라고 주장하였다.[8] 이왈강李曰剛은 굴원이 초선왕27년(기원전 343년)에 태어났고 경양왕 22년(기원전 277년)에 죽었으며 향년 67세라고 하였다.

---

6) 역자주 - 지인논세知人論世: 중국 고대 문론의 일종 관념으로서 맹자가 제기한 문학 비평의 원칙과 방법이다. 즉 작가를 이해하기 위해서는 그 작가의 환경 요건, 즉 일생, 교유, 시대, 사조 등을 이해하는 일이 중요하다는 관점이다.

7) 游國恩,『屈原』, 三聯出版社, 1953.

8) 陸侃如·馮沅君,『中國詩史』, 作家出版社, 1956.

또 회왕 24년에 처음으로 한북으로 유배되었고 그해 나이가 39세이며 4, 5년 지난 후에 다시 소환되어 관직에 임명되었다고 하였다. 그리고 경양왕 13년 58세 때에 재차 강남으로 유배되었고 8, 9년간 유배생활을 하다가 결국 강물에 몸을 던져 생을 마감하였다고 하였다.9) 진자전은 「구가」 9편(「상군」과 「상부인」을 한 편으로 보고, 「대사명」과 「소사명」을 한 편으로 보았다.)은 굴원이 처음으로 삼려대부, 좌도의 관직에 있을 때에 창작한 것이라고 하였다. 또 굴원은 모두 두 차례 유배를 당하였는데 처음은 한북지역이고 「석송」은 한북으로 유배되기 전에 지은 것이고 「추사」, 「사미인」, 「천문」, 「원유」, 「어부」, 「복거」는 모두 한북에 유배되었을 때에 지은 것이라고 하였다. 그리고 굴원이 강남으로 유배된 시기는 약 경양왕 7년에서 13년 사이인데 「초혼」, 「대초」와 「이소」는 유배되기 전에 지은 것이고 「섭강」, 「석왕일」, 「애영」, 「비회풍」, 「회사」는 유배된 후에 지은 것이라고 하였다.10)

여기서 주목할 점은 '이차방축설'은 구체적인 내용면에서 약간의 차이점이 있다는 것이다. 즉 굴원이 한북으로 유배되었다가 다시 조정으로 불려간 적이 있는가 하는 문제이다. 일부 학자들은 두 차례의 유배 노선이 첫 번째는 영도—한북—영도이고 두 번째는 영도—강남이라고 주장하는 반면 다른 학자들은 굴원이 한북으로 유배당한 후에 다시 소환되지 않았으며 "첫 번째 유배의 끝이 두 번째 유배의 시작이다."라고 주장하였다. 장원훈은 굴원이 초회왕 25년 4월에 처음으로 유배되었고 경양왕 4년 2월에 한북에서 강남으로 두 번째 유배를 당하였으며 경양왕 21년 5월에 멱라강에 투신자살을 하였다고 하였다.11) 이위실李偉實은 굴원이 한북으로 유배된 시기는 회왕 30년(기원전 299)이고 경양왕 4년(기원

9) 李曰剛, 『辭賦流變史』, 臺北:文津出版社, 1987.
10) 陳子展, 『楚辭直解』, 江蘇古籍出版社, 1988.
11) 張元勳, 「關於屈原放逐的辨證」, 『齊魯學刊』 1984년 제6호.

전 295) 초봄에 다시 강남으로 유배되었는데 이는 한북 유배지에서 직접 검중군黔中郡 서포 일대로 옮긴 것이며 중죄重罪를 지은 신하로 취급되었다고 하였다.12)

4) 일소이방설—疏二放說

육간여는 굴원이 회왕 10년경에 좌도 관직에 부임하였으며 회왕 13, 14년쯤에 법령을 정하는 일 때문에 회왕은 굴원의 좌도 직을 파면하였는데 이것이 곧 '관직을 잃다去職' 또는 '멀리함을 당하다被疏'라는 것이라고 하였다. 또 유향의 설을 따라서 굴원이 처음 유배된 것은 회왕 16년이고 재차 유배된 것은 경양왕 3, 4년 즈음이라고 하였다.13) 양윤종楊胤宗은 "굴원은 전국이라는 난세에 태어나서 사리에 어두운 회왕·양왕 두 군주를 만나 처음에는 한북으로 좌천되고 양왕 때는 능양陵陽으로 유배되었으며 9년 뒤에는 더욱 황량한 남쪽의 진서辰漵 지역으로 유배되었다. 비록 경세치국의 큰 재능을 가지고 있었지만 등용되지 못하였고 평생의 정력을 초사 문학에 다 바쳤으며 황량한 강가의 낡은 초가집에서 홀로 고독한 충성을 써내었으며 하늘은 높고 땅은 멀어 그의 외치는 소리를 아무도 듣지 못하였다. 그는 어지러운 세상을 만나 죽음을 무릅쓰고 뜻을 말하여 군왕이 한번 뉘우치고 위급한 나라를 구하기를 희망하였다."고 하였다.14) 반소룡潘嘯龍, 1945~은 굴원이 회왕 30년 전에는 다만 임금에게 소외되었을 뿐 유배당하지는 않았으며 회왕 30년에 이르러서야 처음으로 한북 지역으로 유배되었는데 이유는 '무관지회武關之會'에 가지 못

---

12) 李偉實, 「屈原兩次被流放的時間及第二次流放的出發點和流放地」, 『復旦學報』 2001년 제2호.

13) 陸侃如, 「屈原評傳」, 『陸侃如古典文學論文集』, 上海古籍出版社, 1987.

14) 楊胤宗, 『屈賦新箋 : 離騷篇』, 中國友誼出版公司, 1985.

하게 간언하였기 때문이라고 하였다. 그리고 경양왕 4년 음력 2월에 재차 유배되었는데 지점은 '원수와 상수 사이', 멱라강 일대라고 하였다.[15] 진이량陳怡良은 굴원의 일생을 임금에게 소외됨, 관직에서 물러남, 한북으로 유배, 강남으로 유배, 멱라강에 투신자살 등 다섯 단계로 나누었다.[16] 요화진廖化津은 굴원이 회왕 15년에 '율법을 정하는' 일 때문에 쫓겨났는데 좌도의 관직에서 해임되었을 뿐이고, 회왕 19년에 남전藍田의 전쟁에서 초나라가 어렵게 되면서 핍박을 당하였는데 이때는 관직에서 물러나 영도를 떠나서 고향으로 돌아가고 멀리 유람을 간 것이며, 경양왕 7년에 유배되었는데 3년 동안 대기하고 있다가 경양왕 11년에 유배지로 떠났다고 하였다.[17]

5) 일소일방일천설一疏一放一遷說

청대의 학자 하대림夏大霖은 『굴소심인屈騷心印·발범發凡』에서 굴원 작품의 창작 연대와 창작 지역에 대하여 다음과 같이 고증하였다.

「구장」 중의 「석송」에는 정사를 다루지 않고 오직 남을 헐뜯는 자들에 대하여 하소연하는 말이 있는데 이는 상관대부가 굴원에 대하여 참소를 하자 왕이 대노하여 굴원을 멀리하였을 때에 창작한 것이다. 「복거」에는 부인을 섬긴다는 말이 있는데 이는 근상斳尙의 당파가 형성되었음을 말하는 것이며 회왕 18년에 창작한 것이다. 「사미인」은 한북에서 창작한 것이 틀림없으나 응당 회왕 24년에 초나라가 제나라를 배반하고 진나라와 동맹을 맺는데 대하여 반대의 의견을 간언하다가 왕의 노여움을 받아 한북으로 유배되었을 때에 창작한 것이다. 「추사」에는 "애초에

---

15) 潘嘯龍, 『屈原與楚辭硏究』, 安徽大學出版社, 1999.
16) 陳怡良, 『屈原文學論集』, 臺北: 文津出版社, 1992.
17) 廖化津, 「屈原遭遇考」, 『湘潭大學學報』 1994년 제1호.

내가 한 말 너무도 명백했거늘 어찌하여 지금에 와서 모두 잊으셨단 말인가?所陳耿著, 豈今庸亡."라는 말이 있는데 이는 분명히 제나라를 배반하고 진나라와 연합한 사실을 말하는 것이니 「사미인」의 후속으로 창작한 것이다. 「천문」에는 "어찌하여 자문18)을 낳았을까?爰出子文"라는 말이 있는데 이는 경양왕이 왕위에 오르고 자란을 영윤으로 삼았을 때에 지은 것이다. 「섭강」과 「원유」는 강남으로 유배지를 옮겼을 초기에 지은 작품이며 시구마다 기상이 굳세다. 「귤송」은 강남에 도착한 후 첫 번째 가을을 맞이하며 창작한 것인데, 내용에는 여전히 자부심이 드러나 있다. 「이소」는 원수와 상수를 지나 순임금을 만나려고 형주衡州의 순임금 묘당을 참배하였을 때에 지은 것이다. 그리고 「구가」를 짓고, 이어서 「어부」를 지었다. 경양왕 3년에 회왕의 시신을 초나라로 싣고 와서 장례를 지냈는데 굴원이 절망에 찬 마음에 그의 모든 포부를 담아 「대초」를 지었다. 그해에 진나라가 초나라와 절교하였는데 이는 굴원이 바라던 바이므로 「대초」의 뜻은 사실 경양왕에게 희망을 기탁한 것이다. 경양왕 6년에 진나라와 화해하고 7년에 진나라의 후궁을 맞이하였는데 이때 지은 것이 바로 「비회풍」이며 "가시나무로 채찍을 삼아施黃棘之枉策"라는 구절처럼 애통의 마음이 글자마다 드러나 있다. 극도의 슬픔 속에서 「석왕일」, 「애영」, 「초혼」 등의 작품을 계속 창작하고 마지막으로 「회사」를 지었다.

황진운黃震雲, 1957~ 은 굴원의 출생년은 기원전 348년 혹은 좀 더 이

---

18) 역자주—자문子文: 자문은 춘추시대 초나라 성왕成王 시기의 영윤令尹이며 현명한 재상이다. 그의 출생에 관하여 다음과 같은 전설이 있다. 그의 아버지인 투백비鬪伯比는 초나라 사람인데 운鄖나라에 머물고 있을 때에 운나라 공주와 사통하여 자문을 낳았다. 자문이 사생아로 태어났기에 운부인이 그를 못가에 버렸는데 호랑이가 젖을 먹여 주었다. 운나라 왕이 사냥을 나갔다가 이 아이를 발견하고 기이하게 여겨 왕궁으로 데리고 와서 키웠으며 이름을 투곡오도鬪穀於菟라 하고 자를 자문이라 하였다. 초나라 방언에 젖을 '곡穀'이라 하고, 호랑이를 '오도於菟'라고 한다.

른 시기이며 몰년은 기원전 296년이나 295년쯤이고 향년 54세라고 하였
다. 그리고 굴원은 일생동안 '소疏', '방放', '축逐' 등 세 차례의 방축을
겪었다고 하였다. 첫 번째는 스스로 임금을 멀리하고 유배를 대기하고
있었으며 장소는 영도의 근교이고 회왕 15년 때이며 「이소」는 바로 이
때에 창작한 것이다. 두 번째 방축 장소는 동정호 일대로서 시간은 대략
회왕 20년 이후이며 「상군」과 「상부인」에 동정호 일대로 유배된 과정을
기록하였고 「구장」은 두 번째 방축 생활을 기록한 작품이다. 세 번째
방축은 '유배지를 옮기는' 방식으로 진행되었는데 이때가 진정한 의미의
포기와 방축이며 굴원을 더욱 먼 곳으로 내쫓았기에 마침내 정신이상이
되게 하였다. 「구가」, 「천문」은 세 번째로 방축 당하였을 때 멱라강 근
처에서 지은 작품인데 「구가」는 곡조에 따라 가사를 적어 넣은 것이 『시
경』과 다르고, 「천문」은 바라던 것을 이루지 못하여 푸념하는 작품이며
후세 사람의 가공이 있었다.[19)]

　대지균戴志鈞, 1934~ 은 굴원의 창작을 회왕과 양왕 두 시기로 나누고
또 초기, 중기, 말기 세 단계로 나누었는데 구체적으로는 다섯 단계의
발전시기로 나누었다. 창작의 초기는 회왕의 시기이며 제1단계와 제2단
계로 나눈다. 제1단계는 좌도 직에 있을 때이고 작품 창작의 시작단계로
서 대표작으로는 「귤송」이 있다. 제2단계는 참소를 당하고 임금이 멀리
하였을 시기이고 작품 창작의 발전단계로서 대표작으로는 「석송」이 있
다. 창작의 중기는 역시 회왕의 시기이며 제3단계로 나눈다. 제3단계는
한북으로 유배되었을 때이고 창작의 절정기로서 대표작으로는 「구가」,
「사미인」, 「추사」, 「이소」, 「천문」 등이 있다. 창작의 말기는 경양왕시
기이며 제4단계와 제5단계로 나눈다. 제4단계는 강남으로 쫓겨난 때이
고 창작의 쇠퇴기로서 대표작으로는 「섭강」, 「애영」이 있다. 제5단계는

19)　黃震雲, 『楚辭通論』, 湖南敎育出版社, 1997.

강물에 투신자살하기로 결심한 시기이며 창작의 마무리 단계로서 대표작으로는 「비회풍」, 「회사」, 「석왕일」 등이 있다고 하였다.[20]

황숭호黃崇浩, 1951~ 는 굴원을 회왕의 '동궁시기'의 스승이며 회왕이 왕위에 오르자 삼려대부에 부임하고 이후에 좌도로 승진하였으며 참소를 받은 후에 다시 삼려대부로 강직되었고 하였다. 그리고 경양왕 즉위 초기에 신도愼到가 재상이 되었고 2, 3년 뒤에 세상을 떠나자 자란이 정사를 잡아 굴원을 모함하였으며 경양왕 즉위 3년 후에 굴원이 강남의 동정호 서남쪽으로 유배되었는데 그곳에서 17년 동안(B.C.295~B.C.278) 생활하였으며 후에 소휴昭睢가 재상이 되면서 굴원의 유배지를 다시 멱라강 지역으로 옮겼다고 하였다.[21]

나민중羅敏中, 1944~ 은 굴원의 후반생은 '소疏', '방放', '천遷' 세 단계를 겪었는데 회왕 시기에 오로지 멀리함疏을 낭하였을 뿐이고, 경양왕 때에 유배放와 옮김遷을 당하였다고 주장하였다. '방'은 '방축放逐', '척축斥逐'으로서 조정에서 쫓아낸다는 의미이며 이는 기한이 있다고 하였다. 굴원이 조정에서 쫓겨난 것은 경양왕 12년 혹은 13년 즈음이며 "황혼을 기약으로 삼는다고 하였네.曰黃昏以爲期", "저녁노을 때를 기약으로 삼노라.與繻黃疑爲期" 등의 구절에 근거하면 9년을 기한으로 하였다는 의미이며 유배된 장소는 한북이다. '천'은 옮겨간다遷徙는 뜻이며 전체 부족이나 가족을 모두 변방으로 옮긴다는 뜻이며 여기에는 기한이 없으며 다시는 조정이나 원래 살던 곳으로 돌아가지 못한다는 의미라고 하였다. "팽함이 사는 곳으로 쫓아가겠다.從彭咸之所居"는 구절은 "물에 뛰어들어 자살하겠다."는 뜻이 아니라 '은거'한다는 뜻이다. 굴원은 서포에서 약 5, 6년간 은거생활을 하다가 나중에 멱라강 지역으로 옮겨갔다. 이곳은 초나라 남쪽의

---

20) 戴志鈞, 『論騷三集』, 黑龍江教育出版社, 1999.
21) 黃崇浩, 『屈原：忠憤人生』, 長江文藝出版社, 1999.

변방지역으로서 원수와 상수 사이이며 초나라가 부족이나 소국의 유민들을 안치하는 지역이다. 굴원은 경양왕의 미움을 받고 멱라강 지역으로 옮기게 되었는데 이곳은 옛날 초문왕이 라자국羅子國을 옮겨 안치한 곳이기도 하다. 이것이 바로 굴원이 멱라로 옮기게 된 이유라고 하였다.[22]

6) 자청방축自請放逐, 부상항진설赴湘抗秦說

장천추는 굴원의 '자청방축설'을 제기하였다. 그는 초나라가 수도를 진성陳城으로 옮긴 후 굴원이 참소, 모함, 버림의 과정을 겪었고 그 과정에 초나라와 진나라가 화친한 역사적 사실이 존재하며 굴원은 평생에 한번 추방당하였는데 그것도 '스스로 유배를 자청'한 것이며 한북과 강남은 남행 이후의 두 단계라고 주장하였다. 그리고 굴원이 유배를 자청하여 비밀리에 남행한 것은 진나라에 대한 항쟁운동을 벌이기 위한 것이며 원수와 상수 남쪽 일대는 초나라 병력의 근원지인데 진나라에 의하여 단절되었기 때문에 굴원은 "기꺼이 유배의 죄명을 지고 좌천되기 전에 이루지 못하였던 뜻을 실현하려고 하였다. 그리고 자기도 대업을 세웠던 여망呂望이나 이윤伊尹같은 현인이 되기를 희망하였다."고 하였다. 또 굴원이 강에 뛰어든 원인은 참소를 당하여 유배되어서도 아니고 자기를 몰라줘서도 아니며 바로 진나라가 강남 일대에서의 굴원의 행동을 발견하고 갑자기 초주楚州를 공격하여 "강남 북쪽의 요새를 장악하였고 또한 굴원을 잡으려고 하였으며", "굴원은 여러모로 방법을 강구해보았지만 더 이상 북쪽으로 돌아갈 가망이 없었기에 스스로 멱라강에 뛰어들어 자살하였다."고 하였다.[23] 이상의 주장은 모두 굴원이 경양왕의 파견을

22) 羅敏中,「論屈原的被疏被放被遷, 兼說'曰黃昏以爲期」,『中國文學硏究』2000년 제 2호.
23) 蔣天樞,『楚辭論文集』, 陝西人民出版社, 1982.

받고 민중과 함께 진나라에 대항하기 위하여 강남으로 갔다는 주장의
확대설이다.

손작운은 굴원이 회왕 때 황극지회黃棘之會[24)]를 반대하다가 한북으로
쫓겨나서 3년간 있었고, 경양왕 때는 진나라와 화친하려는 정책을 반대
하다가 자귀秭歸로 쫓겨나서 9년간 있었으며, 영도가 함락된 후에 진성
으로 도피하지 않고 강남의 원수 유역으로 가서 유랑하였다고 하였다.
또한 "한북에서 자귀, 원수 유역(검중군) 등의 세 지점 및 진나라와의
전쟁 관계를 보면 굴원이 이런 지역에 간 것은 모두 목적이 있다. 이런
지역은 모두 국경의 제일 지대로서 진나라의 침략을 받았던 곳이다. 진
나라를 반대하고 제나라와 연합하며 자력갱생할 것을 주장하던 굴원이
수도에서 쫓겨난 후 나라가 위급한 시기에 이런 지역으로 온 것은 자기
행동으로 정치적 주장을 몸소 관철시키기 위해서이다."라고 주장하였으
며 "그가 이렇게 위험한 지역으로 온 것은 실제 행동으로 진나라와 싸우
는 모습을 보여주기 위한 것이다. 굴원은 언행이 일치한 사람이었기에
말한 대로 실천한 것이다.", "그가 이런 지역에 온 것은 현지 민중들과
함께 진나라에 맞서 싸우고 동고동락하기 위해서이다."라고 주장하였
다.[25)]

노백점路百占, 1913~1991은 장교莊蹻와 굴원은 모두 초나라 사람이고 나
이도 비슷하고 모두 진나라에 대항한 사람이며 장교는 당시 상군湘君으
로 불렸으며 상湘 지역에서 병력을 갖고 있었는데 진나라가 초나라 영도
를 함락하였을 때에 굴원이 남하하여 장교와 연합하여 함께 진나라에
대항하여 싸웠다고 주장하였다.[26)] 그는 또 경양왕 초기에 굴원은 한북의

---

24) 역자주—황극지회黃棘之會: 진나라 소양왕과 초나라 회왕이 초나라의 황극이란 곳에서
    동맹을 맺은 사건을 말한다.
25) 孫作雲,「屈原的放逐問題」,『開封師院學報』1961년 제1호.
26) 路百占,「莊蹻歷史考辨 — 兼論屈原詩作和莊蹻的關係」,『許昌師專學報』1982년 창간

'약若(鄀)' 땅으로 좌천되었고, 굴원이 서포로 간 것은 유배가 아니며, 굴원이 남쪽으로 간 것은 장교와 연합하여 진나라에 대항하기 위한 것이고, 굴원의 강남행은 비상시기의 애국적 구국운동이라고 주장하였다.[27] (필자의 말: 장천추, 손작운, 노백점 세 학자는 모두 '항일전쟁'으로 인한 유리걸식과 이족 침입의 아픔을 겪었기에 굴원과 초사를 연구함에 있어 정치적 색채를 띠고 있으며 그들이 주장하는 항진구국설도 일정한 역사적 영향의 흔적이 남아있다.)

7) 미방축설未放逐說

곽서림郭瑞林, 1949~ 은 사마천의 『사기·굴원가생열전』에 서술된 굴원의 유배에 관한 내용이 혼란스럽고 앞뒤가 맞지 않으며 설득력이 부족하다고 주장하였다. 또한 초나라의 역사를 보면 대신을 유배하는 제도가 없고 유배한 사례도 없다고 하였다. 굴원의 「석왕일」, 「비회풍」, 「복거」, 「어부」 등의 작품에 본인의 유배를 언급하였는데 이 작품들의 진위에 대하여 한대부터 논쟁이 있었으며 유배를 부정하는 자가 많았다. 그리고 「구장」 중의 「애영」, 「섭강」, 「회사」에 굴원의 강남 행에 관한 서술이 있는데 이는 조정에서 유배 보낸 것이 아니라 굴원의 자발적인 행동으로서 전쟁시기의 망명으로 이해하여야 한다고 주장하였다.[28]

장중일은 "굴원의 일생에 형벌을 받아 유배당한 적이 없으며 전설에서 말한 유배 장소인 한북, 능양, 남초南楚 등의 지역은 더더욱 존재하지 않는다.", "굴원은 평생 유배당한 적이 없으며 다만 초왕에게 좌천을 당한 적은 있다. 굴원이 초나라 남쪽 지역에서 활동할 때에는 여전히 삼려

호, 1982년 제2호.
27) 路百占, 「襄初屈原遷地爲江南說質疑」, 『許昌師專學報』 1984년 제1호.
28) 郭瑞林, 「屈原'放逐'說質疑」, 『求索』 1993년 제6호.

대부의 신분으로 일정한 권력을 가지고 있었다. 굴원의 자살과 유배는 아무런 연관이 없다."고 주장하였다.[29] 장중일의 이런 주장이 그래도 학술 연구의 의미가 있다고 한다면 그의 『굴원신고屈原新考』는 학술성이 상당히 떨어진다. 그는 이 저서에서 굴원은 유배된 적이 전혀 없으며 다만 초왕에게 소외당하였을 뿐이라고 주장하며 굴원이 '동정호로 올라갔다가 장강으로 내려간' 것은 초왕의 파견에 의하여 '동쪽으로 옮겼고' 남쪽으로 원수, 상수, 동정호 일대에 가서 민중을 조직하여 진나라에 항거하는 구국운동을 전개한 것이며 그 때 굴원의 관직은 좌도 혹은 삼려대부였다고 주장하였다. 그리고 초왕이 비밀리에 굴원을 검중 지역으로 파견하여 진나라에 대항하는 운동을 조직하도록 하였으며 '제1계획'과 '제2계획'도 있었다고 주장하였다.[30]

요화진은 장중일의 주장이 상천추의 관점을 그대로 수용하고 답습하였다고 비평하였으며 장천추의 '자청방축설'과 장중일의 '미방축설'은 일맥상통하는 면이 있으며 장중일의 주장이 조금 변화가 있을 뿐이라고 지적하였다.[31] 그러나 장중일은 계속 자신의 주장을 피력하고 발전시켰으며 아예 그의 저서의 제목을 『굴부屈賦 — 굴원의 남정 반진 복영 투쟁의 역사시屈原南征反秦復郢鬪爭史詩』라고 이름 지었다.[32] 장중일과 같은 주장을 하는 학자도 있다.

기범冀凡은 「구장」에 대한 연구에서 "굴원의 유배 문제에 대하여 나는 그가 강남으로 유배되었다고 생각하지 않는다. 그는 오직 군왕과의 약속대로 남쪽으로 내려가 원수와 상수 일대에서 진나라에 대항하고 영도를 수복하기 위하여 노력하였을 뿐이다."라고 하였으며 또 "초왕이 약속을

---

29) 張中一,「屈原未遭'放逐'考」,『河北學刊』 1985년 제3호.
30) 張中一,『屈原新考』, 中國文史出版社, 1991.
31) 廖化津,「屈原遭遇考」,『湘潭大學學報』 1994년 제1호.
32) 張中一,『屈賦—屈原南征反秦複郢鬪爭史詩』, 臺北 : 文津出版社, 1998.

어겼으므로 굴원이 강남 사람들과 함께 전개한 반진反秦 활동에서 겨우 강남의 15읍만 수복하였을 뿐 가장 중요한 영도를 되찾지 못하였으며 이에 초왕이 노하여 굴원을 강남에 버렸다. 이것이 바로 굴원이 「애영」을 창작해서 표현한 진정한 슬픔의 내용이다."라고 주장하였다. 그리고 굴원이 자살한 이유는 "경양왕이 병으로 죽자 나라가 하루하루 쇠퇴해지고 영도를 수복하고 초나라를 구할 대업도 철저하게 파탄 났기 때문에 굴원은 극심한 슬픔 속에서 마침내 스스로 멱라강에 투신하여 생을 마감하였다."고 주장하였다.33)

② 굴원 '방축' 문제의 연구에 대한 사색

이상의 여러 학설들을 종합하면 다음과 같은 두 가지 결론을 얻어낼 수 있다. 첫째, 굴원의 방축 문제에 대한 연구는 굴원의 생애 연구의 초점이자 난점이기도 하다. 이는 굴원 일생의 맥락을 연결하고 그의 작품을 분석하는 데에 중요한 참고가 되기 때문이다. 둘째, 오랜 세월동안 쌓아온 초사 연구의 성과는 오늘날 이 문제에 대한 연구를 추진함에 있어 아주 좋은 토대를 제공해주고 있다.

굴원의 방축 문제에 대하여 다음과 같은 사색이 필요하다.

첫째, 굴원은 특별한 역사 인물이다. 굴원의 사적은 선진시기의 문헌에서 찾아볼 수 없다. 굴원의 작품은 비공식적인 루트를 통하여 전해져 왔다. 굴원의 작품에는 당시의 국가대사에 대한 직접적인 언급이 없다. 굴원의 작품에는 본인의 가정 상황에 대한 언급도 없고 공자, 노자, 묵자

---

33) 冀凡, 「以史論世, 舊學新構」, 黃中模·王雍剛 主編, 『楚辭硏究成功之路 ─海內外楚辭專家自述』, 重慶出版社, 2000.

등의 선진시기 학자들에 대한 언급도 전혀 없다. 이상의 내용으로 볼 때 굴원은 아주 독특한 캐릭터이고 그의 생애 사적을 잘 알 수 없는 이유도 충분히 이해할 수 있다.

둘째, 가의의 「조굴원부」, 유안의 『이소전』, 동방삭의 「칠간」, 사마천의 『사기·굴원가생열전』에서부터 유향의 『신서』와 「구탄」, 양웅揚雄의 「반이소反離騷」, 왕충王充의 『논형論衡』, 반고의 「이소서」, 왕일의 『초사장구』 등에 이르기까지 한대의 학자들이 이미 굴원의 유배 과정에 대하여 결론을 냈는데 이는 매우 중대한 학술적 공헌이다. '미방축설'은 다만 『사기』의 서술상의 모순을 비판하였을 뿐이고 한대 사람들의 일치된 결론을 무시하였기에 성립될 수 없는 주장이다. 그리고 '자청방축, 부상항진설'은 더욱 근거가 없는 추론으로서 믿을 수 없는 주장이다. 한대 학자들의 단점이라면 굴원의 직품을 해석할 때 항상 그의 유배와 연결하여 해석하고 굴원의 유배 지역을 오직 강남과 원수, 상수 일대로만 국한시킨 점이다. 명청대의 학자들의 굴원 연구에 대한 공헌으로는 황문환과 임운명, 장기의 주장을 들 수 있다. 황문환은 굴원의 창작 지점을 '한북'과 '강남'으로 나누었고 '소疏'와 '방放'을 구별하여 설명하였다. 임운명은 '소疏'를 몇 가지 차원과 단계로 나누었는데 즉 굴원이 회왕 때에 참소를 당하여 그냥 소외를 당하였을 뿐이고 이것은 「굴원열전」에 씌어진 "관직에 있지 않았다"로 좌도 직위에 있지 않았을 뿐 조정에서는 쫓겨나지 않았고, 그다음 또 간언을 올리자 한북으로 옮기게 되었는데 이 때 역시 감금을 당하지 않고 자유롭게 행동(상소와 간언을 올리는 것도 포함)할 수 있었으며 몇 년 뒤에 다시 조정으로 복귀하였고, 그 다음 경양왕 때에 영원히 강남으로 유배되었는데 이때는 감금되어 자유로운 몸이 아니었다고 하였다. 장기는 '방放'을 세 단계로, 즉 영도에서 능양으로, 능양에서 서포로, 서포에서 멱라로 나누었다.

셋째, 굴원이 한북에 갔었는지 여부는 여전히 논쟁거리이다.

「추사」에 "새가 남쪽에서 날아와 한수 북쪽에 모이는구나. 有鳥自南兮, 來集漢北."라는 구절이 있다. 이에 대하여 왕부지는 "이것은 회왕이 굴원을 등용하지 않았을 때의 일을 회상하여 말한 것인데 그 때 초나라 수도는 아직 한수 이남에 있는 영이고 굴원은 등용되지 못하여 초나라를 떠나 한수 북쪽으로 가서 은거하였다. 此追述懷王不用時事, 時楚尙都郢, 在漢南, 原不用而去國, 退居漢北."고 하였다. 임운명은 「추사」 총론에서 "지금 이 글을 읽으니 한북에 있어 남방으로 돌아갈 수 없음을 분명하게 말하였다. 今讀是篇, 明明道出漢北不能南歸一大段."고 하였다. 또 「사미인」의 "파총산 서쪽 기슭을 가리키며指嶓塚之西隈"라는 구절에 대하여 "몸이 한북에 있었기에 한수의 원천으로 자기의 고상함을 비유하였다. 以身在漢北, 擧現前漢水所自出, 喩置身于高耳."고 하였다. 대진은 『굴원부주』에서 방희원方晞原, 1729~1789의 학설을 인용하여 "굴원이 처음 유배된 곳을 자세하게 알 수 없었는데 이 글에 따르면 한북에 있다. 그러므로 남쪽에서 날아온 새에 비유하였다. 屈子始放, 莫詳其地, 以是篇考之, 蓋去漢北, 故以鳥自南來集爲比."고 하였다. 굴복屈復, 장기, 하대림도 이와 같은 주장을 하였으며 '한북'의 지리적 위치에 대하여 추측도 해보았다. 현대 학자 전목, 유국은, 손작운, 조규부 등도 이 학설을 주장하고 있다.

하지만 요내姚鼐, 1731~1815의 『고문사류찬古文辭類纂』에서는 「추사」의 "창왈倡曰"부터 "혼이 꿈속에서 하룻밤에 아홉 번도 다녀간다. 魂一夕而九逝"까지의 내용을 "회왕이 진나라에 가는데 한수를 넘어 북쪽으로 갔다. 그러므로 새들에 의탁하여 남쪽으로 영도를 보면서 돌아갈 수 없는 신세를 슬퍼한 것이다. 懷王入秦, 渡漢而北, 故托言有鳥, 而悲傷其南望郢而不得反也."라고 해석하였다. 즉 "새가 남쪽에서 날아와 한수 북쪽에 모이는구나."라는 구절은 초회왕이 진나라 왕의 속임수에 넘어가 진나라에 가게 된 일을 가리킨 것이지 굴원과는 아무런 상관이 없다는 것이다. 오여륜吳汝綸, 1840~1903, 마기창도 요내의 해석을 따르고 요종이도 『초사지리고』에서 요내의 해석을 되풀이하여 말하기를 "굴원의 부에 '한북'이라는 두 글자가 나오는 것은 「추사」에 있는 것뿐이다.", "내가 보건대 '유조有鳥' 구절은 굴원 자신을 비유한 것이 아니라 회왕을 가리키는 것이다.", "'한북'은 반드시 초나라의 완, 등 지역을 가리키는 것은 아니다. 한수 이북 지역을 모두 이렇게 부를 수 있다. 진나라는 초나라의 북쪽에 위치하고 있기 때문에 그렇게 말한 것이다. 시인은 말을 할 때 대부분 희미하고 개괄적으로 쓰고 게다가 비유하는 말이기 때문에 자연히 분명하게 가리키지 않았다."고 하였다. 우성오于省吾, 1896~1984는 『택라거초사신증澤螺居楚辭新證』에서 한수는 섬서陝西 서부에서 발원하여 진나라 남쪽과 초나라 서북부를 거쳐 장강으로 흘러들어 가는데 한북 지역은 그 범위가 매우 넓으며 「추사」에서 말한 한북은 진나라를 가리킨다고 하였다. 또 "창왈倡曰" 단락은 굴원이 신나라에 구금되어 있는 회왕을 생각하여 회왕의 외롭고 쓸쓸한 신세와 남쪽의 고국을 바라보며 슬퍼하는 심리 활동을 묘사한 것이고 "난왈亂曰"부터 굴원이 '남행'하는 내용이라고 하였다. 이러한 주장에 대하여 조규부는 「한북 운몽과 굴원이 한북으로 유배되어 '장몽'직을 부임한 것에 대한 고찰漢北雲夢與屈原被放漢北任'掌夢'之職考」, 「굴원의 한북 미방축설에 대한 질의 및 한북 방축의 새로운 증거屈原未放逐漢北說質疑與放逐漢北的新證」라는 두 편의 논문을 써서 굴원 작품의 내적 증거, 역사, 지리 및 새로 발굴된 고고학적 문자 자료를 바탕으로 요내, 요종이, 우성오 등의 주장을 반박하고 "굴원이 회왕 24년이나 25년 경에 한북으로 유배되었다."고 강조하였다.[34] 조규부의 주장은 굴원이 한북에 갔었고 한북에서 한동안 생활하였음을 다시 한 번 증명하였다.

넷째, 근대 학자들의 연구는 주로 왕일, 황문환, 임운명, 장기 등의 기존 성과를 토대로 부분적인 수정을 하거나 좀 더 발전시킨 것뿐이다,

---

34) 趙逵夫, 『屈原與他的時代』, 人民文學出版社, 1996.

예를 들면 굴원이 능양에 갔었는지, 만일 굴원이 한북에 유배된 것이었다면 그 후 강남에 유배된 것과 정도나 성격상의 차이점이 있는지 하는 문제들이다. 근대 학자들의 공통된 인식은 모두 굴원의 정치적 생애를 세 단계로 나누었는데 첫 단계는 영도에서 벼슬하고 참소를 받고 왕에게 소외당한 것이고, 두 번째 단계는 한북에서 한동안 생활하였고, 세 번째 단계는 강남으로 유배된 것이다. 이중에서 '일소일방설', '이차방축설', '일소이방설'은 본질적인 차이가 없고 어떤 신분으로 한북에 갔는지에 대한 이해에 따라 그 차이가 생길 뿐이다. '좌천' 당하였다고 보면 '일소일방설'이고, 유배를 당하였다고 보면 '이차방축설' 혹은 '일소이방설'이 된다. 마찬가지로 앞서 소개한 '이차방축설', '일소이방설', '일소일방일천설' 사이에도 본질적인 차이가 없고 모두 굴원이 한북에 유배되었다고 주장하는 것인데 주로 굴원의 '한북'과 '강남'에서의 처지에 대하여 비교 분석하여 넓은 의미에서 보면 모두 유배된 것이고, 세분하여 보면 상황이 조금 다를 뿐이다. 이러한 논쟁의 목적은 옛 사람들의 기존 연구를 기반으로 좀 더 구체적으로 해석하려는 데에 있다. 하지만 이런 논쟁의 단점은 굴원 연구에 있어 실질적인 돌파를 할 수도 없고 다만 선택하고 종합하여 약간의 변화를 줄 뿐이다. 또한 굴원의 생애에 대하여 주관적 억측을 하고 그의 작품에 대하여 견강부회의 해석만 가할 뿐이다. 이와 같은 연구와 논쟁은 학술적으로 실질적인 의미가 없다. 왜냐하면 굴원의 생애는 본래 "대체적으로 알지만 구체적으로는 모호한" 상황인데 반드시 정확한 '연표'를 작성하려고 한다면 추측과 억지가 있게 마련이기 때문에 이러한 작업은 공만 들이고 인정받지 못하는 경우가 많다.

　다섯째, 굴원의 유배 문제에 대한 연구는 그의 작품 연구에 매우 큰 영향을 주는 중요한 전제이다. 현재 방법론적인 면에서 가장 큰 오류는 『사기·굴원가생열전』과 『사기·초세가』의 대체적인 틀을 근거로 하고 굴원 작품 속에 숨어 있는 내용을 발굴하여 이른바 생애 연표를 작성한 점이다. 그리고 이런 추측과 주관성이 강한 연표에 근거하여 굴원의 작품을 분석하여 굴원 작품의 해석에 아주 큰 혼란을 가져다준 점이다. 이런 순환논증 방법 즉 소위 작품 속에서 '숨은 내용 찾아내기' 방법으로 굴원의 생애를 지어내고 지어낸 생애로 굴원의 작품을 해석하는 방법이 굴원의 생애 연구와 굴원의 작품 연구에 있어 사람마다 다양한 견해를 내세우게 된 주요 원인이다.

여섯째, 현재의 학술 발전 상태를 감안하여 볼 때 우리는 신중하고 착실한 학풍을 견지하여야 하며 현실을 마주보고 역사와 시대가 남긴 문제점을 인정하여야 한다. 굴원의 유배 문제에 대하여 보다 넓은 생각을 가지고 때로는 개괄적이고 애매한 설명도 허용할 수 있어야 한다. 다만 굴원의 '방축'과 관련된 생애는 대체적으로 세 단계로 나누어 볼 수 있는데 첫번째 단계는 영도에서 벼슬하고 참소를 받고 소외당한 것이고, 두 번째 단계는 한북에서 한동안 생활하였고, 세 번째 단계는 강남으로 유배되었다는 것만 알아두면 된다.

물론, 고문헌과 고고학에서의 새로운 발견을 기대하여 보지만 현재로서는 너무 조급하게 서두를 필요가 없다.

2002년 3월 4일

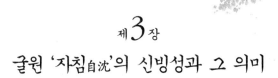

제**3**장
굴원 '자침自沈'의 신빙성과 그 의미

1 굴원 '자침'에 대한 역사 기록의 신빙성

굴원의 '자침이사自沈而死(스스로 물에 빠져 죽었다)'의 신빙성에 대해서는 의심할 나위가 없다. 그 이유는 다음과 같은 다섯 가지 증거가 존재하기 때문이다.

1) 한대 학자들의 역사 기록

우선, 사마천이 『사기·굴원가생열전』에서 "이에 돌을 안고 스스로 멱라에 몸을 던져 죽었다.於是懷石, 遂自投汨羅以死."고 하였고 또 "내가 「이소」·「천문」·「초혼」·「애영」을 읽고 나서 굴원의 뜻을 슬퍼하였다. 장사에 가서 굴원이 스스로 빠져 죽은 못을 보고 눈물을 흘리면서 그를 생각하지 않을 수 없었다.余讀離騷·天問·招魂·哀郢, 悲其志. 適長沙, 觀屈原所自沈淵, 未嘗不垂涕, 想見其爲人."고 하였다.

다음, 유향의 『신서·절사』에는 다음과 같은 기록이 있다.

굴원은 어리석은 왕이 풍속을 어지럽히고 어리석어 옳고 그름, 맑음과 흐림을 올바로 구별하지 못하자 자신을 탁한 세상에 드러내지 않고 스스로 못에 뛰어들어 죽으려고 하였다. 이를 본 어부가 말리자 굴원이 말하였다. "세상 사람들은 모두 취하였으나 나 혼자만이 깨어 있고, 온 세상이 혼탁한데 나 혼자만이 깨끗하오. 내가 듣기로 방금 몸을 씻은 사람은 옷의 먼지를 편 다음 옷을 입고, 방금 머리를 감은 자는 반드시 갓의 먼지를 턴 다음 갓을 쓰는 법이라. 내 어찌 이 결백한 몸으로 저 더러운 세상을 다시 섬기겠소. 내 차라리 못에 뛰어들어 죽는 길을 선택하리 오다." 마침내 상수의 멱라강에 뛰어들어 죽었다.

> 屈原疾暗主亂俗, 汶汶嘿嘿, 以是爲非, 以淸爲濁, 不忍見汗世, 將自投於淵. 漁父止之, 屈原曰, 世皆醉, 我獨醒, 世皆濁, 我獨淸. 吾獨聞之, 新浴者必振衣, 新沐者必彈冠, 又惡能以其泠泠, 更事世之嘿嘿者哉. 吾寧投淵而死. 遂自投湘水溳羅之中而死.

2) 한대 문인들의 문학 창작

가의는 「조굴원부」에서 "삼가 천자의 은혜를 입어 장사에서 죄를 기다리게 되었습니다. 어렴풋이 듣건대 옛날의 굴원은 스스로 멱라에 몸을 던져 죽었다고 하니.恭承嘉惠兮, 俟罪長沙. 仄聞屈原兮, 自沈溳羅."라고 읊었다. 동방삭은 「칠간·침강沈江」에서 "돌을 품에 안고 스스로 물에 가라앉았네, 임금이 간신들의 속임수에 넘어가 사리에 어두워진 모습을 차마 볼 수가 없어서.懷沙礫而自沈兮, 不忍見君之蔽壅."라고 읊었다. 또 「칠간·애명哀命」에서는 "상수에 흘러드는 멱라강을 헤아려보니 세상이 고루함을 알아서 다시 돌아오지 않는가 보네.測汨羅之湘水兮, 知時固而不反."라고 읊었다. 엄기嚴忌는 「애시명」에서 "오자서는 죽어서 의리를 세웠고, 굴원은 멱라강에 빠져 죽었다.子胥死而成義兮, 屈原沈於溳羅."고 읊었다.

3) 굴원 작품의 내적 증거

굴원의 작품 「회사」에서는 "죽음을 피할 수 없는 줄 알고 있으니, 결코 목숨을 아까워하지 않으리.知死不可讓兮, 願勿愛兮."라고 읊었다. 「석왕일」에서는 "원수와 상수의 깊은 물에 가서, 마침내 기꺼이 물에 빠지리라. 마침내 몸이 죽고 이름이 사라져도, 어리석은 군주가 알지 못할까 안타깝도다.臨沅湘之玄淵兮, 遂自忍而沈流. 卒沒身而絶名兮, 惜壅君之不昭."라고 읊었고 또 "차라리 갑자기 죽어 물결 따라 흘러갈지언정, 재앙이 거듭 될까 두렵다.寧溘死而流亡兮, 恐禍殃之有再."고 읊었다. 「비회풍」에서는 "큰 파도를 넘어 바람 따라 흘러가서, 팽함이 계신 곳에 이 한 몸 의탁하리라.淩大波而流風兮, 託彭咸之所居."고 읊었고 또 "장강과 회수에 떠서 바다로 들어가, 오자서를 따라서 유유자적하리라. 황하의 물가를 멀리서 바라보니, 신도1)의 높은 뜻을 우러러 슬퍼하노라.浮江淮而入海兮, 從子胥而自適. 望大河之洲渚兮, 悲申徒之抗跡."라고 읊었다.

4) 후세 학자들의 기록

『수경주』2) 권38의 주석에 이르기를 "멱수의 서쪽을 '굴담'이라고 하는데 곧 멱라연이다. 굴원이 돌을 안고 스스로 이곳에서 빠져죽었기에 이 연못의 이름을 '굴'로 지었다. 옛날에 가의와 사마천이 모두 이 곳을 지나면서 강에서 배를 타고 이 연못에서 굴원을 조문하였다.汨水又西爲屈潭, 卽澴羅淵也. 屈原懷沙, 自沈於此, 故淵潭以屈爲名. 昔賈誼·史遷, 皆嘗經此, 弭楫江波, 投弔於淵."고 하였다.

---

1) 역자주－신도申徒: 신도적申徒狄이다. 은나라 말기 주왕紂王의 신하로서 현인이었는데 여러 번 간언을 올렸으나 채납되지 않자 스스로 황하에 몸을 던져 자살하였다.
2) 역자주－『수경주』는 중국의 남북조시대 북위北魏의 역도원이 저술한 지리서로서 원본 『수경水經』에 주석을 추가한 것이다. 주석이 없는 원본 『수경』은 전한前漢 시대에 상흠桑欽이라는 사람이 지었다고 전한다. 『수경주』는 주요 내용이 고대 중국의 수로를 기술한 것이지만 아름다운 필치로 중국의 산수, 수리 시설, 도읍, 신화, 전설, 풍속 등의 지역 특색을 추가적으로 기술한 종합적인 지리학 저서이다.

5) 민간 풍속

『초학기初學記』 권4에 5월 5일의 경도競渡 풍속을 소개한 조목의 주석에서 "『형초세시기』에 이르기를 풍속에 의하면 이날은 굴원이 멱라강에 투신하여 죽은 날이다. 사람들이 그의 죽음을 슬퍼하며 배를 저어가서 시체를 건지려고 하였는데 이것이 지금까지 내려와 풍속이 되었다.荊楚歲時記曰, 俗謂是屈原死汨羅日, 傷其死所, 並命舟楫以拯之, 至今爲俗."고 하였다. 『예문유취』 권4에도 『형초세시기』의 내용을 인용하여 "5월 5일에 경도를 한다. 굴원이 이날에 멱라강에 투신하여, 사람들이 그의 죽음을 슬퍼하여 배를 저어서 구하려고 하였다. 오늘날의 경주가 바로 그 유적이다.五月五日競渡, 屈原以是日死于汨羅, 人傷其死, 故並將舟楫以拯之. 今之競渡, 是其遺迹."라고 하였다. 『통속편通俗編』 권31에도 『형초세시기』의 내용을 인용하여 "5월 5일이면 경주를 한다. 풍속에 이날이 굴원이 멱라강에 투신한 날이라고 하며 사람들이 그의 죽음을 슬퍼하여 배를 저어 가서 구하려고 하였다.五月五日競渡, 俗爲屈原投汨羅日, 傷其死, 故以舟楫救之."고 기록하였다.

이상의 다섯 가지 증거를 통하여 다음과 같은 두 가지 결론을 얻어낼수 있다.

첫째, 굴원은 강에 빠져 죽었다. 송대 임응진林應辰은 『용강초사설龍岡楚辭說』에서 굴원이 멱라강에 빠져 죽은 것이 아니라 바다로 떠나서 동이족에 가서 은거하겠다는 뜻을 비유한 것이라고 하였다. 명대 왕원汪瑗은 『초사집해』에서 굴원은 성인과 같은 자이기에 반드시 스스로 물에 빠져 죽으려고 하지 않을 것이고 굴원이 팽함의 거처를 따라 간 것은 서쪽으로 가서 은둔한 증거라고 하였다. 그러나 임응진과 왕원의 의문은 일종의 주관적 추측에 불과할 뿐이고 믿을만한 증거가 못된다.

둘째, 굴원은 스스로 강에 빠져 죽었다. 오욱방吳郁芳, 1945~1996의 '사사설賜死說'은 굴원의 주관적 선택을 부인하고 위에서 나열한 다섯 가지 증거도 회피하였기 때문에 다음의 세 가지 물음에 대답할 수 없다. 즉 '자침自沈'은 왜 자살이 아닌가? 못가에 나아가 죽음을 청하는 것은 고대에 흔히 볼 수 있는 제도인가? 굴원이 죽음을 하사받고 강에 던져졌다는 증거를 굴원의 작품 속에서 찾을 수 있는가?

그러므로 굴원의 침강沈江 문제를 연구함에 있어서 굴원이 강에 빠져 죽었는가, 굴원이 스스로 강에 빠져 죽었는가 하는 문제를 의심해서는 안 된다. 오히려 굴원이 스스로 강에 빠져 죽은 동기와 원인 및 그 가치와 의미에 대하여 연구를 진행하는 것이 비로소 굴원의 침강 문제에 대한 올바른 논리적 출발이라 할 수 있다.

② 굴원 '자침'의 동기와 의미

문일다는 「독소잡기讀騷雜記」라는 글에서 "굴원의 자살 동기에 대한 역대 학자들의 해석은 세 가지 설로 나누어 볼 수 있다. 반고의 「이소서」에 이르기를 '분노를 용납하지 못하여 강에 몸을 던져 죽었다.忿懟不容, 沈江而死'고 하였는데 이는 '설분설泄忿說'이라고 할 수 있다. 「어부」의 저자는 이르기를 '차라리 상수에 몸을 던져 물고기 뱃속에 장사를 지낼지언정 어찌 결백한 몸으로서 세속의 티끌과 먼지를 뒤집어 쓸 수 있겠는가?寧赴湘流, 葬於江魚之腹中, 安能以皓皓之白, 而蒙世俗之塵埃乎.'라고 하였는데 이는 '결신설潔身說'이라고 할 수 있다. 동한 이후에는 굴원의 '충忠'에 대하여 점차 주목하게 되었고 근대에 이르러 왕수남王樹楠이 '시간尸諫'이라는 두 글자를 제기함에 따라 이 학파의 주장은 절정에 이르게 되었는데 이는 '우국설憂國說'이라 할 수 있다. 세 가지 주장 중에서 설분설이 가장 사실에 부합되고 결신설도 합리적이며 우국설이 가장 믿음성이 없다. 그런데 우국설이 전파된 시간이 가장 오래고 세력도 가장 크다."고 말하였다.[3]

학술 연구의 발전과 사회적 이념의 변화에 따라 굴원의 '자침'에 관한 연구는 이미 이 세 가지 해석을 넘어서게 되었다. 혹자는 자침의 주관적 측면을 연구 하였는데 '동기', '목적', '원인'에 대한 연구라 할 수 있고 혹자는 자침의 객관적인 배경과 그 효과를 연구하였는데 이는 '가치', '의미'에 대한 연구라 할 수 있다. 지금까지 제기된 몇 가지 학설을 정리해 보기로 한다.

1) 결신설潔身說

양계초는 1922년 11월 3일 동남대학 문학철학학회의 연설문 「굴원연구」에서 "굴원을 연구함에 있어서 그의 자살 문제를 연구의 출발점으로 삼아야 한다."고 말하였다. 양계초는 굴원이 결벽증이 있는 사람으로서 감정을 위하여 죽었다고 주장하였다. 그의 주장에 의하면 굴원은 일편단심으로 한 사람을 사랑하였으며 결혼하려고 하였지만 한편 아주 이상적인 조건을 내세웠다. 그는 연인을 사랑하면서도 증오하기도 하였으며 증오하면 할수록 더욱 사랑하게 되는 이중 모순과 날마다 싸우던 끝에 '짝사랑'을 위하여 결국 자신의 생명을 바쳤다고 한다. 그리고 굴원의 연인은 바로 그 당시의 사회이며 굴원에게는 두 가지 모순이 존재하는데 하나는 극히 고상한 이상이고 다른 하나는 열렬한 감정이라고 하였다. 그는 또 "마지막에 멱라강에 뛰어들어 죽음으로써 그의 작품에 몇 배 이상의 권위성을 부여하였고 영원한 생명력을 갖게 하였으며 영원히 우

---

3) 聞一多, 「讀騷雜記」, 天津 『益世報 · 文學副刊』 1935년 제5호.

리와 함께 접촉할 수 있게 되었다."고 하였다.

　양계초는 그의 저서『요적 해제 및 그 독법要籍解題及其讀法·초사 楚辭』
에서 더욱 분명하게 주장하였다. 즉 "그는 한 몸에 두 가지 모순적인
사상을 가지고 있다. 그는 당시 현실사회에 대하여 극단적으로 사랑하기
도 하고 또한 극단적으로 혐오하기도 하였다. 그는 명철한 두뇌로 철학
적 이치를 분석할 수도 있고 또한 뜨거운 감정을 품고 종일 괴로움에
젖어 있기도 하였다. 그는 어지러운 사회에 어울려 살지 않으려고 하였
지만 그의 힘으로는 또한 이런 사회를 변화시킬 수 없었다. 그리하여
그는 종신토록 악한 사회와 싸우다가 끝내는 힘이 다 빠져서 자살을 선
택하였다. 그의 가슴 속에서는 두 가지 모순이 날마다 투쟁을 벌였고
결국 그 압력을 이기지 못하고 자살을 택한 것이다. 그의 자살은 사실
그의 가장 열렬하고 가장 깨끗한 개성의 남김 없는 표현이다. 이런 특별
한 개성이 없이는 이런 문학이 있을 수 없다. 마지막의 죽음은 그의 인격
과 문학을 영원히 살아있게 하였다."고 하였다.

　강량부는 "굴원의 개성은 통쾌하고 직설적이며 당당하고 숨김이 없다.
비록 숨기려고 해도 나중에는 그럴 수가 없어서 강에 뛰어들어 자살하였던
것이다. 굴원이 왜 강에 뛰어들었을까? '청백을 좇아 바르게 살다 죽으리.伏
淸白以死直兮'라는 시구처럼 굴원은 청백하기 때문이다."라고 하였다.[4]

　장배환章培恒, 1934~2011은 『사기』에 굴원의 죽음의 원인이 명백하게
기록되어 있다고 하였다. 즉 굴원은 "온 세상이 모두 혼탁한데 나 혼자만
깨끗하고 세상 사람들은 모두 취하였으나 나 혼자만 깨어 있소.擧世混濁
而我獨淸, 衆人皆醉而我獨醒."라고 하였듯이 불의에 타협하려 하지 않았기
때문에 "차라리 강에 몸을 던지리라.寧赴長流."라고 하며 스스로 멱라강에
몸을 던져 죽은 것이라고 하였다.[5]

4)　姜亮夫,『楚辭今繹講錄』, 北京出版社, 1981.
5)　章培恒,「關於屈原生平的幾個問題」,『學術月刊』1981년 제10호.

등효망鄧曉芒, 1948~ 은 다음과 같이 주장하였다. 굴원의 인생 이상에 대한 추구는 자신의 인격에 대한 자아 변호에 혼신의 힘을 쏟은 데서 집중적으로 체현된다. 이러한 자아 변호에는 고결함과 도도함, 세속에 물들지 않고 순결함을 지키려는 자아감각과 불의에 대한 증오, 사회에 대한 불평의 격정이 드러난다. 우리는 그의 인생 이상을 '변무형辯誣型' 혹은 '자변형自辯型'이라 개괄할 수 있다. 굴원의 작품은 거의 모두 직접 혹은 간접적으로 자신의 순결하고 고상한 마음을 나타내고 억울한 타격과 배척, 박해를 받은 것에 대한 분노의 감정을 토로하고 있다. 시인은 자신이 고통에서 벗어나 명예와 절의를 지킬 수 있는 유일한 방법은 오로지 죽음으로써 자신의 마음을 표현하는 길뿐이라고 생각하였다. 굴원의 일생은 억울함을 자아 변호하는 일생이었다. 굴원은 자신의 애국 원칙이 본질적으로 시회 정치 생활에서는 통하지 않는 것임을 깨닫지 못하였고 오히려 자신의 실패는 다른 사람(주로 군주)에게 자신의 애국심을 이해시키지 못했기 때문이라 여겼다. 그리하여 그는 자신에게 영원히 완성할 수 없는 굴욕스럽고 고통스러운 인생의 의무 즉 '변무'를 짊어지게 하였다. 이러한 무궁한 고통은 바로 사람의 마음이 서로 통하지 않기 때문이다. 그러므로 굴원은 오로지 죽음으로써 마음을 가로막는 몸을 희생하여야 만이 다른 사람들의 이해를 받을 수 있다고 믿었다.[6]

2) 순국설殉國說

곽말약은 "굴원은 초나라 경양왕 21년(기원전 278년)에 죽었다. 그때 진나라 장군 백기白起가 초나라의 영도를 공략하고 동정洞庭, 오저五渚, 강남의 땅을 차지하였으며 초나라의 군신들은 진성으로 도망쳐가서 나

6) 鄧曉芒, 『人之鏡―中西文學形象的人格結構』, 雲南人民出版社, 1996.

라가 거의 멸망의 위기에 처해 있었다. 굴원은 이러한 형세를 보고 부득
불 자살을 선택하였다. 때문에 굴원의 자살은 순국이지 순정이 아니다."
라고 하였다.[7] 1940년 5월 30일에 쓴 글 「굴원에 관하여關於屈原」에서는
"그는 순국을 위하여 죽은 것이지 실의에 젖어 죽은 것이 아니다."라고
하였다.[8] 1941년 12월 5~6일 사이에 쓴 「굴원고屈原考」에서는 "그의
죽음은 일반적인 재자才子가 자기 뜻을 펴지 못해서 자살을 한 것과 다르
다. 물론 그도 불우한 지식인임에 틀림이 없다. 그러나 그의 죽음은 결코
단순하지 않다. 그는 민족 시인으로서 멸망의 위기에 처한 나라와 도처
를 떠돌아다니며 고생을 하는 백성들을 차마 눈 뜨고 볼 수가 없어 비분
하여 자살하였다. 그는 자신의 눈물과 피로써 위대한 시편을 창작하였으
며 그의 생명을 나라에 바침으로써 조국과 생사를 함께 하였다. 이것이
바로 우리들이 그를 숭배하는 원인이자 그가 위대한 시인으로 존숭 받는
원인이기도 하다."고 하였다.[9] 그는 또 1953년에 쓴 「위대한 애국시인
굴원偉大的愛國詩人屈原」이라는 글에서 다시 한 번 "굴원의 자살은 사실
순국이다."라고 자신의 주장을 강조하였다.

유국은도 "경양왕 22년(기원전 277년)에 진나라 군대가 초나라에 들
어오고 무군巫郡이 함락되면서 형세가 위험하게 되어 적국의 포로로 잡
혀갈 처지가 되었다. 그가 그 곳(상수 서쪽의 진辰, 서溆 일대)에 남아있
고 싶어도 남을 수 없는 상황이었다. 그래서 부득불 원수로 내려가서
호남의 상수로 들어갔으며 나중에는 장사長沙 동쪽의 멱라강에 이르렀고
강물에 뛰어들어 자살을 함으로써 초나라 백성들과 영별하였다."고 하였
다.[10] 그는 또 「굴원의 유배와 죽음 및 초사 지리를 논함論屈原之放死及楚

---

7) 郭沫若, 『屈原』, 開明書店, 1935.
8) 郭沫若, 『蒲劍集』, 重慶文學書店, 1942.
9) 郭沫若, 「屈原考」, 『資聲月刊』 1942년 제1권 제6호.
10) 游國恩, 『屈原』, 三聯出版社, 1953.

辭地理」이라는 글에서 "그때 당시 초나라의 국력이 나날이 쇠퇴해가니 굴원은 차마 망국의 참상을 지켜볼 수가 없었고 또한 자신의 죽음으로써 임금을 깨닫게 하려고 스스로 멱라강에 뛰어들었던 것이다."라고 하였다.11) 이러한 주장은 영향력이 비교적 커서 유국은 등이 편집한『중국문학사中國文學史』, 유대걸劉大傑의『중국문학발전사中國文學發展史』,『사해辭海』,『사원辭源』, 양관楊寬의『전국사戰國史』, 이옥결李玉潔의『초사고楚史稿』, 황덕형黃德馨의『초국사화楚國史話』등의 책에서는 모두 이 주장을 받아들였다. 예를 들면 1999년에 출판한『사해』에는 이렇게 서술되어 있다. "굴원은 경양왕 시기에 유배되어 장기간 원수와 상수 지역에서 유랑하다가 초나라의 정치가 더욱 부패해지고 영도가 진나라 군대에게 함락된 것을 보고 초나라를 구할 힘도 없고 자신의 정치적 이상도 실현될 수 없음을 느끼고 멱라강에 뛰어 들어 죽었다."

반소룡이 굴원의 '침강' 원인을 연구한 논문으로「왕부지·곽말약의〈애영〉설은 성립되지 않는다.王夫之·郭沫若的〈哀郢〉之說不能成立」,「굴원 자침의 원인과 연대에 관하여關於屈原自沈的原因及其年代」,「〈애영〉은 '영도의 폐기를 슬퍼함'이 아님을 재론하다再論〈哀郢〉非'哀郢都之棄捐'」,「한대 학자의 서술을 통하여 굴원 '침강'의 진실을 보다從漢人的記述看屈原的沈江眞相」,「굴원 평가의 역사적 검토屈原評介的歷史審視」,「초나라 영이 함락되지 않았는데 어찌 순국을 논하리오─요화진 선생의 굴원 순국에 대한 보충과 수정楚郢未陷, 何論殉國─答廖化津先生的屈原殉國'補正'」등의 6편이 있다.

반소룡의 주요 논점을 정리하면 다음과 같다.

첫째,「애영」은 영도가 함락되어 시인이 동쪽으로 도망가는 사실에 대한 슬픔을 서술한 것이 아니라 죄가 없는데 유배되고 9년 동안 돌아갈

---

11) 游國恩,『楚辭論文集』, 古典文學出版社, 1957.

수 없었던 신세에 대한 애탄이다.

둘째, 「애영」을 창작한 시기는 경양왕이 시인을 다시 강남으로 귀양 살이를 보낸 지 9년이 지난 후로서 당시는 경양왕 13년이나 14년(B.C 286, 285년)경이다.

셋째, 「애영」은 백기 장군이 영도를 공략한 사건과는 관련이 없다. 왕원, 왕부지, 곽말약 등의 학자들이 이 사건과 「애영」의 내용을 연결시켜 해석한 것은 합리적이지 않다.

넷째, 「애영」은 굴원의 '순국난殉國難'의 증거가 될 수 없으며 굴원의 침강도 '순국난'이 아니다.

다섯째, 한대 초부터 동한시기에 이르기까지 굴원의 사적에 대하여 언급한 대학자들은 모두 굴원의 죽음은 참소를 받고 쫓겨나서 초나라의 부패하고 암흑한 정치에 실망했기 때문이라고 하였다.

여섯째, 굴원이 강물에 투신한 시기는 경양왕 16, 17년경이다. 그 원인은 제나라도 쇠약해졌고 초나라는 진나라와 두 번이나 회담을 가졌으며 초나라가 날로 쇠약해지고 제나라와 연합하여 진나라에 대항하려는 주장도 실현될 수 없었기 때문에 자살하였다. 굴원의 죽음은 무능한 임금과의 결별이며 초나라 조정이 충신을 박해하고 나라와 백성에게 재앙을 가져다 준 행위에 대한 반항이다.[12]

3) 순도설殉道說

이택후는 "죽음은 굴원 작품과 사상에서 가장 경이롭고 아름다움을 발산하는 톱 주제이다."라고 하였다.[13] 그는 다음과 같이 분석하였다.

---

[12] 周建忠, 「論潘嘯龍楚辭研究的成就與特色 — 以〈屈原與楚文化〉, 〈屈原與楚辭研究〉 爲例」, 『荊州師範學院學報』 2001년 제2호.

[13] 李澤厚, 「古典文學箚記一則」, 『文學評論』 1986년 제4호.

비록 굴원 자신이 죽음을 선택하게 된 이론적 혹은 윤리적인 이유를 설명하였지만 역시 감정적인 이유가 있었다. 예를 들면 나라의 멸망을 차마 바라볼 수가 없다는 등의 이유를 제기하였지만 '어부'의 권고를 듣지 않았고 장자나 공자와 같은 명철한 현인들이 가르친 길을 선택하지 않았다는 점을 볼 때 이러한 죽음의 선택에는 감정적인 요소가 더 많다고 볼 수 있다. 굴원은 감정적으로 살아갈 수 없다고 느꼈고 이성적으로 "살아갈 가치가 없다"는 생각은 그의 작품에서 "절대로 살아서는 안 된다"로 표현되었다. 그러나 이런 감정적인 "절대로 살아서는 안 된다"는 생각은 본능적인 충동이나 열렬한 신앙심 때문이 아니라 자아의 도덕적 책임감이 깃든 반성을 거친 후의 결과이다. 그것은 신비롭지도 않고 열광적이지도 않으며 이성적인 감정이다. 그렇지만 그것은 이성과 도덕에 부합되면서도 이성과 도덕을 초월하였다. 이것이 바로 문제의 관건이다.

학지달郝志達, 왕석삼王錫三은 '도를 위하여 죽는 것以身殉道'은 죽음에 대한 굴원의 깊은 탐색과 실천이며 인격의 마지막 승화라고 주장하였으며 또 다음과 같이 분석하였다. 즉 유희재劉熙載, 1813~1881의 『예개藝概』에서 "갈 길이 있었는데도 끝내는 갈 길이 없는 데로 갔다.有路可走, 卒歸於無路可走."고 서술한 바와 같이, 굴원은 집요하게 그의 이상적 천국을 찾았고 현실에 직면하여 미래를 꿈꾸었으며 신성하고 순결한 사회적 책임감과 사명감으로 가득 차 있었다. 동시에 굴원은 도덕의 힘을 너무 지나치게 믿고 있었으며 자신이 인정하는 도덕표준은 세상 모든 사람들이 다 해낼 수 있고 또 해내야만 한다고 여겼다. 이러한 편면적인 인식과 고양된 격정은 그로 하여금 도덕적 수양과 힘만으로는 사회생활 속의 모든 문제를 다 해결할 수 없음을 깨닫게 하였다. 굴원의 '도를 자신의 임무로 맡고以道自任', '도로써 정치형세를 보좌하고以道輔勢', '자신에게 큰 임무가 맡겨졌다大任降於己'고 생각하는 강렬한 시대적 사명감, 현실 세계의 암흑과 혼탁, 굴원 자신의 편면적인 인식 등의 세 가지 요소가 모순을 이루면서 그로 하여금 벗어날 수 없는 고통과 고뇌 속에 빠져들게 하였다. 굴원이 죽음을 선택한 것은 그의 인생의 자연적인 귀속이 아니라 그가 인생에 대한 적극적인 탐구를 거친 후의 필연적인 선택이며 그의 숭고한 인격의 승화와 최후의 실현이다.[14]

곡덕래曲德來는 굴원이 추구한 이른바 '완벽한 인격'은 '내적 아름다움'과 '수양을 쌓음' 두 가지를 포함한다고 주장하였으며 또 다음과 같이 분석하였다. 굴원이 찬양하던 '내적 아름다움'은 사실 인간의 가치를 종법과 혈연관계, 무속 의식과 무속 풍속에 연결시킨 것이고 초나라 고유의 원시적인 감성 문화의 상징이다. 또한 굴원이 강조하던 '수양을 쌓음'은 유가의 도덕 윤리에 속하는 것이며 이러한 의식은 인간의 가치를 도덕적 자율성과 인격의 완벽함과 연결시킨 것으로서 춘추시대 이후 신속히 발전한 이성 문화의 산물이다. 그러므로 굴원이 칭송한 '내적 아름다움'과 그가 추구한 '수양을 쌓음'은 성격이 다른 두 가지 문화의 산물이다. 이 성격이 다른 두 가지 문화를 내포하고 있는 관념이 하나의 완전한 인격 속에 동시에 존재하기는 힘들다. 그러므로 굴원의 인격 이상은 본질적으로 실현하기 힘든 것이었다. 굴원의 이런 인격 이상에 대한 추구는 불가피하게 실패와 비극을 맞이하지 않을 수 없었다. 굴원의 인격 이상의 모순과 충돌은 그의 인생 비극을 초래한 중요한 원인이며 심지어 근본 원인이라고도 할 수 있다.[15]

오룡휘吳龍輝, 1965~ 는 굴원의 인생 배경과 인생 추구로 볼 때 굴원의 인생 선택과 생명 의식 속에는 일종의 자살의 무의식이 잠재하고 있다고 제기하였다. 이러한 자살의 무의식이 형성하게 된 원인은 주로 상호 연관성을 가지고 있는 세 가지 요소, 즉 두 가지 아름다움이 반드시 합쳐져

---

14) 郝志達·王錫三, 『東方詩魂』, 東方出版社, 1993.
15) 曲德來, 「屈原的'鄕國之情', 氣質和人格新論」, 『社會科學輯刊』 1998년 제4호.

야 하는 인생 목표, 화살같이 빨리 지나가는 인생에 대한 공포심, 현실을 초월한 인생 귀속 때문이라고 하였다.[16]

황영경黃靈庚, 1945~ 은 굴원의 '내적 아름다움'의 핵심적 기질은 혈통의 '바름' 외에 이와 완전히 반대되는 혈통의 '특이함'도 포함하고 있다고 주장하면서 다음과 같이 분석하였다. '바름'의 인격 정신은 굴원으로 하여금 신중하고 생각이 깊은 총명한 철학자가 되어 어지러운 현실 속에서 '정직하고 공정'한 정신을 고양하고 명석한 두뇌와 예리한 눈빛으로 시비를 가리고 빈틈없이 '훌륭한 정치'를 실행하여 나가도록 하였다. 그러나 다른 한 면으로는 신성한 태양신 고양씨高陽氏가 굴원에게 부여한 특이한 기질은 굴원으로 하여금 감정을 중히 여기고 감성적이며 기이한 생각이 많은 자유분방한 개성의 소유자가 되게 하였고 줄곧 먼 옛적의 원시 무속 풍습의 격정 속에 빠져있게 하였다. 이러한 '내적 아름다움'을 기초로 하는 굴원의 이중적 인격은 양극이 서로 배척하는 모순을 형성하였고 자살은 그의 이런 이중인격의 독립과 완정을 유지하기 위한 필연적인 결과였다. 굴원이 강에 뛰어들어 자살한 것은 사회적인 비극이라기보다 그의 인격적 결함의 비극이라고 하는 것이 더 나을 것이다.[17]

4) 순초문화설殉楚文化說

양춘시楊春時, 1948~ 는 초나라는 상대적으로 독립적인 문화 실체로서 전국 말기에 진나라를 대표로 하는 선진적인 북방 문화의 압박 속에 초문화楚文化가 급격하게 쇠락하여 멸망의 위기에 처해 있었으며 굴원은 초문화의 엘리트로서 초문화가 닥친 위기를 예감하였으나 구할 길이 없

---

16) 吳龍輝, 「屈原自殺的文化心理根源」, 『湖南師範大學社會科學學報』 1996년 제4호.
17) 黃靈庚, 「論屈原之死」, (臺)『中國文哲研究集刊』 1996년 제8호.

어 죽음을 맞이하고 굴원의 부 작품도 초문화의 만가輓歌가 되었다고 주
장하였다. 그렇기 때문에 굴원의 부는 이성을 초월하는 심각한 심미적
의미를 갖게 되었다고 하면서 다음과 같이 분석하고 주장하였다. 즉 고
국의 문화는 굴원이 안심하고 살아가는 기초이다. 그는 초문화 속에서
자랐기에 그것의 멸망을 용납할 수가 없었고 또한 북방의 이질적인 문화
속에서 살 수도 없었다. 진나라의 법가 문화는 폭력을 숭상하고 의리를
버리고 냉혹하며 개성을 억누르고 세속적이고 실리적이며 신앙을 말살
하는 문화였다. 이와 반대로 혈연지간의 정, 열정과 상상, 신화와 시적
정취가 충만한 초문화는 굴원을 깊이 매료시켰다. 초문화에 대한 굴원의
충성과 사랑은 초나라 임금에 대한 의무와 나라에 대한 책임감, 종족에
대한 귀속감, 고향에 대한 정을 모두 초월하였고 굴원의 생명의 전부였
다. 굴원이 부를 창작한 동기는 바로 이러한 충성과 사랑을 토로하고
울분과 괴로움을 떨쳐내며 초문화와 운명을 같이 하겠다는 결심을 표현
하기 위한 것이었다. 굴원의 비극은 바로 결국엔 멸망해버린 낙후한 문
화의 순도자가 되었다는 점이다. 굴원이 죽은 근본적인 원인은 바로 그
의 정신적 기둥이었던 천도天道에 대한 신앙이 무너졌기 때문이다. 굴원
은 낡은 세계의 순도자에 불과하며 그가 믿던 '하나님'이 죽은 후에 생존
의 기점을 자유로운 선택에 맡긴 것이 아니라 전통을 위하여 순장을 선
택한 것이다.[18]

5) 정치비극설政治悲劇說

풍천馮川은 『인문학자의 생존방식人文學者的生存方式』 제3부 「문심억해
文心臆解 · 굴원과 나르시시즘屈原與自戀」에서 굴원의 비극은 외적의 정치

---

18) 楊春時, 「楚文化的挽歌和屈原的悲劇」, 『河北學刊』 1993년 제2호.

사상과 내적 도덕이상 사이의 날카로운 충돌에 의한 것이며 이상과 현실을 억지로 통합하였기 때문에 굴원은 처음부터 실패할 수밖에 없었다고 하였다. 그는 또 굴원의 내적 신성神性이 현실의 성공을 용납할 수 없다고 하였다. 왜냐하면 성공은 신성의 포기와 상실을 의미하기 때문이다. 그러나 실패는 굴원으로 하여금 다른 방식으로 내적 신성을 잘 표현할 수 있게 하였다고 주장하였다.[19]

냉성금冷成金, 1962~ 은 굴원이 유교에 대하여 줄곧 두 가지 잘못된 관념을 갖고 있었다고 하면서 다음과 같이 주장하였다. 한 가지는 왕도를 실행하고 훌륭한 정치를 하는 것이 역사현실과 통일된다고 생각한 점이고 다른 한 가지는 공훈을 세우고 업적을 쌓는 일만이 인격의 자아 만족을 실현할 수 있는 유일한 방법이라고 생각한 점이다. 그러나 사실 군주와 성인, 국가와 조국은 서로 본질적으로 구별되는 개념으로서 군주는 사회 질서의 우연한 현실적 형태이자 외적인 상징에 불과하고 성인은 일종의 문화 이상의 현실적 구현으로서 내적 성품의 외적 표현이다. 국가는 단지 정치의식의 인위적인 형태이며 훌륭한 정치 이상과 필연적인 연관이 없고 감정적 의미도 갖지 않는다. 그러나 조국은 일종의 감정적 개념으로서 민족 감정의 역사 문화적 축적이며 절대적인 감정 의미를 갖고 있으며 논증할 필요조차 없는 성스러움을 가지고 있다. 굴원의 고통은 바로 이 양자를 제대로 구분하지 못한 데 있다. 굴원의 죽음은 국가, 군주의 참모습과 의미를 드러냈고 이상과 현실의 불일치성과 황당무계한 현실을 보여주었기 때문에 사람들에게 커다란 경종을 울렸다.[20]

19) 馮川, 『人文學者的生存方式』, 四川人民出版社, 1998.
20) 冷成金, 『隱士與解脫』, 作家出版社, 1997.

6) 사사설賜死說

오욱방吳郁芳은 굴원의 이른바 '물에 빠져 죽음流亡', '강에 빠짐沈流', '못에 나아감赴淵'은 모두 "스스로 못가에 유배 가서 사죄를 청한 것自流於淵, 請死罪"이고 강에 뛰어들어 자살한 것이 아니며 이는 초나라의 일종 유배사죄제도라고 하였다. 그는 '못에 나아감'은 사형의 집행유예 과정이고 강에 던지는 것은 '사사賜死'의 집행이라고 하며 굴원이 '못에 나아감'부터 강에 빠지기까지 길고도 고통스러운 세월을 겪었다고 하였다.[21] 오욱방은 이 글을 발표한 후에 필자에게 평가를 해달라고 부탁하여 왔는데 필자는 다음과 같은 세 가지 의문점을 제기하였다. 첫째, '자침'은 왜 자살이 아닌가? 둘째, 못가에 나아가 죽음을 청하는 것은 고대에 흔히 볼 수 있는 제도인가? 셋째, 굴원이 죽음을 하사받고 강에 던져졌다는 증거를 굴원의 작품 속에서 찾을 수 있는가? 이에 오욱방은 「굴원은 자살이 아님에 대한 재론再說屈原不是自殺的」이란 글을 써서 새로운 자료들을 제시하였다. 예를 들면 송대의 임응진, 명대의 왕원, 청대의 황지준黃之雋 등의 학자들이 모두 굴원의 기질과 굴부屈賦의 기백에 근거하여 굴원은 강에 뛰어들어 자살할 위인이 아니라고 하였다는 것이다. 동시에 굴원이 강에 뛰어들기 전에 귀양살이를 하는 과정이 당시 왕법에 따르면 이미 사형을 기다리는 사형수였으며 굴원의 자살행위는 경양왕이 사사했기에 스스로 집행한 사형이라고 하였다. 곽말약도 굴원은 영도가 함락되었기 때문에 할 수 없이 강물에 투신하였다고 하였는데 오욱방은 초나라 왕이 사사의 명을 내렸기 때문이라고 하였다.[22]

범정생范正生은 오욱방과 논쟁을 벌이면서 군왕에 대한 굴원의 충성은 맹목적인 것이 아니기에 스스로 사형을 청하지 않을 것이고, 굴원은 마

21) 吳郁芳,「屈原不是自殺的」,『江漢論壇』1990년 제1호.
22) 吳郁芳,「再說屈原不是自殺的」,『江漢論壇』1991년 제8호.

음속에 부끄러울 것도 없기에 사형을 자청할 필요도 없으며, 굴원이 도처에 유랑하는 생활은 조정에 아무런 위협도 가져다 줄 수 없는데 초나라 왕이 그를 죽일 필요가 없다고 하였다. 또한 굴원의 작품 내에도 관련 증거가 없으며 후인들의 기록에도 실증 단서가 없다고 하였다. 그는 또 "시대가 위대한 굴원을 만들었으며 그의 자살도 조성하였다. 굴원이 자기 스스로 강물에 빠져 죽은 것은 그의 소질과 역사발전의 필연적 결과이다."라고 하였다.[23]

요화진은 사사설이 나온 것은 소설에서 기인되었다고 하였다. 동진시기의 왕가王嘉, ?~390의 『습유기拾遺記』에 "굴원은 …… 왕에게 핍박받고 쫓겨나서 차가운 강물에 뛰어들었다.屈原……被王逼逐, 乃赴淸泠之水."는 내용이 있는데 당대의 심아지의 『굴원외전』에서 그것을 수용하여 "왕이 그를 핍박하고 쫓아냈으며 5월 5일에 차가운 강물에 뛰어들었다."고 하였다. 요화진은 소설 속의 서술은 허구로서 믿을만한 것이 못되며 「어부」에서 "차라리 상수에 몸을 던져 물고기 뱃속에 장사를 지낼지언정寧赴湘流, 葬於江魚之腹中"이라는 구절의 '차라리 녕寧'자를 보면 굴원의 자침은 자발적이었음을 설명한다고 하였다.[24]

이상 여섯 가지 설을 종합해보면 '사사설'은 추측이 너무 많고 증거가 부족하며, '순국설'은 항일전쟁 시기에 나타난 "옛것을 현재를 위하여 사용하고古爲今用", "육경으로 나의 견해를 주석하는六經注我" 학술사상의 표현으로서 하나의 '현상'으로 간주하면 된다. '순초문화설'과 '정치비극설'은 역사와 철학의 시각에서 해석한 것으로서 굴원의 주체의식에 대한 인식이 결여되어 있다. 오로지 '결신설'과 '순도설'만이 비교적 도리가 있

23) 范正生, 「屈原沈江的歷史原因」, 『泰安師專學報』 1991년 제4호.
24) 廖化津, 「屈原自沈考—兼評吳郁芳·章培恒·潘嘯龍等先生屈原自沈與殉國難無關說」, 『山西師大學報』 1993년 제1호.

는 해석이다. '결신', '순도', '설분'은 모두 굴원이 스스로 강에 빠져 죽은 동기의 여러 측면으로서 굴원 작품 속의 서정적 표현과도 잘 맞물린다.

2002년 4월 27일

제4장
굴원의 '애국주의' 연구사 고찰

1 '애국주의' 의미의 확정

레닌은 「피티림 소로킨Pitirim A. Sorokin의 소중한 고백」에서 "애국주의
란 바로 오랜 시간을 거쳐 굳게 다져진 자신의 조국에 대한 일종의 가장
농후한 감정을 가리킨다."고 말하였다. 학술계에서는 '애국주의'를 논의
할 때에 일반적으로 레닌의 이 관점을 자주 인용하였다. 오금종吳金鐘의
「애국주의에 관한 학술토론」1)이라는 논문에서 애국주의에 대해 다음과
같이 소개하였다. 혹자는 애국주의란 응당 "각 나라 백성들이 모두 가지
고 있는 자신의 조국에 대한 일종의 숭고하고도 깊은 감정이며 조국의
독립과 번영과 부강을 위하여 자신의 힘을 이바지하고자 하는 강렬한
책임감과 자신의 모든 것을 희생하는 것도 마다하지 않는 헌신정신이
다."라고 정의를 내렸고, 혹자는 애국주의는 나라의 이익을 우선시하고
굳게 지키며 조국의 발전을 추진하는 것을 자신의 최고 직책으로 여기는
사상관념과 행위준칙이라고 해석하기도 하였다. 혹자는 조국의 이익이
란 국토, 민족, 사회제도 세 방면의 내용과 요구를 포함하기 때문에 애국
주의의 특징은 공통성, 계승성, 시대성 및 계급성 등의 특징을 갖고 있다

---

1) 吳金鐘, 「關於愛國主義的學術討論」, 『光明日報』 1992년 1월 15일 제3면.

고 주장하였다. 오늘날 굴원의 애국주의에 대한 연구는 굴원의 감정, 책임감, 헌신정신 등의 세 가지 시각에서 발굴하고 정리하는 동시에 또한 그의 계급성과 특수한 시대적 요소도 함께 고려하여야 한다.

방명方銘, 1964~ 은 「굴원의 애국주의의 정의성에 대한 고찰」[2]이라는 논문에서 '애국주의'는 결코 영원히 올바른 것만은 아니며 애국주의자도 영원히 세상 사람들의 존경을 받을만한 것은 아니라고 주장하였다. 그는 애국주의를 제대로 감별해내야 하며 정의로운 애국주의를 제창하고 잘못된 애국주의를 견결히 반대하여야 한다고 하였다. 그리고 정의로운 애국주의는 다음과 같은 몇 가지 표현이 있다고 하였다. 첫째, 애국주의자는 백성의 이익을 최우선으로 여겨야 한다. 둘째, 애국주의자는 자신의 애국주의 사상을 실천할 때에 공리주의 원칙으로 인류의 정의를 대체해서는 안 되며 가장 먼저 사회의 정의를 수호하여야 한다. 셋째, 애국주의자는 조국의 통치자와 의존하는 관계에 있어서는 안 되며 조국의 통치자가 백성을 착취할 경우 애국주의자는 통치자와 견결히 맞서 싸워야 한다. 넷째, 애국주의자는 절대로 국제주의 원칙을 어겨서는 안 된다. 제국주의, 협애한 민족주의, 쇼비니즘, 독재주의, 종족주의는 모두 반동적 '애국주의'에 속한다.

② 굴원의 '애국정신'에 대한 역대 학자들의 발굴

사마천의 『사기·굴원가생열전』에 "비록 유배되었지만 여전히 초나라를 그리워하고 회왕을 걱정하고 조정에 돌아갈 것을 원하였고 군주가 하루 빨리 정신 차려 초나라의 어지러운 국면을 바로잡기를 바랐다. 그

---

2) 方銘, 「關於屈原愛國主義的正義性問題」, 『屈原研究論集』, 湖北美術出版社, 1999.

리하여 임금을 보존하고 나라를 부흥시키려는 염원과 조정에 돌아가려는 뜻을 (「이소」) 한 편에 세 번이나 표현하였다.雖放流, 睠顧楚國, 繫心懷王, 不忘欲反, 冀幸君之一悟, 俗之一改也, 其存君興國而欲反復之, 一篇之中, 三致志焉."는 서술이 있는데 이는 굴원의 애국정신에 대한 기조를 닦아놓았다. 사마천은 굴원 정신은 충군忠君, 흥국興國(애국), 애원哀怨 등의 세 가지를 포함한다고 여겼다. 반고의 「이소서」에서는 굴원이 "군주가 현명하지 못하여 소인배를 신임하는 것을 통단하고 나라가 멸망의 위기에 닥치자 충성심을 걷잡을 수 없어 「이소」를 지었다.痛君不明, 信用群小, 國將危亡, 忠誠之情懷不能已, 故作離騷."고 하면서 굴원을 긍정적으로 평가하였다. 왕일은 『초사장구·서』에서 굴원은 "나라를 보존하기 위하여 직언을 마다하지 않으며 정의를 위하여 목숨을 바치는危言以存國, 殺身以成仁" 유형에 속하는 인물이며 굴원은 "나라에 충성하고 지조를 굳게 지키는 마음을 품고 청렴결백한 성품을 지니고 있으며 지석과 화살같이 곧고 단청같이 분명하게 말하며 왕에게 나아가서는 계략을 숨김없이 올리고 물러나서는 목숨을 돌보지 않으니 이는 진실로 세상에 둘도 없는 행위이고 출중한 인재이다.膺忠貞之質, 體清潔之性, 直若砥矢, 言若丹青, 進不隱其謀, 退不顧其命, 此誠絕世之行, 俊彥之英也."라고 하였다.

송대의 홍흥조는 『초사보주』에서 "초나라 조정에는 쓸 만한 인재가 없으며 굴원이 죽자 나라도 따라서 멸망하게 되었다. 그러므로 굴원은 비록 추방당하였지만 여전히 배회하면서 떠나가기를 아쉬워하였다. 그는 살아서는 힘써 쟁취하거나 강력하게 간언하지 못하였지만 죽어서라도 여전히 임금이 감동받아 잘못된 행실을 고치기를 바랐고 후세의 사람들로 하여금 자신의 사적은 들은 후 비록 유배되고 배척을 당해도 여전히 임금을 사랑하고 늘 마음속에서 잊지 않은 것을 알게 하였으니 신하로서의 의를 다하였다고 할 수 있다. 죽는 것이 어려운 것이 아니라 죽음에 처하는 태도가 어렵다. 굴원은 비록 죽었으나 죽지 않은 것과 같다. ……

굴원의 근심은 나라에 대한 근심이었다.楚無人焉, 原去則國從而亡, 故身雖被放逐, 猶徘徊而不忍去, 生不得力爭而强諫, 死猶冀其感發而改行, 使百世之下, 聞其風者, 雖流放廢斥, 猶知愛其君, 眷眷而不忘, 臣子之義盡矣. 非死爲難, 處死爲難, 屈原雖死, 猶不死也.……屈原之憂, 憂國也."고 하였다. 그는 굴원의 '충군'사상을 긍정하였고 '우국' 및 나라의 존망의 위기라는 시각에서 굴원의 죽음을 평가하였다.

주희는『초사집주』에서 "굴원의 사람됨은 그 뜻과 행실이 비록 중용에 지나쳐 법이 될 수 없으나 모두 임금에게 충성하고 나라를 사랑하는 정성에서 나왔다.原之爲人, 其志行雖或過於中庸而不可以爲法, 然皆出於忠君愛國之誠心."고 하였다. 이것은 비록 '충군'이란 말과 병행하여 논하였지만 처음으로 '애국'이라는 말로 굴원을 평가한 글이다.

명청대에 이르러 이지는 굴원의 '충군'사상을 신랄하게 비판하면서 그의 서서『분서焚書·독사讀史』에서 "장의가 회왕을 모욕하고 희롱하기를 아이들의 장난같이 쉽게 하였지만 굴원은 여전히 회왕을 왕으로 떠받들며 요, 순, 우와 같은 현명한 군주로 바라보았으니 비록 충성을 다하였지만 어리석었다. 그러므로 후세의 보는 자들은 그의 마음만 따라 배우면 된다.張儀侮弄楚懷, 直似兒戲, 屈原乃欲托之爲元首, 望之如堯舜禹三王, 雖忠亦癡. 觀者但取其心可矣."고 하였다. 그러나 또한 굴원의 우국 정신과 순국을 강조하면서『장서藏書·굴원전찬屈原傳贊』에서 "나라의 멸망은 잠시 제쳐놓고 굴원은 군주가 매일 간신배들에게 기만당하는 것을 어찌 앉아서 보고만 있을 수 있었겠는가? 초나라의 형세가 굴원이 계속 살아가지 못하게 하였고 굴원의 우국의 정서도 그로 하여금 차마 계속 살아가지 못하게 하였다. 굴원의 죽음은 명예와 도의를 위하여 죽은 사람과 다르다. 비록 절의를 지켜 죽은 자의 항렬에 속하지만 처음부터 절의를 중요하게 여겨 한번 죽음으로써 이름을 날리려고 한 것이 아니다. 굴원이 어찌 그러겠는가?宗國顚覆姑且勿論, 彼見其主日夕愚弄於賊臣之手, 安忍坐視乎. 勢之所不能活者, 情之所不忍活也, 其與顧名義而死者異矣. 雖同在節義之列, 初非有見於節義之重, 而欲博

一死而成名也. 其屈大夫之謂歟."라고 하였다.

왕부지는 비록 '군君'과 '국國'을 동시에 거론하였지만 나라의 흥망성쇠에 더 큰 비중을 두었다. 그의 저술『초사통석』에서는 「이소」의 "영분3)의 길한 점괘를 따르고 싶지만, 마음은 망설여지고 주저되어欲從靈氛之吉占兮, 心猶豫而狐疑"라는 구절을 해석함에 있어서 "굴원은 차마 조국을 배신할 수 없었고 또 회왕의 신임도 얻은 적이 있었기에 군신간의 정의를 더욱 끊을 수 없었다. 그러므로 영분이 다른 나라로 가라고 점괘를 알려주었지만 따르고 싶지 않았다.原不忍背宗國, 且嘗受王之寵任, 尤不忍絕君臣之義, 故靈氛告以他適以不欲從."고 하였다.

그는 또 「천문」의 창작동기에 대해서 "굴원은 사태의 변화나 인간관계의 득실은 모두 분명하고 뚜렷한 하늘의 이치라고 보았다. 이리하여 세상에서 예측할 수 없고 개운치 않은 점들을 들어 밝은 법을 두려워하지 않는 용렬한 군주와 구색만 갖춘 신하들에게 질문하였다. 이것이 「천문」이다. 결코 하늘에게 묻는다는 뜻이 아니다. 이 문장에서 말하는 내용은 비록 잡다하게 많지만 요지는 법도에 맞으면 나라가 부흥하고 그렇지 않으면 나라가 망한다는 것이다. 무력을 남용하고 간언을 듣지 않고 향락과 음란에 빠져 충신을 믿지 않고 간신을 중용한다면 나라가 멸망한다는 것이다. 굴원이 초왕에게 풍간하는 마음이 여기에서 지극함에 이르렀다.原以造化變遷, 人事得失, 莫非天理之昭著, 故舉天下不測不爽者, 以問懵不畏明之庸主具臣, 是爲天問, 而非問天. 篇內言雖旁薄, 而要歸之旨, 則以有道而興, 無道則喪, 黷武忌諫, 耽樂淫色, 疑賢信奸, 爲廢興存亡之本. 原諷諫楚王之心, 於此而至."고 하였다. 그리고 「천문」의 "천제가 동이의 예를 보내서帝降夷羿" 단락4)에 대하여

---

3) 역자주 - 영분靈氛: '영靈'은 무당을 의미하고 '분氛'은 그 무당의 이름이다.
4) 역자주 - 이 단락은 "帝降夷羿, 革孽夏民. 胡射夫河伯, 而妻彼雒嬪. 馮珧利決, 封豨是射. 何獻蒸肉之膏, 而后帝不若. 浞娶純狐, 眩妻爰謀, 何羿之射革, 而交吞揆之."이다.

"천도를 따르지 않으면 필연코 멸망하게 된다. 백성을 괴롭히고 절제없이 욕망대로 산다면 비록 강한 힘이 있더라도 의지할 수 없다.蓋無道必滅, 虐民縱欲, 雖有强力, 不足憑也."고 해석하였다. 그는 또 "탕이 도모할 때 무슨 방법으로 힘을 키웠을까? 배가 뒤집힌 짐심국에 의지하여 중흥하였던 교훈이 있는데 무슨 방법으로 승리를 거두었을까?5)湯謀易旅, 何以厚之. 覆舟斟尋, 何道取之."라는 구절에 대하여 "하후가 예에 의하여 멸망되었는데 소강은 짐심의 힘에 의지하여 다시 정권을 되찾았다. 하나라가 배가 뒤집힌 멸망의 교훈이 있으니 걸왕이 능히 경계로 삼았다면 탕이 무슨 방법으로 하나라를 멸망시켰겠는가? 이른바 은나라의 교훈이 멀지 않으니 나라가 스스로 망한 후에야 타인에 의하여 망한다는 것이다.夏后爲羿所滅, 少康依於斟尋, 此有夏覆舟之前鑒, 使桀能以爲戒, 則湯將何道取之乎. 所謂殷鑒个遠, 國必自亡而後人亡之也."라고 해석하였다.

왕부지는 또「애영」을 해석함에 있어 "굴원은 수도가 내버려지고 나라와 종묘가 폐허로 되고 백성이 산산이 흩어졌는데도 경양왕이 죽음을 무릅쓰고 진나라에 대항하지 않아서 나라가 멸망할 날이 멀지 않음을 슬퍼하였다. 굴원이 참소를 당한 것은 수도를 옮기는 것을 반대했기에 날로 미움을 받았던 것이다. 그러나 굴원은 자신의 처지를 슬퍼하지 않

---

5) 역자주―이는 '소강중흥少康中興'이라는 역사 사건에서 기인한 것이다. 우의 아들 계啓가 하나라를 세운 후 하의 통치자를 하후夏后라고 하였다. 계의 아들 태강太康이 재위 시에 동이족의 예羿가 정권을 빼앗고 하후를 죽이고 태강의 동생 중강中康을 왕으로 세우고 조정 정권을 장악하였다. 중강이 죽은 후 그의 아들 상相이 즉위하고 곧 하나라의 동성 제후국 짐심斟尋과 짐관斟灌에게 도망가서 의탁하였다. 예는 왕위에 오른 후 사냥에 빠져 국사를 잘 다스리지 못하였는데 그의 제자 한착寒浞이 예를 죽이고 예의 아내를 빼앗아 희繧와 요澆 두 아들을 낳았다. 그리고 희를 과戈읍에 봉하고 요를 과過읍에 봉하였다. 그후 요가 하후 상이 숨어있는 제후국 짐심과 짐관 두 나라를 멸망시키고 상을 죽였다. 상의 유복자 소강少康이 성장한 후에 세력을 키워서 짐심과 짐관의 유민들과 연합하여 정권을 빼앗고 다시 하후가 되었으며 요와 희를 죽였다. 그 후에 탕湯이 하후 걸桀을 멸망시키고 상商 왕조를 세우고 박亳을 도읍으로 정하였다. 그리고 하왕조의 옛 도읍인 짐심 부근에 서박西亳을 세워서 하왕조의 잔여세력을 감시하였다.

고 국가와 백성의 운명을 걱정하였다. 원망하고 걱정하지만 슬퍼하지 않는 것은 충신의 지극한 경지이다.哀故都之弃捐, 宗社之丘墟, 人民之離散, 頃襄之不能效死以拒秦, 而亡可待也. 原之被讒, 蓋以不欲遷都而見憎益甚. 然且不自哀, 而爲楚之社稷人民哀. 怨悱而不傷, 忠臣之極致也."라고 하였다. 「회사」에 대해서는 "굴원은 어지러운 세상과 어울리는 것을 참을 수 없었고 초나라의 멸망을 보고만 있을 수 없어 죽음을 결심하였다. 그래서 임금에게 자신의 의지를 표명하였다.原不忍於世同汚而立視宗國之亡, 決意於死, 故明其志以告君子." 고 해석하였다. 「사미인」에 대해서는 "이 글은 문장의 첫 구절로 이름을 달았다. 굴원이 초나라를 위하여 깊이 생각하고 멀리 내다보며 계책을 세운 것을 서술하였는데 전후로 일치한다. 요지는 초나라는 자국의 힘을 길러 든든하게 하여 자강하고 진나라에 복수를 하고 멸망의 위기에서 벗어나야 한다는 것이다. 굴원의 충성과 지략은 분명하게 드러났지만 경양왕은 이를 살피고 받아들이지 않았으니 굴원은 죽음으로 자신의 뜻을 알리고자 하였다. 그는 마음속에 원망과 분노를 품은 것이 아니라 자신의 등용 여부와 나라의 존망을 긴밀히 연결시켰다. 그는 초나라가 멸망하는 것을 차마 볼 수가 없었기에 반드시 죽어야만 하였다.此以篇首之語名篇, 而述其所爲國謀之深遠, 前後一致, 要以固本自强, 報秦仇而免於敗亡. 忠謀章著, 而頃襄不察, 誓以必死. 非婞婞抱憤, 乃以己之用舍, 繫國之存亡. 不忍見宗邦之淪沒, 故必死而無疑焉."고 하였다.

임운명의 『초사등·범례』에서는 "『초사』를 읽으려면 우선 굴원의 지위를 알아야 한다. 굴원은 초왕과 동성인 종족으로서 대대로 벼슬하여 왔으므로 도의적으로 초나라를 떠나서는 안 된다. 하지만 굴원은 유배된 후 자신의 뜻을 펼 수 없었기에 시시각각 나라와 백성의 운명을 걱정하였다.讀楚辭, 要先曉得屈子位置, 以宗國而爲世卿, 義無可去. 緣被放之後, 不能行其志, 念念都是憂國憂民."고 하였고 「이소」에 대하여 "굴원의 모든 정신은 늘 나라와 백성의 운명을 걱정한 데에 있다.屈原全副精神, 總在憂國憂民上."고 해석하였다.

③ 굴원의 '애국주의'를 강조하게 된 유래

반소룡은 「굴원의 평가에 대한 역사적 고찰」[6]이라는 글에서 "굴원은 서로 모순되는 것처럼 보이나 사실은 통일되는 두 가지 정신을 갖고 있다. 바로 '항쟁抗爭'정신과 '충정忠貞'정신이다. 한대부터 명청대에 이르기까지 굴원의 정신은 세상 사람들에 의하여 일방적으로 '충정'과 '충군'의 본보기로 부각되었다. 항일전쟁시기에는 굴원의 충정정신은 '애국'이라는 면에서 눈부신 빛을 발하였으며 이는 굴원 정신에 대한 현대의 평가에 직접적인 영향을 주었다."고 하였다.

왕연해는 『초사석론』에서 곽말약이 20세기 50년대에 굴원을 '위대한 애국시인'이라고 불렀다고 하였는데[7] 이는 사실이다. 곽말약이 쓴 「위대한 애국시인 ― 굴원」이라는 글은 『인민일보』 1953년 6월 15일자에 게재되었다. 그러나 곽말약이 굴원의 애국에 대하여 거론한 것은 이보다 훨씬 더 이른 시기인 1935년이다. 일본에서 망명 중이던 그는 '호난滬難[8] 3주년 기념일'에 그의 굴원 연구의 첫 성과인 「굴원」을 완성하였다.[9] 이 글에서 그는 "굴원은 애국자다. 그의 작품이 이렇게 고백하고 있고 그의 행동도 이것을 고백하고 있다."고 하였다. 그는 저서 『굴원』에서

6) 潘嘯龍, 「屈原評價的歷史審視」, 『文學評論』 1990년 제4호.
7) 王延海, 『楚辭釋論』, 大連出版社, 1994, 86쪽.
8) 역자주 ― 호난滬難은 1932년에 있은 제1차 상하이사변 또는 1.28사변을 말한다. 1931년 9.18사변 이후 일본의 동북 지역 점령이 국제적인 비난을 받게 되면서, 그 지역에 괴뢰 정권을 수립하려는 계획에 차질이 생기자 일본은 국제 사회의 관심을 다른 곳으로 돌리려 하였다. 그래서 1932년 1월 28일 일본 관동군은 상하이 주재 일본 영사관의 무관들과 함께 폭도들이 일본인 승려를 습격하는 사건을 꾸며 내었고 이를 빌미로 일본 해군은 3개 육군 사단의 지원을 받아 상하이에 주둔 중이던 중국 19로군을 공격하였다. 중국군은 결연히 이에 저항하였다. 영국의 조정 아래 중국과 일본 양국은 3월 4일 담판을 시작하여 5월 5일 '상하이 정전 협정'을 체결하였다.
9) 郭沫若, 「屈原」, 『中學生』 1935년 제55호.

굴원을 '애국시인'이라고 명백하게 지적하였고[10] 그 후에 나온『굴원연구』에서는 이에 대하여 더욱 완벽하게 논술하였다.[11] 때문에 이 논점의 제기는 시간상 1935년으로 앞당겨야 한다.

초사의 교학과 연구를 정치투쟁과 결합시킨 것은 항일전쟁 시기 초사연구의 중요한 특징이다. 이 시기에 곽말약은 "내가 바로 굴원이다."라고 말한 적이 있다. 그는 사극『굴원』(일본어판, 암파문고岩波文庫)의「작가의 말」에서 "나 개인의 현실 생활의 경력에 의하면 나는 굴원의 유배 생활의 쓰라림과 조국을 열애하는 심정을 직접 체험하였다."고 하였다. 무한대학이 사천 낙산으로 옮겨간 후 유영제는 국민당에 가입하라는 요구를 한사코 거절하였고 낙산 경비 사령관의 결혼식에도 참가하지 않았는데, 이것도 역시 '굴원 정신'의 계승과 발양이라 할 수 있다. 바로 이런 특수한 시대적 특징으로 인하여 많은 학자들이 초사 연구 전문가로 전환되었다.

탕병정은 장태염의 수제자이며 원래 문자, 성운, 훈고학을 전문적으로 연구하였고 관련 논문도 발표하였으며『언어의 기원語言之起源』이라는 저서도 출판하였다.[12] 그러나 "항일전쟁이 일어나자 도처를 유랑하면서 민족의 생사존망의 고통을 맛보게 되었고 점차 굴원의 사상 감정과 공명을 갖게 되었다. 귀양의 대학에서는『초사』로 학생들을 가르친 적이 있다. 이때부터 시작한 굴부 연구는 지금까지 계속되었다."고 하였다. 하검훈은 항일 전쟁 시기에 자그마한 지방 현의 중학교에서「이소」를 가르치면서「초사속증」,「초사교주」,「왕일초사장구교보」등의 성과를 내 놓았으며 이를 기초로 하여 이후에 저서『초사습심』,『초사신고』를 출판하였다.

1935년에 위유장은 저서『이소집석』을 완성하였는데「자서」에서 이

---

10) 郭沫若,『屈原』, 開明書店, 1935.

11) 郭沫若,『屈原研究』, 重慶群益出版社, 1943.

12) 湯炳正,『語言之起源』, (臺)貫雅文化事業有限公司, 1990, 手寫影印本.

책의 저술 목적에 대하여 다음과 같이 서술하였다.

　　굴원은 비록 벼슬길이 막힘을 당하고 갖가지 근심을 겪었으며 어두운 곳으로 가라앉아 수레를 돌려 곤륜산으로 갈 것을 생각하고 흐르는 강물 속으로 뛰어들지언정 끝내 임금과 나라를 모른 체하고 멀리 떠나갈 수 없었으니 짙은 충성과 애정은 백세를 지나도 가려지지 않는다. 오늘날 천하는 환란이 많다. 관동을 바라보니 영원히 다른 나라에게 침륜되었다. 저 천하의 중망을 책임진 자들은 나라를 버리는 것이 마치 물건 버리듯 하고 기꺼이 원수에게 아첨하며 부끄러운 줄 모르고 있으니 어찌 끝내 '고향을 굽어보는' 때가 없는가? 후세의 군자들은 그 책을 읽고 그 마음을 체득하여라. 세상 교화에 크게 관계되기 때문이다.

　　夫屈子雖罹否塞, 歷百憂, 一往沈冥, 以思夫遭道昆侖, 容與流沙, 而卒不忍恝置君國以遠遁, 靄然忠愛, 是足歷百世而不敝. 今天下益多故矣. 盰衡關東, 永淪異域. 彼雅負天下望者, 乃去宗國其如遺, 甘心媚仇恬不恥, 曷爲其終無臨眄舊鄕時乎. 後之君子, 籀其書, 得其用心, 蓋關係於世敎匪細.

　　유국은은 1933년 7월에 쓴 『초사주소장편·서』에서 굴원의 생애와 처지를 서술하면서 당시 중국의 암담한 사회상에 대한 탄식을 드러내었다.

　　오호라! 굴원은 세상에 둘도 없는 재주를 지니고 또한 초나라의 종친으로서 국가의 재난을 근심하여 바로 세우려 하였으나 임금이 어리석고 사악한 무리들이 가로막아서 산천으로 쫓겨나서 9년 동안이나 돌아가지 못하였다. 이는 진실로 인정으로 차마 견딜 수 없는 일이다. 그러므로 그의 문장은 우울하고 수심이 가득 차 있으며 굴곡적이고 반복적이다. 또한 격동적이고 처량하며 원망하는 듯 하소연하는 듯하다. 이는 용납할 수 없는 정 때문에 나온 것이지 병도 없이 신음하는 자들과는 다르다.

　　嗟夫, 屈子以曠代軼才, 而又楚之懿親, 怵心國難, 思有以匡扶之. 乃以王之昏庸, 群邪壅蔽, 竄逐山澤, 九年不復, 此誠人情所不能忍, 故其文憂愁幽思, 曲折往復；激楚蒼涼, 如怨如訴, 斯乃迫於情之弗容己, 與夫世之無病而呻者異也.

이어서 그는 초회왕과 경양왕 때는 강한 도둑이 날뛰고 나라가 망할 날이 머지않았으며 굴원은 옛 도읍이 점점 멀어짐을 슬퍼하고 전패의 소식이 가끔 들려옴을 통탄하였다고 하며 그의 말과 의지로 사람들의 마음을 일깨워서 고국을 수십 년 뒤에라도 회복할 수 있게 하였다고 소개하였다. 마지막으로 굴원 작품의 현실적 의미를 강조하면서 "지금 그의 문장을 보니 종묘와 나라에 대한 생각이 간절하였고 기개가 드높아 사람들의 마음속으로 깊이 파고들어 족히 유민과 지사들이 복수를 하고 수치를 씻어내려는 의기를 고무할 만하니 진실로 천지간에 없어서는 안 되는 문장이다."라고 하였다.

이상의 내용을 통하여 이상의 학자들은 '초사 연구'라는 특수한 방식으로 애국 항일투쟁에 참여하고 이민족을 반대하고 인격을 유지하였음을 알 수 있다. 그 중 가장 대표적인 학자는 곽말약과 문일다이다. 그들은 유국은, 육간여, 양계초, 사무량, 호적, 요평, 호소석 등의 인물과 같은 시기의 학자지만 20년대의 초사 연구에는 참여하지 않았으며 유영제나 몽문통처럼 각자 독립적인 연구조차도 하지 않았다. 문일다는 34세에 이르러서야, 곽말약은 42세에 이르러서야 비로소 '초사 연구' 분야에 뛰어들었고 신속히 항일전쟁시기 초사 연구의 지도적 인물로 활약하게 되었다. 곽말약은 이렇게 말한 적이 있다. "나는 비록 괴테와 자신을 비교한 적이 없지만 굴원과 비교한 적은 있다." 그는 또 특별히 굴원 연구의 시대적 의미를 강조하면서 "굴원 기념활동이 민간에서 그 본래의 의미를 차츰 잃어가고 있을 때에 중국은 다시금 이천여 년 전 초나라와 비슷한 처지에 놓이게 되었다. 밖으로는 호랑이나 늑대 같은 진나라보다 더 난폭한 일본 침략자가 있고 안으로는 상관대부나 영윤자란, 초회왕, 정수 등보다도 더욱 나쁜 매국노들이 있다. 그리하여 굴원의 이미지는 더욱 거룩하여 보이게 되었다."고 하였다. 곽말약은 굴원 연구와 현실의 정치투쟁을 결부하여 진행하였는데, 1942년에는 연극 『굴원』을 창작하여 산간도시 중경을 떠들썩하게 하였는데 그야말로 수백만의 사람들이 모두 거리로 몰려나와 골목이 텅 비고 향내 나는 풀과 악취 나는 풀을 구분할 줄 알게 되는 성황을 이루었다.

문일다는 학생들로부터 "얼굴부터 영혼의 깊은 곳까지 틀림없는 굴원이다."라는 평가를 받았다. 그는 굴원에 관하여 강연하기를 제일 즐겼다. 그는 늘 "이천 년이래 중국 사람들이 왜 그토록 굴원을 숭배하였는지 나는 이제야 그 이유를 알 것 같다. 그것은 바로 굴원은 인민의 시인이고 인민을 위하여 시를 창작하였으며 혼란한 정권에 반항하고 백성에게 충성하기 위하여 죽었기 때문이다."라고 말하였다. 1945년 문일다는 곤화昆華 중학교에서 연설할 때에 "「이소」의 성공은 작품의 예술적 성취에 있을 뿐만 아니라 정치성에도 있다. 아니, 정치적 성공이 심지어 예술적 성공을 초월하였다고 볼 수 있다."고 하였고 또 "만약 굴원의 「이소」가 그 당시 폭풍우 앞에서 질식하여 숨 쉬기조차 가빠 죽기만을 기다리는 초나라 백성들의 반항 정서를 불러일으켰다면 굴원의 죽음은 그러한 반항 정서를 폭발의 변두리까지 끌어올렸다."고 하였으며 "역사는 폭풍우의 시대가 필연코 오게 되어있음을 결정하였고 굴원은 이러한 시대의 '촉매' 작용을 일으켰다."고 하였다. 이러한 논술은 모두 당시 시국과 민심의 향배에 완전히 부합되는 것이었다. 여기에는 재미있는 에피소드가 있다. 1942년 2월 서남연합대학 중문학과 학생 정임천은 일찍이 문일다가 학생들의 성적을 평가할 때에 기담괴론을 즐겨듣는다는 소문을 듣고 굴원의 존재를 부정하는 보고서를 제출하였다. 문일다는 그 학생의 논점과 논거를 듣고 나서 "책은 많이 읽었으나 태도와 방법에는 문제가 존재하는군. …… 굴원이 존재하였다는 역사적 사실을 네가 부정할 수 있겠어? 굴원의 시편이 우리에게 얼마나 숭고한 애국 문학의 전통을 수립해주었는지를 잘 생각해보게. 또 수천 년간 민족의 자부심과 헌신정신을 격려해주어 우리로 하여금 지금까지 조국의 대지에서 생활하며 자기 문화의 주인으로서 세계 문명고국의 기적을 이루게 하였고, 우리가 오늘 피를 흘리며 투쟁하는 것도 굴원 정신의 존재를 증명하는 살아있는 증거인데 굴원의 존재를 부정한다면 항일 전쟁에 무슨 좋은 점이 있겠나? 학문을 한다는 건 자신을 나타내기 위한 것이 아니라 나라와 민족의 생존과 진보를 위하여 공헌하는 일이라는 걸 기억해두게!"라고 말하였다.[13] 후에 정임천은 과연 「굴원의 애국정신에 대한 분석」[14]이라는 논문을 써서 "애국정신은 굴원이 초나라 백성들의 강렬하고 자신감에 찬 민족 감정에 대한 계승과 발양"이고 "애국정신은 굴원으로 하여금 과감히 중원 문화의 진보 사상을 흡수하고 초나라 정치를 혁신하도록 하였으며", "애국정신은 굴원으로 하여금 초나라 민간문학을 크게 발전시키고 낭만적 시가의 새로운 풍격을 창조하도록 촉구하였고", "애국정신은 남북 문화 사상을 융합하여 수천 년간 시인들의 본보기가 되었다."는 관점을 피력하였다.

 ## 4 굴원의 '애국주의'에 대한 논쟁

1) 양공기를 둘러싼 학술논쟁

굴원이 애국시인인가 아닌가에 관한 문제는 20세기 50년대와 60년대 전기에 학계에서 이미 기본적으로 일치된 견해를 보였지만, 오로지 양공기楊公驥, 1921~1989만이 다른 견해를 제기하였다. 그는 『중국문학』(제1분책) 제4부 제1장 「전국시대의 사회상황과 사회특징」에서 "진나라는 7개 제후국의 지주 세력과 그들의 요구를 대표하는 나라"라고 강조하면

13) 聞黎明·侯菊坤,『聞一多年譜長編』, 湖北人民出版社, 1994, 630~631쪽.
14) 鄭臨川, 「屈原愛國精神試析」,『黃石師院學報』1984년 제4호.

서 "진나라의 정치와 경제 제도는 역사적인 진보성을 띠고 있으며 당시 사회발전의 추세를 보여주고 있다.", "진나라의 중국 통일은 중국 역사상 획기적인 의의를 가지고 있다. 어떤 사람들은 진나라를 침략 국가로 보고 초나라, 조나라 등의 6개국을 피침략 국가로 보며 진나라의 중국 통일은 우연히 발생한 불행한 사건이고 죄악의 산물이라고 보는데 이는 극히 착오적인 반역사주의 관점으로서 협애한 국가주의 관점을 역사학에서 운용한 것이다. 전국시대는 민족이 아직 형성되지 않았고 소위 열국 병립은 일정한 역사 발전 단계에서 나타났던 봉건 영주의 할거 상태일 뿐이다."라고 주장하였다.15) 양공기의 다른 한편의 논문 「초나라의 신화·역사·사회 성격과 굴원의 생애에 대하여 말하다」16)는 『중국문학』 제1책의 1980년 5월 수정판의 부록에 첨부되었다.

70년대까지 굴원의 애국주의에 관한 연구와 논쟁은 대체로 다음과 같은 몇 가지 단계를 거쳤다.

첫 번째 단계에서의 논쟁의 초점은 굴원이 '법가시인法家詩人'인가 아니면 '애국시인'인가 하는 문제에 집중되었다. 중국의 문화대혁명 시기에 '사인방'17)은 굴원을 '법가혁신자', '법가시인'이라 불렀다. 문화대혁명이 끝난 후에 '사인방'의 이러한 관점을 반박하기 위하여 '법가시인'설을 부정하였고 학계에서는 굴원이 법가시인이 아니라 애국시인임을 거듭 강조하였다. 그 대표작으로는 육영품陸永品의 「애국시인 굴원을 논하다論愛國詩人屈原」(『파여립破與立』 1978년 제3호)와 고범高帆의 「'굴원이 진나라를 동경함' 학설에 대한 질의屈原向往秦國說質疑」(『복건사대학보福建師大學

---

15) 楊公驥, 『中國文學』(第一分冊), 吉林人民出版社, 1957.

16) 楊公驥, 「漫談楚的神話·歷史·社會性質和屈原生平」, 『吉林師大學報』 1959년 제4호.

17) 역자주 - 사인방四人帮은 중국의 문화대혁명 기간 동안 권력을 휘두르던 4명의 공산당 지도자인 모택동의 부인 강청江青, 정치국 위원 여문원姚文元, 부주석 왕홍문王洪文, 국무원 부총리 장춘교張春橋를 가리킨다. 모택동이 사망한 후 4인방이 체포되면서 문화대혁명이 막을 내렸다.

報』1979년 제4호)가 있다. 심지어 그 당시 어지러운 국면을 바로잡기 위하여 굴원의 애국주의 의미와 수준을 과대평가하는 현상이 나타나기도 하였다. 예를 들면 고역생顧易生은 「이소」의 끝부분에 나오는 서방 극락 세계를 향하여 떠나는 장면은 "바로 굴원이 오랫동안 머릿속에서 그렸던 서부를 정벌하여 멀고 거친 땅을 정복하려는 거창한 계획의 승화이다."라고 하였다.[18]

두 번째 단계에서는 굴원이 애국시인임을 인정하는 전제하에 '극단'적인 방법으로 '극단'을 비평하는 '투쟁' 형식을 반성하기 시작하고 굴원의 애국주의에 대한 연구의 '방법론' 문제를 제기하였다. 이 시기 토론의 초점은 굴원의 애국주의의 '한계성' 존재 여부였다. 일부 학자들은 굴원의 애국주의를 긍정하는 전제하에 굴원의 애국주의의 한계성에 대하여 비평을 가하였다. 설계달薛啓達과 장지중張之中은 굴원의 조국에 대한 개념은 "협애성과 보수성이 진보성보다 더 많다."고 하면서 굴원은 "시대의 조류나 추세를 파악하지 못한 애국자이며 또한 공상밖에 할 줄 모르는 무능력한 정치가"라고 하였다.[19] 이에 대하여 진덕흥秦德興은 다른 견해를 제기하였다.[20]

세 번째 단계에서는 양공기의 관점을 둘러싸고 토론을 벌였다. 즉 굴원의 애국주의는 긍정할만한 가치가 있느냐 하는 문제였다. 1982년 호북성에서 열린 굴원학술대회에서 한 학자는 양공기의 관점을 다시 한번 강조하면서 굴원이 당시 전력을 다하여 초나라를 수호하고 진나라에 저항하여 나선 것은 역사의 흐름에 맞서는 행위이며 협애한 지방주의이기에 지나친 긍정과 선전은 적당하지 않다고 하였다. 유금명劉金明은 굴

---

18) 顧易生, 「屈原的愛國主義精神試論」, 『文學遺産』 增刊, 第十四輯, 中華書局, 1982.
19) 薛啓達・張之中, 「談屈原的愛國主義」, 『山西師院學報』 1985년 제1호.
20) 秦德興, 「也論屈原的愛國主義—兼同薛啓達・張之中二同志商権」, 『山西師院學報』 1985년 제4호.

원의 '훌륭한 정치'이상과 애국주의 정신은 사회 발전을 추진하는 진보성을 가지고 있지 않기에 긍정하고 찬양할만한 것이 못된다고 하였다.[21] 양공기의 제자 곽걸郭杰도 스승의 주장을 재차 강조하면서 "선진시기의 초나라는 종법제도가 천하를 다스리는 봉건 할거상태에 처하여 있었기에 굴원에게 있어 초나라는 현대적 의미의 조국이 아니라 그저 동성의 종국宗國에 불과하며 굴원의 시대에 '애국주의'와 같은 사회와 역사를 초월하는 개념이 형성되었을 리가 없다. 굴원이 갖은 고난을 겪으면서도, 심지어 죽음으로 순국하면서도 끝내 초나라를 떠나지 않은 것은 강렬한 종국의식에 의하여 결정된 것이며, '훌륭한 정치' 이상의 환멸과 밀접한 내적 연관이 있다."고 주장하였다.[22] 소위 종국의식이란 동성 귀족이 자신의 종국에 대한 뿌리 깊은 특별한 의존성 및 슬픔과 기쁨을 함께 하고 영예와 치욕을 함께 하는 책임감을 이르는 말이라고 하였다.

이에 학계의 많은 학자들은 굴원의 애국주의에 대한 부정과 비판은 모두 양공기의 논점과 관련된다고 여기고 비판의 화살을 양공기에게로 돌렸다. 처음에는 굴원이 애국 시인임을 주장하며 양씨의 주장을 완곡하게 반박하였다. 예를 들면 온홍륭溫洪隆의 「굴원애국론屈原愛國論」(『화중사원학보華中師院學報』 1979년 제2호), 대지균의 「굴원의 애국사상에 관한 몇 가지 문제關於屈原愛國思想的幾個問題」(『북방논총北方論叢』 1981년 제2기) 등이 있다. 그 후에는 정면적인 논술을 통하여 양씨의 논점을 직접적으로 비판하기 시작하였다. 예를 들면 강서각의 「인민의 시인 굴원의 애국주의 사상人民詩人屈原的愛國主義思想」이라는 글의 네 번째 부분에서 "굴원의 애국사상은 역사의 발전에 어긋나는 것인가?"라고 하였다.[23] 또

---

21) 劉金明, 「對屈原愛國主義的再認識」, 『寧夏大學學報』 1988년 제4호; 『綏化師專學報』 1988년 제4호.

22) 郭杰, 「先秦國家觀念與屈原的宗國意識」, 『東北師大學報』 1989년 제4호.

23) 姜書閣, 「人民詩人屈原的愛國主義思想」, 『屈原研究論集』, 長江文藝出版社, 1984,

원핑헌袁宏軒과 두해寶楷의 「굴원의 애국주의 사상 연구屈原愛國主義思想散論」(『산서사원학보山西師院學報』1983년 제1호)도 이에 속하는 논문이다. 그 후의 비판에서는 또 양공기의 논점이 근원과 출처임을 지적하기 시작하였다. 이증림李增林과 공세준龔世俊은 겉으로는 유금명과 의견을 나누는 것처럼 하였지만 사실은 양공기를 비판의 대상으로 삼았다. "사실 이 관점은 50년대 말에 처음으로 나타났다."고 하면서 양공기의 「초나라의 신화, 역사, 사회 성격과 굴원의 생애에 대하여 말하다」라는 글을 지목하였다.[24] 이후에는 직접적으로 양공기의 논점을 반박하는 논문이 발표되었다. 예를 들면 맹쌍전孟雙全은 "초나라는 독립 국가이지 봉건 할거세력이 아니며 초나라와 진나라의 전쟁은 침략과 피침략의 관계이며 굴원은 바로 진나라에 의하여 침략당한 초나라에서 생활하고 있었다. 애국주의는 '중국'에만 존재하는 것이 아니며 초나라에도 있었다. 굴원이 진나라를 반대한 것은 합리성을 가지고 있으며 결코 '회왕에 충성하고 호북을 옹호하는 몰락한 영주가 섬서의 신흥지주를 공격'한 것이 아니다."라고 주장하였다.[25]

2) 조대중을 둘러싼 학술논쟁

조대중曹大中은 굴원의 애국주의에 대한 연구 논문을 8편 발표하였다. 1982년 단오절에 호남성에서 개최된 제1회 굴원학술대회에서 조대중은 「굴원 시가의 애국주의를 논함論屈原詩歌的愛國主義」이라는 발표문을 제출

1~18쪽.
24) 李增林・龔世俊, 「對屈原愛國思想的再認識—兼與劉金明同志商榷」, 『寧夏大學學報』1989년 제1호.
25) 孟雙全, 「怎樣歷史地看待屈原—兼評楊公驥先生的有關論述」, 『河北師範大學學報』1988년 제4호.

하였다. 발표문에서 그는 굴원이 죽음을 불사하면서도 끝내 자신의 조국을 떠나지 않은 것은 동성의 군왕과 밀접한 관계가 있기 때문이며, 굴원의 동성 군왕에게 충성하는 사상 감정, 군주를 보좌하여 강대한 초나라를 건설하고 매국 역적과 투쟁하는 정신, 백성을 사랑하고 백성의 질고를 동정하는 감정 등의 세 가지 감정이 서로 융합되어 굴원 애국주의 사상의 심오하고도 복잡한 내용을 구성하고 있다고 하였다. 그러나 대회 발표에서 조대중은 또 선진시기에는 애국이라는 정치도덕관념이 아직 형성되지 않았으며 굴원의 주체의식 속에는 애국이란 관념이 존재하지 않는다고 말하였다. 학술대회 이후 그는 발표문을 수정하여 「굴원 — 애국 관념이 없는 위대한 애국시인屈原—沒有愛國觀念的偉大愛國詩人」이라는 논문을 발표하였다. 이 논문에서 그는 굴원의 정치 행위는 애국이라는 동기에서 발생한 것이 아니지만 굴원과 그의 작품은 '객관적'으로 애국주의를 가지고 있다고 하였다. 이 논문은 『호남사원학보湖南師院學報』(1983년 제4호)에 게재되었는데 편집부에서 논문의 제목을 「굴원 — 애국시인'에 대한 나의 견해'屈原—愛國詩人'之我見」로 고치고 굴원 및 그의 작품이 '객관'적으로 애국주의를 가지고 있다는 이 중요한 관점을 삭제해 버렸다. 이에 조씨는 선후로 1985년 호남성 굴원학회 설립대회와 1985년 중국굴원학회 설립대회에서 거듭 자신의 관점을 피력하였다. 즉 "굴원은 애국적 정치도덕관념을 가지고 있지 않은 위대한 애국주의 시인이며", "굴원은 애국적 정치도덕관념을 가지고 있지 않은 위대한 애국주의 시인에 불과하다.", "굴원은 애국주의 사상을 가지고 있지 않은 '애국시인'이다."라고 하였다. 조씨의 논문 한편과 세 번의 발표는 학계의 격렬한 토론을 불러일으켰다. 그의 관점을 직접적으로 비판한 논문으로는 다음 몇 편이 있다.

1. 진덕흥秦德興, 「애국, 충군과 종족관념 — 조대중 동지와 굴원의 애

국 관념 유무에 대하여 변론하다愛國, 忠君和宗族觀念 — 同曹大中同志辯
屈原有無愛國觀念」, 『산서사대학보山西師大學報』 1987년 제3호.

2. 하명신何明新, 「굴원은 군주에게만 충성하고 나라는 사랑하지 않았
는가? — 조대중 동지와 논의하다屈原只忠君不愛國嗎—與曹大中同志商榷」,
『사천사대학보四川師大學報』 1986년 제1호.

3. 호아원胡亞元, 「남녀의 사랑 및 관과 모자 — 굴원의 애국시인 여부
논쟁에 관한 소견兒女之情及冠和帽子—對屈原是否愛國詩人論爭之管見」, 『선
산학보船山學報』 1987년 특집호. 이 글에서 직접 조대중을 지명하여
논의한다고 밝혔다.

4. 오대방吳代芳, 「굴원의 애국사상과 기타에 관하여 — 조대중 동지와
논의하다關於屈原的愛國思想及其他—與曹大中同志商榷」, 『귀주문사총간
貴州文史叢刊』 1985년 제1호.

5. 유미숭劉美菘, 「굴원의 애국주의 정신은 영원하리라 — 겸하여 조대
중 동지와 논의하다屈原的愛國主義精神長存—兼與曹大中同志商榷」, 『상
담사전학보湘潭師專學報』 1984년 제2호.

6. 광진화鄭振華, 「굴원의 애국사상 논략 — 겸하여 '굴원 — 애국시인
에 대한 나의 견해'의 작가와 논의하다屈原愛國思想論略—兼和〈屈原—愛
國詩人之我見〉的作者商榷」, 『교여학敎與學』 1984년 제2호.

7. 광진화鄭振華, 「굴원의 애국사상에 대하여 논함屈原愛國思想淺議」, 『상
담사전학보湘潭師專學報』 1984년 제2호.

8. 뇌경익雷慶翼, 「선진시기의 애국사상 및 굴원의 애국주의 정신 —
조대중 동지와 논의하다先秦的愛國思想及屈原的愛國主義精神—兼與曹大
中同志商榷」, 『형양사전학보衡陽師專學報』 1984년 제5호.

9. 이사금李師金, 「선진시기에는 애국 관념이 있었다先秦時代有愛國觀念」,
『호남사원학보湖南師院學報』 1984년 제5호.

10. 유미숭劉美菘, 「굴원이 죽어도 초나라를 떠나지 않았던 동기에 대

하여析屈原至死不離楚國的動機」, 『호남사원학보湖南師院學報』 1984년 제5호.

11. 뇌경익雷慶翼, 「제후국은 곧 국가이다諸侯國卽國家」, 『호남사원학보湖南師院學報』 1984년 제5호.

12. 강경백江慶柏, 「굴원의 애국사상을 고립적으로 평가하지 말자不要孤立地評價屈原的愛國思想」, 『호남사대학보湖南師大學報』 1985년 제3호.

13. 오대방吳代芳, 「선진시기와 굴원의 애국사상 문제를 논함 — 조대중 동지와 논의하다也談先秦時代和屈原的愛國思想問題—和曹大中同志商榷」, 『침주사전학보郴州師專學報』 1984년 제1호.

14. 광진화鄺振華, 「굴원 애국사상 약론 — 겸하여 '굴원 — 애국시인에 대한 나의 견해'의 저자와 논의하다屈原愛國思想略論—兼和〈屈原—愛國詩人之我見〉的作者商榷」, 『악양사전학보岳陽師專學報』 1985년 제3호.

15. 요화진廖化津, 「굴원 애국사상 총론 — 겸하여 조대중 선생 등 굴원의 애국사상 부정논에 대하여 평론하다屈原愛國思想綜論—兼評曹大中先生等屈原愛國思想否定論」, (학술대회 발표문, 미게재)

16. 장경리張慶利, 「근래 굴원 애국주의 사상문제에 대한 쟁명關於近年來屈原愛國主義思想問題的爭鳴」, 『수화사전학보綏化師專學報』 1988년 제4호.

조대중을 비판한 논문들을 살펴보면 다음과 같은 점들을 발견할 수 있다. 첫째, 논문의 저자들은 거의 초사 연구의 전문가가 아니다. 둘째, 일부 논문들은 한편의 동일한 논문을 제목만 바꾼다든가 제목의 몇 글자만 수정한 채 여러 학회지에 중복 게재하였다. 셋째, 이 논문들이 게재된 학회지는 권위적인 학회지가 아니다. 넷째, 어떤 논문들은 감정적으로 대응하여 분노를 표현한 것으로서 글쓰기 방법에 신경을 쓰지 않았고 어떤 논문의 제목은 함축적이지 못하다. 이러한 현상들을 살펴볼 때 조대중의 관점에 대하여 학계의 유명한 학자들과 학회지는 비교적 냉정하고 이성적인 반응을 보이고 있음을 알 수 있다. 아마도 심도 있고 수준 높은 전문가들은 자신들의 의견을 한창 준비 중에 있을 것이다. 조대중은 이러한 비판의 글들에 대처하기 위하여 다음과 같은 5편의 논문을 또 발표하였다.

1. 「굴원 ― 애국시인에 대한 나의 견해'를 재론再談"屈原―愛國詩人"之我見」, 『교여학敎與學』 1987년 제1호.
2. 「굴원 ― 애국시인에 대한 나의 견해'를 삼론 ― 뇌경익 동지에게 답하다三談"屈原―愛國詩人"之我見―答雷慶翼同志」, 『형양사전학보衡陽師專學報』 1985년 제3호.
3. 「오자서 사건으로부터 굴원의 애국주의 관념의 유무를 살펴보다從伍子胥事件看屈原愛國觀念的有無」, 『사회과학전선社會科學戰線』 1985년 제4호.
4. 「선진시기에는 애국관이 없었음을 논함 ― 오대방 동지에게 답하다論先秦無愛國觀―答吳代芳同志」, 『귀주문총간貴州文叢刊』 1985년 제3호.
5. 「굴원의 애국주의 관념 문제에 대하여 광진화 동지에게 답하는 글關於屈原愛國觀念問題答鄺振華同志」, 『교여학敎與學』 1985년 제1호.

조대중의 주장에 따르면 선진시기에는 애국이라는 도덕관념이 형성될 토대가 마련되어 있지 않으며 상고시대로부터 전국시대까지에 이르는 모든 성현들의 행위는 애국도덕 관념의 속박을 받지 않았으며, 모든 선진시기 사상가들은 '애국'이라는 도덕관념에 대하여 언급하거나 논술한 적이 없으며, '애국'이란 단어와 개념은 선진시기의 고서에서 거의 찾아볼 수 없으며 오로지 『전국책』에 한번 나온 적이 있으며, 굴원의 작품에는 '애국'에 대한 언급이 전혀 없다는 것이다. 이에 그는 "굴원이 죽어도 초나라를 떠나지 않고 스스로 강에 뛰어들어 인생을 마감한 것은 애국의 동기에서 일어난 행위가 아니라 초회왕의 신하였고 왕실과의 혈연관계가 있었기 때문이다."라고 결론을 내렸다.

조대중의 주장은 고립되지 않았고 그와 같은 입장에 선 학자들도 있었다. 섭유명葉幼明은 「굴원의 애국주의 사상에 대한 이의」[26]라는 글에서 굴원은 애국시인이 아니라고 주장하였다. 유육경劉毓慶도 「굴원의 '애국주의' 문제에 대한 새로운 검토 — '애국시인' 굴원에 대한 질의」[27]에서 중국 고대의 진정한 애국주의 정신은 외세의 침략에 저항하는 민족전쟁 과정에서 나타나는 것이지 봉건 할거세력의 혼전 속에서 나타나지는 않는다고 하면서 "춘추시대에는 정의를 위한 전쟁이 없고" 전국시대 열강들의 겸병전도 '의義'가 없기에 초나라의 충신인 굴원을 애국자라고 할 수 없다고 주장하였다. 그 외에도 봉오창封伍昌의 「고대에 이른바 '국가'와 굴원의 '애국주의'」[28], 주달빈周達斌의 「굴원의 애국주의 사상의 국한성에 대하여 논함」[29] 등이 있다. 요대업姚大業은 「굴원이 애국시인이 아님에 대한 진일보 해석」에서 굴원이 끝까지 초나라에 남아있던 원인은 '애국'과는 무관하며 당시의 두 가지 제도와 관련이 있다고 주장하였다.[30] 숙통권宿通權은 「'애국', '계관'은 타당치 못하다 — 굴원 평가에 대한 약간의 이의」에서 세 가지 이유를 제기하였는데 즉 제후국의 지위, 진초秦楚 전쟁의 성격, 굴원의 주요사상(깊은 충군 관념, 도도하고 강한 개성, 고국에 대한 깊은 감정) 등을 거론하였다.[31] 탁세명卓世明은 「애국시인을 온 세

26) 葉幼明, 「屈原愛國思想的異議」, 『北方論叢』 第3輯 『楚辭研究』, 1983.
27) 劉毓慶, 「關於屈原'愛國主義'問題的重新探討—屈原'愛國主義'詩人質疑」, 1985年 中國屈原學會成立大會論文集 『楚辭研究』, 齊魯書社, 1988.
28) 封伍昌, 「古代所謂'國家'與屈原的'愛國主義'」, 『湖南師大學報』 1985년 제3호.
29) 周達斌, 「論屈原愛國主義思想之局限性」, 『襄陽師專學報』 1987년 제1호.
30) 姚大業, 「爲屈原不是愛國詩人進一解」, 中國屈原學會第4屆年會論文, 1990.
31) 宿通權, 「'愛國', '桂冠'不甚宜—對屈原評價的一點異議」, 『書刊導報』 1986년 2월 27

상이 칭송하다 ― 굴원의 평가문제를 논함」이라는 논문을 써서 숙통권과 논쟁에 나섰다.[32) 진동방陳同方은 「애국투사인가 아니면 실의에 젖은 충신인가? ― 굴원 연구 의문」에서 굴원은 애국자가 아니고 우매한 충신에 불과하며 "전국시대에 국가를 대표할 만한 것은 오로지 주왕조 밖에 없다. 초나라는 단지 하나의 제후국일 뿐이다.", "굴원은 초나라에 충성하고 진나라에 대항하였다. 그의 애국이란 오로지 초나라의 입장에서 출발한 것이고 그가 사랑한 것은 작은 초나라일 뿐이다.", "그가 사랑한 것은 초나라의 종국과 왕실이다.", "초나라는 결국 바로 그의 집이다. 그가 초왕에게 충성하는 것은 종족 이익과 가문의 이익 때문이기에 그는 자연히 초왕의 가장 충실한 농신弄臣이 되었다." 등의 주장을 제기하였다.[33)

진동방의 논문과 같은 소위 '의문'과 '창신' 즉 이성理性이 결여되고 개념을 바꾼 억지스러운 '모욕'은 향후에도 간간이 나타나겠지만 많지는 않을 것이며 학계의 관심과 비평을 받을만하지도 못할 것이라고 생각한다. 일부 간행물에 이러한 논문을 게재하는 것은 한편으로는 호기심 때문이고 한편으로는 학문 연구에 대한 기본적인 이해마저 없는 자세라고 볼 수 있다.

5 굴원의 '애국주의' 논쟁에 대한 반성과 심화

양공기, 조대중을 대표로 하는 '굴원의 애국주의 부정론, 한계론'이 끊임없이 나오고 학계에서 약 40년간 논쟁하여 왔기에 이 문제는 초사 연

일 제2면.
32) 卓世明, 「愛國詩人擧世頌―也談屈原評價問題」, 『書刊導報』 1986년 4월 10일 제2면.
33) 陳同方, 「是愛國鬪士, 還是失意的忠臣―屈原研究獻疑」, 『居巢學刊』 1995년 제1호.

구 중에서도 학계의 논쟁을 불러일으키는 초점이 되었다. 강서각姜書閣, 장지악張之岳, 유조남劉操南, 원매袁梅, 채정천蔡靖泉, 장굉홍張宏洪, 강립중 江立中, 주동휘周東暉, 왕홍달王弘達, 향일존向一尊, 이사청李莎靑, 정임천鄭 臨川, 이금석李金錫 등의 적지 않은 학자들이 이 문제에 대하여 사색하고 이 방면의 연구 논문들을 발표하여 이 문제에 대한 더욱 심층적인 연구 를 추진하였다. 이들 외에 중요한 논문 몇 편을 더 소개해보기로 한다.

　장정명張正明은 「굴원 애국사상 시론」[34]이라는 논문에서 다음과 같은 주장을 제기하였다. 주왕조 시기에 굴원을 포함한 사람들이 사랑한 국가 는 세 가지를 포함한다. 첫째는 자기가 태어난 나라 즉 '향국鄕國'을 말한 다. 둘째는 자기가 거주하는 나라 혹은 벼슬하는 나라 즉 '군국君國'을 말한다. 셋째는 신화 계보를 이루는 조상의 나라 즉 '조국祖國'을 말한다. 당시 초나라는 오랑캐와 중국을 섞어서 하나로 보는 민족 전통을 가지고 있었으며 향국을 사랑하고 군국에 충성하는 전통 정신을 가지고 있었다. 굴원의 애국 사상의 역사적 특징은 첫째는 향국에 대한 사랑과 군국에 대한 사랑 및 조국에 대한 사랑의 통일이고, 둘째는 애국과 백성을 구휼 하는 것의 통일이고, 셋째는 애국과 올바른 도를 지키는 것의 통일이다.

　동초평董楚平, 1934~ 은 「굴원의 죽음으로부터 그의 애국·인격·기질을 담론하다 ― 굴원의 개성 연구」[35]라는 논문에서 굴원이 초나라를 떠나지 않으려 하였던 원인은 첫째, 그는 다정다감한 시인 기질이 있으며, 향국에 대한 정이 너무나 깊었기 때문이고, 둘째, 인격의 완벽함을 지키고 다른 나라도 똑같이 자신을 용납하기 힘들 것이니 가도 무익하리라 판단하였 기 때문이라고 하였다. 동초평은 향국의 정이란 누구에게나 있는 것이지 만 사람마다 그 정도가 다르며 굴원의 향국의 정이 유난히 깊은 것은

34)　張正明, 「屈原愛國思想試析」, 『江漢論壇』 1986년 제3호.
35)　董楚平, 「從屈原之死談到他的愛國·人格·氣質 ― 屈原個性硏究」, 『中國社會科學』 1989년 제1호.

감정을 중히 여기고 공리를 가볍게 여기는 시인 기질과 연관이 있으며 굴원이 시인으로서의 동심童心과 연인으로서의 열성熱誠으로 초나라를 껴안았다고 보았다. 그러나 곡덕래는 동초평의 이러한 관점에 동의하지 않았다. 곡덕래는 「굴원의 '향국의 정'과 기질과 인격에 대한 신론」[36]라는 논문에서 굴원의 기질을 "감정을 중히 여기고 공리를 가볍게 여긴다."고 개괄한 것은 사실과 맞지 않는다고 하였다. 굴원은 우선 정치가, 사회 활동가로서의 기질을 가지고 있으며 굴원은 공리에 대한 추구가 매우 강하였으며 일생동안 사업과 명성에 집착하였던 인물이고, 그의 죽음은 훌륭한 정치가 실행되기 어렵고 명성을 떨치기도 힘들어졌기에 생긴 결과이며, 굴원은 종법제도와 혈연종법 관념이 아주 강하였으며 "자신의 혈연과 가문을 영광으로 여겼기에 머릿속에 깊이 뿌리박힌 미련과 책임감 때문에 죽을 때까지 고국을 떠나지 않았던 것"이라고 주장하였다.

조패림趙沛霖, 1938~ 은 그의 저서 『굴부연구논형屈賦研究論衡』의 제1부 「생애연구」의 제6장 「굴원의 애국정신에 관하여」[37]에서 다음과 같이 주장하였다. 사마천이 이해한 굴원 정신의 세 가지 내용이 이후 굴원 정신 연구의 세 가지 경향을 이루었는데 바로 애국, 충군, 애원哀怨이다. 송대의 성리학은 굴원의 충군 사상만 강조하고 애국 사상을 소홀히 하여 굴원정신의 도덕화를 초래하였다. 명청 시기의 민주주의 사상은 굴원의 애국정신을 극히 강조했다. '5.4운동' 이후 문일다와 곽말약을 대표로 하는 학자들은 굴원의 애국정신을 매우 긍정하고 굴원의 애국정신의 구체적 내용까지 분석하였지만 일련의 논쟁도 불러 일으켰다.

조패림의 이 글의 창의성은 바로 중국 역사상 존재한 애국주의와 애국정신의 세 가지 형태를 귀납해냈다는 점에 있다. 즉 첫째, 근대 역사에서

36) 曲德來, 「屈原的'鄕國之情'·氣質和人格新論」, 『社會科學輯刊』 1998년 제4호.
37) 趙沛霖, 『屈賦研究論衡』, 天津敎育出版社, 1993.

중화민족이 서방열강의 침략자와 투쟁하는 속에서 형성된 애국정신; 둘째, 봉건시기에 중화민족의 각 민족 간의 투쟁 속에서 나타난 애국정신; 셋째, 노예제 사회에서 중화민족의 각 씨족 집단사이의 투쟁 속에서 나타난 애국정신이다. 이 세 가지 애국정신은 서로 다른 역사적 단계에서 나타났고 각각의 다른 특징과 내용을 갖고 있으며 역사발전의 선명한 종적 계보를 이루고 있다.

곽유삼郭維森, 1931~ 은 『굴원평전屈原評傳』 제5장 「굴원 작품의 사상 의미와 심미 추구屈原作品的思想意義與審美追求」의 제6절 「애국사상의 시대적 내용愛國思想的時代內容」[38)에서 굴원의 애국을 부정하는 세 가지 이유를 열거하였다. 첫째, 각 제후국은 지방 할거정권에 불과하다. 둘째, 굴원은 초나라를 위하여 제나라와 연맹하여 진나라에 저항할 것을 주장하였는데 이는 통일의 흐름을 저애한 것으로 협애한 종족 의식에 불과하다. 셋째, 전국시대에 인재의 교류가 활발하였고 선비들은 열국을 두루 다니며 자신의 능력을 인정해주는 군주만 있으면 어디든지 달려가는 현상이 매우 보편적이었는데 굴원이 죽어도 초나라를 떠나지 않은 것은 보수적인 종법 사상 때문이다. 곽유삼은 '애국주의'는 시대적 특징을 벗어날 수 없으며 여러 가지 표현 형식을 가지고 있다고 보았다. 그러나 만약 그것을 하나의 정신과 감정으로 본다면 복잡하게 범주를 확정할 필요가 없다고 하였다. 굴원의 애국 사상은 우연한 것이 아니고 일종의 예외도 아니며 그 당시의 시대적 배경과 밀접한 연관이 있으며 시대적 특징을 표현한 것이다. 춘추시대에 제후국간에 모순이 발생하더라도 일반 백성들의 마음속에도 나라를 보위하려는 의식과 애국 관념이 상당히 강렬하였다. 공자는 왕기汪踦가 "능히 방패와 창을 잡고 나라를 보위하였다.能執干戈, 以衛社稷."라고 칭찬하였다. '사직社稷'이란 '국가'를 이르는 말

---

38) 郭維森, 『屈原評傳』, 南京大學出版社, 1999.

로서 당시 사람들은 제후국도 공식적인 나라로 인정하였고 그것을 보위하는 것을 일종의 애국 행위로 생각하였음을 알 수 있다. 고국을 잊지 않는다는 것은 일종의 숭고한 지조이기도 하다. 전국시대에 역사의 흐름은 통일로 향하여 흐르고 있었지만 역사발전 과정에서 자신의 나라를 사랑하는 것은 뜻있는 선비들의 행위 준칙이었다.

춘추전국시대에는 애국 관념이 존재하였으며 감동적인 애국 사적도 많았다. 그러나 역사 기록에는 또 적지 않은 모순적인 사례도 볼 수 있는데 마치 그 당시 사람들에게 국가라는 개념이 없는 것처럼 보이기도 한다. 춘추시대에 "초나라의 인재를 진나라에서 등용하고楚材晉用" 벼슬하지 않고 은거하는 처사들이 시국을 함부로 평론하였다. 전국시대에는 식객을 기르고 객경39) 제도를 실시하기까지 하였다. 책사策士들은 아침에는 진나라를 섬겼다가 저녁에는 초나라를 섬겼다 하고 객경은 자주 모국의 이익을 해쳤으며 제후국의 동성 귀족들도 다른 나라에 가는 현상이 많았다. 가장 전형적인 사례가 바로 오자서伍子胥의 고사와 평가문제이다. 사람들은 오자서의 비참한 처지를 동정하고 초평왕楚平王의 폭정을 통탄하였다. 그 당시 복수는 정의로운 행위로 여겨졌고 오자서가 가문을 위하여 복수하는 행위는 찬양을 받았다. 그리하여 그가 모국인 초나라에 충성하지 않은 점은 가볍게 넘어갔고 오랫동안 오나라의 중신으로 있으며 오나라의 이익을 위하여 죽음도 마다하지 않은 사실에 대하여 그 당시 사람들은 애국의 입장에서 칭송하였다.

이러한 문제에 대하여 곽유삼은 전국시대는 사회의 격변기로서 사회의식은 복잡한 양상을 보이고 있다고 하였다. 사람들의 가치취향, 시비 판단은 다양한 요소의 영향을 받으며 가치 관념의 다양성은 동일한 인물

---

39) 역자주－객경客卿 : 춘추전국시대에 다른 나라에서 와서 경상卿相의 높은 자리에 오른 사람을 가리킨다.

에 대한 평가 표준을 복잡하게 만든다고 하였다. 그는 "춘추전국시대에
는 나라를 위하여 헌신하는 어질고 뜻이 있는 사람이 있는가 하면 명예
와 이익의 추구를 인생의 목표로 하는 이기주의자도 있었다. 또 불가능
한 것을 뻔히 알면서도 적극 나서는 성도가 있는가 하면 모든 것을 부정
하고 세상을 등지고 사는 은자도 있었다. 사람들은 자기 나름대로 행동
하고 각종 학설로 자신의 행위의 정당성을 주장하려 하였다."고 하였다.
또 "칠웅40)이 서로 싸우고 처사가 시국을 함부로 평론하는 시대에 정치
무대에서 활약하는 이들은 대다수가 변덕스러운 책사들이었기에 애국주
의는 이미 물 건너갔다는 가상을 조성하였다."고 하였으며 "굴원은 전국
시대에 생활하였으며 그의 작품에는 여러 가지 인생태도와 인생 가치에
대한 쟁론이 반영하였다. 이러한 배경 속에 그는 열 번 죽어도 후회하지
않을 것이라는 애국적 격정을 나타냈다. 이것은 또한 굴원만이 가지고
있는 휘황찬란함이다."라고 하였다. 곽유삼은 굴원의 애국 사상은 시대
적 특징을 보여주고 있다고 하였다. 즉 고국과 고향에 대한 사랑, 백성에
대한 관심, 조국의 문화전통을 사랑하고 발전을 추진하였다는 점에서 나
타난다고 하였다.

　나만羅漫, 1956~ 은 「굴원의 방어형 애국정신의 현대적 가치와 세계적
의의—20세기 굴원 비평의 한 가지 이론적 난제를 새롭게 해석하다」41)
에서 다음과 같은 몇 가지 주장을 제기하였다. 첫째, '굴원 애국 부정론'
에 동의하는 학자들은 "선진시기에는 아직 애국 관념이 없다."는 것으로
굴원은 애국 시인이 아님을 증명하였는데 이는 논리상 애국의 전통성과
군체성을 고려하기는 하였지만 애국의 당면성과 개체성은 홀시하였다.

---

40) 역자주 - 칠웅七雄 : 전국 시대의 일곱 제후국. 즉 진秦·초楚·연燕·조趙·한韓·위魏
　·제齊를 가리킨다.
41) 羅漫, 「屈原自衛型愛國精神的現代價值與世界意義—新解二十世紀屈原批評的一
　個理論難題」, 『屈原硏究論集』, 湖北美術出版社, 1999.

둘째, '애국'이란 단어는 초회왕이 서주西周의 사신을 만나는 외교 현장에
서 처음 사용되었는데, 서주 군주의 '애국'은 자신의 봉토와 지위를 사랑
한 것이다. 굴원도 분명히 '애국자'이지만 '천하를 사랑하는' 자는 아니며
굴원의 '애국' 정신은 자각적이고 주동적이며 국가 내부의 간신과 투쟁하
고 외부의 침략에 저항하며 분함을 드러내어 속마음을 펼쳐 보이고 위험
에 직면해서도 두려워하지 않고 죽어도 후회하지 않는 정신을 특징으로
하는 자기 방어형 애국정신이다. 셋째, 선진시기의 '천하天下'와 '국國'은
두 개의 다른 정치 공간적 개념이다. '천하'의 중심이 이미 존재하지 않
고, 제후의 '국'이 완전히 독립하고, 공자와 맹자 같은 학자들이 더 이상
'주천자周天子'를 위하여 힘쓰는 것이 아니므로 굴원도 자연히 '천하' 개념
이 없는 '애국' 시인이 되었다. 넷째, 굴원의 애국은 통일 과정에서의 진
보적 행위이며 진시황의 6개국 통일은 통일 결과로서의 진보적 행위이
다. 굴원의 애국의 역사적 진보성과 진나라의 확장 결과의 역사적 진보
성을 긍정하는 것은 결코 모순되지 않는다. 왜냐하면 이는 서로 다른
역사적 단계, 서로 다른 역사적 조건을 전제로 하여 드러난 인류의 행위
와 가치관이기 때문이다. 다섯째, 굴원의 애국정신은 전형적인 자기 방
어형에 속하며 이러한 방어형 애국정신은 길이 전해질 수 있는 국제적
원칙이다.

　나민중羅敏中은 「춘추전국시대 애국의 두 가지 패턴과 굴원의 애국주
의」[42]라는 글에서 춘추전국시대에는 공자를 대표로 하는 '나라를 떠나
는 애국'과 굴원을 대표로 하는 '나라를 떠나지 않는 애국'이라는 두 가지
서로 다른 애국 행위와 애국 패턴이 존재하였으며 이것은 또 두 가지
서로 다른 문화적 배경을 대표한다고 하였다. 또한 '나라를 떠나는 애국'

---

42)　羅敏中, 「春秋戰國時代愛國的兩種模式與屈原的愛國主義」, 中國屈原學會第八屆
　　年會論文, 北京, 2000.

행위는 주왕실과 노나라 문화의 표현이고 '나라를 떠나지 않는 애국' 행위는 초나라 문화의 표현이라고 하였다.

6 굴원의 '애국주의'에 대한 연구의 성과와 난제

1) 개념 문제

굴원에 대하여 학계에서는 대체적으로 저자로 볼 때 '애국자', '애국시인'이라 할 수 있고 내용으로 볼 때 '애국사상' 혹은 '애국정신'이라 할 수 있다고 의견을 모으고 있다.

지금까지 굴원의 애국주의에 대하여 연구한 논문에서 제기한 개념으로는 '애국주의', '애국정신', '애국자', '애국시인', '애국주의정신', '애국사상', '애국주의사상', '애국관념', '애국도덕관념' 등의 아홉 가지가 있다. 이에 대해서는 다음의 몇 가지 문제점을 고려하여야 한다. 첫째, '애국주의'는 보편적으로 사용되는 넓은 의미의 개념으로서 이것으로 굴원에 대하여 연구를 진행하려면 우선 먼저 그것의 '의미'를 확정하여야 하고 시대와 역사, 주체와 영향 등의 요소를 명확하게 하여야 한다. 둘째, '애국주의정신', '애국주의사상'이라는 말은 '주의'라는 단어의 뒤에 '정신'과 '사상'을 덧붙여서 의미 중복의 혐의를 가지고 있으며 언어 표현 면에서도 정확하지 않다. 셋째, 신분과 작가라는 입장에서 볼 때 '애국자', '애국시인'이라는 개념을 사용할 수 있다. 넷째, 굴원의 사상에서 볼 때 '정신', '관념', '사상'이라는 말은 비교적 정확하기는 하지만 여전히 개념 확정이 필요하며 주관과 객관의 구별을 명확히 하여야 한다. 그래야 쟁점과 논쟁의 통일적 전제를 마련할 수 있다. 개념이 명확하지 않고 전제가 다른 논쟁은 학술적 가치와 의미가 없다.

2) 굴원의 애국사상에 대한 평가 문제

이 문제에 대하여 학계에서는 일부 공통된 인식을 가지게 되었다.

첫째, 만약 애국주의가 중국의 빛나는 전통임을 인정한다면 노예제 사회에 중화민족의 각 씨족 집단 사이의 투쟁 속에서 발생한 애국정신도 긍정하여야 한다.

둘째, 곽유삼의 주장처럼 전국시대는 사회의 격변기로서 사회의식은 복잡한 양상을 보이고 있다. 사람들의 가치 취향이나 시비 판단은 여러 가지 요소의 영향을 받는다. 가치 관념의 다양성은 동일 인물에 대한 평가 기준의 복잡성과 모순을 초래하였다. 그러나 이러한 복잡성은 굴원의 애국 사상에 대한 발굴과 긍정을 저해하지는 않는다.

셋째, 굴원은 조정에 벼슬하고 있는 종족 관념이 강한 귀족도 아니며 초나라만 사랑하고 '천하'는 마음속에 없는 속 좁은 사람도 아니다. 또 초나라를 떠나 다른 나라에 가려는 마음이 전혀 없던 것도 아니다. 그러나 굴원이 죽어서도 초나라를 떠나지 않은 행위는 실제행동으로 '부모의 고향을 사랑하는' 아름다운 감정을 강화하였다. 비록 이런 감정은 그 당시에는 아직 일종의 배타적이고 반드시 지켜야 하는 정치윤리도덕으로 승화되지는 않았지만 그의 이런 사상과 행위는 중화 민족의 가장 깊숙한 감정 ― 애국주의의 형성에 매우 큰 실천적 의미와 이론적 가치를 갖고 있다. 굴원은 '중화혼'이 되었고 역대 '애국지사의 본보기', 나라에 충성하고 나라의 재난과 맞서 싸우며 몸을 던져 순국하는 지사들의 '숭배자'가 되었다. 강량부는 "중화 민족의 소위 민족 기개는 유가의 영향보다 굴원의 영향을 훨씬 더 많이 받았다."고 하였다. 모경은 "굴원을 숭배하고 기념하는 것은 역대로 백성들과 지식인들의 자발적인 행위이다."라고 하였다.

넷째, 나만의 주장처럼 굴원의 애국은 통일 과정에서의 진보적 행위이며 진시황의 6개국 통일은 통일 결과로서의 진보적 행위이다. 굴원의 애국의 역사적 진보성과 진시황의 확장 결과의 역사적 진보성을 긍정하는 것은 결코 모순되지 않는다. 왜냐하면 이는 서로 다른 역사적 단계, 서로 다른 역사적 조건을 전제로 하여 나타난 인류의 행위와 가치관이기 때문이다.

3) 굴원의 애국주의 연구의 난제

굴원의 애국주의에 대한 냉철하고 이성적인 연구에 가장 영향을 준 요소는 바로 '초나라의 시각'과 '진나라의 시각'의 차이(공간 거리), '역사 의식'과 '현대 관념'의 차이(시간 거리)이다. 그리고 많은 학자들의 과도한 '찬양'과 문학사나 교과서의 '미화'도 정상적인 연구를 방해하고 논쟁을 유발하는 중요한 요소이다. 이외에도 다른 한 가지 이론적인 난제가 있다. 즉 역사적 변증법과 융통성 없는 태도 사이의 조절이다. 논쟁의 쌍방은 모두 자신이 진보적이고 객관적이며 변증법적이고 역사적인 시각에서 연구를 진행하였다고 주장하지만 독자들은 받아들이기가 어렵다. 이러한 문제 중의 어느 한 가지 문제, 어느 한 가지 전제나 조건에 다른 견해를 가지고 있다면 결과적으로 굴원의 애국 사상에 대한 천차만별의 인식의 차이를 초래하게 된다. 그러므로 연구를 함에 있어서 우리는 반드시 전반적인 것을 염두에 두어야 하고 대중에 영합하여 호감을 얻으려고 해서도 안된다. 그리고 지나치게 기이한 주장을 내세우지도 말아야 하고 전통을 계승하고 발전시켜야 하며 단장취의斷章取義하여 자기의 주장을 합리화하거나 고집해서도 안 된다.

2001년 10월 9일

제5장
굴원과 도연명의 진실 된 모습을 찾아서

❶ 처세는 다르지만 흉금은 같다

굴원과 도연명을 함께 연구하는 것에 관심이 생긴 것은 20세기 80년대 말기 『전원산곡全元散曲』·『전원사全元詞』·『원시선元詩選』(청淸·고사립顧嗣立)을 통독할 때였다. 이들 책 속에 가장 많이 나타나는 역사 인물은 '굴원'과 '도연명'이었고, 이 둘은 자주 서로 연결되어 나타났다. 굴원과 도연명을 함께 높이거나, 혹은 도연명을 긍정하고 굴원을 부정하였다. 다른 점이라면 굴원은 원대의 시詩와 사詞, 곡曲 등 세 가지 문체에서 나타나는 형상이 각각 달랐다. 산곡散曲에서는 풍자와 부정이 많았고, 사에서는 동정하기도 하고 풍자하기도 하였고, 시에서는 긍정하고 동정하였다.[1] 그러나 도연명은 원대 문학에서 매우 인기가 높았다. 원대의 시와 사, 곡에서는 이구동성으로 도연명을 찬양하고 긍정하였으며 흠모와 동경의 마음을 표현하였다. 뿐만 아니라 나타나는 횟수도 굴원보다 훨씬 많았다. 더욱 흥미로운 것은 가끔 굴원을 폄하고 부정하는 목적이 바로 도연명을 높이기 위해서였다. 예를 들면 동한시기 범강範康의 「기생초寄生草·음飮」에서는 다음과 같이 읊었다.

---

1) 周建忠, 「元代散曲'嘲諷屈原'通論」, 『中州學刊』 1989년 제3호.

늘 취한 후에야 비로소 방애됨이 없고	常醉後方何礙
취하지 않았을 때엔 무슨 재미가 있는가.	不醉時有甚思
공명 두 글자를 지게미로 절이고	糟醃兩個功名字
천고의 흥망사도 술 속에 담가버리고	醅淹千古興亡事
원대한 뜻도 누룩에 묻어버리자.	麵埋萬丈虹霓志
세상을 모르는 자들은 모두 굴원을 비웃고	不達時皆笑屈原非
지기들은 모두 도연명을 긍정하도다.	但知音盡說陶潛是

도연명이 원대 문학에서 남달리 칭송받는 현상은 고금의 문인들로 하여금 감탄케 한다. 원대 산곡에서 이치원李致遠의 「중려中呂·분접아粉蝶兒·의연명擬淵明」과 장가구張可久의 「선려仙呂·점강순點降唇·번귀거래사翻歸去來辭」는 도연명의 「귀거래혜사歸去來兮辭」를 모방하고 화용하였다. 오홍도吳弘道의 「남려南呂·금자경金字經」은 도연명을 직접 묘사하기도 하였다.

진나라 때의 도연명	晉時陶元亮
나라 경영할 재주를 가졌다고 자부하고	自負經濟才
팽택 현령 되는 것을 부끄러이 여겼네.	恥爲彭澤一縣宰
심었도다, 울타리를 에둘러 노란 국화꽃 피어나고	栽, 繞籬黃菊開
천년동안 전하도다	傳千載
귀거래사 부 한 편.	賦一篇歸去來

원대 우집虞集, 1272~1348의 사詞 「소무만蘇武慢」은 도연명의 「귀거래혜사」를 그대로 화용하였다.

귀거래혜	歸去來兮
어제는 틀렸고 오늘은 맞다네	昨非今是
쓸쓸히 홀로 슬퍼하니 무슨 말을 하리오.	惆悵獨悲奚語

헤매던 길은 멀지 않고 　　　　　　　　　　迷途未遠

새벽빛이 희미하게 비쳐오니 　　　　　　　　晨景熹微

나의 길을 인도하도다. 　　　　　　　　　　乃命導夫路

바람이 불고 배가 빠르니 　　　　　　　　　風飃舟輕

문 앞에서 기다리는 어린아이와 　　　　　　候門童稚

초라한 집이 이날에 바라보이네. 　　　　　此日載瞻衡宇

잔에 술이 넘치고 　　　　　　　　　　　　酒盈尊

마당길은 비록 황무해졌으나 　　　　　　　三徑雖荒

소나무와 국화는 여전하도다. 　　　　　　松菊宛然如故

유민중劉敏中, 1243~1318의 사「태상인太常引·억귀憶歸」에서는 다음과
같이 읊었다.

무궁한 먼지와 파도 　　　　　　　　　　無窮塵土與風濤

명과 이는 모두 부질없고 　　　　　　　名利兩徒勞

인끈을 푸는 것이 곧 자유로다. 　　　　解印便逍遙

헤아려 보건대 오직 　　　　　　　　　算只有

도연명이 제일 고명하도다. 　　　　　　淵明最高

이상에서 알 수 있는 바와 같이 도연명에 대한 이와 같은 추앙은 가히
극치에 달하였다고 할 수 있다.

원대 시에서 도연명을 읊고 숭상하는 현상은 더욱 다양해졌다. 직접
읊은 것으로는 방란方瀾의「연명淵明」, 송무宋無의「연명淵明」등이 있고,
도연명의 화상에 제시題詩를 한 것으로는 공사태貢師泰의「제연명소상題淵
明小像」, 정원호鄭元祜의「도정절상陶靖節像」등이 있다. 또한 대량의 제화
시題畵詩가 있는데 그 대상이 된 그림으로는「연명무송도淵明撫松圖」,「연명
귀거래도淵明歸去來圖」,「도연명귀흥도陶淵明歸興圖」,「도연명록주도陶淵明
漉酒圖」등이 있다. 또한 대량의 화도시和陶詩도 있는데「화연명빈사和淵

明貧士, 「속영빈사續詠貧士」, 「화도영형가和陶詠荊軻」 등이 있다. 이 외에도 집구集句가 있는데 유인劉因과 황진黃潛이 자주 도연명의 시구를 모아 시가 창작을 하였다.

원대에 '도연명' 붐이 일어난 것에는 이유가 있었다. 그것은 그 시대의 사조와 밀접한 연관이 있다. 원대 초기에 문인과 통치자 사이의 서로 다른 민족의식이 그 시대 문학발전의 방향을 결정하였다. 은일隱逸, 탄세嘆世, 방랑放浪, 종음縱飲, 영사詠史, 회고懷古 등의 소재는 문인들로 하여금 시대와 민족을 초월할 수 있게 하였으며 한 시대의 문학풍조를 이루게 하였다. 바로 시대, 심리, 소재 등의 원인이 도연명을 초점 인물로 만들었다. 도연명에 대한 사람들의 동경은 다양한 내용을 포함하고 있는데 인격과 은거가 가장 주된 내용이었다. 예를 들면 허형許衡, 1209~1281이 임종 시에 그의 아들에게 "나는 평생 헛된 명성에 얽매여 끝내 관직을 그만두지 못하였다. 죽은 후에는 시호를 청하여 비석을 세우지 않도록 신중하여라.我平生爲虛名所累, 竟不能辭官, 死後愼勿請諡立碑也."라고 말하였다고 한다.[2] 주목할 점은 사람들이 시에서 도연명을 칭송하고 동경하였지만 실제로 도연명처럼 행동하는 사람은 결국 소수라는 것이다. 도연명에게는 모방할 수 없는 점이 있다. 설앙부薛昻夫, 1267~1359의 「정궁正宮·새홍추塞鴻秋」에는 도연명의 개성과 특징 및 괴로움이 잘 표현되어 있다.

공명을 위하여 만리에서 제비처럼 바쁘니　　　　功名萬里忙如燕
사문의 맥을 잇는 것이 실처럼 가늘구나.　　　　斯文一脈微如線
세월은 촌음이라 번개같이 흘러가니　　　　　　光陰寸隙流如電
귀밑머리 흰머리만 비단 같구려.　　　　　　　風霜兩鬢白如練
관직에서 물러난다고 말들 하지만　　　　　　盡道便休官

---

2) 淸·顧嗣立, 『元詩選·魯齋集序』.

언제 숲에서 보았던가   林下何曾見

지금까지 팽택현만 외롭게 있도다.   至今寂寞彭澤縣

굴원과 도연명은 두 가지 인생 패턴을 대표하였다. 혹자는 재도문화載道文化와 한정문화閑情文化로 구별하였다. 일반 사대부들은 왕왕 굴원도 되지 못하고 도연명도 되지 못한다. 다만 굴원을 모방하여 세상의 불합리한 현상에 대하여 분개하고 증오하며 극도로 미워하면서 질책하지만 행동에 옮기지는 않았다. 또한 도연명을 따라 시나 읊조리며 스스로 고상한 척 하지만 실제로는 다른 의도가 있거나 시의 내용에서 멀리 벗어났다.

원대 문학에서 극소수의 이성적 사고를 하는 사람들만이 굴원과 도연명을 두 개의 높은 산봉우리로 여기고 그들을 모방하고 따라 하기에는 너무 어려우며 오직 탄복할 뿐이라고 여겼다. 99% 이상의 사람들은 모두 굴원 패턴을 등지고 벗어나서 도연명 패턴으로 돌아가고 긍정하였다.

시대적 요소를 제쳐놓고 원대 도연명 붐의 원인을 본다면 송대 소식에게로 거슬러 올라갈 수 있다. 소식의 추도시追陶詩, 화도시和陶詩는 109수에 달하며 전형적인 '추도족追陶族'이다. 그러나 해석하기 어려운 점은 소식은 또한 '추굴족追屈族'이기도 하다. 그는 "초사는 전무고인하고 후무금인하다.楚辭前無古, 後無今."고 하였으며 또 "내가 문장에 있어서 평생 사모하면서도 만분의 하나도 미치지 못하는 자는 오직 굴원 한 사람 뿐이다.吾文終其身企慕而不能及萬一者, 惟屈子一人耳."라고 하였다.[3] 그의 「굴원묘부」는 비통하고 감동적이다. "사람은 본디 한번 죽음이 있지만, 어떻게 죽을지 정하기 어렵도다.人固有一死兮, 處死之爲難."라고 하였고 또 "살아서 힘써 쟁취하고 강렬하게 간언할 수 없었지만, 죽어서라도 임금의 마음을

---

3) 明·蔣之翹, 『七十二家評楚辭』.

감동시켜 행동이 바뀌기를 기대하였네. 만일 조국이 뒤집어진다면, 나 어찌 홀로 오래 살기를 좋아하겠는가.生旣不能力爭而强諫兮, 死猶冀其感發而 改行. 苟宗國之顚覆兮, 吾亦獨何愛於久生."라고 읊었다.

더 위로 당대의 백거이白居易, 772~846에게까지 거슬러 올라갈 수 있다. 그는 「효도잠체시십육수效陶潛體詩十六首」가 있고 이 외에도 도연명을 언급한 시가 40수 더 있다. 그야말로 진정한 '추도족'이다. 그는 극구 굴원 패턴을 벗어나려고 하였다. 「영회詠懷」 시에서 "영균[4]은 이 명을 알지 못함을 웃노라, 강리 수풀가[5]에서 괴로이 읊조리노라.長笑靈均不知 命, 江蘺叢畔苦悲吟."라고 읊었고, 「영가온십운詠家醞十韻」에서 "옛 부터 홀로 깨어 있는 영균을 비웃었고, 지금은 늘 취해있는 백륜[6]을 배우노라. 獨醒從古笑靈均, 長醉如今學伯倫."라고 읊었다. 백거이가 원대 문인들처럼 도연명을 긍정하고 굴원을 부정하는 것이 매우 특이하다. 그렇지만 그는 제2의 도연명이 되지 않았다. 그는 도연명 같은 빈곤을 면하였고 험악한 정치적 압박도 피하였다. 그는 마음의 고요함을 얻은 동시에 생활의 축복도 누렸다.[7]

굴원과 도연명이 후대 문인들에게 미친 영향을 다음의 네 가지 유형으로 귀납해볼 수 있다.

----

4) 역자주－영균靈均은 굴원을 가리킨다. 굴원의 「이소」에 "皇覽揆余於初度兮, 肇錫余 以嘉名, 名余曰正則兮, 字余曰靈均."이라고 읊은 구절이 있는데 굴원의 아버지가 그의 이름을 정칙正則이라 지어주고 자를 영균靈均이라 지어주었다고 하였다.

5) 역자주－강리江蘺 수풀가 : 굴원의 「이소」에 "紛吾旣有此內美兮, 又重之以脩能, 扈 江蘺與辟芷兮, 紉秋蘭以爲佩."라고 읊은 구절이 있는데 강리 수풀가는 바로 그가 「이소」를 읊조리며 노닐던 곳을 이른다.

6) 역자주－백륜伯倫은 중국 진晉나라 죽림칠현竹林七賢의 한 사람인 유령劉伶의 자이다. 유령은 「주덕송酒德頌」을 지었는데 후세에 그를 세속 예법을 무시하고 술을 마음껏 마시며 피세하는 자의 전형적 인물로 여겼다.

7) 尙永亮, 「論白居易對屈原陶潛的取捨態度及其意識傾向」, 『中州學刊』 1993년 제2호.

① 도연명을 긍정하고 굴원을 부정한다. 그러나 도연명을 긍정하지만 도연명처럼 실천하지 않고 그저 말에만 그친다.

② 굴원과 도연명을 모두 높인다. 왕왕 한 가지 점만 취하는데 예를 들면 인격적 추구이다.

③ 굴원과 도연명을 모두 부정한다. 굴원도 되고 싶지 않고 도연명도 되려 하지 않는다.

④ 도연명을 부정하고 굴원을 긍정한다. 집착하고 죽음에 이르기까지 게을리 하지 않으며 다른 사람이 뭐라 하든 자기 방식대로 하고 백번 죽어도 후회하지 않는 점을 긍정한다.

이상 네 가지 유형은 모두 굴원 패턴과 도연명 패턴을 대립시켜 말한 것이다. 즉 재도문화와 한정문화, 유교와 불교, 진취와 은일의 대표자로서 비교한 것이다.

두 시인에 대한 비교는 세 가지 차원의 뜻이 내포되어 있다.

첫째, 드러난 뜻 : 다른 점, 대립, 모순.

둘째, 숨은 뜻 : 어려움, 탄복하지만 모방하지 않음.

셋째, 깊은 뜻 : 같은 점, 탁월함, 독립적.

대시인들은 왕왕 모종의 깨달음이 있다. 곽말약은 "이 두 시인 중에서 내가 도대체 누구를 더 좋아하는지 정말 말하기 어렵다."고 하였다.[8] 아마도 곽말약은 이들의 다른 것 가운데 같음을 깨달았지도 모른다. 원대에도 이런 깊은 뜻을 인식한 사람이 있다. 오존재吳存在는 「심원춘沁園春·주중구일차운舟中九日次韻」에서 "처세는 비록 다르지만 흉금은 같으니 빛나는 문장은 만고에 전하리.出處雖殊, 襟懷略似, 光焰文章萬古留."라고

---

8) 郭沫若, 「題畫記」, 『今昔集』, 重慶文學書店, 1943.

읊었다. 이와 같은 견해는 정말로 대단하다. 다들 '다른 점'을 보고 있는
분위기 속에서 '같은 점'을 보아냈기 때문이다.

② 모순과 적막, 생사기로에서의 선택

  필자는 오랫동안 굴원을 연구하고 도연명을 분석하며 서로 비교한 결
과 두 사람의 '다른 점'으로부터 '같은 점'을 더욱 분명하게 발견하였다.

1) 출신과 내력

  두 사람은 모두 먼 조상은 혁혁하였지만 그들의 대에 와서는 몰락하였
다. 굴원이 유일하게 자랑할 만한 것이 '황제 고양씨의 후예帝高陽之苗裔'
였다는 점이다.9) 부친이나 조부 대에는 별로 이름난 사람이 없었다. 그
의 시에서 "내 몸의 빈천함을 잊지 말자.勿忘身之賤貧"10)라고 하였는데 여
기서 빈천은 아마도 그의 실제 형편일 것이다. 도연명은 비록 증조부
도간陶侃, 259~334의 후광이 있긴 하였지만 "소목은 멀어져서 이미 낯선
사람 되었도다.昭穆既遠, 已爲路人."(「증장사공贈長沙公」)라고 하였기에 "어
려서부터 가난하였다.少而貧苦."고 볼 수 있다. 기복의 변화가 큰 가문의
영향, 흥성하던 데로부터 쇠락해진 가혹한 현실의 도전, 양호한 문화교

---

  9) 역자주 – 굴원의 작품 「이소」의 첫 구에 바로 "帝高陽之苗裔兮, 朕皇考曰伯庸"이라
    고 하여 자신의 조상을 밝혔다. 고양高陽은 중국의 오제五帝 중의 하나로서 이름은
    전욱顓頊이다. 황제黃帝의 손자이며 그에 이어 20세에 임금 자리에 올라 처음 고양에
    나라를 일으켰으므로 고양씨高陽氏라 불렀으며 재위기간은 78년이었다고 한다.
  10) 역자주 – 굴원의 작품 「구장九章·석송惜誦」에 "思君其莫我忠兮, 勿忘身之賤貧."이라
    는 구절이 있는데, 학자들은 이로부터 원래 귀족이었던 굴원의 가문이 이때는 이미
    몰락하였다고 보고 있다.

육의 감화, 이러한 요소들이 굴원과 도연명으로 하여금 정치적인 면에서 적극적이고 진취적인 문인이 되게 하였다. 그러나 어린 시절에 겪은 거대한 충격은 심리적으로 지울 수 없는 그늘을 남겨놓았다. 굴원은 도성에서 태어났으나 시골에서 자랐다고 하였는데 이는 분명 가정의 비극이 있었다는 흔적이다. 혹자는 굴원을 '영웅기아英雄棄兒'라고도 하는데 이는 과장된 것 같다. 하지만 부친이 그에게 아무런 재산이나 업적을 물려주지 않았다는 점만은 사실이다. 도연명도 여덟 살에 부친을 잃었으며 그의 부친은 "세상 물욕이 없이 청아하고 잠시 관직에 몸을 맡겼다.淡焉虛止, 寄跡風雲."(「명자命子」)라고 한 것으로 보아 역시 별로 공적이 없었다. 그러므로 가족이 그들에게 물려준 것은 아득히 먼 기억과 현실의 곤궁, 양호한 교육, 정서의 기복 및 취약한 감정 등이었다.

굴원은 작품에서 자신의 아들에 대하여 언급한 적이 없다. 그래서 추측할 수밖에 없는데 사실 아들이 있었다고 해도 역시 아무런 성취도 없었을 것이다. 굴원의 심리특징과 습관에 비추어본다면 만일 아들이 어떤 성취가 있었다면 반드시 대서특필해서 위안을 얻었을 것이다. 도연명은 「책자責子」라는 시에서 그의 다섯 아들에 대하여 언급하였다. 도옹陶雍과 도단陶端 두 아들은 열세 살이 되어서도 '육'과 '칠'을 구분하지 못할 정도였다고 한다. 혹자는 도연명이 술을 너무 과하게 마셨기에 그의 다섯 아들이 모두 지력이 낮다고 보았다. 그러나 이것은 분명 편파적인 이해이고 도연명의 책망 속에 담긴 사랑의 본질을 보지 못한 것이다. 하지만 그의 다섯 아들이 모두 평범하고 성취가 없는 것 또한 사실이다.

굴원과 도연명 두 사람의 가정의 '맥락'을 살펴본다면 다음과 같은 공통점이 있다. 그들은 모두 혜성처럼 떠올랐다가 홀연히 사라져버렸으며 광활한 하늘에 점점 흐려지지만 영원히 지워지지 않는 한줄기의 흔적을 남겨놓았다. 그들은 비록 출생의 내력과 후사가 있지만 가문의 오래된 역사나 혁혁한 배경이 없으며 자손이 번성하여 가족의 사업을 이어나간

단서도 없다. 가족의 정화는 마치 대대로 쌓인 에너지가 그들의 짧은 일생에서 '일회성방출'을 해버린 것 같다. 그렇기 때문에 그들은 오히려 더욱 위대하고 신비로운 색채를 띠게 되었다.

2) 재능과 지향

두 사람의 작품을 읽으면 그들의 지향은 모두 정치와 벼슬길에 원대한 포부를 품고 집착하였다는 것을 볼 수 있다. 굴원의 지향은 군주의 '미덕'을 보좌하여 현명하고 능력 있는 자를 천거하고 군신이 서로 의기가 투합하고 "법도를 준수하여 치우지지 않고循繩墨而不頗", "선왕의 발자취를 따라가는 것及前王之踵武"(「이소」)이었다. 도연명도 예사롭지 않았다. "내 젊은 시절을 생각하니 즐거운 일 없어도 저절로 기뻤네. 맹렬한 뜻은 온 천하에 뻗쳐 세찬 날개로 멀리 날기를 생각하였네.憶我少壯時, 無樂自欣豫, 猛志逸四海, 騫翮思遠翥"(「잡시십이수雜詩十二首・기오其五」) 그러나 실제 치국의 재능은 유감스럽지 않을 수 없다. 굴원은 비록 재기가 넘치고 사령에 능숙하였지만 복잡한 정치를 너무 이상화・간략화・영웅화하였으며 "나라가 부강하려면 법을 세워야 하고, 충신에게 맡겨야 천하가 태평해진다네.國富强而法立兮, 屬貞臣而日娭"(「석왕일」)라고 여겼다. 그는 자신의 재능을 너무 과대평가하였다. 스스로 재능이 출중하다고 여기는 귀족의 본성, 복잡한 정치생활에 품은 환상, 권력과 관직을 바라는 마음, 이런 것들이 그의 고상하고 거만한 가치관을 형성하였다. 굴원은 출세하여 정치에 종사하기 위한 '고난'의 준비가 없었고, 정치가로서의 광활한 흉금과 담력과 기백도 부족하며 사회관계에서 냉정하고 여유롭고 협력적인 조직능력도 부족하였다. 높은 자리에 오르지 못한 것이 굴원 자신에게는 가슴 아픈 일이지만 설사 그가 중요한 권력을 쥐고 개혁을 실시하였더라도 초나라가 반드시 잘 다스려지지는 않았을 것이다.

도연명은 좨주祭酒·참군參軍 등의 하급 관직을 가진 적이 있으나 그 어떤 정치적 성과나 재능을 보여주지는 못하였다. 그는 한편으로는 출사하고 싶고 한편으로는 관직이 너무 작으면 제대로 할 생각이 없었다. 그리하여 부임하자마자 또 "내 마음은 전원을 좋아했으니 속세의 벼슬살이에서 물러나리라.靜念園林好, 人間良可辭."(「경자세오월중종도환조풍어규림이수庚子歲五月中從都還阻風於規林二首·기이其二」)라고 하였고, "벼슬살이 내던지고 옛 고향으로 돌아가, 좋은 벼슬에 얽매이지 않으려네.投冠旋舊墟, 不爲好爵縈."(「신추세칠월부가환강릉야행도구작辛醜歲七月赴假還江陵夜行塗口作」)라고 하였다. 그리하여 은거하였다가 가난과 이상 때문에 또다시 출사하였다. 13년 동안 그는 늘 출사하였다가 은거하기를 반복하였으며 오랫동안의 사색과 선택을 거쳐 마침내 은거의 길로 나아갔다. 도연명은 성격적으로도 역시 벼슬하기에는 적합하지 않았다. 그는 스스로 말하기를 "성격이 강직하고 아부하는 재주가 서툴러서 세상과 많이 거스르게 되니 스스로 생각해도 반드시 세속의 미움을 받을 것이네.性剛才拙, 與物多忤, 自量爲己, 必貽俗患."(「여자엄등소與子儼等疏」)라고 하였다. 또 "고기 잡는 그물을 빽빽하게 짜서 물고기가 놀라고 새 잡는 그물을 크게 벌려 새들이 놀란다. 저 통달하고 명석한 사람은 잘 깨달아서 관록을 도피하여 은거하여 농사짓네.密網裁而魚駭, 宏羅制而鳥驚, 彼達人之善覺, 乃逃祿而歸耕."(「감사불우부感士不遇賦」)라고 하였다. 그는 또 친구 안연지顔延之, 384~456에게 "남들과 다르면 견책을 초래하고 풍속을 거스르면 먼저 넘어진다. 몸과 재주는 모두 실재가 아니며 영광과 명예는 사라질 때가 있다.違衆速尤, 迕風先蹶. 身才非實, 榮聲有歇."(안연지 「도정사뢰陶征士誄」)라고 권고 하였고, "빈천함을 우려하거나 상심해지지 않고 부귀를 급급히 쫓아가지 않으리.不戚戚於貧賤, 不汲汲於富貴."(「오류선생전五柳先生傳」)라고 스스로에게 요구하였다.

굴원과 도연명은 정치와 벼슬에 과도한 희망을 품고 자신의 능력을 과도하게 평가하였기에 필연적으로 뜻을 이루지 못하고 회재불우한 것을 정치의 암흑, 충신과 간신의 뒤바뀜, 날로 하락한 사회 풍조로 귀결시켰다. 굴원의 「이소」나 「구장」을 읽어보면 동시대에 착한 사람, 현명한 신하는 하나도 찾아볼 수 없다. 그야말로 "온 세상이 다 혼탁한데 나만 홀로 깨끗하네.擧世皆濁我獨淸."라는 것이다. 「이소」의 다음 구절들에서도 그런 뜻을 표현하였다.

모두들 다투어 벼슬길에 나가 탐욕을 부려서	衆皆競進以貪婪兮
욕심은 끝도 없이 더욱 이익을 찾으니	憑不厭乎求索
아, 마음속으로 자기를 용서하듯 남을 헤아려	羌內恕己以量人兮
제각기 마음을 일으켜 질투할 뿐이라.	各興心而嫉妒
진실로 세속의 재주는 교묘하여	固時俗之工巧兮
법도를 위배하고 정책을 바꾸니	偭規矩而改錯
먹줄을 버리고 굽은 것을 좇으며	背繩墨以追曲兮
다투어 남의 뜻에 맞추는 것을 도리인양 하네.	竟周容以爲度
세상은 혼탁하여 분별할 줄 모르고.	世溷濁而不分兮
세상사람 서로 천거하여 붕당을 이루기 좋아한다.	世竝擧而好兮
세상은 혼탁하여 어진 사람 시샘하며	世溷濁而嫉賢兮
미덕을 가리고 악만 칭찬하길 좋아하는구나.	好蔽美而稱惡

도연명은 은거하면서 자신이 "어려서부터 세속에 어울리는 재능이 없고 본래 산천을 좋아하였다.少無適俗韻, 性本愛丘山.", "본성이 자연이다.質性自然."라고 강조하였으며 한편 세상의 모든 불합리한 현상에 대하여 분개하고 증오하며 사회가 암흑하여 살아갈 수 없다고 비평하였다. 예를 들면 "옳고 그른 것을 서로 비교한다면, 칭찬과 헐뜯음이 같도다.是非苟相形, 雷同共譽毁."(「음주」제6수), "가버려라 가버려 또 무엇을 말하려는가, 세속에선 오래도록 속여 왔는걸.去去當奚道, 世俗久相欺."(「음주」제12

수)등의 시구에 보인다. 그러므로 출사를 "잘못하여 속세의 그물에 빠졌
다.誤落塵網中"고 비유하였다. 그의 「감사불우부感士不遇賦」에서는 더욱
직접적으로 격분한 감정을 표현하였다.

> 아! 부화뇌동하고 남을 훼방하며, 다른 사람이 자기보다 나은 것을 미
> 워하고, 총명한 사람을 어리석다 하고, 정직한 자를 거만하다 하네. 솔직
> 하고 성실하고 공정하고 시기하지 않으면 오히려 끝내 비방을 받고 치욕
> 을 당하니 비록 아름다운 옥을 품고 향기로운 난초를 잡고 있더라도 부질
> 없이 깨끗할 뿐 누가 알아주랴?
>
> 嗟乎! 雷同毀異, 物惡其上, 妙算者謂迷, 直道者云妄. 坦至公而無猜, 卒蒙恥以受
> 謗, 雖懷瓊而握蘭, 徒芳潔而誰亮.

그러므로 그들의 창작은 엄격한 의미에서의 문학 창작이라기보다 정
치적인 실의와 불우함과 일정 정도 연관되어 있다.

3) 모순과 투쟁

굴원이 강물에 투신자살한 것과 도연명이 은거한 것은 모두 두 사람의
원대한 포부와 정치적 이상이 현실의 모순과 조화될 수 없기에 초래된
결과라고 할 수 있다. 그들의 성격은 집요하고 독특하여 사람들이 이해
하기 어려웠으며 벗도 적고 사회적 교유 범위가 넓지 않아서 사람들의
의혹을 불러일으키기도 하였다. 예를 들면 그들은 혹시 사유가 혼란하고
실성한게 아닌가? 혹시 너무나 큰 충격을 받아 소년의 마음에 상처가
커서 병적인 상태를 초래한 게 아닌가? 그러나 사실 두 시인은 일반 사람
들과 마찬가지로 칠정육욕이 있고 희로애락이 있으며 마찬가지로 벼슬
에 대한 강렬한 욕망과 관본위官本位의 잠재의식이 가져다주는 심층적인
고통이 있다. 그들은 오랜 시간의 유배와 소외, 은거와 농사짓는 과정에

서 수없이 많은 고뇌와 사색, 방황, 모순, 투쟁을 거쳤다. 그들의 작품이
바로 그러한 심리 과정을 여실히 보여주는 사실적 서술이며 그들의 고난
의 역사를 그대로 보여주는 진실한 기록이다. 그들의 작품은 정확히 말
하면 인생사색의 '문학 일기' 또는 '일기 형식의 시문'이라고 할 수 있다.

굴원이 강가에서 슬픈 노래를 읊조리고 있을 때에 마침 마음 좋은 '어
부'를 만나 권고를 받았고 도연명이 관직을 버리고 은거하고 있을 때에
도 마침 마음 좋은 '농부'를 만나 권고를 받았다. 우선 어부와 농부의
권고하는 말을 비교하여 보기로 한다.

어 부	농 부
성인은 사물에 얽매이거나 막히지 않고 聖人不凝滯於物	초가집 처마 밑에 누더기 신세이니 襤褸茅簷下
세상을 따라 옮겨 가는 것이니 而能與世推移	훌륭한 삶이라고 할 게 못되오. 未足爲高棲
세상 사람들이 다 혼탁하면世人皆濁	온세상이 어울리기를 숭상하니 一世皆尚同
왜 그 진흙을 휘저어 물결을 일으키지 않으며 何不淈其泥而揚其波	그대도 그 흙탕물에 담그도록 하구려. 願君汨其泥
뭇사람이 다 취했으면衆人皆醉	
그 술지게미를 먹고 남은 탁주를 같이 마시지 않고는 何不餔其糟而歠其醨	
어이해 깊은 생각과 고매한 행동으로 何故深思高舉	
스스로 쫓김을 당하셨소? 自令放爲	

다음에 어부와 농부의 권고에 대한 굴원과 도연명의 대답을 보기로
한다.

굴원은 다음과 같이 대답하였다.

어찌 깨끗한 몸으로	安能以身之察察
더럽고 구저분한 것을 받을 수 있겠소?	受物之汶汶者乎
차라리 상강 흐르는 물속에 뛰어들어	寧赴湘流
물고기 뱃속에 묻힐지언정	葬於江魚之腹中
어찌 깨끗하고 흰 몸으로	安能以皓皓之白
세속의 먼지를 뒤집어쓴단 말이요?	而蒙世俗之塵埃乎
	—「어부」

도연명은 다음과 같이 대답하였다.

영감님 말씀 깊이 감사하오나	深感父老言
타고난 기질이 어울리기 싫어하니	稟氣寡所諧
적당히 벼슬살이하는 일 배울 만하지만	紆轡誠可學
자기를 어기는 것이 어찌 미혹됨이 아니겠나요?	違己詎非迷
잠시 함께 이 술이나 즐기십시다	且其歡此飲
내 가는 길 되돌릴 수가 없네요.	吾駕不可回
	—「음주」 9

　두 시인의 작품을 보면 어부와 농부는 실제 존재하는 인물이며 모두 호의를 품었으며 두 시인의 처지를 동정하여 관심을 보이는 사람이다. 그들의 권고는 마음속에서 우러나온 것이며 권고하는 말도 보편적이고 세속적이고 온순하다. 필자는 사람들이 어부와 농부를 폄하하고 책망하는 관점에 대해, 심지어 굴원과 도연명을 부각시키기 위한 대조인물로 이해하는 관점에 대하여 매우 불안감을 느낀다. 어부와 농부의 말은 굴원과 도연명 두 시인이 사상투쟁 과정에서 불가피하게 발생하는 진실한 측면을 보여주고 있다. 또한 두 시인이 어부와 농부의 권고를 작품 속에

쓴 것은 인생에 있어 그들이 선택한 길 외에 또 다른 선택이 있으며 그 선택은 그들을 동요시키고 영향을 준 적이 있음을 인정한 것이다. 그들도 역시 그런 선택에 대하여 망설이고 투쟁하는 과정이 있었다. 두 시인의 대답에 모두 반문구를 사용한 점에서 그런 흔적을 보아낼 수 있다. 반문구가 힘 있게 느껴지는 것은 자신의 굳건한 의지를 표명할 뿐만 아니라 상대방이 자신의 정곡을 찔렀기에 반문구를 통하여 자신의 약점과 동요된 마음을 극복하고 억제하려는 것이다. 이런 반문구는 어부와 농부를 겨냥하였다기보다 자신의 마음속 깊은 곳의 망설임과 흔들림을 겨냥하였다고 보아야 한다. 반문구를 통하여 의지를 굳히고 스스로를 단속한 것이다.

이를 통해 굴원과 도연명의 위대함은 그들의 표면에 보이는 선택과 견지 ― 즉 굴원은 유배낭한 후에도 결코 굴복하지 않고 상강에 몸을 던져 항쟁하였고, 도연명은 관직을 버리고 귀농한 후에 다시는 출사하지 않으며 평생 가난하게 살았다 ― 에 있는 것이 아님을 알 수 있다. 더욱 중요한 것은 그들의 자기 심리 조절, 자기 균형, 자기 정화, 자기 승화의 성공에 있다. 그들은 자신의 진실한 모습 ― 모순과 동요를 숨기지 않았으며 직접 이러한 모순과 동요에 마주서고 자기 조절과 균형을 통하여 극복해내었다. 이로부터 우리는 그들의 피와 살이 담긴 힘든 인생 추구, 일반 사람들과 같은 면이 있으면서도 일반사람들을 초월하는 귀중한 일면을 느낄 수 있다.

만일 아직도 어부와 농부에 대한 해석을 믿을 수 없다면 더욱 많은 논증 자료를 찾아볼 수 있다. 예를 들면 굴원의 「이소」에 나오는 여수·영분·무함 등 인물들의 말, 「복거」에서 서술한 여덟 가지 선택 등이 있다. 선택을 한다는 것은 모순과 동요가 있음을 의미하고 또한 고민과 투쟁을 거친 후의 결정과 방향을 보여준다. 「복거」의 여덟 가지 질문 중에서 첫 번째와 두 번째 질문은 그래도 선택의 여지가 있다면, 세 번째에서 여덟

번째까지의 질문은 분명히 긍정과 부정의 양분화이며 아예 선택의 여지
가 없다.

도연명은 더욱 솔직하게 서술하였다. "빈천과 부귀는 늘 서로 싸우나,
도의가 이기니 슬픈 얼굴이 없도다.貧富常交戰, 道勝無戚顔."(「영빈사詠貧士」
제5수) 빈과 부는 두 가지 선택을 대표한다. 출사할 것인가? 아니면 은거
를 견지할 것인가? 두 가지 생각이 늘 마음속에서 격렬한 싸움을 벌이고
있었다. 다행히 끝내 '도의'가 '출사'를 이겼고 그래서 얼굴에도 근심의
그늘이 사라졌다는 것이다. 그의 「음주」 시들도 역시 반문구를 통하여
그의 모순과 투쟁을 보여주고 있다. 「음주」 제2수에서는 "곤궁할 때에
꿋꿋한 절개 지키지 않는다면, 후대에 누가 이름이 전해질 것인가?不賴固
窮節, 百世當誰傳."라고 읊었고, 「음주」 제12수에서는 "한번 나아갔으면 그
만이니, 어찌 다시 의심하는가?一往便當已, 何爲復狐疑."라고 읊었으며, 「음
주」 제15수에서는 "곤궁과 영달을 도외시하지 않는다면, 평생 품었던
정절이 참으로 애석하리라.若不委窮達, 素抱深可惜."라고 읊었다. 만일 모순
과 동요와 투쟁이 없었다면 도연명이 이런 글귀를 써서 무엇하겠는가?
그의 「귀거래혜사」는 관직을 버리고 은거하는 자의 선언서로 높은 평가
를 받았다. 그러나 필자는 다르게 본다. 이 문장은 도연명이 충동적으로
관직을 버리고 집에 돌아가서 망설임을 거친 후에 '은거의 뜻을 굳히기
위해' 쓴 작품이다. 전체 문장은 삼중 구조와 삼중 시제時制를 사용하였
다. 우선 현실에서의 사상모순을 묘사할 때에는 이성理性적인 반문구 형
식을 사용하였다. 예를 들면 "이미 스스로 마음으로 몸을 사역하였는데,
어찌 근심하여 홀로 슬퍼하고만 있으랴.旣自以心爲形役, 奚惆悵而獨悲.", "세
상과 나는 서로 다르거늘 다시 수레를 타고 무엇을 구하겠는가?世與我而
相違, 複駕言兮焉求.", "세상에 몸을 맡기는 날이 얼마나 더 있겠는가, 어찌
마음 가는대로 결정하지 않고, 그리 서둘러 어디로 가려는가?寓形宇內複幾
時, 曷不委心任去留, 胡爲乎遑遑欲何之." 등의 시구에 보인다. 이러한 반문 자

체가 바로 은거 이후의 숨길 수 없는 후회, 흔들림, 모순된 심리의 반영
이고 또한 '도가 이기는' 결과로 자신의 의지를 굳히기 위한 투쟁이다.
그 다음 전원으로 돌아가는 과정을 묘사할 때에는 과장과 확대 수법을
사용하였다. 예를 들면 '초가 팔구간'의 주택에는 '오두막집衡宇', '정원園',
'소나무와 국화松菊' 등이 있다. 이것은 「귀원전거歸園田居」 시에서 읊은
'버드나무楡柳', '복숭아나무桃李', '깊은 골목深巷', '뜰戶庭' 등과 마찬가지
로 모두 도시화, 심리화 된 경물 묘사이며 소위 "관직을 떠나니 온 몸이
가볍도다.無官一身輕."(소식 「하자유생제사손賀子由生第四孫」) 식의 자기위
안이다. 마지막으로 미래 생활을 표현할 때에는 '혹或' 자 구조를 사용하
여 아름답고 낭만적인 은거 생활의 계획을 묘사하였다. 이와 같이 자연
과 객관을 초월한 묘사와 미화는 관본위 상실 후의 '이화異化'된 심리 반
영이나.

4) 적막과 고독

위인의 마음은 항상 세속을 초월하였기에 그의 정신 수요가 최고 경지
에 도달할수록 그의 고통과 근심, 적막과 고독도 역시 최고 수위에 이른
다. 이것을 '위인의 우주적 고독감'이라고 한다. 로맹 롤랑Romain Rolland,
1866~1944의 말을 빌리자면, 그들은 평범하고 용속해지기를 거부하고 현
대 문명보다 훨씬 앞서가는 사람이며 일반사람들에게 오해받거나 비난
받고 모욕당하는 사람이다. 베토벤1770~1827이 유서에서 "고독, 완전한
고독!"이라고 비통하게 토로했듯이 굴원과 도연명도 역시 고독한 위대한
시인이다. 그들의 고독은 우선 작품 속에 드러나고 있다. 굴원의 고독은
"뭇사람이 다 취하였는데 나만 홀로 깨어 있으니衆人皆醉吾獨醒"와 같이
그를 이해해주는 사람이 하나도 없다는 데서 온다. 「석송」이 가장 대표
작이다.

마음이 무겁고 표현하기 어려운데	情沈抑而不達兮
또한 가로막혀 고백할 수가 없네.	又蔽而莫之白也
마음이 우울하고 답답하여 방황하니	心鬱邑余侘傺兮
또한 내 충정을 알아주는 이 없네.	又莫察余之中情
할 말은 많지만 총결하여 표현할 수 없고	固煩言不可結而詒兮
뜻을 말하려고 하나 표현할 길이 없네.	願陳志而無路
물러나 조용하게 있으면 나를 알아주는 자 없고	退靜默而莫余知兮
나아가 소리쳐도 내 말을 들어주는 자 없네.	進號呼又莫吾聞
가슴이 답답하고 울적하여 다시 방황하고	申侘傺之煩惑兮
마음에 고민이 가득하고 슬프도다.	中悶瞀之忳忳

그의 대립자는 매우 강대하고 많다. '당인黨人', '중衆', '중녀衆女', '시속時俗', '거세擧世', '중인衆人', '중참인衆讒人' 등이 모두 그의 대립자이다.

도연명도 은거 이후 늘 고독하여 의지할 데 없고 자신을 알아주는 지기가 없음을 느꼈다. 그는 「음주」 서문에서 "물러나서 한가롭게 지내다보니 기쁜 일도 적고 게다가 요즘은 밤도 길어졌다. 우연히 좋은 술 있어 마시지 않은 날이 없다. 등불에 비친 그림자 벗하여 홀로 마시니 홀연히 다시 취해버렸다.余閒居寡歡, 兼比夜已長, 偶有名酒, 無夕不飮. 顧影獨盡, 忽焉複醉."고 하였다. 「연우독음連雨獨飮」에서는 "나 혼자 그런 뜻을 가슴에 품고, 힘써서 살아온 게 사십 년이네.自我抱玆獨, 僶俛四十年."라고 하였다. 또한 시간이 너무 길어서 자주 "탄식하며 홀로 슬픈 노래를 불렀네.慷慨獨悲歌"라고 하였다.(「원시초조시방주부등치중怨詩楚調示龐主簿鄧治中」) 그의 「음주」에서는 "그러나 실수가 많아 원망스럽더라도, 그대여 마땅히 이 술 취한 사람을 용서하구려.但恨多謬誤, 君當恕醉人."라고 하였는데 사람들에게 질책을 받으니 그저 취한 척하고 진솔한 마음을 드러낼 수 없으니 그야말로 완적의 「영회詠懷」 시에서 읊은 "구름 속의 새가 되어 천리에 가서 한번 슬피 울고 싶다네.願爲雲間鳥, 千里一哀鳴."와 같은 느낌이 들었을 것이다. 인간 세상에서 지기를 찾을 수 없고 속마음을 털어놓을 수 없으니 한 마리의 새가 되어 천리 고공에 날아 올라가서 '안전'하게 통곡하고 싶었을 것이다. 굴원과 마찬가지로 도연명도 고독감을 느끼고 동시에 여러 가지 비난을 받았다. 예를 들면 "한가히 살아감이 진나라의 액 아닌데, 은근히 화내는 기운이 말속에 나타나네.閑居非陳厄, 竊有慍見言."(「영빈사」제2수)라고 하였고, 또 "세상의 어리석은 사람들아 질책하지 마라, 나는 하황공과 기리계11)를 따라 상산에 은거하려네.咄咄俗中愚, 且當從黃綺."(「음주」제6수)라고 하였다. 도연명은 「제종제경원문祭從弟敬遠文」에서 "나는 일찍이 벼슬하러 나가서 인간관계에 사로잡혀 분주하게 다녔지만 아무 성과 없었네. 평소의 뜻을 어길까 두려워 관직을 버리고 집으로 돌아왔지. 그대는 나의 뜻을 알고 늘 나와 손잡고 다니기를 좋아하였고 세속의 의논을 아랑곳하지 않았네.余嘗學仕, 纏綿人事, 流浪無成, 懼負素志, 斂策歸來, 爾知我意, 常願攜手, 置彼衆議."라고 하며 그의 은거를 이해해준 사촌 동생 경원에게 감격을 표하였다. 그러나 이 유일한 지기는 서른 한 살의 나이에 그만 세상을 떠나고 말았다. 안연지도 「도정사뇌」에서 "어찌 선생처럼 마음에 따라 세상일을 어기고 부귀영화를 싫어하고 옛것을 좋아하며 몸을 박대하며 뜻을 굳건히 할 수 있겠는가?豈若夫子, 因心違事, 畏榮好古, 薄身厚志."라고 하며 도연명의 견지에 경탄하였다.

　고독하고 알아주는 사람이 없기에 그들의 사상은 아득한 고대로 거슬러 올라가 옛날의 현인군자에게서 지기를 찾았다. 굴원의 작품에는 공자, 노자, 장자, 묵자, 맹자, 오기吳起, 상앙商鞅 등은 언급하지 않았고 다음과 같은 두 부류의 '신하'를 언급하였다. 하나는 그가 부러워하는 옛날

---

11) 역자주-황기黃綺: 진나라 때 상산에 은거하였던 하황공夏黃公 최광崔廣, 기리계綺裏季 오실吳實을 말한다. 이 두 사람과 함께 동원공東園公 당병唐秉, 녹리선생甪里先生 주술周術 등 네 사람은 모두 이름 있는 학자였는데 벼슬에 나아가지 않고 상산에 은거하여 이들을 '상산사호商山四皓'라고도 한다.

현인들이다. 예를 들면 지칩, 구요咎繇, 부설傅說, 여망呂望, 영척甯戚, 백리
혜百里奚 등이다. 이른바 '득지得志'팀이라고 할 수 있다. 다른 하나는 그
가 위안을 받는 옛날 군자들이다. 예를 들면 백이伯夷, 비간比幹, 매백梅
伯, 기자箕子, 팽함彭鹹, 신도申徒, 오자서伍子胥, 추자개介子推 등이다. 이른
바 '실의失意' 순절팀이라고 할 수 있다. 굴원은 바로 그들로부터 위안을
받고 힘을 얻었다. 도연명은 은거 후에 여러 사람들의 비난을 받았다.
그러므로 대량의 옛날 현인과 은자들을 인용하여 지기로 삼았다. 예를
들면 "희황상인羲皇上人"[12], "조정의 부름을 마다하고, 베옷 입고 은거하
는逝然不顧, 被褐幽居" 노나라 두 유생[13], "고사리 캐며 소리 높여 노래하
며, 황제와 순임금을 생각하는采薇高歌, 慨想黃虞" 백이와 숙제, "명산을 찾
으러 갔네, 산에 오르고 나면 어찌 돌아가겠는가.去矣尋名山, 上山豈知反."
라고 한 상장尙長, 그 외에도 금경禽慶, 하조장인荷蓧丈人, 장저걸익長沮桀
溺, 오릉중자於陵仲子, 장장공張長公, 병만용丙曼容, 정차도鄭次都, 설맹상薛
孟嘗, 주양규周陽珪, 영계기榮啓期, 황기黃綺, 검루黔婁, 황자렴黃子廉, 소광疏
廣, 소수疏受 등이 있으며 스스로도 "무엇으로 내 마음을 달래리오? 옛날
에 이런 어진이 많아서 힘이 되네.何以慰吾懷, 賴古多此賢."라고 하였다.

　굴원과 도연명의 적막과 고독은 주관적인 원인도 있고 객관적인 요소
도 있다. 굴원의 성격은 민감하고 수심이 많으며 초췌하고 너무 강직하
고 집착하며 게다가 약간의 광기와 취기, 약간의 미련과 오활함이 있어

---

12) 역자주-도연명의 「여자엄등소與子儼等疏」에 "常言五六月中, 北窓下臥, 遇涼風暫至,
　　自謂是羲皇上人."이라는 구절이 있다. 희황상인은 희황 즉 복희伏羲씨 이전의 태고
　　때의 사람을 가리키는데 도연명이 복희 때의 사람들은 평안하고 한적하게 살았으리라
　　상상하고 자신을 희황상인에 비유하였다.

13) 역자주-도연명 연작시 「독사술구장讀史述九章」에 「노이유魯二儒」가 있는데 시의 내용
　　은 다음과 같다. "易大隨時, 迷變則愚. 介介若人, 特爲貞夫. 德不百年, 汙我詩書.
　　逝然不顧, 被褐幽居." 이외에도 「독사술구장」에서는 옛날 현인으로 백이伯夷와 숙제
　　叔齊, 기자箕子, 관중管仲과 포숙鮑叔, 정영程嬰과 공손저구公孫杵臼, 공자孔子의 칠십이제
　　자七十二弟子, 굴원屈原과 가의賈誼, 한비자韓非子, 장지張摯 등을 9수로 나누어 읊었다.

동시대의 사람들과 먼 거리감이 생기게 하였다. 그리하여 그 시대 사람들은 굴원에게 조금의 관심도 주지 않았으며 당시의 역사기록이나 저술에서 그에 대하여 일언반구도 언급하지 않았다. 다른 광인이나 은사에 비해서도 굴원은 가장 주목받지 못한 사람이며 이름조차도 언급된 적이 없다. 그의 시는 뜻밖의 정치 실패를 겪은 결과물이며 분함을 드러내고 속마음을 펼쳐 보였던 대량의 시가 작품 ― '일기체시'는 굴원 스스로도 오늘날 같은 위대한 전파 가치를 가질 줄을 전혀 예상치 못하였다. 그러니 당연히 다른 사람들도 그를 이해할 수 없었고 이해할 필요와 가치도 느끼지 못하였다. 그리하여 그의 생몰년, 부모, 조상, 처자식, 유배 횟수 등에 대하여 기록이 없고 알 길이 없게 되었다. 그의 생몰년에 대해서는 두 가지 단서가 있다. 하나는 「이소」에 "마침 인년의 인월, 즉 정월달 인일에 나는 태어났네.攝提貞於孟陬兮, 惟庚寅吾以降."라는 구절이다. 다른 하나는 초나라 회왕과 경양왕의 생몰년과 재위기간이다. 그러나 이것을 근거로 추측하고 연구한 결과 여러 가지 다른 설이 나왔고 서로 매우 큰 차이가 있다. 임경은 굴원이 41세까지 살았다고 하고 장천추는 굴원이 78세까지 살았다고 하니 차이가 너무나 크다.

도연명의 처지도 마찬가지이다. 그는 생활범위가 넓지 않고 관직도 낮았으며 오랫동안 은거하고 벼슬하지 않았기에 공인된 '은사'이다. 그의 시는 역시 그 당시 공개적으로 전파되지 않은 '일기체시'이며 안빈낙도의 자기위안이고 고독과 번민의 방출이며 세속의 원망에 대한 해탈이며 고난의 기록이었다. 그는 「유회이작有會而作」의 서문에서 다음과 같이 말하였다.

묵은 곡식은 이미 다 먹었는데 새로운 곡식을 아직 거두지 못했네. 오랫동안 농사지은 농부가 재해를 만났으니 세월이 아직 긴데 기근의 근심이 끝나지 않는구나. 풍년의 수확은 이미 희망이 없고 일상에 필요한 물건은 겨우 끊기지 않을 정도였는데 요즘 열흘 사이 비로소 굶주림을 느꼈네. 한해가 저물어가고 감개가 깊어 마음속을 털어놓으니 오늘 내가 말하지 않는다면 후세들이 어떻게 알겠는가?

舊穀旣沒, 新穀未登. 頗爲老農, 而値年災. 日月尚悠, 爲患未已. 登歲之功, 旣不可希, 朝夕所資, 煙火裁通. 旬日已來, 始念饑乏. 歲云夕矣, 慨然永懷. 今我不述, 後生何聞哉.

이 시는 자신의 은거 생활의 고난과 고민과 투쟁을 묘사하였다. 평생의 뜻을 던져버리고 '차래지식嗟來之食'을 먹을 것인가? 아니면 옛날 현인들처럼 가난을 지킬 것인가? 결국 후자를 긍정하며 "옛다 던져준들 미워할 게 무엇이랴, 부질없이 죽고 헛되이 스스로 망하는구나. 곤궁하면 외람됨이 어찌 내 뜻인가, 곤궁해도 지조 지키는 것이 내 뜻이라네.嗟來何足吝, 徒沒空自遺. 斯濫豈彼志, 固窮夙所歸."14), "오늘 내가 말하지 않는다면 후세들이 어떻게 알겠는가?今我不述, 後生何聞哉."라고 하였다. 이것이 바로 「유회이작」 시의 창작목적이다. 자신이 고난으로부터 얻은 깨달음을 시가의 형식으로 기록해놓아서 자손들을 격려하는 것이다. 이로부터 알 수 있듯이 그의 시는 당시에 이름나기를 바란 것이 아니라 후세에 전해져서 그의 자손들이 자신이 무엇 때문에 남들과 달리 은거를 견지하였는지를 알게 하기 위해서 지은 것이다. 이런 은거 생활의 부산물은 주관적인 제약으로 인하여 당시 시단에 아무런 영향을 미치지 못하였다. 그의 가장 친한 벗이며 당시 시단의 영수인 안연지마저도 도연명이 시를 쓰고 있고 아주 잘 쓰며 불후의 명작을 써냈다는 사실을 미처 알지 못하였다. 그러므로 그는 「도정사뇌」에서 집중적으로 도연명의 '은일' 성격과 은거 생활을 소개하였으며 문학적 성취에 대해서는 겨우 "문장은 뜻이 통달하였다.文取指達."라는 한마디로 개괄함으로써 도연명은 은거의 고상한 지

---

14) 역자주 - 이 시구에서 '사람斯濫'과 '고궁固窮' 두 단어는 『논어論語·위령공衛靈公』 제1장의 "子曰: 君子固窮, 小人窮斯濫矣."라는 구절에서 인용한 것이다.

조가 있기에 그의 문학창작에 대해서는 높은 요구를 하지 않는다는 관용의 태도를 표현하였다. 그렇기 때문에 유협의 『문심조룡』이나 심약沈約, 441~513의 『송서宋書·사령운전론謝靈運傳論』과 『남제서南齊書·문학전론文學傳論』 및 진송晉宋시기의 각종 역사 전기에서 모두 도연명의 시를 일언반구도 언급하지 않은 현상을 이해할 수 있게 된다. 종영鍾嶸, 468~518이 『시품詩品』에 도연명을 넣고 '은일시인의 선조'라고 평가한 것도 그의 시를 은일과 고상한 지조의 부산물로 여긴 것이다. 오늘날에 와서 굴원과 도연명이 '대시인', '중국십대시인', '세계문화명인'으로 꼽히고 두 사람의 작품이 굴원학과 도연명학이란 전문 학문을 형성하게 된 것은 그들도 미처 예상하지 못하였던 발전이다.

5) 이상과 사망

알베르 카뮈Albert Camus, 1913~1960가 이런 말을 한 적이 있다. "철학의 근본 문제는 자살 문제이고 살아가야 할 가치가 있는지를 결정하는 것이 우선 중요한 문제이다."[15] 굴원과 도연명의 농후한 '사망'의식, 생과 사에 대한 사색은 사람들에게 감명을 준다. 이택후는 "사망은 굴원 작품과 사상에서 가장 다채로운 최대 주제이다."라고 하였다.[16] 굴원은 이상이 실현될 수 없는 절망, 현실에서 생존할 수 없는 모순을 느꼈기에 냉정하고 이성적으로 비분한 죽음을 택하였다. 즉 "각과 원이 어디 맞는 예보았나, 길이 서로 다른 걸 누가 상종하리.何方圜之能周兮, 夫孰異道而相安.", "내 마음을 변하여 세속을 따를 수 없으니 근심과 고통이 있으며 평생 가난하다네.吾不能變心而從俗兮, 固將愁苦而終窮.", "차라리 문득 죽어 넋이

---

15) [法]Albert Camus, *The myth of sisgphus*, Vintage, 1991.
16) 李澤厚, 『華夏美學』, 中外文化出版公司, 1989.

사라질지언정寧溘死以流亡兮", "비록 아홉 번 죽더라도 오히려 후회하지 않네.雖九死其猶未悔", "청백을 좇아 바르게 살다 죽는 것이伏淸白以死直兮", "비록 사지가 찢겨도 나는 오히려 변치 않으리.雖體解吾猶未變兮", "죽음을 피할 수 없는 줄 알고 있으니, 결코 목숨을 아까워하지 않으리.知死不可讓, 願勿愛兮." 등은 바로 그의 생각을 잘 보여준다. 왕부지는 『초사통석』에서 "오직 죽기로 각오하였기에 고집대로 할 수 있었으며惟極於死以爲態, 故可任性孤行."라고 하였다. 그렇기 때문에 굴원은 거리낌 없이 말을 하였으며 고충을 토로하고 하늘을 향하여 묻고 땅을 저주할 수 있었으며 아첨하며 남을 모함하는 자들을 논박하며 '죽음'의 대가로 현실을 전면 부정하였고 실현될 수 없는 이상에 대한 미련을 표현할 수 있었다. 여기서 주목할 점은 굴원이 후세 지식인들에게 준 영향은 그의 자살행위 자체가 아니라 사망에 대한 깊은 감수와 정서, 사망에 대한 냉정한 선택과 사색이다. 오스트리아 작가 장 아메리Jean Améry, 1912~1978는 "자살은 황당한 것이지만 어리석은 것은 아니다. 왜냐하면 그는 자신의 황당함으로 생명의 황당함을 더 이상 심화시키지 않고 오히려 생명의 황당함을 감소하였기 때문이다."17)라고 하였다.

　사망에 대한 도연명의 사색과 대처는 조용하면서도 심도 있고 실제를 추구하면서 활달하였다. "인생은 본래 힘겨운데 죽은들 어떠하랴?人生實難, 死如之何."(「자제문自祭文」) 그렇기 때문에 그는 평온하게 「의만가사삼수擬挽歌辭三首」, 「자제문」, 「여자엄등소」 등을 창작하였으며 현실사회의 암흑, 사업의 무성취, 마음속의 울분을 묘사하였다. 예를 들면 「여자엄등소」에서는 "성격이 강직하고 아부하는 재주가 서툴러서 세상과 많이 거스르게 되니 스스로 생각해도 반드시 세속의 미움을 받을 것이네.性剛才拙, 與物多忤, 自量爲己, 必貽俗患."라고 하였으며 「자제문」에서는 "나는 남

---

17)　[奧]讓·阿梅裏, 『自殺·論自殺』, 斯圖加特克萊特―考塔出版社, 1983.

달라서 생각이 남들과 완전히 다르다. 남들의 총애도 내 영광이 아니오,
흑색 염료도 나를 검게 못하네. 허름한 오두막에서 꿋꿋하게 살며 통쾌
하게 술 마시고 시를 짓는다네. 嗟我獨邁, 曾是異茲, 寵非己榮, 涅豈吾緇. 捽兀窮
廬, 酣飮賦詩."라고 하였다. 죽기 전에도 부득이하게 관직을 버리고 은거하
게 된 원인과 현실의 억압적 분위기에 대해서 여전히 마음에 두고 분개
하고 스스로 억제할 수가 없었다. 관본위 잠재의식의 심층적 괴로움은
여전히 깊고도 강렬하였다. 그러므로 사망에 직면해서 그는 조용하고
활달하면서도 조급하고 비분해하며 미련이 남아있었다. 그러나 이런 심
층적인 분개와 미련은 굴원의 사망의식과 일치한다.

③ 잠재적 영향과 정신적 인도

도연명의 사상 연원에 대하여 논할 때에 사람들은 늘 유교와 도교를
지적하고 특히 도교에 더욱 집중하고 있다. 그것은 도연명의 시에 '장자'
의 인용 횟수가 49회, 『논어』의 인용 횟수가 37회, 『열자』의 인용 횟수
가 21회나 있기 때문이다. 그러나 이택후는 도연명이 비록 유교와 도교
의 융합을 체현하였고 도교에 좀 더 치우쳤으나 또한 굴원의 영향을 받
았으며, 도연명의 존재는 유교와 도교와 굴원이 융합한 시대적 분위기의
영향을 받은 결과라고 하였다.[18] 사실 도연명이 굴원의 영향을 받은 것
은 분명하다. 그는 「독사술구장讀史述九章」에서 특별히 「굴가屈賈」 한 수
를 지었다.

---

18) 李澤厚, 『華夏美學』, 中外文化出版公司, 1989.

덕을 증진하고 학업을 닦아서	進德修業
제때에 세상에 쓸모 있기를 바랐네.	將以及時
저 후직과 설 같은 이를	如彼稷契
누군들 바라지 않겠는가?	孰不願之
한탄스럽네 저 두 현인(굴원과 가의)은	嗟乎二賢
세상의 시기를 많이 받았네.	逢世多疑
정첨윤에게 점을 쳐서 회포를 토로하고[19]	候詹寫志
복새에 감명을 받아 부를 지어 슬퍼하네.[20]	感鵬獻辭

위 시에서 읊은 '저 후직과 설 같은' 현자와 '세상의 시기를 많이 받은' 근심 많은 자는 이른바 '시공을 뛰어넘은 지기'라고 할 수 있다. 오송吳淞은 「논도論陶」에서 "출처와 용사의 방법은 한없이 배회하고 감개하며 모두 자신의 상황에 비유한 것이고 목적 없이 옛것을 읊은 것이 아니다.出處用舍之道, 無限低徊感慨, 悉以自況, 非漫然詠史者."라고 하였다. 이 외에도 도연명은 「독산해경讀山海經」 제12수에서 굴원의 불행에 대하여 "저 회왕 때를 생각하니 당시에 그 새가 자주 왔으리라.念彼懷王世, 當時數來止."[21]

---

19) 역자주 - 후첨사지候詹寫志: 이 구절은 굴원이 정첨윤鄭詹尹에게 점을 친 후에 「복거卜居」를 지어 회포를 토로한 사실을 말한 것이다. 후候는 점치다, 첨詹은 정첨윤鄭詹尹을 말한다. 「楚辭·卜居」에 "屈原旣放, 三年不得復見 …… 乃往見大卜鄭詹尹曰, 余有所疑, 願因先生決之. 詹尹乃端策拂龜曰, 君將何以敎之."라고 하였다.

20) 역자주 - 감복헌사感鵬獻辭: 이 구절은 복조鵬鳥가 방에 날아 들어온 것을 보고 감명을 받은 가의賈誼가 「복조부鵬鳥賦」를 지어 스스로 애도한 사실을 말한 것이다. 「복조부」 서문에 "誼爲長沙王傅三年, 有鵬飛入誼舍. 鵬似鴞, 不祥鳥也. 誼卽以謫居長沙, 長沙卑濕, 誼自傷悼, 以爲壽不得長, 乃爲賦以自廣也."라고 하였다.

21) 역자주 - 도연명 「독산해경」 제12수는 다음과 같다. "鴟鴂見城邑, 其國有放土. 念彼怀王世, 当時數來止. 靑丘有奇鳥, 自言獨見爾, 本爲迷者生, 不以喩君子."『산해경·남산경南山經』의 기록에 의하면 치주鴟鴂는 나쁜 새이며 이런 새가 어디에 나타나면 그곳의 많은 문사들이 쫓겨났다고 한다. 또『산해경·남산경』의 기록에 의하면 청구산靑丘山에 일종의 새가 있는데 사람들이 그의 깃털을 꽂고 다니면 사악한 기운을 없애고 요괴를 방지할 수 있다고 한다. 이 시는 초회왕이 현명하지 못함을 한탄한 것이다.

라고 읊어 굴원이 유배된 원인을 초회왕이 간신들에게 미혹되었기 때문으로 돌렸는데 이는 현명하고 심각한 역사인식과 식견이라고 할 수 있다. 도연명은 또 「감사불우부」에서 "순박한 풍기가 사라진 이후로 허위가 성행하였으니, 여항에서는 겸양하는 지조를 게을리하고 요행히 관직에 오르려는 심리가 범람하였네.自眞風告逝, 大僞斯興, 閭閻懈廉退之節, 市朝驅易進之心."라고 하며 세속의 혼탁함을 비난하였다. 또 "삼려대부가 '모든 것이 끝났다'라고 슬픈 탄식을 발하였네.三閭發已矣之哀."라고 읊은 구절이 있는데 이것이 바로 굴원의 영향을 받은 또 하나의 증거이다. 이것은 굴원이 「이소」의 끝부분 '난사亂辭'에서 "모든 것이 끝났다! 나라에 나를 알아주는 이 없는데 또 어찌 도읍을 그리워하랴? 이왕 함께 훌륭한 정치할 수 없을 바엔 나는 장차 팽함이 사는 곳으로 좇아가리라.已矣哉, 國無人莫我知兮, 又何懷乎故都. 旣莫足與爲美政兮, 吾將從彭咸之所居."라고 읊은 고사를 인용한 것이다. 이를 통하여 도연명이 굴원을 인용하고 굴원을 읊은 횟수가 비록 많지는 않지만 그 무게와 이해력, 기탁한 뜻은 매우 심원함을 알 수 있다. 문학 전파의 경로는 수적 통계에 의하여 확인되는 것이 아니다. 도연명은 여러 방면에서 영향을 받았다. 즉 유교와 도교를 모두 수용하였으나 유교에 더욱 치우친 굴원, 공자를 위주로 한 유교, 장자를 대표로 한 도교, 도교와 굴원을 모두 수용하였지만 굴원에 더욱 치우친 완적 등이 있다. 그러나 미학 전통에서 도연명이 받은 영향을 본다면 도교가 주된 것이고 유교가 심층적인 것이며 굴원은 잠재적인 것이다. 또한 도교는 시가 면에서, 유교는 철학 면에서, 굴원은 정신적인 면에서 영향을 주었다.

1996년 10월 21일

참고문헌

제1부 초사 연구

제1장 『초사』의 형성과 저자 및 특징

姜亮夫, 『楚辭書目五種』, 上海古籍出版社, 1993.

姜亮夫・姜昆武, 『屈原與楚辭』, 安徽敎育出版社, 1991.

姜書閣, 『屈賦楚語義疏』, 齊魯書社, 1983.

郭沫若, 『郭沫若全集・歷史編』, 人民文學出版社, 1982.

邱瓊蓀, 『詩賦詞曲槪論』, 中華書局, 1934(中國書店 1985년 影印本).

楊白樺, 『楚辭選析』, 江蘇古籍出版社, 1987.

吳廣平 編注, 『宋玉集』, 岳麓書社, 2001.

王延海, 『楚辭釋論』, 大連出版社, 1997.

魏慶之, 『詩人玉屑』卷13, 上海古籍出版社, 1978.

銀雀山漢墓竹簡整理小組 編, 『銀雀山漢墓竹簡』 第1冊, 文物出版社, 1985.

李 誠, 『楚辭文心管窺』, 臺北:文津出版社, 1995.

朱碧蓮, 『楚辭論稿』, 上海三聯書店, 1993.

陳引馳 編校, 『梁啓超國學講錄二種』, 中國社會科學出版社, 1997.

洪興祖, 『楚辭補注』, 白化文 外 點校, 中華書局, 1983.

黃中模 編, 『中日學者屈原問題論爭集』, 山東敎育出版社, 1990.

黃中模, 『現代楚辭批評史』, 湖北敎育出版社, 1990.

文物局古文獻硏究室・安徽省阜陽地區博物館阜陽漢簡整理組, 「阜陽漢簡簡介」, 『文
　　　物』 1983년 제2호.

聞一多, 「什麽是九歌」, 『聞一多全集』, 湖北人民出版社, 1993.

劉師培, 「南北文學不同論」, 『劉申叔遺書』 第15冊, 甯武南氏校印本, 1934.

陸侃如, 「宋玉評傳」, 『讀書雜誌』 1923년 제17호.

李學勒, 「〈唐勒〉, 〈小言賦〉和〈易傳〉」, 『齊魯學刊』 1990년 제4호.

張正明, 「楚藝術探源」, 『藝術與時代』 1990년 제3호.

周建忠, 「〈九歌〉硏究十大熱點鳥瞰」, 『中國古代近代文學硏究』 1993년 제4호.

周建忠, 「〈離騷〉 '求女'硏究平議」, 『東南文化』 2001년 제11호.

周建忠, 「〈離騷〉香草論」, 『楚辭論稿』, 中州古籍出版社, 1994.

周建忠, 「楚辭研究熱點透視」, 『雲夢學刊』 2000년 제3호.

周建忠, 「荊門郭店一號楚墓墓主考論―兼論屈原生平研究的困惑」, 『歷史研究』 2000년
   제5호.

周建忠, 「屈原: 民族精神的完美象徵」, 『社會科學報』 1990.8.23.

周建忠, 「屈原'愛國主義'研究的歷史審視」, 『中國文學研究』 2002년 제4호.

周建忠, 「屈原'自沈'的可靠性及其意義」, 『雲夢學刊』 2002년 제4호.

周建忠, 「屈原放逐問題證辯」, 『南都學壇』 2002년 제4호.

周建忠, 「屈原思想: 有儒有法, 然非儒非法」, 『楚辭論稿』, 中州古籍出版社, 1994.

周建忠, 「少年立志: 〈橘頌〉」, 『楚辭與楚辭學』, 吉林人民出版社, 2000.

中山大學中文系古文字研究室楚簡整理小組, 「戰國楚竹簡概述」, 『中山大學學報』 1978년
   제4호.

蔡守湘 · 朱炳祥, 「論〈楚辭〉產生的文化背景」, 『江漢論壇』 1992년 제6호.

湯炳正, 「楚辭編纂者及其成書年代的探索」, 『江漢學報』 1963년 제10호.

湯漳平, 「楚賦與道家文化」, 『文學評論』 1993년 제4호.

湖北荊州博物館, 「江陵天星觀一號楚墓」, 『考古學報』 1982년 제1호.

제2장 『초사』의 황혼 이미지와 그 영향

郭沫若, 『郭沫若全集 · 歷史編』, 人民文學出版社, 1982.

聞一多, 『天問疏證』, 三聯書店, 1980.

呂紹綱, 『周易闡微』, 吉林大學出版社, 1990.

張紫晨, 『中國巫術』, 三聯書店上海分店, 1990.

朱自淸, 『古詩歌箋釋三種』, 上海古籍出版社, 1981.

[德]愛克曼 輯錄, 朱光潛 譯, 『歌德談話錄』, 人民文學出版社, 1978.

[德]利普斯, 『事物的起源』 中譯本, 四川民族出版社, 1982.

[法]丹納 著, 傅雷 譯, 『藝術哲學』, 安徽文藝出版社, 1991.

[日]吉川幸次郎 著, [日]高橋和巳 編, 蔡靖泉 譯, 『中國詩史』, 山西人民出版社, 1989.

[日]興膳宏, 「謝朓詩的抒情」, 『東方學』 第39輯, 1970.

李大明, 「九歌夜祭考」, 『文史』 第三十輯, 中華書局, 1988.

趙松元, 「中國古代詩歌中的黃昏意象」, 『求索』 1993년 제5호.

[德]恩格斯, 「漫游倫巴第」, 『馬克思恩格斯全集』 第41卷, 人民出版社, 1982.

제3장 난초 이미지의 원형 탐구 ―『초사』속의 난초 이미지도 함께 논함

賈祖璋, 『花與文學』, 上海古籍出版社, 2001.

[美]E. 希爾斯 著, 傳鏗·呂樂 譯, 『論傳統』, 上海人民出版社, 1991.

[美]A. 戈登衛澤 著, 嚴三 譯, 「圖騰主義」, 『史地叢刊』 1933년 제1호.

[加]N. 弗萊 著, 葉舒憲 譯, 「作爲原型的象徵」, 葉舒憲 選編 『神話―原型批評』, 陝西師范
大學出版社, 1987.

제4장 난화의 재배 역사 고찰 ―『초사』속의 '난'도 함께 논함

姜亮夫, 『楚辭通故』 第三輯, 齊魯書社, 1985.

盧思聰, 『中國蘭與洋蘭』, 金盾出版社, 1994.

吳應祥, 『蘭花』, 中國林業出版社, 1980.

張崇琛, 『楚辭文化探微』, 新華出版社, 1993.

中國科學院植物研究所編, 『中國高等植物圖鑒』, 科學出版社, 1980.

中國醫學科學院藥物研究所革命委員會, 『常用中草藥圖譜』, 人民衛生出版社, 1970.

陳俊愉·程緖珂, 『中國花經』, 上海文化出版社, 1990.

胡德中·戴抗, 『東方蘭花』, 四川科技出版社, 1992.

賈祖璋, 「蘭和蘭花」, 『知識就是力量』 1982년 제7호.

楊滌淸, 「〈楚辭〉蘭蕙考」, 『蘭』 1994년 제2호.

兪宗英·魯水良, 「盆栽養蘭起源於河姆渡的考證」, 『中國蘭花信息』 1993년 제38호.

周建忠, 「屈原仕履考」, 미발표논문.

陳心啓, 「中國蘭史考辨―春秋至宋朝」, 『武漢植物學硏究』 1988년 제1호.

제5장 중국 근현대 초사학사楚辭學史 고찰

姜亮夫, 『楚辭今繹講錄』, 北京出版社, 1981.

郭沫若, 『創造十年』, 現代, 1932.

郭沫若, 『今昔蒲劍』, 上海海燕書店, 1947.

郭沫若, 『屈原』, 重慶群益出版社, 1943.

戴知賢·李良志 主編, 『抗戰時期的文化敎育』, 北京出版社, 1995.

戴志鈞, 『論騷三集』, 黑龍江敎育出版社, 1991.

毛 慶, 『屈騷藝術新硏』, 湖北人民出版社, 1990.

聞黎明·侯菊坤, 『聞一多年譜長編』, 湖北人民出版社, 1994.

聞一多, 『聞一多全集』, 湖北人民出版社, 1993.

謝無量, 『楚辭新論』, 商務印書館, 1923.

舒蕪 校點, 『論文雜記』, 人民文學出版社, 1959.

王夫之, 『楚辭通釋』, 上海人民出版社, 1975.

王錦厚, 『郭沫若學術論辯』, 成都出版社, 1990.

饒宗頤, 『澄心論萃』, 上海文藝出版社, 1996.

饒宗頤, 『楚辭地理考』, 上海商務印書館, 1946.

衛瑜章, 『離騷集釋』, 商務印書館, 1936.

游國恩, 『楚辭概論』, 北新書局, 1926.

游國恩, 『離騷纂義』, 中華書局, 1980.

劉烜, 『聞一多評傳』, 北京大學出版社, 1984.

李嘉言, 『李嘉言古典文學論文集』, 上海古籍出版社, 1987.

李景星, 『四史評議』, 濟南精藝公司, 1932.

林庚, 『詩人屈原及其作品研究』, 上海古籍出版社, 1981.

蔣天樞, 『楚辭論文集』, 陝西人民出版社, 1982.

張元勳, 『九歌十辨』, 中國廣播電視出版社, 1991.

鄭臨川, 『聞一多論古典文學』, 重慶出版社, 1984.

曹大中, 『屈原的思想與文學藝術』, 湖南出版社, 1991.

趙逵夫, 『屈原與他的時代』, 人民文學出版社, 1996.

周建忠, 『當代楚辭研究論綱』, 湖北人民教育出版社, 1992.

朱東潤, 『與青年朋友談治學』, 中華書局, 1983.

湯炳正, 『屈賦新探』, 齊魯書社, 1984.

湯炳正, 『湯炳正小傳』, 1990, 필자 소장.

湯炳正, 『語言之起源』, (臺)貫雅文化事業有限公司, 1990, 手寫影印本.

浦江清, 『浦江清文史雜文集』, 清華大學出版社, 1993.

馮友蘭, 『中國哲學史』(下), 審査報告.

何劍熏, 『楚辭新詁』, 巴蜀書社, 1994.

黃中模 編著, 『郭沫若歷史劇〈屈原〉詩話』, 四川人民出版社, 1981.

黃中模, 『現代楚辭批評史』, 湖北教育出版社, 1990.

郭末若, 「從詩人節說到屈原是否是弄臣」, 重慶『新華日報』1946.6.7.

郭末若, 「屈原不會是弄臣」, 『詩歌』1946년 제3, 4 통합호.

郭沫若, 「蒲劍·龍船·鯉幟」, 『新華日報』1941.5.30.

郭沫若, 「屈原·招魂·天問·九歌」, 重慶『新華日報』1942.12.5~6.

郭沫若, 「屈原的幸與不幸」, 『中國詩壇』1948.6.15

郭沫若, 「屈原時代」, 『文學』1936년 제6권 제2호.

郭沫若,「聞一多調學問的態度」,『大學』1947년 제6권 제3, 4 통합호.

郭在貽,「近六十年來的楚辭研究」,『古典文學論叢』3, 陝西人民出版社, 1982.

金開誠·葛兆光,「汪瑗和他的〈楚辭集解〉」,『文史』第十九輯, 中華書局, 1983.

金 山,「參加屈原演出有感」,『新蜀報』, 1942.4.3.

金紹先,「九死未悔愛國心 ─ 記先師劉永濟」,『文史雜誌』1991년 제6호.

唐 菓,「詩人節閑話屈原」,『臺灣新生報』1978.6.10.

蒙文通,「天問本事序」,『史學雜誌』1930년 제4호.

聞一多,「廖季平論離騷」,『聞一多全集』第5卷, 湖北人民出版社, 1993.

聞一多,「屈原問題─敬質孫次舟先生」,『中原』1945년 제2권 제2호.

聞一多,「人民的詩人─屈原」,『詩與散文』詩人節 特刊, 1945.

聞一多,「詩人節晩會志」,『掃蕩報』1945.6.16.

聞一多,「致游國恩」, 1936년 3월 17일 편지.

薛威霆·王季深,「關於開展屈原學研究的芻議」,『文匯報』1986.9.16.

蘇雪林,「史前文化與屈賦」,『屈賦論叢』, (臺)國立編譯館, 1980.

蘇雪林,「我研究屈賦的經過」,『屈賦論叢』, (臺)國立編譯館, 1980.

孫作雲,「九歌山鬼考」,『清華學報』1936년 제11권 제4호.

辛 白,「端陽節懷屈原」,『自立晚報』1965.6.5.

梁啓超,「屈原硏究」,『晨報副刊』1922.11.19～23.

王國維,「屈子文學之精神」,『中國歷代文論選』, 上海古籍出版社, 1980.

王 一,「哭聞一多」,『新華日報』1946.7.25.

劉開揚,「屈原論」, 成都『中央日報』1948.6.3.

劉開揚,「屈原是樣一個人」,『華西日報』1944.8.3.

陸侃如,「讀〈讀楚辭〉」,『努力周報』副刊『讀書雜誌』1922년 제4호.

陸侃如,「屈原評傳」,『陸侃如古典文學論文集』(上), 上海古籍出版社, 1987.

陸侃如,「屈原與宋玉」,『陸侃如古典文學論文集』(上), 上海古籍出版社, 1987.

陸侃如,「宋玉評傳」,『努力周報』副刊『讀書雜誌』, 1923년 제17호.

陸侃如,「西園讀書記」,『文化先鋒』1942년 제1권 제9호.

李鳳儀,「天問不是文學作品」,『呼蘭師專學報』1990년 제3호.

李澤厚,「古典文學箚記一則」,『文學評論』, 1986년 제4호.

張道藩,「我對於中國詩歌的意見」,『文藝先鋒』1942년 창간호.

鄭臨川,「聞一多先生論〈楚辭〉」(上),『社會科學輯刊』1981년 제1호.

曹聚仁,「對於〈讀楚辭〉的商榷」,『覺悟』1922.9.29

陳思苓,「屈原」,『中央日報』1944.8.10.

崔富章,「明汪瑗〈楚辭集解〉書錄解題」,『屈原研究論集』, 長江文藝出版社, 1984.

浦江淸,「屈原生年月日的推算問題」,『歷史硏究』1954년 제1호.
許滌新,「疾風知勁草 ― 悼郭末若同志」,『悼念郭老』, 三聯書店, 1979.
胡光煒,「〈遠遊〉疏證」,『金陵光』1926년 제15권 제1호.
[日]淺野通有 等,「關於〈楚辭〉的座談會」, [日]『國學院雜誌』1974년 75권 1월호.

제2부 굴원 연구

제1장 형문荊門 곽점郭店 1호 초묘 묘주 연구 ― 굴원 생애 연구의 난제도 함께 논함

郭德維,『楚系墓葬硏究』, 湖北敎育出版社, 1995.
郭若愚,『戰國楚簡文字編』, 上海書畫出版社, 1994.
滕壬生,『楚系簡帛文字編』, 湖北敎育出版社, 1995.
繆文遠,『戰國策新校注』, 巴蜀書社, 1987.
商承祚,『戰國楚竹簡彙編』, 齊魯書社, 1995.
張守中,『包山楚簡文字編』, 义物出版社, 1996.
趙逵夫,『屈原與他的時代』, 人民文學出版社, 1996.
荊門市博物館,『郭店楚墓竹簡』, 文物出版社, 1998.
湖北省博物館,『曾侯乙墓』, 文物出版社, 1989.

姜廣輝,「郭店一號墓墓主是誰」,『中國哲學』第二十輯, 遼寧敎育出版社, 1999.
高　正,「論屈原與郭店楚墓竹書的關係」,『光明日報』1999.7.2.
廖名春,「荊門郭店楚墓與先秦儒學」,『中國哲學』第二十輯, 遼寧敎育出版社, 1999.
武威地區博物館,「甘肅武威旱灘坡東漢墓」,『文物』1993년 제10호.
龐　樸,「古墓新知」,『中國哲學』第二十輯, 遼寧敎育出版社, 1999.
龐　樸,「親手觸摸一下歷史」,『尋根』1999년 제1호.
商仲達,「湖北當陽趙家塝楚墓發掘簡報」,『江漢考古』1982년 제1호.
劉宗漢,「〈郭店楚墓竹簡〉學術硏討會述要」,『中國哲學』 第二十輯, 遼寧敎育出版社,
　　　1999.
劉宗漢,「有關荊門郭店一號楚墓的兩個問題」,『中國哲學』第二十輯, 遼寧敎育出版社,
　　　1999.
李學勤,「荊門郭店楚簡中的〈子思子〉」,『中國哲學』第二十輯, 遼寧敎育出版社, 1999.
李學勤,「先秦儒家著作的重大發現」,『中國哲學』第二十輯, 遼寧敎育出版社, 1999.
中國社會科學院考古硏究所長江工作隊,「湖北鄖縣東周西漢墓」,『考古學集刊』第六集,
　　　中國社會科學出版社, 1989.

馮少龍, 「包山二號楚墓龍首杖試析」, 『包山楚墓』 上冊, 文物出版社, 1991.

湖北省荊門市博物館, 「荊門郭店一號楚墓」, 『文物』 1997년 제7호.

黃運甫, 「略談淅川毛坪楚墓的分期及特徵」, 『中原文物』 1982년 제1호.

[日]大庭脩, 「武威旱灘坡出土的王杖簡」, 『簡帛研究譯叢』 第一輯, 湖南出版社, 1996.

제2장 굴원 '방축放逐' 문제에 대한 변증

姜亮夫, 『屈原賦校注』, 人民文學出版社, 1957.

郭沫若, 『屈原研究』, 重慶群益出版社, 1943.

戴志鈞, 『論騷三集』, 黑龍江敎育出版社, 1999.

文懷沙, 『屈原九章今繹』, 上海棠棣出版社, 1953.

文懷沙, 『屈原離騷今繹』, 上海文藝聯合出版社, 1954.

潘嘯龍, 『屈原與楚辭硏究』, 安徽大學出版社, 1999.

楊胤宗, 『屈賦新箋 : 離騷篇』, 中國友誼出版公司, 1985.

游國恩, 『屈原』, 三聯出版社, 1953.

陸侃如 · 馮沅君, 『中國詩史』, 作家出版社, 1956.

李曰剛, 『辭賦流變史』, 臺北 : 文津出版社, 1987.

蔣天樞, 『楚辭論文集』, 陝西人民出版社, 1982.

張中一, 『屈賦─屈原南征反秦復郢鬪爭史詩』, 臺北 : 文津出版社, 1998.

張中一, 『屈原新考』, 中國文史出版社, 1991.

趙逵夫, 『屈原與他的時代』, 人民文學出版社, 1996.

陳怡良, 『屈原文學論集』, 臺北 : 文津出版社, 1992.

陳子展, 『楚辭直解』, 江蘇古籍出版社, 1988.

黃崇浩, 『屈原 : 忠憤人生』, 長江文藝出版社, 1999.

黃震雲, 『楚辭通論』, 湖南敎育出版社, 1997.

郭瑞林, 「屈原'放逐'說質疑」, 『求索』 1993년 제6호.

冀　凡, 「以史論世, 舊學新構」, 『楚辭研究成功之路─海內外楚辭專家自述』, 重慶出
　　　版社, 2000.

羅敏中, 「論屈原的被疏被放被遷, 兼說'曰黃昏以爲期'」, 『中國文學研究』 2000년 제2호.

路百占, 「襄初屈原遷地爲江南說質疑」, 『許昌師專學報』 1984년 제1호.

路百占, 「莊蹻歷史考辨─兼論屈原詩作和莊蹻的關係」, 『許昌師專學報』 1982년 창간호.

廖化津, 「屈原遭遇考」, 『湘潭大學學報』 1994년 제1호.

孫作雲, 「屈原的放逐問題」, 『開封師院學報』 1961년 제1호.

陸侃如, 「屈原評傳」, 『陸侃如古典文學論文集』, 上海古籍出版社, 1987.

李偉實, 「屈原兩次被流放的時間及第二次流放的出發點和流放地」, 『復旦學報』 2001년 제2호.

張元勳, 「關於屈原放逐的辨證」, 『齊魯學刊』 1984년 제6호.

張中一, 「屈原未遭'放逐'考」, 『河北學刊』 1985년 제3호.

陳　瑒, 「屈子生卒年月考」, 『楚辭』 光緒二年(1876) 黎陽 端木埰 刊行 巾箱本.

제3장 굴원 '자침自沈'의 신빙성과 그 의미

姜亮夫, 『楚辭今繹講錄』, 北京出版社, 1981.

郭沫若, 『蒲劍集』, 重慶文學書店, 1942.

郭沫若, 『屈原』, 開明書店, 1935.

冷成金, 『隱士與解脫』, 作家出版社, 1997.

鄧曉芒, 『人之鏡― 中西文學形象的人格結構』, 雲南人民出版社, 1996.

游國恩, 『楚辭論文集』, 古典文學出版社, 1957.

游國恩, 『屈原』, 三聯出版社, 1953.

馮　川, 『人文學者的生存方式』, 四川人民出版社, 1998.

郝志達・王錫三, 『東方詩魂』, 東方出版社, 1993.

曲德來, 「屈原的'鄉國之情', 氣質和人格新論」, 『社會科學輯刊』 1998년 제4호.

郭沫若, 「屈原考」, 『資聲月刊』 1942년 제1권 제6호.

聞一多, 「讀騷雜記」, 『益世報・文學副刊』 1935.4.3

范正生, 「屈原沈江的歷史原因」, 『泰安師專學報』 1991년 제4호.

楊春時, 「楚文化的挽歌和屈原的悲劇」, 『河北學刊』 1993년 제2호.

吳龍輝, 「屈原自殺的文化心理根源」, 『湖南師範大學社會科學學報』 1996년 제4호.

吳郁芳, 「屈原不是自殺的」, 『江漢論壇』 1990년 제1호.

吳郁芳, 「再說屈原不是自殺的」, 『江漢論壇』 1991년 제8호.

廖化津, 「屈原自沈考一兼評吳郁芳・章培恒・潘嘯龍等先生屈原自沈與殉國難無關說」, 『山西師大學報』 1993년 제1호.

李澤厚, 「古典文學箚記一則」, 『文學評論』 1986년 제4호.

章培恒, 「關於屈原生平的幾個問題」, 『學術月刊』 1981년 제10호.

周建忠, 「論潘嘯龍楚辭研究的成就與特色 ― 以〈屈原與楚文化〉, 〈屈原與楚辭研究〉爲例」, 『荊州師範學院學報』 2001년 제2호.

黃靈庚, 「論屈原之死」, (臺)『中國文哲研究集刊』 1996년 제8호.

제4장 굴원의 '애국주의' 연구사 고찰

郭沫若, 『屈原硏究』, 重慶群益出版社, 1943.

郭沫若, 『屈原』, 開明書店, 1935.

郭維森, 『屈原評傳』, 南京大學出版社, 1999.

聞黎明·侯菊坤, 『聞一多年譜長編』, 湖北人民出版社, 1994.

楊公驥, 『中國文學』, 吉林人民出版社, 1957.

王延海, 『楚辭釋論』, 大連出版社, 1994.

趙沛霖, 『屈賦硏究論衡』, 天津教育出版社, 1993.

姜書閣, 「人民詩人屈原的愛國主義思想」, 『屈原硏究論集』, 長江文藝出版社, 1984.

顧易生, 「屈原的愛國主義精神試論」, 『文學遺産』 增刊, 第十四輯, 中華書局, 1982.

曲德來, 「屈原的'鄕國之情'·氣質和人格新論」, 『社會科學輯刊』 1998년 제4호.

郭 杰, 「先秦國家觀念與屈原的宗國意識」, 『東北師大學報』 1989년 제4호.

郭沫若, 「屈原」, 『中學生』 1935년 제55호.

羅 漫, 「屈原自衛型愛國精神的現代價値與世界意義―新解二十世紀屈原批評的一
　　個理論難題」, 『屈原硏究論集』, 湖北美術出版社, 1999.

羅敏中, 「春秋戰國時代愛國的兩種模式與屈原的愛國主義」, 中國屈原學會第八屆年
　　會論文, 2000.

董楚平, 「從屈原之死談到他的愛國·人格·氣質―屈原個性硏究」, 『中國社會科學』
　　1989년 제1호.

孟雙全, 「怎樣歷史地看待屈原―兼評楊公驥先生的有關論述」, 『河北師範大學學報』
　　1988년 제4호.

潘嘯龍, 「屈原評價的歷史審視」, 『文學評論』 1990년 제4호.

方 銘, 「關於屈原愛國主義的正義性問題」, 『屈原硏究論集』, 湖北美術出版社, 1999.

薛啓達·張之中, 「談屈原的愛國主義」, 『山西師院學報』 1985년 제1호.

葉幼明, 「屈原愛國思想的異議」, 『北方論叢』 1983년 제3집.

宿通權, 「'愛國', '桂冠'不甚宜―對屈原評價的一點異議」, 『書刊導報』 1986. 2.27.

楊公驥, 「漫談楚的神話·歷史·社會性質和屈原生平」, 『吉林師大學報』 1959년 제4호.

吳金鐘, 「關於愛國主義的學術討論」, 『光明日報』 1992.1.15.

姚大業, 「爲屈原不是愛國詩人進一解」, 中國屈原學會第4屆年會論文, 1990.

劉金明, 「對屈原愛國主義的再認識」, 『寧夏大學學報』 1988년 제4호.

劉毓慶, 「關於屈原'愛國主義'問題的重新探討―屈原'愛國主義'詩人質疑」, 中國屈原
　　學會成立大會論文集 『楚辭硏究』, 齊魯書社, 1988.

李增林·龔世俊, 「對屈原愛國思想的再認識―兼與劉金明同志商榷」, 『寧夏大學學報』

376

1989년 제1호.

張正明, 「屈原愛國思想試析」, 『江漢論壇』 1986년 제3호.

鄭臨川, 「屈原愛國精神試析」, 『黃石師院學報』, 1984년 제4호.

秦德輿, 「也論屈原的愛國主義―兼同薛啓達・張之中二同志商榷」, 『山西師院學報』
1985년 제4호.

陳同方, 「是愛國鬪士, 還是失意的忠臣―屈原硏究獻疑」, 『居巢學刊』 1995년 제1호.

卓世明, 「愛國詩人擧世頌―也談屈原評價問題」, 『書刊導報』 1986.4.10.

제5장 굴원과 도연명의 진실된 모습을 찾아서

明・蔣之翹, 『七十二家評楚辭』.

淸・顧嗣立, 『元詩選・魯齋集序』.

郭沫若, 『今昔集』, 重慶文學書店, 1943.

李澤厚, 『華夏美學』, 中外文化出版公司, 1989.

[奧]讓・阿梅裏, 『自殺・論自殺』, 斯圖加特克萊特―考塔出版社, 1983.

[法]Albert Camus, *The myth of sisgphus*, Vintage, 1991.

尙永亮, 「論白居易對屈原陶潛的取捨態度及其意識傾向」, 『中州學刊』 1993년 제2호.

周建忠, 「元代散曲'嘲諷屈原'通論」, 『中州學刊』 1989년 제3호.

찾아보기

ㄱ

가의賈誼 / 17, 253, 257, 262, 288
가조장賈祖璋 / 110, 141
『갑골속존삼권甲骨續存三卷』/ 87
강광휘姜廣輝 / 242, 225
강량부姜亮夫 / 33, 54, 143, 153, 160,
　　167, 180, 182, 186, 202, 268, 293
강서각姜書閣 / 21, 330, 322
강엄江淹 / 92
강희康熙황제 / 110
『경도대학인문과학연구소장갑골문자
　　京都大學人文科學研究所藏甲骨文字』/ 87
경차景差 / 17, 57, 60
계선림季羨林 / 62
고리키 / 218
『고문사류찬古文辭類纂』/ 283
고범高帆 / 320
『고사신증古史新證』/ 179
고역생顧易生 / 321
고유高誘 / 151, 156, 244, 246, 247
고전성高專誠 / 113
고정高正 / 225, 238, 239, 242, 253,
　　255, 256, 262
곡덕래曲德來 / 299, 331
『곡량전穀梁傳』/ 113
공광삼孔廣森 / 22
공사태貢師泰 / 341
공세준龔世俊 / 323

『공양전公羊傳』/ 113
공연孔衍 / 111
공영달孔穎達 / 70
『공자가어孔子家語』/ 109, 110
『공자계년孔子繫年』/ 113
『공자孔子』/ 113
『공자신전孔子新傳』/ 113
곽걸郭杰 / 322
곽덕유郭德維 / 226, 227
곽말약郭沫若 / 21, 27, 54, 55, 130, 147,
　　154, 165, 166, 181, 183, 186, 190,
　　192, 193, 194, 201, 204, 205, 208,
　　209, 210, 211, 212, 213, 214, 215,
　　218, 268, 294, 314, 315, 317, 345
곽무천郭茂倩 / 111
곽박郭璞 / 101
곽서림郭瑞林 / 279
곽약우郭若愚 / 236
곽유삼郭維森 / 332, 333
『곽점초묘죽간郭店楚墓竹簡』/ 234
곽탁郭橐 / 135
『광아소증廣雅疏證』/ 157
괴테 / 76
「구가九歌」/ 16, 52, 53, 61, 74, 90,
　　100, 104, 129, 160
『구가가무극신편九歌歌舞劇新編』/ 165
구경손丘瓊蓀 / 19
「구변九辯」/ 16, 58, 68, 69, 77

「구사九思」 / 17, 164
「구소九昭」 / 164
구양수歐陽修 / 61
「구장九章」 / 16, 46, 75, 273
구천勾踐 / 121, 122, 123, 124
「구탄九歎」 / 16, 46, 164
「구회九懷」 / 16, 59
『군방보群芳譜』 / 142
『굴고屈詁』 / 51
『굴부논총屈賦論叢』 / 189
『굴부미屈賦微』 / 167
『굴부신탐屈賦新探』 / 183
『굴부연구논형屈賦研究論衡』 / 331
『굴부초어의소屈賦楚語義疏』 / 22
『굴사정의屈辭精義』 / 46
『굴소심인屈騷心印』 / 273
『굴소지장屈騷指掌』 / 240
『굴송방언고屈宋方言考』 / 21
굴원屈原 / 16, 22, 23, 24, 26, 17, 28,
    29, 35, 36, 41, 45, 56, 64, 65, 82,
    83, 84, 147, 153, 257, 258, 259,
    261, 262, 265, 287, 339, 343, 344,
    347, 348, 351, 353, 358, 359, 363
『굴원屈原』 / 165, 166, 183, 191, 193,
    201, 202, 314, 315, 318
『굴원부교주屈原賦校注』 / 54
『굴원부금역屈原賦今譯』 / 192
굴원부정론屈原否定論 / 54, 155, 156,
    189, 210, 212
『굴원부주屈原賦注』 / 75, 160, 283
『굴원시전屈原詩傳』 / 165
『굴원신고屈原新考』 / 280

『굴원연구屈原研究』 / 21, 27, 54, 55,
    147, 186, 192, 193, 218, 292, 315
「굴원연구屈原研究」 / 151, 173, 175,
    179
『굴원외전屈原外傳』 / 150, 304
「굴원평전屈原評傳」 / 174, 175, 179
『굴원평전屈原評傳』 / 332
「귤송橘頌」 / 35, 46, 51, 274
『금석포검今昔蒲劍』 / 192, 205
『금조琴操』 / 111, 146
기범冀凡 / 280
김개성金開誠 / 160
김경방金景芳 / 79, 113

ㄴ

나만羅漫 / 334
나민중羅敏中 / 276, 335
나원羅願 / 142
나융기羅隆基 / 196
나함羅含 / 115
낙홍개駱鴻凱 / 200
『남제서南齊書』 / 362
냉성금冷成金 / 302
노백점路百占 / 278
노사총盧思聰 / 120
노수량魯水良 / 119
노신 / 58, 166, 178
노신魯迅 / 54, 153
『노자老子』 / 20, 223, 224, 234
논노스 / 86
「논문잡기論文雜記」 / 168
『논어』 / 113

ㄷ

다나카 가쿠에이田中角榮 / 56, 159
단옥재段玉裁 / 70, 71, 109, 157
담가건譚家健 / 60
담개보譚介甫 / 151
당륵唐勒 / 57, 59, 60
『대대례기大戴禮記』/ 104, 113
대명세戴名世 / 46
대지균戴志鈞 / 275, 322
대진戴震 / 75, 160, 283
「대초大招」/ 17, 33, 60, 274
대항戴抗 / 142
도간陶侃 / 346
도연명陶淵明 / 62, 133,134, 339, 343,
    344, 346, 347, 349, 350, 353, 355,
    357, 358, 360, 363, 364
도종의陶宗儀 / 104
「동군東君」/ 52, 87, 88, 90
동궁지배東宮之杯 / 230, 231, 237, 241
동방삭東方朔 / 16, 49, 259, 288
동초평董楚平 / 330
동홍리董洪利 / 161
두보杜甫 / 59, 153
두예杜預 / 98
두해竇楷 / 323
등임생滕壬生 / 236
등효망鄧曉芒 / 294

ㄹ

레닌 / 215, 217, 218, 307
립스 / 86

ㅁ

마기창馬其昶 / 160, 167, 283
맹쌍전孟雙全 / 323
『맹자孟子』/ 19, 29, 113
모경毛慶 / 162, 337
『모시毛詩』/ 125
『모시초목조수충어소毛詩草木鳥獸蟲魚疏』
    / 125, 141
모택동毛澤東 / 56, 159
모평毛坪 / 256
몽문통蒙文通 / 167, 317
묘문원繆文遠 / 238
무함巫咸 / 28, 45, 168
『문선文選』/ 57, 102
『문선보유文選補遺』/ 58
『문심조룡文心雕龍』/ 20, 23, 59, 362
문일다聞一多 / 53, 180, 182, 184, 186,
    187, 192, 193, 198, 202, 206, 207,
    210, 216, 218, 291, 317, 318, 331
『문자文子』/ 109
문회사文懷沙 / 269

ㅂ

반고班固 / 17, 32, 40, 59, 126, 155,
    266, 291, 309
반소룡潘嘯龍 / 272, 296, 314
반천수潘天壽 / 112, 113
방란方瀾 / 341
방명方銘 / 308
방박龐樸 / 79, 224
『방언方言』/ 21

380

방이지方以智 / 143
방희원方晞原 / 283
백거이白居易 / 344
『백전초당존고白田草堂存稿』 / 266
『백호통의白虎通義』 / 70
범강範康 / 339
범정생范正生 / 303
「복거卜居」 / 16, 150, 266, 273, 354
『본초강목本草綱目』 / 140
『본초경本草經』 / 105
부양阜陽 / 54, 156
부현傅玄 / 132
『분서焚書』 / 29, 310
「비회풍悲回風」 / 51, 66, 150, 262, 289

ㅅ

『사고전서총목제요四庫全書總目提要』 /
    160
『사기史記』 / 15, 81, 103, 113, 148,
    149, 238
『사기史記·굴원가생열전屈原賈生列傳』
    / 24, 32, 39, 57, 156, 238, 253,
    255, 256, 257, 258, 259, 261, 262,
    265, 266, 287, 308
『사기史記·초세가楚世家』 / 24, 237, 256,
    286
『사기정의史記正義』 / 238
사령운謝靈運 / 62, 92
사마천司馬遷 / 15, 29, 38, 39, 46,
    113, 149, 156, 164, 253, 265, 287,
    308

사무량謝無量 / 166, 173
「사미인思美人」 / 46, 50, 64, 65, 75,
    283, 313
사빙영謝冰瑩 / 67
사조謝脁 / 62, 92
「산귀山鬼」 / 52, 65, 73
『산대각주초사山帶閣注楚辭』 / 48, 50,
    160, 161, 267, 270
『산해경山海經』 / 52, 85, 89, 101
『산해경존山海經存』 / 101
상관대부上官大夫 / 24, 260, 265, 268,
    273
『상서尚書』 / 85
상승조商承祚 / 236
『상용중초약도보常用中草藥圖譜』
    / 144, 145
서위徐渭 / 124
서중서徐中舒 / 200
서지徐遲 / 171
「석서惜誓」 / 17
「석송惜誦」 / 36, 37, 46, 47, 150, 356
「석왕일惜往日」 / 46, 51, 289
설계달薛啓達 / 321
『설문說文』 / 21, 70, 85
『설문해자주說文解字注』 / 109
설앙부薛昂夫 / 342
『설원說苑』 / 132
설위정薛威霆 / 154
설한薛漢 / 103
「섭강涉江」 / 46, 48, 63, 64, 261
섭유명葉幼明 / 328
소량간蕭良幹 / 122

「소사명少司命」/ 52, 73, 99, 127
소설림蘇雪林 / 167, 186, 189, 195, 217
소식蘇軾 / 27, 33, 153, 343, 356
소연蕭衍 / 132
『소흥부지紹興府志』/ 122
『소흥지지술략紹興地志述略』/ 122
『속제해기續齊諧記』/ 254, 262
『속회계지續會稽志』/ 121
손광孫礦 / 122
『손자병법孫子兵法』/ 126
손작운孫作雲 / 180, 187, 199, 200, 278
손장서孫常敍 / 200
손차주孫次舟 / 203, 204, 205, 206
손해제孫楷第 / 200
『송서宋書』/ 362
송옥宋玉 / 16, 57, 59, 68, 69, 105
『송옥집宋玉集』/ 58
『송옥평전宋玉評傳』/ 57
『송원희곡고宋元戲曲考』/ 169
『수경水經』/ 128
『수경주水經注』/ 258, 289
『수서隋書』/ 254
수현隨縣 / 58
숙통권宿通權 / 328
순경荀卿 / 57
순열荀悅 / 151, 156
『순자荀子』/ 20, 113
『습유기拾遺記』/ 304
『시경詩經』/ 18, 20, 22, 61, 70, 71,
　　79, 80, 102, 125
『시경직해詩經直解』/ 71
『시성류詩聲類』/ 22

『시총문詩總聞』/ 71
『시품詩品』/ 362
신기질辛棄疾 / 153
『신농본초경神農本草經』/ 125
『신서新序・절사節士』/ 24, 149, 253,
　　260, 261, 262, 269, 287
심아지沈亞之 / 150, 304
심약沈約 / 362
심종문沈從文 / 153

ㅇ

『악부시집樂府詩集』/ 111
안연지 / 349, 358, 361
안휘지安徽志』/ 141
알베르 카뮈 / 362
「애시명哀時命」/ 17, 38, 177, 288
「애영哀郢」/ 46, 49, 259, 261, 296, 312
양계초梁啓超 / 20, 151, 166, 172, 175,
　　292
양공기楊公驥 / 319, 321, 323, 329
양기楊夔 / 135
양백화楊白樺 / 21
양신楊愼 / 39
양웅揚雄 / 28
양윤종楊胤宗 / 272
양척청楊滌淸 / 128, 138
양춘시楊春時 / 300
「어부漁父」/ 16, 259, 291, 353
엄기嚴忌 / 17, 38, 288
엥겔스 / 38, 84, 218
『여람呂覽』/ 244, 246

382

여수女娶 / 44, 168

『여씨춘추呂氏春秋』 / 151, 244, 247

『여씨춘추교정呂氏春秋校正』 / 246

『역경易經』 / 69

역도원酈道元 / 259

역염酈炎 / 131

영분靈氛 / 28, 45, 311

『예개藝槪』 / 298

『예기禮記』 / 81, 106, 107, 113, 226, 231, 244, 246

『예문유취藝文類聚』 / 111, 262, 290

오금종吳金鐘 / 307

오룡휘吳龍輝 / 299

오바 오사무大庭脩 / 248

『오변기五變記』 / 169

오불지吳弗之 / 112

오송吳淞 / 365

오여륜吳汝綸 / 283

오욱방吳郁芳 / 291, 303

오응상吳應祥 / 141

오자서伍子胥 / 28, 288, 333

오존재吳存在 / 345

오평吳平 / 121

오함吳晗 / 196

오홍도吳弘道 / 340

온홍륭溫洪隆 / 322

완적阮籍 / 62, 357

왕가王嘉 / 304

왕개운王闓運 / 167

왕계심王季深 / 154

왕국유王國維 / 166, 167, 168, 169, 170, 178, 179

왕백전王白田 / 266

왕부지王夫之 / 35, 51, 52, 108, 160, 161, 164, 240, 311, 363

왕불汪紱 / 101

왕상진王象晉 / 142

왕석삼王錫三 / 298

왕세정王世貞 / 130

왕수남王樹楠 / 291

왕실보王實甫 / 84

왕연해王延海 / 22, 240, 314

왕원汪瑗 / 48, 160, 240, 290, 303

왕유王維 / 135

왕일王逸 / 17, 21, 24, 33, 40, 55, 60, 76, 108, 126, 149, 157, 164, 239, 243, 260, 266, 309

『왕장십간王杖十簡』 / 248

『왕장조서령王杖詔書令』 / 248, 249

왕질王質 / 71

왕포王褒 / 16

요내姚鼐 / 283

요대업姚大業 / 328

요명춘廖名春 / 232

요설은姚雪垠 / 186, 214, 215

요시카와 코오지로吉川幸次郎 / 62, 93

요종이饒宗頤 / 60, 154, 189, 267, 283

요평廖平 / 151, 166, 169, 177

요화진廖化津 / 273, 280, 304

『용강초사설龍岡楚辭說』 / 290

우성오于省吾 / 284

우집虞集 / 340

운현鄆縣 / 255

웅량지熊良智 / 160

원강袁康 / 121

원굉헌袁宏軒 / 323

원산송袁山松 / 151, 258

『원씨액정기元氏掖庭記』 / 104

「원유遠遊」 / 16, 63, 83

『월절서越絶書』 / 121

위유장衛瑜章 / 184, 315

위중번衛仲璠 / 167, 194, 216

위취현衛聚賢 / 188, 189

유개양劉開揚 / 186, 203

유국은游國恩 / 21, 160, 167, 176, 179,
    181, 186, 187, 194, 195, 196, 197,
    198, 216, 270, 295, 316

유극장劉克莊 / 109

유금명劉金明 / 321

유몽붕劉夢鵬 / 24

유민중劉敏中 / 341

유사배劉師培 / 19, 166, 168, 170

유안劉安 / 16, 39, 55, 155, 156, 164

유영제劉永濟 / 160, 166, 182, 183,
    186, 194, 195, 198, 315, 317

유우석劉禹錫 / 153, 254

유육경劉毓慶 / 328

유종원柳宗元 / 153

유종한劉宗漢 / 224, 242

유향劉向 / 16, 24, 46, 57, 132, 149,
    164, 253, 260, 269, 287

유협劉勰 / 20, 58, 362

유훤劉煊 / 180

유희재劉熙載 / 298

육간여陸侃如 / 57, 153, 167, 172, 174,
    175, 177, 179, 186, 194, 200, 211,
    212, 270, 272

육기陸機 / 125, 141

육심陸深 / 130

육영품陸永品 / 320

육유陸遊 / 153

윤유련尹幼蓮 / 122

은작산銀雀山 / 58, 126

『의례儀禮』 / 251

이가언李嘉言 / 180, 187

이교李嶠 / 123

이교李翹 / 21

이대명李大明 / 81, 164

이백李白 / 59, 134, 153

이상은李商隱 / 153

이선李善 / 102

이세민李世民 / 134

「이소離騷」 / 16, 28, 39, 40, 42, 43,
    45, 63, 64, 67, 68, 74, 77, 78, 81,
    84, 88, 90, 107, 126, 128, 257,
    258, 350

『이소전離騷傳』 / 155, 249

『이소집석離騷集釋』 / 184, 216, 315

이시진李時珍 / 140

『이아爾雅』 / 85

『이아익爾雅翼』 / 142

이왈강李曰剛 / 270

이위실李偉實 / 271

이장지李長之 / 200, 204

이증림李增林 / 323

이지李贄 / 29, 310

이청조李淸照 / 84

이치원李致遠 / 340

이택후李澤厚 / 158, 297, 362

이폴리트 텐느 / 83

이하李賀 / 153

이학근李學勤 / 60, 231, 232, 236, 242

임경林庚 / 152, 182, 199, 243, 360

임운명林雲銘 / 24, 35, 50, 267, 270,
   283, 313

임응진林應辰 / 290, 303

ㅈ

자란子蘭 / 26, 265

장 아메리 / 363

장가구張可久 / 340

장광년張光年 / 202

장기蔣驥 / 24, 48, 50, 108, 160, 161,
   162, 164, 267, 270

장도번張道藩 / 201, 206, 211

장배환章培恒 / 293

『장서藏書』 / 310

장수중張守中 / 232, 236

장숭침張崇琛 / 144

장원변張元忭 / 122

장원훈張元勳 / 206, 271

장의張儀 / 25, 268

『장자莊子』 / 20

장자개張子開 / 167

장정명張正明 / 330

장중일張中一 / 151, 279

장지교蔣之翹 / 33

장지중張之中 / 321

장천추蔣天樞 / 150, 151, 152, 182,

   243, 277, 360

장태염章太炎 / 167, 183, 315

장형張衡 / 130

장호張淏 / 121

장화張華 / 133

『전국책戰國策』 / 148, 238, 327

『전국초간문자편戰國楚簡文字編』 / 236

전목錢穆 / 190, 200

전징지錢澄之 / 51

『전후녕호신획갑골집삼권
   戰後寧滬新獲甲骨集三卷』 / 87

절강지방지고록浙江地方誌考錄』 / 121

정목공鄭穆公 / 96, 97, 125

정문공鄭文公 / 96, 97

정민정程敏政 / 114

정원호鄭元祜 / 341

정임천鄭臨川 / 187, 210, 318, 319

정적호丁迪豪 / 188

정현鄭玄 / 70, 81, 105, 108, 226

제백석齊白石 / 110

『제일향필기第一香筆記』 / 137

조괴趙槐 / 202

「조굴원부吊屈原賦」 / 155, 253, 262,
   288

조규부趙逵夫 / 60, 148, 284

조대중曹大中 / 206, 323, 324, 326,
   327, 328, 329

조설근曹雪芹 / 153

조식曹植 / 62, 92, 131, 153

조취인曹聚仁 / 172, 174

조패림趙沛霖 / 331

『종수서種樹書』 / 135

종영鍾嶸 / 362

종조붕鍾肇鵬 / 113

『좌전左傳』 / 52, 96, 97, 100, 237

주극유朱克柔 / 137

주대가朱大可 / 171

주덕朱德 / 110

주동윤朱東潤 / 151

『주례周禮』 / 105, 108, 244, 245, 246

주벽연朱碧蓮 / 60

주은래周恩來 / 191, 213

주자청朱自淸 / 196, 204

주희朱熹 / 18, 29, 46, 56, 139, 157, 158, 159, 164, 310

『중국고등식물도감中國高等植物圖鑒』 / 144, 145

『중국란과 양란中國蘭與洋蘭』 / 120

『중국사부사中國辭賦史』 / 176

『중국화경中國花經』 / 120

『직재서록해제直齋書錄解題』 / 158

진덕홍秦德興 / 321

진동방陳同方 / 329

진문공晉文公 / 97

진본례陳本禮 / 46

진사령陳思苓 / 186, 203, 204

진서량陳書良 / 165

『진서晉書』 / 115

진소왕秦昭王 / 26

진심계陳心啓 / 125, 141

진이량陳怡良 / 273

진인각陳寅恪 / 179, 218

진인자陳仁子 / 58

진자앙陳子昂 / 135

진자전陳子展 / 71, 271

진정경陳正卿 / 121

진진손陳振孫 / 158

진창陳瑒 / 268

ㅊ

채옹蔡邕 / 111

「천문天問」 / 16, 53, 77, 85, 175, 275, 311

『천문정간天問正簡』 / 189

『청이록淸異錄』 / 135

초경양왕楚頃襄王 / 23, 26, 149, 197, 224, 261, 274, 313

『초계간백문자편楚系簡帛文字編』 / 236

초무왕楚武王 / 24

『초사楚辭』 / 15, 17, 18, 20, 22, 23, 56, 59, 61, 63, 66, 69, 72, 74, 76, 84, 85, 90, 91, 92, 127, 128, 129, 139, 146

『초사강의楚辭講義』 / 169

『초사개론楚辭槪論』 / 177, 179

『초사고이楚辭考異』 / 168

『초사교보楚辭校補』 / 188, 192, 216

『초사등楚辭燈』 / 35, 50, 267, 270, 313

『초사보설楚辭補說』 / 200

『초사보주楚辭補注』 / 139, 157, 239, 309

『초사석론楚辭釋論』 / 22, 240, 314

『초사선석楚辭選析』 / 21

『초사습심楚辭拾瀋』 / 183, 315

『초사신고楚辭新詁』 / 183, 315

『초사신론楚辭新論』 / 173, 178

『초사신해楚辭新解』/ 169

『초사유고楚辭類稿』/ 183

『초사장구楚辭章句』/ 17, 21, 24, 33, 40, 55, 57, 60, 149, 157, 239, 243, 260, 266, 309

『초사주소장편楚辭注疏長編』/ 197, 216, 218, 316

『초사지리고楚辭地理考』/ 190, 267, 283

『초사집주楚辭集注』/ 46, 56, 139, 157, 158, 159, 160, 310

『초사집해楚辭集解』/ 48, 160, 240, 290

『초사청직楚辭聽直』/ 267

『초사통고楚辭通故』/ 143

『초사통석楚辭通釋』/ 51, 52, 160, 161, 240, 311, 363

초사학사楚辭學史 / 155, 156, 159, 161, 164, 165, 178, 192, 194, 218

초선왕楚宣王 / 23

『초소신고楚騷新詁』/ 189

초위왕楚威王 / 23, 257

초유왕楚幽王 / 223

「초은사招隱士」/ 16

『초학기初學記』/ 290

「초혼招魂」/ 16, 80, 108, 127, 128

초회왕楚懷王 / 23, 24, 25, 26, 47, 225, 257, 261, 275

최도崔塗 / 135

최부장崔富章 / 160

추근秋瑾 / 130

「추사抽思」/ 26, 50, 65, 66, 75

추적범鄒狄帆 / 202

추한훈鄒漢勳 / 23, 269

『춘추좌전집해春秋左傳集解』/ 98

「칠간七諫」/ 16, 150, 259, 288

『칠십이가평초사七十二家評楚辭』/ 33

ㅌ

탁세명卓世明 / 328

탕병정湯炳正 / 23, 182, 183, 186, 194, 315

탕장평湯漳平 / 59, 60

『태평어람太平御覽』/ 103

『택라거초사신증澤螺居楚辭新證』/ 284

『통속편通俗編』/ 290

『통아通雅』/ 143

ㅍ

포강청浦江淸 / 23, 180, 187

『포검집蒲劍集』/ 186, 211

『포산초간문자편包山楚簡文字編』/ 232, 236

『풍속통의風俗通義』/ 106

풍천馮川 / 301

필원畢沅 / 246

ㅎ

하검훈何劍熏 / 183, 194, 315

하대림夏大霖 / 273

하모도河姆渡 / 118

「하백河伯」/ 52, 61, 74

하천행何天行 / 188

하효달何孝達 / 203

하후영夏侯嬰 / 54
하후조夏侯竈 / 54, 156
학지달郝志達 / 298
『한기漢紀』 / 151, 156
『한문학사강요漢文學史綱要』 / 58, 178
『한비자韓非子』 / 20
『한서漢書』 / 32, 57, 59, 60, 103, 155
『한시韓詩』 / 102
『한시외전韓詩外傳』 / 57
『한시장구韓詩章句』 / 103
한영韓嬰 / 57
한탄파旱灘坡 / 247, 249
『해조解嘲』 / 28
허형許衡 / 342
『형초세시기荊楚歲時記』 / 254, 290
혜강嵇康 / 132
혜문왕惠文王 / 25
호광위胡光煒 / 177, 200
호념이胡念貽 / 50
호덕중胡德中 / 142
호문영胡文英 / 240
호소석胡小石 / 166, 200
호적胡適 / 151, 166, 170, 171, 172, 175
호홍연胡鴻延 / 165
홍환춘洪煥春 / 121

홍흥조洪興祖 / 77, 239, 157, 270, 309
황문환黃文煥 / 24, 267
황백사黃伯思 / 21
황숭호黃崇浩 / 276
황영경黃靈庚 / 300
황정견黃庭堅 / 100, 138, 143
황진운黃震雲 / 274
황진黃溍 / 114
회남소산淮南小山 / 16
회남왕淮南王 / 16, 39, 155
『회남자淮南子』 / 38, 60, 85, 89, 130,
  156
「회사懷沙」 / 24, 46, 50, 64, 65, 157,
  262, 288, 313
후외려侯外廬 / 213, 214, 215
『후한서後漢書』 / 242, 247
히로시興膳宏 / 93

기타

A.골든와이저 / 95
E.쉴즈 / 115
N.노드롭 프라이 / 114

388

| 저자 |

주건충 周建忠

1955년 출생. 중국 양주사범학원(현 양주대학) 중문과를 졸업하고 상해사범대학 중문과 대학원에서 박사학위를 취득하였으며, 남통대학 부총장, 인문대 학장 등을 역임하였다. 현재 남통대 인문대학 교수이며 초사연구센터 주임으로 재직 중이다. 또한 남통대학 范曾藝術觀 종신 관장, 중국굴원학회 부회장, 북경대학 겸임교수 등을 맡고 있다. 주요 연구저서로 『當代楚辭硏究論綱』(호북교육출판사), 『楚辭論稿』(중주고적출판사), 『楚辭와 楚辭學』(길림인민출판사), 『蘭文化』(중국농업출판사), 『楚辭學通典』(호북교육출판사), 『楚辭考論』(상무인서관), 『五百種楚辭著作提要』(강소교육출판사), 『楚辭演講錄』(광서사범대학출판사), 『中國古代文學史』(주편, 남경대학출판사) 등 십여 종이 있다. 주요 연구논문으로 「屈原仕歷考」, 「출토문헌과 굴원 연구」, 「楚辭의 층차와 구조 연구-〈離騷〉를 중심으로」, 「王夫之의 〈楚辭通釋〉 연구」 등 100여 편이 있다.

| 역자 |

천금매 千金梅

1978년 출생. 중국 중앙민족대학 조문과를 졸업하고 연세대학교 국문과 대학원에서 석사, 박사학위를 취득하였으며, 현재 중국 남통대학 인문대학 부교수로 재직 중이다. 주요 연구논문으로 「18·19세기 조청 문인 교류척독 연구」(박사논문), 「〈中朝學士書翰〉을 통해 본 김재행과 항주 문사들의 교유」, 「임오군란 시기 한중 문사들의 문화교류」, 「石菱 金昌熙와 南通 문인 張騫의 교류」 등 다수가 있다.

김성화 金星花

1983년 출생. 중국 중앙민족대학 조문과를 졸업하고 중국사회과학원 민족문학연구소에서 석사학위를 취득하였으며, 현재 중국 남통대학 외국어대학 조교수로 재직 중이다. 주요 연구 논문으로 「朴啓周 이민소설 연구」(석사논문), 「朴啓周 이민소설의 개작문제 연구」, 「朴啓周 이민소설과 작가 의식」, 「朴啓周 이민소설을 통해 본 작가의 정체성 인식」 등이 있다.

이홍매 李紅梅

1980년 출생. 중국 연변대학 조문과를 졸업하고 동 대학 조선-한국학대학에서 석사, 박사학위를 취득하였으며, 현재 중국 남통대학 외국어대학 부교수로 재직 중이다. 주요 연구논문으로「조선 고전시가 속의 도연명 연구—조선시기의 시조와 가사를 중심으로」(박사논문),「조선조 국문문학에서의 '무릉도원' 이미지」,「조선조 국문문학에서의 '五柳' 이미지 연구」,「조선조 국문문학에서의 〈歸去來兮辭〉의 수용과 영향」 등이 있다.

| 감수자 |

금지아 琴知雅(韓)

1968년 출생, 충남대학교 중문과를 졸업하고 연세대학교 중문과 대학원에서 석사, 박사학위를 취득하였으며, 중국사회과학원 문학연구소에서 박사후 과정을 이수하였다. 현재 북경대학 외국어대학 조선(한국)언어문화학부 부교수로 재직 중이다. 주요 연구 저서로『神韻의 전통과 변용: 王士禎과 申緯 시학의 관계성과 비교론』(태학사),『한중 역대 서적교류사 연구』(재단법인 한국연구원) 등이 있다. 공편서로『韓國所藏 中國漢籍總目』(6책 공편, 학고방) 등이 있다. 주요 연구 논문으로「王士禎·申緯 詩歌 創作論 비교연구」(박사논문),「崔珵煥 〈性靈集〉考」,「조선 시학상의 '신운'」,「조선시대 문인들의 楚辭 수용과 한문학적 전개」 등 다수가 있다.

초사고론楚辭考論

초판 인쇄   2016년 8월 10일
초판 발행   2016년 8월 20일

저   자| 周建忠
역   자| 千金梅·金星花·李紅梅
감 수 자| 琴知雅
펴 낸 이| 하운근
펴 낸 곳| 學古房

주   소| 경기도 고양시 덕양구 통일로 140 삼송테크노밸리 A동 B224
전   화| (02)353-9908   편집부(02)356-9903
팩   스| (02)6959-8234
홈페이지| http://hakgobang.co.kr
전자우편| hakgobang@naver.com, hakgobang@chol.com
등록번호| 제311-1994-000001호

ISBN   978-89-6071-613-1 93820

값 : 27,000원

이 도서의 국립중앙도서관 출판예정도서목록(CIP)은 서지정보유통지원시스템 홈페이지
(http://seoji.nl.go.kr)와 국가자료공동목록시스템(http://www.nl.go.kr/kolisnet)에서 이용
하실 수 있습니다. (CIP제어번호 : CIP2016022246)